魏子雲　著
李壽菊　主編

魏子雲著作集

金學卷

2

金瓶梅詞話註釋

萬卷樓圖書公司

第二冊

目次

《金瓶梅詞話註釋》

金瓶梅詞話註釋

魏子雲 著

版本源流

1　手稿合訂2冊 典藏於國家圖書館。

2　臺北 增你智出版公司（1、2、3冊）1980年12月 直排印行。

3　臺北 臺灣學生書局（上下）1984年7月 直排印行。

4　河南 中州古籍出版社（上下）1987年7月 簡體字橫排印行
　　1988年12月再版。

5　本書據臺灣學生書局版重製 橫排印行。

自序

　　《金瓶梅》在我國說部中，良是一部重要的書，它比《紅樓夢》早出百年，在藝術上雖同被青注，但在一般人研讀的興趣上，則不如《紅樓》遠甚。質之原因，雖由於《金瓶梅》之不辟鄭衛，且增潤而實過之，固 有妨名教之譏，然終非礙於拒絕研讀的底因。想來，可能由於其中語言之阻礙，以及述事之駁襍所造致。只要一說起《金瓶梅》來，大家除了一提淫穢筆墨，便率多苦於方言俚語之費解。當然，結構散漫，情節鋪張，自亦其一。情節演進，前八十回的節奏緩慢，往往述說數回，內容卻不過一日間事。雖有細潤之筆，也被方言俚語把一般讀者攪糊塗了。

　　我自進行《金瓶梅》的研究以來，朋友們便期我能為《金瓶梅》作一註釋，以便於大眾參攷，助之研讀。而我這十年以來，卻一直在《金瓶梅》的成書年代及作者問題上鑽研，未暇及此。且另擬寫作的是人物之論，與該書小說藝術之研判。原擬寫成上述各部，再來進行此一註釋工作。適巧增你智文化事業公司之謝成均先生，有心印行此一部書，以便早日能給讀者出版一部註釋本，裨使《金瓶梅》一書的研讀，能日漸普遍，將來與《紅樓夢》一較短長。知我從事此一研究多年，乃多次過我相商，期我助之有成，遂允之先寫此書。但兩月以來，僅成三十回，可先印上集矣！

　　允寫此書之先，原以為手頭早有資料函函疊疊，不想一經入手，方始發現手頭現有資料之貧乏，殆亦《金瓶梅》作者運用知識之廣袤。涉史典故特多，非查書無能下筆，方言之駁襍，幾及四海，俚諺之出口，達乎鄙遂。歇（解）後語、隱語，以及有關諷喻之明與

隱，往往推繹敲點再再，而不詳知其意。方知此一工作之較乎事理考證，戞乎難哉多矣！今者，知者註之，不知之待之。若有熟諳各地市語俚諺者，陸續為我補充之，我則陸續糾正之。均有待補註本以正之也。

　　有關《金瓶梅》中的飲食服飾以及劇曲詩詞，乃《金瓶梅》的重要部分，老友童世璋對飲食部分，寫過一些，惜尚不足以給人研究，趙景深早在四十年前寫過有關詞曲部分，竟憾然未能一讀所寫之文。正由於這一部分，在《金瓶梅詞話》中所占篇幅特多，所據地位亦大，必須專書來進行研究考證方可，故本書未予加詳，且率多避而未註，以待來日，在此特加說明。

　　同時，我還得說明的事，由於迫於出書時限，諸多頗付倉卒，貽誤在所難免，還乞雅意君子，時賜教益，以糾註謬。再者，本人一向寫作此類論述，文體悉以文言白話夾雜使用，之乎者也耳焉哉與的了呀嗎吧啊任意寫入，這是我的自由文體，如有不慣，也只好恭請寬宥了。

第一回

景陽崗武松打虎
潘金蓮嫌夫賣風月

1 丈夫隻手把吳鈎，欲斬萬人頭。如何鐵石打成心性，卻為花柔。
請看項藉并劉季，一似使人愁。只因撞著虞姬戚氏，豪傑都休：

這詞是南宋詞人卓田所作，牌名〈眼兒媚〉，詞旨乃題蘇小樓。卓
田字稼翁號四山，閩之建陽人。開禧元年（1205）進士[1]。按原詞
與小說所錄，略有異辭，原詞是：「丈夫隻手把吳鈎，能斷萬人
頭。如何鐵石，打作心肺，卻為花柔。嘗觀項籍并劉季，一怒世
人愁。只因撞著虞姬戚氏，豪傑都休。」異辭共達六字之多，如
「一怒世人愁」改成「一似使人愁」則文義欠通。不知是引錄傳說
之口語有誤，還是所據版本上的錯誤，今已不易查證。不過，這
闋詞的作為《金瓶梅詞話》的引詞，且加以解說，良是研究《金
瓶梅》的作者與成書等問題的一件重要參研資料。筆者已在〈金
瓶梅的問世與演變〉[2]一書中，詳細申論。茲再約略述要如下。
蘇小小是南齊名妓，不知傾倒多少士人。詞人登臨蘇小樓，頓感
英雄難過美人關，雖「能斷萬人頭」、「一怒世人愁」的項羽、劉
邦，也難免在婦人前「泣數行下」，甚至願聽婦人言，萌起廢嫡立
庶之念。乃有此〈眼兒媚〉一闋之作。但《金瓶梅》詞話的作者，

1　見《全宋詞》引《古今合璧事類備要外集》，卷五十七。

2　參閱拙作《金瓶梅的問世與演變》一書。將在國立編譯館館刊 12 月號刊出（1980
　年）。

把這一詞兒引錄在書前，兼且加以「情色」二字的解說，用為《金瓶梅》的楔子，就值得我們探索了。因為《金瓶梅詞話》的故事，絕無「情」字存在，只有色慾。而且，西門慶雖已官至提刑千戶，有五品之秩，書中所寫，終究是平民的故事。但《金瓶梅詞話》引錄卓田這闋〈眼兒媚〉的解說，則著眼於劉邦之寵戚夫人，有廢嫡立庶這一點上。就可以從爾蠡知《金瓶梅詞話》這部書，可能不是《金瓶梅》最早的故事。所以我在此註出問題，留供大家研究。

2 **那漢王劉邦，原是泗上亭長**：《史記正義》：「秦法，十里一亭，十亭一鄉。亭長，乃主亭之吏。高祖為泗水亭長也。國語有寓室，即今之亭也。亭長，蓋今之里長也。民有訟諍，吏留評辨，得成其政。」

3 **良舉商山四皓，下來輔佐太子**：此商山在陝西省商縣之東，山七盤十二諍。四皓，亦稱四顥，指東園公、綺里季、甪里先生、夏黃公四人，均避秦亂隱居商山。因四人鬚髮皆白，故稱四皓，即四位白髮老人之謂。

四皓下山輔佐太子事，見《史記》〈留侯世家〉。漢十二年，劉邦擊鯨布反，疾益甚，愈欲易太子，臣正屢諫不聽。有一天，太子侍伴皇上酒筵上，四位白髮老人隨從。劉邦一問，知是商山四皓。過去，他曾多次邀請過這四位老人，均未獲允。今竟隨侍太子，知太子羽翼已成，遂打消更易太子心意。[3]

4 **宋徽宗政和年間**：宋徽宗在位二十五年（1101-1125），即位時年號建中靖國，改元五次，崇寧（1102-1106）、大觀（1107-1110）、政

3　參閱〔漢〕司馬遷：《史記》〈留侯世家〉。

和（1112-1117）、重和（1118）宣和（1119-1125）。《金瓶梅》的故事，始於政和二年（1112）終於南宋建炎元年（1127）。故事演進共十六年。

5 **陽穀縣**：春秋齊邑，齊桓公曾大朝諸侯於此。屬山東兗州府東平州。隋置縣時屬濟州。宋屬京東路。

6 **清河縣**：清河本水名，源出河北昌平縣。山東之古濟水，亦稱大清河。古郡清河，則屬河北，漢置，本趙地。景帝二年中分為清河國。但山東、江蘇均有清河縣。山東之清河縣，劉宋時置，淄川縣西，屬濟南府。晉時亦曾置清河縣，在山東省清平縣南。讀《史方輿紀要》，直隸、廣平府：漢置東武城縣屬清河郡，後漢屬清河國，晉因之。後魏為武城縣，後周為清河郡治，隋初廢郡改縣為清河縣，貝州治焉。又趙宋置清河縣在江蘇淮陰縣地。乾符中高駢置淮寧軍於淮口，即此。

　　但《金瓶梅》中之清河縣，則屬於山東東平府。且娷鄰陽穀縣。若以今之地理看，陽穀距離清河，尚隔兩個縣，並不相鄰。但《金瓶梅》則把它寫成鄰縣。清河縣的知事說：「雖是陽谷縣的人氏，與我這清河縣只在咫尺。」這話，乃從《水滸傳》套抄來的。《水滸》第二十三回（百回本）這樣寫：「雖你原是清河縣人氏，與我這陽穀縣，只在咫尺。」《金瓶梅》的故事，把武氏兄弟的籍貫，改成了陽穀，搬遷到清河紫石街的。「紫石街」在《水滸》中屬於陽穀城，在《金瓶梅》中則是清河。《金瓶梅》的作者，何以要把他借來的《水滸》情節，如此改變，今還未能追出底因。

7 **東平府**：漢置東平國，治在無鹽，山東省東平縣之東。漢宣帝二年置。抵劉宋改東平郡，後魏因之。又北齊時所置之東平郡在濟

南府泰安州，隋初廢。後魏亦置東平郡，治在山東范縣東南。隋廢郡改縣曰萬安，開皇十年（590）置鄆州，治於此。十八年改縣曰鄆城。大業初又改州為東平郡。明改曰東平州，屬泰安府。

8 **滄州橫海郡**：後魏置，在河北省南皮縣東南。唐置之滄州在河北省滄縣東南。春秋戰國時為燕齊二國之境，秦屬鉅鹿郡，漢置渤海郡，抵後魏改州。明初仍曰州，治清池縣。清屬直隸天津府，均屬河北。讀《史方輿紀要》，所記滄州在宋時亦曰橫海軍，領清池等縣五。按滄州在唐末為義昌軍治。朱梁曰順化軍，後唐復曰橫海軍。今《水滸》與《金瓶梅》均稱「滄州橫海郡」，極易令讀者誤為橫海郡乃滄州之屬。

再所寫武松由滄州回清河，道經陽穀，則難以今人想知《金瓶梅》中的清河究在何處，且屢言清河與臨清近鄰，看來兩城相距，不過數十遙。蓋當以小說家所創之地理形勢，無法以現實衡度。

且「橫海郡」亦當為「橫海軍」，亦滄州之北宋時別名也。

9 **景陽崗**：姚靈犀《瓶外卮言》引雙桂憶語云：「山東有二寶，一曰東阿驢膠，一曰陽穀虎皮。」相傳此虎皮即武松打死於景陽崗之虎。想必好事者所為，非真事。按景陽崗確有其地，在山東東門城東南五里許。

10 **梢棒**：應作「哨棒」，隨身便於攜帶之防衛短棒。一如今日之警棍，或稍長。

11 **大蟲**：虎的異稱。《搜神記》：「扶南王范尋，養虎於山，有犯罪者，投與虎，虎不噬，乃宥之。故虎名大蟲，亦名大靈。」《傳燈錄》：「百丈問希運，見大蟲嗎？」運便作虎聲。《唐語林》：「汝

南周愿曰：『愛宣州觀察使怕大蟲』，謂虎也。」

12 **怕什麼鳥**：鳥，在小說中乃「屌」之借用字，指男子陽物。明成化間，倪進賢出入閣臣萬安門。安有陽痿病，倪為俱藥洗之，因改遷御史職。時人遂戲呼倪為「洗鳥御史」。此謂「怕什麼鳥！」意即有什麼可怕的好漢。蓋亦凡是長鳥的，我都不在乎。

13 **頭上戴著虎磕腦**：虎磕腦即傚虎頭形製成的帽子，用來遮護頭臉，萬一與虎纏鬥時，可免爪傷。乃獵戶之帽。

14 **惣猈心**：一說惣猈乃鱷魚別名。水陸間的兇猛怪物。《水滸傳》的朱貴，綽號旱地忽律。[4]

15 **叵耐**：叵耐，亦作叵奈。事先難測之意。不曾想到。或那裏想得到。

16 **業畜**：業乃孽之借字。孽，憨囤也。佛家以作惡多端者，謂之「作孽」。此言「業畜」，即言作惡多端的畜生。

17 **遠遠地安下窩弓藥箭**：「窩弓」即暗設於陷阱中的弓弩；藥箭即塗上毒藥的毒箭。獸類中箭，即癱瘓不行。

18 **大剌剌**：剌音拉，大剌剌，即大模大樣，不在乎，旁若無人之意。

19 **果老**：意指鄉里中的父老們。或職司保甲的里長等。

---

[4] 《金瓶梅詞話》萬曆丁巳本誤「惣」為「總」。

20 **土戶**：意指土著，當為景陽崗周近的住戶。

21 **巡捕的都頭**：都頭，武官名。宋時是禁軍指揮使的次位，有都頭
副都頭。在唐末及五代時，乃神策軍的都將，亦曰都頭。但元代
尊稱邏卒曰都頭。邏卒，巡邏的兵士，亦稱邏子。《唐書》〈溫庭
筠傳〉：「丐錢揚子院，夜醉，為邏卒，擊折其齒。」此稱「巡捕
都頭」，當亦元明人對邏卒的尊稱。《水滸》亦元明間人作也。故
有此一尊稱語。

22 **專一河東水西擒拿盜賊**：此「河東水西」乃泛指兩縣之交界。《瓶
外卮言》：「清河縣當即古之信成縣，又名水東城。」河東水西自
是以水指稱。

23 **押司**：宋代的縣吏，衙門中的役吏，官職卑微。宋江曾任鄆城縣
押司。

24 **三寸丁谷樹皮**：此語作者自解說：「俗語言其身上粗躁（糙）頭
臉窄狹故也。」三寸丁極言其矮小則易懂，谷樹皮言其皮膚粗
糙，則不易懂。《瓶外卮言》引《老學齋日記》云：「今市肆書穀
作谷，書薑作姜，起於趙宋之世。」對於「谷樹皮」一詞，斠釋
說：「或疑為檞樹，又意為山谷中之老樹。昨偶翻字典，木部內
有榖字，古解切，音谷。木名，皮白者曰榖，皮斑者曰楮。詩有
『爰有樹檀，其下維榖。』實與五穀之穀異。此字有三體，一從
木，一從禾，一從米。大有分別。《史記》：『桑穀共生』。穀音
構，樹名，皮可為紙，穀音谷，穀音叩，今多混，詳焦氏筆乘
中。穀樹皮可以為紙，又言皮有斑白之別。武大渾號谷樹皮，又
可讀為構，當以讀谷之音為正。此樹之皮，想不獨粗糙，或正如

人面之白癬，俗曰白斑瘋者，故以形容武大之醜耳。」

25 **模樣猥衰**：有時又寫「猥猿」，意為樣子瘻縮，或為瘻縮之口語。

26 **炊餅**：《瓶外卮言》說：「即蒸餅也。宋仁宗廟諱貞，語音近貞，內庭上下皆呼蒸餅為炊餅。見《青箱雜記》。」炊餅一語，或從宋沿襲而來。

27 **渾家**：妻的稱呼詞。《恒言錄》：「稱妻曰渾家。」見鄭文寶《南唐近事》。《通俗編》：「倫常；元典章，萬戶千戶裏，有的渾家孩兒，也教依例當差。」戎昱〈苦哉行〉：「身為最小女，偏得渾家憐。」

28 **纏髻兒**：古時女子，年十五及笄，即梳髮成髻，可以聘嫁。此指及笄時之髻。

29 **做張做勢喬模喬樣**：意指搔首弄姿，故作誘人讚賞的風情姿態。或今之所謂「風騷」所謂「妖冶」。

30 **樂戶**：指編有名籍之妓女戶。

31 **收用**：指主人姦占了使女丫頭。

32 **端的**：端，繩線的起頭。此乃口語上的總結詞。一如今日流行的口語，倒底，究竟。

33 **踅入房中**：偷偷摸摸走入房中去。

34 **牽著不走，打著倒退**：此語比喻驢騾脾氣，即俗所謂的倔強脾氣。

35 **味酒**：此語乃北方人的口頭語，味，讀音脹，意即貪吃。通常，
在中原各地的人，往往罵人說：「你味（脹）飽了吧？」大人在
發現孩子吃多了吵鬧肚子不舒服時，也會這樣罵：「你狂撐味
（脹）怎能不肚子痛？」

36 **撒謎語**：用隱語諷喻人與事。如一朵鮮花插在牛糞上，好一塊羊
肉落在狗嘴裏。北方有年老的財主為了子息納妾，任令妾與他人
通，故作不知。人則稱之為「放羊」。如有人問：「某人年紀怎麼
一大把，還娶如此年輕貌美的女人，豈不是自討苦吃。」答的人
則說：「娶來放羊的。」此即撒謎語之一例。

37 **土兵**：朱國禎《湧幢小品》〈卷十二〉有〈土兵〉一則：「其法起
於宋，所謂陝西義勇刺為兵者是也。」又說：「成化二年（1466）
用陝西撫臣盧祥之言，選民丁之壯者，編成什伍，號為土兵。」

38 **武松乞他看不過**：乞他，被他之意。乞他看不過，被他一再的
看，看得不好意思。

39 **武松儀表甚搊搜**：搊搜，意即英俊威武。百回《水滸傳》，此句
作「武松儀表甚溫柔。」則不如這裏改得好。

40 **彈胡博詞，扐兒難**：《瓶外卮言》考稱：「《北征事蹟》云：『他
先奉上酒，自彈虎撥思兒。』《庶物異名錄》：「即胡撥四，長三
尺許，有三位。』」看來，胡博詞與扐兒難都是樂器名，或如今
日青年們手中的西人樂器吉他，可以邊彈邊唱。意即浮浪子弟
們，在武大門前彈唱，調戲潘金蓮諷刺武大。

41 **酥胸微露，雲鬟半軃**：形容婦人故意向男人賣弄春情。雲鬟指髮

髻，半嚲，指快要散落下來了，有半個髮髻拖拉下來。蓋已先解上衣，早卸簪珥。均上床前的行為。

42 **卻不來揪攬**：此指武松不再接答潘金蓮的話頭。揪攬均承接意。

43 **暖了一注子酒來**：無柄把，無提果，下豐上殺的酒瓶，即名酒注子。乃用以盛酒放入熱水中溫熱之酒器。

44 **氈笠兒**：可以遮雪雨，又可以保暖的笠帽。

45 **賊混沌蟲、混沌魍魎**：即罵人為糊塗東西之謂。混沌魍魎，即糊塗鬼之意。

第二回

西門慶簾下遇金蓮
王婆子貪賄說風情

1 **朱勔**：《宋史》有傳，蘇州人。與父沖為蔡京竄入童貫軍籍而得官。因徽宗屬意山林花石，以朱勔領蘇杭應奉局理花石綱事，遂得寵。《金瓶梅》以宋徽宗時代為故事背景，因有宋史人名地名寫入。

2 **東京**：宋之東京在汴梁，即今之開封。

3 **沒事壞鈔做甚麼**：意即沒有婚壽喜慶，破鈔幹什麼？因為這天武松帶了酒菜來。故潘金蓮有此客套語。金元以來，俚語謂富人曰鈔老，佩書衣曰鈔袋，費錢財曰破鈔。此說「壞鈔」蓋即「破鈔」之意。

4 **武松向迎兒討副勸杯**：勸杯，蓋指行酒時專用之酒杯，或說形大於一般酒杯，勸客多飲也。《倭漢朗詠集》：「煙霞遠近應同戶，桃李淺深似勸杯。」（〈詠春〉）。

5 **籬牢犬不入**：此為俗諺，意為籬牆如緊密，犬又如何進得去。

6 **須臾紫溢了面皮**：溢，讀如姜，去聲，北方人洗衣，淨後以薄麵糊浸之。乾後可以疊得平整。此說「紫溢」即以紫色麵糊把面皮溢（漿）成紫色，緊繃繃地。意即惱羞成怒，把臉皮繃得紅紅緊

緊。

7　**不是那腥膿血，搿不出來鱉**：俗語每指沒有膽氣的人，是一胞膿血，意為沒有長骨骼也。鱉魚見人就把頭縮進腹中，拉也別想拉出來。潘金蓮則說她「不是」這一類。

8　**丟下磚頭一個個也要著地**：此語比喻說話要實在，扔下個磚頭都會砸到地上，人說的話，不能沒有落處。指斥武松說話沒落處。

9　**偏撞著這許多鳥事**：此語說的鳥事，與第一回中說的「怕什麼鳥」，大同小異。這裏說的「鳥事」，意指骯髒事。有時，一般下層粗漢，會說得更粗俗。今日，我們還能聽到。

10　**金銀駝垛、討了腳程**：駝垛，意指綑紮妥的禮物。凡以牲畜駝載之物，均稱駝垛。蓋駱駝高大，駝物如 　。至於「腳程」，《瓶外巵言》說：「長途遠行，預定路程，至某處打尖，抵某處住宿，列單趲走也。」但此說「討了腳程」，似是指的差旅費。

11　**濁物、濁東西**：此二語當為糊塗東西，或糊塗蟲之類。

12　**說我家怎生禁鬼**：「怎生」，意為怎會如此？「禁鬼」，意指拒絕與人往還太過，甚至連鬼也不上門了。今人猶對門戶冷清之家，說：「連鬼也沒有一個。」

13　**卵鳥嘴**：此亦罵人的髒話，指男人連卵之陽物。意指說不出好話的髒嘴。通常都以婦人陰喻此曰：「屄嘴」。

14　**生的十分博浪**：意指貌相器度長得風流瀟灑。「博浪」一詞，或為當時流行的口頭語。

15 **鬏髻**：此為裝飾在婦人髮髻上的束鬟冠飾，讀如狄吉。沈德符在《萬曆野獲編》中說，本名「提地」，原為胡地婦人的髮飾，是以髮髻一詞，乃外來語之諧音與借字。

16 **爪哇國**：「那怒氣早已鑽入瓜晴目[編按1]去了。」其中「晴」字顯然是「哇」字之誤。按此國元‧明史均作「爪哇」，後訛「瓜」為「爪」。即今南洋羣島之一。在宋明時，人們意為是遼遠的國都，故有此喻。

17 **大大的唱個諾，卻纔唱得好個大肥喏**：唱喏乃人與人間之揖讓禮俗。《瓶外卮言》說：「俗謂揖為唱喏，宋時已有此語，政和間朝參亦用之，因古人行禮必發聲，如言『伏惟萬福』之類。」明何孟春《餘冬序錄》：「唱喏，引氣之聲也。」喏，亦作諾。《通俗編》〈禮節〉，對「唱喏」一詞解說謂：「喏，本古諾字，唱諾，似即唱喏也。」《春渚記聞》：「才仲携一麗人登舟，即前聲喏。聲即唱之義。」《文公家禮》：「出入必告」註：「男子唱喏，婦人立拜。」則唱喏乃男子之禮。《名義考》：「貴者將出，唱便避己。故曰唱喏。」據乎此，或可知唱喏之梗概。

18 **兀的誰家大官人**：兀的，兀底，均語助詞。元曲中時用。揆之語氣，似亦為發語之詞。

19 **破落戶**：原為家業殷實的大族，但已衰落。宋《咸淳臨安志》載，上謂大臣曰：「近今臨安府收捕破落戶，編置外州，本為民間除害去。」因為破落戶的子弟，不事生產，遊手好閒，貽害地方。是以宋有此收捕之舉。

編按1　查羣先生存書，此處有先生親筆於旁寫爪蛙國三字。

20 **雙陸**：博戲之一種。亦作雙六。有雙六盤，盤為長方形，中空一河，兩邊各置十二格。盤高六寸，縱七寸二分，橫一尺二寸。又一種高四寸，縱六寸，橫八寸。分黑白二石，石圓形，各十二枚。博時，二人對坐行之[1]。《續事》始云：「陳思王（曹子建）製雙六，局置骰子二，唐末有葉子戲，遂加至六。」雙六一名六采，即簿奕也。博法，以竹筒盛黑白石，雙方輪流搖振，先滿者勝。

21 **勾欄**：《通雅》：「吐谷渾于河上作橋，展一百五十步，勾欄甚嚴飾，勾欄之名始見此。」唐李頎作〈聖善閣送裴迪入京詩〉云：「雲華滿高閣，苔色上勾欄。」《書言故事》：「俳優棚曰鈎欄。」按勾（鈎）欄本欄檻之華飾，自晚唐李商隱輩，以勾欄用之倡家情詞，如「簾輕幕重金勾欄」之句，宋人相沿，遂專以名教坊，不復他用。是以此稱「勾欄」，則是指的妓院。

22 **又占著窠子卓二姐**：窠，古作料，此說「窠子」，乃指低級娼館。意謂卓二姐乃土娼寮中的妓女。

23 **好一個雌兒**：雌，本為雄之對。禽類性別稱雌雄。此說雌兒，乃隱語以喻潘金蓮這個母貨。直說，即為「好一個女嬌娘。」今日青年人稱女孩為「碼子」，蓋亦此類隱語。

24 **五道將軍**：盜神名，五道指聖、勇、義、智、仁。《莊子》〈胠篋〉：「跖之徒問於跖曰：『盜亦有道乎？』跖曰：『何適而無有道邪？夫妄意室中之藏，聖也；入先，勇也；出後，義也；知可

1　見日本大正十二年東京半狂堂印行之《賭博史》。

否，知也；分均，仁也。五者不備而成大盜者，天下未之有也。』…」《三國典略》：「崔季舒妻書魘云：『見人長一丈，偏體黑毛。』巫曰：『此五道將軍也。入宅者不祥。』此說：「他是閻羅王的妹子，五道將軍的女兒，問他怎的？」乃故意在玩笑語氣中，誇大潘金蓮。實則，潘金蓮最無依靠。作者這種寫法，蓋亦今日之所謂「反諷」（Irony）。

25 **蓋老**：市肆間的俗語，稱夫為蓋老，妻為底老。也是一種譴浪語。此說自是基於夫妻行房時之夫在上妻在下也。

26 **梅湯**：意即今日之酸梅湯。北人每以酸梅配冰糖熬之，調以玫瑰、桂花等香味，加水鎮之。謂之冰鎮酸梅湯。此說「王婆作了個梅湯」，當係據已成的材料調和而成。而且這時尚為暮春季節，還不是喝冰鎮酸梅湯的時際。是以由此看來，宋明時的茶局，製售各種不同的茶湯，似非今日的茶館，僅備各類茶葉。在以下各回中，我們能讀到其他不同的飲茶。不能以今日的酸梅湯證之。

再說，作者在此回中寫的梅湯，有雙關義。王婆與西門慶，已說明了。

27 **怎乞得那等刮子**：「怎乞得」意為怎麼挨得了，或犯不著去招惹，「那等刮子」，意為那麼重的耳刮子。全句意為，這種事要是被你家大娘子知道了，我老婆子臉上，挨得起她那狠毒的耳刮子嗎？

28 **撮合山**：媒人的別名。俗呼媒人為保山，故稱媒人為撮合山。元曲中習用此語。

29 **身邊人**：此身邊人乃指姬妾之謂。按身邊人本指身邊的侍從，備

作指使者。《江行雜錄》:「士大夫採拾娛侍,名目不一,有所謂
身邊人,本事人,供過人,針線人,堂前人,劇雜人,拆洗人,
琴童、棋童、廚娘等級,截然不紊,就中廚娘最為下色。然非極
富貴者,不可用。」這裏西門慶說的身邊人,則單指姬妾。

30 **和合湯**:和合乃兩相和洽之謂。《周禮》〈地官媒氏疏〉:「三十
之男,二十之女,和合便成婚姻。」有和合二神,婚禮時奉祀之
神。俗稱和合二仙。《西湖遊覽志》:「今婚禮祀和合,蓋取和諧
好合之意。」此謂吃個和合湯,蓋即以茶食所製的和合湯,以喻
作媒有成之意。所以西門慶還說:「乾娘放甜些。」

31 **這刷子䟂得緊**:刷子一詞的意義,在今天更為流行。意為有辦
法,或有才能的人。或說:「某人有兩把刷子。」等於說某人很
有兩下子。王婆說西門慶,「這刷子䟂得緊」,揆諸語氣,似是指
的西門慶這個游手好閒者。《瓶外巵言》說:「又擬刷子者,即刷
貨也,猶言廢料刷剩之物,以喻人之無用者。」或是其意。總
之,與今人口語中的「刷子」,意義不同。

32 **收小的,也會抱腰**:收小的,指接生;抱腰,指接生婆的副手。
產婦在生養時,在後抱住產婦腰,幫助產婦用力。

33 **茶局子**:亦稱茶坊,類似今日的茶館。似非清茶館,而且所賣之
茶,也非茶葉水之茶,似乎茶中還夾有各種甜點之類。我們只要
去留心一下《金瓶梅》中的茶,就會發現它與今日的清茶館不
同。但粵人的飲茶,則又茶是茶,點心是點心。

34 **我又不是你影射的**:按影射一詞,似有多種使用的意義。《琵琶
記》:「若還官府親查,我便影射片時。」此則代替他人之意。「我

又不是影射的」，我在兒時便聽說過，好像也說過。正如這《金瓶梅》的西門慶要王婆陪他吃茶，如不願意，就會說：「我又不是你影射的。」意為我與你沒有這分親蜜的感情。

35 **他家賣的拖煎河滿子、乾巴子肉、翻包著菜肉扁食餃、窩窩蛤蜊麵、熱盪溫和大辣酥**：王婆口中的這些吃食，似手都有雙關意義。雙關到的喻義，似乎都在婦人身上。如略去體味，必能有所領悟。像「翻包著菜肉扁食餃」，都已很形像化了。《瓶外巵言》說「河滿子」是「何漏子」，即山西河洛麵，似乎不是。至於「打辣酥」，乃外來語的音譯。蒙古謂酒為「韃辣酥」，語或出此。所謂「熱盪溫和韃辣酥」，自是指的以酒喻可使人醉迷的女人。

36 **賣婆、牙婆**：古有三姑：道姑、卦姑、尼姑；六婆：牙婆、媒婆、師婆、虔婆、藥婆、隱（產）婆。賣婆即賣花婆，亦稱花婆，虔婆之類。牙婆，乃專為大家府第說合傭人者，牙字乃「互」字之俗字，後代傳訛為牙。

37 **馬伯六**：此語當為馬伯樂之諧音，馬伯樂為人物色良馬，媒人為人物色美人。故以馬伯樂一詞，作為媒人的代詞。所謂「牽頭」也。

38 **也會做貝戎兒**：「具戎兒」一詞，不知何意？待考。^{編按1}

編按1　檢戡先生存書，此處眉批寫個「賊」字，特補之。

第三回

王婆定十件挨光計
西門慶茶房戲金蓮

1 **潘安貌、鄧通錢**：潘安即潘安仁，晉人潘岳之字。賦家，以貌美名。後人簡稱潘安貌以作美男子的代名詞。鄧通，漢南安人，文帝甚寵之，官上大夫職，賜蜀嚴道銅山，自鑄錢，時稱鄧氏錢，流布天下。景帝立，免官，寄死人家。[1]

2 **大行貨**：「行貨」，古指賄賂為行貨。《左傳》〈昭公二十三年〉：「吾告女所行貨，見而不出。」《孟子》〈梁惠王篇〉「商賈」一詞集註：「行貨曰商，居貨曰賈。」此說可能本此，意男子之陽物隨人行動如行貨。按器物的粗製品，亦稱行貨。此說或不是王婆這話的意思。若以語意推想，「行」可能「形」之諧音，「大行貨」，即「大形貨」；亦即「大傢伙」之意。故以驢作比。所以下面西門慶說：「也曾養得好大龜。」龜者，男子陽物的形喻。

3 **我和你從來奸悋**：「奸悋」，今作「慳吝」。即不肯花錢之意。

4 **撒科**：意為不要故意為難，科，即用於劇曲中的科白意，科，指劇中人的動作。撒科，即今日吾人口語中的「端起來」。有人一旦發現自己有了重任，便免不了自高身價。此乃人情之常。

---

[1] 見〔漢〕司馬遷《史記》，一二五、〔漢〕班固：《漢書》，九三〇。

5 **武成王廟**：即姜太公廟。唐封姜太公為武成王，尊其廟曰：「武廟」。以歷代名將從祀，元人尚祀之。明太祖罷姜太公，至萬曆四十二年（1614），則尊關羽廟為武廟矣。此回乃從《水滸》移來，自仍其舊說。

6 **這雌兒等閒不出來**：「等閒」意即成天坐在家中，有空閒也不輕易出門。

7 **入港**：《瓶外卮言》說：「男女通奸，勾引上手，名曰入港，猶船泊岸也。」

8 **凌煙閣**：唐貞觀十二年（638）二月，圖功臣於凌煙閣。

9 **細細說念他**：意即用語言慢慢打動他，或慢慢磨他。

10 **清水好綿**：元典章載，隨路織造緞疋，須要清水夾密，無藥綿粉飾，方許貨賣。意即上等料子。

11 **貼身答應的小廝**：即隨在身邊的跟從人役。古稱左右嬖倖曰：「貼身」。《池北偶談》：「明世宮人有『答應』的名目」。

12 **勒掯**：意指趁人急要，多抬價錢。

13 **喝采**：采，指博具骰子中的采色。勝曰「得采」，興而唱叫。陸游詩：「信手梟盧喝成采。」馬臻詩：「喜入王孫喝采聲。」《五燈會元》：「雙陸盤中不喝采」。喝采，今仍語行世間。

14 **便濃濃點了一盞桃松子泡茶**：從此語言，可以想知當時茶局子所賣之茶，非今日茶館之茶。乃唐宋烹茶之法，配以各類香料，沸

水點攪。

15 **那婆子瞧科**：科，指劇曲中寫劇人之動作詞。上已說過。此言瞧
　　科，意即王婆故意的看了一眼，一如劇中人作戲的表演。[2]

16 **比甲、網巾**：即今之所謂嵌肩，即半臂也。《元史》〈昭睿順皇后
　　傳〉，寫作蔽甲。網巾，乃用束裹頭髮者。以絲結網為巾，今之
　　戲劇角色扮戲，仍用之。《綠雲亭雜錄》謂始於明初。

17 **打擂鼓兒**：即今俗語之「敲邊鼓」。第三者從旁說好話，助之有
　　成。

18 **下小茶**：古時女子受聘，禮曰「下茶」；亦曰「吃茶」。今日粵籍
　　婚聘，仍有此茶禮。《老學庵筆記》有歌曰：「小娘子，葉底花，
　　無事出來吃盞茶。」俗語有「一家女子不吃兩家茶」之說。

19 **東京八十萬禁軍楊提督**：此人即指宋徽宗時的太監楊戩，自崇寧
　　後，即日有寵幸，曾任彰化軍節度使。西門慶女婿陳經濟的父親
　　陳洪，書稱是「親家」。西門慶初交通的官吏，便是由陳家橋入
　　的楊提督。禁軍，守衛京城的禁衛軍。《宋史》〈兵志〉：「禁兵者，
　　天子之衛兵也。」

20 **王婆便去點兩盞茶**：取茶曰「點」，不像今天的所謂「泡茶」、「沏
　　茶」，而是「點茶」。可以想知這時的茶，是用各種甜食點品配合
　　而成的。因而有各種名色。

21 **與娘子澆澆手**：澆手，意為慰勞之意。

2　書中誤「科」為「利」字。

22 **茄袋**：當即錢袋，如茄形。《宋史》〈輿服志〉，金主法物有玉帶及皮茄袋。

23 **賤累**：古人稱妻的謙詞。語出《漢書》〈西域傳〉，有重累重敢徙者，詣田所。註累謂妻子家屬也。後人遂以妻子謙稱「賤累。」

24 **勾當**：意指任務，應擋負的事務。本應為「擔當」，後俗成「勾當」。亦作「句當」。《北史》〈序傳〉：「事無大小，士彥一委仲舉，推尋勾當。」《舊唐書》〈第五琦傳〉：「玄宗大喜，即日拜監察御史勾當江淮租庸使。」《歸田錄》：「奉敕江南勾當公事。」《通俗編》：「按勾當乃幹事之謂，今直以事為勾當。」此說「家里的勾當」，即指家裏的事務。

25 **外宅**：本為「別宅」之謂。《墨子》：「徙外宅諸名大祠。」《史記》〈衡山王傳〉：「令居外宅。」《唐書》〈李愬傳〉：「黎明雪止，愬入駐元濟外宅。蔡束警曰：『城陷矣！』後以妾婦為外宅。」《水滸傳》〈二十二回〉：「有個女兒喚做婆惜，典與宋押司做外宅。」此言「外宅」，即今稱小老婆之意。

26 **路歧人**：《瓶外巵言》謂：「即游娼也。亦言妓女。皆宋代俗語。夷堅志作路岐散娼。」按路岐又見於武林遺事。王廣〈笙賦〉：「詠別鵾於路歧。」稱游娼為「路歧人」，一如民初上海所謂的「四馬路上的野雞。」這種妓女在馬路上拉客，謂之「打野雞的。」想必就是這等低級妓女。

27 **冊正**：意為扶為正室。古時妃嬪被封為皇后，禮曰冊正。

28 **細疾**：細，小也。細疾，指小毛病。說病小，意在勿勞聽者憂

心。謙虛詞令。

29 **差撥**：指使或差遣，撥弄之意。後來亦稱差撥，供人指使者也。

30 **粉頭**：妓女的泛指稱語，意為擦脂抹粉，化裝臉面為職業的女
人。劇曲中的淨腳，亦稱粉頭。

第四回

淫婦背武大偷姦
鄆哥不憤鬧茶肆

1 **搭在乾娘護炕上**：北地天寒，冬日睡眠，不用床，用炕。磚土砌成，內燒火使溫，通稱此種睡處曰「炕」，亦寫作匟。此說「護炕」，當是指的炕邊高起處。

2 **官人休要囉嗦**：此語中的「囉嗦」，不是指的語言，而是指的心意。這時西門慶故意拂下筯筷，彎身去捏金蓮的小腳，潘金蓮早經會意，所以說「官人休要囉嗦。」意為不要多此一舉，乾脆，咱們直接了當吧。寫金蓮之淫蕩性格，幾已勿須十大挨光之計。

3 **表記物件**：足以代表雙方的記號東西，通常男女定情時，私下交換的紀念物件。

4 **風月**：指女人在床笫間逢迎男人的情趣感。如《妝樓記》載，唐開元初，宮人被進御者，即刺風月常新於臂。

5 **色系子女**：絕好二字的拆開言說。亦隱語之一例。

6 **眼望旌節至，耳聽好消息**：此語意指期待大軍凱旋的好消息。高則誠《琵琶記》有此句。今之戲曲，亦時用此語。

7 **棺材出了討挽歌郎錢**：意為事已辦完，應付的酬勞，還未付呢。

「挽歌」指出殯時，唱挽歌的歌手吟唱的挽歌，古有此俗，今已不存。今之喪禮，能見者，只有殯儀館代唸祭文的人。這話的意思是，喪禮已經完了，唱挽歌的錢尚須催討。

8 **但得一片橘皮吃，且莫忘了洞庭湖**：意為只要得到些微幫助，也會報以大恩。此乃北人成語，洞庭湖在楚地，橘產南方。遂以洞庭湖作為南方的代名。只要得到一片橘皮的好處，也不要忘了產橘之地。

9 **雪花銀子**：蒙古語有「撒花」語，向漢人脅掠金銀之詞，後世訛為「雪花」，以喻銀色精美，義亦通。《黑韃事略》：「其見物則欲，謂之撒花，撒花者，漢語覓也。」《水雲集》之〈醉歌〉：「北軍要討撒花銀，官府行移逼市民。」《通俗編》：「元兵犯宋，凡得州縣鄉村，排行脅索金銀，謂之撒花。」此處則指精美成色的好銀子，非「撒花」本義。

10 **這咱晚**：即這樣的晚了，北人語言。

11 **瓢**：以葫蘆為之，葫蘆晒乾後，一剖為二，除去其中子粒，可作水舀用。俗稱之為瓢。此用由來已古，字見經書。但在此則有雙關意。

12 **香茶**：《瓶外巵言》，考述香茶甚詳，茲全錄之：「《太平樂府》，喬吉有賣花聲小令，詠香茶云：『細研片腦梅花粉，新剝珍珠荳蔻仁；依方修合鳳圓春。醉魂清爽，舌尖香嫩。這孩兒那些風韻。』按香茶有木樨瓶、鳳香瓶諸名，含之口中，猶古之雞舌（今之口香糖）。《長生殿》〈禊游〉：「（生）一幅鮫綃兒裹著個金盒子。（淨）咦！黑黑的，黃黃的，薄片兒，聞著又有些香，莫不是要

藥（春藥）麼？（生）是香茶。（丑）待我嚐上一嚐。（爭吃各吐介）。呸！稀苦的，吃他怎麼。」於此可知其概。古人口中擒香，本有雞舌香酥合香，後因價貴，遂有合藥與香料茶葉所製者，婦女尤嗜之，以解口中惡味。或云殆即宋之龍鳳餅之遺製。口香糖未興時，嘗有含檳榔荳蔻者，想香茶之方失之久矣。初為醒酒、消食、解穢之用，後為媚道之助。讀《金瓶梅》，可據此領略吟味香茶在媚道上的助力。當中所寫香茶作為媚道之助頗有幾處。

13 **蛇吐信子**：信子，指蛇口中時時吐出吸進的舌。此喻男女接吻時，兩舌相互吸吮，你吐來，我吐去，如蛇吐信子。

14 **著銀打就藥煮成的托子**：此乃淫器，男子用以增長陽物者。參閱三十八回。之所以用「藥煮」，蓋今之消毒吧。

15 **出牝入陰**：形容男子陽物的本能，亦穢語也。

16 **牝戶、毳毛**：牝戶，指女陰；毳毛，指陰毛。

17 **做軍**：此指納入軍籍人家。按宋之兵籍有三，一禁軍，二廂軍，三鄉軍。《宋史》〈兵志云〉：「鄉兵者，選自戶籍或土兵應募在所，團結訓練以為防守之兵也。」喬鄆哥家之「做軍」鄆州，可能鄉兵之屬。鄆州，今山東鄆城縣。

18 **這小猴子**：用小猴子比喻男孩的刁鑽頑皮。

19 **含鳥猢猻**：罵孩子連話還說不清呢！居然如此胡來。含鳥，指口中含物說話不清，以「鳥」作喻，更示此語之粗野不雅。「鳥」，諧「屌」，男子陽物也。上已言之。

20 **刮剌上了**：意指弄到手了，或達到目的了。多用於男人偷情。小
偷，揚州亦名曰「刮兒」。

21 **馬蹄刀，水杓裏切菜，水泄不漏，半點兒也沒多落在地**：馬蹄
刀，指圓如馬蹄形的小刀，水杓，舀水用的，也是圓形。如把菜
蔬放在水杓中用馬蹄刀切，真是連半點兒也不會掉落在地方。意
為保密到極點，水泄不漏。

22 **賊合娘的小個栗暴**：合，讀如ㄔㄠˋ，或讀如日，亦可寫作
「肏」，入肉，便可會意了；穢語。「賊合娘的」，髒話罵人的口
語。「小個栗暴」，乃用棍棒向頭上敲打，打出了肐臌，謂之「栗
暴」。此語形容王婆一邊惡言相罵，一邊又伸手打去。

23 **老咬蟲**：這句罵人語，究竟何意？《瓶外卮言》說：「越語，私
為夫婦者，曰老咬口，是所本也。」殆或老妖之謂。

第五回

郓哥幫捉罵王婆
淫婦藥酖武大郎

1 **糴些麥粉**：糴，音笛，買也。麥粉，指的麥麩。麥磨成粉，篩下
 粉後，賸下的碎麥皮，北人稱之為麥麩，通常用來餵飼家畜。

2 **怎的賺得你肥膉膉**：意為怎麼？發了財了，吃得肥都都。賺得，
 意為賺了錢了。諷刺武大靠老婆養漢賺得了金錢，所以吃胖了。

3 **我的老婆又不偷漢子，我如何是鴨**：古稱鴨曰「忘八」（王八），
 一如今稱之「烏龜」。《通俗編》：「魚曰鬻水，鴨曰王八。」蓋雄
 鴨頭綠，顏料中之綠色，有稱「鴨頭綠」者，或因此以鴨喻男子
 戴了綠頭巾。《瓶外巵言》說：「《鷄肋篇》有云：兩浙婦人皆事（專
 喜）服飾口腹（穿戴吃喝），而恥為營生。故小民之家，縱其私
 通，謂之貼夫。公然出入，不以為怪。如近寺居人，所貼者，皆
 僧行也。多至有四、五焉。浙人以鴨為大諱，北人但知鴨作羹，
 雖甚熱亦無氣。後至南方，乃知鴨若止一雄，則雖合而無卵，須
 二、三始有子，以其為諱者，蓋為是耳，不在於無氣也。」姚靈犀
 此說，或為想當然之詞。按禽類之卵，非雌雄交配而有，有雄交
 配者，可孵出雛鳥，無雄交配，則孵不出雛鳥。以鴨喻男子之妻
 有外遇，當以基於「雄鴨頭綠」為是。

4 **肬膉**：指皮膚被外物打擊，浮腫起的肉瘤。圓起如粟子大小，故

習稱「粟子暴」。

5 **屁鳥人**：意指無用的人。屁，喻空無所有，再引申作無所用處。鳥，男子之陽物諧音，上已說過。此說「屁鳥人」即意為無用的男子漢。粗俗的意思，便是用男子的陽物軟而無用之喻。

6 **炊餅不濟事**：「不濟事」，意為幫不上忙，亦即無助於事。濟，助也。這時鄆哥認為十個炊餅，禮太少了。

7 **只得窩盤他些個**：說得文雅些，「窩盤」就是周旋，亦即「虛與委蛇」或應付，籠絡，討好之意。

8 **經紀人**：此言經濟人，乃是指的買賣人，不是今天所謂的經紀人，多指商場經理而言。

9 **直我鬏髻**：粗話，意為你這老東西，連我的鬏髻也直不起；看不上眼的意思。亦即今日的「你算什麼東西」。罵了你又怎樣。「鬏髻」，男子陽物的俗稱，亦作「鷄巴」。

10 **紙虎兒**：即紙老虎之意，徙有老虎形相，作不了老虎的用處。

11 **智量**：即指的智慧，一如今言之反應慢。說得更文雅點，等於今言之「智商」。西門慶自作掩飾之詞。

12 **鄆哥見頭勢不好**：頭勢，亦即勢頭。意為大勢、或苗頭。鄆哥一看情勢上的苗頭，西門慶已占上風之意。

13 **面皮蠟楂也似黃了**：形容人在失血時的臉色，黃得像蠟一樣。「蠟楂」，乃蜂蜜榨完蜜後，餘的蠟性楂滓，黃色。通常人們形容黃

色，總以蠟為喻。

14 **采問**：采問，即睬問。理睬，問詢。此說雖然武大氣得發昏，也無人理睬，也無人慰問。連自己的女兒迎兒，都被潘金蓮禁止住了。

15 **你做勾當**：關於「勾當」一詞，上已說過。但此語則把「勾當」意作惡事解。等於說「你做得好事」。

16 **擺布不開**：意為應付不了。不能把身邊事處理周圓。

17 **天生天化**：意為，給他一個生生死死，換言之，就是要他死，《陰符經》有：「天生天化，道之相也。」亦即宇宙萬物都是天生天化。有生必有死。

18 **這搗子**：搗子，本是用以專指搗亂社會秩序，不守法律的流氓而稱。今王媒婆稱武大為「這搗子」，意思是武大已給他們惹起了麻煩。故以「搗子」按到武大頭上。後面，作者也曾自作解說，「宋時謂之搗子，即今時俗呼為光棍。」[1]

20 **便入在材裏**：「材」，棺木的簡稱。此語乃裝入棺木之意。

21 **乞那西門慶騙騙了**：意為被那西門慶設局詐騙了。凡預謀的詐欺，都謂之「局騙」。一如今之設圈套。「乞」被動語態，「乞那」即被那。元朝《典章》，有禁局騙之法律。

---

[1] 見〔明〕蘭陵笑笑生：《金瓶梅詞話》第九回與三十八回。

22 **戴上巾幘**：即束上網巾，戴帽子。

23 **教買棺材津送**：「津送」，即贈送之意。王婆教西門慶買棺材贈送給潘金蓮安葬武大。

24 **網巾圈兒打靠後**：語意指不要把我放到心後去了，像頭上束戴的網巾圈兒一樣，束好之後，打結在頭腦後邊。

25 **仵作、團頭**：專以驗勘屍首的役人。宋代始置。清末，改為驗屍吏。稱謂錄：「仵作，宋已有之。折獄龜鑑，有人行商回，見妻為人殺，而失其首，不勝捶楚，自誣殺妻。府從事獨疑之。乃追封內仵作行人，會供近日異人安厝去處。」《六部成語》：「驗屍之男役也。」團頭，仵作之首也。

第六回

西門慶買囑何九
王婆打酒遇大雨

1 **冥器**：喪事用的陪葬物品，亦稱明器。

2 **禪和子**：參禪的僧人，亦稱「禪和」。子是語助詞。《碧巖集》：「如今禪和子問著也道；『我亦不知不會。』」也稱「禪子」。均指僧人。

3 **火家** ：即習謂之「夥計」，共同辦事的同伴。

4 **酒保、案酒**：在酒店中照顧賣酒生意的人。《鶡冠子》：「欒布、杜根為酒家保。」為酒家傭使。一如今日飯店之跑償。「案酒」即肉餚之類。

5 **蹺蹊**：違悖常理的事，謂之「蹺蹊」。劇曲小說常用此詞。〈燕子箋〉：「說起話蹺蹊，誰識其中情事。」《清平山堂話本》：「只因這封簡帖兒，變出一本蹺蹊作怪底小說來。」（簡帖和尚）亦作「蹺敧」，《朱子語類》：「聖賢語自平正，卻無蹺敧如許。」《通俗編》：「《陳龍川集》：『以曹孟德本領，一有蹺敧，便把捉不完。』」蓋凡令人感於不合情理之事，都謂之「蹺蹊」。

6 **自有些辛錢**：自然有些辛苦錢，或辛勤錢。

7 **刁徒**：即刁惡、刁詐、刁棍之徒。刁棍，惹是生非的惡漢。《福惠

全書》〈刑名部〉：「今之刁棍，更以州縣法輕，每赴督撫衙門，捏
詞告理。」此謂「刁徒」，蓋些類刁棍。西門慶正此類人。

8　**陰陽**：即陰陽生，男巫之一種。《通俗編》：「按元設陰陽學，學中
習業者，乃謂之陰陽生，所習書以周易為首，而凡天文地理星命
占卜及相宅相墓選日諸術，悉期精通。明以來學廢，而陰陽生相
依道家，名實甚不相稱矣。」此說的陰陽，即此類陰陽生。

9　**白紙髮髻**：即髮髻上加上白紙，以示戴孝。

10　**揭起千秋旛，扯開白絹，用五輪八寶盥著，那兩點神水**：此術語
描寫陰陽在驗武大尸時的情形，無非是把蓋在武大身上的布被揭
開時，作了些什麼手續。不易一句句把它解釋清楚。

11　**葫蘆提**：此語在元明曲中慣常使用。《還魂記》：「老相公葫蘆提
認了吧！」《西廂記》：「酪子裏各歸家，葫蘆提鬧到曉。」《秋
葫戲妻》：「更則你莊家每葫蘆提沒見識。」亦作「葫蘆題」、「葫
蘆蹄」，《西廂記》：「和你也葫蘆題了也。」悉為今語之糊裏糊塗，
馬馬虎虎，不必太認真之意。

12　**一力攛掇**：即幫襯著，敷衍著，或護弄著，不使出麻煩。

13　**化人場、骨殖**：即今之火葬場。骨殖，即燒化了的骨灰。

14　**岳廟**：即嶽王廟，北地崇敬泰山，多供嶽王。岳，即嶽之別寫。

15　**進門盞兒**：古時延客之禮，客人入門，先以酒敬。謂之進門盞。

16　**老花子**：花子亦作化子，乃討食的乞丐。北人謂乞丐曰：「討飯

花子」。此說「老花子」,意即專意想謀取別人財物的人。

17 **不揪採**:即「不揪睬」,看也不看一眼之意。

18 **嗄飯**:指用飯時不可缺少的菜蔬餚饌。

19 **賴精**:專會撒賴的人。精,有了道成的鬼怪,習稱之曰「精」;一曰「成了精」。

20 **兩頭南調兒**:當是時行的曲調名。

21 **鞋杯**:用婦人弓鞋當作酒杯貯酒,謂之鞋杯。元末詩人楊鐵崖曾脫女鞋為杯,用以行酒,謂之金蓮杯。《觥記注》:「雙鳧杯,一名金蓮杯,即鞋杯也。」王深甫有〈雙鳧杯詩〉,則知昔日狂客亦以鞋杯為戲也。

22 **施逞槍法**:俗習以槍喻男子陽物。西人亦有此喻。蓋以男子陽物形態作比,或稱「黑纓槍。」此喻施展男子行淫之技能。

23 **「寂靜蘭房簟枕涼」八句**:此均形容男女行淫時的各種姿態。

第七回

薛嫂兒說娶孟玉樓
楊姑娘氣罵張四舅

1 **連忙撇了主管出來**：「撇」即拋下、丟下、扔下之意。也就是說連
招呼也不打，顧自蹓出。

2 **管情中得你老人家意**：「管情」意為一定、必定，應該，在語氣
上，是極為肯定的肯定詞。今一作「敢情」。屬於燕語；亦即今謂
之北平話。亦保證所說可以對現之意。

3 **正頭娘子**：意為大老婆，即「正室」。古禮后居中宮，妃居東西側
宮。俗稱妾婦為「偏房」或「側室」，以別正室正房。「娘子」一
詞，由來已久。《北齊書》〈祖珽傳〉：「一妻耳順，尚稱娘子．」
韓愈〈祭周氏姪女文〉：「祭於周氏二十娘子之靈。」《舊唐書》〈楊
國忠傳〉：「帝欲以太子監國，國忠大懼，歸謂姊妹曰：『今當與娘
子等併命矣！』」《通俗編》引此說：「此大官夫人稱娘子之證也。」
《北里志》：「一曲高歌綾一匹，兩頭娘子謝夫人。」《唐書》〈后
妃傳〉〈視獻皇后楊氏傳〉：「宮中號為娘子，儀禮與皇后等。」足
見「娘子」是一般人對大家女眷尊稱之詞。

4 **南京拔步床**：《瓶外巵言》說：「疑即八舖床。言床之大，可容八
舖八蓋之被褥。以南京描金彩漆者最佳。或言八步床，謂其長八
步。七修類稿，謂石床一張，上下四柱，菱花片壁，即人間之拔

步耳。越諺作『踏步床』，謂床前接有碧紗廚者，踏踏腳，步步障也。」

5 頭面：婦人頭上的一切裝飾，即名之為「頭面」。今之舊劇旦腳，化裝時所用之頭上花飾，謂之「頭面」。《東京夢華錄》云：「相國寺兩廊，賣綉作領抹花朵珠翠頭面之類。」《乾淳起居註》：「太上太后幸聚景園，皇后先到宮中起居，入幕次換頭面。」

6 三梭布：指當時一般平民通行之平布；意為此種布最易換得現金。

7 長挑身材，燈人兒：「長挑」指身材修長，而且柔順。「燈人兒」，指容貌艷美，如畫在花燈上的美人似的。

8 當家立紀：意即能主持家政，作一家之主，為丈夫行法於內，一如宮中皇后。

9 管情一箭就上垛：意為保證一見面就會成功，有如射箭，一箭就會射中。「垛」，指受箭的箭靶。

10 帶頭：意為除了娶來一位娘子，還會附帶來許多財產。

11 山核桃差著一隔兒哩：山核桃乃吳越所盛產。核桃仁中間有隔，一層層的。此語借以比喻兩下裏的親情不夠直接。舅與外甥，終究隔著一層了。

12 男花女花：此指男孩女孩。此或為北人口語中的「男娃（兒）女娃（兒）都無。」因北人的「兒」音融在主詞中，南人聽來，好像「男花女花」似的。

13 **求只求張良，拜只拜韓信**：意為不要去直接求漢高祖，求張良與韓信更有用。也就是說這事求孟玉樓的楊姑娘更有用。

14 **囂緞子**：指質料粗劣的絲織品。「囂」意指絲的經緯織得鬆，絲與絲都露著縫。

15 **放官吏債**：宋明時有錢人家，常把錢借與未得實職的京官使用，一旦他們得了官，不僅加倍又加倍償還，還有其不少報恩的照顧。

16 **漏眼不藏絲**：意為凡是看到眼裏的，無論好的壞的，都說在當面，不要留下在背後說。

17 **臭毛鼠**：即臭鼠，放起臭氣，令人掩鼻躲避。此語乃意喻在中間作惡人，作個叫張四討厭的臭毛鼠。

18 **世上錢財乃是眾生腦髓，最能動人**：意為錢財等於眾生的腦髓，人見人喜，因為任誰見了錢財，都會深入腦髓，不會不動心的。

19 **好不四海**：意為人緣好，交友廣闊。亦可說是喜交遊，五湖四海的朋友都有。

20 **說得婆子屁滾尿流**：形容聽得高興，實則指的是「眉開眼笑」。

21 **靛缸一溜**：「靛缸」是染坊中的盛靛青顏料用以染布的缸，「一溜」即一排擺起。寫孟玉樓家是作染布生意的。

22 **安著兩座投箭高壺**：所謂「投箭高壺」，或是用來作「投壺」遊戲用的。或為像投箭那樣高的瓷瓶，作為家庭擺設。

23 **片晌**：一刻兒工夫。「晌」，讀音「ㄕㄤˇ」。

24 **兩大篓羅**：意指蘿筐或簸箕。用來盛零碎物件的。這裏說裝的是「毛青鞋面布」。

25 **常有二三十染的吃飯**：「染的」，指染布的工人。

26 **那搭刺子**：指偏僻之處，一作背哈刺子，或角落（格剌兒）。北平人寫為「旮旯兒」。

27 **蜜餞金橙子泡茶**：此說泡茶，蓋亦古法。古人製茶為餅，飲用時熬煮；或作茶磚。《食檄》：「催廚人作茶餅，熱油煎蔥，瀝茶以絹。」此用蜜餞金橙子泡茶，或非茶餅之類。或以糕點加沸水泡而飲之。我在兒時，客人來，仍有此飲食糕點之法。《南窗記談》：「客至以設茶，欲去則設湯。不知起於何時？上自官府下至閭里，莫之或廢，有武臣楊應臣獨曰：『客至設湯，是飲人以藥也。』故其家多以蜜漬橙木瓜之類為湯飲客。」得基於此乎？

28 **搗謊**：即亂造假話之意。

29 **老公**：即丈夫。妻謙稱夫主曰「老公」。吳俗稱女子出嫁曰「嫁老公」。不過，老公本為老人之稱。

30 **那個是成頭腦的**：意即他家妻妾雖多，還沒有一個可成為領頭人的。

31 **打婦熬妻**：熬妻，即折磨妻子之意。

32 **三窩兩塊**：意即沒有多少日子便抓得三兩件把柄或漏洞，便人多

口雜惹起氣來了。

33 **倘來物**：《莊子》〈繕性〉：「軒冕在身，非性命也。物之儻來，寄也。」疏：「儻，意外忽來者耳。」《江總文集》〈自序〉：「軒冕儻來之一物，豈是預要乎！」《舊唐書》〈紀王慎傳〉：「榮寵貴盛，儻來之物，可恃以凌人乎？」倘乃儻之俗寫。意外凡意外的財富以及軒冕富貴，都是如寄的意外財富，值不得珍貴。

34 **艾窩窩**：故都人愛食的食品，《瓶外卮言》云：「《故都小食品雜詠》：『白粘江米入蒸鍋，什錦餡兒粉面搓。渾似湯圓不待煮，清香喚作愛窩窩。』註曰：『愛窩窩回人所售食品之一，以蒸透極爛之江米待涼，裹以各食之餡，用麵粉搓成圓球，大小不一，視價而異，可以涼食。』」

35 **插定**：意即留下信物，表示業已中意。

36 **太僕寺馬價銀**：太僕官名，在周屬於夏官，九卿之一。掌輿馬牧畜之事。北齊稱太僕寺，以後歷代因之。但太僕寺之有馬價銀子，則始於明代成化二年（1466），以南地不產馬，改徵銀，以銀兩代應徵之馬，解交太僕寺。四年（1468）始建太僕寺常盈庫，貯備馬價銀。隆慶二年（1568）有賣種馬之議，一馬可賣十兩。自是始，賣種馬之半。抵萬曆張居正當國，則盡賣天下種馬。太僕寺所儲馬價銀雖增，但萬曆爺凡所開支，諸如邊塞之賞，子女大婚以及分外開支等等，悉借太僕寺馬價銀應用。終極未斷。是以研究《金瓶梅》者，據此一語認定該書乃萬曆間作品。

37 **業障**：意為前世作孽才招來這個討債鬼。通常用於父母提及子女的謙詞。業，應作孽，本佛家語。

38 **做水陸**：擺設水陸道場，超度十界生靈。

39 **各人裙帶上衣食**：意為各人有各人的私房錢，別人不應探尋。

40 **鞋腳**：指婦女們的應用物品，別人不應該看的東西。

41 **又不隔從**：指親屬關係，隔，指外姓，從，指旁系。又不隔從，乃指親屬是血親，並非旁系，也非異姓。楊姑娘是孟玉樓丈夫的親姑娘，所以這樣說。

42 **好溫克性兒**：意指性情溫和。好脾氣。

43 **鳳凰無寶處不落**：喻意是如果沒有好處你就插手了嗎！

44 **是楊家正頭香主**：意為她乃楊家正正頭頭的香火主宰。如今楊家只剩下她最長了。

45 **那膫子合的**：「膫子」，穢語，指男子陽物。粗解就是：「你是什麼人的膫子（吉巴）合出來的？」意思是，你又不姓楊，怎麼管起楊家的事來了。

46 **這老殺才**：意為老不死的，該挨刀子的。

47 **黃貓黑尾**：意為前後不一致，加重上語「搬著大，引著小。」引人上當而已。

48 **老花根、老粉嘴**：「老花根」意指老乞丐，「花根」乃花子根，生成的叫花子。「老粉嘴」意為老驢騾。「粉嘴」是驢騾馬的名色之一。在百馬圖中有「粉嘴驢」之名。

49 **扯淡**：「扯淡」即胡說之意。或說「你閒扯淡」。即意為你說的話不能相信，只是說說而已。《西湖志餘》：「扯淡」或轉曰「牽冷」。言其言之無味也。等於說，毫無意義。

50 **你這嚼舌頭**：意為該下拔舌地獄，或說該爛去舌頭。

51 **掙將錢來焦尾巴**：罵人無兒無女，你要錢幹什麼？給誰，只有你一個人，只有（紙錢）燒焦自己的尾巴。

52 **老蒼根**：老槍根亦即「老娼根」，等於說你家世代都是婊子養的。

第八回

潘金蓮永夜盼門慶
燒夫靈和尚聽淫聲

1 **一籠夸餡肉角兒**：北人每用麵皮圓形對折，夾餡包起成半月形，俗稱角兒。放在蒸籠中蒸熟，作為食品。此說「夸餡肉角兒」，顯是男人口吻，所謂「夸」通常都是南人稱北人之詞，北人稱南人為「蠻」。所謂「夸餡」自是指的北人愛吃的一種肉餡，蓋醮料與調味製法均不同。

2 **小妮子**：北人稱小女孩的名詞，通常用於父母對女兒的謙稱。

3 **嘴谷都的**：意指生氣把嘴氣得鼓起。

4 **脫下兩隻紅綉兒來，試打一個相思卦**：指脫下紅綉鞋打卦，一如今日廟中扔擲半月形的陰陽闓，作為心思占卦的合否。《聊齋誌異》〈鳳陽士人〉：「手拿著紅綉鞋兒占鬼卦。」註謂：「春閨秘戲。」夫外出，以所著履卜之，仰則歸，俯則否。名「占鬼卦。」

5 **害饞癆饞痞**：鄉人每以病人愛挑食，謂之害痞，貪吃謂之害饞癆症。均為罵人貪吃之意。

6 **牢頭**：在監牢中管囚犯的領班。

7 **毡包**：一如今日的皮包，出外時應用的一切物件，由跟隨携帶。

或用毡製作，故稱「毡包」。

8　浸潤、就滑：「浸潤」意謂小惠，「就滑」意謂隨便（或二字有誤）。

9　守備：官名，明初置南京守備，職位甚高。中葉以後，軍事日
　　繁，各地城堡皆置之，職位漸卑。《明史》〈職官志〉，載有南京守
　　備及協同守備之職掌記錄。此指各地守備之一。

10　傍個影兒：意即來幌那麼一下兒，俗話有「連個人影兒也見不著
　　你。」意即此。換言之，只要你來幌那麼一下也是好的。

11　小油嘴兒：指嘴巴甜，或說得好聽。通常出於婦女之口。

12　一旦拋閃了：「拋閃」即今日所謂的「甩了」或「丟棄了」。

13　疊成一個方勝兒：菱形，本為首飾的一種，此乃用紙疊成。《西
　　廂記》：「把花牋錦字疊做個同心方勝兒。」即把信箋疊成兩個斜
　　方形，兩方相聯，以示同心。

14　賣糞團的撞見了敲板兒蠻子，叫冤屈麻犯肐膌的賬；騎著木驢兒
　　磕瓜子兒，瑣碎昏昏：此兩句乃歇（解）後語。意指說話「瑣碎」
　　而又言語難懂，事情也「麻犯（煩）」人。「糞團」是北方糞場所
　　製，成球的乾糞便，以供農家買去作肥料。與南方人賣外沾黑芝
　　蔴飯團相似。這兩樣放在一起，吃錯了豈不徒叫冤屈。「蔴飯」
　　諧麻犯（煩），肐膌是兩物的圓團不平的形態。騎木驢是犯了淫
　　罪的婦女受刑，這時磕瓜子，豈不是瑣碎的事昏昏。不可能的
　　事。蓋意指潘金蓮的話，使他很難向主人說。

15　侵早：即早晨，天亮不久。亦稱「浸晨」。

16 **馬嚼環**：即戴在馬口中的鐵鍊，用以制服馬的馬勒。

17 **旺跳身子**：指健壯的身體。旺，健旺，盛也。跳，指精神飽滿，精神蓬勃。

18 **匾擔大蛆蟮口袋**：「蛆蟮」即「蛆渠」，即馬蛆、馬蚰、馬陸、又稱蚰蜒，即蜈蚣。此說乃賭咒發誓之詞，意為如說謊，會變成匾担粗的蚰蜒口袋。

19 **他離城四十里，見蜜蜂兒拉屎，出門交獺象拌了一交，原來覰遠不覰近**：歇（解）後語，意為「覰遠不覰近」。等於《孟子》上的：「明足以察秋毫，而出門不見輿薪。」

20 **眊眊**：形容兩者間言語的滔滔不絕。

21 **馱擔**：一如前回之「駝垛」。指禮物担子。

22 **分門八塊頂梁骨，傾下半桶冰雪來**：意為從頭頂蓋涼到腳心。過分恐懼之意。

23 **靈杵、鼓鈸**：均和尚作法事時用的樂器。

24 **禿厮**：即禿小子。指和尚。厮，稱呼豎小之詞。

25 **檀越錢糧**：檀越，梵語。意為施主。《翻譯名義集》：「稱檀越者，即施也。此人行施，越貧窮海。」是以僧道尊稱施主曰：「檀越」、「檀那」。《冷齋夜話》：「雲庵住洞山，嘗過檀越家。」蘇軾〈安州老人食蜜歌〉：「安州老人心似鐵，老人心肝小兒舌。不食五穀唯食蜜，笑指蜜蜂作檀越。」此語「檀越錢糧」即施主的供應。

26 **一雙挑線密約深盟隨君**：當意為襪子的形容詞。

27 **緞子護膝**：「護膝」即北人習穿之「棉套褲」。僅有兩條褲管，有帶繫於腰間，謹護膝以上。勞動人等通常穿用，行動輕便，亦足以禦寒。

28 **插燭也似的磕了四個頭**：形容磕頭時的情形，以頭點地。

29 **午齋**：僧人素食，通稱齋飯。午齋即午飯。

30 **交妬**：此男女交合。亦作「交構」或「交媾」。

31 **我還要在那蓋子上燒一下兒哩**：在女人陰阜上以艾團炙香瘢，以示兩情之深。蓋性變態之一斑。明馮惟敏〈詠藝香〉之「双調水仙子」云：「雪冰肌淺露紫葡萄，金寶釵斜連紅瑪瑙，麝蘭香正點花穴道。選良時，真個燒。俊生生玉腕相交，齊臻臻香肩并靠。摻可可銀牙碎咬，亂紛紛珠淚同拋。」這闋〈水仙子〉已把此一「燒」的淫行，寫得淋漓盡致矣。

第九回

西門慶計娶潘金蓮
武都頭誤打李外傳

1 **陪床的**：古時嫁女，多有使女陪嫁，謂之「陪房」。孫雪娥即此類陪嫁來的使女。

2 **帶鬏髻**：意指使少女成婦人。在此指把孫雪娥收房。原是丫頭，收為妾——小老婆。

3 **性兒好殺也**：應作性兒好煞，意指性情太溫和了。「好煞」語氣，乃吳人語態。

4 **鞋腳**：此指女人送贈女人使用的禮物。

5 **強人**：婦女們背後指稱丈夫的慣用詞，亦稱「強梁」。意為那個蠻強的人，或霸道的人。

6 **生得肌膚豐肥，身體沉重，在人前多咳嗽一聲，上床賴追陪解數，名妓者之稱，而風月多不及金蓮也**：描寫李嬌兒的身軀豐肥，疑這段語詞，必有錯誤。在崇禎本中，即改寫為「生得肌膚豐肥，身體沉重，雖然屬他名妓者之稱，而風月不及金蓮也。」或可想知「解數」之「解」字是「雖」字之誤，斷句應把「雖數」放在「上床賴追陪」之上。卻又語氣不明。「賴」可作「懶」的假借，或是誇大李嬌兒的肥胖，連多咳嗽一聲都是負擔。可是，這樣的

人物，又如何能應付西門慶呢？故疑語詞有誤。

7 **喜歡得沒入腳處**：意為喜歡得不知如何是好，走來走去沒個站的地方。

8 **蕭墻禍起**：影壁內院的牆，謂之「蕭牆」。《論語》〈季氏〉：「而在蕭牆之內也。」按「蕭嬙謂屏也。蕭之言，肅也。君臣相見禮至屏而加肅敬焉。是此謂之「蕭牆」。後即以「蕭牆」之內乃同居親屬。此言「蕭牆禍起」，指武松回來，要鬧起家窩事了。

9 **太歲**：木星的異名。《列子》〈湯問〉：「要之以太歲。」《荀子》〈儒效〉：「東西而迎太歲。」《論衡》〈難歲〉：「徙抵太歲凶，負太歲亦凶。抵太歲名曰歲下，負太歲名曰歲破，皆凶也。假令太歲在甲子，天下之人皆不得南北從，起宅嫁娶，亦皆避之。」《陔餘叢考》：「術有太歲大將軍之說，動土者必避其方。」《福惠全書》：「輒為攢毆而折股肱，號為太歲。」是以後人每以太歲作惡者的代名，應避之。

10 **決撒了**：意即把事情弄壞，弄砸。或翻過來了。

11 **沒腳蟹**：一點主意也沒有，像蟹失了腳，動不得了。

12 **沒李何**：沒奈何，「李」乃「奈」之誤。

13 **養贍**：即贍養費，生活所依賴的金錢米糧等。

14 **咄咄**：自言自語地，喃喃不休。

15 **盤費得三五個月**：指生活上所需要的費用。盤，盤算計畫。

16 **叫過貨賣**：貨賣，指酒店中的跑堂，亦稱夥計。

17 **合氣**：兩人之間有了氣惱，要吵嘴，打架，都謂之合氣。

18 **搗吊底子兒**：意指用棍棒在陶瓦器中攪搗，用力太過，或攪擾得久了，缸或罈底被搗破掉，謂之搗破了底子。此語用以喻義潘金蓮已被西門慶用得破爛了。

19 **佐貳官吏、縣丞、主簿**：佐貳官乃輔助主官之職。《明律》有嘗佐貳官者，各遞減一等之律。《六部成語》，對吏部佐貳官之註解云：「府州縣幫辦官之總名，即佐助貳副也。」縣丞，乃縣令的屬官，位在簿位之上。
主簿一職，各級官署均設，管理文書帳冊之官，橡史的領袖。但在州郡，則為輔佐之職。《通典》〈職官典〉「總論州佐」：「主簿一人，錄門下眾事，省署文書，漢制也。歷代至隋皆有。」又「縣佐之主簿，漢置，唐宋遼元時皆置。」其職司一如今日之主任秘書。

20 **有首尾**：意即有來往，有結合，有勾結。亦作手尾，上下其手之意。

21 **經目之事**：指寫在春秋經典上的綱目。（記在經典上的綱目，也未必全是真事，…）

22 **造次**：急遽匆忙之意。《論語》：「造次必於是，顛沛必於是。」

23 **吏典、皂隸**：意即吏目，掌管刑案斷事。皂隸，賤官也。《左氏傳》〈昭公七年〉：「王臣公，公臣大夫，大夫臣士，士臣皂，皂臣輿，輿臣隸，隸臣僚，僚臣僕，僕臣臺。」《左傳會箋》：「府

史胥徒之等，蓋當皂輿隸僚也。皂，造也。造，成事也。非今皂役也。輿，眾也，佐皂隸眾事也。隸，隸屬於吏也。僚，勞也，供勞事也。僕，附也。方言，儲，農夫之醜稱也。南楚，凡罵庸賤，謂之田儲。」此時的皂隸，乃縣衙公役，供差遣之輩。

24 **往來聽氣兒**：在兩方面傳遞消息，暗通聲氣。

25 **賣串兒**：一如今日司法黃牛的勾當。

26 **兩下裏打背**：意即兩邊討好賺錢使。打背，當即暗遞消息，暗盤條件之意。

27 **更衣**：上洗手間的文雅詞。蓋去小解也。

28 **順著房山跳下**：房山，即房屋的山牆。此說順著房山跳下，寫西門慶並無多少拳腳工夫，沒有本領從房上跳下，只得從房屋的山牆順勢滑跳下來。

29 **匹面**：應為劈面，「匹」乃音同的假借。即正直照著臉打去。

30 **見武松行惡**：看見武松行兇作惡了。

31 **兜襠**：即對正兩條大腳之間的地方踢去。兩腿之間，小腹之下，謂之腿襠。此處有生殖器在，往往一腳可以致命。

32 **收籠他**：用好意攏絡之意，不敢硬碰硬對付。

33 **頂缸**：替人代罪之意。《雅俗稽言》：「金陵沿江岸善壞，或言猪婆龍為祟。因猪朱同意，遂託言曰黿。上命捕之，適釣得黿，不能出，因取沙缸罩出之。諺云：『猪婆龍為殃，賴頭黿頂缸。』

吳中謂代人受過曰『頂缸』。本此。」元曲《陳州糶糧》:「你不知道,我是僱將來的頂缸外郎。」

第十回

武松充配孟州道
妻妾宴賞芙蓉亭

1 **保甲**：保甲制度宋王安石所創。乃地方自衞隊之自治組織。十家為保，設保長，五十家為大保，設大保長。十大保為一都保，設保正保副。保丁由鄉民二丁取一，授以弓弩，教以戰陣。謂之保甲法。《文獻通考》：「熙寧三年（1070）十二月詔行保甲法。保甲之名，由是起。」

2 **毛廁、淨手**：毛廁即今之廁所，淨手，即上廁所小便。

3 **勘**：指勘查罪狀。通常指驗證等事。

4 **干證人**：相干係的證人。可提供證據的人。《福惠全書》：「干證某，屍親某。」

5 **相公**：相公本是宰相之尊稱，蓋古之拜相者，必封公爵，故稱相公。《通俗編》：「按今凡衣冠中人，皆僭稱相公，或亦綴以行次，曰大相公，二相公，甚無謂也。」《道山清話》：「嶺南人見逐客不問官高卑，皆呼為相公。想是相公常來也。豈因一方之俗而逐漸行於各方歟？」此尊知縣為相公，自以當時習俗之稱。

6 **箆板子**：竹製的板子，扁形，有棱刃，如斜起打人，如刀。

7 **口強**：強，讀如ㄐㄧㄤˋ，即倔強。口強，即口硬，打死也不承認。

8 **拶子**：酷刑的刑具之一。通常用於婦女，亦即手指的夾棍，由五根小木條編成，夾在手指間，用繩收緊。即痛楚難忍。《莊子》：「罪人交臂歷指。」註：「即今背剪拶指也。」可見此刑甚古。

9 **發落**：把案作決定，發交下屬辦理。

10 **政和三年**：宋徽宗年號，西元一一〇三年。

11 **典史、司吏**：典史一官，元始設置。知縣的屬官，掌管訟獄捕盜等事。《明史》〈職官志〉：「典史，典文移出納。如無縣丞，或無主簿，則分領丞簿職。」基於此則知其職在縣丞與主簿之下。司吏，當即吏目。周官有「司隸」之職，掌奴隸勞役。

12 **故殺平人**：指過失殺死平民。

13 **去央求浼親家轉央內閣**：浼，當為浼，讀如每，《孟子》：「爾焉能浼我哉！」降低身分，換言之，即卑躬屈膝的去求。內閣本為閨閣或內室，後用於秘書。《魏志》〈華歆傳註〉：「薛夏報之曰：『蘭臺為外臺，秘書為內閣。』臺閣一也，何不相移之有。」明成祖即位之初，拔翰林院才識之士，入直文瀾閣，專掌秘密典令謂之內閣。後四殿二閣各設大學士一人，承天下之命，辦理各部要務。稱為閣臣。品秩只有五品，但明朝中葉多以尚書領兼，權亦高乎部院以上，視同宰相。[1]

---

[1]　〔清〕張延玉等編：《明史》〈職官志〉。

14 **大理寺寺正**：大理寺掌審讞平反刑獄之政。分左右寺十三布政司。左右寺各設寺正一人，正六品。[2]

15 **府尹**：掌一府之政的長官，唐置。明代的順天、應天二府置府尹，掌令府之政令。正三品。此當為東平府知府。

16 **內閣蔡太師**：蔡太師指蔡京，宋徽宗時的權臣，大觀元年（1107）曾拜太師，在政壇上四起四落，政和宣和間，均在當國。但宋之宰相不稱內閣，此稱「央內閣蔡太師」乃明朝人口吻，明朝稱輔臣為內閣大臣。蔡京之弟卞，子攸、脩，悉為徽宗之寵臣。攸在政治上，能獨擋一面，且父子不和，晚年之蔡京，凡事悉決於季子脩。攸曾迫京致仕。與明朝嚴世藩之倚賴父勢，兩父子間相比，截然不同。

17 **門生**：本指門下弟子，一稱門人。唐代進士及第，凡執掌考試的官吏先生，及第者均自稱門生。《資治通鑑》〈後唐紀〉：「長興元年（930）中書省奏：今後及第人，不得自稱門生。」《朝野類要》：「（宋）其舉主各有格法限員，故求改官奏狀，最為難得，如得，則稱門生。」

18 **刺配、充軍**：「刺配」是面上刺字發配充軍的簡稱。亦稱「刺字」。《元史》〈刑法志〉：「諸盜賊，赦前去所刺字，不再犯，赦後不補刺。」《六部成語》：「凡盜犯、凶犯，俱刺字於面，罪輕者，刺於臂上。」（刺字註解）。蓋刺配乃墨刑，墨面或墨臂以流徙。《宋史》〈刑法志〉：「曾布議曰：『於鼻墨，則用刺配之法。』」

2　同前註。

「充軍」，亦刑罰之一，即流徙於遠地兵營，作勞役。

19 **省院**：古時公卿居所，謂之省；省中。亦官署之總稱。《唐書》
〈百官志〉：「官司之別，曰省，曰臺，如尚書、黃門、中書、秘書、殿中、內侍六省是也。」後每以六部比之為省臺。此說院，指都察院。《明史》，六部有科道官，都察院有御史官，有察有檢。此言「申詳省院」即詳報上級有關機關鑒核之意。

20 **孟州**：地在河南懷慶府，今稱孟縣。此說剌配二千里，乃誇大之詞。蓋清河距孟州並無二千里遠。

21 **迤邐**：應作「迤邐」，通常用來形容拖拉著一長串。或處處不爽朗，亦稱迤（一ㄟ）邐（ㄌㄧˇ）拉拉。此指由公差押送之意。

22 **心中去了痞一般**：「痞」，指腹中五臟上結了塊，去了就無累贅了。

23 **纔頭髮齊眉兒**：此語通常指小童，頭髮四垂，短短地，還沒有上梳成髻。意指幼小。「齊眉」，指額前頭髮垂下，不過眉毛處。在國劇中，稱「孩兒髮」，即此種髮型。

24 **汗巾兒**：當時男女習用之巾帕兒，一如今天的手帕兒。看去，在當時作裝飾的用途，比擦汗拂污的用途多。

25 **咱**：此字是親切性的加入聽話一方的相稱詞，並非自我的自稱詞。蓋凡說「咱」的時候，十九都把聽話的一方包容在內。以示兩者間的親切。有時用於時間形容詞，如「多咱」？意指「何時

呀？」或「什麼時候？」[3]

26 **語尾的「兒」音**：語尾加「兒」音，通常在北人語音中，多融在實字的音聲之內，決非「齊眉兒」、「汗巾兒」、「禮兒」、「性兒」、「娘子兒」的「兒」音，北人不會注意及此，只有南人聽北人語言，方有「兒」音的清晰感受。

27 **大名府梁中書**：這裏寫的梁中書（世傑）故事，並非《水滸》中情節，只是作者為李瓶兒製造了一個來歷而已。此處寫李瓶兒嫁花子虛後，卻被太監叔公帶去廣南住了半年。這裏應是研究李瓶兒重要之點。

28 **養娘**：即乳母。《瓶外卮言》引黃容詞：「生受生受，更被養娘催繡。」

29 **御前班直**：指在皇帝身邊輪值，以示乃皇帝身邊的寵信。

30 **廣南**：指宋時的廣南道，宋以太監出守邊塞。

31 **無營運**：此指一點經營都沒有。

32 **十兄弟**：西門慶的最早發跡，靠結拜的十兄弟，等於今天的「幫」；結幫。這十兄弟是（二）應伯爵字光侯，原開綢緞鋪，專在本司三院幫嫖貼食，渾名應花子。（三）謝希大字子純，清河衛千戶官因襲的子孫。自幼遊手好閒，把前程去了。但會一手好琵琶。（四）祝日念（實念）字首誠，（五）孫天化綽號寡嘴陰陽生，已革職。（六）吳典恩（七）雲裏守（手）（八）常時節（九）

3　參閱拙作：《金瓶梅探原》。

卜志道（十）白來搶。卜志道死了，由花子虛頂補。後來，花子
虛死了，由賣地傳賣夥計頂補。西門慶是老大。這般人，全是西
門慶手下的爪牙。[4]

33 **品簫、那話**：男女行淫時的淫行，女子以口舌吮吞男子陽物。今
　　日中人稱為「深喉嚨」。那話，乃陽物之隱話。

34 **馬爬在身邊**：指如馬伏地，雙肘支地與雙膝跪地，背脊平平的形
　　勢。如馬伏也。

---

[4]　詳見〔明〕蘭陵笑笑生：《金瓶梅詞話》第十一回。

第十一回

潘金蓮激打孫雪娥
西門慶梳籠李桂姐

1 **顛寒作熱，聽籬察壁**：上語意指興風作浪，惹是生非；下語指專喜偷聽別人私事，或專門打探別人私事。

2 **怪行貨子**：亦即罵人為少見的賤坯。前已經說過了。

3 **硬氣**：作出強硬不買帳的態度。

4 **收了俏一幫兒**：說服大家結成一幫，用俏態嫵媚漢子。

5 **搖颭的走來**：意為風姿綽約搖搖擺擺的走來。

6 **粉粧玉琢**：形容女子全身打扮得如花似玉。

7 **內相**：對太監的尊稱詞。

8 **俺兩個自恁下一盤耍子**：「俺」，即我們之意，「自恁」，就這樣（不必多所張羅）；「耍子」，即玩耍，消遣。但「耍子」不是北人語言。川人把玩耍說成「耍子」。杭州人也把玩耍說為「耍子」；或加兒。

9 **賊湯奴**：賊湯奴，罵秋菊諷喻孫雪娥是上灶弄湯水的奴才。

10 **卸**：拆卸之意，「卸下你那腿」，意指把腿拆下來。

11 **馬回子拜節，來到的就是**：歇（解）後語，指回教人上清真寺禮
拜，一日五回，有固定時間，成了節令形式。意即到寺中拜了就
算。[1]何以稱『馬回子』？蓋馬姓多為回教，有所謂「十馬九回」
之諺。

12 **忽剌八、新梁興**：「忽剌八」乃元人口語，意為突然間，忽然又
想看。在元曲中，常見的口語。「新梁興」乃新亮興起了，北人
口語，意指新擺出來的名堂。筆者兒時，曾常用此一口語，如
「這是你新亮興的」，意即你新想出來的。

10 **扯毯淡**：下層社會上的口頭語，意即說廢話。有時也說成「扯屌
淡」。此語上已解釋。

11 **中有時道使時道**：意指有機會就不放過。此乃春梅罵孫雪娥在灶
上管湯水，她便有掌管湯水的時道，有權想不給就不給，指責孫
雪娥在弄權。

12 **雌著，慢條絲禮**：「雌」意為故意拖延時間，或為滯著。「慢條絲
禮」，指做事慢而不急，但又不能責之太慢，因為他正有條有理
的在做。都是形容動作慢。

13 **攔攔**：意指用手段把丈夫攔在屋裏，不使他去。

14 **歪剌骨**：沈德符在《萬曆野獲編》中有考，嘗罵婦女之品德最下
劣者。意「歪拉骨」為「瓦剌國」的諧音，瓦剌婦女迫於生活，
至為卑賤。或謂牛角骨中的肉，最為穢腥，稱瓦剌肉。歪剌骨即

---

[1]　採錄日本平凡社版《金瓶梅》小野忍、千田九一解說。

以此作為罵婦女最下賤的成語。總之，此語乃罵婦女最下賤的話。

15 **一丈青**：「一丈青」本為南宋烈女名。《女世》說：「馬皋被誅，閭勁周恤其妻一丈青，以為義女云云。以一丈青妻之，遂為中軍統領。有二認旗在馬前，題曰：『關西真烈女，護國馬夫人。』」《水滸傳》有扈三娘者，綽號一丈青，此一綽號，乃西門慶家人來昭之妻。

16 **兇神**：意指惡人，亦稱兇煞神，殘忍可怕的人。《福惠全書》：「一黨兇神，因其畏縮，誘以代辦之詞，科其不貲之費。」[2]

17 **恁硬氣著只休要錯了腳兒**：意指耍倔強脾氣。「錯了腳兒」，指看他能否硬到底，有沒有走亂了步子的時候。

18 **比養漢老婆還浪**：通常指「養漢老婆」為淫婦，偷漢子的女人。「浪」指淫蕩。

19 **幹那繭兒**：「繭兒」指秘密的事，如蠶兒吐絲作繭，躲在裏面。此意為幹那不可告人的事。

20 **烏眼雞**：此語不知何出。從語氣看，意為怒視的樣子。我在兒時嘗聽家人用此語，多說某人在瞪著眼睛時就說：「幹什麼？像烏眼鷄一樣？」《瓶外卮言》說：「應作五眼鷄，見張明善〈水仙子〉詞句，中與兩頭蛇三腳貓並言，言其狠毒也。《石頭記》亦有此語，似含有覬覦急不能待之意。」所說與我兒時的經驗不符。

21 **那頃**：那時節。頃，時間形容詞。每作頃刻。

2　〔清〕黃六鴻：《福惠全書》〈錢穀部〉「催徵」。

22 **著緊不聽手**：「不聽手」，意指不夠利落，不能順心如意，不受使
喚。意為如今在潘金蓮房中，反而幫起兇來了。

23 **驕貴的這等的**：「驕貴」一詞，乃北人習用語，意指太看重自己。
或自抬身分。

24 **撐了你的窩兒**：意指我這鳥兒加進來，把你的窩兒撐垮了。意思
是說我又沒有占據你的窩。

25 **氣不憤**：意為氣得忍受不了。或打抱不平者，也會說：「我氣不
憤嗎！」如果在第二人稱時，則為「不服氣」，一如這句：「你氣
不憤，還教他伏侍大娘好了。」意思便是「不服氣」，「不平」。

26 **嘴似淮洪**：這話多限於淮河流域的人所說。淮洪指淮河水氾濫
時，波濤滾滾，非常洶湧。用來形容這人的話說得既快又多。簡
直使別人無法插嘴。

27 **戳舌兒**：意為挑撥，也說「戳舌根」。

28 **才拉些兒**：意為險些兒，或差一點。（或指有人拉著一些。）

29 **拾了本有，吊了本無**：喻意不明，待考。

30 **三尸神暴跳，五陵氣沖天**：按《避暑錄話》：「道家有言三尸、或
謂之三彭。以為人身中皆有是三蟲，能記人過失，至庚申日，乘
人睡去，而讒之上帝，故學道者，至庚申日，輒不睡，謂之守庚
申。或服藥以殺三蟲，小人之妄誕，有至此者。」《玉經生》註：
「上尸名青姑，中尸名白姑，下尸名血姑。」《太上三尸中經》：「上
尸名彭倨，在人頭中，中尸名彭質，在人腹中，下尸名彭矯，在

人足中。」此說三尸神暴跳，意謂從頭頂到腳心，都充滿了怒氣。「五陵」本指漢長安的五帝陵，詩人每以「五陵少年」代長安京城的青年，此說「五陵氣」，當是指的少年血氣之旺。此二語都是形容人生氣時，光火之大。

31 **一分兒家財都闞沒了**：「闞」字音嫖，溺娼也。宋元人冶遊狎妓，謂之闞。《瓶外卮言》說：「闞，越諺宿娼也。」

32 **闞寡門與小娘傳書寄柬**：「寡門」一詞，不知何出。揆其語意，似指妓館，「小娘」似指妓女。

33 **會茶**：會茶，即輪流作茶會。日本服部誠一著《東京新繁昌記》（三編），記有「待合茶店」云：「按昔日稱待合者，有東郡人與西街人集議，則預為可會於某坊某茶店之約，相待而會，因有其名。當今究之來于此店者，其趣不同有事而會者有焉，有約而待者有焉。…」蓋亦我國會茶之濫觴。

34 **清河衛千戶官兒**：此職應是屯田衛所的千戶，五品之秩。

35 **令翠**：揆其語意，乃意指友人眷養之妓。尊之曰：「令翠。」

36 **虔婆**：《名義考》：「虔婆，謂賊婆也。」亦作姑婆。《丹鉛考》：「姑婆能以甘言悅人。故曰：『姑』。」蓋指妓女也。元曲《曲江池》：「雖然那愛鈔的姑婆，他可也恕免。」

37 **窮冗**：一即今日吾人的俗語：「窮忙」之意。

38 **挑牙與香茶蓋兒**：此乃那時的男人們，習帶的物件，挑牙棒，耳挖子，以及裝香茶餅的盒子。關于「香茶」，上已註說。

39 **保兒**：妓院中的男佣人。亦即男鴇兒。

40 **風月窩、蔫花寨**：「風月」，本指清風明月夜景之美，後有人引為
男女間情事。但《金瓶梅》中的風月，則大多指男女間淫行。故
以妓院為風月窩。「煙花」，本指春景繁華，如李白詩：「故人西
辭黃鶴樓，煙花三月下揚州。」杜甫詩：「秦城樓閣煙花裏，漢
主山河錦繡中。」在元曲中，則以煙花喻妓女，如湯顯祖《還魂
記》：「大古是煙花惹事，鶯燕成招。」此指「鶯花寨」，當是指
的「煙花寨」。均指妓院。

41 **索落**：即使用語言上的圈套，一圈圈套進去。意即騙他非喝不
可。

42 **見精識精**：意為見過精靈的人當然識得精靈，他們的這種「索落」
圈套，被識破了。

43 **腼腆**：害羞之意。亦即臉皮生得薄。不好意思。

44 **上了道兒**：意即雙方意見合了轍了。

45 **梳籠**：嫖客包占第一次接客的雛妓，曰梳籠，亦作梳櫳。蓋籠髮
為髻，使之成人之謂。亦古之及笄禮所演化。

第十二回

潘金蓮私僕受辱
劉理星魘勝貪財

1 **都閒靜了**：都沒有得事作了。

2 **玳瑁貓兒交懽**：玳瑁，形容貓的毛色，栗黃花貓。交懽，交配也。

3 **纔留起頭髮**：明朝人不剃髮，一如古人。孩童髮型下垂，成人時，上梳於頂，綰成髻。此說，指琴童剛把髮梳成髻。

4 **猜枚行令**：指飲酒時，猜拳行酒令。

5 **在院中謾地**：「謾地」當為漫地，即水泥匠鋪地。

6 **打水平**：泥水匠處理下水道，必須的工作，使水能排出。

7 **真人**：道家語，指悟得了道家奧義的人。《鶡冠子》：「君子不慎，真人不怠。」《列子》：「子與真人居，而不知也。」《莊子》：「且有真人，而後有真知。何謂真人？古之真人，不逆寡，不雄成，不謨士，若然者，過而弗悔，當而弗識也。若然者，高登不慄，入水不濡，入火不熱，是知之能登假於道者也。若此，古之真人，其寢不夢，其覺無憂，其食不甘，其息深深，真人之息以踵，眾人之息以喉，屈服者，其嗌言若哇，其嗜欲深者，其天機淺。古之真人，不知說生，不知惡死，其出不訢，其入不距，翛

然而往，儵然而來而已矣。不忘其所始，不求其所終，受而喜
之，忘而復之。是以謂不以心捐道，不以人助天，是之謂真人。」
〈大宗師〉。此處乃對道士們或道士們的尊謂詞。作到「真人」，談
何容易。

8　**白嚼人**：有二義，一指白吃者，一指胡亂批評人。

9　**銀耳幹兒**：即銀製的耳挖子。

10　**孤老**：妓女的相好，謂之孤老。亦嫖客的異稱。婦女們的拼居
　　者，亦稱「孤老」。

11　**鍍金網巾圈兒**：束髮網巾上的金質圈環。

12　**猶如蝗蜢一齊來**：形容這些人物貪吃，見了飲食像蝗蟲似的一擁
　　而上（落）。蝗蟲之災，是農家一大災害，總是遮天蔽日飛來，
　　一齊落下，田禾頓時光禿。

13　**淨盤將軍**：指把餚饌吃得精光，只餘下空盤。將軍，亦借作勇武
　　之意。

14　**五臟廟、淨光王佛**：俗稱吃飯為之修五臟廟。腹中有五臟六腑。
　　故有是語。淨光王佛，指吃得不賸一點。杯盤精光，如淨光王佛
　　似的。俗有五臟神，即心（丹元）肝（龍煙）肺（皓華）腎（玄冥）
　　脾（常在）五說。

15　**使位恰俐了，一泡稠谷都的熱屎**：「使位」二字，應是「便拉」
　　二字之誤刻。這段話是說那跟馬小廝沒有得到吃，氣得把門前供
　　養的土地爺翻倒來，便拉一泡糞便在土地爺身上。

「拉恰俐了」不知何地口語。

16 **一面水銀鏡子**：在這時期，鏡子已有了水銀鏡子了。

17 **假撇清**：意即今日所謂的「假惺惺」，本心不是如此，嘴巴卻這樣說。

18 **葬送他**：在背後說人家壞話之謂。

19 **蠍子**：五毒之一，北方極多。夏夜出沒牆根，尾翹起，有毒鈎，刺人痛甚。形如琵琶，亦稱琵琶蟲。可入藥。

20 **旋剝**：把衣服一層層全剝脫下來。

21 **錦香囊葫蘆兒**：綢布縫製的葫蘆形香袋。古代女子多配此，有如今日的灑香水。

22 **撏了**：指把頭髮用兩片小木板硬拔下來。

23 **如提冷水盆內一般**：意指像冬天水盆結了冰似的。形容心神一時冷凝了起來。

24 **有甚和鹽和醋**：意指兩者間沒有什麼攪和。

25 **拏這有天沒日頭的事壓枉奴**：意指拿這黑無日頭的事冤枉我。

26 **打死奴也只臭煙了這塊地**：「臭煙」當是「臭淹」，亦即血污或屍污了這塊地。死了，屍體爛化了，豈不是把這塊地弄臭了。

27 **白唆調漢子**：即平白無故的調唆男人來打他之意。

28 **扎罰子**：亦如今日吾人習說的「找碴兒」。應該寫作扻筏子，把各種不同的木條，扻在一起成筏。意為故意製造事端冤枉人。

29 **夏提刑、張團練**：「提刑」，官名。趙宋置，掌提點刑獄，平察曲直。但至神宗熙寧初，以武臣不足以察所部人材，罷之。是以徽宗時，已無提刑之官。在明，則稱提刑按察使。按明朝法律，是凡獄囚鞫問，明白追勘完備，徒流以下從各府州縣決配。至死罪者，在內聽監察御史，在外聽提刑按察司。審錄無冤，依律議擬，轉達刑部，定議奏聞。但在《金瓶梅》中，提刑則又稱「提刑千戶」。按千戶，在明乃屯田衛所之官，元始置，明因之，兵千人，官兵均世襲。非《金瓶梅》中的提刑官。「團練」指鄉民兵的組織。《宋史》〈兵志〉：「今既遣官隱括義勇，又別遣官團練保甲。」《六部成語》：「聚集壯丁而團。」此張團練，蓋鄉團之長，書中團練誤刻為練練。

30 **露水夫妻、再醮貨兒**：露水夫妻指姘居之妻，或所戀之妓，喻兩人相聚時間，不過一夜之間，如夜露，太陽一出，就消失了。「醮」，冠娶禮祭也。是以婦人再嫁曰：「再醮」。

31 **淘漉壞了**：意指洗刷得久了，好的也會洗成破壞。此喻西門慶成天泡在妓院，再好的身體，也會淘漉壞。淘漉即淘洗，如淘米，把散碴洗去。

32 **小頂人**：指妓院中的役使，也許是才買來的小女孩，以待成人。或為當時妓院中的口語。

33 **門戶**：指妓女戶，官府列有名籍之妓女戶。

34 **本等不自在**：意為心中不舒服，北方人的口語。本等，即原本，
　　原來之意。

35 **咬羣兒**：以頑劣野馬為喻。咬羣，指不合羣之馬，在羣中亂咬，
　　常把馬羣鬧得紊亂不安。

36 **本司三院**：指官設之妓戶。本司即教坊司。明有南北兩院，且有
　　東院，故妓院亦稱「行院」。但外縣祇當籍妓，既無教坊司，亦
　　無三院。此說或可說是泛稱詞，但亦可徵之所寫清河，實是京師
　　之地理環境。殆亦研究《金瓶梅》者，應留意到的地方。

37 **排手**：即擊掌作誓之意。

38 **只拏鈍刀子鋸處我**：意即慢慢的折磨我。

39 **搜尋娘**：意指搜尋罪狀，找潘金蓮的錯處。

40 **一身都骨朵肉兒**：意為這一身圓圓團團的花蓓蕾似的肉。

41 **壓鎮我**：意指用魔法壓鎮。把頭髮剪去，等於把魂收去，用魔法
　　放在什麼地方，於己不利。

42 **做頂線**：用來紮束頭頂上的髮根。

43 **我語言不的了**：燕語。等於說：「我說不得了？」

44 **回背、禳保**：均道家的法事，「回背」一事，書中自有解說。「禳
　　保」是道士們常用的行法驅邪禳災。

45 **鞋扇**：即鞋幫子。未縫上底的鞋翼，亦稱鞋扇。

第十三回

李瓶兒隔墻密約
迎春女窺隙偷光

1 **三不知**：即俗謂的「天不知，地不知，人不知。」或「人不知，鬼不知，神不知。」喻意是偷偷摸摸，或人不知鬼不覺地。

2 **分資**：亦稱「分子」。即眾人聚資打平夥的金錢。

3 **央浼之言**：俯首或卑躬拜託的語言。

4 **忙屈著還喏**：趕快鞠躬還禮。外加聲喏（寒喧語。）

5 **將的軍去，將的軍來**：意為怎樣把人帶去，怎樣把人帶回。

6 **我漤著你催哥起身**：「漤著」，意即我替你強挽著他，催他回家。

7 **惹大家室**：意為如此富有的家業。（惹應作喏或諾。）

8 **頭上打一下腳底板響的人**：意為有聰明、有智慧，一點就通。頭上打了一下，就通達到腳板心了。我兒時也常用此諺：「那個人聰明得，打頭連頭板都會響。」

9 **可可**：意即可巧，可好，正好，恰恰好之意。

10 **得不的此一聲**：意為巴不得的，求不得的，得到這麼一句。

11 **只是奴吃他恁不聽人說**：只是我嫁了他這種最不聽人勸說的人，
又有什麼辦法呢！意即如此。有些方言，很難從字面解釋。

12 **顧睦你來家**：「顧睦」，意為隨時而又到處關顧你、勸說你（回家
來）。

13 **打了個問訊**：意為旁敲側擊的問話。

14 **泥佛勸土佛**：意為兩人同樣，誰也不必勸說誰，應該各自勸勸自
己。一如今日的俗說：「大哥二哥麻子哥。」或「半斤八兩」之意。

15 **他已只恁要來咱家走走哩**：他已竟這麼有意想到咱們家走往了。
「只恁」，指李瓶兒先送禮來。吳月娘就已猜到李瓶兒有心西門慶
了。這種小地方，寫吳月娘的聰明。吳月娘的聰明是西門慶所有
婦女都比不上的。所以西門慶死後，她能把西門家扶持下來。讀
《金瓶梅》應注意這些小地方。

16 **傳花擊鼓**：此指飲酒時的行使酒令勸酒。

17 **如同個子釘在椅子上，正吃的個定油兒，白不起身**：這話的語
詞，顯然是南人語言，吳語也。形容謝希大等人不知趣，沒眼
色，也沒智慧，說他們只顧貪吃，像把釘子釘在椅子上似的不動
身。「定油兒」指磨油在取油時的定油情形。通常，芝麻被磨成
漿時，放在鐵鍋中，鐵鍋放在一個小小土坑上，取油者坐在鐵鍋
邊，用手不停的顛簸鐵鍋，把油定在芝麻醬上，用油撇子一撇撇
撇出。此謂之「定油」。意指人光是在椅子上起來坐下，就是不
離去。謂之「定油兒」。一說如針釘在案上的紡織娘。北方有紡
織娘同類的叱叱，亦稱「蚰子」。

18 **涎臉的囚根子**：意為不要臉總是喜皮笑臉的妖孽蛋。

19 **韶刁**：意即囉嗦。江浙人的口語。

20 **討了老腳**：意為得到大房的首肯，所謂得到閫令。

21 **吃的不割不截的**：意為飯吃得半半拉拉，正在吃著，還未吃完，就因事要離席，或有人半途插進來，都稱不割不截的。蓋指不成段落。

22 **挺簽破窗寮上紙**：意為輕輕頂破窗戶格中的糊紙。

23 **腳樣兒**：亦稱鞋腳樣兒，量腳的大小，以便縫製鞋。

24 **關頂的金簪兒**：指髮綰在頭上之後，用簪子束扣起來。這一簪子便是關頂的金簪。金簪類的品質也。

25 **疑齷影在心中**：意即有可疑的影子在心上，即疑心。

26 **影影綽綽**：意即只見影子閃閃，看不清楚是人是鬼。

27 **趒趄著腳兒**：形容輕輕小步竊竊行走的樣子。

28 **標住**：「標」讀如ㄅㄠˋ，動詞，糾纏著不放之意。

29 **嗔道**：此嗔字乃怒中帶嬌之意。

30 **勾使鬼**：應為「勾死鬼」，北人俗語。意為本不疑去，竟因此人而去，居然遭了劫難。便稱這個人為「勾使鬼」。

31 **粧矮子、啜哄**：粧矮子意即下跪。啜哄意用語言哄騙。

32 **黃貓黑盡**：即黃貓黑尾，前已註釋。

33 **觀風**：今曰「把風」。指在外為人觀看動靜，隨時通報。

34 **阿金溺銀**：指賺大錢。拉出的屎是金子，溺出的尿是銀的。

35 **梯己**：應為「體己」。通常指夫給妻的私房錢，謂之體己。亦延用於私下暗貼的財物。

第十四回

花子虛因氣喪身
李瓶兒送奸赴會

1 **來家忒早**：「忒早」，意為怎的回家那麼早？感於與往日不同之問。

2 **內臣家**：此指花太監自家的房族在爭產，「內臣」，通常指太監。

3 **正該鎮日跟著這夥人喬神道想著個家**：「正該」，意為起語疑嘆詞，即「真格的」。「鎮日」指一天到晚；「喬神」，不知喻意。揆其語態，似為今日所說的「遊神」。如以今天的語言說：「真格的，成天跟著這夥子人在外遊神（或浪蕩），還想著個家呀！」下面接「只在外邊胡撞。」所謂「今日只當丟出事來，才是個了手。」意為「今天該當弄出事來，纔會使這些人罷手。」

4 **你到著人個驢耳朵聽他**：意為「你就把驢耳朵倒過來聽他。」指認真聽。

5 **只好家裏嘴頭子罷了**：意為只在家裏耍嘴。

6 **趔趄腳兒**：「趔趄」一詞上已註過。據詞典，此二字意為「足不進也。」在此則為「急走」之意。但揆語意：「得不的一聲，趔趄腳兒就向外走。」似為「聽到這麼一句話，就輕點起腳步忙著向外跑。」形容西門慶這時的行為輕浮。與上語所用「趔趄著腳兒」義同，用法不一樣就是了。

7 **只休教他吃凌逼便了**：「不要教他在官司上挨打吃苦就好了。」

8 **著緊還打俏棍兒那別的越發打的不敢上前**：很難解出這句的意
   思。揆諸語氣，似指老太監在世時，除了把梯己（體己）的財物
   給了李瓶兒，著緊時便誰也不給只留給個己，別人也別想沾上一
   點半點了。「打俏棍兒」，當為玩花頭之意。

9 **手暗不透風**：意為被人在暗中耍了。以風不透雨不漏的手段給整
   下來了。

10 **尋分**：意為張羅人情。

11 **開封府尹**：即宋首都開封府的首長。漢、唐均有京兆尹，一如今
   之首都市長。

12 **趁子奴不思個防身之計**：「趁子奴」意即趁著我還有掌管家財的
   時期，「趁子」，吳越的語態。

13 **三不歸**：《論語》，孔子責管仲不儉，有「三歸」乃不儉之一。所
   謂「三歸」，指所攝官均設府第，或說有公館三處。此說「坑閃
   得奴三不歸，」意即如不存下點私房錢，往後萬一出事，會坑陷
   撇閃得他沒有退路，或無安身之處。

14 **大理寺卿**：大理寺是掌管刑憲的最高官府。趙宋以後設，明仍
   之。清則改稱大理院。《明史》〈職官志〉：「大理寺卿一人正三品，
   左右少卿各一人，正四品，左右寺丞寺正各一人，正五品，左右
   二寺寺正各一人，正六品。」

15 **座主**：此為唐以後之科舉及第者對考官之尊稱。《唐書》〈令狐垣

傳〉：「衢州刺史田敦，垣知舉時進出門生也。初垣當貢部放榜貶逐，與敦不相面。敦聞垣來，喜曰：『喜見座主』。迎謁之禮甚厚。」顧炎武《日知錄》：「貢舉之士，以有司為座主，而自稱門生。自中唐以後，遂有朋黨禍。」

16 **六房官吏俱都祇候**：宋之孔目房、吏房、戶房、兵房、禮房、刑房，謂之六房。《宋史》〈職官志〉：「先是中書人吏分掌五房曰：孔目房、吏房、戶房、兵禮房、刑房，又有主事、勾鎖二房。至是釐中書為三省，分兵與禮為六房。各因其省之事而增益之。」各府縣亦有六房。《水滸》之宋江乃刑房書吏。祇候，即恭候之意。但亦為官職名目。

17 **內官**：亦太監之名稱。

18 **當官估價**：即由官府判定應賣多少價錢。今猶如此。

19 **二千八百九十五兩**：七百兩、六百五十兩、五百四十兩，三者相加應為一千八百九十兩。此處可能刻錯。

20 **魍魎混沌**：通常稱妖魔鬼怪為魑魅魍魎，此語意為糊塗鬼。或更重些一鬼混蛋的東西。

21 **囷頭兒上下算計，圈底兒下卻算計**：意為「好處不算歹處算」。上句的「下」字，可能「不」字之誤。如是「下」字，則上下語氣不通。

22 **好小食腸兒**：意為胃口會這麼小嗎？

23 **當官蒿條兒也沒打著你一下**：蒿，草類。即蓬蒿，高不過二尺，

枝亂梗短。意為連打不痛的蒿條兒也沒打你一下。意為不曾受
刑。

24 **只是跌腳**：意即只是跳腳。

25 **隨你咬折釘子般剛毅之夫**：意為剛強得可以咬折釘子的丈夫。

26 **御之**：指男人駕御妻子。

27 **盜跖**：展跖，乃古之大盜，柳下惠展禽之弟。是以後人以「跖」
字為盜的代名。

28 **濁材料**：意即沒有用的東西，臭得沒有人沾的東西。

29 **教西門慶要了**：「要了」，亦即姦了之意。

30 **玉皇廟打醮**：玉皇是道教的天帝，尊為玉皇大帝、元始天尊。宋
主崇奉道教，《宋史會要》曰：「大中祥符七年正月，真宗詣玉清
昭應宮，率天下臣庶奉告，上玉皇聖號。曰：『太上洞天執符御
歷含道體道玉皇大帝。』」是以民間有玉皇廟。打醮，即禮敬的
法事。

31 **頗嘲問他話兒**：意為略帶幾分嘲諷的問他話。

32 **貴降**：指降生之日，今曰誕辰。貴，尊敬詞。

33 **喬皇親**：多指與皇家有姻親的人家。喬，姓氏也。

34 **漿洗**：洗滌後的衣物，再以薄麵糊上漿，謂之漿洗。

35 **勻臉**：婦女打扮後出外應酬，擔心臉上的脂粉褪了。隨時再加脂

粉點染。

36 **驢馬畜**：在《金瓶梅》中每有此類光說前數字，漏下後一字的歇後語，此即其一。驢馬畜生，不說「生」字，即意指生日。應是當時之流行口語。

37 **搧起袖子**：即捲起袖子。工作之前的行為，要打架時的準備。

38 **樣範**：古人製器，先有範式。或以範作模式。此說樣範，應是指的樣子。

39 **好執古**：太堅持自己的主意。

40 **七担八柳**：意即七事八事雜七雜八的。

41 **點倒奉行**：可使照著要求的原則去作。

42 **知局趄趑**：意即知趣識竅，看出了光景，推說不吃酒離開。

43 **關席**：意指陪坐。

44 **吳月娘在炕上跐著爐壺兒**：「跐」字，字書無。揆語態，似是寫這時的吳月娘坐在炕上，比鄰著溫酒的爐子。此寫各人坐次。

45 **二人吃的餳成一塊**：「餳」讀湯，段氏《說文》註：「不知飴謂之飴，和飴謂之餳。」此說二人吃得餳成一塊，意指西門慶與李瓶兒已和飴成餳了。所以下語「言頗涉邪」，語言也不規矩了。

46 **李瓶兒星眼㫰斜**：形容春情綿懶，密縫著眼，觀人都斜著眼眸，春情盪漾之態。

47 **汙邪**：「汙」字，似不可作「汗」，在此語中已見端底。此字應讀
如窪，即低窪之意。我在《金瓶梅探原》中，考述過此一「汙邪」
名詞[1]。「月娘道：就別要汙邪，休要惹我那沒好口的罵的出來。」
自可想知吳月娘口中的「汙邪」一詞，意指下流，「別要汙邪」
意即不要想那下流的邪念頭。在《史記》及《荀子》中，「汙邪」
均作低下之意。如作「汗邪」，則不成語矣。

48 **金三事兒**：指當時男女喜隨身携帶的金質牙剔、耳挖、指甲剪等
類。有錢人以金製，故稱金三事兒。「兒」字是語音。

49 **一條邊**：意為並排在一條線上。

50 **蝸居**：謙稱住處之小。今仍有此謙語。

---

[1]　參閱拙作：《金瓶梅探原》，頁197-198。

第十五回

佳人笑賞翫月樓
狎客封闞麗春院

1 **歛袵拜**：攬衣下拜之禮，在此作為謙詞。

2 **「山石穿雙龍戲水」以下數十句**：句句都是形容各種花燈的形類，定是當時燈市之勝況。

3 **公侯府位裏出來的宅眷**：公侯府指有公位侯位的人家的女眷。

4 **內家粧束**：指宮廷內的那種婦女裝扮。

5 **貴戚皇孫家艷妾**：像皇家貴戚皇家的皇孫等人的美艷妻妾。

6 **院中小娘兒**：妓院中的妓女們。

7 **被大官人墊發充軍去了**：「墊發」，本是指的財政上的名詞，在此款未到以另款先行墊發。《六部成語》：「應由此款撥發，而此款未到，而先以他款墊補發給。」這裏說武松充軍的用費都是西門慶出的。

8 **湫顧之處**：意為底下無法照顧之處。

9 **玉兔東生（升）**：玉兔指月亮，已從東天升上來了。

10 **數說著**：意即嘮嘮叨叨著。

11 **近日相絕色的表子**：近日相識到絕色的女子，或看中了。

12 **一路神祇**：指他們是一路神仙伴兒，說得不好聽就是一丘之貉。

13 **還把裏邊人合八**：意為西門慶已看上了外面的新人了，還會到你們院子裏合八。

14 **米囤也曬了**：意為米囤都晒了，那裏還有米作飯。

15 **買米顧水**：買米再顧挑水夫送水。顧，借作僱。

16 **可可兒的來**：可巧有這等樣事啊！

17 **今日不是強口**：「強口」，意指說硬話，堅定的話。

18 **快刀兒割不斷的親戚**：說明親戚親密，快刀子也割不斷。

19 **頂老**：頂老，指妓院中，男性老鴇。

20 **架兒**：打秋風的乞丐。有〈朝天子〉一曲詠架兒：「這家子打和，那家子撮合，他的本分少虛頭大。一些兒不巧人騰挪，繞院裏都蘑過。而上幫閒，把牙兒閒磕。攪一會才散夥，賺錢又不多。歪廝纏怎麼。他在虎口裏求津唾。」正是當時社會上的一種在流氓身邊的混生蟲。

21 **圓社**：宋代剔球的社名。「三個穿青衣黃扳鞭者，謂之圓社。手裏捧著一個盒兒，盛著一個燒鵝，提著兩瓶老酒，大節間來孝順大官人。」這般人也無非是幫有閒有錢階級人士的取樂者。

這裏也寫了些踢毬的情形：「次教桂姐上來，當兩個圓社踢。一個楂頭，一個對障，拘跳拐打之間，無不假喝彩奉承，就有些不到處，都過去了。反來向西門慶討賞錢。」可以想及他們玩球的大概。

又說：「桂姐的行頭，比舊時越發踢熟了，撇來的丟拐，教小人們湊手腳不迭。再過一二年，這邊院中，似桂姐這行頭，就數一數二的，蓋了群絕了倫了。」

「行頭」，在此是指踢球的技術。

22　**踢行頭、拾毛**：踢行頭，當為踢行道。拾毛，當是拾界外球。也有〈朝天子〉一曲，詠這踢圓的始末：「在家中也閒，到處刮誕，生理全不幹。氣球兒不離在身邊。每日街頭站，窮的又不趨，富貴他偏羨。從早晨只到晚，不得甚飽餐。轉不得大錢，他老婆常被人包占。」看這圓社手也只是當時一種討好富貴人家的賤業了。

第十六回

西門慶謀財娶婦
應伯爵喜慶追歡

1 **堂客**：乃一般人對於婦女的俗稱，幾成婦人代名。

2 **疑蹙湘裙**：形容李瓶兒下台階時以手攬著裙子的情態。

3 **娘每**：每，即今之們；明人以及元人，常以每代們。娘們，即指的婦女們。

4 **我自有處**：我自然有辦法處理這件事。處，讀ㄔㄨˇ。

5 **討花兒去了**：花兒，指燈節期間放射的各種花炮，通稱花兒。

6 **三十二扇象牙牌**：即今日的所謂「牌九」，共三十二張，可以賭博，亦可以打卦。亦名骨牌，《牧豬閒話》稱，始於北宋。《正字通》說宋宣宗時製，宋高宗領行天下。

7 **猜枚**：即今日飲酒時猜拳行令。

8 **沈香、白蠟、水銀、胡椒**：這些全是當時流行的香料以及工業用原料。均產自外省，如白蠟產於川黔，水銀產川粵，胡椒產南洋。在當時均極珍貴。

9 **快眉眼裏掃人**：意指看起人來，只用眼眸一轉悠，不正眼看。

10 **倒插花**：男女淫行的姿勢，雌在雄上，據雄腹而合也。

11 **許多細貨要科兌與傅二叔**：「科兌」意即發售，把細致貨物，盤賣與西門店內。

12 **川廣客人**：指四川及兩廣販賣藥材的商人。

13 **押合同、批合同**：即簽合同後先付訂金，批合同，即今之簽約。

14 **行市**：即市場上各物買賣上的價格。

15 **他就張致了**：意為他就拿了喬了。意為不要給錢太快，給快了會使對方感於賣賤了。

16 **買賣不與道路為讎**：意為作生意的人，不可得罪顧主。換言之，店家別得罪行商。

17 **塵鄧鄧的**：意為昏天黑地。亦如今日說把大家鬧得不得開跤。

18 **合搗**：罵人的穢語。多指的是婦人被男人合搗的怎樣怎樣。

19 **久慣兒牢成**：意為習慣了替別人圓謊的意思。北人說「打牢城」，即指別人有所隱瞞之意。

20 **紹彈子、勉鈴**：紹彈子，指彈弓之彈子。以此誇大勉鈴。勉鈴，應寫作緬鈴，乃緬甸傳來。淫行的器物。婦人說：「是什麼東西，怎的把人半邊肐膊都麻了。」這是反諷語態的誇大形容詞。實則此物不大，大則不能「放入爐內」（隱語）。亦稱「鼎」，皆道家採補的隱語。

21 **內相勤兒出身**：意為在太監身邊打過雜的人。

22 **做兄弟**：意為為人作男色之寵。《野獲編》稱之為「契兄弟」。

23 **討中人錢**：即今之介紹費，或以外來語說「康米馨」。

24 **房下**：夫對妻的謙稱詞。

25 **河水不碍船**：意指河水從不防碍船舟行動。此喻不願管別人事，一如河水一樣，管它船行何方？

26 **機兒不快梭兒快**：以織布情形作喻，意思是人言可畏，往往事還未有眉目，傳言便起了。

27 **一時有些聲口**：即一時之間有了些閒言閒話說起來。

28 **惹虱子頭子撓**：意為何必自添麻煩。惹虱子上頭，不是要搔頭不已嗎。

29 **沒絲兒也有寸交**：意為沒有「私」（絲）交，也有寸交。寸，指短也。

30 **你這家火去**：即你這些東西搬過去。

31 **葷不葷，素不素**：意為不三不四，不倫不類，雜七雜八亂堆一起。

32 **各衣另飯**：意為分門別戶，各吃各的，各穿各的。

33 **當官寫立分單**：指已經官斷把祖傳家當分清楚了。

34 **還未安磉**：磉，柱下石也。俗稱基礎。此謂捲棚的建築尚未安放
　　石基。

35 **蕤賓佳節**：蕤賓本為音樂之十二律之一，午位在陽曆五月中，故
　　稱五月為「蕤賓」。《禮月令》：「仲夏之月，其音微，律中蕤賓。」
　　註：「蕤賓者，應鐘之所生，三分益一，律長六寸八十一分，寸
　　之二十六。仲夏氣至，則蕤賓之律應。」《漢書‧律志》曰：「蕤，
　　繼也。賓，導也。言陽始導陰氣，傳繼養物也。位於午，在五
　　月。」是以稱五月端陽為「蕤賓佳節」。

36 **解粽**：亦端午節之異名。江南有此俗語。李卓吾〈解粽詩〉云：
　　「解粽正思端午，懷沙莫向汨羅，且喜六龍下石，因知二妙堪
　　多。」

37 **小優兒**：指演唱戲曲的年少伶人。往往亦兼契兄弟也。

38 **十八子**：李字的拆字說。今猶流行。

39 **恁日頭半天裏**：太陽還在半天空哩！「恁」，如此，這樣。

40 **小狗禿兒**：一如今日罵人語的「小兔兒崽子」等類。或癩皮狗之
　　意。均卑視之嘲諷俗語。

41 **東淨**：《傳燈錄》載：「趙州驗謂文遠曰：『東司上不可與汝說佛
　　法。』按禪林掌廁所之僧曰『淨頭』。」故謂「東淨」即廁所也。

42 **唱揚**：即張揚，不要吵嚷出去。

43 **結一個大肐膊**：意即把手臂打腫起來。

44 **火裏火去，水裏水去**：即今日習謂之「赴湯蹈火，在所不辭。」

45 **趁眼錯起身走了**：意為湊著人的眼光不留神時起身溜走。

46 **放辣騷**：意指狐狸放射身上的狐臭，躲而避之。亦說成「放屁拉騷」。

第十七回

宇給事劾倒楊提督
李瓶兒招贅蔣竹山

1 **千戶**：如以官名來說，元、明始置，宋無。乃屯田衛所之千戶官，掌兵千人。因系屯田衛所，是以官兵皆世襲。《明史》〈兵志〉：「襲元舊制，樞密平章元帥，總管萬戶諸官號，而覆覈其所部兵五千人為指揮，千人為千戶，百人為百戶，五十人為總旗，十人為小旗。」這幾位千戶，自是指的此類職官。不過西門慶的那個千戶之職，則是小說家筆下所捏造，非史志之官屬。上已說到。

2 **頭面**：本指頭臉之謂。《論衡》：「天無頭面，眷顧如何？」（〈初稟〉）。稽康〈與山巨源絕交書〉：「頭面常一月十五日不洗，不大悶癢，不能沐也。」後以婦人頭上的裝飾，謂之「頭面」。如鳳冠、花鈿、簪珥之類。《東京孟華錄》：「相國寺兩廊，賣綉作領抹花，珠翠頭面之類。」《錢淳起居註》：「太上太后幸聚賢園，皇后先到宮中起居，入幕次換頭面。」此處所寫頭面即指此類裝飾髮上物。（上已註過，茲引述於此。）

3 **累你好歹說聲**：意即勞累你無論如何說一句話。

4 **黃烘烘火燄般**：形容金質頭面的金光閃爍。

5 **打白棍兒**：喻意不太了解，似為今之「打光棍兒」。

6 **幹營生**：《瓶外巵言》說：「金主海陵王荒淫，謂交合曰：『幹事兒』。」此言幹此生活也。此語本書使用極多，均指幹某些事，一如「勾當」類似。

7 **砢硶**：讀為「可塵」。意為無滋味，吃到口中就想吐。凡是對不喜歡的人，不喜歡的事，就會說。「唔！可塵死了。」

8 **科道宮**：都察院的六科給事中，及十五道監察使，均謂之科道官。《明史》〈李時傳〉：「乃科道專責，寢不行。」

9 **王尚書**：指王輔，《宋史》有傳。但此參劾本章，則非全是事實。

10 **三法司**：明清審問刑案，均有此制，即交由刑部、都察院、大理寺三司會審。

11 **枷號**：乃古時囊頭之刑。上枷號名以示眾。

12 **孔目房**：官名，微卑。掌勾稽文牘事。即今之所謂文書室之類。

13 **邸報**：等於今日政府所印發之公報，但較詳。朝中大事，有必詳記。可參見今已印行之《萬曆邸報》。

14 **宇文虛中的參本**：這是一篇好文章，如加註解，尚須太多篇幅。此處只得從略。但其中「崇政殿大學士」一詞，《宋史》有此殿名，但職司則為明制。明之內閣學士有六，上已說及。（一）中極殿大學士（舊名華蓋殿）（二）建極殿大學士（舊名謹身殿）（三）文華殿大學士（四）武英殿大學士（五）文淵閣大學士（六）東閣大學士；通稱四殿二閣。按宋之大學士中，昭文館大學士及集賢殿大學士，則並監修國史。

15 **賈廉**：此處乃誤刻，應為「西門慶」，賄賂後改為「賈廉」。

16 **隨分人叫著**：任憑人去叫開大門。

17 **蚰蜒**：較蜈蚣略小的一種爬蟲，中原一帶特多。

18 **打著羊駒驢戰**：意即打羊，馬驢駭得打戰。

19 **樊噲**：漢朝大將，有武力。此以喻西門慶家的門戶，關閉得堅實緊嚴。

20 **人牙兒**：稱小孩謂「人牙兒」，此喻不見一人。或說：「連個人星兒也無有。」

21 **寸口**：指心臟。如「得失寸心知」或「方寸已亂」。

22 **骨蒸**：俗謂癆療之疾。吾鄉謂不發燒熱但卻不思飲食，日漸羸瘦的病痛，通謂之「癆」。如「筋骨癆」、「肝癆」、「肺癆」、「骨癆」之類。

23 **屬纊**：人死曰「屬纊。」《儀禮》：「屬纊以俟絕氣。」（〈既夕禮〉）。註：「纊，新絮。」《禮記》：「疾病，男女改服，屬纊以俟絕氣。」註：「纊今之新綿，易動搖置口鼻之上以為候。」（〈表大記〉）。故人之臨終，亦曰「屬纊之際。」

24 **覬覦之心**：意指非分之想。企圖在暗中伺機行事的心理。

25 **太醫院**：此名始於周代，乃醫療之最高機關，見周官天官醫師。後因時代而名有異。宋稱「醫官院」，學醫藥供奉及診療疾病。遼稱「太醫局」，金稱「太醫院」，元稱「提點太醫院」。明清稱

「太醫院」。是以此詞應屬明人口脗，非宋制也。此說：「我太醫院出身」，即一如今日醫生之掛牌，上寫「前ｘｘ醫院ｘ醫師」有異曲同工之調。

26 **抱攬說事**：意即包攬詞訟，一如今日之司法黃牛的作為。

27 **打倘棍兒**：即前註之「打俏棍兒」，此「倘」字或係刻誤。意即耍花梢，或今之所謂「耍二五眼」之類。

28 **于連在家**：即牽連上同黨官司，躲在家中。于，應為紆。

29 **入宮抄沒**：意即把家財抄取，沒收入官。

30 **一替兩替**：即一次又一次，或一趟又一趟。

31 **中饋乏人**：婦女在家料理家事縫補炊爨，謂之「中饋」，轉而引申為妻室代名。《易》：「六二無攸遂在中饋，貞吉。」（〈家人〉）疏：「婦人之道，巽順為常，无無必遂，其所戢主在於家中饋食供祭而已。」曹植〈送應氏詩〉：「中饋豈獨薄，賓飲不盡觴。」註：「向（秀）曰：『中饋，食也。』」《顏氏家訓》：「婦主中饋，唯事酒食衣服之禮耳。」

32 **荊妻**：丈夫對妻的謙稱詞。又稱荊房、拙荊、山妻、老妻，或敝房，房下。見《類書纂要》。

33 **贅婿**：意即男嫁於女家，一如義子。通常，此一風俗多因女家無後嗣，乃招婿以生子。得子姓女家姓。但有時也有其他條件。蓋以契約為準，不能一也。

34 **宿世、三生**：「宿世」即前世之意。《法華經》：「宿世姻緣，余今當說。」（〈授記品〉）。「三生」，即三世轉生之意。《傳燈錄》：「有一省郎，夢至碧巖下一老僧前，煙穗極微，云此是檀越結願。香煙存而檀越（施主）已三生矣。」

第十八回

來保上東京幹事
陳經濟花園管工

1 **打點**：本為整頓之意，此則為去向有關官員有所關節之意。《福惠全書》：「訟端既興，則運用筆鋒，播弄詭計，代為打點。愚者落局傾則。」[1]《六部成語》：「如應付補缺之官，以銀鈔送給吏部書辦，求其照應，指望補一好缺之類。」（吏部打點使黃註解。）但每用作整頓，《燕子箋》：「煩雪娘替我打點打點。」（〈拾箋〉。）

2 **風裏言，風裏語**：意指街頭傳言，一曰風傳，或謠言、謠風。

3 **次第**：本意為順序，或次序。《戰國策》〈韓策〉：「子嘗教寡人循功勞，視次第，今有所求此，我將奚聽乎？」《漢書》〈燕刺王旦傳〉：「旦自以次第當立。」後《漢書》〈第五倫傳〉：「以次第為氏。」《南史》〈梁元帝紀〉：「置讀書左右，番次上直，晝夜為常，常眠熟大鼾，左右有睡讀失次第，或偷倦度紙，常必驚覺，更令追讀。」劉楨〈贈徐幹詩〉：「起坐失次第，一日三四遷。」蓋均指順序言。此語，則一如今日之「眉目」說，蓋指結束。

4 **青衣人**：此指身穿青衣的役吏。役吏均著青衣皂帽。

5 **蔡攸**：乃蔡京之子，同為徽宗寵臣，上已記述。均見《宋史》卷

---

[1] 〔清〕黃六鴻：《福惠全書》〈刑名部〉〈訟詞〉〈勸民息訟〉。

四七二。

6 **言官**：通常指科道官員。亦稱臺諫諸公。一如今之立監委員。

7 **白米五百石**：《瓶外厄言》：「明孝宗時，太監李廣有罪，自殺，上
命搜廣家，得納賄簿。有某送黃米幾百石，某送白米幾百石。上
曰：『廣食幾何？而多若是。』左右曰：『黃米，金也；白米，銀
也。』上怒。金（瓶梅）書明人所作，白米五百石，即銀五百兩
也。猶『一千一方』為劉瑾用事時，賄賂之隱語也。」

8 **迴避閣中之事**：意即不到內閣上班。斯亦明朝人口脗。

9 **資政殿大學士**：關於明之四殿二閣，上已註說。這回還寫有祥和
殿以及上已寫出之崇政殿，以及兼禮部尚書等說詞，雖為宋朝的
官制[2]，但職司則明朝職官。

10 **問發幾個**：意為經過訊問後，處刑發落幾個。即判定幾個人有
罪，律刑定罪。

11 **科中**：即指科道等察檢機構。

12 **落日已沉西嶺外，卻被扶桑喚出來**：喻意是西門慶的罪刑有如日
落西山，業已沉下去了。但經此打點，卻又東出扶桑，日頭又出
來了。有罪又變成無罪。

13 **漆牌面吊幌子**：指新店開張，牌面指店招牌；幌子，指各種貨賣
店的特種符號。

2　〔元〕脫脫：《宋史》，卷一六二。

14 **魚籃會**：即「盂蘭盆會」，佛弟子目蓮尊者為救母脫出苦難的法會。佛經，目蓮以母生餓鬼中，不得食，佛令作盂蘭會。至七月十五日具百味五菓，著盆中，供奉十方佛，而後母得食。目蓮白佛，凡弟子孝順者，亦應奉盂蘭盆供養。佛言大善，後世因之。遂為盂蘭會。《事物紀源》：「今世每七月十五日營僧尼供，謂之盂蘭齋者。」亦有「盂蘭盆」之稱。

15 **燒箱庫**：即燒化冥紙錢，今世仍有此俗。可在喪事中見之。

16 **見見成成**：即現成，一切都已準備完善，用不著再費心力手腳之謂。今世仍習用此語。

17 **有甚麼起解**：意即有什麼招式，有什麼才能，還能令人解不了嗎！當為武術上的術語。

18 **儀門**：本為官衙門之名。《明會典》：「凡新官到任之日，至儀門前下馬。」《在閣知新錄》：「今府縣衙門，有正門，有旁門，旁門即誃門，世俗作儀門；訛。」如據上說，所謂「儀門」，當指大門之旁門。

19 **跳馬索兒、跳百索兒**：亦稱「跳白索兒」，即今之跳繩。《帝京景物略》：「元夕，二童子引索略地，如白光輪，童子跳光中，曰『跳白索』。或云：『百索。』訛。」想見與今之二人引繩，一人（或二人三人）跳其間情形同。又《瓶外巵言》：「《酉陽雜俎》，婆羅門八月十五日行像及跳索為戲。《留青日扎》云，今小兒兩頭曳索對挽之，強索弱者而摸以為勝負，喧笑為樂，即唐清明節拔河之戲也。見《金波遺事》，與白索不同。」併錄此。

20 **平白**：意即今日俗語之「平白無故」；或「無原無故」之意。

21 **沒槽道**：意即胡行亂走。如水之不在河道中流而泛濫。喻意是不
　　走正經的人。

22 **那個偏受用**：意即那個偏偏應該去忍受的。

23 **由頭兒**：意即什麼起因、緣由。

24 **恁個腔兒**：一如今日習說的「這個調兒」。意即這等樣子，事先
　　想不到的。

25 **浪著**：北方人稱婦女淫蕩謂之「浪」。

26 **煞氣**：意即消氣，或說「拿人家來出氣。」一般都指在別處受了
　　氣，沒處出，到家遷怒於妾婦子女頭上。

27 **你不上心，誰上心**：意即你不關心誰關心。

28 **抹牌**：即玩骨牌。骨牌共三十二張。可作賭具，亦可作為打卦占
　　卜吉凶的工具。下面說的「天地分」、「恨點不到頭」、「四紅沈、
　　八不就、四紅不搭兩么」，以及「左來右來配不著日頭」，都是骨
　　牌賭玩時的名色。骨牌亦稱「牌九」。

29 **你看沒分曉**：意即「你看這人連黑白都不分」，指不明情理。「分
　　曉」，應知白天與夜晚。此說「沒分曉」，即意為「不分黑白。」
　　一如下面說的「知道香臭」否？

30 **卻不當**：意即當不起，不應當到內房在眾姨娘跟前去看牌。蓋陳
　　經濟認為依禮他是不可以走向內房的；他是男人。（此亦寫陳經

濟開始的偽裝性格，下面便寫他一見到潘金蓮便「不覺心蕩目搖，精魂已失。」

31 **年程**：即一年年的運行。北方人通指年景謂之「年程」，每說「年程不好」，或「年程荒亂」。

32 **先下米的先吃飯**：此語激西門慶先在李瓶兒身上化下精神去了，應該先娶回李瓶兒，如今，下米的人煮妥的飯食，卻被別人連鍋也端去了。

33 **袵席睥睨之間**：亦作「姻席」。《周禮》：「（天官玉府）掌王之燕飲衣服，袵席床笫，凡褻器。」註：「鄭司農：『袵席，單席也。』」《韓詩外傳》：「執巾櫛，振袵席。」《莊子》：「（達生）人所最貴者，袵席之上，飲食之間。」《史記》：「（〈孔子世家〉）至幽屬之缺，始於袵席。」後世遂以夫婦之間事，謂之「袵席之間。」亦作「睥睨」、「睥睨」、「僻倪」、「俾倪」。邪視也。《釋名》：「城上垣曰睥睨，言於其孔中睥睨非常也。亦曰陴，裨也。言裨，助城之高也。亦曰女牆，言其卑小比之於城，若女子之於丈夫也。」是以後人以「睥睨」一詞喻夫婦。

34 **掛紅**：家有喜事，每在門楣懸紅布，以示紅運紅福。紅，一向是我國的福之象徵色調，蓋屋上樑，亦喜事之一。

35 **上梁**：指新屋安裝架上主樑，通謂之「上梁」。

36 **忌憚**：忌諱與規避之意。憚，懼也。

第十九回

草裏蛇邏打蔣竹山
李瓶兒情感西門慶

1 **巳牌時分**：亦稱「巳刻」、「巳時」，即今之午前十時光景。

2 **但見**：「但見」多為舊小說中指示下面某人某物某事之細膩描寫，此類描寫，多用詩詞駢儷的文體，予以形容。這「但見」以下的二百餘字，就是用駢文來描寫西門家新起的房舍亭園。

3 **鬥草**：一種普通的遊戲。玩時各折有穗草梗一株，相對咬絞，穗先斷者負。筆者兒時，曾時玩之。

4 **耐寒君子竹**：按松亦稱「君子樹」，也稱「君子竹」，乃以「君子心」為比。是以人稱竹為君子，贊之高風而亮節。虞集作〈高竹臨水上詩〉云：「以彼貞女姿，當此君子心。」

5 **欺雪大夫松**：按《史記》〈封禪書〉：「始皇上泰山，立樹下，風雨暴至，休於樹下，因封其樹為五大夫。」因此封之樹為「松」，是以後人稱松為「大夫樹」。此加「欺雪」二字，乃意指雪不能使松葉落使松葉不青。

6 **南瓦子**：據《東京夢華錄》記朱雀門外街巷云：「東朱雀門外，西通西門瓦以南殺豬巷，亦妓館。」故以此稱南瓦子。《瓶外巵言》云：「宋代娼妓住所，杭州有瓦子巷，亦名瓦子勾欄。南宋紹興

時，臨安自南瓦至龍山瓦，凡二十三瓦，見《南宋市肆記》。」

7 **耍錢**：燕冀人稱賭博玩牌，謂之耍錢。

8 **順袋**：順袋，不知是何形狀。裝盛隨身事物。

9 **打酒**：北人去買酒、買油、醋，均曰打酒、打油、打醋。

10 **穩扣扣**：扣，亦可作抇，讀呼骨切。《廣雅》〈釋言〉：「掘也」。《呂
覽》：「（安死）不可不抇。」註：「抇，廢也。」《廣雅》〈釋詁〉：
「抇，裂也。」《集韻》：「抇，亦曰牽動。」《集韻》有「亂」義
之訓，說：「滑，亂也；或作抇。」滑抇通用。又《呂覽》：「（本
生）人之性壽，物者抇之，故不得壽。」註：「抇，亂也。」此言
「穩扣扣」，自是指可以在蔣竹山身上搗亂完成；一定可以搗得他
亂得不可收拾。

11 **老爹那裏答應**：此處之「答應」，意為聽人呼喚，隨聲答應，聽
候差遣，希望能獲一服務之所。

12 **搗倒小廝**：即今之演雜技者。翻騰倒走等技。

13 **花翠**：均婦女插在頭髮上的各類花飾等物。

14 **犢**：名詞作動詞用，如小牛之吮吸母奶也。

15 **臉上開菓子舖**：意即在臉上打得青一塊紅一塊，甚至血流。如菓
子舖中的糕點。

16 **墮業的眾生**：意即作孽的凡人。所謂「眾生」即佛家語的一切眾
生，謂凡有生命者。所謂在人間犯了罪孽的人，死後不能再轉生
人世。

17 **探著毛**：寫獸類尋食時躡手躡足的窺探樣子，來形容這家男人從門外歸，如何窺探的情景。

18 **景東人事**：按「景東」乃雲南邊地司役所，又名「孟艮」。《庸庵日記》：「景東在湄公薩爾溫兩江中間，為先撾最高處，山巒水陡，皆會於此云。」景東即康東，《法人遊歷日記》云：「亦名孟艮。所屬此二孟，其他久為緬屬。」此謂「人事」，即男女性行之隱語。今俗仍認年少不可能知此性事謂「不通人事」。〈瓶外卮言〉說：「三十五年前[1]香粉店、荷包店有售廣東人事者，俗呼為角先生，按人事或為人勢之訛傳。（我則認為此一推說非）。王世貞史料後集載，世蕃（嚴氏）當籍，有金絲帳金溺器、象牙廂、金觸器之類。執政恐駭上聞，令銷之。可知明中葉奢淫之風，此器已盛行矣。」認為此物即緬俗之「觸器」。

19 **美女相思套**：當亦淫器之一種，或為今之所謂「貓眼睛」之類。助悅於女者之淫行器物。

20 **臘鎗頭**：乃俗謂之「銀樣臘槍頭」。喻為徒有其表，中看不中用。

21 **狗血噴了臉**：北俗認為狗血可避邪魔，每以狗血塗門楣以避之。罵人語言暴厲，謂之「狗血噴頭」。此謂「罵得竹山狗血噴了臉。」正是斯意。

22 **吃得浪浪蹌蹌，楞楞睜睜**：形容醉人之態，行路東倒西歪，目楞而眸凝。

---

[1] 該書出版於民國二十九年（1940）。

23 **冰片**：中藥名，亦名梅片，或婆羅香。即所謂「龍腦」。

24 **波斯國**：波斯乃亞洲國名之一，即今之伊朗。土地多沙漠谿谷。
　　但卻盛產石油，雖早由盛大而衰微，卻又有賴近世科技之福，頓
　　稱富有。今又毀於戰爭，甚惜。古與中國交通暢達，是以我國習
　　知波斯國，亦多波斯方物。

25 **行止**：指人與人間兩相往來的信義德行，乃文雅之詞。俗謂「行
　　止端正」或「行止不端」。此謂「恐怕喪了你行止。」即耽心你
　　會失去與人往還的信任。

26 **陰騭**：《尚書》〈洪範〉：「惟天陰騭下民，相協厥居。」《傳》：「騭，
　　定也。天不言而陰定下民。」《釋文》：「陰，默也。」秦韜玉〈問
　　古詩〉：「大抵榮枯各自行，兼疑陰騭也難明。」《夷堅志》：「如
　　陰騭可憑，為後人利多矣。」但一般人則把「陰騭」一詞作為積
　　德者有神暗助之意。

27 **自古於官不貧，賴債不富**：此乃俗諺，意為既然還在朝中為官，
　　就不是窮人；欠債的人耍賴不還，也富不起來。

28 **串鈴兒賣膏藥**：江湖郎中四方雲遊，手搖串鈴兒，一聽就知他是
　　走方賣藥的郎中，江湖上混飯吃的職業之一。串鈴兒是這類職業
　　人的代賣聲響。市間的「代賣聲」極多，悉為担担販販之徒。

29 **吃橄欖灰回味兒**：橄欖乃江南長青植物，秋天結實，呈長橢圓
　　形。始食徒覺酸澀，漸感青香芬馥。王禹稱有〈橄欖詩〉云：「良
　　久有回味，始覺甘如飴。」[2]

2　〔宋〕王禹稱：《小畜集》，卷六。

30 **打了你一面口袋倒過蘸來了**：「倒蘸」意為水中倒影，可以自見己之形容。日本漢儒齋藤拙堂（名謙）寫《梅溪遊記》有云：「兩山之花，倒蘸其上，隱約可見。」日本近代學人鳥居久靖作〈金瓶梅歇後語私釋〉，解不出「打了你一面口袋」一語。（鳥居寫作「打面面口袋」）。此語確不易解，但據全語意及「倒蘸」一詞之意揣想，此語的解說語意，當為「你印得出自己的樣兒來了。」麵口袋在倒出麵粉之後，仍舊內外都滿沾白粉，如果揻臉用面口袋打了一下，被打的人，勢必要用巾布擦拭，擦拭在巾布上的臉樣，豈不是自見其眉目了。這兩句歇（解）後語，都是比喻自己想通了，或自己看到了自己，對當前事實的利害，揣摩清楚了。

31 **仰八叉**：此乃人仰後跌倒的形像，又所謂四肢支岔著的「四肢朝天」。或謂「王八肚朝天」。

32 **白牌**：意為持公衙拘捕人的令牌，逮捕人犯。（出處待查）。

33 **兩隻腿刺八著**：形容雙腿被打成傷，行動不便，雙足不能一前一後的照常態行走，兩足如八字形狀向前彳亍。

34 **噦**：即啐字的另一寫法，噴吐口涎。

35 **債椿**：此說「砍了頭是個債椿」。按「椿」乃嵌入土中露出半截的木柱，可以拼繫牛羊，或兩相扯拉繫縛繩索以曝晒衣物等。此柱北人俗稱為「椿」。砍去了頭的人，一如木椿豎立。如果此一被砍去頭的犯人，生前虧債累累，則此一被砍去頭的人，豈非死後還是欠債未清，故謂之「債椿」也。

36 **直橛兒**：北人常在土地內楔入小木棍，一如上述木椿，用處則不

儘同，因其短而細也。此種楔入地下的小木棍，方言（中原一帶）
謂之「木橛」或「橛子」。此語則比喻李瓶兒挺直了上身跪在地
上，一如木橛。故謂「直橛兒」。此種跪態，蓋亦唐以前之「長
跪」也。

37 **嘗將壓善欺良意，權作尤雲殢雨心**：比喻這兩個搗子的行徑，滿
心都懷著欺良壓善的惡心。

38 **害了汗病**：此乃中原一帶罵人的方言，「汗病」謂絕症，究指何
症？則未詳知。筆者兒時常聽此語，無論大小兒童，動輒一氣便
罵「你害汗病的」。或謂是「傷寒病」。

39 **備了一錫盆水趕著潑去**：此一習俗，吾鄉則未曾有。意有二，一
是發誓不准這人再進此門，一為潑水洗洗晦氣。

40 **堂客**：男子對一般婦人的通稱詞，一如今日之稱「女士」。

41 **投壺**：此乃古禮之一。《禮記》記有投壺之禮，云：「投壺之禮，
主人奉矢，司射奉中，使人執壺。主人請曰：『某有枉矢哨壺，
請以樂賓。』賓曰：『子有旨酒佳肴，某既賜矣。又重以樂，敢
辭。』……」按壺形頸修七寸，腹修五寸，口徑二寸半，容斗五
升。壺中實小豆焉。為其矢之躍而出也，壺去席二尺半，矢以柘
若棘，毋去其皮。」《左傳》、《史記》、《漢書》均有記。《西京
雜記》云：「漢武時，郭舍人善投壺，以竹為矢，不用棘也。古
之投壺，取中不求還，郭則激矢令還，謂之驍。如博之立基於輩
中如驍傑也。今投壺用竹矢為基，還為驍，自郭舍人始也。」《禮
記》〈投壺疏云〉：「按鄭目錄：『名曰投壺者，以其記主人與客
燕飲，議論才議之禮，此於別錄屬吉禮。亦實曲禮之正篇。是投

壺與射為類，此與五禮皆屬嘉禮也。或云宜屬賓禮也。」此禮是否至明當存，或為作者記入以示典？未考。

41 **下茶下禮**：悉指訂婚之禮序，前有註說。

42 **婦人抱著寶瓶**：此或婚禮之俗。不知此俗之義。

43 **直捉捉**：應為直豎豎，人以繩吊頸尋短，失氣後已直挺挺了之意。

44 **摵了半日**：此為將上吊婦人解下，作深呼吸拯救的辦法。「摵」讀如「缺」上聲，將人平坐一人懷中，用力助其前合後張。使之呼吸復甦。

45 **惹他心中不歹麼**：意為惹他心中不生歹意嗎？

46 **頭上末下**：意為從上到下，由最高的一個到最末一個。指兩家所有西門慶的婦人。

47 **吃著碗裏，看著鍋裏**：意為貪心或貪嘴之意。

48 **吃人念了**：「念」當為「撣」的諧音，讀如「念」，上聲。意為被人害了，或被騙了，被人算計了。

49 **攛掇西門慶不迭**：意為匆匆幫助西門慶穿著衣物出門。

50 **身如五鼓唧山月，命似三更油盡燈**：喻意是指李瓶兒生命已在死的邊緣。

51 **倒胸著身子哭泣**：此一形態，可以想像他是坐在床上，把整個前

身都彎下去，臉埋雙膝間痛哭的樣子。

52 **流那秕尿**：喻人哭泣流淚，說是女陰流水。等於李日華批評《金
　　瓶梅》：「乃市諢之最穢者。」此語亦下流社會粗俗人之語言。

53 **倒踏進門去**：指李瓶兒招贅了蔣竹山。

54 **不順臉**：意為翻臉不講情面之意。

55 **行三坐五**：指為人有排場，略與前護後擁同意。

第二十回

孟玉樓義勸吳月娘
西門慶大鬧麗春院

1 **站在黑頭裏**：陰曆月之二十日前後，入晚無月，北方人習謂之「月黑頭天」；或簡稱「月黑頭」或「黑頭」。如果有雨，則稱「月黑頭夾陰天。」

2 **屬扭孤兒糖的你扭扭兒也是錢，不扭也是錢**：「孤」似應為「股」之誤或諧借。北方人習吃的一種蔴糖，切成方條後，再加以扭曲。「屬」，指屬這一類，意同十二生屬之「屬」。此語之意，當為此人性格憋扭，反正他都不如意。

3 **想著先前乞小婦奴才壓枉造舌我那一行院**：意為唆使僕婦丫頭小子們在言語氣勢上欺侮他們這一房。

4 **毧聲浪顙**：低下婦女們的粗俗罵人語，浪聲浪氣的說些不好聽的閒話。竟以「毧」比嘴，乃北方下層社會婦女慣用的字詞。

5 **聽見幹貓兒頭差事**：《瓶外巵言》云：「《元典章》，大德十年，杭州路陳言有等結官府，遇有公事，無問大小，悉投奔屬托關節，俗號貓兒頭。」《留青日扎》：「今言人之幹事不乾淨者，曰貓兒頭生活。又呼罵達官家人亦曰：『貓兒頭』，蓋起於是時。」

6 **賣蘿蔔的跟著鹽担子走好個閒嘈心的**：今日俗語仍有「吃蘿蔔閒

操心」。意為不干你事，你偏要管。

7 **驀地走來**：即猛然間走來之意。

8 **尖頭醜婦硼到毛司牆上齊頭故事**：此一歇後語，意指西門慶與李瓶兒已竝頭睡在一起了。尖頭男子醜陋婦人，被綳（硼）彈在廁所的牆上，男子的頭再尖，也與醜婦人的頭竝齊了。廁所牆是臭的，以「臭」字諧「湊」，說完整來是：「湊（臭）在一起的齊頭（男女相竝）故事。」

9 **雲端裏老鼠天生的耗**：「天生的」三字，解（歇）後之意在「雲端裏」三字，老鼠既在「雲端裏」，自是「天生的」。所謂「耗」乃消耗之意。指老鼠天生的本性就是消耗人間糧米。因而此語的喻義是潘金蓮罵春梅與小玉在忙著提酒端菜伺候李瓶兒，責怪這兩人的這種行為是天生的賤坏，意思是怎如此的忙著去巴結。所以下面說：「分付快送了來。教他家丫頭伺候去。」（叫你們送了去就快回來……。）

10 **蕾蕾磕磕**：意指年紀大了，思想遲頓，做事也不俐落。

11 **看雀兒撞兒眼**：意指起身特晚，「看雀兒撞兒眼」，等于說看麻雀打架。意指這時的太陽已經老高了，清晨的雀起嘈啾聲已近了。

12 **怪火燎腿三寸貨，那個拿長鍋鑊吃了你**：「火燎腿」意指趕著要跑，像褲襠失了火似的。「三寸貨」指長不大的人，「長鍋鑊」乃一種古爬蟲的諢號。北方人食用的所謂「鍋貼」，長橢圓形，在蘇皖之北一帶，稱之為「鍋ㄅㄨㄟ」，或為「鑊」字之方言音。筆者兒時，曾聽過此語之用。每說：「你急著走幹啥，又沒有長

鍋鑊想吃你。」

13 **九鳳旬兒滿被使了**：潘金蓮說這九兩重的金絲髮髻，改打成九鳳鈿兒，夠用的有多餘了。「旬」是髮飾，可能是「花鈿」，《事物異名錄》：「按花鈿謂頭飾也。」（〈服飾〉、〈首飾〉）。庾肩吾〈長安有狹斜行〉：「少婦多妖艷，花鈿繫石榴。」白居易〈長恨歌〉：「花鈿委地無人收，翠翹金雀玉搔頭。」《舊唐書》〈輿服志〉：「花釵翟以青質，第一品花鈿九樹。」此之「九鳳」可能指此。鳳，花飾之鳳形。

14 **鱉的慌、拉剌將來**：一如今日之說「悶得慌」。也說「閉（ㄅㄝ）得慌。」關于「拉剌將」意為不得已，只好拖拉著腳出來。

15 **搖鈴打鼓的**：意為喧嚷得讓大家知道。搖鈴打鼓的公開起來。

16 **聳、幹直、大說攔、看喬了**：「聳」，任意而為之意，「憨（幹誤）直」，即過分忠厚的耿直。「大說攔」，意為狠狠地用言語攬阻。「看喬了」，意為看錯了。歪的看成正的。

17 **花麗狐哨、喬龍畫鳳、兩面刀**：意為耍花頭騙哄人。「狐」亦作「胡」，似以「胡」為是。「胡哨」，即胡吹之意。「兩面刀」意為裏外都傷人。

18 **遞茶**：自是當時婚禮上的一種禮俗。

19 **央及、笑開了、攛掇**：「央及」一如今日之「懇求懇求」，「笑開了」，即大家一笑就沒事了。仇嫌就化解了。「攛掇」前已述及，在此則為撮合之意。

20 **抿子**：即梳頭的梳子。大型的叫「梳」，多為木質，小型的叫「篦」，則為竹質；梳疏，篦密。稱「抿子」是方言。此一方言，可能使用地域頗廣。

21 **惜薪司**：此乃明置之官衙，內官四司之一。掌薪炭等事。《續文獻通考》：「惜薪司，掌印太監一人，總理、僉書、掌道、掌司、寫字、監工、及外廠、北廠、南廠、新南廠、新西廠各設會書監工，俱無定員，掌所用薪炭之事」（〈職官〉），故此所謂「掌廠御前班。」

22 **廣南鎮守**：宋淳化中置廣南道，熙寧以後為東西二路。鎮守是官名。武職，後漢即有此職官名稱。在此當指鎮戍地方之官。

23 **挨的好柴、告的好水災**：挨之語意，當全是淫事的隱語，諷刺李瓶兒昨晚的房事，嵌以隱諷李瓶兒與其叔公花老太監的暗有苟且。可以意會，不易言傳。

24 **鄉裏媽媽拜千佛，昨日磕頭磕勾了**：諷刺李瓶兒昨晚向西門慶苦苦哀求告饒。一如鄉下媽媽膜拜千佛，見一個磕一次頭，頭磕得太多了。

25 **夜不收**：軍中偵事之稱，見《水東日記》。揆諸用於語句的意義，似不是偵察人員。梁同書（清人）亦認為《水東日記》之說，於義不合。看來似為嚮導之類的人。尚待徵考。派此四個「夜不收」請這位老太監到口外去與番人打交道。意即送美女和番也。可想這位花太監在女人身上的才力了。

26 **會叫的好達達**：據姚靈犀在《瓶外卮言》中說，他曾寫過〈達達

考〉，分期刊於《風月畫報》第一卷十六、十七、二十一等期。摘要說：「按達達在元代為尊稱，在後世為昵語。元太祖太宗均自稱達達。如那裏將塔陽母古兒別速來。成吉思汗說：『你說達達歹氣息，你如何卻來。成吉思汗遂納了。』[1]又『若要廝殺，你識著，皇帝大國土裏達達每，將四向國土都收了。』[2]……」此處「說你老人家曾叫的好達達。」更藉以隱刺李瓶兒的「呼達達」，乃從其叔公老太監學來的。亦《紅樓夢》脂胭齋之批「秦可卿死封龍禁尉」，賈珍哀毀愈恒乃「不寫之寫」。

27 **插花筵席**：亦稱之為「流水席」，不論客人多少，隨到隨開，坐滿一桌，即開一席。

28 **笑樂院本**：《瓶外巵言》說：「如今說相聲，逗哏取笑也。」看來似乎不是。或為院本之玩笑戲。今之平劇，仍有玩笑戲的名稱，也稱「粉戲」。小生、花旦、丑等人之逗趣玩樂戲。

29 **倒值了多的**：意為多勞動，會消耗了應付男人的精神。或為當時隱語而明喻的俗話。所以才惹吳月娘眾人聽了，罵因根子不絕。

30 **尺頭**：指剪下來的布料，整件件作為禮物。

31 **掠在床上**：「掠」讀如「料」。隨手扔下之意。

32 **送了卓面去**：意即送了酒席去。

33 **唆調**：即今言之「調唆」，從中用言語調撥是非。

1　見《元視秘史》。

2　見〈蒙古太宗致高麗王之牒文〉。

34 **家當**：即家中一切財富之謂，今仍如此說。

35 **汗巾花翠**：汗巾，指男女習用之衣物巾帕；花翠，指首飾等類。

36 **說謊調詖**：即今言之「說謊調皮」，實則「詖」字較屬正字。

37 **丁相公、丁二官人**：明人稱宰輔為「相公」。此稱「丁相公」乃對男士的一般尊稱。「丁二官人」或為行二。

38 **蠻子**：元人稱呼宋人為「蠻子」，乃卑視之詞。實則「南蠻」一詞，開始甚早，古稱楚為「荊蠻」。是以後世人稱南人為「蠻子」。抵民國猶如此。

39 **墩鎖**：把人如拴繫牲口一樣，用繩索加鎖縛在石墩上，或索在固定的東西上面。

40 **賣狗懸羊**：即今言的「掛羊頭賣狗肉」。

41 **不是你憑媒娶的妻**：古人正妻謂「明媒正娶」，意為通過六禮。姘嫖的妓女，自不能與正妻同樣看了。此段詞，乃為妓家說詞。

42 **活喇喇拉開了**：意即今言之生拉活扯的拉開了。

第二十一回

吳月娘掃雪烹茶
應伯爵替花勾使

1 **章臺柳**：章臺是臺名，一說宮殿名。（一）戰國時秦王建，臺在陝西長安故城西南；（二）章臺乃戰國時諸侯之宮殿名。《史記》〈藺相如傳〉：「秦王坐章台見相如。」《漢書》〈張敞傳〉：「張敞無威儀，時罷朝會，過馬走章臺街。」註：「孟康曰『在長安中。臣瓚曰：『在章臺下街也。』」《演繁露》：「漢章臺，即秦章臺也。地在渭南，而秦咸陽乃在渭北。秦昭王六年，楚懷王為秦所詐，入秦，至咸陽朝章臺。則秦之章臺，在咸陽渭北也。以予考之，蓋秦之咸陽跨渭南北，故章臺雖在長安，亦統云咸陽，此正在渭北之咸陽也。」漢代北宮亦有章臺門。後代則淪為花柳街，故有「章臺柳」之稱。

唐長安章臺妓柳氏，初許韓翊，年稚小，約以三年，未能如時取。天寶末，為番將沙叱利劫去，後虞候許俊奪回復歸韓翊。唐人小說有《章臺柳傳》。其中有「章臺柳」詞一闋，至今仍膾炙人口。詞曰：「章臺柳，章臺柳，往日青青今在否？縱然長條似舊垂，也應攀折他人手。」

2 **玉井蓮**：玉井乃星名，二十八宿之一。參星下之四小星。《詩》〈大雅〉〈大東〉：「維南有箕。」疏：「參旁有玉井，則井星在參東，故稱東井。」《後漢書》〈郎顗傳〉：「竊見去年閏十月十七日己丑

夜，有白氣從西方天苑趨左足入玉井，數日廼滅。」註：「《天官書》
曰：『參星下四小星為玉井。』《晉書》〈天文志〉：「玉井四星在
參左足下，主水漿給以廚。」《三國志》〈魏志〉〈明帝紀〉註中有
云：「通引穀水過九龍，前為玉井綺欄，瞻除含受，神龍吐出。」
何遜〈七召〉：「銅瓶玉井，金釜桂薪。」劉孝威〈謝賚林禽書〉：「生
子玉井之側，出自金膏之地。」江總元〈圃石室銘〉：「環蕊珠樹，
金階玉井。」但此說「玉井蓮」之「蓮」，是否祇是為了上詞「柳」
之對，或另有出處？待考。

3 **嗣息**：即子息之謂。嗣，承嗣，息，子息也。

4 **粉粧玉琢銀盆臉，蟬髻鴉鬟楚岫雲**：上句形容面龐之白淨清麗如
滿月，「銀盆」即滿月之喻；下句形容髮髻型。蟬髻鴉環均古之流
行髮式。「楚岫雲」，乃借漢人〈高唐〉、〈神女〉兩賦故事，意為
髮之髻環如楚山出岫之雲。形其繚繞也。

5 **有眼不識荊山玉，拿著頑石一樣看**：此乃借荊山卞和向楚王三獻
美玉故事，以喻看錯人或看錯了事。今諺則說：「有眼不識荊山
玉，錯拿茶壺當夜壺。」夜壺，溺器也。

6 **殺雞扯脖**：形容撒嬌要賴的情態。殺雞時通常要先提起雞脖子，
彎起來之後才能下刀。這時的西門慶如兒童向母親有所求而撒
嬌，雙手臂抱綰起吳月娘的脖子，苦苦糾纏的情況。

7 **這背哈喇子**：意指這隱蔽的偏僻地方，等于上已記述的角落，北
平所稱的「旮旯」。

8 **說浪**：等于「說落」。意即嘮叨的沒完。或作責說之意。

9　**玷言玷語**：意為在背後說壞話，「玷」，瑕污不潔。

10　**好自在**：「自在」乃北方人自感心情舒暢快慰之謂。「好自在」即今之「非常快樂」。

11　**拿黃桿等子秤人**：「等子」是稱量分兩的小稱秤，此說「拿黃桿等子秤人」，意為收進別人的，用小秤分毫必計。

12　**只相打骨禿出來一般**：「打骨禿」即花兒將要長出蓓蕾，俗謂之「打骨禿」，此三字全是從語言的音聲間而來。此說「只相打骨禿出來一般」，意指行動緩慢，就是出了「骨禿」了，也只那麼扣子樣一點。諷喻算進不算出的慳吝人。也有「大斗量進，小斗量出」的類似俗諺。

13　**使性步馬回家**：發脾氣（使性子）走路回家去。「步馬」亦稱「步跅」。

14　**落錢**：指代人買東西，從中間尅扣金錢。

15　**楊角蔥靠南牆，越發老辣**：「楊角蔥」應作「羊角蔥」，亦稱「龍角蔥」。蔬菜名，「樓蔥」的異名。《本草》所記〈蔥類集解〉，頌曰：「又有一種樓蔥，亦蔥類。江南人呼為之龍角蔥，荊楚間多種之，其皮赤，每莖上出岐為八角故云。」再《本草集解》又云：「瑞曰：龍角即八爪蔥。又名羊角蔥。」此說靠南牆老辣，或是意指靠南牆晒的太陽多，自比別處生長的越發老辣些，意為越發老練了。不知是否？或喻義另有說詞。待考。

16　**折你的萬年草料**：意指折短了壽命。「草料」是牲畜的飼料，把西門慶當作牲畜，是玩笑話。等於說：豈不是折短你少吃幾年的

糧米。「萬年」即長生之意,「折」是斷的意思。通常我們說:「你
這豈不折了我的陽壽」。斯即此意之類同義,用法不同,指喻不
同。

17 **裝憨打勢**:意為明明知道,偏偏裝作不知道。但表情卻能令人一
望即知在裝憨。

18 **老林**:指沒有生氣的林木,喻意是今說之「木木然」。所以下面
說:「怎麼還恁木木的!」

19 **胡枝扯葉**:意為東拉西扯的說,胡說八道之謂。

20 **端的好雪**:這一段駢文,形容下雪的景緻。

21 **酒闌**:意為大家酒已吃得夠了,都醉醺醺的了。此詞今仍在一般
文雅詞語中使用。

22 **秘山省陳參政的兒子**:「秘山省」乃「秘書省」之誤,「參政」當
是指的「參知政事」的簡稱,宋時官名。

23 **死告活央**:意即死命的懇求,或說拚死拚活的求。

24 **遊營撞屍,撞到多咱纔來**:意為行踪無定。「遊營」等於說是戰
場上的遊魂,找不到歸營,「撞屍」意即亂撞。

25 **打諢要笑,說砂磴語兒**:「打諢」打譬喻挖苦人,都是朋友間的
玩笑話。說砂磴語,意即說難聽的話,即今之語中帶刺。

26 **撅了不來**:意即「倔」強著不來。

27 **唱門詞兒**：意為開口就罵人。此說「我唱門詞是了」，意為我開
口罵人了！

28 **怪攮刀子的**：意為該殺的東西，通常指豬。

29 **不將去**：意為不帶了去。「將」讀第四聲，作動詞用。

30 **捩的**：「捩」今人通用「勒」字，用繩索緊縛，即稱「勒」。

31 **官、皂隸、外郎、六房**：皂隸是官府中的衙役，外郎即員外員，
六房，上已註及。在此諷喻無事為人瞎忙的人。

32 **好禿子**：古時罪有髡髮之刑。此乃罵人髡髮罪人。

33 **打採子兒**：意為磕頭賠不是，担保下次不敢。但是「採」字可能
是「保」字之誤。

34 **擲骰猜枚行令**：此或當時流行的一種酒令。下面各種擲出骰子的
點子名堂。諳於牌九的賭者，必能詳知詳解。

35 **老米醋挨著做**：意即一個跟著一個來。一如今日的排隊。因為醬
醋缸是一排排的。

36 **俺每是外四家兒的門兒的外頭的人家**：意為謙說自己是住在內房
以外的外頭人家。

37 **怪喬叫起來**：裝腔怪叫起來。

38 **蹀、踩、躧**：上讀如「ㄔㄚˇ」，步行在泥淖中謂之「ㄔㄚˇ」。下
二字讀如「ㄔㄞˇ」，意同，但踩他物亦用。踩泥，北人則謂之

「彳丫ˇ」。

39 **跳泥**：即跳過泥窪。絆了一跤，不說絆了一跤，還說是跳泥。掩飾推卸之詞。

40 **嘴抹兒**：即嘴上抹油之意，喻人善於言詞。

41 **正經相會是私下相會**：此指上回潘金蓮點唱「佳期重會」，慶賀吳月娘與西門慶修好，用此曲牌諷喻吳月娘掃雪烹茶是出於故意，乃「私下相會」。所以在這提及「恰似燒夜香有意等著我一般。」玉樓道：「六姐她諸般曲兒倒都知道，俺每卻不曉得。」西門慶道：「你不知道這淫婦，單管咬羣兒。」

42 **不知替你頂了多少瞎缸**：「頂缸」一詞，前已註及。在此則是加上詞語的另一種說法，意則相同。此乃暗中代人替罪之意。

43 **外四家兒的**：意為不是親人，或為非直系親屬。通常北方人習說：「出了五服（孝服）以外的人。」

44 **磨趄子**：北平人每說「泡蘑菇」，均為行動緩慢之意。

第二十二回

西門慶私淫來旺婦
春梅正色罵李銘

1 **通判**：此官之職，乃宋太祖時置，為了斬除藩鎮邊患，在列郡知州下置通判，以輔佐州政，並有監督之責。元明清均置，府州均有通判。《宋史》〈職官志〉：「乾德初始置諸州通判，知府公事並須長史通判簽議連書，方許下行。」

2 **吃酒刮言，就把這個老婆刮拉上了**：「刮言」，當係調戲引誘的話，「刮拉上了」，即今言之「釣上了」或「弄到手了」。

3 **水鬢**：即兩耳邊之鬢髮，如水流洩，故曰水鬢。

4 **今日趕娘不在家**：「趕娘」，應為「趕巧了娘」不在家。

5 **堪可一會兒**：「堪可」，不是肯定詞，乃疑設詞，「或者可以」、「也許可以」。

6 **觀風**：此詞今仍流行，亦稱「把風」。通用於幫助作歹事的人，在事場之外看望情勢，隨時作知會。

7 **私狎**：私下裏親近，「狎」，昵親之意。

8 **怪狗肉**：或是當時一般罵人的俚語，其意當為「甘心作狗的東西」。狗，喚之即來，揮之即去。

9 **賊臭肉**：等於罵人是死屍，發了臭，聞到就要掩鼻躲開的厭物。

10 **打的脹豬**：豬被殺後，在使用滾水湯毛之前，要先吹氣，使豬皮膨脹起來，易於刮毛。此說「打的脹豬」，意為把來旺媳婦的臉，打腫脹起來，像吹脹起的死豬一樣。語意是打得重。

11 **閒的聲喚**：意為閒得無聊，以打人作消遣。「聲喚」二字，詞義難明。

12 **插上一把子**：意為插一手，或來一腳。介入之意。

13 **瞞神諕鬼弄刺子兒**：意為在暗中偷偷摸摸連鬼神都瞞昧著的陰害人。

14 **賊乖趨附**：像被捉放的賊那麼乖乖兒的趨炎附勢。

15 **大竈、小竈**：今仍有此說詞，亦稱「大廚房」、「小廚房」，即公眾伙食，私人伙食之別。

16 **推官**：唐在節度、監察兩使衙設推官之職。其後諸州皆置軍事推官。宋元明則各府設推官一人，專司刑名事務。明亦稱「司理」或「司李」。

17 **指撥**：用手指撥彈琴弦，作彈奏指法的樣式。

18 **水葱兒的一般，一個賽一個**：生於水澤中的苔葱。李時珍在《本草》中說：「苔葱，野葱也。山原平地皆有之，生沙地者名沙葱，生水澤者名水葱。野人皆食之。」亦萱草的異名。李時珍又說：「南方草木狀言，廣中一種水葱，狀如鹿葱，其花或紫或黃，蓋

亦此類也。」《南方草木狀》：「水葱花葉皆為鹿葱，花色有紅黃紫三種，出始興，婦人懷孕佩其花，生男者即此花，非鹿葱也。交（趾）廣人佩之極有驗。然其土多男，不厭女子，故不常佩也。」此說「水葱兒一般」；當係指的萱草類的水葱花。紅黃紫爭妍。一個賽一個。

19 **素手**：意為兩手空空的沒帶東西。

20 **打了半跪**：即清人所謂的「打扦兒」。跪一條腿躬一條腿。

21 **春不老**：野菜名，河北保定的名產。譚吉璁〈鴛湖擢歌〉：「甕菜但推春不老，匏尊莫問夜何其？」

22 **亂厮、摑混**：意為在一起玩笑打鬧。

23 **王八靈聖兒出來了**：意為烏龜成了精了，向人來這一手了。

24 **你錯下這個鍬撅了**：意為錯安了這個心意了。這一鍬撅下的地方，看錯了。意思是：你看錯了我春梅了。

25 **撅臭了你**：北方人指罵人曰「撅人」（掘）。「撅臭了你」即把你罵臭。「罵臭」，使人人討厭。

26 **金命水命，走投無命**：命相之學講「五行」（金木水火土）。，這話便據此而成語。所謂「走投無命」，意為在情勢上，已是西面八方都無路可走，亦即今之謂「地下如有縫，都會鑽進去。」這裏則形容李銘被春梅罵得趕快逃跑。

27 **打綠了**：意即打青了。皮肉受到重擊，未破皮先變青紫。

28 **業罐子滿了**：意即作孽作滿了。

29 **齜牙、吊嘴**：均為用唇齒表示心意的情態，今人亦常說：「幹麼，
刺牙裂[1]嘴的。」在此，則為向春梅表示下流心意。

30 **生姜你還沒曾經著他辣手**：「生姜」即生薑。意為你還不知道春
梅這丫頭的厲害呢！今天你可嚐到了。

1　裂，上聲。

第二十三回

玉簫觀風賽月房
金蓮竊聽藏春塢

1 **東道**：此言「東道」，即「東道主（人）」之謂。

按「東道主」，本指方向而言，有「東道主人」亦有「南道主人」、「北道主人」。《左傳》僖公三十年，燭之武見秦伯曰：「若舍鄭以為東道主，行李之往來，共其乏困，君亦無所害。」日學人瀧川龜太郎《會箋》：「後以專以主人為東道，不知古人各指其地之所向而言之。《後漢書》〈彭寵傳〉，朱浮對光武曰：『大王遣寵以所服劍佩，倚以為北道主人。……』」《容齋隨筆》：「秦晉圍鄭，鄭人謂：『秦盍舍鄭以為東道主。』蓋鄭在秦之東，故云。今世稱主人為東道者，此也。」

2 **一根柴禾兒**：即一根木柴。北人稱燒炊薪草，均稱「柴禾」。

3 **看答著**：即一邊看守一邊答應。等著差遣之意。

4 **搲瓜了兒**：用鉋絲條的鉋子鉋瓜條兒。一種廚房的工作。

5 **納鞋**：女紅之一種，即縫納鞋底鞋幫的工作。

6 **錫古子**：有合縫蓋子的錫鍋，上下相合，圓形如鼓。應寫作「錫鼓子」。

7 **占了初六**：占指占卜，此指大家拈鬮，李嬌兒拈了初六。

8 **赤腳絆驢蹄**：意為配合不上，窮富不相配。驢在馬類中最卑下，故以驢蹄上有角質，人無。雖自認窮得赤腳（沒鞋穿），他比驢蹄高貴。所以下面說：「把大姐姐都當驢蹄了；看成。」

9 **窩行貨子**：最不值錢的賤貨，擺一輩子也賣不出的貨。

10 **六安茶**：安徽六安州的茗茶，今仍馳名於世。乃霍山縣所產。

11 **一個獵古調**：形容忙不迭的走了出去，或忙不迭的就走。純粹是匆忙行動的情態形容詞，所謂「狀態詞」。筆者兒時常聽此語。

12 **惜薪司擋住路兒柴眾**：此歇（解）後語，意為後面人多。惜薪司上已注說，掌管柴炭的內官府衙，當然柴炭多了。人眾擋路之意。

13 **漫地裏栽桑人不上**：「桑」讀如「搡」（ㄙㄤˇ）；「栽搡人」，意即使人上當，硬派之謂。「漫地裏」指隨時隨地，任何地方。此語在此則意謂「隨時隨地都來栽給我的難題作，栽不上也硬栽。」這話筆者兒時習聽之，通常，如果我們感覺到誰在硬拉我們參加什麼，往往說：「幹啥！你栽搡我！」或不願參加，便說：「他想栽搡我，也栽搡不上。」此語即此意。

14 **自下窮的伴當兒伴的沒褲兒**：「伴當」亦作「伴儅」，賤民之稱。聚居皖之徽州寧國等地，經常供人役使，故稱「伴儅」。此說由來於此，窮如賤民伴儅，連褲子都沒的穿，那裏有錢出分資。

15 **長么搭在純六、天地分、錦屏風對兒、么三配純五、十四點**：這些名色詞兒，全是牌九的搭配，用骰子亦可。（擬長么為地牌，

純六為天牌，故為天地分。錦屏風對兒，可能是梅花十或紅頭十對兒，么三配純五，么三似為上一點下二點之三點牌，純五是今所謂的虎頭牌上五下六十一點，十一加三共十四點。吾不譜於賭，此解不知確否？待之行家。）

16 **合搗去、好嬌態、沒處照放他：**「合搗」均為淫穢之詞，「好嬌態」意指淫蕩樣子，沒地方可以放得了他。

17 **王祥臥冰：**古說二十四孝之一的故事，用以挖苦西門慶到山子洞去，不怕寒冷。簡直是孝子王祥臥冰。

18 **一溜煙：**意指跑得快，馬兒一樣，躍起蹄子就一陣塵煙。

19 **莫教襄王勞望眼，巫山自送雨雲來：**採漢人〈神女〉、〈高唐〉兩賦的故事。可參閱《昭明文選》〈高唐賦〉、〈神女賦〉。

20 **扣角門子：**把花園中小角門關上扣閂起來。

21 **打競：**指冷得打寒戰。「競」應寫作「兢」。

22 **蒼苔冰透了凌波花刺抓傷了：**蒼苔在凍天結了冰，地上的水窪也結了凌，都尖尖爪爪地，走不小心會刺傷了人。

23 **冷舖中捨冰，把你賊受罪不渴的老花子，就沒本事尋個地方兒，走在這寒冰地獄裏來了：**「冷舖」即卑田院，乞者聚居之處。這裏說西門慶到叫花子住處施捨冰凌，不渴的叫花子想躲也沒個好地方，竟躲到寒冰地獄去了。在此處的喻義是諷挽來旺媳婦，等於說：「西門慶居然把你弄到這種冷地獄的地方來，其他都沒有地方去了？」所以下面有「口裏銜著條繩子，冷死了往外拉。」

意為你們這兩個淫貨，干冒著寒冰天氣到這山子洞裏來幹勾當，寧願凍死也幹。喻之貪欲之極。

24 **秋胡戲**：指「妻」的接歇後（解）後語，此種語彙，本書殊多。

25 **後婚兒、回頭人、意中人、露水夫妻**：在此均指潘金蓮為再嫁婦人，也是先姦後娶的貨色。

26 **久慣老成**：亦作「久慣牢成」，指婦人專會偷漢的老手。意為這事早就作慣了，老成（牢成）起來了。

27 **都吃他撑下去了**：一如今日說的「被他擠下去了。」

28 **簪銷門兒**：用頭上的簪子，把門兒反扣上，簪子插到門扣上。

29 **教你醃螃蟹，說你會劈的好腿兒**：雙關語。用以喻行淫時的形態。

30 **旋簸箕的說你會咂的好舌頭**：雙關語。用以喻接吻時的吮咂舌頭聲態。簸箕，是一種用以旋撿糧食中的砂石或稗子，作起此事來，要左右旋轉，上下顛簸，因以雙關喻接吻時的熱烈行為。

31 **與你個功德、有甚些摺兒**：「功德」乃反諷詞，等於今日說的給你點顏色看。「摺兒」，指熨燙得平整樣兒。

32 **印子舖**：即今之「當舖」。古稱放債放利息錢，謂之放「印子錢。」

33 **雌牙鬼**：北方人的口頭語。往往隨口而出。總是對那些喜皮笑臉的男人說，通常多出於婦女之口。

34 **拿大碗盪兩個合汁來我吃，把湯盛在銚子裏**：不知是何物的「合汁」，需要大碗盪成後，再盛在銚子裏。銚子，瓦器，或鐵器罐子。

35 **打了卯兒**：即報到之意。來旺媳婦在上房受使喚。

36 **睡鞋裹腳**：纏足婦人使用的裹腳布，簡稱「裹腳」，睡鞋是入睡時套在裹腳上的軟鞋。

37 **拾掇、歪蹄潑腳的**：「拾掇」即整理之意。「歪蹄潑腳的」意指東西雜亂。

38 **大綱兒**：綱，網的綱繩，支持大局的繩。意為不理小事情。

39 **疔瘡**：北方人稱可以致命的腫毒謂之「疔瘡」。或為今日的「癌」腫。

39 **大滑答子貨**：意為肚裏放不住話的直滑筒子。如今日說的「直肚腸」、「直腸子」。

40 **下落了我、走水的槽**：暗中陷害之意。槽漏水，水外洩，即話說出去了，像個漏水的槽。

41 **瞅**：用目睜大白眼相看，北人即謂之「瞅」，怒視也。

42 **花哨起來、打牙配嘴**：「花哨」亦作「花梢」，指枝上滿開了花朵。此喻女人不僅穿著上打扮起來了，言語上也興頭起來了。「打牙配嘴」意為愛在人前接語，俗謂「接下巴子」。應寫作「打牙犯嘴。」或在一起「頂嘴」。

43 **拿秤稱他的好來**：秤稱是用來稱東西的分兩的，此「稱」則諧稱美人的「稱讚」。此語說玳安諷喻來旺媳婦打扮的這樣花梢，豈不是一大早出來，故意要人贊美他美。所以來旺媳婦罵道：「賊猴兒，裏邊五娘六娘使我要買搽的粉，你如何說拿秤稱？三斤胭脂二斤粉，教那淫婦搽了又搽！看我進裏邊說不說？」

44 **那噠**：此詞應為「耶噠！」書中最多，往往刻錯。且有時加口旁，有時不加。即今日說的「哎喲！哎喲！」或「喲喲喲⋯」等反譏之詞。

45 **鏨銀子**：古時用銀，仍以銀之大小塊秤稱分兩。大塊銀作小用，往往需要鏨鑿下一小塊，稱出分兩計錢。

46 **你半夜沒聽見狗咬**：意為我這銀子是偷來的，你半夜沒有聽見狗咬（吠）聲音嗎？亦反諷之詞。

47 **我知道甚麼帳兒**：意為，你們的那一本狗屁倒灶的帳，我怎的知道。換言之即：你們自己心裏明白。

48 **賊猴兒你遞過來，我與你哄的**：「我與你哄的」，意為我賞你一些哄孩子買糖錢。占玳安便宜之意。

49 **香桶子**：婦女們用各色綢布縫成小袋，裝入各種香料，繫在身上，則香氣四溢，民國初年仍流行，今為香水替代。

第二十四回

經濟元夜戲嬌姿
惠祥怒罵來旺婦

1 **蠻腰、上苑、檀口、韓生**：「上苑」指漢之「上林苑人」，「韓生」
指韓翃，見前註「章台柳」。檀口，指美人口。張祜〈黃蜀葵花
詩〉：「無奈美人閒把臭，直疑檀口即中心。」「蠻腰」指唐名妓小
蠻，白居易妾也。《雲溪友議》：「居易有妓，樊素善歌，小蠻善
舞。嘗為詩曰：『櫻桃樊素口，楊柳小蠻腰。』」亦作酒樽，白居易
〈尋夢得詩〉：「還携小蠻去，試覓老劉看。」《野客叢談》說「小蠻」
有二解，一指香山之侍姬，一指酒樽。此語之喻，指香山侍姬小
蠻也。

2 **石崇錦帳圍屏**：石崇乃晉南皮人，字季倫。以航海得富，置金谷
別墅，奢靡異常，終以富死。

3 **家樂**：家設的女樂，專以自娛以娛賓朋，古之大家室皆畜之。

4 **銀河清淺，珠斗爛班**：形容月亮始由東方升出時的夜天，「銀河」
亦稱天河，「珠斗」即天上星斗如珠之狀詞。

5 **放花兒、元宵炮煒**：均為元宵節間點放之各種花炮，今仍流行。
「放花」是一種粗大於一般炮煒的炮筒，大小不一。大者有一尺餘
高者，點捻後，藥力上噴出的花枝花朵，可達丈餘高。北人習謂

之「放花兒」。「元宵炮燼」或如今仍流行的衝天炮，炮縛竹籤上，
點火即憑藥上衝天際，轟然之後下落。

6 **六月債兒熱還得快、教你彫佛眼兒**：意為要工作快些，像六月債
一樣，田裏有收成，賴不久，別像彫刻佛眼，那樣慢條細理的。

7 **扎筏子來諕我**：編出話來駭虎我之意。前在第十二回已註過。等
於說胡編個理由。《紅樓夢》第六十回：「快把兩件事抓住理，札
個筏子。」

8 **城樓子上雀兒好耐驚耐怕的蟲蟻兒**：鳥雀蟲蟻均為小東物的總
稱，「城樓上的雀兒」見得人多了，已經不怕人了，形容陳經濟膽
子大，連他的小腳都敢偷捏，不會怕！當真心小的蟲蟻兒一樣。

9 **放煙火**：「煙火」亦稱「火戲」，通常北人在元宵前後舉行，先搭
煙火架子，放時，藥線交互相連，搭在高木架上的一個個煙火盒
子，交替而輪流的燃出各種故事。筆者兒時曾數次觀賞，可能今
已失傳矣。在《世楷堂叢書》中，列有〈火戲略〉一種，乃錢唐
趙學敏所著，從製法到點放，闡述甚詳。

10 **桶子花**：即大型的花爆，亦稱「花桶（筒）」。花兒噴得大而範圍
也大，時間也久此。

11 **打水不渾的**：意指東西太少，打水只是從水面挖，不把水桶沉到
水底去，如何能打滿桶水，弄得水渾。

12 **你是石佛寺長老，請著你就張致了**：北西城關外胡同之西有大佛
寺，內有石佛，通稱石佛寺。創建於元代，寺內高塑列朝人物

像，甚獲民眾信仰。寺中和尚徒眾，明時香火鼎盛，勿須外出作佛事，是以時人有此諺語。第三十七回亦有此語。

13 **走百病**：《荊楚歲時》記：「燕城正月十六日夜，婦女群遊，其前一人持香辟人，凡有橋處，相率以過，各走百病。」蓋些乃燕都舊俗。《徐釚詞話》：「京市舊俗，婦女多以元宵夜出遊，摸正陽門釘以祓除不祥，各走百病。」《五雜俎》：「齊魯人多以正月十六日遊寺觀，謂之走百病。」但此俗，在蘇晥之北，魯南豫西，似不流行。

14 **耍孩兒**：此為曲牌名。

15 **八難**：《漢書》〈高祖紀〉：「張良發八難，漢王輟食吐哺。」此則以「難」為缺失。俗說人之災難有八：「飢、渴、寒、暑、水、火、刀、兵。」佛說八障難則為：「地獄、畜生、餓鬼、長壽天、北鬱卓越、盲瘂、世智辨聰、佛前佛後。」見《維麾經天台》疏。

16 **一丈菊、大煙蘭、金盞銀臺兒**：此均為花炮（筒）放出花樣的名色。

17 **摑子兒**：女孩兒家習為的一種遊戲，今稱「抓子」。用五個布團或石子，放在地上，一隻手抓起扔高再接住，由一到五，能一一到五或十而不掉落者，方稱巧手。

18 **賭打瓜子**：「打瓜」即「大子瓜」之俗稱。今人仍愛食之瓜子，即此種「大子瓜」所出。中原人俗稱之為「打瓜」。此種瓜比西瓜略小一倍，子多，肉雖不多，但甚甘美。遇有豐收，瓜園主人為了早日取子，每招徠眾人去瓜園「打瓜」，肉任人食用，子留

瓢內。否則，一經腐爛，則子亦受損。若非豐收，則此瓜之肉瓢，也能賣錢。

19 **巴巴使小廝坐名**：急急的遣小廝來指名要誰做。

20 **促織不吃癩蝦蟇肉，都是一鍬土上人**：癩蝦蟇也住在牆根土下，促織也住在牆根土下。促織（指蟋蟀）。雖有利齒，卻不吃癩蟇的肉。（實則是癩蝦蟇皮上的肉瘤有毒汁，不宜吃。）此語喻義是：大家都是同等的為人下人，何必相互傾軋？連促織蟲兒還不如呢！

21 **你恒數不是爹的**：恆，常也。往長遠說，你也作不了爹的小老婆。

22 **沒的扯臊淡**：與「放屁辣（拉）騷」意同，等於今語「放臭屁」。吃飽了撐的沒事只放臭屁。

23 **清淨姑姑**：尚未被梳攏的雛妓，稱「清姑姑」或「清官人」。

24 **小米數兒**：意指多。小米子粒小，一把小米，數也數不了。

25 **不怕封夷號令嚴**：「封夷」應作「封姨」，「風姨」的異名，風也。此謂梅花要放，何懼朔風嚴厲！

第二十五回

雪娥透露蝶蜂情
來旺醉謗西門慶

1 **辭以身體沈重**：李瓶兒已懷孕，故「辭以身體沉重」，不能打秋千。

2 **把身上喜抓去了**：此語中的「身上喜」，指的是「處女紅」，非身上有孕之喜，不誤也；誤則無其語意矣。處女打秋千摔下來，把處女膜摔破了，所以後面說「落後嫁與人家被人家說，不是女兒，休逐來家。」

3 **老和尚不撞鐘得不的一聲**：此語意指陳經濟聽到這金蓮這一聲，巴不得趕快去辦。老和尚不撞鐘則已，要撞就是「得不的」一聲。「得不的」形容撞鐘擊出的聲響。

4 **這相這回子**：等於今語的「在這種時候」或「在這節骨眼兒」。

5 **直屢屢腳趾定**：形容打秋千的人，身子直直的用雙腳站在秋千索的木板上。「趾」即今語的「踩」。讀如ㄘˇ。上已註過。

6 **頭口**：即今語的「牲口」；牛馬驢騾之謂。

7 **黑暉了**：意即黑黑胖胖的，「暉」指「渾圓」。

8 **北方戎戲**：「戎戲」當為「戎馬戲」，即馬戲。馬戲出於北方，故

曰「北方戎戲」。

9 鬥百草：《荊楚歲時記》：「五月五日，有鬥百草之戲。」《琵琶記》：
「鬥百草如何？」（〈牛氏規奴〉）《通俗編》：「歲時紀麗，端午結
慶蓄藥鬥百草。」劉禹錫詩：「若其吳王鬥百草，不如應是見西
施。」《唐書》〈樂志〉：「隋煬帝令樂正白明達造〈鬥百草〉、〈泛
龍舟〉等曲。」蓋樂曲亦有〈鬥百草〉曲。

10 攤塵：即「彈塵」，彈彈身上行路沾上的塵土。

11 官船、趕腳銀兩、只少僱夫過稅：官府的運輸船隻。「趕腳銀兩」
指送給押官船的人役金錢。因為是官船運送，也用不著僱伕押
運，也用不著上稅。

12 人事：此指人與人往還的禮物等事。

13 牽頭、窩巢、打撅：「牽頭」即今語之「拉皮條」；「窩巢」指暗
中收容下來作歹事：「打撅」，即釘住不動。停留之意。

14 石頭狢剌兒裏迸出來也有個窩巢兒，棗胡兒生的也有個仁兒，泥
人合下來的他也有靈性兒，靠著石頭養的也有個根絆兒：這些句
歇後語的喻義是：說出話來得有個起因，指出事來，也得有個根
據，怎能隨便亂講。

15 白眉赤眼：意指怒氣沖沖的，或橫眉豎眼。京師罵人則用此語。
詳見沈德符《萬曆野獲編》。

16 合的不值了：粗俚的穢語，意同前回的「搗掉了底了」。此則說
合破舊了，不值錢了。

17 **吊子曰兒**：等於今語之「在聖人面前賣子曰」或「賣三字經兒」。意即騙不了我。

18 **嚼舌根的**：亂說話，謂之「嚼舌根」。等於罵人下拔舌地獄。

19 **把腳署趄兒**：意即你動一動（挪一挪）腳步都會給你樣子看。

20 **呲著嘴兒說人、嚼**：「呲著嘴」是狗對人有所厭惡的態度，此用以比人。嚼，同前回的「撅」，罵人之謂。

21 **就纂我恁一遍舌頭**：意為這樣編了一套話來侮辱我。

22 **咪了那黃湯挺你那覺**：意為喝了酒了。此為南人口語，黃湯，指黃酒。「挺你那覺」意指去睡去。「挺」死人僵硬了，才叫「挺」，通常俗語用「挺」字代睡下，以作嘲諷。

23 **安撫使**：此官隋文帝時置，楊素曾任河北道安撫使。至宋始作各路帥司之職。往往由知府知州兼攝。

24 **穿青衣抱黑柱**：意為吃誰的給誰幹活兒；既穿青衣就巴結黑柱（主）子。

25 **九燉十八火的主子的奴才**：罵來旺媳婦曾在別人家作奴婦早被別人家的主子「九燉十八火」的燉熟熬爛了的，還當什麼新鮮哪！

26 **舞手**：揆之語意，似指兩下有過苟且的男人。

27 **和他有些甚麼查子帳**：意為一清二楚，沒有漏洞，沒有爛帳可查的，沒碴子。

28 **好嬌態的奴才**：意為這奴才自以為高貴了不是！別自抬身價。

29 **弄碜兒**：意為米中摻砂子，從中搞鬼之意。

30 **意意似似的**：等於文雅詞的「腼腆」，今語之「不好意思」的態
度。筆者兒時習聽此語。

31 **醜聽**：不好聽的意思。亦即「家醜不可外揚」之意。俗語「這事
傳出去好聽啊！」

32 **左右的皮靴沒番正**：古人的靴鞋，都不分左右，左右腳都可以
穿。故有此說。

33 **夜頭早晚，人無後眼**：意指夜兩頭，亦即從黃昏到黎明的黑夜之
間，別說人無後眼，就是有著後眼，也未必能防備暗中算計你的
人。此語即此意。

34 **揚條**：意為訐人陰私，條揚出去。

35 **拘了他頭面衣服**：意為把孫雪娥的妾婦身分褫除，打同僕婦一
樣。

36 **吃紂王水土，又說紂王無道**：意為不忠誠的臣等下人。

37 **信信脫脫**：意為口服心服，毫無抱怨。

38 **編鬒髻、頭髮壳子、拔絲**：「頭髮壳子」是假鬒髻，貧苦人家婦
女所帶，「編鬒髻」即編造真的髮髻裝飾。把銀塊由銀工拉成細
絲製造銀絲鬒髻，即「拔絲」之說。

39 **買人事**：即買禮物作人事上的應酬。

40 **鹽客**：向政府申請專賣食鹽的客商。向官府買鹽須領「鹽引」，發鹽專賣。

第二十六回

來旺兒遞解徐州
宋惠蓮含羞自縊

1 **雙了卦**：古卜筮的用語，如第一回卜筮結果得本卦，第二回再卜占，則六爻變化，因稱變卦，後遂用以凡改變主意者，均稱之「變卦」。

2 **自古物定主財**：意為財物矗放下來才能生財利，貨物出門隨著客商的利便。西門慶用這俗諺安慰來旺動不如靜，要他安心留下來看店中生意，不必再去東京了。

3 **轉了靶子**：古之射的，亦稱「靶子」，把目的改了之意。船之舵亦稱「靶子」，或曰「舵靶子」。船行改向，亦稱轉舵，或轉靶子。

4 **毬子心腸滾上滾下**：喻意是心是球形的，忽而滾上，忽而滾下。意為心不定。昨天那樣想，今天又這樣想了。

5 **燈草拐棒兒原拄不定**：作燈心的草是軟的，本來就拄不起的。以「拄」諧「主」，意為沒有主張，或作不了主。此語是原來是一位不堪依靠的主人。

6 **蓋個廟兒，立起個旗杆來，就是個謊神爺**：意為隨便撒謊，沒有神的廟；喻話無法聽也。沒有神的廟，如何求得庇護！

7 **屁股喇喇**：意為拉屎不揩屁股，乾淨不了。

8 **一鍬就撅了井**：意為不要著急，一鍬下去，撅不成井的。

9 **楞楞睜睜**：意為昏頭昏腦，或楞頭昏眼，心神尚未清醒時的情態。

10 **眾生好度人難度**：意為一切生物都好度之上登仙界，或使之成佛，只有人，因為人心難測。

11 **拖刀之計**：此為關羽的戰法，佯敗，乘敵不意，反刀出之。

12 **錫鉛定子**：假銀子的意思。「定子」即銀定子；銀塊。此乃錫鉛所製，贋銀也。

13 **不當不正跪下**：意為直豎豎跪在西門慶面前。

14 **九尾狐狸**：俗傳紂王的寵妃妲己是九尾狐狸轉身。《封神演義》即寫妲己為九尾狐。後人每以九尾狐比喻婦人的善於狐媚男人。

15 **拿紙棺材糊人，成個道理**：紙糊的棺材盛不得人。喻意是紙糊的棺材「謔」得了人嗎！「糊」諧「謔」；騙不了人的。

16 **打死了人還有消繳的日子兒**：意為打死人也未必犯死罪，還有無期徒刑呢！「消繳日子」即長期繫獄之謂。此語意為來旺並沒有犯什麼死罪。

17 **吃了迷魂湯了**：意為糊塗了，忘了自己是誰了。鄉人俗傳人死後，一入陰曹，小鬼就強你喝上一碗迷魂湯，喝了迷魂湯，就忘了過去的一切。此語之喻本此。

18 **墊害、報本：**「墊害」，意為製造罪名害人入罪；「報本」，意為報答根本之恩。

19 **我常遠不是他的人：**宋惠蓮說她與西門慶勾搭已久，老早不是來旺的媳婦了。

20 **跤趾：**古指五嶺以南之地，今之雲南、貴州南以及安南北等地。亦寫作「交趾」。漢設交趾郡，專治安南北部。《禮記》〈王制〉：「南方曰蠻，雕題交趾。」註：「交跤，足相鄉。」唐顏師古曰：「贏樓，亦讀曰累縷。」杜佑曰：「交趾之名，以南方夷人其足大趾開廣，並足而立，其趾相交，故名。」

21 **忒不長俊：**即太不長進。

22 **沙糖拌蜜與他吃：**意為糖中加蜜，甜上加甜，一如今語之「灌蜜糖」。（有寫作「灌米湯」者，誤。）

23 **不葷不素：**意為既不三亦不四，不是葷菜也不是素菜。宋惠蓮指自己在西門家沒有名分。

24 **逞的恁沒張置的：**逞能逞得這麼大張沒處安放了。（常寫作「張致」。）

25 **不雅相：**意為不合禮數。指西門慶一旦納宋惠蓮為小老婆之一，原來的奴才們，如見到宋惠蓮與西門慶坐在一起，給不給行禮呢？這種尷尬場面，就難看了。

26 **誓做了泥鰍怕污了眼睛：**既然決定去作泥鰍，卻又怕污髒了眼睛。意為既作壞事還怕壞名譽嗎！

27 **上下觀察緝捕排軍**：指縣衙上下辦理刑事的官員人等。

28 **是個沒底人**：意為是個沒有心底的人，等於說盛不住東西，裝什麼就漏什麼。

29 **釘了扭上了封皮**：指把大枷枷到來旺頸上，不僅上了釘子釘死，還加上了封條。

30 **說念**：意為一再求說不休。

31 **流沙河**：《瓶外卮言》云：「在今昌平州，此與徐州不相及也。後文又與星宿海並舉」。實則，流沙乃西北沙漠地帶之流沙如河。此處當為借用以喻。

32 **紙棺材暗算計了**：意為被人「諕」（糊）了。見上註說。

33 **合在缸底下**：意思一如今語之「蒙在鼓裏」。

34 **排手拍掌**：婦女們發潑時的行為，又排手又打掌。

35 **襁孩子**：「襁」讀如ㄐㄧㄤˋ，本書有時又寫作「溰」。即倔強之意。

36 **害死人還看出殯的**：意為心腸狠毒，暗中害死了人，還站在看出殯人眾的行列裏作觀眾。

37 **絕戶計**：為用心太狠的計謀，將來會絕子絕孫，滅門絕戶。

38 **酥燒**：食物，不知何類，或為甜鹽酥燒餅。

39 **大拳打了這回，拿手摸掌**：意為打了一大拳，跟著又用手來按摩。

40 **胡了老兒吹燈，把人了了**：意為長了鬍鬚的沒牙老頭兒去吹燈，燈未吹滅，鬍鬚已被燈火燒著了。「了了」同「燎了」諧音。歇後語是「了了」；把人弄死了。

41 **辣菜根子**：意指辣得狠，辣手得狠，不好纏之意。

42 **白搽白折的平上**：意為同等，都是白色，分不出黑白等類。說來旺媳婦居然敢與主子平等相對了。

43 **緣法**：佛家語。認為人與人碰上一面都是前世緣分。所謂同船過渡都是緣。

44 **相隨百步也有個徘徊意**：意為就跟隨在身後走了一百步，離去時還有徘徊難捨的心意呢！「一夜夫妻百夜恩」，何況作了恁麼久的夫妻。

45 **耳滿心滿**：意為耳朵裝滿了，心也填滿了。指潘金蓮向孫雪娥調唆，一番話就把孫雪娥心與耳都灌滿了。

46 **眼淚留著些腳後跟**：意為不要把眼淚流走了，留著點等機會報復。

47 **一頭拾到屋裏**：「拾」乃「射」的諧音借用，意為一頭跑到屋裏，快得（指氣惱中）如射出的箭一樣。

48 **做了王美人了**：指王嬙和番，留連不捨，遲遲不能出宮。

49 **何必撐著頭兒來尋趁人**：意為何必非把名姓道出來去向人找碴不可呢？

50 **都這等家反宅亂**：意為鬧得家宅人等亂鬥不和。

51 **門楹上**：楹是屋中四經柱，其前兩柱旁無傍者謂之楹，宋惠蓮的
吊繩即掛在這兩柱之間的橫木上。

52 **彩雲易散琉璃脆**：意思全是比喻人之易死，生命的脆弱。

53 **瓦罐不離井上破**：用來打水的瓦罐子，破碎的機會總是在井邊。
比喻人死也總是死在他一向貪圖的事件上。

54 **撅救了半日**：此語在李瓶兒吊死解下救時，曾經用過。「撅」讀
為「ㄑㄩㄝˇ」，折成兩角形也。

55 **拔樹尋根**：喻意是問是非應從根腳起，一如拔頭，應先掘根。

56 **打旋麼兒跪著**：形容跪撲在地，雙手抱頭臥跪在地上。

57 **地藏寺**：地藏菩薩的廟宇。《孔子家語》：「形體則降，魂氣則上，
是為天生而地藏。」（〈問禮〉）。《地藏本願經》：「至心瞻禮地藏
肥，一分惡事皆消滅，至於夢中盡得安，衣食豐饒神鬼護。」陰
曆七月三十日為地藏節。《秘藏記下》：「地藏菩薩肉白色，左手
執蓮花，上幢幡，右手持寶珠。」

第二十七回

李瓶兒私語翡翠軒
潘金蓮醉鬧葡萄架

1 **揭帖**：亦作「揭貼」。《宋史》〈高宗紀〉：「左史樓昭請命從臣舉監司，上從之。已而謂輔臣曰：『朕堂書之屏風，以時揭貼。』」《明史》〈劉大夏傳〉：「揭貼滋弊，不可為後世法。」《通雅》：「宋元豐中詔中書寫例一本，納執政，分會諸房揭帖，謂揭而帖之。古貼帖通用，此說以如意帖之是也。今人因有揭帖之名。」《明史》〈劉大夏傳〉又云：「帝嘗喻大夏曰：『臨事輒思召卿，慮越職而止。後有當行罷者，具揭帖以進。』」此所謂「揭帖」，乃下級呈給上級有所表白說明的文書。

2 **化人塲**：即今謂之「火葬塲」。

3 **光棍**：亦如今語之無職無業的流氓，此為世間罵人語。

4 **打網詐財，倚屍圖賴**：意為有意借著女兒的上吊自殺去敲詐耍賴。「打網」，即結網也。

5 **地方火甲**：亦即地方上的快速辦事人等，「火」當為「火牌」之謂，指官府文書去火速辦理。

6 **三伏天**：夏至後第三庚日為初伏，第四庚日為中伏，立秋後第一庚日為末伏。《小學紺珠》：「伏者，金氣伏藏之日也。」按伏日起

於秦，《史記》〈秦紀〉：「德公二年初伏。」《正義》：「六月三伏之節，起於秦德公為之，故云初伏。伏者，隱伏避盛暑也。」《初學記》引《陰陽書》：「從夏至後第三庚為初伏，四庚為中伏，立秋後初庚為後伏，謂之三伏。曹植謂之三旬。」今諺仍有「三伏加一秋」之說。蓋均指「三伏天」為一年間最為燠熱的天氣。

7 **祝融、方國、五岳、陽侯**：古以四方分治，各立諸侯之長，謂之方伯。此言「方國」即據此以指全中國之意。祝融乃火神名，南方行火，在此以言火神南來鞭打火龍落成。五岳，即五大山嶽，陽侯，指海中龍王也。

8 **端溪硯**：端溪在廣東高要縣，盛產硯石，傳說始採於唐武德（618-626）中。《國史補》：「端溪紫石硯，天下無論貴賤通之。」《端溪硯譜》：「肇慶府東有斧柯山，峻峭壁立，下際潮水，自江湄登山，行三四里，即為峴峒。先至者曰下峒，又上者曰中峒，又上曰上峒。山峒轉山之背曰龍峒。自山之下分路稍東，至半邊山諸峒，西南沿溪而上曰蚌坑石以下峒，為上、中、龍峒，半邊山諸峒次之，上峒又次之，蚌坑最下。」清吳蘭修撰有《端溪硯史》。

9 **蒼頡墨**：蒼頡乃傳稱古之造字者，此假名以作詞語對仗，非可考也。

10 **搯下瑞香花**：瑞香花又稱「沈丁香」。《清異錄》：「廬山瑞香花，始緣一比丘晝寢盤石上，夢中聞花香烈酷不可名，既覺求之，因名睡香。四方奇之。謂乃花中祥瑞，故名『瑞香花』」。此說「搯」即以大食二指摘折花朵，謂之「搯」，讀如「ㄑㄧㄚ」。
　（按《本草》對瑞香之集解云：「時珍曰：『南土處處山中有之，

枝榦婆娑，柔條厚葉，四時不凋，冬春之交開花。成簇長三四分，如丁香狀，有黃白紫三色。』《格古論》曰：『瑞香，高者三四尺，有數種。有枇杷葉者，柯葉者，毬子葉者，攣枝者。惟攣枝者，花紫香烈，枇杷葉者，結子其始出於廬山，宋時人家栽之，始著名。攣枝者，其節攣曲，如斷折之狀也。其根綿軟而細。』」《續廬山記》：「瑞香花紫而香烈，非群芳之比。其始蓋出此。」呂大防〈瑞香圖序〉云：「瑞香，芳草也。其木高纔數尺，生山坡間，花如丁香而有黃紫二種。」既謂此花開於冬春之交，此時正當夏日三伏，又在北地山東，則不應有此花，蓋小說家之筆矣！）

11 **倒踘著**：即倒彎下身子的姿態。

12 **捭**：此字似讀如「ㄅㄟ」音，北人每稱用手分物為二，為之「ㄅㄟ」；如「ㄅㄟ開」；「ㄅㄟ作兩半。」

13 **下茶**：乃結婚之意，下茶為禮也。〈茶疏〉：「茶不移本，植必生子，古人結婚必以茶為禮，取其不移植而子之意。」故名之為「下茶」。（前註初婚為「下小茶」。《還魂記》：「我女已亡故三年，不說到納采下茶。」）

14 **赤帝當權耀太虛**：「赤帝」，指喻太陽；「太虛」，即今語之太空。

15 **咬蛆兒**：即罵人口髒，說出話像嚼出的蛆一樣，一如今語之「臭嘴」，引喻為胡說。

16 **肚內沒閒事**：意即肚裏沒有東西，「怕什麼冷糕麼？」暗示他已知道瓶兒懷了孩子。

17 **老媽媽睡著吃乾臘肉是恁一絲兒一絲兒的**：老媽媽沒有好牙齒，睡覺時又熄了燈，臘肉乾了堅硬，咬不動，只得用手一點點撕下來吃。此語喻意是：「心裏明白」。一如今語之「啞巴吃扁食，心裏有數。」眼雖未見，撕起來手裏有數。

18 **躲滑兒**：即偷懶之意。筆者兒時常聽此語。

19 **三日不吃飯眼前花**：意為餓上三天，眼睛就發了花了。在此喻意是我裝作沒看見。

20 **摭罳兒**：此一罳字，乃中原人用以形容布帛織得太鬆，布綿之間的眼縫太大，就稱之為「罳」。此說「摭（遮）罳兒」意為掩飾漏洞，怕人看見。

21 **行動瞞不過當方土地**：意為人的腳步走在地上，一行一止還瞞得了當方（當值某一方面）的土地爺嗎？意謂瞞不了我。

22 **須臾過橋翎花倒入雙飛雁**：這以下多句形容詞，均為投壺的名色。

23 **小淨手**：即今語之「小解」；小便也。

24 **花心**：《瓶外巵言》說：「明遺老詩曰：『花蕊原同女子陰，雌雄二蕊各分明，勸君莫在人前弄，草木寧無羞恥心。』佛經名女陰曰『花宮』。或云花心為陰核。原書即指此。或以花心指子宮。如《鶴鹽秘記》：『昭容花心穰粹。』」

25 **如金龍探爪相似**：這以下多語均形容潘金蓮雙足被吊上葡萄架時的形態。

26 **你每甚麼張致**：所說你們這樣究竟要安排些什麼名堂？意如今語之「你們這成什麼名堂？」

27 **硫黃圈**：行淫時使用的淫器之一種，套龜棱上，用以磨擦，以助悅於淫婦。

28 **閨艷聲嬌**：助行房事的淫藥名。《瓶外卮言》說：「《北戶錄》言紅蝙蝠收為媚藥。此藥敷於下體者，與內服藥不同。」

第二十八回

陳經濟因鞋戲金蓮
西門慶怒打鐵棍兒

1 **短襦**：襦，短衣也。自膝以上。按襦，若今襖之短者，袍若今襖之長者。是以「短襦」即短襖。

2 **抹胸**：一如今之胸罩。古之「抹胸」亦稱「肚兜」，夏日婦女，在房中，上身僅著一可遮前胸的衣兜，以繩繫在背後。

3 **沈醉楊妃**：指吃醉了酒的楊貴妃，有戲劇曰：「貴妃醉酒」，此借以形容潘金蓮淫昏醉態。

4 **風病來了**：即今言之「中風」，俗謂之瘋癱了。

5 **把人奈何舔舔的**：意為把人糾纏得莫可如何。「舔舔的」乃助語詞。

6 **手賽荑**：荑，草也。草之初生。此指手嫩如初生草。

7 **精著腳**：即今謂之「赤著腳」，未著鞋襪。

8 **攝了我這雙鞋去了**：俗謂鬼物人不能見，往往暗中攝取人之事物。此謂鬼拿走了。人們每說人做事無頭腦，謂鬼攝了魂去。

9 **媒人婆迷了路兒，沒的說了；王媽媽賣了磨，推不的了**：歇後語的意思。是沒有推拖之詞了。

10 **採出他院子裏**：「採」字在本書中，十九都應讀作「ㄕㄡ」，有
時也寫作「揪」。即用手強抓推著的意思。中原人的方言。筆者
兒時讀《詩》〈關雎〉：「參差荇菜，左右采之，窈窕淑女，琴瑟
友之。」師則以「叶韻改讀」之則，教吾等讀「采」為「ㄕㄡ」，
下與「友」叶，不遵陳季立、顧亭林等人之古韻說之讀「友」為
「以」。

11 **戳舌兒**：意為插嘴說調唆話兒。

12 **摭溜子捱工夫兒**：找理由作說詞，一再掩飾，企圖把事遮過。用
以延宕時間。

13 **繚線兒**：指鞋口上的針綫盤鎖的花紋線路。

14 **粧臺**：此指可以抱著換地方的梳頭匣子。小型妝臺。

15 **影壁**：大家房屋，院落論進，每一進院子的通門外邊，都築遮影
院子通門的屏牆，特別是內院，更不可少，古稱「蕭牆」。筆者
兒時在家，則稱此牆為「影壁牆」。

16 **投充了新軍，又掇起石頭來了**：秋菊跪在院中大太陽下頂石頭，
陳經濟看見了，不惟無惻隱之心，還說了這麼一句風涼俏皮話，
說秋菊是新投來的軍兵，開始入營時作搬石苦工。

17 **扒步撩衣**：形容陳經濟急著上樓時的情態，一邊撩起衣衫，一邊
提腳爬（扒）登，巴不得一步兩梯。

18 **一窩絲攢**：婦女頭上的髮髻，謂之「攢」。在明清時代，稱「攢」
的髮髻，通常梳在後腦，俗謂之「攢」。在我鄉尚有此一習俗：

未出嫁的閨女，梳辮子，出了嫁，方把辮子梳成了攢。此稱「一窩絲」，乃形容髮攢的型態。

19 **好心倒做了驢肝肺**：此語今仍流行，即付出的好心腸（人心），居然被當作畜生心肝了。

20 **提挈著鞋拽靶兒**：古人鞋的後幫上，往往附帶縫上一個可以提拔的小耳朵，以備穿著時可以提拔。這裏形容陳經濟一邊從身上的口袋中取出潘金蓮丟失的紅鞋，一邊就忙著彎身去提鞋，裝作要走的樣子。

21 **遍地裏尋**：意指遍地裏都找過了。一如今語的「地毯式」搜尋。

22 **七個八個**：乃指男女間有不清不白事情的隱語。

23 **女番子且是倒會的放刁**：吳晗在〈金瓶梅的著作時代及其社會背景〉一文中說：「所謂番子，《明史》〈刑法志〉之說：『東廠之屬無專官，掌刑千戶一，理刑百戶一，亦謂之貼刑，皆衛官。其隸役悉取於衛。最輕點環巧者乃揀充之。役長曰：檔頭，帽上銳，衣青素褶繫小條，白皮靴，專主司察。其下番子數人為幹事，京師亡命滙財挾讎視幹事者為窟穴，得一陰事，由之以密白於檔頭，檔頭視其事大小，先予以金。事曰起數，金曰買起數。既得事，師番子至所犯家左右坐曰打樁，番子即突入執訊之，無有左右符牒，賄如數，逕去。少不如意，榜治之名曰乾酢酒，亦曰搬層兒，痛楚十倍官刑。且授意使牽有力者，有力者予多金，則無事，或靳不予，予不足，立聞上，下鎮撫司獄，立死矣！』番子之刺探民間陰事，為非作惡如此，所以當時口語中就稱平常人的放刁挾詐者為番子，並以施之女性。」

24 **天秤也打不出去**：意為你這樣作法，照天理也平不下來呀。

25 **除非饒了蝎子**：五毒之一，爬蟲類。形如琵琶，故亦稱「琵琶蟲」，尾上有鈎針，藏毒液，人被刺，痛楚之極。中原特多，可入藥。以皖之宿州產者為名貴，是以藥方有「宿蝎」之說。此語乃恨人已極，被毒蝎子螫了尚可饒恕，這個人卻不能饒。中原一帶之俗語，流行草野間。

26 **搪塞**：有了缺口，或有了漏洞，無法以原材料彌補，改以他物堵塞，或以他事搪騙。此語今仍流行。

27 **三隻腳的蟾**：蟾蜍三足，此說「倒如何說我是三隻腳的蟾。」因為潘金蓮的鞋既已尋到，卻又多了一隻，故如此說。

28 **惜情兒**：有憐惜之情的意思。

29 **辣辣的**：意即狠狠的，毒毒的，「打上他二三十板」。

30 **一冲性子**：意即性情被激起怒氣，怒沖沖的情態。

31 **揪住頂角**：「頂角」是孩童尚未留髮時，留在頭頂心的一片髮毛。稱「偏毛兒」，則在頂角兩旁。西門慶就抓著小鐵棍兒頭上的這一點頭髮使狠。

32 **海罵**：意即潑口大罵。

33 **王八羔子**：與今仍流行的「烏龜王八蛋」同意。「羔子」即山羊也。「王八羔子」即「忘八」的子孫。

34 **打張鷄兒**：故作不知的表情或答話。一如今語之「裝沒事人。」

35 **你幹的好萌兒**：意即你幹得好事，「萌」草始生芽，此謂「好草芽」。

36 **臭蹄**：此指來旺媳婦的臭腳鞋。「什麼稀罕物？」

37 **不當家化化的**：意為兒戲，不當一回事去辦，輕慢造孽之意。《瓶外巵言》說：「帝京景物略作不當價，如吳語云罪過也。《紅樓夢》二十八回王夫人聽了道：『阿彌陀佛，不當家花拉的。』註曰：『北人俗語為輕慢造孽，《兒女英雄傳》亦同。』」

38 **阿鼻地獄**：據《觀物三昧經》說：「阿言無，鼻言救。」《法華經》〈法師功德品〉：「下至阿鼻地獄。」《大樓炭經》三：「十八地獄外，更有阿鼻地獄，造五逆人，入此獄中。」可見此獄乃永無救贖的地獄。

39 **傳代**：意指生子傳宗接代。

40 **我越發偏剁個樣兒你瞧**：意為，你越是心疼，我越是要把這隻鞋兒剁碎了給你看。這裏說「剁個樣兒你瞧」，意為你不信我就剁你看。

第二十九回

吳神仙貴賤相人
潘金蓮蘭湯午戰

1 **抽金**：用金絲線繡鞋肩上的花紋圖案。如「十樣錦」之類。

2 **平底、高底**：纏足女子穿的鞋，有平底高底兩種，（睡鞋在外），高底用木質，走路有響聲，所以下面說：「你若賺木底子響腳，也似我，用毡底子，卻不好走著，又不響。」

3 **把昏君禍亂的貶子休妻**：昏君貶子休妻之說，或有隱喻，非紂王史也。如以之與《明神宗實錄》配，則頗能符節。註此以供研究者參考。

4 **生生兒禍弄的**：意即活生生的被禍弄了，等于說一件完完整整的東西，偏砸破他；或活生生的弄死他。都因為有人惹起禍來，才弄得這樣。

5 **你揭條我，我揭條你**：意為你說我的壞話，我說你的壞話；相互攻訐。

6 **推乾淨說面子話兒左右是**：意為說些冠冕堂皇的表面敷衍的說詞，向兩面討好的意思。

7 **要邐楂兒和人攘**：意為要找碴兒跟人打架攘攘。

8 **周老總兵**：總兵是官名，明代始設。《續文獻通考》〈職官考〉：「明初，凡天下要害處所，專設官統兵鎮戍，其總鎮一方者曰鎮守，獨守一路者曰分守，獨守一城一堡者曰守備，有與主將同處一城者曰協守。又有備倭、提督、提調、巡視等名，其官稱掛印專制者曰總兵。次曰副總兵、曰參將、曰遊擊將軍。舊制俱於公侯伯都督、指揮等官內推舉充任其鎮戍地方，或遇事增添改革，具本部奏請定奪。」《明史》〈職官志〉：「總兵、副總兵，無品級，無定員，總鎮一方者為鎮守，獨鎮一路者為分守，又有提督、提調、巡視、備禦、領班、備倭等名。凡總兵副總兵率以公侯伯都督充之。」稱謂錄、總兵：「案明之總兵掛將軍印，正與今駐防將軍相似。我朝（清人口吻）以將軍之稱專屬八旗駐防，而總兵不得掛將軍印矣。」基上史說，可以想知此處所稱之「周老總兵」，似非曾任總兵職之周某人。明人習稱某人在某處任職，即以某部稱之，如「兵工部」、「馬吏部」、「吳水部」是。此「周老總兵」或係指其曾在各鎮守營中任過職官的退休將校。

9 **相法**：命相也有派別，習稱之相法有「麻衣」、「柳莊」兩派。麻衣相法傳自麻衣道者陳圖南，柳莊相法則傳自袁柳莊。

10 **相造、貴造**：相造，指人的形貌（長相），貴造指人的生辰八字。

11 **熊羆之兆**：意指有添丁的預兆。《三國》〈魏志〉〈高柔傳〉：「熊羆之祥，又未感應。」古人喜生男子，熊羆有力，故期以生男如熊如羆。《詩》〈小雅〉〈斯干〉：「吉夢維何？維熊維羆，維虺維蛇；大人占之。維熊維羆，男子之祥，維虺維蛇，女子之祥。」鄭箋：「大人占之，謂以聖人占夢之法占之也。熊羆在山陽之祥也。故為生男；虺蛇穴處，陰之祥也，故為生女也。」

12 **五鬼在家吵鬧**：明喻西門慶娶五小妾在家。俗謂：「若要家不和，娶個小老婆。」何況西門慶娶進五個。

13 **六壬神課**：命相占法之一種，亦稱「六壬卜」或「六壬式」。《五代史》〈賀瓖傳〉：「以六壬占之，得斬關以為吉。」《元史》〈劉秉忠傳〉：「秉忠於書無所不讀，尤邃於易及邵氏經世書，至於天文、律曆、三式、六壬、遁甲之屬，無不精通。論天下事，如指諸掌。」此神課，或指此種命相的占法。

14 **淫抄**：此說「谷道亂毛，號為淫抄。」不知「淫抄」何意？或為「淫佚」之誤刻。通常吾人指過分的逸樂謂之「淫佚」，行為放蕩，亦謂之「淫佚」或「淫失」。《墨子》〈過辭〉：「小人之所淫佚也。」《管子》〈小匡〉：「毋有淫佚者。」男女私通，亦稱「淫佚」或作「淫妷」。《史記》〈主父偃傳〉：「齊王內淫佚行僻。」《漢書》〈刑法志〉：「男女淫佚。」似為「淫佚」。（竹坡本刪去此語。）

15 **三停**：或為道家之「三寶」說，指耳目口鼻。

16 **桑中之約、月下之期**：《詩》〈鄘風〉有〈桑中〉一詩，陳風有〈月出〉一詩，後人遂以「桑中」、「月下」喻男女幽會。

17 **桑中**：爰采唐矣，沫之鄉（向）矣。云誰之思？美孟姜矣。期我乎桑中，要我乎上宮（樓上），送我乎淇之上矣。

18 **月出**：月出皎兮，佼人僚兮。舒窈窕兮，勞心悄兮。

19 **三、九**：氣節名詞。《農政全書》〈農事占候〉：「至後九九氣。諺云：『一九二九，相喚佛出手。三九二十七，籬頭吹角栗。』」

我鄉俗諺尚有「九九八十一，貓狗尋陰地。」到了第九九，天氣
已入暑了。

20 **稽首、囂頭**：「稽首」是我國的叩首大禮，叩時額至地。乃臣拜
君之禮，後引為尊敬語詞。「囂頭」即斬頭之謂。此說「囂了他
的頭」，意謂掃去他的面子，或別給他面子，直說他的相法不靈
驗。

21 **螺鈿攢造**：意為用蚌類等物鑲嵌成的。

22 **拾兒**：在外頭野地裏撿拾來的。非親生，沒有疼愛。

23 **弄下碴兒、改了腔兒**：上語謂從中下了砂子，下語謂改了調子。
意為又起了新意，改了原來的主張了。

第三十回

來保押送生辰担
西門慶生子喜加官

1 **蛇吞象、螳捕蟬**：「蛇吞象」喻人心不足，明明作不到的事情，也偏要去作，反而自投死路；「螳捕蟬」喻白費心機，今仍流行。亦作「螳螂捕蟬，黃雀在後。」《山海經》〈海內南經〉：「巴蛇吞象，三歲而出其骨。君子服之，無心復之疾。」《楚辭》〈天問〉：「蛇吞象，厥大何如！」喻貪婪之甚。此乃引錄羅洪先[1]詩：「人心不足蛇吞象，世事到頭螳捕蟬。」按《莊子》〈山木〉：「莊子遊乎雕陵之樊，覩一異鵲自南方來者，翼七尺，目大運寸，感周之顙，而集於栗林。莊周曰：『此何鳥哉？翼殷不逝，目大不睹。』褰裳躩步，執彈而留之，覩一蟬方得美蔭而忘其身，螳螂執翳而搏之，見得而忘其形，異鵲從而利之。見利而忘其真[2]。莊周怵然曰：『噫，物固相累，二類相召也。』捐彈而反走，虞人逐而誶（誶）之。」《又韓詩外傳》〈十〉：「楚莊王將興師伐晉，告士大夫曰：『敢諫者死，無赦。』…孫叔敖進諫曰：『臣園中有榆，榆上有蟬，蟬方奮翼悲鳴，欲飲清露，不知螳螂之在後，曲其頸而攫而食之

---

[1] 羅洪先，字達夫，吉水人，羅循之子。明嘉靖八年（1529）進士。曾官修撰、春坊左贊善，性至孝；學宗王守仁。著有《名遊記》、《念庵集》等。見《明史》，卷二八三。《金瓶梅》中詩詞劇曲，多引錄他人作品，當另文編述，本書不多註釋此類。

[2] 真，身也。

也。螳螂方欲食蟬，而不知黃雀在後，舉其頸欲啄而食之也。』」
《晉書》〈石崇傳論〉：「所謂高蟬處乎輕陰，不知螳螂襲其後也。」

2　**逅探**：意為偷偷摸摸的探視行動。

3　**失張冒勢**：意為冒冒失失，一如今語之「冒失鬼」。

4　**有要沒緊兩頭回來遊魂**：意為沒有事情來回瞎跑（瞎遊蕩）些什
　麼？

5　**原來你家沒大了**：意為你家裏沒有老的活著了，所以你纔恁沒教
　養。

6　**丁嘴鐵舌兒的**：意為嘴如釘子嘴如鐵片，喻言語刺人；通常指的
　是嘴巴頭子厲害，不饒人。你說一句，他還一句。

7　**評話捷說**：「評話」指說書人，「捷說」意為三言二語就過許多年，
　走了許多地方了。俗諺有：「說書人的腿，媒人婆的嘴。」也可說
　成「說書人的嘴，媒人婆的腿。」均比喻快。此四字在此的意思
　是：「如照說書人的快捷說法」有一天「到了東京萬壽門外……」

8　**三臺八位、公子王孫**：按「三臺」在此乃指官位之高，漢官制稱
　尚書為中臺，御史為憲臺，謁者為外臺，是謂「三臺」。《後漢書》
　〈袁紹傳〉：「坐召三臺，專制朝政。」此說「三臺八位」，意喻官
　職之高，「公子王孫」指皇族。此語則為管你是誰？以壯他們此處
　之威赫。

9　**上清寶籙宮**：宋徽宗於景龍門（汴京北面中門）對晨暉門（延福
　宮東門名），作上清寶籙宮，密連禁暑宮中，山包平地，環以佳

木，清流列諸館舍，臺閣多以美材為楹棟，不飾五采有自然之勝。上下立亭宇不可勝計，帝時登皇城下視之。由是開景龍門城上作復道，通寶籙宮，以便齋醮之事。政和六年（1116）二月完成。

10 **可見了分上不曾**：意為送上的情意（賄賂），可曾見得效果呢？

11 **牌提、鹽運司、勘合**：牌提，是提解犯人的憑證；鹽運司是運輸食鹽的政府機關；勘合，意指驗證文書，即蓋了騎縫的印鑑文書。

12 **空名告身劄付**：《正字通》：「告，唐制，授官之符曰告身，即今謂告命。」《唐書》〈選舉志〉：「皆給以符，謂之告身。」此說「空名」，意指皇上恩賜他可以有權任用的官職名額，尚有餘缺。「告身」亦稱「告身印」。《通典》曰：「唐明皇開元二十三年七月，吏部尚書本暠奏，告身印與曹印文同，請加告身兩字。即吏部告身之印。始自李暠也。」《六部成語》之劄付註：「上官派委員辦事，皆付劄文。此文即名劄付。」《元典》〈章戶部〉：「至大元年七月臨江路奉江西行省劄付。」

13 **金吾衞、錦衣**：「金吾衞」乃運衞名，秦為中衞，漢改執金吾。掌京師衞戍事。《文獻通考》〈職官考〉：「秦有中衞，掌徼循京師。漢武帝太初元年，更名執金吾，緹騎二百人，五百二十人輿服導從，光生滿路。群僚之中，斯最壯矣。舊掌京師盜賊考按疑事，後漢掌宮外戒司水火之事。月三繞行宮外，及主兵器，自中興，但專徼循，不與他政。」但至宋，則為環衞官，無定員，無職事，皆命宗室為之。靖康元年（1126）御史中丞陳過庭言：請遵

藝祖開寶初罷諸節度使歸環衞故事，於是節度使錢景臻等，並為左右金吾衞上將軍。孝宗隆興初，詔學士院討論環衞官制，欲參酌祖宗時及唐太宗制，如節度使則領左右金吾衞上將軍，承宣使則領左右上將軍。在內則兼帶，在外則不帶，正任為上將軍，遙郡為大將軍，正使為將軍，副使為中郎將，使臣以下為左右郎將。通以十員為額，宗室不在此例。餘管軍則解，或領閤門皇城之類則仍帶。雖戚里子弟，非戰功不除。上謂宰相謂欲以此儲將才重環衞，如文臣儲才於館閣也。基此考說，當可知此語之「列銜金吾衞（錦）衣左所副千戶山東等處提刑所理刑，」非宋時徽宗朝之制明矣。

按「錦衣」則為明朝之「錦衣衞」。《明史》〈職官志五〉：「錦衣衞掌緝捕刑獄之事，恆以勳戚都督領之。恩蔭寄祿無常員。……待左右，盜賊奸宄，街塗溝洫，密緝而時省之。凡承利鞫獄錄囚勤事，偕三法司；五軍官舍比試併鎗，同兵都蒞視。統所凡十有七。……亦未嘗有派出京外掌刑之制。至於各地衞所之千戶副千戶，始置於元，明因之。衞所千戶掌官兵千人。《明史》〈兵志〉稱襲元舊制，樞密平章元帥總管萬戶諸官號而覆嚴；其所部兵五千人為指揮，千人為千戶，百人為百戶，五十人為總旗，十人為小旗。」據《明史》〈職官志〉稱：「率其卒伍以聽令鎮撫，無獄事則管軍百戶，缺則伐之。」自可從此想知西門慶的這一「金吾衞（錦）衣左所副千戶」（後升正千戶）乃《金瓶梅》的作者集宋、明兩朝官制創造出來的一個官職名目。

14 **驛丞**：掌管驛站等事的官職。其職卑微。明始置之，《明史》〈職官志〉：「驛丞典郵傳迎遞之事。」

15 **鄆王府**：鄆王乃徽宗第三子，名楷，初名煥，始封魏國公，進高

密郡王，嘉王，政和八年延策進士，唱名第一，母王妃方有寵，遂超拜太傅，改王郢。欽宗立，改鎮鳳翔彰德軍。靖康初與諸王皆北遷。

16 **校尉**：如以官名稱之，在漢則秩達二千石。在明代則為錦衣衞所屬的衞士之稱。《明史》〈職官志〉錦衣衞註：「校尉力士，僉民間壯丁為之。」《萬曆野獲編》：「今錦衣所屬衞士，亦稱校尉。」

17 **吏兵二部掛號討勘合，限日上任應役**：此則為衞所千戶辦理報到赴任等之手續。

18 **高楊童蔡**：宋徽宗時的寵臣高俅、楊戩、童貫（上二人為內官）蔡京四人。

19 **懸秤陞官**：意指陞官訂有價碼，各官之陞遷，有一定價錢，繳足秤兩，方能擢升右遷。

20 **即時使印僉了票帖行下頭司，把來保填註在本處山東**：寫來保被填名在郢王府當校尉的文書手續。實則，郢王府也不在山東，只有小說家可如此虛構。

21 **忔憎看**：忔憎讀如「歌鄒」，乃眉頭皺蹙之態。

22 **老娘**：俗謂收生婆為「老娘」，此即指此。《輟耕錄》：「世謂隱婆曰老娘。」

23 **下象膽**：北方人俗稱畜生生產謂之「下」，（我鄉謂之漿）。「象膽」不定於體中。《酉陽雜俎》：「象膽隨四時在四腿，春在前左，夏在前右，如龜無定體也。」《湘山野錄》：「象膽隨四時在足。」

可見象膽的不可生得下來。

24 **白搶白相**：意為平白無故的當眾搶白了一頓。

25 **黃花女兒**：意為處女。黃花菜又名金針葉，針貞諧音，貞女之謂。

26 **入門養**：意為帶著胎兒入門，懷著別人家的孩子。

27 **蹂小板凳兒糊險道神，還差著一帽頭子哩**：意為站在矮小的板凳上，糊危險道上的神碼（紙印的神像），還差著一個頭呢！潘金蓮認為李瓶兒應該八月裏生養，如果六月就養下來了，就不會是西門家的種了，所以說「還差著一帽頭子哩！」北方人說「一帽頭子」即指差一頭那麼遠。

28 **失迷了家鄉，那裏尋犢兒去**：意為小牛走失了，老牛也沒了，牛小不認得家，到哪裏去找？實則意為既沒有老牛作樣兒，如何尋得出小牛是那一條公母牛生的？

29 **買了個母鷄不下蛋，莫不殺了我不成**：北方人俗諺每說：「母鷄不下蛋，殺貨。」或說「買個母鷄不下蛋，該殺。」

30 **慌怎的搶命哩，黑影子拌倒了磕了牙也是錢**：意為別慌張跑，在黑影裏摔倒了，磕了牙也得化錢，幹麼那麼慌。鳥居久靖認此語之「齒」乃「恥」的解後，意為看李瓶兒「入門養」是羞恥。揆諸全句語意，似無「恥」字的解後。

31 **賣蘿蔔的拉鹽担子，攘酸嘈心**：已在第二十回中註說。

32 **紗帽**：絲製的帽子。《南史》〈宋明帝紀〉：「建安王休仁稱臣，奉引上升西堂，登御坐，事出倉卒，上失屨跣，猶著烏紗帽。休仁呼主衣。以白紗代之。」貴人之服，每用於燕見之禮。《北齊書》〈平秦王歸彥傳〉：「齊制。宮內惟天子紗帽，臣下皆戎帽，特賜彥紗帽以寵之。」《周書》〈長孫伶傳〉：「伶乃著群襦紗帽，以客宴於別齋。」亦夏日所戴之帽，杜甫〈秋野詩〉：「掉頭紗帽仄，曝背竹書光。」白居易〈夏日詩〉：「葛衣疏且單，紗帽輕且寬。」可見紗帽頗古，但明人則為官員官服。

33 **清醮**：道家祈福之禮。《西廂記張君瑞鬧道場》雜劇：「元來是可意種來清醮。」

34 **鐵鈴衞校尉**：「鐵鈴衞」可能喻身穿鐵甲的衞士衣。

35 **居五品夫人之職**：此指命婦的誥封。《宋史》〈職官志〉：「宋太祖建隆三年（962）詔定文武群臣母妻封號，母封國太夫人，郡太夫人、郡太君、縣太君，視階爵為次。」《春明退朝錄》：「凡官誥之制，郡夫人使金花羅紙七張，法錦縹帶。」此說「五花」，或指「金花羅紙」也。但在小說中，均誇大炫耀之詞令。

第三十一回

琴童藏壺覷玉簫
門慶開宴吃喜酒

1 **我家活人家**：意為我家可以養活人的財物等。

2 **沒敢下數兒**：寫了一張借條，還沒敢在借條上寫數目字。

3 **借米下得鍋，討米下不的鍋**：意為借是暫救一時窮窘，討則是窮到乞討之步，雖能討來米下鍋，又怎能常討下去。喻意是借，不是討。借有還，討則無還。自作解說之詞。

4 **一徑賣弄**：一直的在賣弄他懂得，所以連誇釘帶如何如何好。寫幫閒嘴臉。

5 **東京衛主老爺**：《明史》京衛指揮使司指揮使一人正三品。此或指此一職官。

6 **通天犀**：犀牛角中的一種，角中有一孔上下連貫，故稱。《抱朴子》：「通天犀得其角一尺以上，刻為魚而銜以入水，水常為開。」後人遂以犀牛角為貴物。

7 **行欵**：意指市價。沒有市價自然估不出來。

8 **招宣府**：《宋史》〈職官志〉九，列有「昭宣使」之職，多由內臣擔任，註云：「皇城使轉昭宣使。國朝（清）亦有外官為昭宣使者。」

9 **霍綽**：如今語之「濶氣」或「濶綽」。有錢人的愛擺排場。

10 **造化**：在此意指人生所遭遇到的機會。

11 **啣環結草**：均為報恩之喻。《續齊諧記》：「楊寶年九歲，至華陰
山北，見一黃雀為鴟鴞所搏，墜樹下。寶取歸置巾箱中，食黃花
百餘日，毛羽成乃飛去。其夜有黃衣童子，向寶再拜曰：『我西
王母侍者，居仁愛救拯，實感成濟。』以白環四枚與寶。曰：『令
君子孫潔白，位登三事，當如此環矣！』」《左氏傳》〈宣公十五
年〉：「魏顆敗秦師於輔氏，獲杜回，秦之力人也。初魏武子有嬖
妾，無子，武子疾，命顆曰：『必嫁是。』疾病則曰：『必以為殉。』
及卒，顆嫁之。曰：『疾病則亂，吾從其治也。』及輔氏之役，
顆見老人結草，以亢杜回，杜回躓而顛，故獲之。夜夢之曰：
『余，而（你）所嫁婦人之父也，爾用先人之治命，余是以報。』」
後人遂以結草銜環喻將來報恩之語。

12 **排軍**：意指一隊侍應的軍役，似非專有名詞。

13 **四衙**：當與四宅同，即正宅知縣，二宅縣丞，三宅主簿，四宅典
史。

14 **門子**：或為門役，縣中門役必須點巧，以長應付。

15 **俳色長**：雜戲樂工之首，俳，即俳優，俳優之長也。

16 **小廝家**：意為男人家，小男人家。

17 **夾道賣門神看出來的好畫兒**：「畫」與「話」諧音，此歇（解）
後語，意為我聽得出來你這話不是好話，指書童上一句：「早是

這個罷了，打要是個漢子，你也愛他罷？」因為玉簫向他討索要那個銀紅色香袋。這些都是男女間的打情罵俏話。「打要」作疑設詞用。「若要是」之意。

18 **你好不尊貴**：意為你這種行動對女孩來說太不尊貴了。

19 **將那一壺酒影著身子**：形容玉簫偷偷兒拿著一壺酒影藏在身後帶出去。

20 **我趕眼不見戲了他的來**：我趁著沒有看見的時候，戲耍著偷拿得來了。

21 **拾了白財兒**：撿拾來一份沒花力氣得來的財物。

22 **當場者亂，隔壁心寬，管我腿事**：一如今語之當場者迷，在外者心清。「腿」字是隱語詞，穢語「吊」也。

23 **你家是王十萬頭醋不酸到底兒薄**：意為你家又不是王十萬那樣的富豪之家，家底並不厚，怎能不把東西看重。「頭醋不酸」是根底上的材料不夠厚實；王十萬是唐朝人王元寶。《南部新書》：「王元寶富厚，人以錢上有元寶字，因呼錢為『王老』。」《通俗編》：「玄宗問元寶家財多少？對曰：「臣請以一縑繫南山樹，南山樹盡，臣縑未窮。」時人謂錢為『王老』，以有元寶字也。」

24 **作死也怎的**：意為自尋死路。你自己找死嗎？

25 **生剎神一般**：「剎神」亦作「煞神」，面貌兇惡，在此意指沒有好臉色。

26 **睜著兩個毬窟礲**：意為睜大兩隻眼睛。

27 **教那牢拉的囚根子把懷子骨搓折了**：「牢拉的囚根子」意為坐牢的賊囚；「把懷子骨搓折了」意為把腳踝（讀如懷）骨折（讀如蝕）了。吳月娘咒罵西門慶。

28 **尿胞種子**：咒人家新生子女不能指望長大。

29 **大風刮倒梧桐樹，自有旁人話短長**：意為由別人說去，告誡自己別管閒事。

30 **三歲內宦居於王公之上**：抬舉太監之詞。實則是說當了三年太監，職權會大過三公。

31 **教坊司俳官跪呈上大紅帋手本**：指戲班的班主呈上戲目，請求點戲。民初時的堂會，乃存此禮俗。

32 **王勃殿試所作**：王勃字子安，寫南昌〈滕王閣序〉的作者；唐朝人。

33 **節級**：本為順序、層次、等級。在職官中，按《宋史》〈兵志〉：「五百人為指揮使，百人為都，置正副都頭二人，節級四人。」此處的節級，指軍役小職。

34 **珍珠絡臂韝，舞罷錦纏頭**：上語指用珍珠裝飾臂上衣袖，鞠，盛劍的套子，此當指衣袖為是。「舞罷錦纏頭」此詩乃杜甫即事詩句。

35 **陳琳抱粧盒雜記**：《曲品》云：「元有抱妝盒劇，此詞出在成化年，曾感動宮闈，內有佳劇可觀。」今仍有演出之「狸貓換太子」即此劇。可見明時亦極流行。

36 **弄璋、弄瓦**：俗稱生男子曰「弄璋」，本於《詩》〈小雅〉〈斯干〉：
「乃生男子載寢之牀，載衣之裳，載弄之璋。」《詩集傳》：「半
珪曰璋，弄之以璋，尚其德也。」生女曰「弄瓦」，亦此詩：「乃
生女子，載寢之地，載衣之裼，載弄之瓦。」瓦，紡磚也，弄之
以瓦，習其所有事也。

第三十二回

李桂姐拜娘認女
應伯爵打渾趨時

1 **明日多是官樣新衣服來答應**：穿著官府規定的服裝來答應堂會，
以示整齊敬重。

2 **你不說這一聲兒，不當啞狗賣**：意為你這人多嘴嘵舌，直說是：
你不說這麼一句，也不會把你當作不會叫的狗，把你賣給殺了。

3 **玉黃李子兒摘了一塊兒去了**：李子有兩色，一種紫色，一種黃
色，這裏說「玉黃李子摘了一塊兒去了」，意接上語「盼怎的？」
意為幹麼要那麼早家去，是不是另一處還有西門家同樣一家的堂
會趕到一塊了。要不然，幹麼那麼吵著要回家。

4 **副東**：意為第二主人；作個陪客，前來出力照顧客人。

5 **戧金方盒**：《瓶外卮言》：「《唐六典》有十四種金：曰銷金、曰扳
金、曰鍍金、曰織金、曰砑金、曰掬金、曰披金、曰泥金、曰鏤
金、曰撚金、曰戧金、曰圈金、曰貼金、曰嵌金、曰裹金。」這些
都是以金質製作物器的各色。這方盒是「戧金」的。

6 **博郎鼓兒**：孩子的玩具，與貨郎擔搖用的博郎鼓相同，略小。

7 **把人搯擰的魂也沒了**：寫太監薛公公在女子身上的性變態行為。

8 **乞他奈何的人慌**：意為被他那種人把人奈何的受不了。

9 **只想告水災的**：被水災民焚香叩首，央求官府免稅賦施救濟，報荒哭災。寫祝麻子的低卑嘴臉。

10 **因把貓兒的虎口內火燒了兩醮，和他丁八著好一向了**：男女兩相示好，往往用艾絨燃燒肉體為誓，此說張小二官兒與董貓兒要好，已好到在董貓兒虎口（大指食指根處之間）打醮兩次了，可見他們兩者之間已「丁八好一向了。」「丁八」，是以字形形容男女之事，「好一向」是時間形容詞，即今之好長一段時間了。

11 **收頭**：是否一如今日的上會由會頭收會錢，或另有俗尚？或賭桌上的人欠？我未能詳知。

12 **會見周肖兒**：姚靈犀《瓶外巵言》疑「周肖兒」是王三官。似是另有其人。這裏說「多上覆你，說前日同矗錢兒到你家，你不在。」桂姐使了個眼色，說道：「我來爹宅裏來，他請了俺姐桂卿了。」把話插了過去。王三官的相好，不是桂姐。

13 **好合的劉九兒**：鍾嗣成《正宮醉太平曲》，有「俺是劉九兒宗枝」。《瓶外巵言》說可能與李娃傳之鄭元和同類人物。

14 **真是硝子石望著南兒丁口心**：修飾上句「俺傻的不匀了」，但此語喻意則不易明。按「硝子石」亦水晶的異名。《事物異名錄》：「格物要論，假水晶不潔白明瑩謂之硝子。」和《漢三才圖繪》玉石、硝子：「按硝子乃玻璃乎？本出於南蠻，而肥州長崎人傳習之制。近頃攝州大坂亦多作之，其法用肌濃白石生鹽硝居壺於灶內，投鉛於壺，加琉璜以炭火鎔之，而後鉛消化，拔石末硝末

煉之，則如膠餳，以二尺許細銅筒，粘其端稍溫吹之成形，圓團扁瓠之諸品，皆隨氣息延縮，工人之鍊磨也。白色而加藥末，成酒色紫碧湘色，但正赤者，不能耳。多作念珠及諸鎮，以偽水精琥珀玉作缶盞皿等甚美，唯恨脆破易也。為眼鏡，不劣於水精，又能取陽火。」此為日人之解說。益見所謂「硝子石」是一種假水晶。因為「南兒丁口心」何意不明，喻意也就難解了。揆諸全句語意似為既然不願相好，何必充假？實則，這些妓女們在西門家付出的情意，正是硝子石，亦反諷耳。

15 **三個零布**：意指三個零布頭，喻為不成大材料的東西。

16 **你們背後放花子等不到晚了**：「花子」（炮）是夜間的玩意兒，火花要在黑中看。有些孩童們等不到天黑，往往關起門來，在門背後的黑影裏點放，要早點欣賞。所以說「等不到晚了。」

17 **不久青刀馬過、寒鴉兒過了就是青刀馬**：這是一句很費解的隱喻詞。《瓶外巵言》說：「市語之一，疑即精液也。俗謂走陽，（越諺作洋）為跑馬。」至於「寒鴉兒」，《瓶外巵言》說：「亦市語也。疑為寒噤，俗有寒鴉兒抖翎語。傅芸子君《東京觀書記》，於尊經閣文庫（在日本京都）中，見《萬曲明春》一書，簡稱《大明春》，每頁分為三層，上層選曲，中層卷一卷六為彙選江湖方語，皆明代江湖上之隱語，如言『平天孫』乃官員也，『青腰兒』為皂隸也。『篡經』乃打卦的，『短（斷）路的』乃剪徑打劫的，『斗花』乃閨女也。『酸子』乃秀才也。『牙老』是講戲文說唱的。姑舉數例以見一斑。又無窮會所藏明刊題李卓吾編集之《開卷一笑》，上卷中亦有此種隱語，均為研考明代社會史之絕好資料。『江湖方語』後又付『江湖俏語』，按即歇後語。如言『襄王會神

女——還在夢中』，『孔明七擒孟獲——要他心服。』『狗咬呂洞濱——不識好人心。』『茅屋上安獸——如何相稱。』極有趣致。」又說：「江湖人市語尤多，坊間有江湖切要一刻，事事物物悉有隱稱，……其間有通行市井者，如官曰孤司，店曰朝陽，夫曰蓋老，妻曰底老，家人曰吊腳，僧曰廿三，道士曰二十四，成衣曰戳短槍，抬轎曰扳樓兒，剃頭曰削青，船曰瓢兒，屋曰頂公，銀曰琴公，錢曰把兒，米曰軟珠，餅曰匾食，鹽曰讚老，魚曰豁水，鴨曰王八，鞋曰踢土，鏡曰照兒，抹布曰踢郎，坐曰打墩，拜曰翦拂，揖曰丟圈子，叩頭曰丟匾子，寫字曰搠黑，說話曰吐剛，被欺曰上當。虛奉承曰王六，大曰太式，多曰滿太式，無曰各念。俱由來於此語也。《西京雜記》云：『長安市人語各有不同，有葫蘆語、鐷子語、鎧語、練語、三摺語，通謂市語。』宋經雲程蹴踘譜，有所謂錦語者，亦與市語不殊。蓋此風之興已久。或謂虞敖作市語，其信然乎！」雖《瓶外卮言》引述如此之多，仍無益於「青刀馬過」的意義。

按全語，是應伯爵強拉著鄭愛香兒到席上敬酒，「鄭愛香兒道：「怪行貨子，拉的人手腳兒不著地。」伯爵道：「我實和你說，小淫婦兒，時光有限了，不久青刀馬過。遞了酒罷。等不的了。」謝希大便問怎的青刀馬過？伯爵道：「寒鴉兒過了，就是青刀馬。」眾人都笑了。」揆諸全語，可想隱喻之意，非姚靈犀所臆。按寒鴉兒之「寒」，如諧乾旱之「旱」，則為「旱鴉兒」，旱鴉兒不下水。此說「旱鴉兒過了」，似為「乾摸探過了之後，」就是「過青刀馬」，要作戰了。兩將交戰，一來一往，謂之「過合」。隱喻之意，或為此。蓋嫖客妓家之打諢語也。究否此意？待之熟諳方言市語者。

18 **莫不攪了你什麼分兒**：意為長了輩分。李桂姐拜吳月娘為義母，應伯爵等人自然長了輩分了。

19 **不合節**：即不合符節，古人以符節為君臣之間信物。上達下情，或下達上情，悉以符節為信。戰國信陵君竊符救趙，事即此之合節也。

20 **養兒不要屙金溺銀，只要見景生情**：意為養兒不要會賺錢，只要有眼色孝順父母即好。

21 **尖尖趫趫**：指婦女的小腳兒俏致形態。

22 **到明日洒上些水，看出汁兒來**：挖苦乾女兒之「乾」，乾得太厲害了，乾得只乾進不乾出，所以說「洒上些水，看（才會）出汁兒來。」意為像李桂姐這種乾女兒，只有向他身上洒水（化錢），別想擠出汁兒來。點西門慶知道李桂姐非有情義的婊子也。

23 **胡鐵倒打把好刀兒**：意為好心沒好報。應伯爵認為剛才那句話，是幫西門慶說的，反而被西門慶罵了一句「賤狗才，單管閒事胡說。」所以如此說。

24 **望江南、巴山虎兒、汗東山、斜紋布**：《瓶外卮言》說：「⋯望作王、巴作八，漢作汗（丁巳本原作汗），斜作邪，合成王八汗邪四字。按望江南，詞牌也，巴山虎，草名也，漢東山，曲牌名也，斜紋布，布名也。以隱語罵人，取首一字諧音，蓋反切語之支流。（《溪蠻叢笑》謂不闌者斑也，突欒者團也，窨窿者孔也，不乃者攞也。）」所解或是。

25 **一味白鬼把你媽那褲帶子也扯斷了**：「白鬼」或為藥物名，揆其

語意，似為春藥。故能使人扯斷女人褲帶。

26 **與你個功德，你也不怕不把將軍為神道**：當為給你點「功夫」或給你點厲害。不給你點厲害，也不怕神道將軍。

27 **鬼酉上車兒推醜，東瓜花兒醜的沒時了**：鬼酉合字為「醜」，鬼酉推醜，醜到一塊去了。冬瓜花開在冬天，四季之末，當然沒有時了。

28 **他原來是箇王姑來子**：罵應伯爵是尼姑的私生子。「王」諧「忘」，意為不令人知道姓名的尼姑，生了個兒子，「醜」的連個根也尋不到了。「醜」指「醜事」。諷喻應伯爵這種人丟人現眼。

29 **攦人的牙花已攔了**：「牙花兒」，即牙齦，亦稱牙周；牙上周的肉。「攔」碰著了。

30 **曹州兵備管的事兒寬**：曹州，今山東菏澤，亦稱曹州府。筆者兒時常聽此諺，蓋曹州地在魯豫蘇皖之界近，故那一帶人有此俗諺。

31 **酥油蚫螺兒**：據張岱《陶庵夢憶》卷四說，此乃蘇州名產。在方物一文中說：「蘇州則帶骨鮑螺」。僅有一「鮑」之異。

32 **洋奶**：嬰兒吃奶後吐奶，中原人謂之「洋奶」。洋讀第四聲。

第三十三回

陳經濟失鑰嗣唱
韓道國縱婦爭風

1 **胡針亂灸**：意為胡扎一針，亂灸一團艾火，沒有醫術的婆子，怎能治得好。

2 **你枉恁的口拔舌罵人**：怎麼用這樣狠的語氣拔起舌根來罵人家。

3 **夥計**：在此指僱傭在商店中經營商業事務的人手，今仍稱店夥計。

4 **寫立合同**：主傭之間兩相情願而協議定立的契約，一人一份，古時在契約中縫簽字書號，一分為二，謂之合同。此指西門慶僱傭韓道國寫合同。

5 **打了三十兩背工**：意為應伯爵從中賺了三十兩暗盤，「背工」是隱語，一如今日的外來語所謂「康米馨」。

6 **雇人染絲**：開絨線舖，要有各種色類，染絲是專業人才，所以要「雇人染絲」。

7 **宣誦唱佛曲**：佛家宣講佛理的一種行為，通常由僧尼講唱佛家故事，或唱誦佛曲。

8 **鼓鬣遊蜂，嫩蕊半勻春蕩漾；浥香粉蝶，花房深宿夜風流**：用此一對仗的賦聯，形容潘金蓮之與西門慶的蜂蝶之行。章回小說家的貫用手法。

9 烙餅：北方人主食麵類的一種，今仍流行，以麵粉烙成的薄餅。

10 好恁小眼薄皮的：意為貪圖小惠，今仍有此語，謂之「眼皮子薄」。諷喻喜受別人小禮物的人。

11 做定科範、流沿邊：預先安排了個圈套之意。所以下面說：「取了個茶甌子，流沿邊斟上遞與他」。「流沿邊」意為斟得平平滿滿。

12 鵝卵石、牛騎角、吃不得罷了：意為不忌口，什麼都吃，除鵝卵石與牛角。京師人（北平人）稱牛角為「牛綺角」；似乎只有北平人才有此方言，今仍如此。

13 送茶：自是一種禮俗，一如今日的送糕餅之禮吧。

14 門面七間，到底五層：七間門面是寬度，五層是深度。四合院落之大小，悉以門面層進說之。一層即有一個院落。

15 等我奈何他一回兒：「奈何」意為周旋或捉弄、調擺等意。

16 屁股大敢弔了心：指小孩兒家身上的肉多心小。意為肉都是到屁股上去了。喻人作事不細心。

17 有魂沒識，心不在肝上：意為心不長在肝上的活死人，有魂兒卻沒見識。

18 隨你就跳上白塔，我也沒有：《瓶外巵言》說：「言其無所逃避也。此為北京俗語，白塔在故都平則門內，元為聖壽安寺，明為妙應寺。遼壽昌二年建，本名白塔寺。」

19 **勒揹出人痞來**：意為逼勒出病痞來。「痞」，通常指長瘤生塊。

20 **南京沈萬三、北京枯樹（椿）**：沈萬三是明太祖時吳興人，為南京首富，明史有傳。按《明史》〈高后傳〉：「吳興富民沈秀者，助築都城三之一，又請犒軍。帝怒曰：『匹夫犒天子軍，亂民也。宜誅。』后諫曰：『妾聞法者，誅不法也。非以誅不祥。民富敵國，民自不祥，不祥之民，天將災之，陛下何誅焉。』乃釋秀戍雲南。」又說名沈富，吳縣人，字仲榮，排行三，家財巨萬，故以「萬三」呼之。又說名「萬山」。總之，此人江南富人，全國知名，可能由於修城事起。至於「北京枯樹」，則不知老北平，知「枯樹」故實否？此說「樹的影兒，人的名兒。」一如今日之「樹大招風」與「人怕出名。」樹影人名是瞞不了人的。潘金蓮認為他知道陳經濟會唱曲，別裝作不會唱。

21 **肚子裏使心柱肝**：在肚子裏使心柱肝編造一番。

22 **你倒自在性兒，說得且是輕巧**：意為你這性格倒是逍遙自在，話說得太輕巧了。

23 **弄人的劊子手**：意為害人，捉弄人上當。

24 **騰翅子**：意為像鳥兒一樣，騰翅欲飛；急著要走的意思。

25 **垩工**：粉刷牆壁的工人。應作「堊」，讀如善。

26 **怎麼上來尖了腳不曾蹓著那里**：「尖了腳」，意為腳步沒有踩穩，「蹓」讀如「刻」（四聲），被有棱的硬物碰了一下，謂之「刻」。沒有碰（刻）破那裏吧？

27 **你已是去經事來著傷，多是成不的了**：意為你已下體流血了，多
半保不住了（孩子）。

28 **榪桶**：南方人生活習用的拉洩的糞桶，通常置於房中。亦曰「榪
子」。北方人生活，則不用榪桶。《夢梁錄》曰：「杭州民家無多
坑廁，只用榪桶，每人自有出糞人塞去。謂之傾腳頭。」《恒言錄》
云：「以銅為馬形，便以騎以洩也。又名坐桶。」明末有眉公馬
桶。

29 **鍋臍灰兒**：鍋底上那個圓頂謂之鍋臍，俗謂此灰以酒合服，可以
下餘血。

30 **平白噪刺刺的抱什麼空窩**：諷刺吳月娘小產了，還坐的什麼月
子。像老母雞賴抱，窩裏沒有蛋，也坐在窩裏孵。

31 **屹蚫皮**：亦作屹蚤。屹蚤栗黑色，皮亮光。以此諷喻韓道國的穿
著虛飄。

32 **是個要手的撝子**：意為是個耍手段撝子。

33 **刮涎**：意如今語之「死皮賴臉」或「喜皮涎臉。」

34 **或倩老嫗灑堂**：或者花小惠拜託老婆婆裝著去打灑什麼的。

35 **扒灰**：通常指父淫子妻之謂。《快雪堂漫錄》：「俗呼聚麀為扒灰。」
《常談叢錄》：「俗以淫於子婦者為扒灰。蓋為汙膝之隱語。膝媳
音同，扒行灰上，則汙膝也。」

36 **深通條律**：意為熟諳法律，懂打官司的事。

37 呲嘴、翅趬走：「呲嘴」在此意為著急的樣子，「嘖嘖嘖，怎辦？怎辦？」就要「翅趬走」，一如上述之「騰翅子」。

第三十四回

書童兒因寵攬事
平安兒含憤戳舌

1 **賢契**：年長者對年少者的尊稱詞。

2 **被這夥人羣住**：意即被這夥子人圍困起來了。

3 **拉撇了**：意為把手拉偏了，「撇」字讀如「ㄆㄜˇ」，有斷折之意。如把我的手膀拉斷了，手上的熨斗掉下來，就會燒壞了氈條。（看重主人家的東西，輕視自身。實際上，他們的賣身價，還沒有那條子值錢呢！）

4 **收了盞托去**：把茶盤等物收拾了去。

5 **噙著骨禿露著肉**：意為不要吞吞吐吐，欲說不說，說一點留一點，「總不是事。」

6 **越發打開後門說了罷**：意為別隱瞞了，乾脆把那開不得大門的事，打開後門說了吧！

7 **皇木**：明代內廷興工修建宮舍，派官向各處採集木材，這種木材，就叫皇木。在嘉靖、萬曆兩朝，採木之事特多。因為這兩朝的內宮，時生火災。所以南方各地，都有採木的官員及太監，派出辦理此事。

8 **出身行伍**：意為不是從武場應試出來的武官，是由兵卒一步步升起來的。此語今仍流行。

9 **貪濫蹹葜的**：意指貪污受賄不到的人，「有事」便「不問青紅皂白」，要是「得了錢在手裏就放了。」

10 **武職官兒**：錦衣衛（金吾衛）及屯田衛所等千戶之職，都屬於武職官。

11 **總甲、本家櫪子**：「總甲」似為地方上掌管戶口的保甲長之類，「本家櫪子」，意為本家人中的打手；「櫪」（櫟），擊也。或本家人中的搗子。《瓶外巵言》說：「櫪子，即門路之意」。似非。

12 **韓道國、王六兒、車淡、管世寬、游守、郝賢**：這些人名，都有諧音。韓道國諧「寒到骨」（國字北人讀如「圭」，南人讀如「鍋」，此諧音蓋南人音也。）王六兒，諧「忘六」（兒），「忘義」也，「義」在八德中排行第六，「恥」排第八，故俗謂無恥者為「忘八」，無義者，自然是「忘六」了。車淡諧「扯淡」，管事寬不用說了，一看字義即能領略，游守郝賢，所諧自然是「游手好閒」。

13 **底衣**：指婦人穿的內衣衫褲，文雅詞稱之「褻衣」。

14 **有服之親**：服指喪服。古人論親疏，以喪服為準則。近親分五服，（1）斬衰；三年素服，親子。（2）齊衰，一年服；（3）大功，九月服；（4）小功，五月服；（5）總麻，三月服；通謂之五服。兄弟在五服之內。所以說「他既是小叔，王氏也是五服之親。」

15 **徒罪**：充軍流徙，謂之「徒罪」。「徒」，借用。

16 **契厚**：意指交情厚，亦誼厚。

17 **蛇螻臉兒好大面皮兒**：蛇螻即今稱之「跳蚤」，頭小身大，黑紫光亮。此歇後語乃諷喻面子不夠大。

18 **鉛兒**：此指銀子，隱語銀子不值錢，故稱「鉛兒」。

19 **做個處斷**：意即今語之作個決定，或作個了斷。

20 **起發些東西了**：「起發」意為向別人索討來些東西了。

21 **把嘴谷都著**：意為把嘴鼓脹起來，生氣，不情願的態度。

22 **後晌**：即後半天，中午稱「晌午」，前晌謂前半天，後晌謂後半天。

23 **坐營**：此為軍中的一個小小官職。

24 **氣呼呼趷的地平一片聲響**：「趷」字，前已註說。在此則為形容詞。如從形容詞去體會到「趷的地平一片聲響」。就能知此語氣容之事是何事了。

25 **褪衣**：意指脫去衣裳，褪下褲子。

26 **公門中**：亦即今語中「政府機關裏」。

27 **可惜不的情兒**：意為不能因為是女的就用憐惜的情意。

28 **睡了長覺**：意為死了，即今語之「死翹翹」。

29 **使的使不的**：意為能夠這樣做還是不能這樣做？

30 **要個兒子花看樣兒**：本意是養個兒子。這裏說「要個兒子花看樣
　　兒」，喻意是不論兒子有用還是無用，只要有兒子花看樣子（欣
　　賞），就心滿意足了。諷喻一般人看重傳宗接代的心理。

31 **潑丟潑養**：意為養育兒女，應像對待惡水一樣，不重視反而能養
　　大。

32 **賣了兒子招女婿**：喻意是划不來的事。

33 **彼此騰倒著做**：意在下句，你占有他的屎屁股，他合你的愛娘
　　子。（愛娘子指李瓶兒。）

第三十五回

西門慶挾恨責平安
書童兒粧旦勸狎客

1 **學舌、過犯**：「學舌」指傳話挑調，亦多嘴之意。「過犯」指犯過錯。

2 **管屯**：「屯」之本義似為兵集一處作守備警之意。其他意義極夥，但在此似為皇莊下的某一處所，經管著土地河川。明有屯田之制，但乃衛所兵備瞻養之基，此似非屯田，派由太監管理。想必只是一處莊田。

3 **捗了個嘴兒**：用嘴唇作個指示的形狀，有所暗示但不說話。

4 **玉莖**：此指男子陽物之代名詞。

5 **卸**：卸，拆卸也。說狠話：「我若不把奴才腿卸下來，也不算。」（也不算人）之意。

6 **松虎兒**：《瓶外卮言》說是松鼠。

7 **守親**：新婚夫婦洞房相對，謂之守親。

8 **把門兒插著捏殺蠅子兒是的**：意為雖有動作，但無聲音，形容作事小心。北方人夏天用煙燻蚊子，總是關起門來，等一會兒，便點起燈，進屋向量伏在牆上的蚊子一隻隻搯死。不用拍的方法，

一拍就都飛起來了，掉在地上，便尋不到，等暈眩過後，又會復甦起來叮咬人。所以用掐的方法。

9 **三隻腿的金剛，兩個鯨角的象**：這兩種東西，都是稀罕物，事實上是不可能有的。一但據有，自然視為珍寶，要藏起來不願公開給人看。所以潘金蓮如此諷喻。

10 **野漢子**：即今語之「野男人」，與女子不正常交往的男人，俗謂之「野漢子」。

11 **那囂紗片子**：「囂」字之用，上已註說。在此喻義同。指質劣工粗的綢布。

12 **把槅子推開**：「槅子」是指有槅窗的門扇，北方四合房，或舊式房屋，通常有此槅子門，關而不拴。

13 **腳下靸著一雙乍板唱曲兒前後彎絕戶綻的古銅木耳兒**：形容白來搶的穿著貧賤，這上下一大段文詞，都是形容白來搶的穿著的。這一句則逾發誇大形容，說白來搶穿的鞋子，幫與底已經綻開了線，像唱曲人手上打的板子，走起路來，咔噠咔噠的響個不停，「前後彎」意為前後都得用繩線彎綰起來，「絕戶（後）綻」，後跟也綻了線了。而且，本來是烏黑色的靴面子，也舊成「古銅木耳」色了。

14 **裏邊插著一雙一碌子繩子打不到黃絲轉香馬橙襪子**：靴子裏面的襪子，不說「穿」而說「插」，顯然是沒有襪底只有襪筒的襪子。所以說「一碌子繩子打不到（底）」；按「碌子繩」應該寫作「轆轆繩」，轆轆是深井汲水用的工具，通常，北方人家田園上的深

井，大都架有汲水的轆轤繩，這裏說的是繞滿了一轆轤的井繩，全部鬆到井中去，也到不了底。這話是形容白來搶的襪子根本就沒有襪底。所謂「黃絲轉香馬橙」，是形容那白色的襪子，已經變成香黃得像「香馬橙（橘）」的顏色了。（書中關于這類精微細膩的描寫，隨處可拾，不能多註，僅能略予例釋而已。）

15　**皇庄**：「皇庄」也是明朝的歷史名詞。按明朝皇庄設於天順景泰時代（1450-1464），正德時代（1506-1521）達極盛時期。這些「皇庄」各地都有，大都是沒收犯罪臣僚入公的土地，派由太監去看管，放種收租。據吳晗考證，到了嘉靖時已改稱「官地」了。

16　**指揮使僉書管事**：「指揮使」之職，上已註說，「僉書管事」乃指揮使的部屬，今之科處級的主管吧。

17　**雖是武官，係領勅衙門，提點刑獄，比軍衛有司不同**：此指西門慶等人的衛所千戶，是領得皇上詔命職提點刑獄的衙門，比起屯田千戶衛所來，有司（此指掌管的事務）不同[1]。

18　**把會**：意指掌管他們幫會的任務。

19　**玉皇廟打中元醮**：「玉皇」是道教的天帝。亦稱玉帝，玉皇大帝，元始天尊。韋應物〈答請都觀幼遐詩〉：「逍遙仙家子，日夕朝玉皇。」王建〈贈王屋道士詩〉：「玉皇符詔天下壇。」《宋史》〈真宗紀〉：「祭玉皇於朝元殿。《宋朝會要》曰：『大中祥符七年（1014）正月，真宗詣玉清昭應宮，率天下臣庶奏告，上玉皇聖號。』」後人遂有玉皇之廟。「打中元醮」即七月十五日之祭拜禮，今仍

---

[1]　參閱前釋之金吾衛。

流行。

20 **打撒手兒**：意為都攤手表示未帶著金錢。藉以說明過去的這個
　　會，全靠老大西門慶出錢維持，西門慶做了官不上會，會就散
　　了。所以下面西門慶說：「隨你們會不會，不消來對我說。」

21 **敢是為他打了象牙梳**：「打了象牙梳」，在吳月娘的詢問中，雖有
　　解說，仍難令人理解是何喻意。揆諸上下語意，似是指的兩男同
　　性之戀。《瓶外卮言》說：「嘲李端詩有之，此言貴重也。」

22 **亦發臉做了主了**：「臉作了主」意指西門慶愛上了書童的俊臉蛋，
　　被平安撞上，且又亂說出去，因此打平安。

23 **蠻秴秴**：「秴」字，不知何字，《康熙字典》亦無。但「秴」，（讀
　　如徒），是稻之一種，輠稻也。《韻會》：「稍利下濕者。」《詩》〈周
　　頌〉：「豐年多黍多秴。」《集韻》：「常如切，音除；秴秴藥草署
　　預也。」看來似乎是和「秴」字誤刻。此說「蠻秴秴」，自是指
　　的這「利下濕」的輠稻或藥草秴秴。徐文長《四聲猿》：「二軍見
　　花弧私云：『這花弧倒生得好個模樣兒，倒不像個長官，倒是個
　　秴秴。明日倒好拿來應極（急）』。」蓋亦從「下濕」之意來也。

24 **打的膫子成**：「膫」與「膋」同，讀如僚，牛腸脂也；脂也。《詩》
　　〈小雅〉〈信南山〉：「取其膋血」。箋：「膋，脂膏也。」疏：「腸
　　間脂也。」膏血亦稱「膋血」。《西廂記》〈草橋店夢鶯鶯〉：「指
　　一指勃彌化成膋血。」此說「打的膫子成」，意指打得皮出流血。
　　皮出了血，但還未到流淌的程度。

25 **管人弔腳兒事**：意為任憑別人都倒懸起了腳，也不管我事。

26 **心肝肐蒂兒**：一如今語之「心肝寶貝兒」，喻疼愛之極。

27 **把心狐迷住了**：狐狸迷人，今仍流行在俗語間。

28 **弄出什麼八怪七喇出來**：意為惹出更麻煩棘手的事出來。

29 **眼張失道**：意為瞪著大眼不知往那條道兒走躲。

30 **只怕睜著眼兒的金剛，不怕閉著眼兒的佛**：一如今語之「不怕閻王只怕小鬼」。佛比四大金剛極勢大，但他閉起眼睛不管事，不可怕，睜眼金剛可就管事了。

31 **王兵馬的皂隸還把你不當合的**：「兵馬」指的是兵馬都監，宋代官職，掌管京師衛戍警察等事。元代則為大都路兵馬都指揮使，明代則為五城兵馬司；設正副兵馬指揮。皂隸，上已註說，官府中的低紙兵卒役隸。「合」在《金瓶梅》中，作兩種俗語讀音，一音「日」，一音「糙」。這兩種讀音，中原人通用，隨意使用。此「合」在此語中，則讀「糙」，糙與「槽」同聲，且與「合」（ㄘㄠˋ）音諧。兵馬司的皂隸要經常作餵馬的事，凡當值餵馬的皂隸，謂「當槽兒」；與「當合」諧音。所以潘金蓮向孟玉樓說：「你不知道，不要讓了他。如今年世，只怕睜著眼的金剛，不怕閉著眼的佛。老婆漢子你若放些鬆兒，與他王兵馬的皂隸，還當你不當合的。」

32 **你是屬麵劦的倒且是有靭道**：「麵筋」一物，乃食品，今仍在吃食，店中流行。乃從迷麵中提洗出來的，彈性頗強，俗稱麵筋。此語喻潘金蓮說話諷喻得有力。

33 **沒稍幹的人**：意指沒有事幹，稍，末也。喻為再小的差事也撈不

著的人物。「只有來提嘴吃罷了。」

34 **閉著膫子坐**：此「膫」乃「寮」之同聲假借，指門。

35 **揸沙著**：指手指被拶子拶過之後，痛腫得合不攏的形態。

36 **打背梁脊下過**：意為吃下去的全從肛門拉出來。

37 **只說是臊的**：「臊」與「合」（糙），同聲，也用以借喻。

38 **外頭擺浪子，家里老婆哨家子**：意為在外頭擺潤少爺，老婆子女
　卻在家裏吃鹽沾飯。

39 **旦兒**：此指劇曲中的男扮女者，書童裝旦兒，就是模仿劇曲中的
　旦角打扮，男扮成女。《瓶外卮言》引《莊嶽猥談》：「元院本無
　所謂生旦者，雜劇旦有數色，裝旦即正旦，小旦即今副旦，或以
　墨點其面，謂之花旦。今惟淨丑為之。唐有弄假婦人，宋末盛，
　元多用妓樂，名妓如李嬌兒為溫柔旦，張奔為風流旦，直以婦人
　為之。」王國維寫有旦考，說尤詳。

40 **索落**：此語前已註說，多指言語上的詬責，但此語在語中，似又
　有故找麻煩之意。

41 **灰戶、木植**：燒石灰的窰戶人家。「木植」即今稱之木材。

42 **冷手擓不著熱饅頭在那壇兒哩念佛麼**：再冷的手，也別想把繀出
　鍋的熱饅頭冰涼來。你要看在什麼地方麼？喻意是這數目辦不
　到。

43 **令官**：指吃酒時行酒令的主持人，發酒令者也。

44 **榧子**：浙江金（華）紹（興）杭（州）一帶盛產的一種菓類，諸暨縣楓橋鎮尤為佳品。橢圓形，酷似橄欖，外有棕灰色薄皮，內有牙色仁，炒後食，清脆香芬，俗稱「香排子」。筆者在二次大戰時，往來金華寧波多次，均經楓橋，食之多矣。至今思之，口猶流涎。

45 **我媒人婆拾馬糞，越發越晒**：馬糞晒了太陽會膨脹起來，媒人婆說媒不怕碰釘子，馬糞晒太陽越發越晒喻媒人婆的臉皮厚。此寫應伯爵之厚顏也。

46 **缺**：此「缺」諧音，「撅」（ㄑㄩㄝˇ），上已註說。

47 **檀木靶沒了刀兒只有刀鞘兒了**：諷喻賁四說的笑話，忘了主子西門慶的立場與身分了，等於有把有鞘卻沒有刀的檀木把刀，失去了主了。

48 **冷帳不問**：意為裝作不知道，不願插嘴進來。

49 **雀兒只揀旺處飛**：意為雀鳥總揀有糧米的地方作飛往的方向。

50 **冷灶上著一把兒熱灶上著一把兒**：意為應雙方顧慮，不應專註一方。要玳安不要專去巴結李瓶兒。

51 **脯子骨**：即胸膊間的肋骨。

52 **我精攘氣的營生**：意為我光是碰上這些受窩攘氣的事情，一如今語之倒楣的事兒全被我碰上。

53 **把帽兒歪挺著，醉的只相線兒提的**：形容應伯爵的醉態。戲劇中
　　有一種傀儡戲，也稱「提線戲」。這種被線提耍的傀儡人兒，總
　　是足兒似點地似不點地，行動東倒西歪的。

54 **到明日死了也沒罪了，把醜卻教他出盡了**：明喻應伯爵的醉相出
　　盡人的醜態，既在人間出盡了醜態，死後，閻王爺也就免罪了，
　　因為他「把醜出盡了。」

55 **三等兒九般使了接去**：三等乃上中下也。官有九品，班《漢書》，
　　遠述古今人，列為九品。魏晉以每品分為上下階。凡三十階。宋
　　元明清每品只分正從，無上下階。此謂「三等九」，意為最下等
　　的坯子。

56 **打張驚兒**：故作緊張驚詫的樣子。形容應伯爵見到賁四向他磕頭
　　時的情態。

第三十六回

翟謙寄書尋女子
西門慶結交蔡狀元

1 **巡按**：由天子逡行派往各地按察民情，考巡勤惰的監察使者。《唐書》〈百官〉：「監察御史十五人，正八品下，掌分察百僚，巡按所縣獄。」明置之巡按御史，屬都察院，亦稱監察御史，正七品，職司與唐同；三年一更。民稱「巡按」。

2 **東昌府**：《讀史方輿紀要》：「東昌府禹貢兗州之城，春秋時為齊西境聊攝地，戰國時為趙魏齊三國之境，秦屬東郡，漢因之。宋元為路。」

3 **書帕**：指書籍與布帕兩物。通常古人寫作，函一封，帕三幅。到了明代，官場相互贈遺，仍用此三物。以後便易以珠金寶銀，但仍稱「書帕」。《說略》：「晉撫缺，晉人尹同皐，潘雲翼欲推其座師郭尚友，時魏廓園掌吏科，以此公慣送書帕，為言余曰：『書帕未足定人優劣，且今世界，饋遺公行，有以違俗為高，有以隨俗為賢，有自己潔而遺人不敢不厚，有自己濁而遺人亦不肯過豐，其才品正邪，當另於書帕外論之。』」《日知錄》鑑本十一史註：「昔時入覲之官，其餽遺，一書一帕而已，謂之書帕，自萬曆以後，改小白金。」《識小錄》：「往時書帕至三四十金矣，外舅宦詹姚公為翰林時，外宦書帕，少者僅三四金，余所親見，此不過往來交際之常，亦何足禁。自今上嚴旨屢申，而白者易以黃矣。猶嫌其

重，更易以圓白而光圜者。近年來每於相見揖時，一口敘寒喧，兩手接受，世風日偷，如江河之下，不可止矣。」可見「書帕」之風行，賄賂之公開，在明末之濫。

4 **火燎腿行貨子**：意為急性子，遇事像火燒上腿似的跳腳。

5 **如今施捏佛施燒香、急水裏怎麼下得槳**：意為到了想向佛祖求施的時候，方始捏佛燒香；急水如何下槳？事急了，怎樣下手呢。

6 **安忱、安惇、蔡蘊**：安忱乃安惇之子，宋慶安人。安惇在紹興初官諫議大夫，與蔡京共事，汲後遷御史中丞。因鄒浩事被鞠，徽宗時放歸田里。見《宋史》四七一。安忱則附於父下，蔡蘊待考。

7 **秘書省正事**：秘書省中的官職。按《宋史》〈職官志〉：「宋初三館秘閣，右置貼職。元豐五年職事官貼職悉罷，以崇文館為秘書省。」《山堂考索》：「宋初秘書省，隸經百司，雖有監少監、丞、校書、正字，皆以為寄祿官，凡經籍圖書，悉歸秘閣，秘書所掌祭祀祝版而已。」此說「秘書省正事」，「事」應為「字」之誤。

8 **新河口**：在湖北省先化縣長江邊，有一地名「老河口」，名頗著。此一「新河口」，則不知何處？當為小說家之筆。

9 **同榜進士**：進士分三榜列次，即一甲、（一、二、三名）二甲、三甲，同次者為同榜。

10 **嗄程酒麵**：意為下船之前的食物準備

11 **識荊**：典出李白〈與韓荊州書〉：「生不願封萬戶侯，但願一識韓荊州。」後人遂以「識荊」為求見的尊詞。

12 **匡廬**：即今稱之廬山，原為匡氏所有，故稱「匡廬」。

13 **工部觀政**：《孔叢子論書》：「是陶謨益稷可以觀政；洪範可以觀變。」未詳此一「工部觀政」，為何一官職。

14 **四泉**：西門慶號四泉，孫述宇《論金瓶梅的藝術》，認為西門慶號四泉，隱指「酒、色、財、氣」四全。

15 **蓬瀛**：即俗謂之蓬萊仙島及東海瀛州之謂。《列子》〈天問〉：「渤海之東，不知幾億萬里，其中有五山焉，一曰岱輿，二曰員嶠，三方壺，四曰瀛州，五曰蓬萊。……所居之人皆仙聖之種。」《史記》〈秦始皇紀〉：「徐市言，海中有三神仙，名曰蓬萊、方丈、中央。」《拾遺記》十：「瀛洲一名魂洲，亦名環洲。」

16 **香囊記、玉環記**：兩劇均明人作品，《香囊記》明邵燦著，寫張九成九思事；《玉環記》作者佚名，寫韋皋玉簫事。均《明見六十種曲》。

17 **尚南風**：意指南方人愛好兩男同性戀。

18 **合香三百**：不知是一種什麼香類或其他什麼名物。

19 **蝸居**：形容居處之小，此語今仍使用。

20 **褻慢**：即今語之怠慢，褻，本指內衣，貼體衣物。此言「褻慢」，意為屈辱了又怠慢了。

21 **官守**：《孟子》曾有官守之說。有官必有守。此言官守即指官職應守的本分。

第三十七回

馮媽媽說嫁韓氏女
西門慶包占王六兒

1 **好不筆管兒般直縷的身子**：用筆管之修直，形容這女孩身材的修
　長與苗條。

2 **家裏放著好少兒**：即家裏事情多之意。等於說家裏事情放下沒有
　作的還少嗎？此句奪一「事」字，下面還有同樣一句，已有了「事」
　字在內，「他好少事兒，家中人來人去，直不斷頭的。」

3 **圖生長**：討個小老婆，意圖生兒養女的意思。

4 **庚帖**：即生辰八字，在媒妁手上兩相傳遞的婚證。習稱年庚帖子。

5 **相看**：即今語的「相親」。先看上了之後，再去提媒。

6 **偷期崔氏女、聞瑟卓文君**：此為《西廂記》與司馬相如琴挑的故
　事。

7 **淨桶**：即馬子桶的另一名稱。

8 **取巧兒**：意為從中取得巧便利益。

9 **坐家的女兒偷皮匠，逢著的就上**：「坐家的女兒」意指嫁不出的老
　處女，皮匠是縫作皮製品的匠人，通常有挑著擔到各村各莊尋生

意。此說「縫著就上」，是指皮匠的工作是「縫上」遂用此語來諷喻品行低下的婦女，「人盡可夫」。偏用「坐家女兒」來作比喻，蓋亦性心理可以說明的吧？

10 **一鍬撅了個銀娃娃，還要尋他娘母兒哩**：歇後語的意思是，要看看他娘再說。這一喻意，中原一帶人，通常說「槽頭買馬，看母。」

11 **自從他去了（指嫁出愛姐），弄的這屋裏空落落的，件件的都看了我，弄的我鼻兒烏嘴兒黑，相個人模樣，倒不如他死了，扯斷腸子罷了**：這段話雖是語體，卻不是今天的語言，可能要去體會了。如用今天的語體，似應這樣說：「自從她（愛姐）嫁到東京去之後，弄得這個房子空蕩蕩的，每一件事情都看（平聲）牢了我，（非我下手不可），所以弄得我鼻子烏嘴巴黑，還那裏有個人樣兒？還不如她死了呢！死了也就扯斷了我的腸子，也罷！（意即也死了算了。）………說著，眼酸酸（睃睃）的哭了。」

12 **腳硬**：即命硬或八字好的喻意。

13 **我每不知在那里晒牙揸骨去了**：「曬牙揸骨」指暴屍荒野的屍骨，骷髏頭總是牙齒大敞著，北人俗謂牙與牙板謂之「牙揸骨」，所謂「曬」，即指死了的情形。此語意為「到那時我們早不知死到那裏去曬牙揸骨去了。

14 **凹上了**：意指女願與男合。

15 **棒兒香**：此一名詞，早經出現在前數回，此香不知何種模樣。不過，北方的香是麵條形，南方的香則是以竹籤作心，外敷香末，

兩不相同。不知此「棒兒香」，是否指南方流行的這一種？

16 **織女牛郎**：此一民間故事，家喻戶曉，可以免釋。

17 **阮肇**：據《神仙記》說，在漢明帝永平中，劉晨與阮肇二人，一同入山採藥，迷失了道路，遇二女迎歸，食以胡麻飯，後求去、至家，子孫已七世矣。後人每以劉、阮此一故事，作為艷遇的比喻。

18 **崔郎相共薛瓊瓊，雙漸迸連小小　武則天遇教曹，審在逢呂雉**：均藉古事來形容西門慶與王六兒之交合行為的誇大。薛瓊瓊與蘇小小均名妓，武則天與呂雉均帝后。典實與所寫事態，比喻之義甚遠，故不作史書之錄。

19 **後庭花**：陳後主製〈玉樹後庭花〉曲，唐杜牧〈泊秦淮〉詩：「隔江猶唱後庭花。」後世每藉此語以喻雞姦之事。即梵典所謂之非道行淫。

20 **過、丟身子**：意均為男子在行淫後射精之說詞。

21 **毬**：該書作都隨手把有音無字的語言，隨意拼寫，此字有時則寫作「屁」，均讀如「雄」，蓋即男子之精液也。

22 **好寫字的拏逃軍，我如今一身故事兒哩**：意為逃軍不易捕獲，一旦捕獲，必有許多曲折「好寫字的」記述下來，可說是「一身故事」了。歇後語的意思，是知道的多。

23 **賣鹽的做雕鑾匠，我是那鹹人兒**：讓賣鹽的用鹽來雕塑成一個人相，實不是「鹹」（閒）人了嗎？喻意是「閒人」。

24 **蒲甸**：用菖蒲葉編製成的圓形（或方形等）坐墊，北方極為流行。應寫作「蒲墊」。

25 **胡枝扯葉**：意為偏有些東拉西扯的閒事兒。

第三十八回

西門慶夾打二搗鬼
潘金蓮雪夜弄琵琶

1 **攬頭**：李三、黃四在本回出現後，經常與西門慶來往，一直到西門慶死後，他們與西門慶的帳目還沒有弄清楚，終算還了一部分，還欠一部分，算是結束了。他們二人是西門慶在商場上的有力幫手，因為西門慶已是五品秩的武官，身在官場，不能直接作官商之間的營私舞弊行為，雖有幾家舖面，僱有韓道國與人直接經營，但有些與官府在暗中往還的事，須有商人作底盤，李三、黃四就是這種人物，而且全是應伯爵從中作橋。此說「攬頭」應是指的在商場上包攬壟斷，不知今日商場上的情形如何？下面寫：

> 應伯爵道：「李三、黃四派了年例三萬香蠟等料，錢糧下來，該一萬兩銀子。也有很多利息，上完了批就在東平府，見關銀子，來和你計較，做不做？」西門慶道：「我那裏做他攬頭，似假充真，買官讓官，我衙門裏搭了事件，還要動他，我做他怎的？」伯爵道：「哥若不做，教他另搭別人，在你借二千兩銀子與他，每月五分行利，教他關了銀子還你，你心下如何？計較定了，我對他說。教他兩個明日拏文書來。」西門慶道：「既是你的分上，我挪一千銀子與他吧。……應二哥，銀子便與他，只不教他打著我的旗兒在外邊東誆西騙。

我打聽出來，只怕我衙門裏放不下他。」

像上引的一段，熟悉商業的人，必能洞悉上寫各情。

2 **吐了口兒**：意指應允了下來。

3 **典守者不得辭其責**：「典守」似是指的「典史」的職守，明朝的典史典文移出納，如無縣丞或主簿，則分領丞簿職。由此可知西門慶之所以依賴應伯爵的基因何在？概凡西門慶與商場間的金錢來往，大多經過應伯爵，所以伯爵有「典守者不得辭其責」的話。

4 **挽手兒**：即馬鞭的另一名稱。

5 **一罐白泥頭酒貼著紅紙帖兒**：這是紹興酒罈子的樣式，北方的白酒似非如此封罈。酒家人必能正說。

6 **要把我打開，故意的連我、囂我、訕我又趂我**：「打開」意為避開去；「連我」，不知何意？「囂我」，囂乃羞的土音，意為使我難堪，「訕我」，意為諷謗我；「趂我」，趂與趨同，意為趕我走。

7 **毆我**：意為糾纏我之意。

8 **等子獅子街那里**：「等子」意為等著，「等子」必是方言。在第三十五回第四頁，有一句「你休虧子這孩子」，乍看「子」字或為「了」的誤刻，但一見此句之「虧子」，當可意之為江南方言。用「子」作語詞之處，本書很多。

9 **嗄飯**：在本書中，此語隨處皆是。乃江南人習說的「下飯菜」，意為「菜餚」，可以使飯下嚥的菜蔬。

10 **相思套**：此語以下數語名詞，悉為淫器，有些前已註說。《瓶外厄言》引栖梳略曰：「龜帽，使毒不致上蒸，精不致下凝，俗所謂風流套者也。」當為今之避孕套類似。《瓶外厄言》又說：「不僅為避毒之用，高棱肉刺，兼以媚內。」但有些，則不知何物。

11 **掏摸土賊**：意為偷雞摸狗的鼠竊。

12 **纏提**：亦意為糾纏之意。

13 **眷生名字稱呼親家**：「眷」，親眷也。「親家」，兩家兒女結親，互稱親家。「眷生」乃明朝人習用的謙稱語。

14 **放水**：在此意為胡亂游蕩，非今語「放水」乃暗洩機密之謂。《瓶外厄言》云：「即搗亂之意，俗語也。」

15 **輸身**：意為獻身，婦女獻身男子，謂之輸身。

16 **西夏劉參將**：西夏，國名，本姓拓拔氏，唐之夏州，今寧夏省鹽池縣東北。參將，官名，上已註說。明置，為總兵副總兵之貳。《辭源》說：「清因之，位次副將，與今之上校相等。」

17 **口裏纔四個牙兒**：馬以齒計齡，故以「口裏」簡稱馬口中的齒數。「四個牙」指馬纔兩歲。

18 **腳程**：指馬行快慢，每天可行多少路程。

19 **毛病兒、快、護槽、䵷蹬**：徐咸《相馬經》：「馬旋毛者，善旋五，惡旋十四，所謂毛病，最為害者也。」這匹馬的毛病是愛快跑，跑起來勒馭不住；護槽，在槽上吃草時，人不能近。䵷蹬，意指上馬時不要人踩蹬上馬。

20 **膘息、瘸了**：牛脅後脾前合革肉曰膘，讀如繇（由）。《釋文》：「膘，小腹兩邊肉也。」但中原人讀如「標」，指牛馬之健壯，由壯而羸，謂之「跌膘」。此說「把膘息了跌了很多，指此。」瘸了指腿受傷。

21 **每日踱街道兒罷了**：意為每天在街窮涸；踱，讀如「ㄅㄠˋ」。

22 **奉價過來**：意為把應得的賣價，奉上銀子來。

23 **象板**：歌唱時擊和音節的板，貴重者以象牙製，又稱「象牙板」。

24 **二犯江兒水**：曲牌名。凡所劇曲，均專文考證立說。此略。

25 **雪霰**：下雪時，尚未成雪花時的雪粒子，稱為雪霰，亦稱「霰子」。

26 **休要沈動著**：意為休要弄出重大聲響，驚醒了嬰兒（官哥兒）。

27 **紋絲兒不動**：形容靜的情態，靜持得連紋絲那樣的動移都沒有。

28 **我自生兒由活的**：意為由我自生自滅，誰也別來管我的氣話。

29 **八十歲媽媽沒牙，有那些唇說的**：此歇後語意在你那兒來的那麼多閒話語；沒有的事也說出些事來。

30 **遊氣兒**：意為只賸下一絲兒氣息了；咒人之將死時。

31 **碗酒塊肉**：意指飲食豐富，大碗酒，大塊肉。

32 **臉酸**：妒嫉之色，現之於顏面，謂之臉酸。

第三十九回

西門慶玉皇廟打醮
吳月娘聽尼僧說經

1 **天地疏、新春符、謝灶誥：**《瓶外卮言》，天地疏：「此供天地神祇之疏頭也。《潛夫論》〈浮侈篇〉云：『裁好繒作疏頭，命工彩畫，顧人書祝，虛飾巧言，欲邀祝福。』」新春符：「即桃符春帖，詳月令廣義春帖註。」謝灶誥：「祀灶時所用之青詞。」

2 **原來你這個大謅答子貨，誰家願心是忘記的：**「大謅答子貨」，不知何意？揆諸前後語意，似是指的西門慶上一句：「早是你提起來，我秤下一百二十分醮，我就忘死了。」似為說空話之意。

3 **願心：**《瓶外卮言》說：「古有朝山願，見《鹽鐵論》，拜願，見《宣府志》，枷鎖願，見《夢粱錄》，許牲頭祭，許賽牛羊，許建平安大醮，各發願心，屆時還願。」還願心，今俗仍流行，可在各寺觀中見之。

4 **討外名、寄名：**二者似為一事，蓋向佛家或道家討個法名，並抱子女再寄名於出家人或佛祖名下，作個弟子。無非乞求賜福並長命富貴之意。此俗，似乎今仍存在。

5 **經事：**指佛道為人打醮誦經的法事。

6 **天誕玉匣記上我請律爺交慶：**玉帝生於正月初九日，道家謂之天

誕日。「玉匣記」乃書名，傳為旌陽許真君所纂，即是相命學之擇要秘本。今仍流行。「請律爺」乃徒弟尊稱師父的名詞。

7 **阡張、沈檀馬牙香**：當為冥錢之類，用紙條鑿金成，今仍可見，祭完焚之。沈香、檀香、馬牙香，均高貴香火之名類。

8 **生眼布**：當為生白布，即未染色的細白布。

9 **睜眼觀看，果然好座廟宇，天宮般蓋造。但見**：但見以下之大段描寫，悉為玉皇廟之建築宏偉情況與雕飾陳設。如「彩畫天神帥將」，「天帝三十二尊」，「離婁」與「師曠」猙獰，（離婁與師曠，一為目明，一為耳聰，均見《孟子》語。）「白虎與青龍猛勇」、「仙妃玉女」、「四殿九獅」、「九龍床上坐著不壓金身萬天教主玉皇張大帝，……」下面再寫「……按八卦九宮手執白玉圭、聽三皈五戒。金鐘撞處，三千世界盡歸依，玉磬鳴時，萬象森羅皆拱極。……」儼然佛道二教的混合體了。

10 **諷誦諸品仙經，　玉皇參行醮經**：當為道家作法事時誦念之經文名目。

11 **齋意**：此所謂「齋意」不知詞目何處。看來只是一篇齋醮辭。按齋醮只是設壇祈禱之事。王建游〈隆盛詩〉：「聞說開元齋醮日，曉移行漏帝親過。」吳融〈上元青詞〉：「按科儀於金闕，陳齋醮於道場。」顯然是作文表達齋醮之意，所謂「齋意。」

12 **宣和三年正月初九日**：該年在書之故事情節進展中，時間應為政和七年正月初九日，所寫「宣和三年正月初九日」，或有所寓，未考。可參閱拙作《金瓶梅編年記事》。

13 **宣畢齋意，鋪設下許多文書符命，表白一一請看**：從這裏開始，
下面寫了許多道家神祇名號，一直由此第七頁寫到第九頁，全是
有關這家神仙名號及法事名目的記述，必須請教道家法師，方能
解說清楚，這裏只能從略了。

14 **西漢評話鴻門會**：《西漢評話》乃指說唱西漢故事的話本，「鴻門
會」即「鴻門宴」，劉項相聚的一件史事，家喻戶曉，此處不費
筆墨。

15 **子孫娘娘**：供祀廟宇中的可以助人獲得子嗣的神，或稱送子娘
娘。

16 **金玉滿堂、長命富貴、辟非黃綾符**：都是形式上的吉利詞、吉利
事。今仍盛行，勿須解說。《瓶外卮言》說「金玉滿堂」語見《老
子》〈易林〉〈世說〉；「長命富貴」見〈姚崇傳〉引佛經，有求長
命得長命求富貴得富貴句。

17 **太乙司命、桃延合康**：「太乙」乃北斗星名，道家稱天帝亦曰「太
乙」。所謂「太乙司命」，即意為西門家的官哥已寄名道家太乙真
神名下了，任何災害都有太乙真神保佑了。古人素以桃木可以避
邪，每以桃木作符板，畫神荼鬱壘於桃板上，張於門旁，可除惡
鬼，後以紙聯取代。所謂「桃延」則不知何意。得非「桃符」延
壽而合康乎？待之明智賜正。

18 **倒扣針兒方勝兒綃的**：「方勝兒」前已註說，所以形容小兒的鞋
子，如疊起的方勝（盛）兒用的倒針綃成的。

19 **男僧寺對著女僧寺，沒事也有事**：此乃俗諺，意指男僧女尼不可

寺對而居，若是寺對而居，沒有事也會惹出事來。在大陸僧住寺
尼住觀，僧寺尼觀，或庵，分得最為清楚。臺灣則受到日本之某
一佛派影響，至今仍僧尼雜處一寺，想是今日僧尼入道深矣！

20 **三等兒九格的強人**：見上第三十五回註說。

21 **俺每都是劉湛兒鬼兒麼**：劉湛是史有其人，南朝的宋時人，見
《宋書》卷六十九，《南史》卷三十五。傳記劉湛生女輒殺之，為
時流所怪。我國人一向重男輕女，謂女為賠錢貨。是以後人通用
「劉湛的鬼兒」作為女孩的代名。所以這裏潘金蓮說：「我們都是
劉湛兒鬼兒，不出材的。」意為不能為父母封侯守疆。

22 **小太乙兒**：見上註「太乙司命」，此言「小太乙」即小真神，因
官哥已寄名道家。

23 **賈瞎子傳揉乾起了個五更，隔牆掠肝能死心塌地，兜肚斷了帶
子，沒得絆了**：瞎子不知道天還沒亮，就老早起來了，意為起得
早了，白忙：「傳揉」，按摩的事。瞎子按摩都是夜間事，早起無
用。「隔牆掠肝」意為「死心踢地」；「兜肚斷了帶子沒得絆了」，
意為沒有依靠了。這幾句話的意思，是潘金蓮受了委曲，認為是
被扔了。

24 **說因果唱佛曲兒**：意指佛家的教法宣講，一面說因果報應，一面
唱佛家的寶卷等歌曲。

25 **你看他醉腔兒**：意為醉態醉話。

26 **鄉里姐姐嫁鄭恩，睜著個眼兒，閉著個眼兒**：鄭恩是宋太祖趙匡
胤未得地時的結義弟兄，面貌醜陋兇惡，卻取了一個美貌的妻子

陶三春。在平劇中有一齣〈打瓜園〉的戲文，演述的就是這鄉大
姐兒嫁鄭恩的故事。另有〈龍虎風雲會〉亦有鄭恩在內的故事。
此一歇後語的引義是，如果把眼全睜著看鄭恩，真是一個可怕的
兇神太歲。故謂睜一隻眼開一隻眼。

27 **大藏經、法華經**：均佛家寶貴經典。《大藏經》乃佛教聖典的全
集，釋迦教說及戒律的寶庫，佛弟子編纂。為後世佛教研究的根
據。《法華經》乃天台宗的經典，佛教之一派，北齊慧文禪師悟
龍樹中論之旨。以授南嶽慧思，傳之智者大師，其道大顯。師居
天台，故號天台宗。以其正宗法華，故又稱法華宗。

28 **唐高宗咸亨三年**：此為西元六七年，此段乃講說五祖故事。

29 **三塗五苦**：佛說的「三途」乃地獄道之火塗，畜生道之血塗，餓
鬼道之刀塗，稱三惡道。三塗，火、血、刀也。五苦乃生、老、
病、死、愛別。《觀無量壽經》：「濁惡不善，五苦所迫。」

30 **羅漢之體**：羅漢是佛語阿羅漢。《智度論》三：「阿羅名賊，漢名
破，一切煩惱破，是名阿羅漢。後次，阿羅漢一切漏盡故應得一
切世間諸天人供養。復次，阿名不，羅漢名生，後世中更不生，
是名阿羅漢。」此則謂羅漢真身之意吧？

31 **托葷餂食**：意為仿照葷菜樣式作出的食品，今日素菜館，仍是此
類「托葷」泡製法。

32 **恁王小的鼻兒烏嘴兒黑的，成精鼓搗來聽什麼經**：「王小」乃窮
家子的泛稱詞，因是窮家女，經常在外拾荒度日，自然一臉的眉
黑嘴烏。「成精」意為髒得不像個人樣，像個成了精的鬼怪，還

大模大樣的來聽經，別遭踏了佛爺。

33 **磕困上來**：意為今語之磕睡上來了；睏乏了。

第四十回

抱孩童瓶兒希寵
裝丫鬟金蓮市愛

1 **符水藥**：道家用道士所畫的符紙燒成灰，化在水中作成的藥物，此處則由佛家的尼姑采用，亦諧趣也。

2 **如今生了好不醜滿**：指陳郎中娘子生了兒子，喜得一家人失態到了丟醜的程度，此所謂「醜滿」。亦反諷之類。

3 **衣胞**：乃嬰出生胎後，跟著由子宮流出的胞衣。在母體中包護嬰兒的一層衣胞。

4 **首座**：此指尼庵中的主持。

5 **十個明星當不的月**：恭維月娘的頌詞。意為十個小老婆生的兒，也抵不上大老婆生的一個。俗謂妾婦為「小星」，正妻為「月」。

6 **小優兒**：演唱劇曲的年輕小子，謂之小優兒。優每與娼同稱曰：「娼優」。

7 **項牌符索**：寄名於道家的法名，作成名牌掛在脖項上，刻上道家符語的鎖鍊兒繫著。這樣就可以把命鎖住了。

8 **怎禁的鬼混**：意為那剛睡不久的西門慶未能經得起這些人在道士那裏胡亂嘈嚷，不久就醒了。作者使用「鬼混」二字，意義深長。

9 **昨日在那裏使牛耕地來，今日乏困的你這樣的**：此語似乎今天仍在流行，喻在歡樂場合提不起精神的人，往往有這句話諷喻他。

10 **腳蹬著地爐子**：北方天寒，通常房間中都備有火爐火盆。指放在地上的火爐，燃燒煤炭取暖者。江南亦有此設備。

11 **一面夾在襠裏拿裙子裏的沿沿的**：把香餅兒放在貼身的暖處，坐下時，通常放在腿褲當中，用裙子裏緊，不使涼了。

12 **幹的停當**：意為把事情辦妥了。

13 **把鬆髻摘了，打了個盤頭揸髻**：「盤頭揸髻」是丫頭們的髮髻樣式，這裏寫金蓮改扮裝了頭。

14 **諕他們諕**：此語今仍流行，意為騙他們一騙。

15 **俺每多是老婆當軍，在這屋裏充數兒罷了**：這是吳月娘的感慨話，「你禁的！有錢就買一百個有什麼多。」自己認為在家雖是大老婆，也等於當軍兵一樣，充個軍數就是了，沒有權管別人的。

16 **成精死了罷**：意為能變成各種各樣人形的精靈。此種語言多用在那些會裝會哄會騙的人身上，習謂狐狸以及其他動物，一旦成了精，都會變成人形蠱惑人。

17 **新來乍到就恁少條失教的，大剌剌對著主子坐著，道擻臭與他這個主子兒了**：潘金蓮裝丫頭，大模大樣的被拉出來坐在西門慶面前，所以孟玉樓說他這新來的丫頭少教管，竟敢大剌剌對著坐，「道擻臭」的「道」同「倒」，意為他倒不怕主子臭罵他嗎！「擻」

北人罵人叫「撅」或稱「嚼」。一如今語之「找挨罵。」

18 **餚品**：吃酒時下酒的各種菜蔬，亦稱下酒菜。吾鄉謂之「酒餚」，而且「餚」讀如「ㄒㄧㄠˊ」。

19 **杭州攢**：「攢」，讀如「ㄗㄨㄢˇ」，蟬於婦女後腦上的髮髻，前已註說。所謂「杭州攢」，乃杭人婦女流行的髮式。

20 **我老道只自知數的**：通常認為老道士畫符只有自己認得。此語或借此引申。

21 **沒件好當眼的**：意為沒有一件可以當得人眼看著眼紅的衣裳。

22 **你把臉兒憨著**：意為表情裝傻不答音。

第四十一回
西門慶與喬大戶結親
潘金蓮共李瓶兒鬥氣

1 **王導、石崇**：王導是晉臨沂人，王覽之孫，字茂宏，謚文獻。晉
文帝極為倚重，朝野呼為仲父。與同朝謝安，被後人稱為「王謝
之家」，成為後世望族。石崇，晉南皮人，石苞的次子，字季倫；
小名齊奴。曾任散騎郎，荊州刺史，經營航海獲富，在河陽建金
谷別墅，以豪奢名。此以三人官高家盛引之作喻。

2 **俺每一個一個只像燒煳了卷子一般**：「卷」讀第三聲，麵粉製成的
捲筒形，一斷斷切成短捲，北人稱此麵食為「捲子」；如用兩種麵
間隔起的，則稱為「花捲」。此一麵食，今仍流行。北方人把已涼
硬的「捲子」，放在溫火上烤軟，皮微黃焦，內瓤柔軟，極為可
口。是以北方人愛以烤食。倘不小心烤得太焦了，則變成黑一
塊，黃一塊，白一塊，既不好看，皮也不能吃了。此種情形，俗
謂之「烤（燒）煳了」。春梅在此認為他們的衣衫舊了，遂用「燒
煳了的卷子」作比。

3 **舉人、堂官**：參加鄉試及第的人，謂之舉人。縣府之長謂之堂
官。此說之「朱堂官」，即此種職司。

4 **六月廿三日生的**：官哥的生日，一說六月二十三日，又說七月二
十三日。不知是出於故意？還是怎麼訛誤的。待研究了。

5 **割衫襟**：割襟之俗，乃指腹為婚。《元史》〈刑法志〉：「諸男女議婚，有以指腹割襟為定的，禁之。」可證在元以前即有此風俗。

6 **家老兒**：妻子對人謙稱丈夫之詞。

7 **堂客**：俗稱男子為「官客」，婦人為「堂客」。

8 **不搬陪**：西門慶認為他們與喬大戶結兒女親家，在兩家門戶與身分上，不能相配。亦稱「攀配」或「班配」。即不相等之意。西門慶已經說明了。

9 **白衣人**：意指平民身分的人。古之童僕謂之「白衣人」，服賤役者著白衣，亦稱「白衣使者」。讀《晉陽秋》：「陶潛九日無酒，出籬邊悵望久之。見白衣人至，乃王弘送酒使也。」漢之公孫弘以庶人位至三公，稱「白衣三公」。《史記》〈儒林傳〉：「公孫弘以春秋白衣為天子三公，封以平津侯，天下之學士靡然風矣！」

10 **戴著小帽**：乃平民的服飾，與居官人士的服飾，一見可別。

11 **房裏生的**：「房裏」意指丫頭，房裏的使喚人。此謂小老婆生的，不是正房娘子生的。下說「房外養的」，乃用來作「房裏養的諷對。」

12 **險道神撞見那壽星老兒，你也休說我的長，我也休嫌你那短**：封星老兒乃南極仙翁的俗稱，在畫家筆下，是體短頭大，尖頂銀白長髯，被世人記之為壽神。險道神是葬禮時棺前開道的神祇。《三教搜神大全》：「開路神君，乃周禮五方相式，俗名險神道，一名阡陌將軍。神身長丈餘，頭廣三尺，鬚長三尺五寸。頭赤面藍，

左手執印，右手執戟，出樞以先行之。」此一歇後語的喻意，是說壽星老兒遇見了險道神，是長短立見；用不著誰說誰長誰說誰短。潘金蓮這話當著西門慶纔說過他家與喬大戶結親不搬陪，她竟然說出了這個比喻，豈不把西門慶比作了險道神了。所以「這西門慶聽了此言，心中大怒！罵道：『賊淫婦，還不過去。人這裏說話，也插嘴插舌的。有你什麼說處？』潘金蓮把臉羞的通紅了，抽身走出來。……」

所以我認為潘金與孫雪娥是《金瓶梅》中最愚鈍的兩個女人；這兩個女人的遭遇也最慘。另外，還有個宋惠蓮，卻又癡得可憐。附此意見，以供本書之研究者參考。

13 紙包兒包著瞞得過人？：如今語之「紙裏包不住火。」

14 失迷家鄉還不知是誰家的種兒哩：此語前已註說，說法略有不同。前語有「往那裏認犢兒去。」實則意相同。

15 狗咬尿胞空喜歡：此語今仍流行，意為狗兒見到一個吹起的尿泡，原以為是塊肥肉，不想一口咬破，竟是一層薄皮。遂喻為空喜歡一場。

16 吹殺燈擠眼兒，後來的事看不見的勾當：這一句話的喻意，應從整句看：「賊不逢好死的強人，就睜著罵起我來，罵的人那絕情絕義。我怎來的沒我說處。改變了心，教他明白現報了我的眼。我不說的，喬小妳子出來，還有喬老頭子些氣兒，你家的迷失了家鄉，還不知是誰家的種兒哩？人便圖往扳親家耍子兒，教他人拿我惹氣，罵我！管我秘事。多大的孩子，又是我一個懷抱了，尿泡種子，平白扳親家，有錢沒處施展的。爭破臥單，沒的蓋，

狗咬尿泡空喜歡。如今做濕親家還好，到明日休要做了乾親家纔難。吹殺燈擠眼兒，後來的事，看不見的勾當。做親時人家好，過後三年五載，方了的纔一個兒。」這一段話，全部著眼在他挨了罵，把氣出在官哥頭上。潘金蓮認為如今把李瓶兒母子看得如此重，將來要是養不大，「濕親家」便變成了「乾親家」。不過這是後來的事，現在是看不見的勾當。把「擠眼兒的燈吹滅」（燈油快燒盡了，燈火便在擠眼兒一眨一眨的忽亮忽不亮），吹滅了再點上，也是後來的事。

17 **養蝦蟆得水蠱兒病，著什麼來由來**：意為好心沒得好報。因為養育了蝦蟆，得了臌脹病，划不來。得臌脹病的形態，如同蝦蝦蟆氣臌起的肚子。

18 **我知道他和我兩個毆業，黨太尉吃匾食他也學人照樣兒行事欺負我。**：宋胡繼宗之《書言故事》說，陶穀家有妾，本黨太尉家姬。一日大雪，穀取雪水烹茶。顧謂妾曰：「党家有此景否？」曰：「彼粗人，安識此景。但能於銷金帳下淺斟低唱，飲羊羔美酒耳。」穀大慚。陶穀（903～970）宋初學者，陝西邠州新平人，字秀實。宋初官至禮、刑、戶三部尚書，精通經史子書，著有《清異錄》二卷，見《宋史》二六九。在清人編之劇集《綴白裘》中，有《党太尉賞雪》一劇，党太尉登場時自述：「下官姓党字晉，身為宋將，官居太尉，驍勇絕倫，不識文字。平生豪放，聲若巨雷，目光閃電，望之若神。」[1]按党太尉名進，宋馬邑人，開寶中從征太原有功，官至忠武軍節度使[2]。關於党家姬之歸於陶

1　錄日人鳥居久靖著：《金瓶梅歇後語私釋》。

2　見《宋史》，二百六十。

穀，有以「銷金帳下淺斟低唱飲羊羔美酒」的傳論，早成文人筆
下的雅喻。因為党進乃粗人，且能以武功居高官，故後人每以
「党太尉吃匾食心裏有數」為諺喻。此說「學人照樣行事」，當是
語言在時代上的變化。今已行成「啞巴吃扁食心裏有數了。」按
「扁食」乃今語之「餃子」，亦稱「水餃」。潘金蓮此語的喻意，
在「照樣行事上」。因為党進是粗人，以勇猛得高官，在官場應
酬上，不論禮儀，行止只是照別人樣兒。這裏潘金蓮假借此喻說
西門慶也跟別人一樣欺侮他。

第四十二回

豪家攔門翫烟火
貴家高樓醉賞燈

1 **朱序班**：「序班」之職，在明清兩朝，屬於鴻臚寺，掌百官班次之
序。《明史》〈職官志〉：「司儀司賓二署，各署丞一人，鳴贊四人，
序班五十人。」書中各回出現之朱序班，當為曾任此一職官者。

2 **使性子**：即今語之耍小脾氣。

3 **西廂房做戲房**：從這句話，可以想及明代堂會演唱戲文時的樣
式。戲在房中演出，不是搭台子的了。在崇禎本的圖像中，第二
十回有一張圖，「傻幫閒趨奉鬧華筵」及第六十三回「西門慶觀戲
動深悲」繪有彈唱演劇時的現場情況。可以參考著理解本回「在
西廂房做戲」的情形。

4 **金華酒**：在全書中寫了不少金華酒的名目，很少說到紹興酒。金
華在紹興南方三數百里之遙。以產火腿名世，非以酒名世。或時
代上的說詞吧。

5 **羞剌剌、不嗔**：「羞剌剌」一如今語之害羞不好意思；「嗔」，生
氣，故意說如被丈夫見到不生氣嗎？

6 **巴巴使了我**：意為任誰人都不使，偏偏派遣了我。

7　**上元醮**：陰曆正月十五日為上元節。《荊楚歲時記》：「今州里風
　　俗，望日祭門，先以楊枝插門，隨楊枝所指，乃以酒醣飲食及豆
　　粥插著而祭之，其夕迎紫姑神以卜。」《玉燭寶典》：「正月十五日
　　作膏粥以祀門戶。」《開元天寶遺事》〈百枝燈樹〉：「韓國夫人置
　　百枝燈樹，高八十尺上元夜點之，百里皆見，光明奪月色也。」
　　《宋史》〈樂志〉：「每上元觀燈，上已端午觀水。」是以今則以正
　　月十五日為燈節。此說「上元醮」乃上元節之祭禮。

8　**方巾**：古文人之冠，一稱「角巾」。《三才圖繪》：「方巾，此即古
　　所謂角巾也。制同雲巾、特少雲文。」今日平劇有「方巾丑」，乃
　　演扮文士之品下者。

9　**粘梅花處**：從語詞看，是所謂粘著梅花的地方，在本回中連提數
　　次。當是這元宵夜賞燈的一個較好說話的地處。

10　**一道烟去了**：意為聽到差遣，馬上就起步快跑走了。

11　**武學**：宋代立之學校名。《宋史》〈職官志〉：「國子監，慶曆（仁
　　宗）三年（1043）詔置武學於武成王廟。以阮逸為教授，八月罷
　　武學。以議者言，古名將如諸葛亮、羊祜、杜預等，豈專學孫吳
　　故也。……熙寧（神宗）五年（1072）復置。元豐（神宗）官制
　　行改教授為博士。」《春明夢餘錄》：「宋時武學與太學、宗學共
　　稱三學。其時中武科者，授薄尉之職，初調即可補州縣，與文科
　　不甚遠。文武之科不合，而天下欲治不可得也。」《日知錄》：「《山
　　堂考索》言：武學置於慶曆三年，阮逸為武學教諭，未幾省去。
　　熙寧復置，選知兵書者判武學，置直講，如國子監。靖康之變，
　　不聞武學有禦侮者。《實錄》：「正統（明英宗）六年（1441）五月，

從成國公朱勇等奏，以兩京多勳衛子弟，乃立武學，設教授訓導，如宗府儒學之制。已而武生漸多，常至欺兵撓法。正德（明武宗）中，錢寧已嗾武學生朱大周上疏，劾楊一清矣。崇禎（思宗熙烈帝）四年（1631）南京武學生吳國麟等，毆御史郭維經，掌察院張延登奏黜，是則不惟不收其用，而反貽之害矣！」此說王三官擬入武學肄業，當指明之武學。

12 **學個中人打扮**：意指王六兒這晚的打扮，學的是中等人家婦女的裝束，已比他本人的身分高了。

13 **李銘跪下，掩口說道**：寫鴇兒樂師李銘之低聲下氣狀。

14 **拿春盤案酒來**：意為用托盤端上春季酒菜來。

15 **用銅布甑兒篩酒**：「篩酒」一詞，在《水滸》及本書中，有兩義，一指斟酒，一指溫酒。在此語中，似為溫酒。我兒時所聽到的篩酒，總是指的溫酒，非斟酒也。下如第四十六回第四頁所寫，越發寫出溫酒的情形。

16 **哥兒那裏隔墻掠見腔兒，可不把我諕殺**：意為行走之間，突然由隔牆掠扔過來一付內臟等物，真能把人諕死了。

17 **愛奴兒掇著獸頭城以裏掠，好個丟醜兒的孩兒**：意為一個「愛奴兒」（可愛的孩子）手上拿著一個獸形（面具）頭臉，向城裏頭掠扔了去，豈不是「孩兒丟醜」？「城以裏」，即指城內，城內人多，「獸頭」代表「醜」，掠獸頭即「丟醜」之義。「愛奴兒」指孩童，故義為「孩兒丟醜」。

18 **還不趁早打發他去，大節夜還趕幾個錢兒，等住回晚了，越發沒人要了**：意為婊子們可以早點回家賺錢去吧！時間晚了就沒有人去住宿了。諷刺董嬌兒等要回去。

19 **唐胖子吊在醋缸裏，把你撅酸了**：「唐胖子」是個假設人名，唐與糖同音，「糖胖子」亦似為食品名，「吊在醋缸裏，因為唐胖子人大，不能全身立著吊起，手腳難免要「撅」（ㄐㄩㄝˇ）起。「撅」與「ㄑㄩㄝˊ」音諧近。讀ㄐㄩㄝˇ，則為詈罵之意。北方人罵人稱為「嚼人」，亦作「撅人」，此語前已註說。這裏是妓女韓玉釧兒罵俏應伯爵的話，意為我把你罵酸臭了。遂用「糖胖子吊在醋缸裏，把你撅酸了」的歇後語，代俏他要臭罵應伯爵。是以後面應答：「賊少淫婦，是撅酸了我。我等住回家去時和你答話。我左右有兩個法兒……」意為可以阻止住韓玉釧、董嬌兒回不去。一是交代巡捕把他們在路上當犯夜的拿住不放，二是拿拜帖請周守備給他們一頓好拶子。按此語，鳥居久靖與姚靈犀都向「捻酸」上去作解說，似非。

20 **女又十撇兒**：「奴」字的拆字隱語，「女又」乃奴也；「十」加「一撇」乃才也。合起乃「奴才」之謂。

21 **如今年程欺保了，拏三道三**：意為如今是欺侮不要保票的年程，我可是拿三道三，不是給你們開玩笑的；也就等於說，決不放你們回去；說了算數。

22 **要放鍾筯**：擺設酒杯筷子。鐘，酒杯，筯，筷子。

23 **青花白地吃一大深碗**：意為把碗中食物吃得乾乾淨淨，只餘下碗上的青花白地。

24 **借契、保頭錢**：即今之借貸契約。作保人也有「保頭錢」。

25 **寫了文書滑著些立**：意為寫借貸契約時，不可把文書寫得死板了，應寫得狡滑，以便後來可以賴帳。[1]

26 **垓子點頭**：「垓」字本為土地之義，此說「垓子」不知何意？得非指土地老兒乎？未明。總之，似是指的永遠也點頭不了的人物或神鬼。

27 **元宵**：正月十五日上元節亦稱「元宵節」。俗亦稱「燈節」。全國均於是夜作花燈展示及慶祝燈節之戲遊。《東京夢華錄》：「正月十五日元宵。」楊榮元〈夕陽觀燈詩〉：「海宇昇平日，元宵令節時。」周必大元宵煮浮圓子，前輩似未曾賦此坐閒成四韻詩「今夕是何夕？團圓事事同。湯官尋舊味，寵婢詫新功。」今之食品有「元宵」，故此說「菓餡元宵」。

28 **好烟火但見**：：「但見」以下的二百餘言，悉為當時烟火燃放時的情況，崇禎本圖，繪有燃放煙火的架子等實相，可參閱。

29 **小淨手**：意為去小便。

30 **顯的就不趣了**：應伯爵已見到西門慶與王六兒有了首尾，遂藉故知趣的告退。遂說：「我若不起身，別人也只顧坐的，顯的不知趣了。」

31 **燒胡鬼子**：不知是何種常物？待考。

---

[1] 參閱借貸契約全文。

第四十三回

為失金西門慶罵金蓮
因結親月娘會喬太太

1 **香螞銀子**：意為出售香蠟或代轉手香蠟的銀子。螞，蠟之俗字。
　「香螞」，或為銀之形容詞。

2 **業障兒**：意為暗中抽取的介紹費或佣金。應伯爵代李三、黃四向
　西門慶借銀子，除應付利息之外，還得給應伯爵介紹費。所謂「業
　障兒」或為當時隱語。

3 **假饒駕霧騰雲術，取火鑽冰只要錢**：意為像應伯爵這種人在千方
　百計的為了弄錢。借用兩句七言詩為喻。

4 **忙的這等諕人子剌剌的不與我瞧罷**：「諕人子」、「剌剌的」，似為
　吳越語態。意為拿著什麼稀罕物，意怔得這等怕人瞧。

5 **正走著矻齊的，把那兩條腿挫拆了**：潘金蓮咒罵西門慶在走路時
　跌斷了兩條腿。「矻齊的」形容腿跌斷時的聲響。

6 **就是折針，我也不敢動**：意為別說是隻金鐲子，就是折斷了的壞
　針在地上，我也不敢動他。奶子表示他沒這膽子，以示清白。

7 **賭身罰咒只是哭**：寫馮媽媽的著急狀，在哭著賭身罰咒。「笑」乃
　「哭」之誤刻。

8 **得不的風兒就是雨兒**：意為只要抓得了機會就大加發揮，只要有了風，就巴不得下雨，形容一般惟恐天下不亂者的心理。此說當時潘金蓮聽說失了一隻金鐲時的心理。

9 **恰是八蠻進寶的一般**：潘金蓮這話，形容他當時看到西門慶拿著包起的四隻金鐲忙忙迭迭向李瓶兒房中去，像外國人來進寶那樣。《瓶外巵言》說：「本為祝福之意，見書旅獒及逸周書王會。此猶俗語波斯進寶，即奉承獻納。」諷言西門慶去李瓶兒處為八蠻獻寶。這可好，掉了一隻。

10 **甕裏走了鱉，左右是他家一窩子**：說甕裏的鱉逃出來了，左左右右都是那一窩兒鱉吧！以之喻意竊嫌總是李瓶兒房裏那一窩，與他們這一夥兒可是無干係。

11 **狼觔**：俗謂焚燒狼筋（觔）可辨出盜賊。《爾雅》〈翼〉：「狼筋，滿身為織絡之狀，盜不可辨者，焚狼筋以示之。則為盜者變慄無可容。」《本草》〈狼、狼筋〉：「藏器曰：『狼筋如織絡袋子，又如筋膠所作，大小如鴨卵。』」《酉陽雜俎》：「狼胸中筋，大如雞卵，有犯盜者，燒此筋以煙薰之，當令手攣縮。或言狼筋為織絡小囊，蟲所作也。」

12 **恰似紅眼軍搶將來的**：《宋史》〈張威傳〉：「威臨陣，戰酣則精神愈奮。兩眼皆赤，時號張紅眼。」此所謂「紅眼軍」或指此。也許另有出處？揆之語意，則為諷說西門慶拿著那四個金鐲的時候，好像從紅眼軍手上搶下來的。喻其得來不易也。

13 **倚官仗勢，倚財為王**：「倚官仗勢」語，今仍流行，「倚財為王」語，今少聽有人使用。不過今語有「錢多仗膽子」，意頗類似。

14 **那個爛著你手兒里不成**：意為不見得因為我爛了你的手吧？所以這樣討厭起我來。

15 **破紗帽債殼子窮官罷了**：意指西門慶「你說你是衛門裏千戶便怎的」（有什麼了不起！），「無故只是個破紗帽債殼子窮官罷了。」接上語之不怕西門慶打死，打死了他媽會向西門慶要人，有錢有勢也格不住吃官司。「破紗帽、債殼子、窮官」可能是當時對一般不會貪污的清官的諷喻詞。所以這幾句話說的「西門慶反呵呵笑了！」

16 **你兩個銅盆撞了鐵刷帚，常言惡人見了惡人磨，見了惡人沒奈何**：銅盆被鐵刷醉來刷，彼此都有損，因為雙方面都是金屬體，你磨我，我也磨你；等於說惡人遇見惡人，一個對一個，誰也不怕誰。比喻西門慶與潘金蓮這場口角。

17 **若不是我在根前勸著，挪石鬼是也有幾下子打在身上。漢子家臉上有狗毛，不知好歹，只顧下死手的**：此語中的「挪石鬼」，似指正在搬石頭中的鬼們，你如惹他，他會隨手拿手上的石頭打過來，意指西門慶聽說掉了一隻金鐲，正在氣頭上，你惹他作什麼？下面說「漢子臉上有狗毛」，意為男人家有野性，惹起野性來，「不知好歹」就不講道理了。今語仍有「你臉皮底下都是毛，翻起臉來就不認人。」

18 **小飄頭兒**：全句說：「恁點小孩兒，他也知道愛好。月娘道：『他老子是誰！到明日大了，管情也是個小飄頭兒。』」意為是個愛在女人窩中鬼混的人物。像他爹一樣。

19 **落塵遶梁之聲，裂石流雲之響**：通常吾人形容歌聲之美妙，每以「餘音繞梁」贊之，語出韓娥故事。《列子》〈湯問〉：「晉韓娥東之齊，匱糧過雍門，鬻歌假食。既去，而餘音繞梁欐，三日不絕。」但「繞梁」亦為琴名。《古琴疏》：「華元獻楚王以繞梁之琴，鼓之，其聲嫋嫋繞於梁間。」《張協》，〈七命〉：「音朗號鐘，韻清繞梁。」註：「濟曰：『號鐘，繞梁並琴名也。』」《文獻通考》：「繞梁之制，大致與箜篌相似。宋武帝大明中，沈懷遠被徙廣州為之也。懷遠亡，其器亦絕矣。」[1]機濱連珠：「繞梁之音，實索絃所思。」另一美贊歌聲美妙之詞，「響遏行雲」。《博物志》：「奏書撫節悲歌，聲震林木，響遏行雲。」曹子建王仲宣說：「行雲徘徊，游雨失浪。」張協〈雜詩〉：「流波連舊蒲，行雲思故山。」此說「落塵」、「裂石」均用以形容修飾「繞（遶）梁」與「行雲」。

20 **金鉤雙控，蘭麝香飄**：上四字形容捲簾被鉤起的情形下四字形容床帳氤氳出的芬馥。

21 **眼如秋水微渾，鬢似楚山雲淡**：形容喬五太太的老眼與白髮。「秋水微渾」形容老眼已渾然了。「楚山雲淡」形容頭髮已灰淡了。通常以「秋水」喻人之雙目明媚，「雲」喻人之綰然髮鬢。

22 **世襲指揮使**：「世襲」乃子孫承襲祖上之戰，亦稱「世及」；父傳子，兄傳弟也。《後漢書》〈質帝紀〉：「世襲封爵。」《魏志》〈武帝紀〉：「漢高祖之起，曹參以功封平陽侯，世襲爵士，至今適嗣。」所指之「世襲」，乃世襲官銜。按「指揮史」在明之官制上，內外各衛設指揮使，所謂「世襲」自是因祖功而得來的。但死後

1　《樂考》，〈絲之屬〉；「繞梁」。

無繼嗣者，也就斷了。

23 **大戶**：「大戶」之名本指飲酒之喻，能飲者謂之大戶，不能飲者謂之小戶。但通常習稱之大戶謂富家，豪家。《水滸傳》：「那清河縣裏有大戶人家。」[2]《東華續錄》：「道光二十六年，紳富謂之大戶，庶民謂之小戶。」《水滸》、《金瓶梅》中的「大戶」之說，自是指的豪富之家。

24 **獸炭、龍涎、麟脯、瓊漿、猩唇、豹胎、龍肝、鳳髓**：這些名詞——名物，無論是香爐中燒的「獸炭」氛繞出的「龍涎」，以及盤中成出的這些「麟脯」、「瓊漿」、「猩唇」、「豹胎」、「龍肝」、「鳳髓」，都只是誇大筵席上的奇珍異香而已。

25 **梨園子弟**：「梨園乃俳優習藝之所。始設於唐玄宗時，在禁苑中有梨園子弟三百人習演樂藝，又宮女數百居宜春北院。《唐書》〈禮樂志〉：「初隋有法曲，其音清而近雅。明皇知音律，又酷愛法曲，選坐部伎子弟三百，教于梨園，聲有誤者，帝必覺而正之。號皇帝梨園弟子。宮女數百亦為梨園弟子，居宜春北院。」《唐書》〈王維傳〉：「祿山大宴凝碧他，悉召梨園諸工。」劉禹錫〈洲楊司業巨源見寄詩〉：「梨園弟子請詞來，瓊枝未識魂空斷。」白居易〈長恨歌〉：「梨園弟子白髮新，椒房阿監看娥老。」後人通以「梨園」作為劇界代名，「梨園子弟」為俳優代名。元明已行之矣。

26 **王月英元夜留鞋記**：《留鞋記》元曾瑞卿作，見《元曲選》。正名

2　見〔明〕施耐瘞《水滸》，二十四回。

是「郭秀才沈醉誤佳期，王月英元夜留鞋記」。敘洛陽郭華與王月英感情故事。

27 **麟次蜂脾一般**：形容街上看燈的人多，如魚鱗相疊，蜂房相並。

第四十四回

吳月娘留宿李桂姐
西門慶醉挽夏景兒

1 **窮途**：通常指境遇窮困，前途暗淡，率多指仕宦滯礙。《吳越春秋》
〈王僚使公子光傳〉：「子胥默然，遂行至吳。疾於中道，乞食溧
陽，適會女子擊綿於瀨水之上，筥中有飯，子胥遇之曰：『夫人可
得一餐乎？』，女子曰：『妾獨與母居，三十未嫁，飯不可得。』
子胥曰：『夫人賑窮途少飯，亦何嫌哉！』」鮑照〈升天行〉：「窮
途悔短計，晚志重長生。」駱賓王〈早發諸暨詩〉：「獨掩窮途淚，
長歌行路難。」錢起〈闕下贈裴舍人詩〉：「陽和不散窮途恨，霄
漢常懸捧日心。」李白〈古風〉：「晉風日以頹，窮途方動哭。」晉
阮籍有窮途之哭的故事。《晉書》〈阮籍傳〉：「籍時率意獨駕，不
由徑路，車跡之所窮，輒痛哭而返。」王勃〈滕王閣序〉：「阮籍
猖狂，豈效窮途之哭。」

2 **大妗子**：北方人稱舅母為「妗子」，「大妗子」即大舅母。

3 **不知誰回了去了**：「回了」，意為招呼要來的不要來了。今語通常
曰：「回絕」。對方正準備要來，這方關照說：「不要來了。」就是
此語「回了」之意。

4 **撥阮**：月琴亦稱作阮。《宋史》〈樂志〉：「今琴、瑟、塤、篪、笛、
簫、笙、阮、箏、筑。」此說「撥阮」，即彈奏月琴之意。

5 **馬槽**：喂馬用的木槽。形如長方敞口的盒子，下以木架架起，約兩三尺高，拌攪草料於內，可使馬立而食之。是以槽架下有空隙，人可躲藏。

6 **猜枚**：「猜枚」即一如今日之猜拳飲酒。《通俗編》：「辛氏《三秦記》，漢武鉤夫人手拳，時人效之，目為藏鉤也。」《東皋雜錄》：「唐人詩有『城頭擊鼓傳花枝，席上搏拳握松子。』乃知酒席猜拳為戲，其來已久。」按今猜拳者，有不賭空之說，元姚文奐詩：「剝將蓮子猜拳子，玉手雙開不賭空。」但今日的猜拳，悉以雙方所出手指多寡相加數為枚子矣。

7 **咍咳**：一作「台孩」。《瓶外卮言》說：「按即學好之意。今人猶有此語，擬元代語也。越諺作伭解。」引《燕子箋》〈試窘〉：「我看這付臉嘴，也不像是台孩發跡矣。」但揆諸全句語意，似為說夏花兒是個沒出息的或上不得數的人。下面說「原來是個俗孩子。」意指夏花兒庸俗，一錠金鐲子就動了心了。

8 **這等掠掣著你……忒不長俊**：指被捘得這種情況……太不體面了。太沒出息了。「忒」字土音讀如「ㄊㄣˋ」。

9 **鮫綃**：人魚之服，一名龍紗。《博物志》：「鮫人水居，出寓人家賣綃，臨走，從主人索器，泣而出珠滿盤，以與主人。」《述異記》：「南海出鮫綃，一名龍紗。以為服，入水不濡。」《北夢瑣言》：「張建軍為幽州司馬，會以府命往勃海，遇水仙，遺鮫綃，軸之如苔。以紅線纏之，「夏天澆署展之，滿堂凜然。」李嶠素詩：「妙奪鮫綃色，光騰月扇輝。」在此則用以誇大舖陳而已。

10 **象棋**：今仍流行於世的棋類之一，古亦稱「象戲」。此一遊戲流行甚早。《楚辭》〈招魂〉：「蒝蔽象棊，有六簿些。」註：「象牙為基。」司馬光〈古局象棋圖〉：「七國象戲，用百有二十周一，七國各十有七，周黃、秦白、楚赤、齊青、燕黑、韓丹、魏綠、趙紫；周居中央不動，諸侯亡得犯。秦居西方，韓楚居南方，魏齊居東方，燕趙居北方。」看來則非今日的象棋。《事物紀原》〈博奕嬉戲部〉引《太平御覽》說：「象戲周武帝所造，而行碁有日月星辰之目，與今人所為不同。唐牛僧孺撰《元怪錄》裁：唐寶應元年，岑順於陝州呂氏凶宅，夜聞擊鼓之聲，有介人報曰：『天馬斜飛度三疆，上將橫行擊四方，輜車直入無迴翔，六甲次第不乖行。』乃有一馬斜去三尺止，又一步卒前進一尺後車進。已而於見處掘之，則古塚也。前有金象局，列馬蒲抨，已與周武所造不同。」所記如「馬斜飛度」，「輜車直入」，均與今之象棋行法類似，「上將橫行擊四方」則非今日走法矣。《說苑》〈善說〉，雍門周謂孟嘗君：「足下燕（讌）則鬥象碁，亦戰國之事乎？」故今人亦曰「象棋」。戰國用兵爭強，故時人用戰爭之象為碁勢也。《和漢三才圖會》〈嬉戲類〉〈象戲〉：「……司馬溫公作象戲法，有將士步卒車馬弩砲之象，今所用是也。」則今之流行象棋，當是原於司馬氏之法。不過，此處所寫的「象棋」，說有和吳銀兒兩個燈下，放炕卓兒，撥下黑白棋子，對坐下象棋兒。」似又不是將士卒車馬砲的象棋，而是今之所謂「圍棋」了。得非象棋各色有所變化乎哉？

11 **背地呪的白湛湛的**：意為背地裏咒罵人咒罵得剝皮見骨，故謂之「白湛湛的」，形容咒罵得厲害。咒罵得不留情，一如今日說的「連根都扒（ㄆㄠˊ）」出來了。

12　**只與人家墊舌根**：意為只留給人家作說話的靶子，或文雅點說，留給人作說嘴的資料。

13　**教人眉兒眼兒的只說俺們**：意為教人在眉目之間表示出內心的意見。

14　**在後邊調白你**：意為在背後調擺你，或暗中設計你之謂。

15　**不然綁著鬼**：意為要不然，大家心裏都會綁著鬼似的，不是疑這個，就是疑那個。

第四十五回

桂姐央留夏花兒
月娘含怒罵玳安

1 **高頂方糖，時件樹菓**：意指高貴而頂尚的糖食以及時季新鮮的水菓等，誇贊喬五太太送來的禮品高貴。

2 **替你每巧一巧兒**：寫應伯爵誇口，說是只要他向西門慶美言一句，五兩銀子的謝禮便在裏面了。「巧一巧」意為說上一句半句巧言。

3 **只當你包了一個月老婆了**：妓女接客，有包月的行情，即化錢包占一個月，在包占期間，不得再接其他客人。

4 **秀才取漆無真進粮粮之時**：此一歇後語，不知何意？待考。

5 **香裏頭多上些木頭，蠟裏頭多攙些柏油，那裏查帳去**：此語乃摻假料之意，一看即知。在檀香中加些同類似色的木頭，在黃蠟中攙些白柏油，都不易瞧得出。

6 **大螺鈿大理石屏風、銅鑼銅鼓連鐺兒**：「大理」本為古國名，今雲南地。五代石晉時，段思平據有南詔地，更號大理國。宋元祐時高氏代位，號大中國，元符二年，段氏復興，號後理國。淳祐十三年，蒙古忽必烈滅之。今為雲南省大理縣，盛產白灰及粟灰螺紋花石，俗稱「大理石」。亦稱「點蒼石」。為石灰石之變性，有

白色雜色二種。白者為火成石灰岩，有紋狀之結晶質，集合而成。可為造像碑坊之用，亦名「寒水石」。雜色者，有黑黃青等彩色，為水城石灰岩，質極致密，含鐵及粘土等不純物。有黑黃青等彩色，具山川雲物之狀。可為屏風，或嵌入壁窗桌椅之中，雲南所產，即雜色大理石也。今臺灣花蓮亦盛產此類岩石。「銅鑼銅鼓連鐺兒」之所謂「銅鼓」，自是以銅鼓其面，與皮面異。所謂「鐺兒」，當是指的懸鐺鼓鑼的架子。

7 **沒的說，贖甚麼？下坡車兒營生**：喻意白皇親這家子既然當出了這大理石屏風等物，以後那裏還會有錢贖取，這件事像下坡的車兒，就這樣一路滑下去了。意為不會贖了。

8 **南無耶**：驚嘆詞，意即今語之哎呀！我的天哪！我的上帝！我的佛爺！

9 **都照依官司裏的樣範**：意為都依照著官府或宮庭使用的漆器樣式製作的。

10 **拿上春槑按酒**：當是指春日流行的時饈餚饌。斯時正元宵節下也。「春槑」或是指的春日餚饌；「按酒」，下酒饌也。

11 **自古木杓火杖兒短，強如手撥剁**：「剁」或為「判」之誤刻。「判」，分也。以木把製成燒火用的剔火棍子，木把兒再短，也強似用手去分剔灶中的柴火來得強些，來喻意夏花兒再不長俊，放在手下也比不放在手下好，勸李嬌兒不要應允把夏花兒帶出門去。

13 **梯己話**：似應寫作「體己話」，兩人私下說的親切話。

14 **李家桂兒這小淫婦兒就是個真脫牢的強盜，越發賊的疼人子**：揆
之前後語意，似是喻意李桂姐的不可愛，大節下，鴇兒著轎來
接，「又不知家裏有什麼人等著他哩！」真是值得令人疼愛。（應
是厭惡的反語）所以說「真個脫牢的強盜」，「越發賊的疼人子」？
意為真是令人留心這個「越發賊的疼人子」（越發令人討厭）的
女人。

15 **伶仃話**：「伶仃」，獨也。柳貫初夏憶京城鄰舍詩：「萬里滄江雲
一去，欲將孤影寄伶仃。」所謂「伶仃話」，自是期望兩下裏相
對說幾句知心話之意。

16 **老尊堂**：通常稱人母親謂之「尊堂」，或「令堂」。陸雲〈答車茂
安書〉：「尊堂憂灼，賢姊涕泣，上下愁勞，舉家慘戚。何可爾
耶！」此謂「老尊堂」當為老母親之謂。

17 **胖兒俊**：當是指的身體健壯，相貌英俊。

18 **害眼**：中原人稱眼睛患了結膜炎，眼白發紅，謂之害眼。

19 **下號兒寫著重三十八兩**：此處所記寫的重量，是指的一疋松江潤
機尖素白綾的成色。通常布帛質料的優劣，總以重量衡之。今似
仍本乎此。

20 **早晚做酒衣兒穿**：意為不要當作好的，吃酒時，罩在衣服上面，
用來擋酒不玷污好衣裳就是了。

21 **只相臥不住虎子一般留不住的**：意為留不住，急得像臥不住的老
虎似的，只是走動著要離開這地方。指吳銀兒急著要回家。

22 **就有虛簀放著別處便敢在這裏使**：「簀」，箱類。所說「虛簀」，
乃空箱子之意。揆其語意，似是說，縱然別處放著空箱子；引申
說來便是空話，意思是解釋家中確是有事，決不是虛假之詞，找
一句託詞來要他回去接客，就急著要回去。所以吳銀兒的這一全
句是：「……銀姐，你快休學也。」（李瓶兒要吳銀兒不要學李桂
姐）吳銀兒才說：「好，娘！這裏一個爹娘宅裏，是那裏去處！
（意為你們是何等人家呀）就有虛簀放著別處，（縱有謊話箱子在
別處放著，指院中撒謊要他回院）便敢在這裏使！（那兒敢把謊
話箱子用到你們家來。）因而下面又補充說：「桂姐年幼，他不
知事，俺娘休要惱他。」想必語言的時代已經遠去，這種歇後語
早已死亡了。

23 **少費心整治甚麼？**：意為不要為我們費心去準備菜餚什麼！

第四十六回

元夜遊行遇雪雨
妻妾笑卜龜兒卦

1 **官身**：李銘與吳惠說的「官身」，指的是今語的「官差」，到官家去演唱劇曲堂會之意。

2 **方以類聚物以羣分**：此語見《易經》〈繫辭〉上。韓康伯註：「方有類，物有羣，則有同有異，有聚有分也。」《正義》曰：「方謂方術性行以類共聚，固方者則同聚也。物謂物色，羣黨共在一處，而與他物相分別。若順其所同則吉也；若乘其所趣則凶也。」《後漢書》〈文苑邊讓傳〉：「金石類聚，絲竹羣分。」

3 **幫襯**：此語在此意為替主人做情面，幫襯主人招待一切人士，不要得罪人。

4 **行記中人**：意指某一行類，俗謂世間人等的求生門徑謂之「行業」，習稱「各行各業」。妓家也是求生的行業之一，故稱之為「行記中人」。

5 **做子弟**：意為「梨園子弟」，見上註說，娼優彈唱人等，通稱之為梨園子弟。

6 **八聲甘州**：本為曲牌名，在此則以諧聲喻未能「惜玉憐香」的後果，如花草似的，不加照拂與灌漑，就要乾懨瘦損以死了。

7 **金烏玉兔**：「金烏」是太陽的代名之一。韓愈〈李花贈張署詩〉：「金烏海底初飛來，朱輝散射青霞開。」騰邁〈慶雲抱日賦〉：「麗碧霞以增媚，捧金烏而徐飛。」孟康〈詠日詩〉：「金烏升曉氣，玉檻映晨曦。」

「玉兔」是月的異名。傅咸〈擬天問〉：「月中何有，玉兔檮月，興福降祉。」白居易〈酬令狐留守尚書見贈詩〉：「曉關開玉兔，夕鑰納銀魚。」姚月〈對月詩〉：「銀輪玉兔向東流，瑩淨三更正好遊。」施肩吾仙女詞：「手題金簡非凡筆，道是天仙玉兔毛。」羅隱中〈元夜看月詩〉：「下射長鯨眼，遙分玉兔毫。」

但通常人之習用語，通以金烏玉兔並稱。《禪林類聚》：「金烏東上人皆貴，玉兔西沈佛祖迷。」楊萬里詩：「鎖卻心猿意馬，縛住金烏玉兔。」此說「金烏漸漸落西山，玉兔看看上畫欄」，意即天逐漸入晚矣。

8 **忠靖冠絲絨鶴氅**：「忠靖冠」是明世宗（嘉靖）仿照古玄端所製之冠，其頂方中少高，位階差別在冠之豎梁多寡紋上。《三才圖會》其圖說。「忠靖冠有梁，隨品官之大小為多寡，兩旁及後，以金線屈曲為文。此卿大夫之章，非士人之服也。嘉靖初，更定服色，遂有限制。」

「鶴氅」則穿著頗早，六朝人詩已詠之。庾信〈詠畫屏風〉詩：「龍媒逐細草，鶴氅映楊柳。」唐杜審言〈贈崔融廿一韻詩〉：「雀羅爭去翟，鶴氅競尋王。」李白〈江上答崔宣城詩〉：「紹裘非季子，鶴氅似王恭。」權德輿〈和李尚書東亭詩〉：「風流披鶴氅，操割佩龍泉。」白居易〈酬令公雪中見贈訝不與夢得同相訪詩〉：「雪似鵝毛飛散亂，人披鶴氅立徘徊。」劉禹錫〈酬令狐相公雪中遊元都見憶詩〉：「人披鶴氅出，馬踏象筵行。」可見此一衣物非貴者之服，乃富家人均可穿著之禦寒披風。云以鶴羽織成，想必非富

貴之家，是穿不起的。[1]

9 **火盆上篩酒、溷了一地灰、把火也溷死了**：此處寫篩酒的情形，
已說明「篩酒」是把酒壺放在火上溫熱，不是斟酒。所以放在火
上的酒壺碰倒了，壺上酒潑在火上，「溷起一起灰起去」，幾乎「把
火溷死了。」按「溷」讀如「ㄆㄥ」，水潑在火上激發起的一種自
然反應的情形。

10 **燈草拐杖不定**：此語前已註說，意為作不得主。

11 **沒見食面的行貨子**：意為沒有見過吃食場面的賤貨。

12 **一個個鬼攛掇的**：意為一個個人都像有鬼在身後趕著他們似的，
形容那些人忙碌奔走的情形。亦諷喻之詞。

13 **春盛堆滿**：意與「春槃」相同，似均為說是堆滿了春日的時新菓
餡。

14 **龜兒卦**：古有龜筮之卜，以龜甲灼之出文以占吉凶。《尚書》〈大
禹謨〉：「鬼神其依，龜筮協從。」〈蔡傳〉：「龜卜，筮蓍。」《禮
記》〈表記〉：「君子敬則用祭器，是以不廢日月，不違龜筮。」《管
子》〈權修〉：「上峙龜筮，好用筮醫。」古人以龜卜，用火灼之，
謂之「攻龜」。視龜甲灼後的裂文以占吉凶，即今傳殷商之甲骨
文也。是以甲骨文亦稱卜文。《左氏傳》定公九年：「衛侯將如五
氏，卜過之，龜焦。」註：「龜焦，兆不成，不可以行事也。」《宋
書》〈符瑞志〉：「黃帝五十年秋七月庚申，天霧三日三夜，晝昏，
召史卜之，龜焦。史曰：『臣不能占也。』」上述這些都是古人龜

---

[1] 關於服飾，當以專文考述，此舉一例，本書不再註說。

卜之情。此處的「龜卦」，看來已非古之「龜卜」。在崇禎本中，繪有「妻妾笑卜龜兒卦」圖一幅，乃桌案之上，置一圓形，類似陰陽家手中的方位圖，圖上有紙碼或其他什麼可以拈選之物。卜法在本回中的演述中，略可領會。《瓶外巵言》說：「據詞話繡像，地舖白布一方，界為三十二宮，靈龜移行其上，止於某宮，則抽出爻解，以生造沖刻應合而占卜之。〈蘭楚芳贈妓耍孩兒曲〉有云：見一日買幾遍龜兒卦，似這般短促促攜雲握雨，幾時得穩拍拍立計成家。見吳騷。」所據「繡像」與我見者不同。（本人所據乃臺北市聯經文化出版事業公司影印之原版樣線裝本附圖。）

15 **剛纔短了一句話**：意為剛纔少關照了一句話。

16 **但坐壇遣將兒怪不的你做了大官兒**：諷語玳安自己不幹吩咐別人去幹，「大官兒」在此是雙關語，因為玳安在西門家的小廝中的份量是老大。

17 **煙薰的佛像掛在牆上有恁施主有恁和尚**：此說「掛在牆上」的佛像意謂是沒有廟供養，連個佛龕也無有，掛在牆上卻也被香火煙燻黑了，可見也有這樣去敬神的施主，也有這樣供神的和尚。隱喻只有西門家纔有這樣的施主這樣的和尚，下接「你說你恁行動兩頭撥舌獻勤出尖兒，外合裏表，奸懶食纔，奸消流水；背地瞞官作弊，幹的那齣兒我不知道！」

18 **過的舌**：意為從中傳話。

19 **閑著和你犯牙**：意為閑著沒事才跟你吵嘴。

20 **你這奴才脫勃倒坳過颺了**：罵玳安不聽使喚昂起脖子就走了。

21 **精是攘氣的營生**：意為儘做了些吃力不討好的事務。

22 **切憐、東副東**：意指鄰居韓回子老婆是緊鄰，這次請客等於他也
　　是個副東。

23 **淺房淺屋**：意為房子窄小。舊式房屋寬大，寬，講究的門面的間
　　數，縱，講究的是院落進數。

24 **雌牙**：通常形容狗不友善，人則往往引以喻裂嘴在旁諷笑的人。
　　在此諷喻琴童在竊笑。

25 **淫婦吃那野漢子搗昏了**：小玉罵玉簫昏了頭，忘了那件皮襖是放
　　在外間大櫥裏了。遂用了這麼一句粗話罵了出來。

26 **別了鞋**：意為走得匆忙，是鞋歪掉了。挃，讀第三聲。

27 **你們都搶棺材奔命**：意為走那麼快是去搶棺材，「奔命」捨命的
　　跑。吾鄉喻此情形，有「趕頭刀」之諺，意為死囚行刑，有的趕
　　著走前，免得後來刀鈍了，一刀砍不下頭來，多受罪。

28 **也曾見長出愧鬼來**：意為吃了就走，一個個臉上毫無愧謝之情。

29 **狗搋了臉似的**：意為生氣時的臉，挎拉下來，不像個人臉。

30 **恁戌精狗肉們**：意為貪玩的狗精；「戌」，狗屬也。

31 **你家初一十五開的廟門早了都放出些小鬼來了**：俗俚：「初一十
　　五廟門開；牛頭馬面一齊來。」吳月娘這裏責怪不該要四個丫頭

出去到賁四家吃酒，初一十五開廟門，放小鬼們來了，下面說出了月娘不願的話：「平白放出做什麼？與人家餵眼兒！」

32 **戊辰生，三十歲了**：吳月娘與潘金蓮全屬龍，究竟是生於戊辰，還是庚辰？斯亦研究《金瓶梅詞話》的大問題[2]。

33 **只是吃了比肩不和的虧**：明說李瓶兒受到比舍而居的潘金蓮欺凌。

34 **算的著命算不著行**：俗諺。意為算得著命中的宿註，可算不著人之一生機會運行。蓋亦命相家之托詞也。

35 **說的人心裏影影的**：通常俗俚說「影影幢幢的。」意為心裏總會存藏著卜卦人說的那些有關運命的陰影在心裏幌幌搖搖，使心情安適不下來。

36 **街死街埋路死路埋，倒在洋溝裏就是棺材**：此亦俗俚之諺。意為死在那裏埋在那裏，亦即另一語說之「死無葬身之地」義同。

37 **甘羅發早子牙遲　彭祖顏回壽不齊**：俗說秦甘羅十二箴作了宰相，姜子牙渭水發跡時已鬚髮皆白。彭祖壽高八百歲，顏回只不過活了三十歲。這些都是俗習之談，不必細說了。范單之貧，石崇之富。也是俗俚之語。「范單」或指范仲淹，身居高官，死後無以為殮。引詩以喻而已。石崇，前已註說。

第四十七回

王六兒說事圖財
西門慶受贓枉法

1 **輦轂**：天子所乘之輿，謂之輦轂，是以京城習謂之「輦下」或「轂下」。《魏志》〈陳思王傳〉：「馳心輦轂，僻處四館。」《魏志》〈楊俊傳〉：「宣力輦轂，熙帝之載。」曹植〈求通親親表〉：「入侍輦轂，求答聖問」。此說「東京乃輦轂之地」，意為東京乃天子居住所在。

2 **灾厄**：指災難困厄，意為會遇上災難與壞時運。

3 **桑弧蓬矢、老死牖下**：古人在男子出生時，以桑弧蓬矢射四方，冀之以立男兒四方大志。《禮記》〈內則〉：「國君世子生，射人以桑弧蓬矢六，射天地四方。」註：「桑弧蓬矢本太古也，天地四方，男子所有事也。」疏：「以桑與蓬皆質素之物，故知本太古也。蓬是禦亂之草，桑眾木之本。」《禮記〈射義〉：「男子生，桑弧六，蓬矢六，以射天地四方。」《後漢書》〈劉昆傳〉：「桑弧蒿首，以射菟首。」此說「大丈夫生於天地之間，桑弧蓬矢，不能遨遊天下，觀國之光，徒老死牖下，無益矣！」所謂「老死牖下」，意為老死家中。牖，窗也。

4 **取功名為拾芥，得美職猶唾手**：意為得來容易，如隨地撿拾爛草，唾唾手一樣。

5 **艄子**：船伕，亦稱艄公，撐船的人。

6 **臨清鈔關**：臨清，地名，在山東運河口上。明宣德時，設關於此，派戶部等官員監收船料商稅。此說之鈔關，指驗關收稅的機關，今仍有此機關，同「海關」吧。

7 **洪上**：俗俚口中的河川，一如前回說的「淮洪」。

8 **腳下人**：一如今語之「手下人」。意指下屬辦事人等。

9 **要飯吃，休惡了火頭**：意為想要有順當飯吃，可不能得罪了燒飯的頭兒。宋有火頭之職，掌飲食炊爨。

10 **君子不羞當面**：意為有德智術修的君子，不當面羞辱人。即今語之不當面給人難看。

11 **三口執證**：意為人證物證與賊人對證。此說安童當官三口執政，或是指安童當堂指證兩位謀財害命的船伕。

12 **凌遲罪**：「凌遲」亦作「陵遲」。《韓詩外傳》五：「囂頑無禮，而肅敬日損，凌遲以威武，相攝妄為佞人。不避患禍。」潘岳〈征賦〉：「政凌遲而彌季。」《說苑》〈政理〉：「今是仁義之凌遲，久矣！」《抱朴子》〈刺驕〉：「道化凌遲。」李靖〈上西嶽文〉：「杜稷凌遲，宇宙傾覆。」可見此「凌遲」一詞，在古人筆下，非指罪刑。按凌遲之罪，極為慘酷，行刑時先斷四肢，後割咽喉。《大學衍義》：「自隋唐以來，除去前代慘刻之刑，死罪惟有斬絞者，至元人又加之以凌遲處死之法焉。所謂凌遲處死，即前代所謂酷也。前代雖於法外有用之者，然不著於刑書，著於刑書，始於元焉。」憶曾讀某人記述明寺人劉瑾被凌遲處死之情，謂由胸部割

起，每日一定割多少刀，割至第幾日始死。隱約記得在二十年前讀到這樣一篇文章，作者與篇目均已失記。所記果實，則明之凌遲益加慘刻矣！

13 **猶如一桶水頂門上直灌到腳底下**：意為恐懼之情，恰如涼水灌頂，從頭頂涼到腳心。

14 **驚駭六葉連肝膽諕壞三魂七魄心**：佛家說人有三個靈魂，（一）台光（二）爽靈（三）幽精。《大藏法數》十三：「魂亦云三精，道書云，身中三精，一台光二爽靈三幽精。」通常說「三魂七魄」，所謂人身「七魄」，乃人身中的濁鬼，計有尸狗、伏矢、雀陰、吞賊、非毒、除穢、臭肺等七。《抱朴子》〈地真〉：「欲得通神，當金水分形，形分則自見其身五魂七魄。」《黃庭經》〈內經〉：「人身有七魄，修道者有制鍊七魄之法。」《雲笈七籤》：「其第一魄名尸狗，其第二魄名伏矢，其第三魄名雀陰，其第四魄名吞賊，其第五魄名非毒，其第六魄名除穢，其第七魄名臭肺，此皆七魄之名也，身中之濁鬼也。」此說意為諕得連五臟六腑都震動，三魂七魄都離了身。或說「三魂悠悠」、「七魄奔忙」，意均同。形容驚懼的比喻。

15 **我分付原解**：意為既然如此說，我這裏吩咐原解的人就是了，不說「且寬限他幾日拿他……」

16 **打點一千兩銀子裝在酒墰內**：此殆明人送致賄賂銀子的一種辦法。外酒罈而內銀兩也。今仍流行之平劇《四進士》，仍有一場用酒罈裝銀子送賄的演出。

17 **長行牲口**：意指能跑長途的牛馬。牲口，牛驢騾馬也。

18 **忙忙如喪家之狗急急似漏網之魚**：形容苗青花了錢打點妥當之
後，匆忙返回揚州的情形，如喪家犬，似漏網魚；喪家犬形容徬
徨，漏網魚形容逃之不迭。

19 **士夫**：統指士大夫，當為今日之所謂「知識分子」人物。

20 **迂闊**：本意應為繞大圈子，此則喻為丟棄了，或見外了，把情誼
看遠了之意。

21 **火到豬頭爛，錢到公事辦**：此一比喻易明，指火侯燒到了，肉就
燉爛了，銀子錢花到了，公事也就能辦妥了。想來人性至今未
變。心裏學家說，人性是不變的，誠然！

22 **緝捕觀察**：悉為當時州縣中的有司官員。

第四十八回

曾御史參劾提刑官
蔡太師奏行七件事

1 **曾孝序**：曾孝序《宋史》實有其人，見《宋史》〈列傳〉四五三卷。
此人乃泉州晉江人，此說乃「都御史曾布之子」，殆假捏之詞也。
按曾布乃曾鞏之弟，南豐人，與曾孝序僅同宗姓曾而已。曾孝序
官環慶路經略安撫使，察訪湖北，過闕與蔡京論講議司事。曰：
「天下之財貴於通流，取民膏血以聚京師，恐非太平法。」京銜
之；逐出知慶州。至是，京行「結糴」，俵糴之法，盡括民財充
數。（始於熙寧中，以川茶市易軍儲運給西河謂之「結糴」，其後
蔡京復行之陝西。「俵糴」亦始於熙寧中，以米鹽錢鈔，在京粳米
付都提舉市易司貿易，變民田入多寡，豫給錢物。秋成，于澶州
北京及緣邊入粟米封樁，謂之「俵糴」。後蔡京令坊郭鄉村以等第
給錢，俟收以時價入粟邊郡。）曾孝序上疏糾舉，曰：「民力殫
矣，一有逃移，誰與守邦！」京益怒。遣御史宋聖寵劾其私事，
追逮其家人，鍛鍊無所得。但言約日出師，幾誤軍期罪名，竄於
嶺表。是以此回所寫之「參劾提刑官」，自是小說家之筆，但在下
一口（四十九回）所及之「卻表巡按曾公見本上去不行，就知道
二官打點了；心中忿怒！因蔡太師所陳七事內，多乖方舛訛，皆
損上益下之事。即赴京見朝覆命，上了一道表章，極言天下之財
貴於通流，取民膏以聚京師，恐非太平之治。民間結糴俵糴之法
不可行，當十大錢不可用，鹽鈔法鎮不可屢更。臣聞民力殫矣，

誰與守邦？蔡京大怒，奏上徽宗天子，說他大肆倡言，阻撓國
事。那時將曾公付吏部考察，黜為陝西慶州知州。陝西巡按御史
宋盤，就是學士蔡攸之婦兄也，太史陰令盤就劾其私事，逮其家
人鍛鍊成獄，將孝序除名，竄於嶺表，以報其仇[1]。」

基乎這兩回所寫引運宋史曾孝序劾蔡京故實，當可從之蠡知欣欣子
序言之一開頭就說：「竊謂蘭陵笑笑生作《金瓶梅傳》，寄意於時
俗，蓋有謂也」的政治諷喻[2]。

2 **都御史**：「都御史」乃都察院之長官，明太祖洪武十五年改御史臺
為都察院，翌年設左右都御史，左右副都御史。《明史》〈職官志〉：
「都察左右都御史正二品，左右副都御史正三品，左右僉都御史正
四品。」都御史職專糾察核百司，辨明冤枉。此說「都御史曾布」，
亦假設之職司詞語，小說家言，非史也。

3 **三面牌告**：所寫三面牌告，乃告知人民依次告發各司職官不法及
民與民間的詞訟等事。以便依次辦理。

4 **魍魎**：如根據《玉篇》所釋，魍魎乃水神，狀如三歲小兒，赤黑
色。亦作影外之影解，《淮南子》〈覽冥訓〉：「浮游不知所求，魍
魎不知所從。」班固〈幽通賦〉：「恐魍魎之責景兮，羌未得其云
已。」註：「善（李）曰：『司馬彪作罔浪，罔浪，影外重陰也。』
翰曰：『魍魎，影外微陰也。』」但今則以鬼怪稱之。《福惠全書》：

1　參閱〔元〕脫脫：《宋史傳》，「孝序後遇赦，量移永州。蔡京罷相後，授顯謨閣待
　　制，知潭州。後以論徭事與吳居厚不合落職，知袁州，尋復職。再知潭州道州，徭
　　人叛，孝序平徭有功，進顯謨閣直學士遷龍圖閣直學士知青州。高宗即位，遷徽猷
　　閣學士升延康殿學士。後以部將王定平臨朐趙晟亂失利而責之，竟被王定惱羞害
　　之，與其子訐同遇害，時軍已七十九，卒後諡感愍」。
2　請參閱拙作：《金瓶梅的問世與演變》。

「寧容魍魎之橫行若是也。」（〈保甲部〉「漁埠編保」）。《搜神記》：「昔顓頊有三子，死而後疫鬼，一居江水為瘧鬼，一居若水為魍魎；一居人宮室，善驚人小兒為小鬼。」喻魍魎為鬼怪者當本此。

5 **鈐了關防**：意為蓋上官府的印信。

6 **一陣旋風**：「旋風」本是氣象學上的名詞，在此則認為是有陰魂團團不散之意。《後漢書》〈王忳傳〉：「被隨旋風與馬俱亡。」可見旋風之大。白居易〈凶宅詩〉：「蒼苔黃葉地，日暮多旋風。」此時已視旋風為凶象了吧！

7 **水燈兒**：指置燈於水面，任之飄浮。《北京歲時記》：「七月晦日，地藏佛誕，供香燭於地，積水湖、泡子湖各有水燈。」《乾淳歲時記》：「中秋夕，浙江放水燈數千萬盞，浮於水面，爛如繁星。」此言於水燈在十月中，蓋亦佛家俗乎！

8 **月臺、風水**：可能是今日所稱之「陽臺」，說是「遮住了」他這邊的風水，要人家拆了。所謂「風水」本指風力與水力之事，今則入陰陽語，視山川水流之勢，以定吉凶。如居宅、墳墓的營建，均看風水，被稱之為「堪輿之學」。郭璞《葬經》：「葬者，乘生氣也。氣乘風則散，界水則止。古人聚之使不散，行之使有止，故謂之風水。」《張子全書》：「葬法有風水山岡之說，此全無義理。」司馬光〈葬論〉：「《孝經》云：『卜其宅兆。』非若今陰陽家相其山岡風水也。」《羣書扎記》：「《葬書》云：『乘風則行，界水則止。』此風水之所由始也。易之大過，巽下兌上，巽，風也，兌，澤水也。風水之義，蓋取諸此。」

9 **晒醬、馬坊、東淨**：意為在這邊也搭起月臺，用來晒醬，下面作

餵馬的地方（馬場），再加上一個廁所（東淨），這些，都是散發奇臭的地方。用以作對，也用不著去強人家拆除，免得被傳說起來是「仗勢」。

10 **明堂**：「明堂」本指王者的太廟，政教施行之所。《孝經》〈聖治〉：「宗祀文王於明堂。」《孟子》〈梁惠王〉：「明堂者，王者之堂也。」後亦入於陰陽家之語。《青囊海角經》〈葬法〉：「三要明堂惜水，四要交合分明。」均指墓前風水之勢。此謂「墳墓前砌的明堂神路」，當指風水之事。

11 **顖門**：「顖」古作「顖」，嬰兒前腦頂上的頂門，通常在嬰兒時期，此處凹未生骨。故所說「 門還未長滿」。

12 **墳門、甬路**：豪華墓地，自營墓門，如庭園，有甬路明堂（祭祀之舍）神臺一應俱全。

13 **响器**：各類樂器，俗名之為「響器」。吾鄉俗稱婚喪時奏鳴的樂隊謂之「響」。

14 **你看諕的那腔兒**：意為你看他諕得那副腔調兒。（又怕又吽之態。）

15 **恁滟的貨**：意為性情太倔強了，別人的勸說不聽。

16 **東君造化**：太陽亦稱「東君」，蓋日自東方出，故此名之。「造化」指天地萬物形成的自然之理。《列子》〈周穆王〉：「老聃曰：『造化之所始，陰陽之所變，謂之生，謂之死。』」《淮南子》〈精神訓〉：「偉哉！造化者。」註：「謂天也。」《鬼谷子》〈本經陰符〉：

「知萬物所造化。」張協〈七命〉:「功與造化爭流,德與二儀比大。」《通俗編》:「今以人之饒所得為有造化,因此謂其稟受于天地者厚也。」此說「東君造化」意指春日桃李盛開,乃東君造化成之也。

17 **瞧科**:意指有暗中偷看的行動,「科」,用於劇曲中的行動代詞。但在此為吳越語態。

18 **鯽魚般跳**:形容陳經濟挨了潘金蓮一扇子把,當時蹦跳起來。

19 **調嘴調舌**:意為兩下裏鬥嘴。

20 **摸量惜些情兒**:意為要打也得酌量著留惜些情意[3]。

21 **四大摺**:意為戲文演了四大齣,亦作「折」。

22 **彈指**:佛家語《維摩經》:「度千百劫,猶如彈指。」《戒疏》二下:「曾祇曰:『二十念為瞬,二十瞬為彈指。』」形容時間速捷過也。但亦有另義。《法華經》〈神力品〉:「一時謦劾,俱供彈指。」法華文句十:「彈指者,隨喜也。」《法華義疏》:「為今覺悟,是故彈指。」

23 **巡狩**:天子省方,謂之巡狩;見左氏莊公二十一年傳註。《孟子》〈梁惠王〉:「天子適諸侯曰巡狩,巡狩者,巡所守也。」集註:「巡所守,巡行諸侯所守之士也。述所職,陳其所受之職也。」《白虎通》〈巡狩〉:「王者所以巡狩者何?巡者,循也,狩,牧也。為天下巡行,守牧民也。道德太平,恐遠近不同化,幽隱有不

3　幹麼打這麼重的一下子。

得。」此言監察御史之職，乃代天子作巡狩之事，故應有「彈壓官邪振揚法紀」之責。

24 **蕘茸、貪鄙、物議、玷、典牧**：「蕘茸」應作「闒茸」。《漢書》〈司馬遷傳〉：「在闒茸之中。」註：「師古曰：『闒茸，猥賤也。』」正字通：「茸，闒茸，庸碌無才能也。」

「貪鄙」謂嗜欲甚也。《詩》〈魏風〉〈伐檀序〉：「在位貪鄙，無功而受祿。」《荀子》〈解蔽〉：「故以貪鄙背叛爭權而不危辱滅亡者，自古及今，未嘗有之也。」《韓非子》〈問田〉：「知明而不見民萌之資利者，貪鄙之為也。」《史記》〈滑稽傳〉：「貪鄙安可為也。」《新語》〈道基〉：「棄貪鄙之心。」《新書》〈過秦中〉：「秦王懷貪鄙之心。」均意為貪欲太盛。

物議意為世人的一般評議。《南史》〈謝朏傳〉：「二人意相得，竝肆情誕縱，或乘露車，歷遊郊野，不屑物議。」《北史》〈齊高祖紀〉：「王若厭伏人情，杜絕物議，惟有歸河東之兵，罷建議之戍。」上官儀〈為劉弘基請致仕表〉：「內有愆尤，外慙物議。」

「玷」玉之瑕也。用於動詞則作辱於流輩解。《孝經》〈鉤命決〉：「各毀行廢，玷辱先人。」沈約〈奏彈王源文〉：「玷辱流輩，莫此為甚。」《福惠全書》：「玷辱家事，羞對妻子。」（〈刑名部〉「詞訟」）此說「有玷班行」，殆玷辱流輩之意也。

「典牧」意為執法牧守，對夏提刑來說，乃提刑一方，同於牧守。但此參本說「典牧皇畿，大肆科擾……」然清河何得謂之「皇畿」？則又是「錦衣衛」之「千戶」職司矣。此亦研究《金瓶梅》隱有政治諷喻的措詞之一。

25 **有丫頭之稱、有木偶之誚**：「丫頭」，意為奴顏而卑膝也；「木偶」，徒有其人形而無人之意想也。按本書寫夏龍溪之於西門

慶，確是「丫頭」、「木偶」。

26 **市井棍徒，夤緣陞職**：「棍徒」，意指無賴之輩，惡漢也。《通俗編》：「李紳拜三川守詩序；閭巷惡少年，免帽散衣，聚為羣閈，或差肩追繞，摯大毬，里言謂之打棍士庶苦之。按此棍之所起。」《福惠全書》：「或有無籍棍徒。」（蒞任部發各告示）胡銓戊午上高宗封事：「王倫本一狎邪小人，市井無賴；頃緣宰相無識，遂舉以使虜。」此所謂「頃緣」即夤緣也。意為攀緣權貴，以得高職。

27 **菽麥不知，一丁不識**：「菽」，豆類的總稱。「菽麥」即豆與麥也。「菽麥不知」乃愚者之喻。左氏成公十八年傳：「周子有兄而無慧，不能辨菽麥，故不可立。」註：「菽，大豆，豆麥殊形易別，故以為癡者之候。」陳琳檄吳將校部曲文：「孫權小子，不辨菽麥。」意為乏才職。此本以喻之西門慶，亦指才識貧乏，且不識一字。按篆書寫法，丁與個字同，每誤「个」為「丁」字。因丁个形同，傳寫譌作丁。《唐書》〈張宏靖傳〉：「嘗曰：『天下無事，而人挽有石弓，不如識一丁字。』軍中銜之。」洪容齊俗㤉：「今人多用不識一丁字，謂祖唐書，以出處考之，乃个字，非丁字。蓋个與丁相類，傳寫誤焉。」《故事成語考》：「村夫不識一丁。」蓋此指西門慶乃一不識字之村夫也。

28 **帷薄為之不清、官箴為之有玷**：「帷薄」指內室門上的帷簾，多為士大夫之家的蔽設。《禮記》〈曲禮上〉：「帷薄之外不趨，堂上不趨。」註：「帷，幔也，薄，簾也。」所謂「趨」乃疾走也。意為在帷薄之外，不可急進，以備婦人在室內有備。《呂覽》〈必己〉：「張毅好恭，門閭帷薄，聚居眾，無不趨。」若閨門失禮儀，

則謂之「帷薄不修」。《漢書》〈賈誼傳〉:「古者大臣有坐不廉而
廢者,不謂不廉,曰『簠簋不飭』;坐污穢淫亂,男女亡別者,
不曰污穢,而曰『帷薄不修。』……」西門家之淫亂,又何止曾
御史所知者也。

「官箴」乃百官之戒辭。《左氏傳》〈襄公四年〉:「昔周辛甲之
為太史也,命百官官箴王闕。」註:「使百官各為箴辭戒王過。」
疏:「太史號令百官,各為箴辭。漢成帝時,楊雄作十二州二十
五官箴,後亡失九篇。後漢崔駰、駰子瑗、瑗子寔,世補其缺。
及劉騊駼、胡廣,各有所增,凡四十八篇,廣乃次而題之,署
曰:『百官箴』。皆倣此為之。」《福惠全書》:「穢跡彰聞,官箴
大玷。」(編審餘論)明宣宗章帝撰有《官箴》一卷,《四庫提要》
有存目。此說「官箴為之有玷」,即指西門慶失官箴,有辱官府
流輩。

29 **兵來將擋,水來土掩**:此一俗諺,今仍流行在世。意為適時應
變。

30 **未到一周**:意為未滿周歲。周,指周年。

31 **退送退送**:意為燒化些紙錢,把作祟的鬼魔退送走。

32 **交割**:雙方交待明白之意。

33 **蔡太師奏行七件事:**

(1)罷科舉取士悉由學校陞貢

事見宋徽宗崇寧三年(1104)九月,當時宋雖立有太學,以待士
之升貢,然州縣仍以科舉貢士,蔡京建議罷科舉,悉由學校升

貢，遂詔令天下，其州郡發解，凡試禮部法並罷。不過，明太祖的國子監之設，亦是此意。但未久而廢。[4]

（2）罷講議財利司

按「講議財利司」之置，在宣和六年（1124）十一月。乃援尚書左丞宇文粹中的上言。自蔡京創「豐亨豫大」之說，勸帝窮極侈靡。久而帑藏空竭，言利之臣，殆析秋毫。宣和以來，王輔專主應奉，掊剝橫賦，以羨為功。所入雖多，國用日匱。至是，宇文粹中上言，謂祖宗之時，國計所佈，皆有實數，量入為出，沛然有餘。近年諸局，務應奉司，妄耗百出，若非痛行裁減，慮智者無以善後。于是詔蔡攸就尚書省置講義財利司。除法已定制，餘並講究。條上，蔡攸請內侍職掌事于宮禁，應裁省者，委童貫請旨。由是不急之務，無名之費，悉議裁省。帝亦自罷諸路應奉，官吏減六尚歲貢物[5]，可以說，到了「講議財利司」之置，已是花石綱這一惡政的尾聲了。自崇寧四年（1105）冬，派朱勔領蘇杭應奉局運送花石，抵「講議財利司」之設，已二十年了。跟著翌年（1125）十二月，金人南侵，方罷花石綱及內外製造局。可是天下局面已不可收拾。不得已傳位太子。但花石綱已終徽宗一世，一如礦稅之終於明神宗一世。本回所寫「罷講議財利司」，自是基於蔡京的立場說的。實際上，這時的蔡京已失寵，權勢已被其子蔡攸奪去。這裏卻這樣寫：「切惟國初定制，都堂曾講議財利司。蓋謂人君節浮費，惜民財也。今陛下即位以來，不寶外物，不勞逸民，躬行節儉以自奉，蓋天下亦無不可返之俗，亦無不可節之財。惟當事者以俗化為心，以禁令為信，不思其初，不

4　參閱吳晗著：《朱元璋傳》。

5　見《宋史》〈食貨志〉，一三二計會。

馳其後，治隆俗美，豐亨豫大，又何講議之為哉！」看來，這全是一種今所謂的反諷（Irony）寫法。

（3）更鹽鈔法

「鹽鈔」是宋代鹽販專賣許可證，明則稱為「鹽引」。《宋史》〈職官志〉：「歲以香茶鹽鈔募人，入豆穀實邊。」《宋史》〈食貨志〉：「陝西鹽鈔出多虛鈔，而鹽益輕。」《事物紀原》：「兵部員外郎始為鈔法，令商人就邊郡入錢至解池，請任私賣，得錢以實塞下。行之既久，鹽價時有低昂，又於京師置都鹽院也。」本回末寫道：「如今老爺親家戶部侍郎韓爺，題准事例，在陝西等三邊開引種鹽，各府州郡縣沒立義倉，官糴糧米，令民間上上之戶，赴倉上米，討倉鈔派給鹽引支鹽，舊倉鈔七分，新倉鈔三分。咱奪時和喬親家爹高陽關上納的那三萬糧倉鈔，派三萬鹽引，戶部坐派，到好趁著蔡老爹巡鹽，下場支種了吧！」都是宋明史的混合體。須詳研宋明史之食貨志，方能悉其兩相比況的梗概，這裏不能多所註說了。

（4）制錢法

鑄當十大錢事，在徽宗崇寧三年（1104）春正月。蔡京當政，以利惑人主，乃用其黨陝西轉運使許天啟言，請鑄當十錢。雖議者多言非便，徽宗亦知其不可行，而卒從之。遂募私鑄人為官匠，並其家設營以居之……。[6]

（5）行結糶俵糴之法

參見上寫曾孝序之註說。[7]

（6）詔天下州郡納免夫錢

6　均見〔元〕脫脫：《宋史》〈食貨志〉〈錢幣〉。

7　參閱〔元〕脫脫：《宋史》〈食貨志〉三。

事在宣和六年（1125）夏六月。自得燕地，悉出河北河東山東之
力往饋官軍，率十數石致一石，纔一年，三路皆困。王輔乃請詔
京西、淮南、兩浙、江南、福建、荆湖、廣南，措置調夫各數十
萬，竝納納夫錢。每夫三十貫，委漕臣限督之。又詔宗室戚里宰
執之家，及宮觀寺院，一例均敷。于是徧率天下，凡得一千七百
餘萬緡，而結怨四海矣。[8]

（7）置提舉御前人舡所

事在政和七年（1117）秋七月。自花石綱實行以後，各地紛紛獻
貢，應奉局司承接不暇，且有不待旨但送物至都，計會宦者以
獻。蔡京上言，謂陛下無聲色犬馬之奉，所尚者山林間物，乃人
之所棄，但有司奉行之過，因以致擾。願接其虛濫，乃請作提奉
淮浙御前人船所，命內侍鄧文誥領之。詔諭自後凡有所用，即從
御前降下，乃如數貢，餘不准妄進。本來，設置提舉御前人船所
的意思，是為了便民，免去各地迻行貢獻。結果，中官滋擾更
甚。

經查所寫蔡京奏行七件事，雖《宋史》全有事實，且載之史冊，
但卻不是一束本章上的事，也不是同一年間事，卻全是徽宗朝的
事，上下綿亙有二十年之久。至於這些問題之隱喻明神之礦稅等
事，花石綱便極為類似。這裏註說得太多了。第六十五回還寫有
花綱事，再補充說明之。

34 **响鈴驛馬**：指驛站派快馬送達要文的驛馬，帶有響鈴。

35 **背著黃包袱，插著兩根雉尾牙旗**：均為當時驛送快速要文的特種
符號。黃包袱指呈遞皇上的要件，插雉尾，乃快速的表記。牙旗

8　錄《歷代通鑑輯覽》。

乃飾以象牙之旗，古人以象勇猛，軍前大旗，亦謂「牙旗」。張衡
〈東京賦〉註：「古者天子出，建大牙旗，竿上以象牙飾之，故云
牙旗。」此或以為是上奏天子的文書，上插兩牙旗吧？也許明時有
此驛送的符號。未能詳知。

第四十九回

西門慶迎請宋巡按
永福寺餞行遇胡僧

1 **餘光**：在自然界說，凡光體遠照之弱，稱為餘光。通常用在人事上，則為分沾恩惠，亦稱「分餘光」。《史記》〈樗里子甘茂傳〉：「樗里子與魏講罷兵，甘茂之亡秦奔齊，逢蘇代，代為齊使於秦，甘茂曰：『臣得罪於秦，懼而避逃，無所容跡。臣聞貧人女與富人女會績，貧人女曰：我無以買燭，而子之燭光幸有餘，子可以分我餘光，無損不明，而得一斯便焉。今臣困，而君方使秦而當路矣。茂之妻子在焉，願君以餘光報之。』蘇代許諾。遂致使於秦。」歐陽修〈晝錦堂記〉：「公相人也，世有令德，為時名卿。自公少時，已擢高科登顯仕，海內之士，聞下風而望餘光者，蓋亦有年矣！」曾孝序參劾夏提刑、西門慶二人，西門慶靠蔡京的關係，從中打點，消災無事，是以夏提刑說：「長官活命之恩，不是托賴長官餘光，這等大力量，如何了得！」

2 **高陽關**：今河北高陽縣。南朝劉宋僑置郡，地在山東臨淄西北。宋初因唐制置州，至道三年（997）改屬順安軍。熙寧六年（1073）廢為郡，十年復故。金屬安州，元因之，明洪武中曾慶，旋又復置。在宋太平興國間（976-983）置高陽關，關在今河北高陽縣之東。

3 **生員**：科學時代院考合格入各府州縣之學生，總稱之為「生員」。

宋以後，以學生成績約分為廩生、增生、附生、社生、青生等別。《南史》〈梁武帝紀〉：「修飾國學，增廣生員，立五館，置五經博士。」《唐書》〈選舉志〉：「永泰中，雖置西監生，而館無定員，於是始定生員。」顧炎武〈生員論〉：「國家之所以設生員，何哉？蓋以收天下之材俊子弟，養之於庠序之中，使之成德達材，明先王之道，通當世之務，出為公卿大夫，與天子分獻共治者也。」清《行政法汎論》：「舉政所錄，是為生員，謂列博士弟子員也。生員又有附生、廩生、貢生之別，俗閒總稱曰『秀才』。」可見清河縣的生員人等，也在迎接巡按的行列。

4 **海鹽戲並雜耍**：海鹽是今浙江嘉興府屬海鹽縣。漢置，在今浙江省海寧縣之東，在南宋時，張鎡自適海鹽後作新聲，時稱「海鹽腔」，在崑曲以前極為流行。《紫桃軒雜綴》：「張鎡字功甫，循王子孫，豪侈而有清尚。嘗來吾郡海鹽，作園亭自恣。令歌兒衍曲務為新聲。所謂海鹽腔也。」但明代之海鹽，則始於元之楊梓。清王士禎《香祖筆記》：「《樂郊私語》云：『海鹽少年多善歌，蓋出於澉川楊氏，其先人康惠公梓，與貫雲石交善，得其樂府之傳。』今雜劇中豫讓吞炭，霍光鬼諫，敬德不伏老，皆康惠自製。家僮千指，皆善南北歌詞，海鹽遂以善歌名浙西。今俗所謂海鹽腔者，實發於貢酸齋；源流遠矣！」可想海鹽戲之由元至清，均在盛行，明代自極風播，是以官家堂會，每有海鹽戲助興。「雜耍」即今之所謂「雜技」，即廣集各種遊戲的技藝。《晉書》〈成帝紀〉：「咸康七年（341）除樂府雜技。」《唐書》〈穆宗紀〉：「長慶元年（821）二月，觀神策諸軍雜技。」《唐書》〈禮樂志〉：「開元二年（714）京都置左右教坊，掌俳優雜技。」所謂「雜耍」一詞，乃京師人的俗稱，今之北平人仍作如此稱。《天咫偶聞》：「雜釁，京師

俗稱雜耍。其劇多魚龍漫衍，吐火吐刀，及平話嘌唱之類。」

5 **吃看卓席**：一如今日之夜總會，桌席之設，位在可以一邊吃一邊看表演的地方。即此所謂「吃看卓席」吧！

6 **具贄見之禮**：按禮，乃弟子見師時所持送之禮物，亦稱「贄敬」。士大夫相見時，持贈之禮物，亦可為贄敬之禮。《儀禮》〈士相見禮〉：「士相見之禮，摯，冬用雉，夏用腒，左頭奉之。」註：「摯，所執以至者，君子見於所尊敬，必執摯以見其厚意也。士摯用雉者，取其耿介，交有時，別有倫也。雉必用死者，為其不可生服也。夏用腒，備腐臭也，左頭，頭陽也。」《故事成語考》：「拜見之贄，名曰贄敬。」所寫蔡御史致送西門慶的見面禮是「兩端湖紬，一部文集，四袋芽茶，一面端溪硯。」可見已非《儀禮》所記之則矣。

7 **屬於按臨之下**：意為屬於被按察糾舉考核的範圍之內。今日仍有「臨檢」一語，蓋警憲可隨時臨場檢查之也。

8 **蓬蓽**：「蓬蓽」一詞，通常自謙為貧賤之家。《晉書》〈葛洪傳〉：「藜霍有八珍之甘，蓬蓽有藻梲之樂。」《剪燈新話》〈翠翠傳〉：「但生自蓬蓽，安於貧賤久矣。」《翰墨全書》：「自稱居處曰蓬蓽。」

9 **簫韶**：「簫韶」是大舜時的樂曲。《白虎通》〈禮樂〉：「堯樂曰大章。舜樂曰簫韶」。古有「簫韶九成」之說。《尚書》〈益稷〉：「簫韶九成，鳳凰來儀。」傳：「韶，舜樂名。言簫見細器之備。」疏：「韶是舜樂，經傳多矣。但餘文不言簫，簫乃樂器之小者，言簫見細器之備，謂作樂之時，小大之器皆備。」王先謙《孔傳參正》：「段云：左襄二十九年，季扎見舞韶簫者，說云韶簡即簫韶。《說文》

韶下云：『虞舜樂也。』」

10　**厚貺**：意為豐厚的餽贈。

11　**荏苒**：「荏苒」一詞通常用以代名歲月，亦作荏染。張華〈勵志
詩〉：「日歟月歟！荏苒代謝。」註：「濟曰：荏苒猶漸進也。」
潘岳〈悼亡詩〉：「荏苒冬春謝，寒暑忽流易。」註。「善曰：荏苒，
猶漸也。冉冉，歲月流貌也。」

12　**史館**：按「史館」乃「史閣」，《唐書》〈百官志〉：「貞觀三年（629）
置史館於門下省，以他官兼領。」此或為「史館」一詞之始。《事
物紀原》〈京邑館閣部史官〉：「史職肇自黃帝，而倉頡沮誦掌之。
周及列國亦有史名，漢武置太史公，漢以後職在秘書，唐太宗始
置史館。以修國史。」但明人俗稱翰林院為史館，稱翰林為太
史。此說「不想被曹禾論劾，將學生敝同年一十四人之在史館
者，一時皆黜受外職，學生便選在西臺。」古習稱御史為西臺。
《老學庵筆記》六：「唐人本謂御史在長安者為西臺，言其雄劇，
以別分東司都，事見《劇談錄》。本朝（指宋）都汴，謂洛陽為
西京，亦置御史臺，至為散地，以其在西京，號西臺，名同而實
異也。」

13　**王府門首磕了頭，俺們不吃這井里水了**：意為「我不幹這一營生
了。」此語乃答西門慶上語「他南人的營生，好的是南風，你每
休要扭手扭腳的」這句話。不願以「南風」伺候也。

14　**鹽引**：《宋史》〈食貨志〉：「今商人入芻糧塞下，授以要券，謂
之交引，至京師給以緡錢。按「鹽引」乃運輸鹽務的許可證，宋
名「鹽鈔」，一鈔以鹽三百斤為許可運送單位。後鈔法廢，增為

一引四百斤為輸送許可。元至元間改造鹽引，令戶部印造。明初因襲元制，仍印鹽引（運鹽許可證），一引（許可證一枚）可輸鹽兩袋，每袋二百斤。以後又分為小引大引，量無定矣。此說西門慶憑了蔡巡鹽的關係，可種鹽引三萬引，直接向揚州領支。官商勾結之利多少，良可 知矣！

15 **東山之遊**：典出東晉謝安隱東山，時作詩會事。《晉書》〈謝安傳〉：「於土山營墅樓館，林竹甚盤，每携中外子侄，往來遊集，餚饌亦屬費百金云。安雖受朝寄，然東山之志，始終不渝。」淝水之戰，蓋亦決勝於東山之策也。

16 **知局**：意為知趣。此指已見及蔡御史欲留董嬌兒，故知局而自退。

17 **湘妃竹**：竹類名色之一。湘妃乃舜妃湘娥。舜墓在湘水。傳說舜崩時，湘妃傷痛，洒淚染竹成斑。俗稱此處竹身有斑者謂之「湘妃竹」。《事物異名錄》：「事物甘珠：斑竹有點暈，又名淚竹，又名湘妃竹。」竹裘扇骨，斑紋有雅趣。

18 **文職的營生，他那里有大錢**：此說指武職官有空缺可吃，文職官則無也。乃武職之輕視文職的語態。

19 **相貌掆搜**：意指相貌出奇精神奮發。

20 **玉筋**：此指鼻涕在鼻口上掛拉下來。

21 **包髻兒**：指孩童的垂髮，剛剛在頭頂綰成髮髻。

21 **冒冒勢勢**：意為不穩重，慌手慌腳的樣子。

22 **拗子眼兒**：形容胡僧的吃相，吃得眼睛臕起來。

23 **老君鍊就，王母傳方，非人不度，非人不傳**：斯均小說家誇大之
　　詞。指此藥丸李老君鍊成之不老仙丹，王母娘娘（周穆王西巡所
　　遇之西王母也）傳授的不死仙方。不是有福分的人，決不渡出苦
　　海到長樂的彼岸；也決不把此藥丸傳授給他。專渡有佛緣的人。

23 **玕琅**：應作「琅玕」，玉之美者。《爾雅》〈釋地〉：「西北之美者，
　　有崑崙虛之璆琳琅玕焉。」《尚書》〈禹貢〉：「厥貢惟球琳琅玕。」
　　（接下一大段五言韻文歌訣，全是形容此藥之功效者。但所說之功
　　效，全為男子房中事之健旺，非不老仙丹，乃助之速死藥物也）

24 **彌勒和尚到神州，布袋橫拖拄杖頭**：「彌勒」應稱為「Maitreya」，
　　訛稱彌勒。法華嘉祥疏二：「彌勒，此云慈氏也。過去值彌勒佛
　　發願各彌勒也。」《西域記》七：「梅里麗耶，（如上西文拼）唐
　　云慈氏，即姓也。舊曰彌勒，訛也。什曰姓也，阿逸多字也。用
　　天竺波羅門子。」《菩薩處胎經》：「彌勒當知，汝復受記，五十
　　六億七千萬歲，於此歲下，成無上等正覺。」日本《運步色葉
　　集》：「布袋和尚。」註：「支那散聖也。即彌勒化身也。」至於
　　布袋和尚乃後梁時的高僧，明州奉化縣人。《傳燈錄》二十七：
　　「明州奉化縣布袋和尚者，未詳氏族，自稱名契此。形裁腲脮，
　　蹙額皤腹，出語無定，寢臥隨處。常以杖荷一布囊，凡供身之
　　具，盡貼囊中。時號長汀子布袋師也。示人吉凶，必應期無忒。
　　梁貞明三年，師將示滅，於嶽林寺東廊下，端坐盤石，而說偈
　　曰：『彌勒其彌勒，分身千百億，時時示時人，時人自不識。』
　　偈畢，安然而化。其後他州有人，見師亦負布袋而行，於是四眾
　　競圖其像。」在日本，布袋和尚像，尤為流行，愈乎我土。

第五十回

琴童潛聽燕鶯歡
玳安嬉遊蝴蝶巷

1 **青旋旋頭兒**：指新又理去頭髮的尼姑頭顱，餘下的髮根青青的。旋旋，指頭頂之圓。

2 **菩薩**：此乃梵語「菩提薩埵」（Bodhisattva）之略稱。《翻譯名義考》：「菩薩，本云菩提薩埵，《大論釋》云：『菩提，佛道也，薩埵，成眾生也。』《天台解》云：『用諸佛道，以成就眾生，故名。省其二字，乃云菩薩。經誦中或又作布薩。』」《世說新語補》：「《金剛經》註云：『菩，普也，薩，濟也。能普濟眾生，故曰菩薩。（〈言語〉張文柱註）』」《綱目集覽》：「菩之為言，了也，薩之為言，見也。佛書云菩提薩埵，言覺有情也。從簡稱菩薩。「世人遂借以喻有慈悲心的人尊謂之菩薩。釋家人動輒稱施主為「菩薩」，蓋夤緣之詞也。

3 **水櫃**：通常俗以水喻錢，此稱「水櫃」，可能是錢櫃。舊時商店，在櫃臺內設有箱形大小的櫃子，可放置較重要物品。也可當作坐位。或指此。

4 **鮓**：據《釋名》之〈釋飲〉云：「鮓，殖也。以鹽米釀魚，以為菹，熟而食之也。」《晉書》〈列女傳〉：「陶侃少為潯陽吏，監魚梁，以一坩鮓遺母。」《集韻》：「鮺，藏魚也；或作鮓。」《博物志》：

「東海有物，狀如凝血，方員，名曰鮓魚。無頭目處所，內無藏，眾蝦附之，隨其東西，人煮食之。」《駢雅》〈釋蟲魚訓纂〉：「鮓，亦蛇作蛇，水蛇也。今俗呼為海蜇。」此說「平安拿了兩瓶鮓來。」似非海蜇之類，若是海蜇類，何竟以瓶裝盛？想來當是以鹽米製成的釀魚，或如今之魚醬類。

5　**我鬥了你鬥兒，你惱了**：意為跟你鬧著玩的，你就惱了。「鬥」借作「逗」。

6　**扭手扭腳**：意為不服貼，不合作之意。上一回已出於西門慶口中，要董嬌兒好好伺候宋巡按，不要「扭手扭腳。」

7　**臢刺刺的屄水子**：此乃市譚人等的粗話，「臢刺刺」，一如今語之「髒兮兮」，「屄水子」指男人精液，喻平安的口水也。

8　**賊秫村村**：「秫」同「秫」（秫），前已註說。此又加上「村村」，當時流行之方言吧？不知出何地？揆之語態，似為南人語。

9　**我只一味乾粘**：連上句語之結語詞。亦粗俚語也。

10　**一素子酒**：意為一瓶酒，「素子」，以酒瓶形似雞食道而名之，雞類由食道至胃之間的一段，可儲食物處，中原人俗謂之「雞素子」，形容膽，酒瓶有此型，故名之。

11　**怪倒路死猴兒**：意為隨時隨地都會被暴死在路上的該死的猴兒（佻皮蛋）。

12　**濡研半晌**：「濡研」，磨墨之態，「半晌」，形容時間，老半天也。

13 **交鹽**：把獲得的鹽引—領得的食鹽專賣證，到揚州支領出鹽來，轉手給售鹽的店戶。

14 **小伴當**：意為年幼的家僮，跟隨。

15 **月亮地**：意指有大月光的夜晚，月光灑如銀水，俗謂之「月亮地」。

16 **開坊子吃衣飯的**：意為開妓院靠衣飾打扮掙飯吃的人家。此指低級娼寮吧！

17 **戴白氈帽子的酒太公**：「酒太公」，或是指的醉漢，意為黑洞洞的房中也不點燈，坑上坐的是兩個戴白氈帽的醉漢。

18 **剛纔把毛搞淨了他的纔好**：意為便宜了這兩小子，後悔沒有把他們的頭髮拔光。「搞」讀如「ㄏㄠ」。

19 **外京人**：意為外地人。或是指的「京外人」，小地方人，沒有見過市面的鄉下佬。（我總以為作者筆下的清河，是以明之北京為背景的，此說「京外人」，豈非站在京城說的嗎！）

20 **印子房錢**：意為用利錢押租的房子，本利也來逼了。（這兩段歌唱，詞義都是煙花女子之嘆。）

21 **有個槽道的**：意為不正經，如水之不入川流，通常罵人不走正道謂之「沒漕道」。但在婦女口中之說於男人，則口語之嬌嗔詞矣！

22 **弄聳了一日**：意同今語之搞（ㄍㄠ）了這整天的時間。「弄聳」乃中原人的土語，「折騰」之意也。

23 **身上纏來**：意為月事纏來，謂癸水至也。

24 **殺個雞兒央及你央及兒**：此語的歇（解）後，在「央及」二字，「央及」諧音「養雞」。此說「殺個雞兒」吃，則必須先「養雞」。所以說要想殺個雞兒吃，則必須先「央及你」「養雞」。

25 **焚礬水打磨乾淨，兩盒鴛鴦新瓦泡煉如法。**：意指為吳月娘泡製成妊藥，洗淨頭生男孩衣胞以鴛鴦瓦煉之也。

第五十一回

月娘聽演金剛科
桂姐躲住西門宅

1 **金剛科**：此即《金剛經》，乃《金剛般若波羅蜜經》之略稱。隋達磨崛多譯，一卷。又《能斷金剛般若波羅蜜經》，唐義淨譯，一卷。再唐玄奘譯《大般若波羅蜜經》一卷。

2 **虔婆勢，喬作衙**：意為虛情假意（老鴇兒關顧恩客的假情）故意裝作大氣派（喬裝作大方）。此語上已註說，說法略有異趣。

3 **綿裏針肉里刺的貨**：意為外貌溫馴而內心暗藏刺人的針，肉裏有看不見的刺，吃時不小心就會梗刺喉腸。

4 **架的甚麼舌兒**：意為（在漢子根前）平空說什麼閒話！

5 **只倚逞著孩子降人**：指李瓶兒只是倚賴而逞著她有了孩子來降服大家。

6 **路見不平，也有向燈向火**：喻意是總有看不過的人會衝著真理說話。此指西門大姐聽不過潘金蓮的亂罵，遂為李瓶兒說了幾句幫襯話，所以作者用了這麼一句俗語，意為行路人如發現路途不平坦，就會想著燈火的亮照。用以比喻西門大姐從中插言。

7 **絨線符牌兒，各色紗小粽子，解毒艾虎兒**：全是母親們為兒童縫製的端午避邪物件，亦當時民間流行的風尚。符牌、小粽子、艾

虎兒，悉可以各形想及之。

8 **當面鑼，對面鼓的對不是**：意為一見了面就頂嘴，你說我不對，我指你有錯。

9 **我對的過他那嘴頭子，自憑天罷了**：李瓶兒認為他的嘴頂不過潘金蓮，指潘金蓮說的那些話，只有憑天去斷，他是無能辯出理來的。

10 **到明日科里吃他算計了一個去，也是了當**：此語中的「科里」，似為吳越語態的語言，揆諸語意，當為設疑詞。

11 **想必兩個不知怎的有些小節不足，哄不動漢子，走來後邊戳，無路兒沒的拏我墊舌根，我這裏還多著個影兒哩**：這是吳月娘批評潘金蓮與李瓶兒鬥嘴的言詞，認為潘金蓮的戳舌，戳得沒有路兒了，便拿他出來墊舌根（指本回開始時的挑撥話）。此說「我這裏還多著個影兒哩」，或是說的他這裏有影兒可以尋到事實，知道他們是為了爭漢子有了小節過不去，纔來拿他墊舌根的。有時說「多個影兒」乃是指的連影子都自感多餘，你們還墊我舌根！

12 **兌銀子打包……往楊州去（支塩）**：意指西門慶領得三萬鹽引派人帶著銀子到揚州去支鹽，然後轉售給各地商家專賣店。（曾御史的參劾本章，不惟沒有參倒西門慶等人，反而使西門慶因此參本得到三萬鹽引的專賣，曾御史則因此外調，進而竄戍嶺表！此一政治諷喻，可謂大矣。）

13 **東京六黃太尉**：作者說此一「六黃太尉」是御前太監，或是如同童貫等的寵倖。何以稱為「六黃」？則未能知。

14 **打旋磨兒跟著**：意為一直在身邊轉遊著，或可說為跟前跟後。

15 **卻不難為囂了人了**：意為豈不是使人難為情嗎？（如不出去待他鍾茶兒的話。）

16 **俺家若見了他一個錢兒，就把眼睛珠子吊了**：罰誓的話。罰誓說他家沒有用過王三官一文錢，如果用他一文錢，都應該把他的眼珠子挖了吊掛起來。

17 **若是沾他身子兒，一個毛孔里生一個天疱瘡**：罰誓說他與王三官毫無關係，如果碰過他的身子，都應該一個毛孔生上一個天疱瘡。意為生天花死掉。

18 **往衛里說說**：意指到京城錦衣衛去關說關說。

19 **紗羅段絹的窩兒裏，愁沒衣裳穿**：意指韓道國的女兒既已嫁給蔡太師家的翟管家，宰相之家的富貴，豈非紗羅綢緞窩裏，還愁沒衣裳穿。

20 **交俺每馬頭上，投經紀王伯儒店里**：此處暗示西門慶在商場上，與南方揚州等處的坐地大賈，都有聯繫。西門慶之被巡鹽御史借重，必也。

21 **搭褳**：似為裝用金錢什物的袋子。兩頭作袋，可以裝盛物品，中間一段單布相連，可以搭在肩上，以備旅行之用。

22 **張生遊寶塔**：俗曲中的《西廂記》之一，當為普救寺隨喜時之穿插。

23 **把眉頭忔惚著，焦得茶也吃不下去**：北方人稱心理煩謂之「心焦」。此說李桂姐焦的皺起眉頭，連茶水也吃不下去。

24 **欠肚兒親家是的**：古時人往往因兩相交好，先許下下代的婚姻，倘係一方生了，這一方還未生養，便急於要生養，遂有「欠肚兒親家是的」這句諺語，以喻夫妻間的早眠。

25 **抖些檀香白礬在裏面**：檀香助以香氛，白礬助以消毒呢？還是助以發澀？要問行家了。

26 **顫聲嬌**：當為春藥之一種，取悅於女者。

27 **磣說嘴的貨**：意為只有嘴說別人，無嘴說自身。因為自身的骯髒事，比別人還要難言。

28 **敝邑公祖**：意指宋御史的巡察地區，正該括了西門慶的清河地方，故稱宋巡按為「敝邑公祖」。

29 **選在工部備員主事欽差督運皇木前往荊州，向東道經此處，敢不奉謁**：黃主事選在工都，派往荊州督運皇木，由東京（汴梁）起身，如何能道經「山東」清河？顯然《金瓶梅》中的「東京」乃隱指明之燕都也。

30 **電光，石火**：喻時光如電光石火，一閃即逝也。（韓姑子的這段佛理演誦，無非說的是人生一切浮華如空，死後一無所有。以後又演述釋迦成佛故實，六祖傳燈教化，都是佛家典故。）

31 **不立文字**：斯乃禪宗的傳道奧義，重悟而不重說也。《五燈會元》〈世尊章〉：「世尊在雲山會上，拈花示眾。……獨有金色頭陀，

破顏微笑。世尊曰：『吾有正法眼藏涅盤妙心，實相無相，微妙法門，不立文字，教外別傳，付諸大迦葉。』」《釋門正統》：「禪宗者，始普提達摩，遠越葱嶺來此土，初無不立文字之說，南泉普願始昌別傳不立文字見性成佛。」《高僧傳》：「達摩曰：『我法心不立文字。』」蓋「不立文字」，殆佛家之一說也。

32 **抑撮著掙了合蓬著去**：罵書童等人去逛花街柳巷，諷他是把賣淫得來的金錢，又用同樣的方法揮霍出去。「蓬」當為「縫」之誤刻。

33 **拔了蘿蔔地皮寬**：一如「拔去礙眼釘子」的反語，通常用在被擠壓中的人的口中，往往說「拔了蘿蔔地皮寬」，你們還不是巴不得沒有了我，心裏才寬敞嗎？在此，則為吳月娘見到潘金蓮離開了屋時的心情寬慰。遂說「拔了蘿蔔地皮寬；交他去了，有的他在這裏跑兔子一般，原不是聽佛法的人。」

34 **你家又不死人，平白交姑子家中宣起卷來了**：潘金蓮出屋後咒罵吳月娘的宣卷不當。

35 **拌嘴**：意即今日的所謂「口角」。

36 **納鞋**：婦女們的家常女紅之一，縫納鞋底鞋幫，製鞋必有的工作。前已註說。

37 **銷甚花樣**：當時社會上最流行的一種繡花的汗巾—手帕兒。「銷」為用針或其他什麼方法，在汗巾上加以各類色彩的花紋。下面寫了不少汗巾上銷以各類花紋的名色。

38 **賣瓜子兒，開箱子打哂噴瑣碎一大堆**：意為說了這麼一大堆，太

瑣碎了，記不得。因為潘金蓮要的這一方汗巾，要銷上的花樣非常複襍。他先要一方白色的，陳經濟認為太老氣了。潘金蓮則咒說是留著往後吃孝戴。再問他另一方要什麼顏色的花樣？他說：「那一方，我要嬌嫡嫡紫葡萄顏色，四川綾汗巾兒。上銷金間點翠十樣錦，同心結，方勝地兒，一個方勝兒裏面，一對兒喜相逢，兩邊欄子兒，都是縷絡出珠翠八寶。」所以陳經濟用了這麼一句歇後語。

39 **有錢買了稱心貨，隨各人心裏所好**：意為有錢買稱心的貨色，當然隨心所好。

40 **又起個窨兒**：意為要陳姐夫一起捎來算了，何必再作一次，「又起個窨兒」。李瓶兒把買汗巾的錢，一起付了。

第五十二回

應伯爵山洞戲春嬌
潘金蓮花園看莫菇

1 **恰半窄**：北方人比喻短小的東西，則以姆食二指張開量之，謂之
「一搾」，「搾」讀如「ㄓㄚˇ」。此說「半窄」（搾），謂僅有姆食
指張開之半。指潘金蓮之小腳，小僅半搾。

2 **熱炙火燎**：形容被磨擦得像火燄炙燒一般的熱疼。

3 **傍邊流金小篆，焚著一縷龍涎**：「小篆」指的是梵焚檀香的香爐，
爐蓋鏤有篆字花紋，以出岫香煙。「流金」指的是香爐的質料。「龍
涎」，香名。《香譜》：「龍涎，于香品最貴，出大食國海傍，多亦
不過數兩。上品曰『泛水』，次曰『滲沙』。」《星槎勝覽》：「龍
涎嶼，望之崎南巫里洋中海面，至春間，羣龍來集於上，交戲而
遺涎末，番人駕獨木舟，至此採歸。」《稗史彙編》：「諸香中，龍
涎最貴，出大食國，近海常有雲氣，罩住山間，即知有龍睡其
下，或半年，或二、三年，候雲氣散，知龍已去，往觀之，必得
龍涎。」《鐵圍山叢談》：「奉宸庫得龍涎香三缶，分賜大臣近侍，
每以一豆大爇之，輒作異花香。終日不散，於是太上大奇之，命
復收歸中，號古龍涎。」《花木考》：「宋代宮燭以龍涎香貫其中，
而以紅羅纏，炷燒燭則灰飛而香散。又有香煙成五彩樓閣龍鳳文
者。」在此，殆小說家之誇大詞，西門慶未必高貴如是。

4 ……第二日，三個一條鐵索，都解上東京去了，到那里沒個清潔
　　來家的。你只說我成日圖飲酒快肉前架蟲，好容易吃的果子兒：
　　此說孫寡嘴、祝麻子等人，因隨同王三官玩樂，被王三官媳婦上
　　言到六黃太尉，關照了清河有司，把一般人都拿到官府，解到東
　　京去了。應伯爵說他們這一去，「沒個清潔來家的」，意為一定得
　　帶傷回來。遂論斷著說：「成日圖飲酒吃肉，好容易吃的果子兒。」
　　中原人把一般吃食稱為「果子」，如一般禮尚往還時的各色禮品，
　　通稱「果子」。在官府挨了打了，也諷喻是「吃果子」。此語當為
　　雙關，指孫祝等人在王三官身上混吃混喝，是那麼容易混的？衙
　　門裏的棍棒兒是易受的？不過，這詞話本寫作「圖飲酒快肉，前
　　架蟲」，可能有誤。「前架蟲」，不知何意？崇禎本已刪去；「飲酒
　　快肉」，改為「飲酒吃肉。」

5 充軍擺站的不過：西門慶罵孫、祝等弟兄是自尋苦吃，「充軍、擺
　　站」的罪罰都活該受。「不過」一詞是口頭語，無義。

6 蒼蠅不鑽沒縫的雞蛋：喻意是正因為他們自己行為上有缺點有漏
　　洞，才會招惹來這些官司上身。「清的只是清，渾的只是渾。」應
　　伯爵等人自表行為清白，高於孫寡嘴等人。此種寫法，殆亦「反
　　諷」之筆。

7 你家漢子成日摽著人在院里頑酒快肉吃，大把家攄了銀子錢家
　　去，你過陰去來。誰不知你討保頭錢，分與那個一分兒使也怎的：
　　謝希大背後指摘孫寡嘴的妻子不該怪他，應怪自己也願意漢子在
　　外騙吃騙喝又騙王三官的保頭錢，（當是指的「保鏢錢」。）「大把
　　家攄銀子錢家去」，老婆怎能不知道！「你過陰去了！」意指你到
　　陰曹地府去了。俗語有一種陰陽人，有時會在睡夢中為陰曹地府

服務。俗謂之「過陰」。在此則意為：「你死過去了，能不知道漢子在外的行為，大把擷到家來的銀子錢，是那兒來的。」

8 **交我扛了兩句**：意為叫我頂撞了兩句。「扛」，同摃，以木摃頂撞。亦即頂撞。

9 **怨暢不的人**：意為這事不能埋怨別人。

10 **王家那小廝，看（有）甚大氣概，幾年兒了，腦子還未變全，養老婆，還不勾俺們那咱撒下的羞死鬼罷了**：諷言王三官年小，纔幾歲呀！腦門還未長全呢，就來包妓女了。還抵不上我撒尿屙出來的「羞死鬼」呢！

11 **探頭舒腦的**：意為一會兒伸出頭來偷看，又馬上縮（舒）回去。偷覷偷聽的行為。

12 **今日是四月廿一日是個庚戌日**：查明萬曆四十六年四月二十一日是庚戌日。註此以供研究本書者作參考。

13 **護頭**：凡是該童們怕剃頭，遇到剃頭就哭，俗謂之「護頭」。

14 **明日做剪毛賊**：古有髡髮之刑。或謂治盜賊之罪，髡其頂，漆其面。此說「明日作剪毛賊」，意指把頭髮拔了，可以永不須剃頭了。

15 **怪砭花子、你虼蠎兒、好大面皮**：「怪砭花子」，意為「討人嫌的咬不上牙的叫花子，」你虼蠎兒（蚤）臉，好大的面皮。」上已註說。

16 **你敢笑和尚沒丈母，我就單丁擺佈不起你。這小淫婦兒，你休笑譁，我半邊俏，還動的**：意為：你別以為我沒有人幫忙，一個人就擺布不了你呀！你不要笑話我半邊俏，還動得呢！「半邊俏」不知何意？《瓶外巵言》說：「《陶庵夢憶》謂歪妓。又說《續金瓶梅》四十六回有云對門河邊有的是半邊俏，找個來陪唱。此應伯爵自道，待考。」但查《陶庵夢憶》之所謂「歪妓」，在卷四〈二十四橋風月〉一則中，說「歪妓多可五六百人，每日傍晚，膏沐薰燒，出巷口，倚陡盤礴於茶館酒肆之前，謂之『站關』……」再《續金瓶梅》第四十六回，亦未見有「半邊俏」一詞。揆諸語意，應伯爵的此一「半邊俏」一詞，似是指的已有酒意，行動起來，像中風的人半身不便的東倒西歪著。所以說「還動的。」

17 **這回子倒反帳兒，惡泛泛起來了**：意為吃了些蒜，感到肚子惡脹想向外泛（想嘔吐）。

18 **快取水來，潑潑兩個攪心的**：北方人每見野狗交合，往往用水去潑，一者激之分離，一者潑所見之晦氣也。在此，應伯爵則以狗喻西門慶之與人苟合。實則，所寫應伯爵品格之低下，尚不如狗焉。

19 **且過來等，我抽個頭兒**：「抽頭」一詞，今仍流行，設賭局者，即以抽頭為營生，見及別人得利，亦冀分沾也。應伯爵之此一語意，乃此。蓋亦謔浪之詞。

20 **齊香兒還在王皇親宅內躲著哩，桂姐在爹這里好，誰知人敢來尋**：寫社會上的土豪劣霸之膽大妄為與玩法弄勢。

21 **風風勢勢的**：意為神經不正常，謙說他家老鴇兒做起事物來衝動。

22 **我曉得你，也不怕死了**：潘金蓮用言語暗示陳經濟，不要太膽大了。

23 **瞧蘑菇**：雖是騙謊之言，亦有意的戲謔之語，蓋蘑菇形似男子勢也。

24 **淨了淨手**：意為去小便，一如今日的「去洗手間」。

25 **只得做了個蜂頭花嘴兒**：意為只做到蜂兒在花頭上點採一下而已。

第五十三回

吳月娘承歡求子媳
李瓶兒酬愿保兒童

1 **龍媒**：「龍媒」乃駿馬的異稱，亦稱龍馬、龍駒。《漢書》〈禮樂
　志〉：「武帝天馬歌：『天馬徠，龍之媒。』」註：「應劭曰：『言天
　馬者，乃神龍之類，今天馬已來，此龍必至之效也。』」《晉書》〈庾
　亮傳論〉：「馬稱龍媒，勢成其逼。」張說〈舞馬詞〉：「萬玉朝宗
　鳳辰，千金率領龍媒。」杜甫〈韋諷錄事宅觀曹將軍畫馬圖引〉：
　「君不見金粟堆前松栢裏，龍媒去盡烏呼風。」劉子翬〈汴京紀事
　詩〉：「天廄龍媒千萬蹄。」

2 **麟種**：「麟種」，意為麟兒，或麒麟兒。杜甫〈和宗少府宴書齋
　詩〉：「渥洼汗血種，天上麒麟兒。」所謂「龍媒」、「麟種」均用
　以贊喻子息之諛詞。

3 **飛搶的、急攘攘的**：此二語悉為形容快速著工作之意。

4 **安息香**：據《酉陽雜俎》說，乃波斯國產之安息香樹之膠脂所製。
　燒之可通神明避眾惡。《晉書》〈佛圖澄傳〉：「燒安息香，咒願數
　百言。」

5 **平白地提在水缸裏**：意為突然間被提扔到冷水缸裏一樣。形容身
　心突生恐懼的涼意。

6 **我家的人種，便是這點點兒**：意為西門家傳宗接代的人，只有官哥這個小丁點孩子。

7 **燈草一樣脆的**：喻官哥難養，一直病秧秧的，像燈草一樣的脆弱，扶不起來。

8 **澁遭魂的搵相知呵卵脬，我想窮有窮氣，杰有杰氣，奉承他做甚的**：這是潘金蓮在背後向孟玉樓數說吳月娘到李瓶兒房中去瞧看孩子，認為是「澁遭魂的搵相知呵卵脬。」意思是覥著臉去巴結那生了兒子的李瓶兒，「澁遭魂」，意為強迫著魂兒也跟著似的，「搵相知」一如今語之「剃頭擔子一頭熱」，硬去貼熱火，「呵卵脬」，粗活，亦逢迎巴結的喻意。此語在吳越地帶極為流行，「脬」讀如「拋」；一如文雅語之「吮癰咶痔。」「窮氣」是「君子固窮」的品操，「杰氣」是英雄氣概。背後指摘吳月娘的讕言。

9 **月砂、龍芽**：「月砂」指嫦娥所竊之長生不老丹，「龍芽」本為茶之各色，在此指龍角，均指仙丹靈藥。

10 **珊瑚、檀麝、玉杵霜、神樓散**：均藉珍物之詞，以喻此藥之可貴。

11 **蒼龍之夢、飛燕之祥**：意為可獲龍子龍女。古有夢蒼龍或飛燕入懷，應獲麟子之兆。在此之詩與贊，均小說家之附加誇美詞。今之小說，早已擯而不用。

12 **麵漿**：即今之麵糊，或曰漿糊，用以粘貼紙布物品。

13 **檀板**：樂器名，用以擊節拍子者。隋煬帝〈望江南詞〉：「檀板輕

聲銀甲緩，醅浮香米玉蛆寒。」《太真外傳》:「李龜年以歌擅一時，手捧檀板押眾樂而前。」杜牧〈自宣州赴官入京逢裴坦判官歸宣州因題詩〉:「畫堂檀板秋拍碎，一飲有時連十觥。」林逋〈山園小梅詩〉:「幸有微吟可相狎，不須檀板共金樽。」《宣和遺事後集》:「縷衫檀板無顏色，一曲當年動帝王。」

14 **好像熬盤上蟻子一般**:此所謂「熬盤」，乃北方用以烙餅的物件。圓形，平面略凸起的四衍，下有三足，可支在磚石上，下燒以薪，木桿桿成的薄餅，攤於其上，反而轉之，以適當的熱度烙熟。此餅謂之「烙餅」。雖今日市上仍有「烙餅」，已非用熬盤所烙。關于形容人在遇到麻煩事的步伐紊亂，通常都以「熱灶上的螞蟻」為比喻之詞。舊時鍋灶，鍋的四周有半尺寬的泥土邊沿，灶下燒火時，泥土邊也被上了熱，但不致不能貼人，如果熱得不能貼人，廚婦就不能在鍋邊泡製飲食了。正因為鍋邊被燒熱了，所以爬行在「熱灶」上的螞蟻，急躁得東爬爬，西爬爬，想尋得一處不熱的地方。如是「熬盤」，燒不久即熱，縱有蟻在上，因為熬盤地面小，直徑不過一尺稍餘，只要在支在三隻墊足磚石上時，螞蟻在此動作中，也早逃跑了，等不到燒火。一旦燒上火，螞蟻則必死無疑。我認為此一語言，非當時流行的俗諺，可能作者不明事理而誤寫。不知確否？

15 **四月二十三日壬子日**:查明世宗嘉靖四年（1525）的四月二十三日是壬子，嘉靖四十年又一次，明神宗二十年再過一次，以下到萬曆四十六年又一次。註此以供研究本書問題者參考。[1]

---

[1] 參閱鄭鶴聲編:《近世中西史日對照表》（臺北市:臺灣商務印書館，1966 年）。

16 **在真人前赤巴巴弔謊**：意為在了解此事的人面前說謊，還能瞞哄
　　了人嗎？「赤巴巴」意為要人看出是赤裸裸的在說謊。「赤巴巴」
　　或亦「光禿禿」之謂。今人仍有「真人面前不說謊話」之語。

17 **乾卜卜、濕答答的**：形容乾與濕的口頭語。

18 **白衣觀音經**：身著白衣的觀音菩薩，梵名 Pandaravasini。一名大
　　白衣，白衣大士。《祕藏記》：「伴陀羅縛字尼，即白衣觀音也」。
　　《觀音經》乃佛經之一種，《法華經》之〈觀音菩薩門品〉第二十
　　五。

19 **焦剌剌的氣子**：意指一種燒焦了的氣味。

20 **膩格格的**：意指在喉頭有些膩人，喉頭有拒絕吞嚥的情形。

21 **二十四**：乃「二十四氣」的歇後語，指「生氣」不說氣的隱語。

22 **簷頭雨水向下滴，一點也不差**：借簷頭水下滴的情形，以喻此言
　　不差。

23 **君子一言，快馬一鞭**：喻意是言出如駟，說出了算數，決不反
　　悔。今仍說「君子一言駟馬難追。」

24 **人而無信，不知其可也**：語在《論語》〈為政〉，子曰：「人而無
　　信，不知其可也。大車無輗，小車無軏，其何以行之哉！」

25 **經紀人**：即今日之所謂「代理商」之類。

26 **去幹香的事、派下兩萬香來**：不知此所謂「香」，是研製香火之
　　香的原料。待之知者。

27 **做一個擺布、香愿、賽神**：一如今語之「作一安排」。「香愿」與「賽神」悉為向神鬼許願之一種。許願的條件，通常有香火、食品、衣裝、塑飾，以及戲文等。

28 **灼龜**：古占卜之法，禮謂之「攻龜」。《史記》〈龜策傳〉：「灼龜觀兆，變化無窮。」灼龜觀兆卜吉凶的情形，書上已寫明，可以見及當時的灼龜占卜的方法。

29 **蝦也似打躬去了**：形容此人之卑躬屈膝。打躬之彎甚，如蝦之躬起。

30 **慣行燒冇的錢痰火**：此或當流行的一種職業名目。下面寫了這外號「痰火」的錢姓燒紙者的作法情形，雖為小說家的諷嘲加上誇張，亦足見此一職業的一斑。

31 **急波波的，摸竈門**：「急波波的」形容急走的樣子，「摸竈門」當為一般迷信者的迷信形式之一。這劉婆子認為摸灶門可以把路上粘得的邪氣除去。不知何地風尚？

32 **三界土、城隍老太**：佛家所謂的「三界」，指欲界、色界、無色界。或是指的各方土地公；「城隍老太」乃是指的城隍奶奶。城隍爺乃都市的守護神。每年五月二十一日為城隍誕日祭。韓愈〈潮州祭神文〉：「謹以柔毛剛鬣，清酌庶羞之奠，祭於城隍之神。」《集古錄》：「李陽冰記曰：『城隍，祀典無之，吳城有爾。』」《困學記聞》〈雜識〉：「北齊慕容儼鎮郢城，城中先有神祠，俗號城隍神。則唐以前已有之。」《陔餘叢考》〈城隍神〉：「王敬哉《冬夜箋記》云：『城隍之名見於易，所謂城隍于隍也。』」實則「城復于隍」之「城隍」一詞，乃指的城郭，非城隍神。班固〈兩

都賦序〉：「竣城隍而起花哺。」《後漢書》〈班固傳〉：「京師修治宮室濬繕城隍。」此指「城隍老太」，自是指的城隍夫人。俗謂婦人口饞心軟，易於賄賂也。

33　**收驚**：此乃鄉下人俗稱小兒受了驚駭，乃鬼邪為祟，故有驅邪收驚之舉。《瓶外巵言》說：「庚巳編，有一輩媼能為收驚見鬼諸法，自謂五聖陰教其人，卒與鬼魅為奸。今小兒被驚，猶有此鬼法誑婦女者。」

34　**炒米繭團，土筆土墨，放生麻雀鰍鱔之類**：上列都是所謂「謝土東西」，如「炒米繭團」，應是南方人習用的東西了。

35　**只顧把眼睛來打抹，把嘴來一挪**：意為嘴不好講話，用眼睛使眼色，用嘴巴作示意。

36　**看水碗**：也是迷信之一，相信小兒受驚，女巫能從水碗中撒米見到受的是何驚，以便行法祛除。看水碗的方法，也都在書上寫明白了。

37　**不怕婢子瞧科**：意為不害怕丫頭們看見嗎！此話似為吳越語態。

38　**燒疙的火鬼**：意為只是一個管燒紙錢紙碼的火頭鬼，也赤巴巴冒充起道士來了。（寫急病亂求醫，雖明知此人非道士，也任令他作起法來了。）

39　**有甚活獅子相咬去看他**：意為有什麼好看？有話獅子打架（交配）嗎？

40　**拜送紙馬、發檄**：祭神時用的紙馬（即在紙上的神相，北俗謂之

紙馬、紙碼），拜祭完後，送到火爐中焚化了去。「發檄」是焚撒咒文。

41 **辭神、散堂**：全是完成這種收驚祭神禮的程序，「辭神」意為請神回去，「散堂」即撤除禮堂擺設。

42 **散化錢**：即酬勞錢痰火的作法費用。

43 **中人錢**：一如今語之介紹費。西門慶知伯爵在李三、黃四處取中錢也。

第五十四回

應伯爵郊園會諸友
任醫官豪家看病症

1 **折殺了你二爹哩**：應伯爵聽說琴童與玳安二人，送了食品來還應命留在他家照呼客人，所以應伯爵謙說「你兩個親油嘴，折殺了你二爹哩！」意為擔當不起，這樣會折除壽命的。擔當不起尊侍卑也。

2 **今日在那笪兒吃酒**：全書百回，從頭到尾，凡寫及大家一夥兒行動，則說「一答兒去」，或「一答兒走」；地方，亦說「這答（笪）兒，」「那答（笪）兒」。此類語，則非北方人的口語，北人則說「一塊兒去」或「一起走」。以及「在那裏」？或「在這裏」等語態。註此以供研究本書語言者參考。

3 **想是日夜被人鑽掘，掘開了聰明孔哩**：意思雖是說的人竟變得聰明了，一如說「開了竅了」，可是比喻則是粗話，「想是日夜被鑽掘」，殆市諢粗俚語也。

4 **接連三個觀音堂，妙妙妙**：此一歇後語，意在「妙」與「廟」諧音，亦即「好好好」的另一種贊詞。

5 **入己的**：白來搶提議下棋賭東道，輸贏由各自出銀子錢或物品，不要破費主人家的。斯所謂「入己」。

6 **明府**：古之太守、縣令，稱為府君，明府君。《漢書》〈龔遂傳〉：「明府且止，願有所白。」《魏志》〈臧洪傳〉：「明府歷世受恩，兄弟並據大郡。」《類書纂要》：「稱太守縣令皆曰明府。」常時節這裏要求西門慶作個「明府」，即意為作個公斷的中間人。如太守郡令明斷訟案似的。因為白來創一再反悔。說：「他下了棋，差了三四著後，又重待拆起來不算帳。哥做個明府，那裏有這等率性的事。」

7 **敘過寒溫**：意為說過見面時的應酬話。

8 **審局、旁賭**：觀審整個棋勢，以便決定走下一步棋。旁賭，在一旁賭誰方勝棋。此種「旁賭」，今仍流行。

9 **馬前健**：意為玳安等看見主人來了，表現得特別賣力，一如馬在馬前健行，總是特別競先。

10 **拔短梯、喬作衙**：「拔短梯」意同今語之「拆臺子」。關于「喬作衙」，前已註說，故作架勢也。

11 **骨都都只管篩**：此一「篩」字，在此又作斟酒用。

12 **慣打閘閘的**：此語不知是何喻意。揆之上下語意，似是指的最習慣捉挾人。「閘」，意為門之開閤。

13 **我跪了殺雞罷**：意為寧可要你們扭脖子，實在不能喝了。所以下面吳銀兒道：「怎的不向董家姐姐殺雞？求他來了。」因為應伯爵被罰飲三大碗，是因為董嬌兒未到。

14 **趨勢利去了**：意為到有權勢的人家去趨利去了。通常俗話說那些

愛去巴結權勢人家的人，謂之「趨勢利」。

15 **猜色**：等於今天的猜點子，或猜紅黑，猜反正；以定誰應得誰不
　　應得。今天常用的，是抽籤與猜剪刀石頭布。

16 **賣富賣富**：賣弄富有的意思。表示很高興得到常時節的這把川扇
　　兒，可以拿著它賣弄富有了。

17 **侍生帖**：「侍生」是後輩對長輩的自謙詞。同輩者也相互使用，
　　相互自謙。王世貞《觚不觚錄》：「正德中，巡撫敕諭，尚云：『重
　　則參題，輕則發遣，巡按御史及三司處，泊其後漸不復然。御史
　　于巡撫尚猶授刺稱晚生侍坐也。辛卯以後，則僉坐矣。尋稱晚侍
　　生正坐矣；又稱侍教生矣；已而與巡按彼此俱稱侍教生矣；已而
　　與巡撫俱稱侍生矣。蓋由南北多警，遷擢既驟，巡撫不必耆宿，
　　御史多有與之同臺者，又功罪勘報，其權往往屬之御史，積漸凌
　　替，故非一朝也。』」讀此，則可詳知「侍生帖」在明朝時運用
　　之廣。

18 **三焦**：「三焦」乃人身內臟六腑之一。《素問》〈靈蘭秘典論〉：「三
　　焦者，決瀆之官，水道出焉。」《史記》〈扁鵲傳〉：「別下於三焦
　　膀胱。」《難經》〈二十一難〉：「三焦者，水穀之道路，氣之所終
　　始也。上焦在胃上口，主內而不出。中焦在胃中脘，不上不下，
　　主腐熱水穀，下焦當膀胱上口，主分別清濁，主出而不內。」

19 **望聞問切**：醫家診病的四大要訣。《難經》〈六十一難〉：「望而
　　知之謂之神，聞而知之謂之聖，問而知之謂之工，切脈而知之謂
　　之巧。望而知之者，望見其五色以知其病；聞而知之者，聞其五
　　音以別其病；問而知之者，問其所欲五味以知病起所在也；切脈

而知之者，診其寸口，視其虛實，以知其病在何臟腑也。」《醫
學準繩》〈六要〉〈望法〉：「在昔軒岐愍生民之疾苦，乃探頤索隱，
溯流窮源，垂法以福後世，而以望聞問切著以四診法。以決陰陽
表裏寒熱虛實死生吉凶。」《古今醫統》〈望聞問切訂〉：「按望聞
問切四字，誠為醫之綱領，若得四字之旨，則於醫學，可謂至
矣！」

20　**血虛非血滯**：意為病在貧血，非血之滯流不通。古醫家之說。

21　**無錢課不靈**：斯乃江湖上的口頭語，蓋亦花錢心安之意。「課」，
　　　指卜卦之事，課卜吉凶。

第五十五回

西門慶東京慶壽旦
苗員外揚州送歌童

1 **卻說任醫官看了脈息，仍舊到廳上坐下**：在沈德符的《萬曆野獲
編》卷二十五，有一則附錄論及《金瓶梅》的話，幾是三百餘年
來，研究《金瓶梅》所依據的圭臬。其中曾說到他在萬曆三十七
年（1609）向袁中道（小脩）抄得《金瓶梅》全稿，其中少五十
三回至五十七回共五回，由「陋儒補以入刻」，因而其中「無論膚
淺鄙俚，時作吳語，即前後血脈，亦絕不貫串，一見知其贗作
矣。」遂有人為之大家註腳。實則，觀之流行於今日的最早刻本
《金瓶梅詞話》，已非沈德符所說的這一情形。我在《金瓶梅探原》
中，已反複說到了。以這第五十五回開頭的這句話來說，便無法
符合沈德符那些話的事實。「即前後血脈亦絕不貫串」，應是指的
這五回與前後血脈絕不貫串」，不可能指的是補入的五回。像這第
五十五回的開頭，與上回第五十四回的結尾，便重疊了。姓任的
醫生在上回末，已看過病，而且藥也拿來煎妥吃了，這裏卻又寫
任醫官來為李瓶兒看病事。從語氣上，可以了解到是初診，似凡
複診，既然補入的五回是從第五十三回補起，又怎會在五十四回
與五十五回之間發生情節重復的情形？這「陋儒」再「陋」，也不
致「陋」到如此程度吧？如從第五十五回的這句情形推想，顯然
不是一人所寫，應是三數人分回改寫的，所以纔會產生這種脈絡
不貫的情形。這一處的呈現已很明顯了。（在所謂「崇禎本」已改

去此缺點。）不過，在第六十回中，又有另一重複情節，越發不符
沈說了。[1]

2 **惡路不淨**：《瓶外巵言》說：「一作惡路，即婦人產後所出之敗
血。」

3 **黃栢、知母、地黃、黃芩**：「黃栢」當為「黃蘗」之俗稱。《本草》
〈釋名〉：「黃蘗，根名檀桓。時珍曰：『蘗，木名，義未詳。本經
言蘗木及根，不言蘗皮。豈古時木與皮通用乎？俗作黃栢者，省
寫之謬也。』」韓翊〈送金華王明府詩〉：「黃蘗香山路，青楓暮雨
天。」《本草》〈知母〉〈釋名〉：「蚳母，連母、提母、貸母、地參、
水參、蕁、莐藩、苦心、兒草。時珍曰：『宿根之旁初生子，根狀
如蚳蝱之狀，故謂之蚳母。訛為知母、蝭母也。』」《倭名類聚抄》
〈草木部上〉〈草類〉：「知母，《本草》云：『知母，一名兒草，夜
末之。』」。醫家認為地黃有止血滋補之效。《淮南子》〈覽冥訓〉：
「地黃主屬骨，而甘草主生肉之藥也。」蘇軾〈地黃詩〉：「地黃飼
老馬，可使光鑑人。」《爾雅》〈釋草〉：「苄，地黃。」註：「一名
地髓，江東呼苄。」據《藥譜》：「黃芩一名苦督郵。」《木草》〈黃
芩〉〈釋名〉：「腐腸，空腸，內虛，妬婦，經芩，黃文，印頭，苦
督郵，內實著名子芩，條芩，純尾芩，鼠尾芩。」《集解別錄》曰：
「黃芩生秭歸山谷。三月三日，採根陰乾。」

4 **通行馬牌**：意指官府發給的馬駝通行證。下說「仰經過驛遞起夫
馬迎接送。」

---

5 **午牌時打中火又行**：意為中午時吃了中飯後再走。

6 **滴了天**：飲酒時，先以酒滴灑，作敬天之意。

7 **乾生子**：即今語之乾兒子。多為依附權勢之卑鄙行為。如石晉、劉豫之兒皇帝，均此也。

8 **揚州苗員外**：在此寫出的揚州苗員外，是西門慶的舊相識。極易使吾們讀者，疑之為那位犯了謀財殺人罪，賄賂了西門慶，為他在京中打點無事的苗青。可是這裏卻交代著說：「原來這苗員外是第一個財主，他身上也現做個散官之職，向來結交在蔡太師門下，那時也來上壽，恰遇了故人。……」在第三人稱的作者筆下，並未說他就是原來的苗青。如是苗青，也不可能「是（揚州）第一個財主，他身上現做個散官之職，向來結交在蔡太師門下。」看來，自應視為另一個人。但在後面又有「苗小湖」其人，則又另一人。參見後註。

9 **天魔舞、霓裳舞、觀音舞**：「天魔舞」是元順帝時遊宴的淫樂舞列，宮女十六人，配珠瓔之飾，扮佛菩薩之相，歌王建宮詞。《元史》〈順帝紀〉：「以宮女三聖奴、妙樂奴、文珠奴一十六人，按舞各為十六天魔。首垂髮數辮，戴象牙佛冠，身披纓絡大紅綃，金長短裙，金雜襖雲肩合袖，天衣綬帶鞋襪。各執加巴剌般之器，內一人執鈴杵奏樂。」
唐明皇時有「霓裳羽衣曲」，乃西河節度使楊敬述所獻。《唐書》〈樂志〉：「西河節度使楊敬述獻霓裳羽衣曲十二遍。」《太真外傳》：「上宴諸王於木蘭殿，時木蘭花發，皇情不悅，妃醉中舞霓裳羽衣一曲，天顏大悅。」白居易作〈霓裳羽衣歌〉：「千歌百舞不可數，

就中最愛霓裳舞。」《柘枝譜》：「漢則巴渝舞，晉則白紵舞，幡舞，唐則霓裳舞。視柘枝舞態曲調，各有攸勝。」《唐書》〈王維傳〉：「容有以按樂圖示者，無題識。維徐曰：『此霓裳第三疊最初拍也。』」杜牧〈過華清宮詩〉：「霓裳一曲千峰上，舞破中原始下來。」「觀音舞」未能查知是何形式。總之，以上均寫蔡京家之窮奢極侈。

10 **瓊花、曇花、佛桑花**：「瓊花」亦各紫陽花，世極罕見。《洛陽名園記》：「袁方奇卉，如紫蘭茉莉瓊花山茶之儔，號為難植。獨植之洛陽，輒與其土產無異。」《齊東野語》：「揚州后土祠瓊花，天下無二本。絕類聚八仙，色微黃而有香。仁宗慶曆中，嘗分植禁苑，明年輒枯。遂後載還祠中，敷榮如故。淳熙中，壽皇亦嘗移植南內，逾年，憔悴無花，乃送還之。其後宦者陳源，命園丁取孫枝移接聚八仙根上，遂活。然其香色則大減矣。今后土之花已薪，而人間所有者，特當時接木，髣髴似之耳。」李白〈秦女休行〉：「西門秦氏女，秀色如瓊花。」

「曇花」一稱「優曇花」。《法華》〈文句〉四上：「優曇花者，此言靈瑞，三千年一現，現則金輪王出。」《慧琳音義》：「優曇花，訛略也。正音烏曇跋羅（Udumbara）。此云祥瑞雲異，天花也。」《慧苑音義》下：「烏曇花，此云希有也。此花時乃一開也。」非今日習見之所謂曇花，今者，乃「月下美人」花。

「佛桑花」，一名朱槿，灌木類。又作扶桑。朝開晚謝。《閩書》：「佛桑即扶桑，東海日出處，有扶桑。此花光燄炤日，其葉似桑，因以比之。後人訛為『扶桑』。」

以上所寫，無非小說家之誇耀太師家多珍異耳。

11 **千里鵝毛**：俗諺：「千里送鵝毛，物輕人義重。」故有此謙詞。

12 **火浣布**：簡稱「火布」，《宋書》〈夷蠻傳論〉：「出通犀翠羽之珍，蛇珠火布之異。千名萬品，並世主之所慮心。」《列子》〈湯問〉：「火浣之布，浣浣必投於火，布則火色。垢則布色。出火而振之，皓於然乎雪。」《水經》〈㶟水註〉：「東方朔《神異傳》云：『南方有火山焉，長四十里，廣四五里，其中皆生不爐之木，晝夜火然。得雨猛風不滅。火中有鼠，重百斤，毛長二尺餘，細如絲，色白，時時出外，以水逐而沃之則死，取其毛以為布，謂之火浣布。』」

13 **分做三停**：意為分作三份。中原一帶人的習慣語。

14 **獅蠻帶**：以獅子蠻王為裝飾的袍帶，宋代輿服，有此名色。

15 **奇南香帶**：此香產於迦南，黑沈香，又稱迦南香。

16 **孩兒戴天履地，全賴爺爺洪福**：寫西門慶的讒諛詞，意為我頭上戴的天腳下踩的地，全賴爺爺您洪福所賜予。

17 **歌童**：養育了在家供客侑酒歌唱的小廝。

18 **狂的通沒些成色**：意為瘋笑的沒有人樣子。「成色」一詞通常用在品質上，在此則意為沒有人的成色了。即沒有人樣子了。

19 **呆登登**：即今語之傻呆呆，楞楞地，發呆的樣子。

20 **麝香、合香**：麝，形似麞而小，臍有異香，可入藥。《本草》〈釋名〉：「射文，香鹿章。時珍曰：『梵書謂麝香曰莫訶婆加』」。《集解別錄》：「麝生中臺山谷及益州雍州山中，春分取香生者益良，頌曰：『其香有三等，第一生香名遺香，乃麝自剔出者，然極難

得，價同明珠。其香聚處，遠近草木生，或焦黃也。其次臍香，
乃捕得殺取之。其三心結香，乃麝見大獸。捕逐驚異，失心狂走
墜死，人有得之，破心見血流出脾上，作乾血塊者，不堪入藥。」
但有草名「麝香草」，一說又名「鬱金香」。《述異記》：「紫述香
亦名麝香草，今吳中有麝香草，似紅蘭而甚芳香。」此說之「麝
香」、「合香」，只是香袋香包，用以在身上放射香氣而已。

21 **餓眼見瓜皮一般**：意為飢不擇食，縱然見到扔在地上的瓜皮，雖
釘滿了蒼蠅，也會撿起來吃。

22 **閃的小的們**：意為「拋閃得小的們，」丟棄了，不要了。

23 **右班左職**：此言在朝班中有職位，在朝班中，文東武西，此指武
職官。

24 **標行**：應作「鏢局」，乃北方保護旅行客商的一種行業組織。鏢
局中設有鏢客，必是勇武膽壯的人方能擔當。《稱謂錄》：「《天
錄識餘》〈程途一覽〉云：『臨清為天下水碼頭，南京為旱馬鏢客
所集。』」在俠義小說中，每有此一行業。

25 **角伎人**：意指玩雜耍的人。古稱「角觚」，或「角抵戲」。《漢書》
〈武帝記〉：「三年春，作角抵戲，三百里內皆來觀。」註：「應劭
曰：『角者，角伎也。抵者，抵觸也。』」文穎曰：「名此樂為角
抵者，兩兩相當，角力，角技藝，射御，故名角抵，蓋雜伎樂
也。巴俞戲，魚龍蔓延之屬也。」《通俗編》：「《述異記》，古蚩
尤有角觚人，人不能向。今冀州有蚩尤戲，頭戴牛角而相觚。《武
林舊事》以相撲為角觚社。」

26 **教他把隻眼兒好生看覰你們**：意為要他另眼相看，不會虐待你們。

27 **陽春白雪**：楚國的歌曲名目，後人以喻詞曲高雅。宋玉對楚王問：「客有歌於郢中者，其始曰下里巴人，國中屬而和者數千人，其為陽阿薤露，國中屬而和者數百人。其為陽春白雪，國中屬而和者數十人。引觴刻羽，雜以流徵，國中屬而和者，不過數人而已。是其曲彌高，其和彌寡。」註：「翰曰：『陽春白雪，高曲名也。』」《書言故事》〈文章類〉：「褒詩詞高，陽春白雪。」

28 **清哥客、侑酒人**：均指歌唱以侑酒的歌童歌女之流。

29 **賣藥有病的了**：意為言語打中了心欵，受感動了。

30 **范張結契，千里相從**：後漢范式與張劭相約不爽事。二人同遊太學，別時，張劭允二年後當還拜。張劭屆日期待，求母殺雞候之。母曰：「二年之別，千里結言，爾何相信之審！」對曰：「巨卿（范式字）信士，必不乖違。」至其日，范式果如期至。

31 **妮子**：人對小女的稱詞。

第五十六回

西門慶周濟常時節
應伯爵舉薦水秀才

1　**斗積黃金侔素封，蘧蘧莊蝶夢魂中**：意為家中富有賽過封土之家，但時光轉瞬，也會變成人生夢幻。「素封」指無爵人家之富有者。《史記》〈貨殖列傳〉：「今有無秩祿之奉，爵邑之大，而樂與之比者，命曰：『素封』。」註：「索隱曰：『謂無爵邑之入，祿秩之奉，則曰素封；素，空也』。正義曰：『言不仕之人，自有園田收養之給，其利比於封君。故曰素封也。』」莊周夢蝶，人生如夢，乃家傳戶曉故事。可不必註。

2　**曾聞郿塢光難駐，不道銅山運可窮**：當年董卓自營郿塢，權勢不可一世，今安在哉？鄧通受賜嚴道銅山，自鑄鄧氏錢，然未終其身。雖有不可一世的權勢，怎能持之久恒！雖有富擁的銅山，又怎能無盡！

3　**此日分纘推鮑子，當年沈水笑龐公**：管仲與鮑叔共營商，贏利所得，鮑叔多讓，惠管之家有老母也。此一故典，時為人所樂道，似不必引註。三國時魏人龐儉，少失父。一日鑿井得錢千餘萬，遂致富有。以錢買得老蒼頭，於家數日，蒼頭自言，當上母是我婦。母聞乃問之。奴曰：「婦艾氏女，字阿宏，左足下有黑子，右腋下有赤誌，如半櫛大。」母曰：「我翁也。」遂為夫婦如初。時人謂曰：「盧里龐公，鑿井得錢，買奴得父。」上喻鮑叔之義，下

喻龐公之德。均以喻人生福祿，似有宿命，金錢儻來物也[1]。

4 **酒望子**：指酒家高懸出的賣酒幌子。遙遠一望即知為酒家也。

5 **聒絮**：在耳邊數說不休之意。通常指婦女之絮叨。

6 **李三、黃四借銀子**：關於李三、黃四借銀子的事，在五十三回已借過了。這裏，應伯爵又重提此事，顯然地又重複了。而且，這李三、黃四的借銀事，應伯爵說到這裏，在情節上，語意上，都顯得孤孤單單，連串不起來。這位「陋儒」補寫這五回，竟自相重疊嗎？足證沈說可疑也。

7 **麻做一團**：意為慌亂得不得開交，如亂麻纏在一起。

8 **救人須救時**：救急別人應在別人急時救，方能施惠於人。

9 **一攬果**：意為全部放在一起，一如今語之「一骨腦兒」。

10 **梧桐葉落滿身光棍的行貨子**：喻意是落了葉的梧桐樹，光禿禿的。比喻是一文不鳴的窮光蛋。「行貨子」不必再註說了。

11 **尚兀是**：在元曲中是常見的語詞，在此語句中，看來也是尋不出意義的語氣詞。

12 **孔方兄**：我國人對於錢的親切稱呼，早成錢的代名詞。《晉書》〈魯褒傳〉：「褒著錢神論曰：『視之如兄，字曰孔方。失之則貧弱，得之則富昌。無翼而飛，無足而走。』」《顏氏家訓》〈勉學〉：

---

[1]　此詩不知何人所作，待考。詩詞部份當以另文專述。本書所引詩詞劇曲，十九為他人所作。均作者引錄而來。前已註說一二矣！

「道錢則孔方。」黃庭堅〈戲呈孔毅父詩〉:「管城子無食肉相,孔方兄有絕交書。」

13 **耐你不的**:意為耐(奈)何不了你。

14 **惟有感恩並積恨,萬年千載不生塵**:意為感恩與積恨是永遠顯著的存在心裏的,不會被積塵掩沒。

15 **栲栳**:一種盛貯物件的柳器,一說即古之簧,屈竹而為之。此當是指的北方一種柳條編成的籃斗之類。吾鄉(魯南豫東皖蘇之北等地)則無「栲栳」的器名。

16 **束脩**:此指學費。語出《論語》〈述而〉:「自行束脩以上,吾未嘗有悔也。」

17 **班馬**:即班固與司馬遷之簡稱。

18 **應舉兩道策書劍**:此指宋代科舉之應策,加考策論,策論時務也。蘇東坡應試時,作《策論》二十篇,今仍被喻為不可多見之政論論文。中學教科書收有〈教戰守策〉一篇。

19 **書劍**:語出《史記》〈項羽本紀〉,籍少學書不成,學劍又不成。其叔項梁怒之。籍曰:「書足以記姓名而已,劍一人敵,不足學。學萬人敵。」此說「飄零書劍家裏」,自是本《史記》之語而來。〈寒山子詩〉:「一為書劍客,三遇聖明君。」

20 **到了戴網子,尚兀是相厚的**:意為到了成人束髮戴冠之後,感情還是相厚的。網巾,用以束髮者也。

21 **頭巾、儒冠、烏紗**：布帛製的帽子，古以尺布裹頭為巾，後世以紗羅布葛縫合，方者曰巾，圓者曰帽。宋萬承之《事物紀原》〈冠冕首飾部〉頭巾之說謂：「以皂羅裹頭號頭巾。蔡邕獨斷曰：『古幘無巾，王莽頭禿，乃始施巾之始也。』筆談曰：『今庶人所戴頭巾，唐亦謂之四腳，二繫腦後，二繫領下，兩帶兼為虛設。』後又有兩帶四帶之異，蓋自本朝始。」此謂「頭巾」蓋指庶人之巾帽也。

「儒冠」乃古之冠章甫等類。《禮記》〈儒行〉：「魯哀公問於孔子曰：『夫子之服，其儒服與？』孔子對曰：『丘少居魯，衣逢掖之衣；長居宋，冠章甫之冠。……』」《史記》〈酈食其傳〉：「諸客冠儒冠來者，輒解其冠，溺其中。」韓愈〈奉和庫部盧四兄曹長元日朝迴詩〉：「戎服上趨承北極，儒冠列侍映東曹。」此說「誤儒冠」，蓋指入仕未成，學亦廢之也。

此說「烏紗」乃指「烏紗帽」。《唐書》〈輿服志〉：「烏紗帽者，視朝及燕見賓客之服也。」李白〈答贈烏紗帽詩〉：「領得烏紗帽，全勝白接䍦。」實則烏紗帽在晉已有。《晉書》〈輿服志〉：「成帝咸和九年（334）制聽二宮直官，著烏紗帽。」劉威〈旅懷詩〉：「無名無位卻無事，醉落烏紗臥夕陽。」司空圖〈修史亭詩〉：「烏紗巾上是青天，檢束酬和四十年。」但後人則以「烏紗」代名得官。

22 **今秋若不登高第**：指鄉試之秋闈；鄉試中式，明春方能應進士第。

23 **大比之期**：按「大比」本為三年一行的民人眾寡考察，《周官》〈秋官〉〈小司寇〉：「及大比登民數自生業以登于天府。」註：「大比，三年大數民之眾寡也。」此則謂科舉之比，三年一行，謂之大比

之年。

24 **青青子襟**：青襟乃學子之服。亦作「青衿」。《詩》〈鄭風〉〈子衿〉：「青青子衿，悠悠我心。」傳：「青衿，青領也。學子之所服。」疏：「襟，交領也。衿與襟音義同。」《北史》〈邢邵傳〉：「育青衿而敷典數。」朱熹〈白鹿洞賦〉：「分黃卷以置郵，廣青衿之疑問。」《書言故事》〈儒學類〉：「學生曰青衿衿佩。」

25 **白屋、黌門、案臨**：「白屋」指茅草房。《韓詩外傳》：「窮巷白屋，先見者四十九人。」《漢書》〈蕭望之傳〉：「非周公相成王，躬吐握之禮，致白屋之意。」註：「師古曰：白屋，謂曰蓋之屋，以茅覆之，賤人所居。」「黌門」指官學之府。「日日走黌門」，天天在學也。「案臨」意指老師天天在教導。「兩齋學霸惟我獨尊」意指在學中時間久，已成老學長了。

26 **班揚**：指班固與揚雄。

第五十七回

道長老募修永福寺
薛姑子勸捨陀羅經

1 **陀羅經**：即梵語之「陀羅尼」（Dharani）。眾德具備之稱。佛頂心經：「觀世音菩薩說，此陀羅尼。」

2 **萬迴老祖**：唐高僧法號，萬迴這一名號的故事，正如本書所述，唐高宗時得度出家，武后曾詔作道場，賜錦衣稱法雲公。屢現神異，歿後賜號國公。後世尊之為萬迴老祖。

3 **靸鞋**：即草鞋。《炙轂子》：「靸與鞋舄，三代皆以皮為之，始皇二年，始用蒲，名靸鞋。」

4 **後趙皇帝石虎、梁武帝**：石虎乃石勒之從子，字季龍，廢石弘自立為大趙天王。改元建武，不久稱帝，改元太寧。僭位十五年卒。[1]以及梁武帝均唐以前晉末史，如何能把萬迴上推到南朝時代？在《寒山子詩》中，亦有此一說法，如「自聞梁朝日，四依諸賢士。寶誌萬迴師，四仙傳大原。」以及「余見僧繇性稀奇，巧妙間生梁朝時。」可想萬迴的神異等事，早就在世間傳言不一了。

5 **撇賴了百丈清規**：元百丈山之德輝禪師奉敕撰寫之佛家修禪之規，曰《百丈清規》，共八卷。依據唐百丈山懷海禪師之禪門規式

1　《晉書》，一百六、一百七。

以及古清規之改修而成。亦稱《敕修清規》。（此處誤刻「規」字為「視」）

6　**打哄了燒苦蔥**：意為一旦把和尚不守清規的醜事哄揚出來，等於燒苦蔥，臭味四溢，所有的和尚都染上了臭味了，使人分不清了。

7　**潑皮賴虎**：意為無恥之徒的人儘作無恥的事，也不怕人罵。

8　**關大王賣荳腐，鬼兒也沒的上門了**：喻意是沒有人敢去買關大王的荳腐，人高臉紅刀又大，望著就害怕。

9　**西印度、流沙河、海漄兒**：西印度群島散布在美洲附近之大西洋中，其間有獨立國也有他國屬領之地，居民大半為非洲黑奴遺裔。哥倫布覓新陸時，欲由歐洲西行至印度，首經此，誤認為印度，故有此名。此說意為行經之遠。流沙河如以川名來說，地在河北昌平，如以沙漠中的流沙來說，則在古所謂的西域。《讀史方輿紀要》：「流沙在衛西。舊志自玉門出度流沙，西行至鄯善。北行至車師。一云且末國，在鄯縣西，其國之西北有流沙數百里。夏日有熱風，為行旅之患，風所至，唯老駝預知之。即噴而聚立，埋口鼻於沙中，人以為候。亦即將氈擁蔽鼻口。其風迅駛，斯須過盡。若不防者，必至危斃。」此殆誇說曾到過危險地帶，如唐僧取經似的。「海漄兒」或為「海漄」之誤，古人習稱「海漄」為水川總稱。顏延之〈和謝靈運詩〉：「惜無雀雉化，何用充海漄！」

10　**行腳、卓錫**：僧人遊行四方謂之「行腳」，俗謂此種僧人謂之「行腳僧」。「卓錫」乃遊方僧留宿於寺庵之語。「卓錫」乃錫杖也。張伯淳〈楞伽古木詩〉：「道林卓錫舊種此，彷彿于今八百年。」

《明一統志》：「大鑒禪師得法歸南，卓錫於此。」卓錫意為駐杖也。

11 **赤白白地**：一如今語之「赤裸裸地」，「光禿禿地」。

12 **古伕菩薩**：按「伕」字，字書《集韻》：「伕，尫弱謂之伕。」又「一曰僑伕，不伸。」此說「古伕菩薩」則不知是何喻義。

13 **西班出身**：此謂武官，朝會時，文東而武西也。《漢書》記有尹翁歸河東守，田延年行縣至平陽，召故吏，令有文者東，令有武者西。閱數十人，次到翁歸，獨伏不肯起。對曰：「翁歸文武兼備惟所施設。」可見文東而武西，由來已久。此喻西門慶之身在武職。

14 **還是水的泡與閻羅王合養在這裏的**：水泡一霎即滅失，咒官哥兒命如水泡，與閻王爺生活在一起，隨時都會死之意。

15 **嘮嘮叨叨、喃喃洞洞**：均為形容詈罵不絕於口之意。

16 **五花官誥、老封婆**：「官誥」乃官吏受任命之辭令。《舊唐書》〈憲宗紀〉：「新授桂管觀察使房啟，降為太僕少卿。啟初拜桂管，啟使賂吏部使者，私得官誥以受啟。」《春明退朝錄》：「凡官誥之制，郡夫人使金花羅紙七張，法錦縹帶。」此說「五花官誥」自是誇大之詞。「老封婆」蓋子貴而母受封也。

17 **如見子活佛的一般**：「如見子」不說「如見了」，一如前回「虧子」等語態一樣，蓋均南方人之語態也。

18 **蔭子封妻**：古官制，有勳功於國的文武臣，有蔭子以官職，封妻

以貴望的制度，歷代均有。

19 **發心成就善果**：意為發下修身行善的心願，養成行善的後果。

20 **三千世界盡皆蘭若**：「蘭若」乃佛家寺院阿蘭若（ARANYA）之
略稱。《釋氏要覽》：「梵言阿蘭若，唐言無諍。」《書言故事》〈釋
教類〉：「寺曰拓提蘭若。」杜甫〈謁真諦寺禪師詩〉：「蘭若山高
處，煙霧障幾重。」此說「三千世界盡皆蘭若」，則似非說的是
「三千世界」中儘是寺院，此或以「蘭若」代名信徒。認為世上
全是佛家信徒，蓋亦釋家所期也。

21 **梵王宮**：梵天王的宮殿稱「梵王宮」。《觀無量壽經》：「有五百
億妙華世界，如梵天宮。」此則指永福寺也。

22 **瓜瓞綿綿森挺，三槐五桂門庭**：「瓜瓞綿綿」語出《詩》〈大雅〉
〈綿〉，意為後代子孫綿綿不絕，「森挺」意為高茂而挺立也。孫
綽〈遊天台山賦〉：「八桂森挺以凌霜，五芝含秀而晨敷。」註：「銑
曰：森然挺生，凌霜不凋。」古謂三公乃「三槐之位」。槐與懷
音通，周代有三朝植槐三本，以懷來人。《周禮》〈秋官〉「朝士」：
「朝士蒙建邦外朝之法，左九棘孤卿大夫位焉；羣士在其後，左
九棘公侯伯子男位焉，羣吏在其後面。面三槐，三公焉。州長眾
庶其後。」註：「槐之言，懷也。懷來人於此，與之謀。」《後漢
書》〈王允傳〉：「宜蒙三槐之聽，以昭忠貞之心。」註：「周禮朝
士職，三槐九棘，公卿於下聽訟。故曰三槐之聽。」後王氏以「三
槐」為堂名。所謂「五桂」，乃宋竇禹鈞有五子，均先後登進士
第之故實。《故事成語考》〈花木〉；「竇禹鈞五子齊榮，人稱五
桂。」註：「燕山五子俱登第，馮道贈詩云：『燕山竇十郎，教子

以義方，靈椿一枝老，丹桂五枝芳。」另趙宋時有李棠、李襲，及棠子公京，襲子公奭、公奕，亦均為進士，築五桂樓。《明一統志》：「五桂樓在夔州府學前，宋大觀中，郡人李棠及襲。棠之子公京，襲之子公奭、公奕，父子叔姪五人，相繼登科，因名。范仲黼為記。」又記：「五桂樓在重慶府大足縣治西，宋乾道間，邑中五人同奏名，太守曹岍建樓以旌之。」小說家借僧人求施而有所讚譽，引此數故典以頌西門之貴而有待而已。

23 **隨緣、隨分**：意為隨意捐助，多少均非所計。「隨緣」乃佛家語，人生際遇，悉起於因緣也。《齊書》〈陸法和傳〉：「文宣賜法和奴婢二百人，法和盡免之。曰：『各隨緣去』。」《最勝王經》〈五〉：「隨緣所在覺羣迷。」至於「隨分」乃從分相應。《易》〈坤卦〉〈坤厚載物疏〉：「厚德載物，隨分多少。不必如至聖之極也。」白居易〈重答劉和州詩〉：「隨分笙歌聊自樂，等閒篇詠被人知。」李端〈長門怨詩〉：「隨分獨眠秋殿裏，遙聞笑語自天來。」羅隱〈題蘇小小墓詩〉：「問誰曾艷冶，隨分得聲名。」

24 **心施、法施、財施**：此乃佛家的三施說，一謂財施，法施，無謂施；一說物施，供養與敬施，法施[2]；一謂飲食施，珍寶施，身命施[3]。財施，以財惠人禮佛，法施，以佛法度人出苦界，心施，蓋亦慈悲為懷之至理也。

25 **頂門上針**：意為正說到要處，正打中心坎，如針灸之正針入內道也。

---

2 見〔晉〕鳩摩羅什譯：《智度論》。
3 見〔唐〕澄觀：《華嚴大疏抄》，二。

26 **嫦娥、織女、許飛瓊、西王母**：嫦娥奔月，牛郎織女，都是人所
　共知的故事，不必註說了。西王是周穆王西巡時的奇遇，事詳
　《穆天子傳》。許飛瓊則是西王母的美麗侍女。《漢武帝內傳》：「王
　母命侍女許飛瓊鼓震靈之簧。」〈本事詩〉：「許渾嘗夢登崑崙山，
　見數人飲酒賦詩云：『曉人瑤臺露氣清，座中唯有許飛瓊，塵心
　未斷俗緣在，十里下山空月明。』」他日後夢至其處，飛瓊曰：
　「『子何故顯余姓名於人間？』即改為『天風吹下步虛聲。』曰：
　『善。』」這裏都是誇說的古代美麗仙女。

27 **狗吃熱屎，原道是香甜的，生血弔在牙兒內怎生改得**：諷喻西門
　慶玩弄婦女已成習慣，如狗吃熱屎樣的自以為香甜，有如生血掉
　在牙板內，馬上就與口唾融而為一，難得再變成原樣的血了。

28 **賣蒸餅兒**：這裏已逕寫作「蒸餅」，不再習用《水滸》的避諱詞。

29 **火燒波波饅頭栗子、付應錢**：「波波」應作「餑餑」，北方的一種
　麵食，「栗子」應為「粒子」，北方人圓小的東西謂之栗子。此指
　一個饅頭。「付應錢」當是指的「夜度資」吧！

30 **拖子和尚夜夜忙**：「拖子」，北方人則說「拖了」，此類「子」字
　之用，全書極多，蓋南人之慣用語態。

31 **三禪天、四禪天、切利天、兜率天、大羅天、不周天**：「三禪天」
　與「四禪天」、「兜率天」未知何說。「切（忉）利天」則佛說之
　六欲天之第二，在須彌山頂，羅浮提上八萬由旬處。《玄應音義》
　二：「忉利，此應訛也。正言多羅夜登陵舍天，此譯云卅三天，
　殆亦「三十三天」之意（四方各八天共三十二天，居中忉利天共
　為三十三天），「大羅天」乃想像中的天界之一，亦俗謂「仙界」

之意。《酉陽雜俎》〈玉格〉:「三界外曰四人境,四人天外曰三清,三清之上曰大羅。又有九天波利等九名。」至於「不周天」或為《列子》與《博物》等說之「不周山」的變說。共工氏撞不周之山,折天柱絕地維,使西北天蹈圯一角。於是女媧氏鍊石補天。此亦小說家之言,非佛家正言也。

32 **以五百里為一由旬**:「由旬」是梵語 yojana 踰繕那的音譯。帝王一日之行軍里程。《西域記》一:「夫數量之稱踰繕那,舊曰由旬。又曰踰闍那。又曰由延,比訛略也。踰繕那者,自古聖王一日軍行也,舊傳一踰繕那四十里,印度國俗乃三十里。聖教所載惟十六里。窮微之數,分一踰繕為八拘盧舍。拘盧舍者,謂大牛鳴聲所極聞稱拘盧舍。一拘盧舍為五百弓,一弓為四肘,分一肘為二十四指。一指節為七宿麥。」《維摩經》註:「上由旬六十里,中由旬五十里,下由旬四十里也。」《翻譯名義集》:「《大論》云:『由旬三別,大者八十里,中者六十里,下者四十里。』」總之,非「佛說以五百里為一由旬。」

33 **貓兒見了魚鮮飯,一心心要啖他下去了**:此語今仍流行,意為人之貪色如貓兒之貪魚腥也。

34 **猜枚、打鼓、催花**:斯多名色悉為飲酒時之酒令。

35 **正雙飛、拗雙飛、八仙過海;正馬軍,拗馬軍、鰍入菱窠**:這些名色乃當年投壺擲骰等情事,今已失傳矣!

第五十八回

懷妒忌金蓮打秋菊
乞臘肉磨鏡叟訴冤

1 **父交子往的朋友**：意為兩代之間都有交情的朋友，喻友情之親近。

2 **當年漢子眼力看銀水**：「當年漢子」，意思是正當年青力壯的人。
「眼力看銀水」。不知何意？

3 **一味粧飾**：意指鄭愛月專一位喜觀端架子裝模大樣。所以下面說
他「唱曲也會怎生趕得上桂姐的一半兒。」

4 **忽聽喝的道子響，平安來報劉公公與薛公公來了**：寫兩位在外城
縣看磚廠等事的太監的威風。行動起來，都有喝道的。

5 **卻是那快耍笑的應先兒麼？**：稱呼以「先兒」代名「先生」，在本
書中頗有幾處。閩人有些簡稱口語，在我鄉則未嘗聽到。此語乃
今謂的「原來是那會耍笑的應先生啊！」

6 **功名蹭蹬**：意指一次次參加應試總是考不上榜。功名也就一年年
蹉跎了。

7 **峨其冠博其帶**：戴高冠著寬服都是得官後的衣著。

8 **望月桂之高攀**：古謂應試中第者為蟾宮折桂。這裏則自嘲「三年
叫案，而小考尚難，豈望月桂之高攀。」

9　**只顧等他白不起身**：意為外面的人只在等他一個，他卻蹭蹬著就
　　是不起（動）身。

10　**你每這裏邊的樣子只是恁直尖了，不相俺外邊的樣子趫**：指婦女
　　穿在腳上的鞋樣，潘金蓮看到妓院中人又變得「直尖」型了，他
　　們「外邊人」的腳鞋，還是尖趫趫。一如今日，婦女們的鞋樣也
　　是時常變化的。

11　**得了些顏色兒就開起染房來**：喻意是給不得一點好顏色，給一點
　　好臉色就神氣起來了。此語今仍流行。

12　**奴才不可逞，小孩兒不宜哄**：意為奴才們不可使他逞強，如任他
　　們逞強會惹事，小孩也不宜哄騙，越是哄騙越不乖。

13　**笑樂院本**：意為演唱院本中的玩笑戲，逗賓客娛樂。「院本」，上
　　已註說。

14　**菽水之需**：菽，豆類，通常以「菽水」喻粗茶淡飯。陸游〈湖堤
　　墓歸詩〉：「俗孝家家供菽水，勸農處處築波塘。」古謂以貧薄事
　　親，謂之「菽水承歡」。《書言故事》「貧薄事親，曰：『輒盡菽
　　水之歡』」。此謂「菽水之需」，意為簡單的家庭生活所需。

15　**……就是四錢銀子買紅梭兒來，買一石七八斗，勾你家鴇子和你
　　一家大小吃一個月。**：四錢銀子可買紅梭兒米（紅米，稍廉於白
　　米）一石七八斗。這話或許是當時的米價吧。

16　**哥兒恁便益衣飯兒你也入了籍罷了**：意為妓家的生活如果是這麼
　　的便宜，四錢銀子的紅糙米吃上一個月，你（指應伯爵）也該入
　　籍於伎優之家。

17 莫不又是王三官兒家。前日被他連累你那塲事，多虧你大爹這裏
　　人情替李桂姐說，連你也饒了。這一遭雀兒不在那窩兒罷了：在
　　此交代第五十一回中王三官在李桂姐家的那椿事。李桂姐躲在西
　　門家，齊香兒躲在王皇親家。西門慶派來保東京打點，終於大事
　　化小，小事化無。連齊香兒也沾了光了。所以應伯爵說齊香兒這
　　雀兒，這一遭不會再戀王三官那個窩兒了吧！

18 我那些兒放著老，我半邊俏把你這四個小淫婦兒還不夠擺布：「半
　　邊俏」在此又出現在應伯爵口中。仍難明其正確指意。看來，似
　　仍為醉態。

19 我看你行頭不怎麼好，光一味好撇。伯爵道：「我，那兒！到根
　　前看手段還錢。」：這是妓女洪四兒打嘲應伯爵的話。意為我看
　　你這人物，也不是高人一等的貨色，光是在裝作大模樣。伯爵則
　　答說：「我，那兒的話。我是看人說話，照貨還錢。」意思是說，
　　在你們這種人面前，當然有行頭了。

20 「鄭家那小淫婦兒吃了糖五老坐子兒百不言語，有些兒出神的模
　　樣，敢記掛著那孤老兒在家裏。」董嬌兒道：「你剛纔聽見你說，
　　在這有些怯床。」伯爵道：「怯床不怯床，拿樂器來，每人唱一
　　套，你每去吧！我也不留你了。」鄭愛月本不願來，是西門慶硬
　　逼來的。所以到了西門慶家落落寡懂。因而應伯爵說他是「吃了
　　糖五老坐子兒，百不言語。」按「五老」原指五星之精。《竹書
　　紀年》上：「堯率爵升首山，遵河渚，有五老游焉。蓋五星之精
　　也。」《小學紺珠》所記之〈名臣類〉，西京有五老，即文潞公、
　　范景仁，張仲選，史中輝，劉伯壽等五人。宋有五老會，乃杜
　　衍、王渙、畢世長、朱貫、馮平五人所組成。《澠水燕談錄》：「慶

曆末,杜祁公告老退南京,與太子賓客致仕王渙,光祿卿致仕畢
世長,兵部郎中分司朱貫,尚書郎致仕馮平為五老會,吟醉相
勸,士大夫高之。五人年皆八十餘,康寧爽健。」但世間每以五
老作壽星相製成糖飴食品,此說「吃了糖五老座子兒」,指糖食
五老的坐談相,喻意在「百不言語」。指鄭愛月坐在那裏不言不
笑的「出神」,像糖製的五老座子兒。應伯爵說他心裏還記掛著
留在家裏的孤老。董嬌兒為鄭愛月打圓場,說他「怯床(場)」。
應伯爵不願鄭愛月這樣對西門慶僵下去,遂又為西門慶打圓場,
要鄭愛月唱上一段後回家,「不留你。」寫應伯爵之能取懽於西
門者,斯其一例也。一說「怯床」是妓女怕上床,似非。

21 **批合同**:自是指的生意場上的買賣應具備的法律手續。

22 **花紅**:此指禮物。用於賞與、報酬、祝儀之類的禮物,謂之花
紅。《東京夢華錄》:「娶婦至家門,從人及兒家人乞覓利市花紅
等,謂之攔門。」《燕子箋》:「這花紅羊酒。」《西廂記》〈張君
瑞慶團圓〉:「茶禮花紅。」《福惠全書》〈保甲部〉「功罪」:「公
堂設宴備花紅。」

23 **小衚衕口**:「衚衕」一詞,乃燕都坊巷之名稱。

24 **佯打耳睜的不理我**:意為看見裝作沒看見,聽見裝作沒聽見。《瓶
外卮言》說是淮揚俗語。

25 **成了把頭**:意為成了掌舵的了,領起頭來帶壞其他丫頭。

26 **提著鞋拽把揪臉著就是幾鞋底子**:拎著鞋後跟的鞋拽把向秋菊臉
上打去。

27 **一砧碌子扒起來**：形容由臥著的時候迅速起身的樣子。

28 **外合裏差**：意為自己的親娘反而幫助外人說話。

29 **壓被的銀獅子**：大家戶用來壓在被子上的裝飾，銀製的獅形。（先秤是重四十九兩伍錢，後來又寫作重四十一兩五錢。）

30 **饒你有錢拜北斗誰人買得不無常**：意為求天拜神歸求天拜神，但誰也有錢買不到那無常鬼不來。

31 **偏染的白兒不上色**：意為誰有本領染白不上色？喻意是沒有好辦法把命運改變。「隨你把萬里江山捨了也成不的」，別說是捨得錢印《陀羅經》。「偏你會那等輕狂百勢，大清早晨，刁蹬著漢子太醫看。」

32 **墩了他兩句、訌他**：意為頂了他幾句。「訌他」，意同。

33 **他若是你的兒女就是狼（鎯）頭也椿不死，他若不是你兒女你捨經造像隨你怎的也留不住。**：意為別費這些心事，白費這個心。這全是潘金蓮的心意所期。

34 **斯琅琅搖著驚閨葉過來**：磨鏡子的手上搖響著一種用鐵片串連成的鐵連片，搖起來「斯琅琅」的響。

35 **絆在坐架上使了水銀**：磨鏡是銅器的事，這裏說使了水銀，不知是何種鏡。

36 **只是沒將養的**：就是病後沒有將養病體的金錢。

37 **坐月子想定心湯吃**：想必是一種流行的俗語。懷孕的人都口饞，此所謂「定心湯」，是一種風尚吧！

第五十九回

西門慶摔死雪獅子
李瓶兒痛哭官哥兒

1 **巫峨廟、宋玉門**：「巫峨廟」指巫山神女之廟宇，白居易〈題峽中石上詩〉：「巫女廟花紅似粉，昭君村柳翠於眉。」宋玉乃屈原弟子，亦楚之大夫。憫屈原放逐，作〈九辯〉、〈招魂〉，巫山神女故事，即出於宋玉之〈高唐〉、〈神女〉二賦。此一律詩之所謂「巫峨廟裏低含雨，宋玉門前斜帶風。」除對仗而外，亦微帶哀傷之意。故借以悼西門家官哥之死。

2 **榆莢**：榆樹春日在枝條間所結之圓片成串，俗稱「榆錢」，以其圓片成串如錢串也。亦稱「榆莢」，漢有榆莢錢。李時珍曰：「…有赤白兩種，白者名粉，其木甚高大，未生葉時，枝條間先生榆莢，形狀似錢而小。色白成串，俗呼榆錢。」王文潞〈送春詞〉：「擬向東風買春色，枝頭榆莢已無錢。」此說「莫將榆莢共爭翠，深感杏花相映紅。」亦借以相喻西門家死了官哥時的家中情景。

3 **灞上、漢南**：灞上乃指長安東之灞水，水上有橋，謂之「灞橋」，古人送別，至此橋折柳表意。《三輔黃圖》：「灞橋在長安東，跨水作橋，漢人送客至此橋，折柳贈別。」漢南則指漢水以南。《新序雜事》五：「漢南之國聞之曰：『湯之德及禽獸矣！』四十國歸之。」劉禹錫〈奉和淮李相公早秋即事詩〉：「漢南趨節制，趙北賜山川。」此說「灞上漢南千萬樹，幾人宦遊別離中。」此乃杜牧所作〈柳詩〉

也。作者引錄於此，作冒頭詩以喻悼西門慶家之人生死別。

4 **卸車的小腳子**：意為裝卸貨物的腳伕，水陸碼頭及街肆，均有以此為業的工人。

5 **馬牙香**：即馬牙硝，藥物名。《本草》〈朴消〉：「《集解》志曰：『又有英消者，其狀若白石英，作四、五稜，瑩澈可愛，主療與芒消同，亦出於朴消，其煎鍊自別有法。亦呼為馬牙消。』時珍曰：『川晉之消，則底少而面上生牙，如圭角，作六稜，縱橫玲瓏，洞澈可愛。嘉祐本草所謂馬牙消者是也。』」此物出於川晉，糸綢出於杭湖，由杭湖來的貨車，竟以茶葉與馬牙香過關，可想當時鈔關之弊矣。（茶葉亦不盛產於杭湖。）

6 **做賣手**：意為在店中作出售綢緞的店員。

7 **立庄置貨**：意為坐駐在南方作貨物的買辦人。

8 **你先生迷了路在家也是閒**：意為在尋不到門路的時候，在家也是閒著。

9 **沒口子向玳安，你多頂上老爹**：意為每一句話都是巴結的語氣，要求玳安多多在西門慶跟前美言。「多頂上」，多加美言之意。

10 **杭州攢**：中原一帶人稱婦女髮髻曰「攢」，此說「杭州攢」，自是杭州婦女的流行髮型。

11 **若非道子觀音畫，定然延壽美人圖**：唐吳道子乃人物畫家，毛延壽乃漢時畫工，圖王昭君者也。斯均小說家之誇大詞。一個初出的妓女，房中何來如此貴物，誇說也。

12 **天地分劍行十道**………：此下各色名詞，悉為骨牌鬥玩時的名目，諳於賭經者，必能詳知。

13 **秦樓、楚館**：秦樓乃蕭史弄玉的故實。秦穆公有女名弄玉，喜好音樂，蕭史善簫，穆公以弄玉妻之，為作鳳樓。後二人吹簫，引鳳來集，乘鳳以逝。但後人悉以秦樓作妓館代名。《攬轡錄》：「過相州市，有秦樓、翠樓、康樂樓、月白清樓，皆旗亭也。」楚館亦古習稱妓家之所。每與秦樓並用。陳鶴詩：「洛川立處花橫水，楚館歌時聲在梁。」《琵琶記》〈覷詢衷情〉：「敢只是楚館秦樓有個得意人兒也。」

14 **二十個骰兒與西門慶猜枚搶紅飲勾多時**：由此可見當時用骰子行酒令的「搶紅」情形。今世已不行矣。

15 **硪磣人子**：意為看不下去，吃不下去，喝不下去，甚至於碰上一下，都感到討厭。感於厭惡也。此乃中原人的習用口語，往往說：「哎呀！硪磣人死了！」入不得眼。卻又往往是一種不應看不應作而偏想去看去試的東西。

16 **鸂鶒**：亦作鸂鷘，水鳥之一種，此喻雌雄並昵之意。

17 **半截門兒、半門子**：此謂下等妓院的特徵。亦稱作「半開門。」私娼館也。《揚州畫舫錄》：「官妓既革，土娼潛出，如私窰子，半開門之屬。有司禁之。」

18 **花花黎黎**：意為打扮得花花綠綠，穿著妖冶之意。

19 **并肉兠子來**：連同肉食一并捧托出來。「兠子來」，吳越語態。

20 **竹搶籬**：或為今之竹籬笆一類的隔欄門牆吧！

21 **這等張睛**：意為竟這等的睜著大眼說瞎說。

22 **爪兒只揀軟處捏**：喻意是專揀軟的欺侮。硬處捏不動。

23 **你這丫頭也跟著他恁張眉瞪眼兒**：意為你這個丫頭也跟著他人瞪大眼說瞎話。

24 **怎的？要把弓兒扯滿了**：意為：怎麼？要繃啊！把弓弦扯滿了，不是要繃了嗎！非要射而中的不可嗎！

25 **屠岸賈養神獒害趙盾丞相**：春秋時的故事，有戲劇《趙氏孤兒》，今名《八義圖》，演述此一故事。乃人所共知，似不必再加註說。（《趙氏孤兒》一劇元紀君祥撰，正名為「公孫杵臼恥勘問，趙氏孤兒大報仇」。本事見《左氏傳》宣公元年至六年）。

26 **不敢張主**：意為不敢作主張，「張主」前已註說。

27 **急驚風**：急性的小兒驚風病。俗諺有「急驚風遇見了慢郎中。」

28 **風紋也不動**：一作「紋風也不動」，前已註說，意為靜靜的不動聲色。

29 **碍著你喉屎亡神也似走的來摔死了**：罵西門慶摔死了雪獅子。他礙著你吃屎了，礙著你丟魂了，跑來把他摔死！

30 **互相揭調**：意為彼此訐發各人的短處，向第三者為自己討好，調唆主要對象卑視被揭發的人。

31 **這個變成天弔客忤治不得了**：「天弔客」何意？未能知之。或為道家的法術說詞。可知意為病已無術醫治，則不知「天弔客」一詞何指。

32 **我的抛閃殺人的心肝**：「抛閃殺」乃中原一帶人的語言，意為抛開了我，丟閃了我，「閃」意為突然撇下了我。「心肝」，昵愛詞也。

33 **壬子日**：官哥死於壬子日。吳月娘食薛姑子製成孕藥之日，也是壬子日。得非「壬子」日有所隱喻乎？待考。

34 **尋了拙智**：意如今語之尋了短見，想不開而自殺。

35 **楞嚴經、解冤呪**：《楞嚴經》，佛經之一，共十卷。《大佛頂如來密因修證了義諸菩薩厲行自楞嚴經》之略稱。唐般剌密帝譯。闡說心性本體，屬大乘秘密部。「解冤咒」是否佛家語，或道家語，未知。

36 **輪迴、來世、機緣**：「輪迴」乃天道循環之理。《心地觀經》三：「有情輪迴生六道，猶如車輪旡始終，或為父母，為男女，生生世世，互有恩。」王褒〈善行寺碑〉：「塵沙日月，同渤澥之輪迴。」來世，即後世。《列子》〈仲尼〉：「將以治天下，遺來世。」《管子》〈國准〉：「來世之王者，可得而聞乎？」在此則為佛家說之來世，人死後轉生或成佛之第二世也。《法華經》：「佛告舍利弗，汝於來世，當得作佛，號曰花光王。」所謂「機緣」亦佛家語，機會與因緣也。《最勝王》〈經一〉：「隨其器量，善應機緣，而為說法。」《淨名玄》一：「聖人說法，深鑒機緣。」

37 **他使心用心反累己身**：意為凡是使壞心眼的人，終會反迴到自己身上。

第六十回

李瓶兒因暗氣惹病
西門慶立叚舖開張

1 **赤繩、金風**：古稱夫婦，結縭乃月老以赤繩繫足，乃前生宿定。
《續幽怪錄》：「韋固少未娶，旅次宋城，遇老人倚囊而坐，向月檢
書。因問之，答曰：『此幽明之書。』固曰：『然則君何主？』曰：
『主天下之婚姻耳。』因問囊中赤繩子？曰：『此以繫夫婦之足，
雖仇家異域，此繩繫之終不可易。』」《書言故事》〈婚姻類〉：「婚
姻前定，謂赤繩繫足。古以五行定方位，西方屬金，故習以金風
稱西風。西方主秋，又以金風代秋。」張協〈雜詩〉：「金風扇素
節。」註：「善曰：『西方為秋而主金，故秋風曰金風也。』」《歲
華紀麗》：「玉帝規時，金風屈序。」戎昱〈宿湘江詩〉：「金風浦
上吹黃葉，一夜紛紛滿客舟。」

2 **你班鳩跌了彈也嘴荅谷了；春櫈折了靠背兒沒的倚了；王婆子賣
了磨推不的了；老鴇子死了粉頭沒指望了**：潘金蓮的這四句話，
喻意都是諷喻李瓶兒死了孩子，以後可沒有得到漢子特別寵愛的
依靠了。「王婆子賣了磨推不的了」，前已註說，那是春梅罵秋菊
「沒的推了」，推不掉責任，在此的喻意則是無磨可推了。用法不
同。「春凳折了靠背」的「折」字，應讀如「蝕」。老鴇死了粉頭，
意為依賴賺錢的婊子死了，還有何指望呢？這三句都能令人一看
即知。唯獨「斑鳩跌彈」不易為一般人了解。實則，這是一句中
原人習說的俗語，「嘴搭骨」，意為氣得嘴都魯著，或鼓都著。在

元雜劇裏有這類說法。如《緋衣夢》第二折:「閃的我嘴都磕似跌了彈的斑鳩。」《金線池》第二折:「我沒福和你那鶯燕蜂蝶為四友,甘分作跌了彈的斑鳩。」《救風塵》第二折:「一個個眼張狂似漏了網的游魚,一個個嘴盧都似跌了彈的斑鳩。」《百花亭》第二折:「一個似摘了心的禽獸,一個似跌了彈的斑鳩。」意為斑鳩巢中的蛋跌下地去摔了,斑鳩兒就只是無告的站在窩上咕咕的哀叫。斑鳩在鳴叫時,兩顋一鼓一鼓的,鳴聲是「谷魯都,谷魯都」,中原人俗稱斑鳩的這種鳴聲為「嘴苔骨」。何以要說斑鳩跌了蛋,不拿別的鳥比喻?因為斑鳩的巢,築得極其簡陋,稀稀疏疏的幾根柴棒搭連走來的。故《詩》有「維鵲有巢,維鳩居之。」蓋鳩不善築巢,每借鵲巢居之[1]。以鳩作喻,蓋基乎此也。不過,吾鄉喻冷得打寒戰,亦稱「凍得嘴苔骨」,指上下牙骨振顫之情。

3　**在座者有喬大戶……謝希大、常時節。原來西門慶近日與了他五十兩銀子,使了三十五兩典了房子,十五兩銀子做本錢,在家開了個小小雜貨舖兒過其日月不題**:不錯,在上一回(五十九)官哥病重時,常時節托應伯爵向西門慶借錢典賃房屋,西門慶說「改日我使人拿銀子和你看去。」所以在此有了一個交代寫出。可是就在這同一回第八頁,卻又重寫了一次。當李三、黃四歸還來三百五十兩銀子,「銀子還擺在桌上,西門慶因問伯爵道:『常二哥說,他房子尋下了,前後四間,只要三十五兩銀子就賣了。他來對我說,正值小兒病重了,我心裏正亂著哩。打發他去了,不知他對你說來不曾?』伯爵道:『他對我說來。我說你去的不是時了,他迺郎不好,他自亂亂的。有什麼心緒和你說話。你且休回那房主

---

[1]　《詩》〈國風〉〈召南〉。

兒，等我見哥替你題就是了。」西門聽了，便道『也罷，你吃了飯，拿一封五十兩銀子，今日是個好日子，替他把房子成了來吧。剩下的教常二哥門面開個小本舖兒，月間撰的幾錢銀子兒，勾他兩口兒盤攪過來就是了。』；……西門慶陪他（伯爵）吃了飯道：『我不留你。你拿了這銀子去，替他幹幹這勾當去罷。』……」顯然的，這第八頁的情節，應是契合了上一回的嚴密交代，前面第三頁的那一段，是多餘的；再說，西門家這天的飯局，也不該有常時節。這第八頁已經寫明了。這一重複，也與第五十四回、五十五回的之間的重複類似。這些情事，都是我們研究《金瓶梅》成書情形的最直接資料。不知那些專為沈德符的話作註腳的「《金瓶梅》專家」們，對這第六十回的此一重複情節，作何解釋？第六十回已非沈德符說的是陋儒所補了。何況，此一重複在同一回呢！

4 **我是你家有氈的蠻子**：應伯爵的妻子是南方人，所以他的朋友們戲稱應伯爵的老婆為「蠻子」。

5 **韶武**：此詞本應是韶樂與武樂的合稱，韶，舜樂；武，武王樂。《論語》〈八佾〉：「子謂韶，盡美矣；又盡善也。謂武，盡美矣；未盡善也。」此說「你這狗材，到明日只好做個韶武。」則指的是官名。此官在明屬於教坊司，應作「韶舞」。按《明史》〈職官志〉三：「教坊司奉鑾一人，正九品，左右韶武各一人，左右司樂各一人，並從九品。掌樂舞承舊，以樂戶充之。屬禮部。」所以西門慶說應伯爵如果作官也只好作個韶舞。認為應花子只有韶舞才稱職。雖係諷謔之詞，蓋亦稱職之喻。

6 **磕瓜**：北俗每年臘月二十三日或二十四日，有祭灶之禮，通常用

麥牙糖，糖灶君爺夫婦的嘴，要他「上天言好事」。這種麥牙糖都是整塊塊的，俗稱為「糖俗」。要用刀背去敲碎成小塊。敲糖瓜謂之「磕瓜兒」。大戶人家的家法，有木板製成的尺條，兩片不連，通常用於父母管教小兒女，只要拿在手上搖搖，就會發出響聲，有赫阻之效。真的打在身上，也不致甚而成傷。這種家法，俗謂之「磕瓜兒」。這裏西門慶笑令玳安拿磕瓜兒，亦即拿家法教訓應伯爵，蓋亦相謔詞也。

7 **急口令**：今仍流行的雙聲疊韻詞的急說，亦謂之「拗口令」。本回已寫了兩節，如黃斗巴斗，破瓦驟馬等語。（本回所寫酒令的謎詞，牌九詞，以及飛禽與果子名等等，均極有趣，今日酒筵間已少見之矣！在張岱作《陶庵夢憶》〈卷六〉，記有「噱社」一則，寫沈德符等在京師組織噱社，說：「沈虎臣（德符號）出語尤尖巧，仲叔侯座師收一帽套，此日嚴寒，沈虎臣嘲之曰：『座主已收帽套去，此地空餘帽套頭；帽套一去不復返，此頭千載空悠悠。』」但此改造的打油詩則又與沈氏《野獲編》所記事實不一。蓋亦類乎若此酒令之調嘲一途也。）

8 **我如今抄花子不見了拐棒兒受狗的氣了**：意為討飯的花子丟了手中的棍子，狗兒圍上來，可就乾生氣也沒得辦法了。在此乃諷喻之詞。

第六十一回

韓道國延請西門慶
李瓶兒帶病宴重陽

1 **又會唱時興的小曲兒**：「時興」一詞，即今語之流行，乃中原一帶人的口語。每說「時興」或「不時興」。

2 **對衿兒**：婦女們穿著對衿兒式的衣衫，似為當時流行的服式。《紅樓夢》中婦女衣衫的制式，似受《金瓶梅》的影響。研究《紅樓夢》者，怎可撇開《金瓶梅》？

3 **數落**：擬是曲兒以外的蓮花落一類的歌唱。

4 **纔是個零頭兒**：意為這纔是一個零頭，整匹的還多著呢！布匹剪賣後餘下的布頭，通常謂之零頭布。

5 **招弟領著往隔壁去了**：郁大姐與申二姐這兩個唱曲的女孩，都是盲人。所以這裏說「領著」。

6 **兩個看看吃的涎將上來**：意為兩人在酒興中起了淫意，涎水都要流了。

7 **隔壁半間供養佛祖先堂兒**：斯亦小說家的尖銳對比。這邊供著佛爺祖先，另一邊則是王六兒與西門慶公開偷情。諷嘲甚乎！

8 **伶伶俐俐**：意為偷覷得清清楚楚，仔仔細細。

9 **只怕你家裏的嗔是的**：意為怕的是你的當家人知道了生氣。

10 **你要燒淫婦，隨你心裏揀著那塊只顧燒，淫婦不敢攔你。……燒了王六兒……共六處。**：此種淫行，蓋亦色情狂之一吧。前已註說。這裏則更指明了燒了些什麼位置。淫蕩婦女，為了討好漢子，竟甘願忍受如此的皮肉之苦，良是心理變態行為。

11 **只有一口遊氣兒**：意為只餘下一絲兒氣息了。（快死之謂。）

12 **誰信你那虛嘴掠舌的**：意為誰相信你那說謊的嘴亂翻掠的舌頭。婦女對漢子的嬌嗔詞語。

13 **他那裏正等的你火裏火發**：指潘金蓮正在隔壁等西門慶等的心裏起火發躁熱哩！（推西門慶去潘金蓮處。）

14 **拏起那藥來，止不住撲簌簌從香腮邊滾下淚來，長吁了一口氣，方纔吃那盞藥。**：此處寫李瓶兒的心傷。小老婆們爭漢子，乃人類在情慾上的獨占心理；人之心性常情。李瓶兒之所以一次次要把進了房的漢子，推給別人去。乃出於萬分不得已。在上一次，李瓶兒以血身子迎接西門慶時，已力不從心了。如今，則下體淋漓不止，且精力衰竭得只剩一絲遊氣兒，如何應付得了西門慶；何況他還有助興的胡僧藥，不得不推給別人了。在情欲上，李瓶兒有其逾乎常人的需求，故視西門慶為「你是醫奴的藥。」把他太監叔公體已給他的那一份偌大家財，全獻給了西門慶，至死未在這方面吐露一句怨言。作者在此寫李瓶兒流下的撲簌簌之淚，良是剖露了李瓶兒心性的深入隱筆。更勿忽略了他那太監叔公，

乃致瓶兒以「孽死」的底因也。

15　**齊腰拼著根線兒，只怕合過界兒去了**：人體通常以腰分上下，腰上為上體，腰下為下體。所說「齊腰拼根線兒」，乃益發分明了體之上下。「只怕合過界兒去了。」指西門慶與王六兒有了勾搭，乃主子與下人淫亂。王六兒是他們店中夥計韓道國的老婆。所以說「只怕是你已合過了界」，主子（上人）又與奴才媳婦（下人）淫上了。故說「過了界」。

16　**一個大捽瓜，長淫婦，喬眉喬樣描的那水鬢長長的，搽的那嘴唇鮮紅的，倒人家那血毡，甚麼好老婆，一個大紫腔色黑淫婦。**：「大捽瓜」即前註之「打瓜」，「大子瓜」。此種瓜通常都是圓形，不大，看去圓實實的。在此形容王六兒的臉。「長淫婦」似為說「長就的淫婦相」，裝模作樣的把水鬢長長畫下來。嘴唇擦得鮮紅。「倒人家那血毡」是粗話，意為他是一旦粘上了就會倒楣的女人。皮膚又不白細，「紫腔腔」的黑臉，愛他那一樣嗎？

17　**把忘八舅子也招惹將來**：意為把王六兒的弟弟王經，也用到家中來。

18　**明忘八、放羊、又拾柴**：罵韓道國意作一個公開的忘八，「放羊」，前已註說。指年老無子的人家，討來小老婆，故意不加管束，任之與野男人交合，只希望能懷孕生子，取得子嗣的名義。吾鄉亦有此俗，人咸謂之「放羊」。「又拾柴」，意為還要從中得好處說韓道國「一徑把老婆丟與你，圖你家買賣做。要擺你的錢使。」

19　**四十里聽銃響罷了**：意同把你埋在鼓裏，「銃」是明時流行的一

種武器，土槍之類的。四十里外聽銃響，當然聽不到響聲了。

20 **你臘鴨子煮到鍋裏，身子兒爛了，嘴頭兒還硬**：罵西門慶不承認，說他「嘴硬」，如同煮爛了臘鴨子，嘴巴頭子還是硬的。「臘鴨子」即今稱之「板鴨」。

21 **如鼻涕濃瓜醬的**：指物之軟攤如鼻涕下垂。「濃瓜醬」乃形容物之色澤，紅栗栗的。

22 **鹽也這般醎，醋也是這般酸，禿子包網布，饒這一抿子兒也罷了**：這喻意是，你就是這種人，鹽不能不醎，醋（書作酸）也不能不酸，等於今天說的「吃屎的狗還能離得開茅廁嗎！」禿子包網巾，用不著先用篦子櫳頭，可以免去梳子了。這話是說西門慶：「你少來這些鬼話騙我吧！」所以下面說：「若是信著你意兒，把天下老婆都耍遍了吧！」

22 **一個大眼裏火行貨子**：「大眼裏火」不知何意？

23 **可不愛殺了我**：意為要不我愛你發了瘋，纔會「替你啞」那在淫婦窟龍子裏鑽了來的髒東西。

24 **你指著肉身子賭個誓麼**：意為你敢指著你的肉身罰誓言嗎？

25 **雁柱、冰弦**：指樂器箏上的支弦柱隔，以及上了蠟的弦線，奏樂前的行為。

26 **四十個大螃蟹**：常時節的老婆為感謝西門慶周濟，釀製的四十隻螃蟹，顯然是南方人的飲食製作了。

27 **這盆正是官窯雙箍鄧漿盆，又吃年袋，又禁水漫，都是用絹羅**

打，用腳跐過泥，纔燒造這個物兒，與蘇州鄧漿磚一個樣兒做法。：應伯爵贊賞二十盆菊花中的一隻花盆，是官窰鄧漿盆。下說「與蘇州鄧漿磚一樣的做法」。不知此「鄧漿」意指何地？吳地有「鄧尉」，未知有瓷陶之產，江蘇宜興的出紅瓷，不知是否指此地之產。「用絹羅打」，當是指的用細羅篩粉，「用腳跐過泥」，當是指工人用赤足踩泥，踩出泥中砂粒，撿出棄之，以保瓷泥的細致。」「又吃年袋（代），又揉水漫」，自是指的耐久了。

28 **不要惡識他便好**：意為不要用惡意對待他就好了。

29 **今年考選軍政在邇**：意為今年的巡按考選各地軍政官員的日子近了。「望姐夫扶持，大巡上替我說說。」

30 **碧靛**：按「碧靛」本為一種寶石，產於南蕃西蕃，青綠色，與馬價珠相類。又稱為「北定子」。此說「打開碧靛」，似是指的打開生了霉的酒罈蓋子。

31 **倒是個女先生**：「女先生」或為當時專稱盲歌女的名詞。

32 **隨他四十里有蜜蜂兒叫，我也聽見了**：意為耳聰，聽得遠。四十里外的蜜蜂叫也聽得見。是「千里眼，順風耳。」

33 **指下明白**：意為高明的醫生，指下一按脈息，便知道病之所在了。

34 **上了個冠帶醫士**：意為在太醫院有了職司名目了。故有「冠帶」可穿著。

35 **太醫院院判**：按《明史》〈職官志〉三，太醫院設院判二人，正

六品。

36 **素問、難經、活人書、丹溪纂要、丹溪心法、潔古脈訣、加減十三方、千金奇效良方、壽域神方、海上方。**：寫這位趙太醫之徒有口舌，乃賣杖搖鈴的江湖術士。只是胡亂說了些醫書名目。

37 **便毒魚口**：悉為男子染患花柳病的病名。此種病名，似乎今日仍存。可想花柳病之傳染我土，已由來久矣。

38 **祿馬數**：當是指的祿命之數，或為道家用於卦命的一種。《論衡》〈命義〉有云：「人有命有祿，命者，富貴貧賤也。祿者，盛衰興廢也。」此說之「祿馬數」，自是指的卜算祿命的卦課方法。

39 **禳保禳保**：「禳」乃古人祭祀以除厲殃的行為。段玉裁說：「厲殃，謂厲鬼凶害，各本作癘誤。」《月令》：「三月命國難，九門磔禳以畢春氣。」註：「此月之中，日行厲昂，昂有大陵，積尸氣佚，則厲尸隨而出行。命方相氏隨而殿後，又磔牲以禳於四方之神。所以畢止其災。……」《周禮》〈天官〉〈女祝〉：「招梗禬禳之事。」註：「欲變畢曰禳；禳，攘也。」《後漢書》〈靈帝宋皇后紀〉：「此何祥，其可禳也？」註：「禳，除也。」此說「禳保」，自是指的請吳神仙禳除災厲，永保安康之意。

40 **真武廟**：本稱「玄武廟」，乃北方所供奉之龜蛇合體之神。《雲麓漫抄》：「（宋）祥符間，避聖祖諱，始改玄武為真武。」王安石〈給事中孔公墓誌銘〉：「道士治真武相。」據說真武乃漢代淨樂國王之太子，生而有神異，長而能除邪魔。越東海，遇天神，授寶劍，在武當山修煉四十二年，功成，白日飛昇。上帝命鎮北方，稱玄武真神。後改真武。

第六十二回

潘道士解禳祭燈壇
西門慶大哭李瓶兒

1 **閜閜著**：意為強打精神支持著。但字書無此二字。

2 **人死如燈滅**：此為一般人的口頭語，似乎各地流行。但人們雖如此掛在口邊說，卻仍迷信西天極樂與陰曹地府的兩大不同世界，存在於人死之後善惡果報中。

3 **邪魔魍魎家親外祟**：上四字意為被妖魔鬼怪糾纏，下四字則認為被死後的家屬親人或家屬以外的親朋來糾纏著了。是以要祭法禳除。

4 **天心五雷法**：此蓋道家施法的說詞。按「天心」，應指天帝之心。《尚書》〈咸有一德〉：「克享天心，受天明命。」鬼谷子《本經陰符》：「懷天心施德養。」按「五雷法」乃道家的咒法。又稱「掌心雷。」《宋史》〈林靈素傳〉：「惟稍識五雷法，召呼風霆，間禱雨有小驗而已。」《無為州志》：「吳崇信字忠，嘗遊長沙，得傳毛真人五雷法。能驅役鬼神。祈禱甚驗，遠近甚異之。」再按「掌心雷」之法，乃始於明。《溫州府志》：「明顧太真遇麻衣道人，授掌心雷法，能指揮雨陽，叱唶風雲。」

5 **明日還來挐我哩**：寫李瓶兒心理狀態，一直在夢魘前夫花子虛來捉他。甚至隱寫李瓶兒的孩子也是花子虛的，官哥死後，抱在花

子虛懷中，來接李瓶兒去同住。雖無所謂報應之事，且說「人死如燈滅」，但人的心理則不能自瞞。

6　**跨著一盒兒粳米**：「跨」應作「挎」，以有絆兒的籃筐掛於彎起的小肘臂上，謂之「挎」。這裏說王姑子挎了一盒（食物盒，有絆纏）兒粳米（糕）之類的食物。

7　**只替他趕了網兒**：意為只幫助他（薛姑子）賺了錢。表示自己白辛苦。

8　**阿鼻地獄**：所謂「阿鼻地獄」乃指無救的地獄，一旦墜入，永無救拔。《觀物三昧經》：「阿言無，鼻言救。」《法華經》〈法師功德品〉：「下至阿鼻地獄。」《大樓炭經》二：「十八地獄外，更有阿鼻地獄，造五逆人，入此獄中。」

9　**指桑罵槐**：此語今仍流行，蓋指此而寓彼也。或言「指雞罵狗」，或言「指著禿驢罵和尚。」

10　**叨貼**：意為叨光貼補。指李瓶兒在西門家，幾無人沒受過他的叨貼。

11　**天不言而自高，地不言而自卑**：意為誰好誰壞還用得著說嗎！天不說話，永在頭高處，地不言語，永在腳底下。好自好，壞自壞，自言高，高得了嗎？

12　**龍天自有加護**：「龍天」亦佛家之說。佛家認被龍天守護的有八種。能受龍天守護，則人死後不受地獄之苦。朱熹〈甘澤應祈詩〉：「誠通幽隱如無閒，喜動龍天信有因。」

13 **棕灰與白雞冠花煎酒服之**：此殆民間偏方之說。此說筆者兒時曾聞用此方有驗。

14 **鬼門關**：此乃陰陽家之語。即二十八宿中之鬼宿方角。即方相。西北間（乾）天門，東南間（巽）地門，西南間（坤）人門，東北間（艮）鬼門。乃陰惡之氣聚，百鬼出入之門戶。《神異經》：「東北方有鬼星，石室屋三百戶，而其所石傍，題曰鬼門。」《論衡》〈訂鬼〉：「《山海經》又云：滄海之中有度朔之山，上有大桃木，其曲蟠三千里。其枝間東北曰鬼門。萬鬼所出入也。」《唐書》〈地理志〉：「審判北流縣南，有兩石相對，遷謫至此者，罕得生還。俗號鬼門關。」《書言故事》〈黜責類〉：「交趾有鬼門關，其南多瘴癘，去者罕得生還。諺曰：『鬼門關，十九去，九不還。』」但此處之鬼門關，乃指人死後入乎鬼門的關口。

15 **拜牌畫公座大發放**：此當為明朝官場中的一種服膺公職的某種程序。未能詳知此一程序的意義與細節。但「拜牌」一詞，《辭源》則說清會典有此禮。《清會典》〈禮部〉：「凡各省官，三大節則拜龍牌而慶賀。」此說「明日十五，衙門裏拜牌畫公座大發放。」如以本書的史日推算，是政和七年九月十五日。不知是否另有寓義，待考。

16 **一壁打鼓一壁磨旗**：意為一邊（為李瓶兒）準備後事，一邊為其治病。所以下面說「幸的他若好了，把棺材就捨與人也不算什麼？」

17 **明年上京會試**：該年為政和七年丁酉，明年戊戌，正是會試之年。《金瓶梅》實寫的紀年，當然不是宋徽宗的政和七年。

18 **休要只顧搖鈴打鼓的了**：意為不要只顧著鬧鬧吵吵吧！（還是辦
　　事吧！）

19 **血盆經懺**：佛家的經名之一。一名《女人血盆經》。屬目蓮正教
　　血盆經，曹洞宗所授。

20 **做一念兒**：意為作一紀念。

21 **省的觀眉說眼**：意為省的被人指著臉說長道短。（在這屋裏教人
　　罵沒主子的奴才。）

22 **獲罪于天，無所禱也**：語見《論語》〈八佾篇〉。意為罪及天理，
　　無求恕的餘地。朱註：「天即理也。……逆理，則獲罪於天矣。
　　宜媚於奧灶所能禱免乎。言但當順理非特不當媚灶亦不可媚奧
　　也。」

23 **定數難逃，難以搭救了**：此亦宿命論之說。俗謂「黃巢殺人八百
　　萬，在數者難逃。」意為宿命註定，已在劫數之內，無可挽救了。

24 **根絆**：意為不息。生下個兒子，就有了根有了絆了。

25 **密多心經、藥師經、解冤經、楞嚴經、大悲中道神咒**：《波羅密
　　多心經》亦稱《心經》。《藥師經》即《藥師瑠璃光如來本願功德
　　經》。經中說：「佛告曼殊室利，東方去此，遇十殑伽沙等佛土，
　　有世界各瑠璃，佛號瑠璃光如來。……本行菩薩道時，發十二大
　　願，令諸有情所求皆得。」《大悲經》與《大悲咒》均佛家救難
　　之經。《千手經》：「若能稱誦大悲咒，淫欲火滅心除。」《楞嚴
　　經》，前已註說，「解冤經」未查知。

26 **萬年曆**：明朝有三種曆日行世。萬曆年間頒行的是大統曆，在萬曆中葉，即有人考算此曆有誤差，建議更正。且有人建議改用萬年曆者（即今日之耶穌紀元曆。），復另有回回曆。此說「萬年曆」，自是明萬曆中葉以後的口吻了。

27 **卒于政和丁酉九月十七日**：按本書所寫本瓶兒生於元祐辛未（六年）一一九一年正月十五日，卒於政和丁酉（七年）一一一七年九月十七日。享年二十七歲，查與史書紀年之干支合。益證本書作者，寫此書時，時時印證宋史，且故作宋明兩相勘驗交錯之隱喻。

28 **瀼紗漂白、生眼布、魁光麻布、黃絲孝絹**：這些都是當時市上的布帛名目。已非今日布帛所能比況名質矣。

29 **扯長絆兒哭起來了**：意為扯長腔兒哭個沒休止。

30 **黃湯辣水**：意為最粗薄的茶水飯食。中原人的口語。

31 **狗攮的淫婦**：意為被狗淫過的女人。罵女人下賤語。（下面潘金蓮把狗安到西門慶頭上。）

32 **熱突突死了**：意為正看著一個活生生的人就死了。

33 **都是一個跳板上人**：意為大家平等，都是同一等人，生活在同一環境中，站立的也是同等地位。

34 **進來扒口子飯**：斯亦南方人的語態，北方食麵，在口語中，不會說「進來扒口子飯」，「扒口子飯」，顯然指是米飯。

35 **寧可折本，休要饑損**：意為寧可在生意上賒去本錢，也不要虧欠
自己受餓。

36 **硝子石**：可以冒充假玉。前已註說。

37 **雖有錢過北斗**：意為雖然有錢堆起來比天還高⋯⋯

38 **茅塞頓開**：語出《孟子》，「今茅塞子之心矣！」此言「頓開」，
意為明白。

39 **教民無以死傷生，毀不滅性。**：語出《孝經》〈喪親章〉。註：「不
食三日，哀毀過情，滅性而死，皆虧孝道。故聖人制禮施教，不
令至於殞滅。」應伯爵引《孝經》語，勸西門慶勿太哀傷，其語
不倫。蓋亦諷喻也。

第六十三回

親朋祭奠開筵宴
西門慶觀戲感李瓶

1 **怕打了他紗緝展腳兒**：明時官員的紗帽，有兩個展翅兒。此說「展腳兒」，自是指的此種展翅。吳月娘要遣人辦事，只餘下了玳安，連王經都使出去了。所以吳月娘認為，派到張親家爹家去借雲板的事，差書童或畫童就可以了，用不著派王經。非得派個硬朗的去，「怕打了他紗帽腳兒嗎」！此語還可雙關到「丟官」上去。通常，古人丟官謂之「丟了紗帽」。今仍流行此一比喻語。吳月娘氣的是家中沒有可派的人。

2 **揭白**：當是指的為死者畫像。語在何出？未能知。或為當時之口語吧？

3 **成精鼓搗人**：意為平空的抓亂之意。成了精的妖怪，竟大模大樣的搗起亂來了。吳月娘認為西門慶請畫工為死去的李瓶兒畫相，不合禮。潘金蓮下面的話，已經說明了。揭白留影，是子女們的事。

4 **殮**：為死者著衣，謂之殮。通常，為死者淨身著衣，謂之小殮。入棺，安置附葬等物，然後蓋棺，謂之大殮。

5 **白唐巾、孝冠、孝衣、白絨、白履鞋**：由此可見當時喪禮孝衣孝服的制式。亦明朝社會史之一斑也。

6 **長命丁**：意指蓋棺後，在棺之四角釘下去的釘棺長釘。

7 **恭人**：婦人封曰恭人，始於宋政和中。中散大夫以上之夫人，始能封為「恭人」。元六品以上官之夫人明朝四品以上。《潛確類書》：「宋政和年間，詔命婦列郡以稱君，蓋非婦道，且等級無別。於是定制，執政以上封夫人，尚書以上封淑人。侍郎以上封碩人，大中大夫以上封令人，中散大夫以上封恭人，朝奉大夫以上封宜人，朝奉郎以上封安人，通直郎以上封孺人。」《明會典》〈吏部〉：「洪武二十六年定制，一二品封贈夫人，三品封贈淑人，四品封贈恭人，五品封贈宜人，六品封贈安人，七品封贈孺人。」此處寫請來為西門慶題名旌的人，是一位曾任中書之職，隨侍真宗寧和殿的二品官。居然題名這在西門家名列第六的小妾為「恭人」。應伯爵等人說不妥，這位杜中書則說「曾生過子，於禮也無礙。」講了半日才改「恭」為「室」，稱為「室人」。殆亦作者諷喻時紳之攀緣乎？抑諷高官之無學無識邪？

8 **首七**：人死後，習俗有七七之祭。《陔餘叢考》〈七七〉：「皇甫湜所撰昌黎神道碑云：『遺命喪葬，無不如禮。凡俗習畫寫浮屠，日以七數之。及陰陽家所謂吉凶，一無汙我。』日以七數之者，即今世逢七設奠是也。然七七之祭，實不始於唐。」《通俗編》釋道：『《北齊書》，〈孫雲暉傳〉：『南陽王綽死，每至七日至百日，雲暉恆為清僧設齋行道。』吹劍錄載，溫公語曰：『世俗言浮屠，以初死七日至七七百日，小祥大祥，必作道場功德，則滅罪升天。否則入地獄。』李習之去佛齋說，深詆佛家七七之說，則知唐人固多用七七百日，以為治喪之節矣。」可見七七之祭的風尚，由來已久，今仍流行之也。但在明上至唐，此一七七百日之祭，即已是佛道兩家之合體矣。我國人的信仰，在明以前，業已佛釋不分。

《金瓶梅》尤能見之。

9 **三昧水懺**：「三昧」之說，依喻而異，通常指文意之奧，已達妙處、極致、蘊奧之境，謂之三昧。《宋史》〈李之儀傳〉：「元儀能為文，尤工尺牘，軾（東坡）入刀筆三昧。」蘇東坡〈贈老謙詩〉：「瀉湯舊得茶三昧。覓句近窺詩一斑。」《故事成語考》〈釋道〉〈鬼神〉：「儒家曰精一；釋家曰三昧；道家曰貞一。」總言奧義之無窮。但日人之葬場亦稱三昧。《雍州府志》：「倭俗，葬場謂之三昧。」梵語之三摩地（Samadhi）謂正受、正見、正定。」《金剛經》註：「三昧，梵語。」俗語有「三昧火」之說，亦釋迦之傳。《傳法正宗紀》：「釋迦以化期為近，乃命迦葉以清淨法眼，及金縷僧迦製衣付汝，一旦往拘尸那城，右脇而臥，泊然大寂。內之金棺，待迦葉至，而後三昧火燔然而焚，金利光燭天地。」此說「做水陸道場誦《法華經》，拜三昧水懺。」可能「水」乃「火」之誤刻。未知然否？

10 **剛鬣柔毛庶羞之奠**：意指具備了各種禽犢之類的祭品上祭。「庶羞」即眾多饌饌之謂。

11 **施懿範於家室，悚和粹於娣嫜**：意在頌贊李瓶兒在家室中作了個婦女的好範式。把和諧柔順的性格影響了妯娌們。

12 **夢斷黃粱**：乃唐人小說沈既濟之《枕中記》，馬致遠譜為戲劇曰《黃粱夢》，述人之一生，富貴榮華，眨眼而過，入夢時，正蒸黃粱，醒時黃粱方熟。喻人生富貴，到了不過黃粱一夢而已。此借以喻。

13 **玉環記**：明人作品，寫韋皋與玉簫女兩世姻緣事。失去作者姓

名，劇在今之《明六十種曲》中。

14 **弔場**：戲劇演出的術語。此說「弔場」，殆開場之謂。按元明人之傳奇雜劇，在開演時，每有「入話」、「開場」或引話之類的劇情介紹。此之「弔場」或指此也。

15 **關目**：此說之「關目」，揆之語意，當是指的劇目，或正式劇中情節的演出開始，不是弔場只是介紹劇情。

16 **不知趣的蹇味兒**：「蹇味兒」，或者等於說，菜餚中掉落一隻蒼蠅似的。怪應花子攪了情趣也。

17 **打唉的弔眼淚，替古人躭憂**：「打唉的」，意是說閒話的局外人，論說書中人口中故事，在述說時也自會落淚，真是替古人躭憂。

第六十四回

玉簫跪央潘金蓮
合衛官祭富室娘

1 **兩個通廁腳兒睡下**：意指玳安與傅夥計同炕通並著腿腳睡，即甲的腳伸在乙的肩旁，乙的腳伸在甲的肩旁，吾鄉俗謂之「打通腿睡。」

2 **帶頭**：指李瓶兒嫁來西門家，隨帶了許多的金銀財物。所以下面說「把銀子不說，只光金珠玩好、玉帶緂環、鬓髻值錢寶石，還不知有多少？」又說：「為甚俺爹心裏疼人，是疼錢。」上面還說：「俺爹饒使了這些錢（指喪葬所用。），還使不著俺爹的哩！」

3 **毛司火性兒**：意為臭脾氣。「毛司」乃廁所，「火性兒」，火燒的性格。下面說：「你只休惱恨著他，不論誰，他也罵你幾句。」（批評吳月娘。）

4 **只是五娘快戳無路兒行動，就說：「你看我對你爹說。」把這「打」只題在口裏**：玳安批評潘金蓮對他們下人，決不寬厚。而且口齒快捷，總是說得你無路可走，動輒要告爹，把「打」字掛在嘴上。而且說潘金蓮只有一個親娘，也不相認（不照顧。）

5 **如今春梅姐又是個合氣星，天生的**：說春梅在潘金蓮跟前更是一個惹氣的惡星，天生的惡。

6 **再拿一副頭鬚繫腰**：「頭鬚」意為線編的帶繩子，用來繫腰的。或為當時口頭習說的名目。《瓶外卮言》說：「即孝頭巾也。詳《通俗編》。以略細布為之，長八寸，用以束髮根，而垂其餘於後。此即古所謂總也。」看來，此處說的「頭鬚」，似非「頭巾」，因為頭巾只長八寸，如何能用來「繫腰」？朱熹亦有文論及「頭帮」，說：「布頭帮用略紐麻布上條長八寸，以束髮根，而垂其餘於後。」《事物紀原》：「《二儀實錄》曰：燧人時為髻，但以髮相纏，而無物繫縛，至女媧之女，以羊毛為纏，向後繫之。後世易之以絲及彩絹，名頭帮，繩之遺狀也。」這裏說的「頭鬚」，當為線帶子，而非頭飾所用。

7 **不是他的首尾**：意為不是他分內的事務。與他不相干。

8 **稍出來**：意為順便常出來，「稍」應作「捎」。

9 **儹勾十來兩銀子**：「儹」乃積聚之意。一星星諸蓄之也。

10 **唱道情的**：所謂「道情」，乃道家之歌，其內容多為警醒世人勿泥凡塵。一名黃冠體。《西湖志錄》：「冷泉硬前修竹古松，並無暑氣，後苑小廝兒打息氣，唱道情。太上云：『此是張掄所撰鼓子詞。』」《任訥曲諧》：「道情一體，明人之中，尚未見有專作，今世但知鄭板橋有其詞，而不知徐靈府實定其製。」此處亦能見及，道情在明時即極流行，否則，不能延至西門家饗客。筆者兒時曾聽過道情，一手抱長竹筒魚鼓，一手拿板，邊敲邊唱。俗稱「唱魚鼓的」。

11 **不知弄下甚麼磣兒**：意如今語之不知惹下什麼皮漏。「磣」乃飯中砂子或土粒，俗謂磣牙。遇有磣牙的砂粒或土粒，就嗣嚼不下

去了。此說「碡兒」，自是借此以引申的夾砂子。

12 **物之不齊，物之情也**：此語出自《孟子》〈滕文公〉，孟子責許行之賢君應與民並耕之說；以告陳相。意為物情不一，不能市價不二。

13 **建昌、鎮遠、楊宣榆、桃花洞**：這些名詞，自是指的產材地處。建昌，或是指的川屬，鎮遠則黔屬。薛內相是看管皇庄的，對於木材，不大內行。尤其「楊宣榆」一詞，更是等而下之的棺木。楊、榆是木材中的下等，棺木用楊榆，是窮困人家的喪葬。不過，此處說的「楊宣榆」，又似為當時頗為高貴的木材，未能查知何地之產。至於「桃花洞」，在湖南寶慶縣南，有此地名。四川長壽縣之東，亦有此地名。書中寫應伯爵說：「桃花洞在於湖廣武陵川中，昔日唐漁父人此洞中，曾見秦時毛女，在此避兵。是個人跡罕到之處。」不知此說乃舊有故實之傳說呢？或是前人記述之文？未能查知。或亦基於武陵桃源之編說吧！

14 **那蠻聲哈剌，誰曉的他唱的是甚麼**：薛內相說他聽不懂海鹽戲子唱的是什麼詞句，蠻聲哈剌，他聽不懂。

15 **劉智遠紅袍記**：明初有傳奇《白兔記》，寫漢劉知遠在微賤時，別妻投軍故事。後榮高位，以出狩逐白兔，獲知前妻消息，遂迎回立為第一夫人。明人《六十種曲》中，收有《白兔記》全劇，清人編了《綴白裘》，亦收有數折。此說《紅袍記》，或為演出時流行之名目。

16 **韓文公雪擁藍關故事**：雜劇中有韓湘子度韓文公關目，此劇乃據韓愈〈左遷至藍關示侄孫湘詩〉而作。詩云：「一封朝奏九重天，

夕貶潮州路八千，欲為聖朝除大事，肯將衰朽惜殘年。雲橫秦嶺
家何在！雪擁藍關馬不前。知汝遠來應有意，好收我骨瘴江
邊。」

17 昨日這八月初十日，下大雨如注，雷電把內裏凝神殿上鴟尾裘碎
了：《瓶外卮言》說：「事見《宋史》，不祥之兆也。」粗略查翻《宋
史》〈徽宗帝紀〉及〈天文志〉，未能見及此一不祥紀事。

18 昨日大金遣使臣進表，要割內地三鎮：在宋徽宗靖康元年（1126）
二月間，確有割三鎮之史事。初金人圍城，蔡懋禁不得。輒施矢
石，將士積憤及李綱復用。下令能殺敵者厚賞，眾無不奮躍。金
人懼，稍稍引卻。至是宇文虛中，復奉詔如金，許割三鎮地。斡
喇布得詔遂不俟金幣數足，遣韓光裔來告辭，退師北去。肅王從
之，京師解嚴。」此則寫於政和七年。

19 昨日立冬，萬歲出來祭大廟：如按本書情節進展，該日應為九月
二十三日。在上一回眾人祭奠的祭文上，寫明是「九月庚申朔越
二十二日辛巳」，薛內相等人是這一天的第二天到西門家弔祭，
應為九月二十三日。此說「昨日立冬，自應是九月二十二日了。
查明嘉靖四十年的立冬是九月二十日，萬曆四十六年是九月二十
一日。這兩年的立冬早，都在九月。都與此說之「昨日立冬」頗
相吻。在與上註說之「壬子」日對照，頗能令人疑及，此說不無
史日上的隱寓。再本回之第二日，周守備、荊都監等人前來祭
悼，時間應為九月二十四日，但祭文則寫的是九月二十五日，又
後了一日。在情節上年月日時有一二交錯，似為作者的故意。筆
者認為頗有隱寓之政治諷喻意義。註此以供研究者參考。

20 **太廟磚縫出血，殿東北上陷了一角**：《宣和遺事》說：「宣和元年，神宗皇帝廟室便殿，有磚出血，隨掃又出，數日方止。是時蔡京等方事諛佞，有此異事皆不敢聞奏於上。而徽宗驕奢之行愈肆矣！」

21 **童掌事大了，宦官不可封王**：宣和六年（1124）六月，援神宗遺訓，能復全燕之境者，胙土錫以王爵，遂封貫為廣陽郡王。按童貫之誅，在靖康元年七月，先竄於吉陽軍，後遣御史張澂誅之。此說「如今馬上差官拿金牌去取童掌事回京。」殆亦小說家之筆，不能說不無諷喻。萬曆時礦監四出，均太監之為害也。童貫掌握兵權二十餘年，寵倖蹂乎文武正臣者多矣。

22 **酸子**：此指文官們，後人往往以「酸子」作為秀才的代名詞。上面寫薛內相說：「那酸子每，在寒意之下，三年受苦，九載遨遊，背著個琴劍書箱，來京應舉，爭得了個官，又無妻小在身邊，便希罕他這種人。你我一個光棍漢，老內相，要他幹什麼？」諷喻文官們之所以喜歡戲文，正因為他們身邊無妻小。意在言外矣。

23 **內臣斜局的營生**：意指太監們的喜好每與一般常人不同。

24 **金玉其德，蘭蕙其姿**：贊譽之詞。贊李瓶兒德如金玉，品貌如蘭蕙之清新芬芳。

25 **尊所天而舉案齊眉**：喻夫婦之恩愛，妻對夫之尊如對天之敬。「舉案齊眉」乃漢梁鴻孟光故典，今仍為人習用[1]。

1　見〔漢〕范曄：《後漢書》〈梁鴻傳〉，十三卷。

26 **耆艾**：意為夫妻相愛以偕老。耆，老也。艾，長也，一說七十曰
艾。

27 **歎薤露而易晞**：「薤露」乃古輓歌，言人生如薤上之露，易晞滅
也。此以駢文對偶，嘆人生如露。

第六十五回

吳道官迎殯頒真容
宋御史結豪請六黃

1 **追薦**：斯亦佛家語，與追善同。《盂蘭盆經》〈宗密疎〉上：「逐搜索聖賢之教，虛求追薦之方。」《釋氏要覽》：「人亡，每至七日，必營齋追薦。」

2 **轉經演生神章，破九幽獄，對靈攝召，拜進救苦朱表，領告諸真符命**：佛家能登國有生神之地。追薦的意旨，即在於死者能登生神之地，不致墜入地獄，故又有「破九幽獄」及「拜追救苦朱表」的法事。但「領告諸真符命」，卻又是道家的勾當了。

3 **朝廷如今營建艮獄，勅旨令太尉朱勔，往江南湖湘採取花石綱，運船陸續打河道中來。頭一運將次到淮上，又欽差殿前六黃太尉來迎取卿雲萬態奇峯。長二丈，闊數尺，都是黃毡蓋覆，張打黃旗，費數號船隻，由山東河道而來。況河中沒水，起八郡民夫牽挽。**：徽宗政和七年（1117）十二月，作萬歲山。初徽宗以未得嗣子為念。道士劉混康，以法籙符水出入禁中，言京師西北隅地協堪輿，倘形勢加以稍高，當有多男之祥。始命為數仞岡阜，已而後宮生子漸多，帝甚喜，始信道教。于是蔡攸倡為異聞，謂有珠星璧月，跨鳳成龍，天書雲篆之符，以逢迎之。遂竭國力以營經土木之工。至是，又命戶部侍郎孟揆，于上清寶籙宮東，築山以象餘杭之鳳凰山，號曰「萬歲」。抵宣和四年（1122）十二月始

作成。帝自以為記，以山在國之艮位，更名曰「艮嶽」。山周十餘里，其最高一峯九十步，上有亭曰介亭，分東南二嶺，直接南山。……但花石綱之政，則始於政和四年（1114），前已註說。確由朱勔領蘇杭應奉局，辦理花石綱事。但《大宋宣和遺事》，則把此事記為大觀四年（1110）事。

關于花石綱之寫在這裏，則頗有隱寓明神宗開鑛惡政的諷喻。如兩相比擬，則頗多相合。

按明神宗遣中官開鑛，事在萬曆二十四年（1596）七月，命中官榷稅，在同年十月。初畿輔言礦利，慫恿中官開鑛。雖宰臣申時行力言不可，卻因乾清、坤寧二宮火災，加以又在寧夏、朝鮮用兵之後，國用大匱，計臣束手無策。既有人說開礦有利，怎能不允。於是獻礦峒者踵至。首開畿內，命中官領之。嗣後河南、山西、南直、湖廣、浙江、陝西、四川、江西、福建、雲南無地不開。中使四出，皆給以關防，並指原奏官往。脈絡細微無所得，勒民償之。而奸人假開礦之名，乘勢橫索民財。有司稍忤意，輒論其阻撓逮治。富家巨族，則誣以盜礦。良田美宅，則指為下有礦脈。卒後圍捕，辱及婦女。橫暴如此，群臣諫不聽。且在開礦以外，增設稅使，如天津店租，廣州珠監，兩淮餘鹽，浙閩粵之市舶，成都茶鹽，重慶名木，湖口長江船稅，荊州店稅，都邑關津，中使棋布。水陸數十里，即樹旗建廠。至所納奸民為爪牙，肆行殺奪。又立土商名目，窮鄉僻塢，米鹽雞豕，皆令輸稅。中人之家，大半皆破。[1]據明人文秉所著《定陸註略》所記礦稅中使擾害地方，遂行呈獻情形，與宋徽宗時的「置提舉御前人船所」如出一轍。若按宋徽宗的花石綱所設的應奉局，在各地的應奉情

---

[1] 見〔清〕張廷玉等編：《明史》〈食貨志〉〈礦冶〉。

形，殆亦明神宗開礦的祖本。

當年朱勔奉勅領應奉局辦理花石綱事，據《宋史》〈朱勔傳〉謂：「所貢物豪奪漁取於民，毛髮不少償。士民家一石一木稍堪玩，即領建卒直入其家，用黃封表識，未即取，使護視之，微不謹即被以大不恭罪。及發行，必徹屋抉牆以出，人不幸有一物小異，共指為不祥。惟恐攴遞之不速。民預是役者，中家悉破產，或鬻賣子女以供有需。斷山輦石，程督峭慘，雖在江湖不測之淵，百計取之，必出乃止。嘗得太湖石，高四丈，載以巨艦，役夫數千人，所經州縣，有折水門橋樑鑿城垣以過者。既至，錫名神運昭功石。截諸道糧餉綱，旁羅商船，揭所貢，暴至上篙工舵師，倚勢貪橫，陵轢州縣，道路相視以目。……」兩相對照，豈非異曲而同工。據此，所以想知本回所寫的這一則宋徽宗史事，得非隱喻明神宗的礦稅乎！（此事在第四十八回已約註說。）

至於這位姓黃的太監，何以稱之為「六黃」？則未能知。錫名之「神運昭功石」，也改為「卿雲萬態奇峯」了。

4 **承差**：意為承應差遣的人，此謂宋御史派來的差人。

5 **發引**：葬禮出殯之日，謂之發引。

6 **平頭卓席、散席**：此或為當時酒筵上的擺設俗禮，形式如何？則未能詳知。

7 **一應衹迎廩餼，公宴器用人夫**：意為路上運送奇峯的一切迎送用費人夫，以及沿途的公宴，「無不出之於州縣，必取之於民。」是以「公私困擾，莫此為甚。」

8 **早辰取水轉五方，請三寶浴佛；午間加持召亡破獄，禮拜梁皇懺**：

寫李瓶兒三七之祭，晨午道場的名目。下面還寫著做法事的各種
形式。唱輓歌的「歌郎」唱哀歌，再「靈前參靈，吊五鬼，鬧判，
張天師著鬼迷，鍾馗戲小鬼，老子過函關，六賊鬧彌勒，雪裏
梅，莊周夢蝶，天王降地。水火風，洞賓飛鈕斬黃龍，趙太祖千
里送荊娘，各樣百戲弔罷……」看來，這些熱鬧影，自全是富家
的排場。也時時而處處顯示了佛道的混而為一。

9　**陳經濟跪在柩前摔盆：**「摔盆」之俗，通常都是子嗣的事，如死者
　　身後有子多人，則禮由長子為之。如無子嗣，則以輪應承挑的那
　　位侄子或侄孫擔任「摔盆」之事。在吾鄉俗謂之「摔老盆」。有一
　　俗語，往往打嘲著說：「你這小子真會巴結，還想摔老盆嗎？」意
　　為還想承繼家業嗎！李瓶兒無子，陳經濟是西門家唯一的一位第
　　二代。「摔盆」便輪著他了。
　　摔的這個盆，是放在棺前化燒紙錢的一個盆子，通常用的都是粗
　　瓦盆，在棺木起靈時，由摔盆的人，拿起一擲摔破。子侄們為了
　　爭產，曾有爭摔這隻瓦盆的事發生過。可以想知「摔盆」之俗的
　　重要。不知江南有此俗否？

10　**敲響板指撥擡材人上肩：**這裏也全寫的是喪禮的豪富，因為棺木
　　重，有六十四人上扛，行動要一致，用口指揮，難免要達不到，
　　遂由一仵作立於增架上（站在棺木上的增架上吧？），敲響板指
　　揮。看起來，可真是夠威風的了。

11　**紫府、七真：**道家謂神仙的居處為「紫府」。《海內十洲記》認為
　　是州一名青邱，有風山，山恒露響，有紫府宮，天真仙女遨遊此
　　地。《抱朴子》〈怯惑〉：「項曼都學仙，十年而歸，曰：『在山精
　　思，有仙人來迎。及到天上，先過紫府。金床玉几，晃晃昱昱，
　　真貴處也。』」《故事成語考》：「紫府即是仙宮。」至於「七真」，

則未能查知何謂「七真」，待考。

12 **月娘坐魂轎抱神主魂旛**：不知此一喪禮的風俗，習於何地？在吾鄉，神主由主孝子抱持，引魂旛則由長孫手持。無長孫則由季子。否則，亦由孝子併持之。這裏則寫由吳月娘抱神主魂旛，還坐魂轎。吾鄉未之有也。

13 **到家門首燎火而入**：此一風習，吾亦不知流行何地？斯亦研究《金瓶梅》者的直接資料之一。待考。

14 **來泰安州進金鈴弔挂御香，建七晝夜羅天大醮**：這裏說從京中來的黃真人，要在泰安州代皇上追送金鈴，還要弔掛御香，做七天七夜的拜北斗的大醮。「羅天大醮」，即拜禱北極星之祭禮。

15 **布按三司**：按《宋史》〈職官志〉，無布按職司。《明史》〈職官志〉四，列有布政司與按察司。承宣布政使司，設左右布政使各一人，從二品。……提刑按察使司按察使一人，正三品。……其他尚有都轉運鹽使司，市舶提司，茶馬司，巡檢司，稅課司。但此說「布政三司」，乃指布政、按察都指揮使之總稱。《續文獻通考》〈職官考〉：「臣等謹按，馬端臨考，有承宣使始於唐，迄於宋，似同於今之承宣布政使，然考政和時，改觀察留後為承宣使，實非今之布政使司比也。今之布政司，昉於明初行中書省。《唐書》〈百官志〉，官司之別為省，如尚書、黃門、中書、秘書、殿中、尚書六省是也。明既改為中書省為十三布政司，而向所稱各道各路者，遂叛為十三省之名。是布政司固當列於行中書省之後，然明代改設以來，布政司為一方守土官之首，與都提揮使、提刑按察使稱三司。或布按並稱，則曰藩臬兩司，兩司設官互有兼銜，故置諸按察司前。」

16 **張打黃旗「欽差」二字**：意為運輸大奇石的船隻，上插寫有「欽差」二字的黃旗，以示此乃皇帝之差，可以免去一切關卡的查驗。

17 **壓壓跪於道旁迎接**：「壓壓」形容人眾，跪在道旁迎接的人，黑壓壓一片。下面寫出地方上各級首長各職人等共達二十餘人。列不上名的地方士紳以及府縣學生員等等，真是黑壓壓也。

18 **若是第二家擺這席酒也成不的，也沒咱家恁大地方，也沒府上這些人手，今日少說也有上千人進來，都要管待出去。哥就是賠了幾兩銀子，咱山東一省也响出名去了。**：這第六十四、六十五兩回，是《金瓶梅》作者寫西門慶的顯赫，到達高潮的時候，李瓶兒葬禮的鋪張，何止是妾婦之禮。接六黃太尉，雖只「一飯」，其排場之傅設，何嘗不是《紅樓夢》寫元妃省親場面的藍本呢！

19 **荳芽菜兒有甚麼綑兒**：黃豆生芽的黃豆芽，芽短而且脆，是上不得繩捆的一種蔬菜。此一歇後語，意為這種人，還上得嘴說嗎？

第六十六回

翟管家寄書致賻
黃真人牒度薦亡

1 **上安三清四御、中安太乙救苦天尊、兩邊東嶽酆都。下列十王九幽、冥曹幽壤、監督神虎二大元帥、桓劉吳魯四大天君、太陰神后、七真玉女、倒真懸司、提魂攝魄一十七員神將：** 這些，全是道家的神祇仙位與幽冥中的主宰。所謂「三清」乃道家的三神。玉清，元始天尊，上清，靈寶道君，太清，太上老君。又仙人之居所，亦曰玉清、上清、太清等三清。按道家之書，四人天外，曰三清境：玉清、太清、上清。又云：「聖登玉清，真登上清、仙登太清。今道觀供養三清，本此。佛家有十王之說，幽冥中有泰廣王、初江王、宋帝王、伍官王、閻羅王、變成王、泰安府君、平等王、都市王、轉輪王。又十三佛中之不動、釋迦、文殊、普賢、地藏、彌勒、藥師、觀音、勢至、阿彌陀佛十佛，上配十王。宋無名氏《鬼董》：「佛言琰摩羅，蓋主奈落迦者，止一琰摩羅耳。閻羅蓋琰羅之訛也。餘十八王見於阿含等經，名皆梵語，王主一獄，乃閻王僚屬，義不得差肩。十王之說，不知起於何時，當是僧徒以惑愚民耳。」

在此，則為道家的道壇之說，所謂之「十王九幽」，或有道家之說。但在一般人的習語中，每說十殿閻羅，九幽冥君。這裏說的「東嶽酆都」，自亦是指的高低之對。東嶽乃五嶽之尊，酆都城向被習稱之為幽冥之所。以下寫的那多道壇上的供養，無非誇張黃

真人所設道壇之威武神偉，其中名目，是否全是道家之設，吾不能知。總之，可見當時人民之一般習尚，富家之喪葬薦亡，只是一味在富有上擺擺排場，非以薦亡者，乃以示生者也。此俗至今仍是。臺灣一地，似仍愈乎他地。各方廟祝之多，香火之盛，足以明之耳。想來神聖鬼域之有，非有人以愚民，乃愚民之自愚也。

2 **高功黃元白奉行**：從「上清大洞……」到這「高功」二字，共五十七字，都是此一黃真人當時的頭銜。此一長達五十餘字的頭銜，自然都是「當時」的道君皇帝封賜的。按《宋史》，宋徽宗曾於宣和元年（1119）正月，詔更寺院為宮觀，要僧人易服飾，稱姓氏，佛號大覺金仙餘為仙人，僧為德士，改女冠為女道，尼為女德，並下詔許（僧）德士入道學，依道士之法。翌年，就又改回了。《金瓶梅》的作者之所以誇大了此一道家的道法，蓋以不滿現實社會之諷嘲吧！

3 **因催皇木一年已滿，陞都水司郎**：明朝派出榷稅或催督皇木等事的官員，一年一更。

4 **大錦堂**：尊稱掌刑主宰官員為大錦堂，明時錦衣衛執掌緝捕刑察等事。故稱「錦衣」為「大錦」。此以相示西門慶已升任了理刑正千戶。

5 **賻儀**：祭奠之禮物，謂之賻儀。今仍使用。

6 **舉民有五袴之歌，境有三留之譽**：民歌五綺（袴），典出《後漢書》〈廉范傳〉：「建初中，遷蜀郡太守，成都民豐盛，邑宇遍側，舊制禁民夜作，以防火災，而更相隱蔽，燒者日屬，范乃毀削先令，但嚴使儲水而已。百姓各便，乃歌之曰：『廉叔慶，來何暮，不禁

火，民安作，平生無襦，今五絝』。」儲光羲〈獻鄭州宋使君文
詩〉：「路喧歌五絝，軍醉感單醪。」《故事成語考》〈文臣〉：「廉
范守蜀郡，民歌五絝。」至於「三留」乃三留去思，未知有無典實。

7 **轉京堂指揮列銜**：告知夏提刑轉遷都指揮使司列一名銜，改調京
官了。

8 **班門中弄大斧**：魯公輸班，巧匠，尊為木工之祖。《列子》〈湯問〉
「班輸之雲梯，墨翟之飛鳶，自謂能之極也。」《墨子》〈公輸〉：「公
輸般為楚造雲梯之械成，將以攻宋。子墨子聞之，……見般解帶
為城，以牒為械，墨子守固有餘。」《戰國策》〈宋策〉：「公輸為
楚設機，將以攻宋。墨子曰：『聞公為雲梯，將以攻宋，宋何罪之
有？』」《淮南》〈修務訓〉：「楚欲攻宋，墨子聞而悼之。見楚王曰：
『臣見大王之必傷義而不得宋。』王曰：『公輸天下巧士，作雲梯
之械，設以攻宋，曷為弗取！』墨子曰：『令公輸設攻，臣請守
之。』於是公輸班設攻宋之械，墨子九邰之，弗能入，乃偃兵不
入。」後人遂以「班門弄斧」作為獻拙於行家之前的比喻。

9 **貂不足，狗尾續**：語出《晉書》〈趙王倫傳〉：「奴卒役廝，亦加爵
位，每朝會，貂蟬盈座，時人謂之諺曰：『貂不足，狗尾續。』」
《故事成語考》〈鳥獸〉：「美惡不稱，謂之狗尾續貂。」此亦溫秀
才的謙詞。

10 **搭高座、扎綵橋、安設水池火沼、放擺斛食**：此當悉為道家作法
時的設施。蓋亦設排場已耳。究其意義，亦無非薦亡消災的形
式。宗教，蓋均著重於形式。如無形式之設施，則宗教無以傳
矣！

11 **執手爐宣偈**：不知此一手爐是何形態，道家之儀歟？佛家之儀歟？待之方家演述。按「偈」之可宣，殆佛家之語。印度文歌佛典中之聖歌韻文，七字或五字句，亦稱偈文，多為一偈四句。本佛家說「偈陀」（Gatha）之略語。雖《莊子》〈天道〉之篇，有「偈偈乎揭仁義」一語，但文中之「偈偈」乃形容詞。《釋文》：「偈偈，或云用力之貌。」並非名詞之偈。下面黃真人焚香祝念的禱文，駢體近五百言，所用之詞，亦多佛道二家語。如「玄皇闡教」，「青玄九陽上帝」、「三界官屬」、「水府羅酆」、「豈信無常到」、「天津九炁」、「地凝九幽」，似乎並不全是道家的法術語。這位作者之所以能運用了這多的佛、道二家的術語，似非無知者之胡亂拼湊，想來，良是基於現實社會的寫實。這一回的重心，全在這位奉欽差來自京師的黃真人作法的大場面。想是明朝社會上信仰之一斑吧！

12 **三皈、九戒、甘露味**：「三皈」指上皈於三清——玉清、上清、太清；「九戒」指孝父母、忠君王、救眾生、不淫、不盜、不嗔、不詐讒、不驕傲、奉戒專一；再作十二招魂，招來受甘露味。這裏都一一寫出原詞，益可見及當時社會的佛道混而為一的情況。在明之嘉隆萬間，不僅佛道盛行民間，且有利瑪竇之西方基督教，傳來中土，雖未大盛，卻也攜來不少科技思想。但在本書中，還未能明確見及。

13 **赧顏**：亦如俗謂之「臉紅」。面露羞赧之色也。

第六十七回

西門慶書房賞雪
李瓶兒夢斷幽情

1 **今日白扒不起來**：意為昨夜睡晚了，今天就是起不了身。

2 **拿了兩盞酥油白糖熬的牛奶子**：牛奶之被國人當作滋補的養料食品，不知在本書以前有無？記此以待博學。

3 **拿木滾子撬身上行按摩導引之術**：此種按摩方法，在抗戰前後的澡堂中，仍能見及。理髮、修（捏）腳，按摩，在我國已行之頗久。「按摩」古稱仙家導引術，後世亦為醫家用為療病之技。《素問》〈血氣形志〉論：「經絡不通，病生於不仁，治之以按摩醪藥。」註：「夫按摩者，所以開通閉塞，導引陰陽。」《漢書》〈藝文志〉：「黃帝岐伯按摩十卷。」《演繁露》：「醫有按摩法，按者，以手捏捺病處也；摩者，挼搓之也。」在唐時，有按摩師之官，屬太醫署。《唐書》〈百官志〉：「太醫署掌醫療之法，其屬有四，一曰醫師，二曰鍼師，三曰按摩師，四曰呪禁師，皆教以博士考試用。如國子監。」又有按摩博士之職，亦唐之太醫屬官，與按摩師並為從九品，掌教導引之法以除疾，損傷折跌者正之。《令義解》〈職員〉：「典藥寮，按摩師二人，掌醫療諸傷折。」

4 **小人身從鄆王府要正身上直，不納官錢，………此是祖役，還要勾當餘丁**：寫當時民家膺担官役的情形，一種是出人，必須「正

身」－本人前去服膺差役，一是出錢，不須本人，只要繳納「官錢」
就可以了。韓道國說他這是「祖役」，從祖上起，就是如此的了。
本保本來也是，已經太師府的文書予以註銷。于是西門慶應允替
韓道國寫個揭貼，把「官」字註銷，「常遠納官錢罷（繳官役錢不
用本人正身去服役），你每月只委付下一個的當人打米就是了。
（每月只要找一個人去代替就夠了。）」寫西門慶在官場上為人打
關節，無論大事、小事，無往而不利。

5 **此物出于西域非人間可有**：按「泡螺兒」一物，上已註說，乃蘇
州所產。此處應伯爵說「此物出於西域非人間可有」，自是故意向
溫秀才誇大之詞。但此物「呷在口內，入口而化。」而且在製作的
程序上，主要的工作在「揀」，是否是《陶庵夢憶》中所說的那種
「鮑螺」，也未能加以對證。

6 **你害饞癆饞痞**：中原一帶人習慣用以呪罵人的話，指有一種病最
貪吃，但越吃越瘦。通常稱這人害的是饞癆，腹中生了饞痞。

7 **破傷風**：病名，今仍稱之為「破傷風」。通常都是皮膚有傷，侵入
了破傷風病菌而致病。死亡率極高。

8 **土豪、窩主**：通常把地方上的豪富地主，謂之土豪。《周書》〈楊
忠傳〉：「梁元帝逼其兄邵陵王綸，綸北度與其前西陵郡守羊思達，
要隨陸土豪段珍寶，夏侯診治。合謀送質於齊。」《南史》〈韋鼎
傳〉：「州中有土豪，外修邊幅，而內行不軌。」《六部成語》，〈刑
部〉土豪之註解：「本地豪強之人也。」若明朝之各王封藩，地據
一方，明神宗時的福王常洵，贍田二萬頃，地跨三省。有權有
勢，才算得是真土豪也。

「窩主」是指那些窩藏歹人作惡的人家。強盜搶劫來的財物，暗中由他們收納存藏。

9 **保辜限外**：一如今日的交保候傳。且限制生活活動的區域。「辜」同罪。

10 **閒時不燒香忙時走來抱佛腿**：此語今仍在流行，意為平時不往還，到要用著人家的時候，才去拜託。

11 **起早打卯去了**：「卯」在時間上是早晨，天亮不久。上公謂之畫卯，點卯。此說「打卯去了」，或是指的商人到官府去報到，等候辦理各種與官府有關的商務吧。

12 **使著手不得閒膽**：一如今語之「膽不出手來」。正忙著，沒有工夫把正忙著的事放下，來替你趕辦之意。

13 **那個吃了他這條搭連只顧立虹螞蝗的要**：「螞蝗」是水蛭，虹在皮膚上，會把頭鑽入皮膚內去，虹住就不換地方。通常以喻死釘著要東西，非拿到不走的人。稱為像「螞蝗似的釘著。」

14 **拾個白財于是褪入袖中**：意為拾得三兩銀子（搭連中餘下來倒乾淨的三兩銀子。），是未出力而自得的，藏在被子中也就算了。此事後來，均未見是起，可見財富之家的財物收存無數。反正這筆銀子是黃四孝敬來的，也沒有個確數。

15 **你不知他家孤老多，到晚夕桶子掇出屎來，不敢在左近倒……**：此說「桶子掇出屎來」的生活習尚，已非北人的生活，南人用桶裝糞便，北人則用廁所，不用桶盛。婦女們亦只用盆，早晨把糞便倒入糞池（坑）。

16 **衣梅**：書上說明是加入各樣藥料用蜜煉製過滾在楊梅上，外用薄荷橘葉包裹的這種「衣梅」，是否一如今日還能食到的紙包酸梅？不易印證了。

17 **你肚子裏棗核解板兒能有幾句兒**：意指春鴻不會唱很多歌唱，沒有幾句兒。棗核[1]兒體小，如用鋸子把棗核兒解成板兒，能鋸上幾鋸呢！「鋸」與「句」諧音，遂用此語解後為：「沒有幾句兒」。

18 **父子上山，各人努力**：意為各人幹各人的，閒話不要多說。此「上山」一詞，有雙關語意。故謂「各人努力」也。

19 **湯婆**：裝滿了熱水的瓶罐，睡前放在被褥中，先把被窩溫熱，睡時便不會冰涼的了。

20 **兩個已知科範**：「科」，程式也；「範」，模式也。此謂繡春、迎春二人，見到西門慶要茶吃，即已知道主人下一行動要作些什麼了。因為他們已見慣了西門慶的這種行為程式與模式。

21 **如綿瓜子相似**：彈妥了的棉花，在紡線之前，先把棉花作成巴掌大小的塊塊，這種塊塊，俗謂之「棉瓜兒」。在此以喻奶子如意兒皮膚的白皙。

22 **往後教他上頭上臉，甚麼張致**：「上頭上臉」，意為打扮成妾婦的樣子，不再是奶娘或僕婦的裝飾。潘金蓮認為，如果奶子如意變成了小老婆，在他們之間成什麼樣子呢！

23 **寫了一封書稍與苗小湖就寫他重禮**：此一苗小湖，可能就是那揚

---

[1] 核，讀如胡。

州的苗員外，否則，怎說「謝（寫）他重禮（寫自是謝字之誤）」，謝他重禮，自是指的送歌童了。但後面苗小湖出現時，則又未明確交代。

24 **先親後不改**：意為既然先結了親，以後就不能把這門親廢了。

25 **我做獸醫二十年猜不著驢肚裏病**：此語意在「驢」字，意為行家還猜不到驢肚裏的毛病嗎！把西門慶比作驢，潘金蓮說西門慶的心事，他還能猜不著嗎！

26 **夢是心頭想，哮嚔鼻子痒**：此乃俗諺，意為作夢是心頭的意想，打噴嚏是鼻頭發痒。指西門慶還在想死去的李瓶兒。

27 **相俺，多是可不著你心的人，到明日死了苦惱，也沒那人顯念。此是想的你這心裏胡油油的**：這段話是潘金蓮向西門慶發出的牢騷，自嘆自己不如李瓶兒，死後還會到西門慶夢中來。自己卻是可不著西門慶心的人，死後自也不會有人顯明的去想念他。所以他說西門慶夢見了李瓶兒，乃是因為他在心裏思念李瓶兒，想得太厲害了，想得「胡油油的」。通常，中原一帶人稱食物太油膩，謂之油糊糊的。想人想得「胡油油的」，意即想得心上出了油了。

28 **昨日俺房下，那個平白又桶出個孩兒來**：此語中的「桶」字，作動詞用。意為他竟然不知不覺的又把他家房下的丫頭春花「桶」出個孩子來了。

29 **俺如今自家還多著個影兒哩子**：意為光是照顧自己，還嫌自己的影子都是多餘的哩！那堪又添個孩子！因而說「家中一窩子人口要吃穿，盤攪這兩日，媒巴劫的魂也沒了。應寶逐日該操，當他

的差事去了。」意為他的老婆應寶要操勞全部家務，要忙他的事。所以這兩天，由他介入了這件事，忙攪得連魂兒都被劫去了。因而後面又說：「那黑天摸地，那裏活變錢去？」打算躲到寺院去了。全是訴苦求助之辭。

30 **你去了，好了和尚，卻打發來好趕熱被窩兒**：意為你去後正好和尚有機會到你家去趕熱被窩，諷說應伯爵有意讓出老婆給和尚睡。

31 **寫個符兒**：意為寫張借據畫上個花押作借銀憑證。

32 **左右我是你老爺老娘家，不然你但有事來就來纏我**：意為我這裏等於是你外婆家，祇要有事就來纏我。

33 **這孩子也不是你的孩子，自是咱兩個分養的**：說春花為應伯爵生的兒子，是他們二人合夥「桶」出來的。而且說：「滿月把春花那奴才教了來，且答應我些時兒，只當利錢不算發了眼。」雖是玩笑話，也足見有錢人的口氣了。雖然伯爵還了一句：「你春梗這兩日瘦的相你娘那樣哩！」終究不是富人的語氣。

34 **沒尾八行貨子**：通常比喻人之不易抓尋，謂之沒尾巴。「行貨子」，前已註說。

35 **斷七**：人死了已過第七個七日，已逾四十九日。通常，斷七亦有斷七之祭。

第六十八回
鄭月兒賣俏透密意
玳安慇懃尋文嫂

1 **各門上貼歡門吊子**：所謂「歡門」，指門上懸上彩綢等事。《東京夢華錄》：「凡京師酒店門首，皆縛彩樓歡門。」《通俗編》：「夢梁錄，食店近裏門，面窗牖，皆朱綠五彩裝飾。謂之歡門。」這天是十一月初五日，李瓶兒出七，在花園捲棚內建立道場，各門上貼歡門吊子。此說是「貼」，不是「懸掛」，可能是貼在門上的彩紙條吧！

2 **洒花米轉念三十五佛明經**：「洒花米」，不知是何種形式？「三十五佛明經」亦不知是佛家的何經？待考。

3 **放焰口施食**：向孤魂野鬼施捨紙錢食物的一種野祭。在中原一帶，此俗甚盛。通常選在三岔路口，燒化紙錢，放些飲食等物，以享餓貪之鬼。無非是向野鬼們行賄，要他們不要去騷擾新死者而已。

4 **赤道有要沒緊**：意為誰知道他是快是慢，多咱來得到（不要再等他了），在語意中，還帶有責備，怎麼有要沒緊的在這種時候去「望朋友，倒沒的誤了勾當。」

5 **解去了冠帶換了巾幘**：意為脫去了公服，換上了家常便服。

6 **幾個青衣圓社**：幾個穿青衣的球手。陪大人們蹴鞠求生的這類
　人。時稱這種蹴鞠者為之「圓社」。前已註說。

7 **央及作成作成**：拜託玳安替他們向西門慶說說，作成這一局蹴鞠
　的事，獲得幾些銀兩賞錢混日子。

8 **溫秀才道：「南老好不近人情……**：此話是溫秀才衝應伯爵說的。
　似乎應伯爵是南方人。但在第十一回介紹應伯爵時，並未說他是
　南方人。只說他「是個潑（破）落戶出身，一分兒家財都闞沒了。
　專一跟著富家子弟闞貼食，在院中玩耍。」前回指說應伯爵的老婆
　是蠻子，從語氣上看（見第六十回已註說。）不可能指應伯爵夫婦
　都是南方人。關於這一點，或可置以推想《金瓶梅詞話》的改寫，
　是集體之作，這些逗笑，就是他們眾人的生活寫實。註此以供研
　究者參考。

9 **同聲相應，同氣相求；本乎天者，親上；本乎地者，親下**：語見
　《易經》〈乾上〉：「九五曰：『飛龍在天，利見大人。』何謂也？曰：
　『同聲相應，同氣相求，水流濕，火就燥，雲從龍，風從虎；聖人
　作而萬物覩。本乎天者親上，本乎地者親下，則各從其類也。』」
　此語放在溫秀才口中道出，亦恰如其分。

10 **光一味好撇**：意為只是一個勁的裝大模樣。「撇」，中原一帶人的
　口頭禪，通常指那些假裝好老的，硬充面子的人，謂「撇」；「好
　撇」，意為裝的太神氣了。「好撇喇！」

11 **你每說的只情說，把俺每這裏只顧旱著**：意為你們只管在那裏情
　話綿綿，把我們乾旱在這裏了。

12 **我打發他仰靠著、直舒著、側臥著、金雞獨立，隨我受用。野馬
跳場、野狐抽絲、猿猴獻菓、黃狗溺尿、仙人指路、靠背將軍、
柱夜對木，伴哥隨他揀著要：**上述這些名堂，全是男女相悅時的
狂野行徑之淫目。

13 **搶紅：**指用十二個骰子玩出來的一種名目，吾不知其實際上的名
色如何。

14 **揀他不難，只是要拿的著禁節兒便好：**述說揀泡螺的方法，認為
揀泡螺的工作並不難，只要得到訣竅。得到竅門，拿到了節骨眼
兒，就會揀得好。看來，「揀」似為鍊字。

15 **喃了好些：**中原人習稱大口的貪婪之吃相，謂之「喃」（ㄋㄢˇ），
通常指吃食粉碎之物。把這類粉類或碎類的食物，放在掌心，急
匆匆的一次放入口中吞咀，謂之「喃」。應伯爵從西門慶手上搶
下的瓜子仁，一口喃下，就是這種吃相。

16 **他兒子鎮日在院裏，他專在家，只送外賣，假托在個姑姑庵兒打
齋，但去就他，說媒的文嫂兒家落腳，文嫂兒單管與他做牽兒，
只好說風月：**妓家的鄭愛月，述說王招宣夫人林太太的私生活，
兒子在妓院中嫖妓，母親在家中養姘頭。「送外賣」時，就假託
在姑姑庵兒中打齋。做牽頭的是文嫂。
本書寫西門慶的括拉婦女，到了林太太雖不是最後一個，卻是一
大高潮。因為林太太的身分是招（昭）宣夫人，祖爺王景崇做過
太原節度邠陽郡王，可以說是宦門中的世族。像這樣一份人家的
三品夫人，大名卻首傳於妓家，傳譽於妓家的名聲，是「好風
月」。真個是「人的名兒，樹的影兒。」儘管他養漢的營生，做

得很機密。像文嫂說的「他雖是幹這營生，好不幹的最密。就是
往那裏去，主人轉伴當跟隨著。喝有路走，迤路兒來，迤路兒去
（意指大路去，大路回。）……到只是他家深宅大院，一時三老
爹不在（指他兒子王三官），藏掖個兒去（私藏個男人。）人不
知鬼不覺倒還許。……」但文嫂終于道出了如何入港於林太太家
的門路，由他家後門住房的段媽媽家，彈門進入。西門慶與林太
太初會的當晚，便兩情相悅到床上去了。較之嫖妓，還要迅捷。
作者視人之性惡與禽獸無異者，林太太之寫，豈非極致！

17 **那張懋德，好合的貨。麻著七八個臉彈子，密縫著兩個眼，可不
砢磣殺我罷了。只好樊家、百家奴兒接他。一向，董金兒與他丁
八了**：此處首寫張二官（張懋德），張二官是後回西門慶死後的
繼承者，由他接替了西門慶的理刑千戶。此說「麻著七八個臉彈
子」，似是指的臉大得有人七八個臉大。「崇禎本」改為「麻著個
臉彈子」。按「麻著」，意為亂湊著，指稱是七湊八拼的大臉，所
以下寫「密縫著兩個眼。」誇大張二官是個胖子，胖大的臉，胖
得又不平均，像七八個臉湊拼成似的。遂說：「可不砢磣殺我罷
了。」像這種醜陋的人，只好由「樊家」（或是當時的下流妓院）
的「百家奴兒」（指一天接客百人的土娼）接他。與他「丁八」
上的，也只有董金兒那種女人。這些話，乃鄭愛月的自高身價並
討好西門慶的話。「丁八」，以字形喻男女相合也。

18 **法不待六耳**：意為保密之法，不可要第三人知道。有了第三人，
便是六個耳朵了。

19 **小爐匠跟著行香的走，鎖碎一浪湯**：小爐匠指修打鎖鑰門環等細
小銅鐵事件的工匠，通常，他的担子上，都掛滿了串串落落的銅

鐵事物，真是「鎖碎一浪蕩」。行香的是自執香爐在佛殿中，繞
行著焚香的儀式。《演繁露》：「《南史》，何尚之設八關齋，集朝
士，自行香，其謂行香者，主齋之人，親自周行道場之中，以香
薰之於爐也。……凡行香者，緩步進而周匝道場，乃自炷香為
禮。」《僧史略》：「唐中宗設無遮會，詔五品已上行香，或以燃
香薰手，或將香秫遍行，謂之行香。」因為行香者，自執香爐自
炷香，當然身上要攜帶著香與火等物。也是「鎖碎一浪蕩」。總
之，意喻是太囉嗦了。

20 **搭上替子，兜上嚼環，躧著馬臺**：意為背上鞍韉把嚼環兜到馬口
中，用腳躧著上馬的馬臺，易於踩蹬上馬。

21 **捶著個荳腐牌兒**：意為懸掛著賣荳腐的招牌。

22 **晒馬糞**：北市人把馬糞拉來，在太陽下曝乾，可以作燒料用。

23 **兩扇紅封門兒**：紅色的雙扇門。《瓶外巵言》說：「封門應作風
門。」但，既是「風門」，又何必雙扇？未知「封門」是何形式？

24 **利市㖸**：當是指的「利市婆官」，亦稱「利市仙官」。《虞裕談撰》：
「江湖間，多祀一姥，曰『利市婆官』。或言利市婆。乃神所居地
名，非婆也。」人家供之，以求好運。

25 **咕溜搭拉兒里住**：意為住的地方太偏僻了。此殆燕京語態。

26 **忽刺八又冷鍋中荳兒爆**：意為突然之間——意想不到的。冷鍋中
會爆響出豆子來，不是令人想不到的事嗎！指玳安突來的意外。

第六十九回

文嫂通情林太太
王三官中詐求奸

1 **定門主顧**：意為是一家固定的主顧，經年累月有定時的來往。

2 **隔牆掠篩箕，還不知仰著合著哩**：此語的喻意是還不能預知結
果。「篩箕」用以篩檢糧米的竹器，圓形，竹編，篩眼有大有小。
隔著牆，把篩箕掠過去，究竟是仰著（正面朝上）？還是合著（正
面朝下）？不能預知。玳安向文嫂要一兩銀子的酬勞，文嫂認為
還不知將來事成與否？遂用此語以喻。

3 **會茶**：即以茶會事，一如今日的茶會。上集已註說。

4 **頂上**：通常把最上之處謂之「頂上」。亦稱「頂點」，「極點」。秦
觀詞：「秋容老盡芙蓉院，頂上霜花濃似剪。」《長生殿》〈驛備〉：
「就把 頂上罷，儞教甚名字。」陳洪謨《繼世說聞》：「逆瑾威權
日甚，科道都屬官皆行跪禮，用浣紅箋紙寫官銜，稱頂上字樣，
以為常禮。」此說往頂上進香，或指去泰山。

5 **逐日搭著這夥喬人**：「喬人」意同「高人」，反語也。意為每天每
天搭配著這些「高人」，「只眠花臥柳……」

6 **江湖上走標船，揚州興販鹽引，東平府上納香蠟**：為商船保鏢走
江湖，到揚州包辦食鹽專賣，到東平府上納官商間勾結的銀兩。

「香蠟」指銀塊也。這些，確是西門慶的發財行徑，卻已是一般人心目中的高尚才能了。足見當時社會風氣之齪敗若是。

7　**填房與他為繼室，只成房頭，穿袍兒的也有五六個，以下歌兒舞女得寵侍妾不下數十**：「只成房頭」，意指吳月娘只是大老婆名分而已。其他尚有「穿袍兒的」（有名分妻妾的裝束）小老婆五、六個，其他還有歌童舞女寵妾……。這懂荒唐的男人卻在當時社會上，被一般人視為豪尚，用來作為贊美的對象，悲乎！如此社會，明之不亡！有天理乎！

8　**老爹不上三十四、五年紀**：這時的西門慶，應為不上三十一、二年紀，這裏寫作三十四、五，乃文嫂對林太太所說的語氣，因為林太太年已近四十了。但文嫂在西門慶面前，則說林太太三十五歲，屬豬，把西門慶則又多加了幾歲。斯亦正符合了俗謂的「媒人的嘴」吧。「崇禎本」改為「不上三十一、二」，則已失原本的媒人心理因素。吾不與也！但亦可基此推想「崇禎本」之改寫，乃另一批人。註此以供研究者參考。

9　**正是當年漢子，大身材**：指西門慶的年齡體態，正是一個男人年富力強精力旺盛的黃金時期（當年漢子也）。西門慶是一位身材魁偉的男人，決不是我們今日在戲劇舞台上見到的那種小生型，他應是今日婦女心目中的粗獷大漢，在第六十七回，應伯爵說：「你這胖大身子。」以及本回中寫到林太太見到西門慶時，第一眼的感覺就是「身材凜凜」。可是，西門慶生得如此好身材，卻只能在女人身腹上表現本領，遇事到來，逃得了就逃，如武松之尋到了獅子樓；逃不了就躲，如武大之捉姦，他躲在床底下；知道外面只有一個武大郎，才敢出來。這就是《金瓶梅》中的西門慶。

10 **乃世代簪纓人家的**：「簪纓」乃高宦的代名。《南史》〈王弘傳論〉：「及夫休元兄弟，並舉棟樑之任，下逮世嗣，無虧文雅之風。其所以簪纓不替，豈徒然也。」梁昭明太子，姑洗三月啟：「鵷路頹風，相簪纓於幾載。」張說〈湣湖山寺〉詩：「若使巢由同此意，不將蘿薜易簪纓。」此指王招（昭）宣家世代都是高官顯宦。

11 **住房的**：大戶人家，房舍眾多，若是人口少，每以無給招來在後面偏房居住，一來照顧了窮窘人家，二來也有便於家門有人看顧。此種住進來的人家，俗謂之「住房的」。

12 **但有入港，在他家落腳做眼**：一但有了男人與林太太勾搭上了，就在這位「住房的」段媽媽家落腳，由這位段媽媽作眼線。

13 **原來有個聽頭兒**：「聽頭兒」，指暗號。此謂：「原來還有暗號的呀！」寫這位昭宣夫人之勾引男人，一如今日之去應招站，不也是有賴於「聽頭兒」，方能進入「佳境」嗎！

14 **正面供養著他祖爺太原節度邠陽郡王王景崇的影身圖**：按王景崇以及其職官，悉為作者捏造，史無其人。如史有其人，勢必引起後代人抗議。《瓶外卮言》云：「原書云，前朝太原節度（使）邠陽郡王，按史書佔畢謂兩王景崇，一為晚唐鎮將，一為後唐牙將，各有傳。」查兩唐書，均無王景崇傳。

15 **饒少殺家中，如今還有一巴掌殺兒**：「饒少殺」，意為「向少處計算」，「殺」字是語詞，無義。「如今還有一巴掌殺兒」的「殺」字，當為「人」之誤。「崇禎本已改過」。全句意為：「向少處計算，他們家中，如今還有一巴掌人（指小老婆）兒。」但是否「殺」字可喻姜婦？則未能知。

16 **出籠兒的鵪鶉，也是個快鬥的**：意指西門慶在這方面是個會鬥的
　　能手。鵪鶉，是一種善於鬥咬的鳥兒。北方人農閒時，捉來餵
　　養，冀其相鬥為樂。此以引喻西門慶有此長技。蓋寫林太太之期
　　於風月也。

17 **斜僉相陪坐的**：形容林太太會見西門慶時的坐姿，「在下邊梳背
　　炕沿斜僉相陪坐的。」意為斜僉著臉坐在向後斜梳的炕沿上坐
　　著，顯其嬌羞之覤覤態也。

18 **小兒年幼優養，未曾考襲**：意為兒子王寀（三官）[1]還沒有襲職。

19 **在外飄酒**：意為在外吃酒飄蕩，不務正業。

20 **幾次欲待要往公門訴狀，爭奈妾身未曾出閨門，誠恐拋頭露面有
　　失先夫名節**：走出家門，為了管教兒子，到公門去遞訴狀，都認
　　為是「拋頭露面，有失先夫名節」，把野男人用「聽頭兒」引到
　　家來，對著家中祖爺邠陽郡王的身影圖，時而試驗野漢子的風月
　　鬥技，則無失先夫名節矣！此一嘲謔之筆，豈不入木乎哉！

21 **聽信遊食所哄**：意為聽信那一般游手好閒騙吃騙喝的人的哄騙，
　　遂排日在外「留連花酒」。

22 **走差**：指專司派外跑腿，應公差遣的人役。

23 **看經歷司行下照會來不曾**：按「經歷司」，宋無。明朝屬宗人府，
　　後隸於禮部，但在其他機構，如三司錦衣等職官之下，均設有經

---

[1] 王寀其名，《宋史》有傳，兩王寀均為徽宗時人。但同姓名可，倘職官與姓名全
　　同，小說家就不能賅而穢之了。

歷司經歷，一如今之文書室秘書室類。典出納文移。所謂「照
會」，乃指轉頒下的考檢結果有所陞調的文書。

24 **到司房戴上范陽毡笠結束行裝**：當是指的行差出差時的特殊打扮
與行動程序。「戴上范陽毡笠」或是行差的特殊裝束吧。

25 **乖不過唱的，賊不過銀匠，能不過架兒**：意為歌唱者心靈乖巧，
銀匠從中落銀子的消耗量，不犯盜賊之法，「架兒」指混混兒。
混混兒全靠知覺靈敏。白回子誇口他了解提刑所傳去他們的底
因。

26 **這個癤子也要出濃，只顧濃著不是事**：意為已經生了濃的癤子
（濃瘡），就得擠出濃來，把濃留在裏面不是事。喻意是，要把事
情在根本上解決。

27 **誰人不吃鹽米，等三叔來，教他知遇你們，你們千差萬差來人不
差……**：意為那個不需要鹽米過日子，等三叔（王三官）回來，
報答你們就是了。你們無論怎樣，總不能給我這中間人為難吧？
「差」作動詞用。讀如「ㄔㄞ」。意為，你們總不能差發我吧！

28 **米元章妙筆**：米元章，宋人，善書。今仍稱譽於世，稱之為「米
字」。山水亦有特色，稱之為「米家山」。

29 **念先夫武弁**：「武弁」本為武官的冠戴。《後漢書》〈輿服志〉：「武
冠，一曰武弁大冠。諸武官冠之。侍中中常侍，加黃金璫，附蟬
為文。貂尾為飾，謂之趙惠文冠。」後以之作武人的代稱。儲光
儀〈同諸公送李雲南伐蠻〉詩：「武弁朝建章。」《文獻通考》〈職
官考〉：「校尉在漢為兵師要職，而後世則為武弁所不齒之冗秩。」

在此，亦武臣之通稱也。

30 **啣結圖報**：即啣環結草以圖報答。典實前已註說。

31 **說我褻服不好送的**：褻服，指內衣而言。在此則意為穿著不整
齊，只是家常服。不便出門送客。

32 **帶上鐲子**：意為帶上手銬。

33 **倒把鋤頭反弄俺們來了**：意為回頭倒砍了一鋤頭。此語今仍流
行。

34 **乳兒老鴉笑話豬兒足（黑）原來燈臺不照自**：小烏鴉只笑豬黑，
忘了看看自己更黑。一如燈臺只能照到別人醜惡，自己也一身的
蠟油髒。

35 **躲中提人**：即暗中捕人之意。

36 **明修棧道，暗度陳倉**：典實見《史記》與《漢書》，乃人所共知
的史事。意為表面這樣作，暗中另樣作。故作掩飾也。故以「真
人不露相，露相不是真人」。喻西門慶之暗有手段。

第七十回

西門慶工完陞級
羣寮庭參朱太尉

1 **霸陵豪傑且停鞭**：「霸陵」乃古人送別之地。故地在陝西，一說在渭南，一說在渭北。以古人之折柳送別觀之，當在渭北。此語乃惜別詞也。

2 **照會**：此乃公文書名目之一。《宋史》〈河渠志〉：「元祐八年十月，張商英言，訪聞先朝水官孫民先，元祐六年賈種民，各有河議，乞取索照會。」《福惠全書》〈蒞任部酬答書扎〉：「須照會管理幕友，以便留意。」民國以來，用於國際交涉，外交部知會各國公使館或各有關機構，亦有照會文書之用。揆諸此一照會，乃經歷司（此說是本衛經歷司，自是指的錦衣衛─書說金吾衛）發出的照會，照會本衛各官員在考察後評議黜陟陞調降革的結果。這一照會的對象，已說明是：「兩廂詔獄緝捕、捉察、機察、觀察、典牧皇畿，內外提刑所，指揮千百戶，鎮撫等官。」照會的內容，是有關考察後的結果，計有「祖職世襲、轉陞、功陞、蔭陞、納級」等項。像西門慶的由副升正，自然是功陞；夏提刑之調金吾衛備鹵簿之選，自是轉升了。所以西門慶看了，「他轉正千戶掌刑，心中大悅。」「夏提刑見他陞指揮管鹵部，大半日無言，面容失色。」亦可證京官之不如外官有油水，在外地「掌刑」，是何等肥缺。宮廷鑾駕之事，就關節不上有外塊可進的事務了。

3 **鹵簿**：據黃本驥《歷代職官表》稱：「鹵簿者，據蔡邕獨斷云，天子出，車駕次第謂之鹵簿。有大駕、法駕、小駕。大駕則公卿奉引，大將軍參乘，太僕御屬車八十一乘，備千乘萬騎。其次則用法駕，又其次則用小駕。故分別言之，則鹵簿與儀仗為二事，統言之則鹵簿亦包括儀仗。唐宋時凡遇大典禮，必以大臣分充鹵簿使，儀仗使。」按夏提刑升任了所謂「指揮別駕」，在明屬於錦衣衛，掌管車駕之事而已。後稱「直駕」，自是指的担值車駕之事。

4 **貼刑副千戶西門慶，才幹有為，莫偉素著。家稱殷實，而在任不貪。國事克勤，而臺工有績。翌神運而分毫不索，司法令而齊民果仰，宜加轉正以掌刑名者也**：這是那位宋御史對於西門慶的考成評語，除「才幹有為」四字，用於貪鄙上最為適切而外，餘者則語語反諷。殆亦人生官場之妙喻耳。

5 **蔭子**：父有功勳，其子可因父功而得官。如〈蘇武傳〉：「少以父任，兄弟並為郎。」所謂「少以父任」，即指以父功之蔭而得官。正是照會中說的「蔭陞」。不僅個人加以爵，受以掌，還加官了一個兒子。

6 **林靈素**：林靈素是浙江永嘉人，初學佛，不耐其苦，遁去，作道士。善幻術，往來淮泗間，乞食僧寺。徽宗政和末，訪方士，得靈素。大言：「天有九霄而神霄為最高，其治曰府神霄玉清王者，上帝之長子。主南方，號長生大帝君，陛下是也。既降生於世，其弟號清華帝君者，主東方攝領之……。貴妃劉氏有寵，曰九華玉真安妃。帝心獨喜其事，賜號通真達靈先生，賞賚無算。建上清寶籙宮，……假帝誥天書雲篆，務以欺世惑眾。其說妄誕不可究，質實無所能解。惟稍識五雷法，召呼風霆間禱雨有小驗而

已。後失寵，斥還故里。」見《宋史》〈四六二卷〉。

7　**都御史、僉都御史**：此均明朝官制。《明史》〈職官志〉二：「都察院左右都御史正二品，左右副都御史正三品，左右僉都御史正四品。⋯⋯」

8　**都水司**：據黃本驥《歷代職官表》說：在漢，太常屬官有都水長及丞。《唐六典》三：「漢成帝以都水官多，置左右使者各一人。劉向護左都水使者是也。東漢置河隄謁者，晉又置都水使者，而以河隄謁者為都水官屬。南朝梁改都水使者為大舟卿，為卿寺之一。北朝至隋則稱都水臺。唐稱都水監，主官稱使者，下設兩署，一舟楫署，二河渠署。」都水監在金元仍如舊制，明清號稱歸併工部之都水司，遂無專任水利工程之官。宋之都水監有外監或外都水丞，為在地區實際負責河道隄防之機構，尚有內外相維之意。⋯⋯是以「都水司」仍為明之官制名目。

9　**初十日請西門慶往他府中赴席**：此「初十日」，應為「十一日」才對。下面已經說了，「教他回王三官，十一日不得來赴席。」在情節上看，這個「初十日」也應寫為「十一日」。

10　**懷寧府**：故地在河南沁陽境內。沁陽在豫西北，由清河去東京開封，如何能繞道開封西方去？

11　**家投下**：在第四十八回，有一曾御史參劾夏提刑等人的本章全文，指夏延齡為「蓍茸茸之才」。而且是行伍出身。前已註說。在此即令讀都獲知此人在京中也是小有靠山的。俗謂「朝中有人好作官」。此說正是此處所意喻的。這位崔中書，或非中書令，可能只是在中書省中任職，最高也不過中書監丞之類吧。可能未

達侍郎，否則必稱「侍郎」了（按明朝自胡惟庸事廢宰相後，已無中書之設。雖在內閣中置中書，但品位很低）。

12 **雖有鎡基，不如待時**：語出《孟子》〈公孫丑上〉：『齊人有言曰：「雖有智慧，不如乘勢，雖有鎡基，不如待時。』今時則易然也。」按「鎡基」，乃田器也；耕田之耒耜耘鋤也。意為雖有才幹，也應等待機運。此乃當時夏提刑回答西門慶的話，蓋亦為疏解心情之詞。升官並不全靠才幹，還要靠時運。遂引述《孟子》這話以答之。不滿西門慶改口稱他「堂尊」。

13 **排慶成宴**：郊祀禮畢謂之「慶成」。曾鞏〈郊祀慶成詩序〉：「謹作五言郊祀慶成詩一首。」朱國禎《湧幢小品》卷二十一，記有〈父子慶成宴〉云：「嘉靖四年郊祀慶成宴，大學士楊廷和子慎，左司馬姚鏌子淶，皆為修撰，大司馬金獻民子皋為檢討，皆父子與宴，為盛事。……」蓋郊祀禮成了讌享名目，曰「慶成宴」。

14 **鴻臚寺報了名**：據黃本驥《歷代職官表》說：「鴻臚之名，取大聲傳贊之意。臚，傳也。殿廷典禮，須以大聲指導進退拜起之儀節。其實鴻臚之本職為引導外賓。後世外賓有主客一司。鴻臚寺始專掌行禮之儀節。久之，以鴻臚為外廷官署，不能直達宮廷，於是闇門使之類，以近侍任傳宣引導之事，鴻臚寺所掌遂只限於外朝之大朝會。唐代之鴻臚寺尤與前後各朝均不同。所領典客、司儀二署，典客既與禮部之主客難以區別，而司儀則又僅掌凶糧喪葬之具。」正因為鴻臚寺掌管禮儀等事，這些參加郊祀的外官，自然要先到鴻臚寺報名了。

15 **轉央朝廷所寵安妃劉娘娘的分上**：安妃劉娘娘，《宋史》無專傳，

在〈林靈素傳〉中有之。（傳有劉貴妃）。《大宋宣和遺事》〈元卷〉，記有安妃事。宣和二年秋九月，「詔至玉真軒。軒在保和殿西南廡，即安妃粧閣。上吟詩二句云：『雅燕酒酣添逸興，玉真軒內見安妃。』命中官傳旨，詔蔡京賡補。京即題云：『保和新殿麗秋暉，詔許塵凡到綺緯。』遂成詩。……於是人人自謂得見安妃。既而掛畫像西垣，臣即以詩奏曰：『玉真軒檻暖如春，即見丹青未見人；月裏嫦娥終有恨，鑑中姑射未應真。』」

16 **午門**：北京紫禁城的正門，即俗謂「午門」。《明律》：「凡擅入皇城午門者各杖一百。」此說「只在午門前謝了恩出來。」可想他們這些五品外官，連午門進不了。

17 **內府匠作監**：意為是宮中管理匠作等事的太監。

18 **原是一千三百兩買的徐內相房子**：一位五品千戶，年俸不過數百兩，所居住所要化銀子一千三百餘兩，又加蓋了一層，再化二百兩，共達一千五百餘兩。然而民間出賣一個十多歲的女孩，身價銀則不過五、六兩銀子；男童尤低。真是一個官貴而民賤的社會。亦難怪有那多皓首奔競於名場的讀書人了。

19 **本主老爹、衙生宅中進了禮**：此指他們金吾衙（錦衣衛）指揮為本主，到指揮府送禮。

20 **往南壇視牲未回**：「視牲」郊祭禮名目之一。《明史》〈職官志〉錦衣衛之職掌，即寫有「耕藉視牲則服飛魚服佩繡春刀，侍左右。」

21 **牌馬兒來了**：指持牌頭前開道的馬騎，以後寫朱太尉前護後擁的

威風行列。

22 **宗人府**：掌管皇族封爵、賞卹、訴訟等事的一個官署。《明史》
〈職官志〉：「宗人府宗人令一人，左右宗正各一人。左右宗人各
一人，掌皇九族之屬籍，以時修其玉牒，書宗室子之適庶，名
封、嗣襲、生卒、婚嫁、謚葬之事。凡宗室陳情，為聞於上，選
才能，錄罪過。初洪武三年，置大宗正統，二十二年改為宗人
府，並以親王領之。其後以勳戚大臣攝府事。」

23 **提督**：武職中的最高官職，始於明。《歷代職官表》〈提督〉：「謹
案，提督之官，自有明始。然不為一定之官稱，且不設員額，亦
不常置。蓋故者天子寄軍政於六卿，居則以田，警則以戰，所謂
入使治之，出使掌之，素信者與眾相得也。周之六卿在國，以比
長閭胥族帥黨正卿大夫為稱，其在軍也，則以五長兩司馬卒長族
帥帥帥軍將為號，為兵者皆平居之民，為將者皆平居之吏。故曰
邊境有事，左右之官皆將帥也。漢承秦制，郡都尉專司兵事，而
兵始常將，然督尉始以文臣為之，則兵民之事雖分，而主兵者固
不分文武。魏晉以降，督軍州者，多加郎將之號，而當時中朝清
望官，以頗以加軍號為重。知將軍號元非專為統兵而設嗣，是總
管節度，殊名同實。唐末之節度使，多用武人，至宋而統管鈐
轄，或領以文臣而武臣實司其事。蓋自有長募屯駐之兵，而始有
營伍之制。既有營伍，即不得不置將帥以專領之。然其初偏裨以
下，雖漸漸專用武臣，而大帥則仍以地方官兼之。自宋都副總管
文武並置，元置元帥萬戶等府，則守臣不復得與兵事，而文與武
始截然為二矣！……第明制提督既不常設，而自總兵以下，凡統
兵之官，亦俱無品級，無定員，且多充以勳戚都督等官，大率童
騃驕恣，軍政素如……」是以明之提督，並非專職官名，而只是

加銜。

24　**提牢指揮**：明清屬於刑部稽核罪囚之職。《明律》〈刑律〉：「凡獄卒非理，在禁凌虐毆傷罪囚者，依凡鬥傷論，尅減衣糧者，什贓以監守自盜論，因而致死者絞。司獄官典及提牢官，知而不舉者，與同罪至死者減一等。」明清的提牢官，悉以刑部主事任之。

25　**十三省提刑官**：明清分全國為十三省，計山東、山西、河南、陝西、湖廣、江西、浙江、福建、廣東、廣西、貴州、四川、雲南、設十三布政司。刑部下則設十三司，各掌其分省及兼領所分京府直隸之刑名。「山東司帶管魯德衡涇四府，左軍總督府、宗人府、兵部尚寶司，兵科典牧所，會同館，共用庫，戈戟司，司苑局，在京羽林，右瀋陽左長陵三衛，莫靖千戶所，及山東鹽運司，中部留守司，遼京都司，遼東行太僕寺，直隸鳳陽府，滁州鳳陽皇陵，長淮泗州壽州滁州、德州左，保定後各衛。安東中護衛，潮河龍門寧靖各千戶所。」（《明史》〈職官志〉）但本書之十三省提刑官，則說屬於兵部金吾衛，屯田衛所矣！

26　**果到宣和三年，徽宗北狩，高宗南遷**：此說自是故意寫錯。從第四十八回所寫《宋史》觀之，怎會連靖康之難也寫錯年代，自是出於故意也。

第七十一回

李瓶兒何千戶家託夢
提刑官引奏朝儀

1 **馬嚼**：勒在馬口中的鍊索，繫在轡繩上，以作控馭。

2 **中貴**：對太監的尊敬稱謂。中宮的貴使也。

3 **我閣老位兒傍坐罷**：《陔餘叢談》卷二十六說，唐代中舍人及給事中，稱為「閣老」。《唐書》〈楊綰傳〉：「故事舍人年久者，為閣老。」《資治通鑑》〈唐紀〉：「唐呼給事中為閣老也。」但閣老亦為宰相別稱。《容齋四筆》〈官稱別名〉：「唐人好以它名標榜官稱。宰相呼堂老，兩者相呼為閣老。明之大學士，呼為閣老。《陔餘叢談》記及閣老時又說：閣老，本中書舍人之稱，今俗以稱大學士，非也。」這位何老太監自稱「我閣老位兒旁坐罷」，自是意為在尊位旁落坐，留下尊位空著。

4 **暖閣水磨細炭**：或是當時宮廷中冬日取暖用的一種高級炭薪，不知應以今日何種薪炭為喻。

5 **同僚三世親**：意為官場同事，可以維持三代的親密交往。

6 **參謁兵科好領箚付**：按理刑之十三司，在明屬於刑部，屯田衛所屬於兵部。錦衣衛則是獨立系統。在本書則把各地理刑所，設於「金吾衛」之下，而金吾衛又是兵部之屬。自是小說家之筆，或另

有所寓，前已註說之矣！

7 **早辰不做官晚夕不唱喏**：意為早晨不做這個官了，到了晚上就不
　與這一官位有關的人去應付。此一現實人生，迄今未變。不必例
　說了。

8 **不在其位，不謀其政，他管他那裏鑾駕庫的事，管不的咱提刑所
　的事了**：「不在其位，不謀其政。」語出《論語》〈泰伯〉，意為不
　參予他人的事。在此則借以說夏提刑既已調到金吾衛（錦衣衛）去
　管鹵簿了，就管不了我們提刑所的事了。意思是不必再敷衍他了。

9 **使的憨錢，治的庄田，千年房舍換百主，一番拆洗一番新；成大
　者不惜小費**：意為縱我化了冤枉錢，也治下了莊田產業；房屋再
　舊，換主拆洗，就又是新房；能成大事的人，不疼惜小錢。

10 **夜漏沈沈**：意為時間已深夜了。古人以漏計時，漏是滴水計時之
　器，以更為單位，一更一漏。早為時鐘取代。

11 **待漏院**：官衙名，唐置。百官早期，宮門未開，在此以待。《宋
　史》〈禮志〉：「朝會常參官，竝早起待漏，候開內門齊入。」《國
　史補》：「元和初置待漏院，為朝臣羣集所。」《事物紀原》：「唐
　元和中，方置待漏院於朝門外，令百官以避風霜。」宋王禹偁作
　有〈待漏院記〉。下之「但見」七律，即詠待漏院早朝者，未考
　何人所作。

12 **東華門**：宮城之東門稱東華門，西門稱西華門。《宋史》〈地理
　志〉：「東京宮城，周圍五里，南三門，中曰乾元，東曰左掖，東
　西兩門曰東華西華，北一門曰拱辰。」

13　**九重門啟**：天子居處曰「九重」，此說「九重門啟」，指宮門開也。

14　**道三教之書，曉九流之典**：意為能述儒釋道三教的學說，也能知九流十家的典籍。喻徽宗之學也。

15　**朝歡暮樂，依稀似劍閣孟商王　愛色貪盃，彷彿如金陵陳後主**：以五代後蜀之孟昶與花蕊夫人，及陳之陳叔寶胭脂井相擬。蓋以借喻朱翊鈞乎？

16　**從十八歲登基即位二十五年，倒改了五遭年號**：按宋徽宗於元符三年（1100）即帝位，改明年為建中靖國，翌年再改崇寧，又五年改元大觀，又五年改元政和，七年後改元重口，一年後再改宣和，至七年（1125）禪位其子，改元靖康。前後在位共二十五年。在本書此回中的情節，紀年尚是政和七年，如何能說是「即位二十五年」？下說「朕今即位二十禩於茲矣！」也不符合。再下面又說「詔改明年為宣和元年」。都有故玄其說之筆，不能以史論之矣。

　　「禩」，祀也。此以禩代年，自是指冬至郊祭。

17　**從十一月十一日東京起身**：在第七十回與本（第七十一回）回，寫了兩個冬至的時日，西門慶到京的那個冬至，以西門慶等人路上行程，以及到京後又住了四晚才是冬至，則可推而想及不是十一月二十七日即十一月二十八日。他們離京的那個十一月十一日，是冬至後過了兩夜的日子，則可正確的推而想知這個冬至是十一月初九日。查明光宗泰昌元年（萬曆四十八年）的冬至是十一月二十八日，翌年天啟元年的冬至是十一月初九日。顯然地，

此兩冬至乃隱寓著泰昌與天啟兩個元年。[1]

18 **剛過黃河到水關八角鎮**：查日人青山定雄編《中國歷代地名要
　覽》，記有「八角鎮」地名，在河南（開封道）開封縣西南三十
　里處。由東京返清河，自不會路經開封西南三十里的八角鎮。只
　是小說家假設之地矣。（下寫「但見」賦體，形容當時大風情
　貌。）

19 **列子空中叫救人**：古有列子御風之說，此蓋取此典實比喻之詞也。

20 **恐深林中撞出小人來**：此謂之「小人」，意指剪徑的盜賊。

第七十二回

王三官拜西門為義父
應伯爵替李銘釋冤

1 單表吳月娘在家，因前者西門慶上東京，在金蓮房中飲酒，被如意兒看見，西門慶來家，反受其殃，架了月娘一篇是非，合了那氣，以此這遭西門慶不在，月娘通不招應了：這裏寫的有兩處不明。一、此說「因前者西門慶上東京，在金蓮房中飲酒被如意兒看見，……」說的是誰「在金蓮房中飲酒，被如意兒看見？」並未寫明。二、翻觀西門慶第一次進京，寫在第五十五回。不錯，西門慶走後，寫了一段潘金蓮「狂的通沒些成色。」潘金蓮與陳經濟在捲棚下嘴呾舌頭，「正在熱鬧間，不想那玉樓冷眼瞧破。」並不是如意兒。顯然的，這一情節是寫的合不上轍了。如果說，這合不上的情節，是由於第五十五回的「陋儒」所「陋」，那這一回中的未寫明是誰「在金蓮房中飲酒」的遺漏。總不能怪在「陋儒補寫入刻」的誤謬上吧！

2 洒浪：此二字當為「晒晾」之誤刻。中原人稱晒衣服，為之晒晾。「晾」衣服，今仍使用。

3 這等生分大白日裏借不出個乾燈盞來：意為竟是這等沒情面哪（生分）！大白天都不肯把燈盞借給人用，（用不著的時候），用得著燈盞的夜晚，還能借得到嗎！（太不夠面情了！）

4 **激犯**：意為被激犯起火性子來了。

5 **那個是世人也怎的**：意為那一個是這家裏以外的人哪！

6 **不看你想個人兒拴束**：意為西門慶的衣服，還輪不到你這個人去替他加心意照管。

7 **你死拿這個法兒降伏俺每，我好耐驚耐怕兒**：意為你想死命的用這種巴結王子的法兒降伏俺們。嗨！我是那樣的膽小害怕呀！就怕了你啊？

8 **雌漢的淫婦**：意為用手段討好男人的淫婦。

9 **俺每到的那些兒**：如意兒頂撞潘金蓮整死了李瓶兒的孩子，「正是有孩子還死了哩，」我們是何等人，還到得了「偷出肚子來」嗎？你能眼看著我們到那種地步嗎？等不著「偷出肚子來」也就被你整死了。

10 **俺們這裏還閒得聲喉你來雌漢子**：意為他們還閒得惹怨呢！（怨輪不到漢子），還能輪得到你來雌漢子嗎！

11 **老娘成天拿雁，教你弄鬼去**：意為我老娘是幹什麼的？成天在張弓打雁，什麼門道不會，要是被你弄了鬼去才怪！（你別想在我面前弄鬼。）

12 **你是什麼這屋裏兒，押折轎竿娶你來……他還嘴里硄里剁拉的教我一頓捲罵要不是韓嫂兒死氣日（白）賴在中間拉著我，我把賊沒廉恥雌漢的淫婦，口裏肉也掏出來他的。要俺在這屋裏點韮買蔥，教這淫婦在俺手裏弄鬼兒也沒鬼！**：潘金蓮捲罵如意兒的這

一段話，雖是口語，由於語言的時代因素，都需要我們去體會，方能深切了解。用今天的話是，是：「你在這屋裏算什麼東西，壓拆（蝕）了橋竿把你娶來的（帶的私房錢重，橋竿都壓斷了）！他（指如意兒）嘴里砒里剎拉（指說個不停）教我一頓捲罵（意為像用蓆子捲東西一樣不分好壞都捲（罵）進來），要不是姨婆兒硬拉著（死氣白賴的在中間拉著）我，我定把那沒廉恥的雌漢子的淫婦嘴裏肉（舌頭）掏出來（拔斷拉出來）。打算在這屋裏要俺聽他的「點韭買葱」，教這淫婦在俺手裏弄了鬼去，也沒鬼他弄。……」於是下面又向孟玉樓數說往時的來旺媳婦：「大姐姐他那些兒不是？他想著把來旺兒，賊奴才淫婦，慣的有些摺兒，教我和他為冤結仇。落後一染膿帶還垛有我身上（把過錯壘到我身上），說是弄出那奴才去了。如今這個老婆又是這般慣他慣的恁沒張倒置的，你做奶子行奶子的事，許你在根前花黎胡哨，俺每在眼裏是放的下砂子底人。……」

13 **又忙忽兒替他蓋被兒**：「忙忽兒」則意為熱火火的去巴結著。又忙著遞茶，又忙著去蓋被，有意去調弄漢子，所以「兩個就弄將起來。」

14 **說的他眼張失道**：意為幾句話說破了他們的底，弄得他們張眼結舌，沒得話答。

15 **一個眼裏火爛桃行貨子**：罵如意兒只是一個爛桃子樣的賤貨，也會在你眼裏起火呀！真是「你餓眼見瓜皮，不管好歹的」檢起來就吃。（前已註說。）

16 **張眼溜睛的，花哨星那樣花哨**：「張眼溜睛的」意為時刻在打量

著別人，注意莫被人探去了自身的秘密，指如意兒是生人妻，丈夫還時常抱孩子偷偷來探視。打扮的比「花哨星」還要死哨。不如「花哨星」指何一星辰？

17 **天不著風兒晴不的，人不著說兒成不的**：此一成語意指天上有雲須有風吹去，人有誤失也靠語言指摘。

18 **餓答的個臉黃寡瘦的乞乞縮縮那等腔兒**：指奶子如意兒剛來時的樣子，臉子黃瘦，態度也萎萎縮縮。

19 **不禁他下來，教他上頭上臉的**：如不禁止他囂張著，就會教他變成個穿戴出頭面的小老婆（或越發張致的頭臉崢嶸起來。），一時桶出個孩子來算誰的。

20 **有權屬**：意即有手段。「屬」應作術。

21 **昨日二十三日剛過黃河行到沂水縣**：由此日子，可知西門慶由京返抵清河是十一月二十四日。但沂水縣則在魯東南，由東京返清河，怎會繞道到魯東南的沂水去？如從北京回江南，就可路經沂水了。

22 **當朝林真人**：意指當時在朝中得寵的林靈素。這分關係，西門慶都遇上了。

23 **你做事有三些三慌子火燎腿樣有不的些事兒，詐不實的告這個說一湯那個說一湯，恰似逞強賣富的。正是有心算無心，不備怎提備**：因為夏提刑不想做京官，曾在京中託關係找安妃，仍以鹵簿之職，留在原提刑所理刑。西門慶則又託了林真人關說到堂上朱太尉，方把此事寢息。在上回，翟管家也一再關照西門慶不要聲

張。這一段話，是吳月娘責備西門慶是個沉不住氣的火燎子，見人就說，恰像賣富。不知防備了。「常言道，逢人只說三分話，未可全抛一片心。」想來，全是人世間做人應守的真言了。

24　**哥從十二日起身**：前已寫明西門慶由東京起身是十一月十一日，這裏應伯爵說是「十二起身」，或可意為應伯爵之誤聽，亦可說之故作隱晦。關于這一點，「崇禎本」則改為「十一月二十日」由東京起身返清河。這樣改法，也符合不上西門慶十一月十二日由清河赴京。路上行程不算，在東京住了四晚纔是冬至，又住了兩晚，纔由東京起身返清河。不加由清河赴京的路上行程，也只能是十八日，不是二十日。加上路上行程，縱以十天計算，那西門慶由東京起身返清河的日子，也是十一月二十七、八日了。怎會是二十日？「崇禎本」之所以把西門慶由起身返清河的日子，改為「十一月二十日」，只有一個目的，這樣一改，便失去了天啟元年的冬至隱寓。只有「十一月十一日」由東京起身返清河，方能切實的尋出這年的冬至是十一月初九；從這個十一月初九日的冬至，便更加推證了西門慶抵京拜冬的那個冬至是十一月二十八日。正是泰昌元年的冬至了。[1]

25　**直掌鹵簿大鳴穿麟服使藤棍**：參見上註「鹵簿」一條。此說「穿麟服使藤棍」，自是這些值駕人的裝束。

26　**一福能壓百禍**：此一成語，意在勉人積德納福。

27　**善人為邦百年，亦可以勝殘去殺矣**：語出《論語》〈子路〉章。

---

[1]　參閱拙作：〈金瓶梅的問世與演變〉，《國立編譯館館刊》第9卷第2期（1980年12月）。

朱註：「為邦百年，言相繼為久也。勝（ㄕㄥ）殘，化暴殘之人，使不為惡也。去（ㄑㄩˋ）殺，謂民化於善，可以不用刑殺也。蓋古有是言而夫子稱之。」此亦語之於溫秀才之口。又說「休道老先生為王事驅馳，上天也不肯有傷善類。」贊譽昨日大風未使西門慶受到絲毫損傷。

28 **衙門裏房令使**：意為衙門裏傳達事務的使役。

29 **又況拋離了半月**：西門慶去東京來回，約一月有餘。這裏寫「又拋離了半月」，時間之說不合事實。「崇禎本」把這裏全刪去了。

30 **次日往衙門中何千戶上任吃公宴酒**：這個「次日」，依情節算，應是十一月二十六日。但在前面，已寫明何千戶定准上任的日子是「二十八日」。這裏就又前後不符合了。所以「崇禎本」把前面的「二十八日」改為「二十六日」。

31 **九江大戶蔡少塘乃是蔡老先生第九公子**：按蔡京乃興化仙游人，有子攸、脩、鯈，均有官，攸且權寵一時。前已註說。此蔡少塘，在此稱「大戶」，下面又稱「知府」。

32 **饒貼親娘還磕頭**：此詩諷喻王三官拜西門慶為義父，連親娘也奉送了。

33 **你吃著碗裏看著鍋裏的心兒**：意為貪吃，此喻貪戀婦女之亂愛。前已註說。

34 **你和來旺媳婦子蜜調油也似的**：意為兩相情濃似蜜糖樣的那麼糖糖如膠。

35 **你就是那風裏楊花滾上滾下**：你就是風裏的楊花一樣隨風上下飄滾，喻心不定。

36 **誰和他有私鹽私醋**：意為誰跟他有什麼私情私意與苟且。不承認與奶子如意有苟且。

37 **我不信你這摭留子**：意為我不信你這遮掩的話，此語前已註說。

38 **在那屋裏也不是守靈，屬米倉的，上半夜搖鈴下半夜丫頭似的聽的好柳（梆）聲**：此語喻義，未能詳知。揆諸上下語意，似是比喻西門慶說他在李瓶兒房裏守靈，潘金蓮則說他不是守靈，是貪吃的雞才竄到米倉中去。上半夜搖鈴，下半夜敲梆子。「搖鈴」、「敲梆」都是淫話的隱語。可以意會到語意。但在文詞上，不易領略了。

39 **看我嚷的塵鄧鄧地**：意為你看我會不會嚷得個天昏地暗。

40 **頭教你哄了，險些不把打到揣字號去了你這波搭子爛桃行貨子豆芽菜有甚正經綑兒也怎的**：意為，先頭的時候，教你騙了，差一點被打到「揣子號」去了，（揣到暗處去了，不再提它了。）你這「波答子」（邪魔弄鬼）爛桃（壞爛透的）行貨子，簡真是荳芽菜，上得了綑嗎（上得了嘴去說嗎）？

41 **強如這根托子楂澆著格的人疼**：指那銀托子，使用起來的時候，楂（澆）翹著格的人疼。硬物擠在皮肉上，謂之「格人」。

42 **他小人，有什麼大湯水兒**：指李銘這種院中的小人子，有什麼可以計較的。

43 **僻廳鬼兒一般**：在偏僻之處竊聽隱私的小鬼似的

44 **車碾馬踏遭官刑撲死**：李銘向西門慶罰重誓之詞。

45 **打面面口袋，你這回統倒過醮來了**：意為你想清楚了。前已註說。

46 **常言嗔拳不笑面，如今時年尚個奉承的拿著大本錢做買賣，還於三分和疑，你若撐硬船兒誰理你**：意為伸出了有怒氣的奉頭還會有笑臉嗎？如今的時尚，奉承的人拿大本錢做買賣，還要留上三分和氣與三分搭頭呢！你要是撐起硬船兒去撞，誰理你……

47 **那日蝦眾螞蚱一倒撲了去，你敢樣的**：意為那天他們全家子向你磕頭賠不是，你又能怎樣？

第七十三回

潘金蓮不憤憶吹簫
郁大姐夜唱鬧五更

1 **用倒口針兒撩縫兒**：此乃女紅的一種技術，這樣縫製，外面不露線頭。

2 **他為我褪湘裙鵑花上血**：這句話的意義，潘金蓮已經說明白了，「一個後婚老婆（結過婚再嫁的婦人），又不是女兒，那裏討杜鵑花上血來。」

3 **豬八戒走在冷舖中坐著，你怎的醜的沒對兒**：「冷舖」乃乞丐的居所，此一歇後語的喻意，是湊醜，因為冷舖中必有許多蓬頭垢面衣衫襤褸的乞丐，豬八戒也進去坐在裏面，豈不是醜到一塊兒去了。此說「你怎的醜的沒對兒？」意為，冷舖中的醜兒還不多嗎？你還湊進去坐著，怕冷舖中的醜兒沒對兒是怎麼的，要你去湊對兒。指如意兒那種人，還不夠低賤嗎，你還偏去與他湊對。

4 **明日高轉做到都督上，愁玉帶蟒衣何況飛魚穿**：「都督」之職，前已註說。阿諛西門慶將來高升到都督之職，何愁沒有玉帶蟒衣穿，「飛魚」又算得了什麼呢？按「飛魚」之服，據《明史》〈職官志〉五：「凡朝會巡幸則具鹵簿儀仗，率大漢將軍（共一千五百七員）等侍從扈行宿衛，則分番入直。朝日夕月，率藉視牲，則服飛魚服，佩繡春刀侍左右。……」再說「飛魚」是文鰩魚的異

名，狀如鯉，鳥翼魚身，蒼文白首赤啄，常以夜飛。《事物異名錄：「爾雅翼，文鰩魚出南海，一名飛魚，羣飛水上，海人候之，當有大風。」漢時，以宮殿多災，術者言天下有魚尾星，宜為其象，冠於室以禳之。今自有唐以來，寺觀舊殿宇，尚有為飛魚形屋指上者。……[1]」

再按《明史》〈輿服志〉三：「（嘉靖）十六年（1537），羣臣朝駐蹕所。兵部尚書張瓚服蟒，帝怒！諭閣臣曰：『尚書二品，何自服蟒？』（夏）言對曰：『瓚所服乃欽賜飛魚服，鮮明類蟒耳！』帝曰：『飛魚何組兩角？其嚴禁之。』於是禮部奏定文武不許擅用蟒衣、飛魚、斗牛違禁華異服色。其大紅紗羅服，惟四品以上官及在京五品堂上官，經筵講官許服，五品官經筵不為講官者俱服青綠錦繡。遇吉禮止衣紅布絨褐，品官花樣並依品級，錦衣衛指揮侍衛者，仍得衣麒麟，其帶俸非侍衛及千百戶，雖侍衛不許僭用。」至於宋，查《宋史》〈輿服志〉四、五諸臣服上下，未記有蟒或飛魚之服，僅有沿制之佩魚袋。足微本書此處所寫之服制，乃明制非宋制也。

5 **老行貨子他害身上疼，往房里睡去了**：寫金蓮以「老行貨子」罵母親，以及後來潘金蓮接管西門家的出納事務，連母親的轎子錢都不打發。

6 **你濃著些兒罷了**：你還是把癬子的膿留住別擠出吧！意為你別剖白─別解釋，「你的小見識，只說人不知道。他（指李瓶兒）是什麼相府中懷春女，他和我多（都）是一樣後婚老婆。什麼他「為你褪湘裙杜鵑花上血。」

1　見〔宋〕彭乘：《墨客揮犀》。

7 **孫小官兒問朱吉，別的多罷了**：不知此一比喻，出自何處？待
考。意為別的不必說，這件事可瞞不了我。

8 **沒了王屠連毛吃豬**：意為姓王的屠夫死了，難道就沒人殺豬了
嗎？喻上語「自從他（李瓶兒）死後，好應心的菜，就沒有一碟
兒。」

9 **空有這些老婆睜著，你日逐只咮屎哩**：意為死了李瓶兒不還有這
些老婆空在這兒嗎？你偏偏在外邊尋屎吃。「屎」，喻如意兒也；
「睜」有雙關意。

10 **題起他來，就疼的你這心格地地的，拿別人當他借汁兒下麵，也
喜歡的你要不的，只他那屋里水好吃麼**：潘金蓮罵西門慶不該姦
宿奶子如意兒，「借汁兒下麵」，「只他（李瓶兒）屋裏水好吃」，
主人死了，連奶媽也要了，用來代替嗎！

11 **自古鏃的不圓砍的圓，你我本等是瞞貨應不上他的心**：「鏃的不
圓砍的圓」，喻意是捨本逐末，一口今語之「情人眼中出西施」、
「瞞貨」，瞧不上眼的貨色。「瞞」，《說文繫傳》：「目臉低也。」
竟然全不能應合他的心。

12 **他說出來的話灰人的**：意為西門慶為了如意兒的事，說出來的
話，是用灰掩蓋起來的遮掩之詞也。

13 **應二和溫蠻子說**：在此已說明溫秀才是南方人。在五十七回溫必
古初薦入西門府時，並未介紹他是何處人。

14 **撒根基的貨**：意為不顧根本的東西。也就是說西門慶與奶子如意
兒通姦，是忘了身分的人。

15 **漢子臉上有狗毛，老婆臉上有鳳毛**：意為男子漢像狗似的，惹火
了他連主人也不認；女人家要向男子漢賣笑，一賣笑臉，萬事都
無事了。

16 **東溝黎（犁）西溝耙**：意為沒有定準則，東犁一溝，又西耙（耙）
一溝。

17 **孟三姐好的日子，不該唱憶吹簫離別之詞**：〈憶吹簫〉的全詞文，
已在本回中，全是憶當年兩情相愛，離別後的追憶感傷之詞。當
然，這曲子在孟玉樓的生日上唱，自是不適其時了。

18 **白搽白的必須搽惱了纔罷**：意為白的搽來，白的搽去，彼此互不
相讓，這樣就會惱起來了。

19 **你看恁慣的少條兒尖教的**：意為慣得無法（少條）無天教得出了
格（尖出來了），又「又來打上輩我的娘來了。」

20 **姐姐們見一半，不見一半兒罷了**：一如今語之睜一隻眼閉一隻
眼，勸他們姐妹別太認真了。

21 **全枝復節甚難，墮業容易**：意為一個人要想全枝復節的完整無缺
很難，但墮落起來可是容易。

22 **大行圓覺**：意為偉大的德行得到圓滿的靈覺。《圓覺經》：「善男
子。無上法王，有大陀羅門尼各圓覺。」梁元帝〈揚州梁安寺碑
序〉：「旃檀散馥，無復圓覺之風。」

23 **多著些茶葉頓的苦艷艷**：指濃茶。今仍指濃茶謂之「艷茶」或作
「釅茶」。「頓」乃「燉」之借。

24 **赤道放在那裏**：誰知道放在何處了？「赤道」上已註說。通常用作疑說詞的發語詞。

25 **乾淨吃了一半**：「乾淨」亦作「敢情」或「管情」。前已註說。

26 **用手撏著他腮頰（顋幫子）**：意為用指捏著秋菊的面頰（顋幫子）。

27 **我這一旋剝就打了不數**：意為只要剝了你的衣裳，打起來就沒數兒；不計數的打。

第七十四回

宋御史索求八仙鼎
吳月娘聽宣王氏卷

1 **服軟**：意為聽話、馴服，房裏的丫頭，自然不敢與主人作硬梗。

2 **琴絃**：此指男子陽物下根，由卵泡上連於龜棱之線。

3 **他是恁行貨子，受不的人個甜棗兒就喜歡的**：意為他是這種東西，只要有人奉敬他一個甜棗，他就喜歡得不得了。喻意是容易說得好的人。

4 **我放著河水不洗船，好做惡人**：意為，我還會放著順水的人情不做，喜歡做惡人嗎！船在河上，還有放棄河水不洗船的嗎？

5 **船多不礙港，車多不礙路**：此語在第七回孟玉樓口中說過，且已註說。意為各不相礙，船再多，也妨礙不了港不要船出入，車再多，也妨礙不了道路不讓車開行。船共港，車共路，大小老婆共一丈夫。（這當然不是潘金蓮心裏的話了。）

6 **玳安領著那個五短身子穿綠叚袄兒紅裙子，勒著藍金綃箍兒不搽胭粉，兩個密縫眼兒，一似鄭愛香模樣。便問是誰**：寫西門慶喜愛婦女的某種形態，都是「五短身子。」同時，也寫西門慶之姦掠婦女，不擇對象。這人是賁四嫂，賁地傳的妻子，隨後，他也「要了」他。

7 **忽報李學官來還銀子**：在情節上，前面未寫有李學官借銀子或欠
銀子。在此插寫一筆，雖於情節無傷，但緊跟著寫李桂姐帶禮
來，玳安知道廳上有客—「西門慶陪坐在廳上」，遂叫李桂姐「打
夾道進去」說是「廳上有劉學官坐著哩！」是以「崇禎本」把前
面的「李學官」改成了「劉學官」。[1]

8 **你這麗春院拿燒餅砌著門不成，到處幾錢兒都是一樣，我也不
惱。**：意為給錢的就能進門。諷刺李桂姐家的麗春院太低級，給
一個燒餅錢就可以進去玩樂了。「到處幾個錢兒，都是一樣。」個
個都是那樣，不要幾個錢就可以玩上了。可以說：「我也不惱。」
因為「論起來，我也難管。」看不起麗春院的婊子了。於是李桂姐
罰誓：「我若和他沾沾身子就爛化了，一個毛孔裏生個天疱瘡。」

9 **都是俺媽！空老了一片皮幹的營生，沒個主意，好的也招惹，歹
的也招惹來家，平白教爹惹惱**：李桂姐把責任推到老鴇子身上，
說他媽幹這營生幹了一輩子，老得只賸皮了，沒有主意。所以好
的也沾惹，歹的也沾惹。因此惹爹生氣。

10 **只顧跪著他，求告他黃米頭兒，教他張致**：「黃米」，北方俗謂小
米，穀類中粒最小者。所謂「黃米頭兒教他張致，意為無論大罰
小責，任憑西門慶發落就是了。

11 **氣不憤架的**：意為氣不過，所以編造了一番說詞，準備架空把禍
嫁與他人。

12 **各人衣飯，他平白怎麼架你是非**：意為各人吃各人的穿各人的，

1 　竹坡本同崇禎本。

平白無故怎會亂造你的是非。

13 **你每裏邊與外邊，怎的打偏別，也是一般。一個不憤一個，那一個有些時道兒，就要躡下去**：吳月娘論斷潘金蓮與如意兒（李瓶兒）的是非，他認為無論裏邊（裡院）也好，外邊也好，西門慶對待大小老婆，怎樣的偏心與特別，對西門慶（主子）來說，都是一樣，（愛樂意誰就樂意誰。）你卻一個不憤一個，那一個有些時道（得到主子寵了），就要把人家一腳躡（踩）下去了。（吳月娘這段話，良是對潘金蓮的定論。）

14 **太常卿**：太常本為秦之奉常，漢改太常。掌宗廟儀禮。《通典》註說太常云：「今太常者，亦唐虞伯夷為秩宗，兼夔典樂之任也。周時曰宗伯為春官，掌邦禮，秦改奉常。漢初曰太常，惠帝後名奉常，梁帝六年又名太常。建安中改為奉常，魏黃初元年，再改為太常。設太常卿一人，在漢祿為中二千石。唐正三品，少卿二人正四品。在趙宋，則設卿、少卿、丞右一人。博士四人。在明則設卿一人，正三品，少卿二人，正四品，寺丞二人，正六品。」典簿二人，正七品、博士二人，正七品。這裏寫侯學撫升太常卿。

15 **布按兩司**：卿布政使司與按察使司。前已註說。

16 **蔡修，蔡九知府**：查蔡修、蔡京之子。想是由蔡翛之字形，故改作修。傳說蔡京有子八人，得官者有攸、翛、儵。此說蔡修為蔡京之第九子，自是故意捏造的了。前說是「蔡大戶」，此則說是「知府」。

17 **雙忠記**：明人作品，寫張巡與許遠殉難睢陽之忠烈事。此劇未收

入《明人六十種曲》中。

18 **這兩日又浪風發起來了**：指潘金蓮把攬漢子。居然在孟玉樓生日
之夜，也把漢子把攬到他房裏去了。昨晚（二十六）西門慶點唱
了一曲〈憶吹簫〉，潘金蓮都要說了不少閒言語。今晚，把漢子
都攬到自己懷中去了。卻又怎的不說嘴了呢！斯亦作者之對比手
法也。

19 **左右這六房裏由他串到**：此「六房」雖是指的西門家的六房老
婆，但「六房」亦可雙關到六部上去。按宋之孔目房、吏房、戶
房、兵房、禮房、刑房謂之六房。《宋史》〈職官志〉：「先是中
書人吏分掌五房，曰孔目房、吏房、戶房、兵房、刑房，又有主
事勾鎖二房。至是釐中書為三省，分兵與禮為六房，各因其有之
事而增益之。」此說「六房裏由他串到」，其雙關到的人物，當
在宰相之上了。

20 **小沙彌**：「沙彌」是梵語 SRAMONERA 的譯音。勤策男譯曰息
慈。《魏志》〈釋老志〉：「為沙門者，初修十戒，曰沙彌。」《通
俗編》：「善覺要覽，落髮後稱沙彌，華言息慈。謂得安息於慈悲
之地也。或云初入佛法，多存俗情，故須息惡行慈也。」《釋氏
要覽》：「此始落髮後之稱謂也。又曰，最下七歲至年十三者，皆
名驅烏沙彌。」《書言故事》：「僧曰沙彌。」此曰「小沙彌」，即
小和尚也。

21 **黃氏女卷**：全卷似已全錄本回中，寫曹州南華縣黃員外所生女，
自七歲就吃齋唸金剛經轉生成人的事。但其中卻在年正當時，子
女尚且幼小，閻王爺便差鬼判請得去了。不知佛家寶卷有無此一

《黃氏女卷》，全卷內容是否如本書所錄，未考。總感此卷之不近
情理也。

22 **更深夜深靜悄**：吳月娘剛聽完玉氏女卷宣講完畢。便聽李桂姐彈
唱這曲〈更深靜悄〉苦等情人到。「兩三夜不見你回來。」豈不
戲謔之甚！

23 **十二月兒掛真兒**：亦作〈掛枝兒〉，明萬曆中葉方始流行的小曲。
見沈德符《萬曆野獲編》卷二十五，〈時尚小令〉。

第七十五回

春梅毀罵申二姐
玉簫愬言潘金蓮

1 **如影隨形，如谷應聲**：意指善惡之報，因果相連，如有形必有影隨，在山谷中呼之，必有回聲。善有善報，惡有惡報，不是不報，時間未到。

2 **六甲**：干支的六始，謂之六甲。如甲子、甲戌、甲申、甲午，甲辰、甲寅等。《漢書》〈律曆志〉：「故日有六甲，辰有五子。」《晉書》〈天文志〉：「華蓋杠旁六星曰六甲，可以分陰陽而配節候。」《宋史》〈律曆志〉：「天之使行風雹笑鬼神。」《雲笈七籤》：「書六甲六乙符持行並呼甲寅，神鬼皆散去。」是以神仙傳說：「左慈學道，尤明六甲，能役使鬼神。」《三餘帖》：「六甲乃上帝造物之日，是曰殺生，上帝所惡。」俗稱婦人懷妊，謂之「身懷六甲」，或本乎此說，上帝造物之始也。

3 **胎教**：孕婦在妊中，即註意胎兒的教育，裨以育後有好性格，賈誼《新書》〈胎教〉：「青史氏之記曰：『古者胎教之道，王后有身，七月而就蔞室，太師持銅而御戶左，太宰持斗而御戶右，太卜持蓍龜而御堂下，諸官皆以其職御於門內。比三月者，王后所求聲音非禮樂，則太師撫樂，而稱不習。所求滋味者非正味，而太宰荷斗，而不敢前調。兩日不敢待王太子。』」又《新書》〈雜事〉：「周妃后妊成王於身，立而不跛，坐而不蹉，獨處不倨，雖奴不罵，

胎教之謂也。」《韓詩外傳》九：「割不正不食，胎教之也。」《大
戴禮》保傳：「青史氏之記曰：古者胎教，王后腹之七月，而就寢
室。」《列女傳》〈母儀〉〈周室三女傳〉：「大任者，文王之母，
摯任氏中女也。王季娶為妃，太任之性，端一誠莊，惟情之行，
及其有娠，目不視惡色，耳不聽淫聲，口不出赦言，能以胎教，
溲於豕牢，而生文王。文王生而明聖，太任教之以一而識百。君
子謂太任能胎教。古者婦人妊子，寢不側，坐不邊，立不蹕，不
食邪味；割不正不食，席不正不坐，目不視於邪色，耳不聽於淫
聲，夜者令瞽誦詩道正事。如此則生子形容端正，才德必過人
矣。故妊子之時，必慎所感，感於善則喜，感於惡則惡，人生而
肖父母者，皆其母感於物，故形音肖之，文王母可謂知化矣！」本
書此處引述〈胎教〉，以證吳月娘之懷孝哥，竟聽姑子宣〈黃氏女
卷〉，聽其生死輪迴之說，「後來感得一尊古佛出世，投胎奪舍，
日後被其顯化而去，不得承受家業，蓋可惜哉！」此殆之為儒家
之意想匯合佛家而演成之哲思。

4 **在我手內弄判子**：意為在我手中弄鬼；判，鬼判也。

5 **雀兒不在那窩兒裡我不醋了**：意為如意兒不占著那個窩兒，我就
　會生醋勁了嗎？（李瓶兒房裏如果沒有如意兒被你也要了，我就
　沒有醋了。）

6 **我就把你下截咬下來**：此語中的「下截」，指西門慶的「那話兒」。
　文詞乃嬌嗔的語態。

7 **婆婆口絮，媳婦耳頑**：意為婆婆的嘴巴嘮叨，媳婦的耳朵又頑固
　不聽。

8 **一素兒**：此指一瓶兒，酒素子，上已註說。

9 **在明間板凳上賣良姜**：意為在外間房裏的板櫈上挨凍。「良姜」應作「晾薑」，指赤裸裸地睡在板櫈上受凍。薑的形象如同人的裸體。把薑曝在太陽下，謂之「晾薑」。此語意為在明間裏打舖睡。

10 **袵腰子**：婦女生產後，通常要穿著束腰，以免膨脹出的肚腹，回復不了原來的好身材。今仍有此物。

11 **就頂你娘的窩兒**：意為收如意兒作小老婆，頂補李瓶兒的窩。

12 **正月間差滿，只怕年終舉劾地方官員**：巡按三年一任，上已註說。此說宋巡按已任滿，地方官員的年終舉劾，關鍵在巡按的奏劾上。所以地方官員，都來拜懇西門慶從中關說。連武舉出身，官位高於西門慶的荊都監，也來拜託西門慶，還送上禮金白米二百石（即銀二百兩）。自可想知西門慶已成為交通官吏的關卡了呢！

13 **合瞎了他的眼來**：此語中的「眼」字，指的是另一間。意為合搗得眼瞎閉了。（那眼瞎閉（ㄅㄝˇ），就不能用了。）

14 **鷄兒不撒尿，各自有去處**：意為管人家呢？雞不撒尿，也沒有被尿閉（ㄅㄝ）死，有他自會打發之處。在此則是潘金蓮的俏皮話，指西門慶到李瓶兒房中去找如意兒去了，你們管得了嗎！

15 **偏有那些毖聲浪氣的**：指吳月娘在背後說他把攔漢子的那些話，是「毖聲浪氣」，意為不是上頭的嘴說的，是下頭的嘴說的淫浪聲氣。

16 烘火：北方冬日天寒，房中多生有火盆。進房來圍著火盆，伸出手來烘烘，謂之「烘火」，或「烤火」。

17 總兵官：明朝武職中的最高職。《明史》〈職官志〉五：「……無定員，無品級，總鎮一方者為鎮守，………凡總兵副總兵率以為侯伯都督充之。其總兵即稱將軍……。」

18 俺每在那毛裏夾著來，是你擡舉起來，如今從新鑽出來了。：此話乃頂撞申二姐的那句「那裏又鑽出個大姑娘來了。」遂說「在那毛裏夾著來」，被你發現了，才抬舉出來的。

19 拏班做勢：意為裝模作樣擺架子，「拿班」，自高身價，「做勢」，裝作有氣勢。

20 本司三院：本司指「教場司」，掌管官妓的機關。三院自是當時妓院的樂、舞劇吧？未考其詳。

21 舒口：意為舒展口來罵人；毫無顧忌之意。

22 冲言冲語：意為冲撞人的重話。「罵的我也不好看的了。」

23 十分水深人不過：比喻春梅罵申二姐，好像是遇見了十分深的水，明知渡不過去，偏要逼人下水淹死去。「卻不急了人！」

24 砍一枝損百株，忌口：意為言語不顧忌，罵一個得罪了一百個。這是犯忌的口舌。

25 上個甚麼檯盤兒也怎的：意為擺得到大場面上去的人物嗎？

26 送了一百本新曆日：到了十二月，明年的新曆日，就由皇上頒發

下來。東平府送了一百本新曆日來，就是這明年一年的所謂「皇曆」。

27 **那奴才撒把黑豆，只好教豬拱罷**：意指應伯爵的春花黑醜得豬似的。只好與豬作對兒。答吳月娘上語：「他比（是）那個沒鼻子沒眼兒是怎兒？出來見不的？」應伯爵不讓生了兒子的春花出來見客。因為春花生得醜。所以吳月娘又頂西門慶說：「自你家的好，拿掇的出來，見的人。」

28 **平白枉口拔舌的**：意為無緣無故的「枉口拔舌」樣的潑口罵人。

29 **沒張倒置的**：意為言行失去了規矩，行既無張福，言也無情理。

30 **也沒見這個瞎曳麼的，風不搖樹不動**：潘金蓮認為春梅罵申二姐是「風不搖樹不動」，是申二姐這個瞎子惹出來的。沒見過這種惹事的瞎子。

31 **不罵的他嫌腥**：意為不罵他讓他腥的難聞下去哪！

32 **雌著嘴兒**：「雌」，同刺；刺牙裂嘴。

33 **強汗世界**：意為強蠻占優勢的世界。「強汗」即「強悍」。

34 **你這賊皮搭行貨子**：意為你這賊沒有骨氣的賤貨。「皮搭」即鬆皮搭拉。罵西門慶沒有骨氣管教金蓮主婢。

35 **會那等劬勞旋蒸勢賣兒的**：意為用不著那樣的勞累著裝模作樣賣架勢，「誰這裏爭你哩！」

36 **平白你說他爭出來烆包氣**：「烆」字不知何義。意為吳月娘爭出來漢

子，卻平白爭來一肚子的火爆氣。

37 **把俺每這僻時的貨兒都打到揣字號聽題去了**：「僻時」，意為沒時運的，或謂之「背時」。意為背時人。「揣字號」，上已註說。

38 **黃湯辣水**：意為粗糙的湯飯。

39 **撲撒撲撒**：意為用手去按摩按摩舒展舒展。

40 **卻這等胡作做**：意是這等的胡亂做作，「你見我不死來，掇掇上路兒來了。」意為我心裏不舒服，還這等亂來，嬌嗔之詞語。

41 **當家三年狗也嫌**：意為當家立紀管理財政，難免要手頭緊些，當了三年家，狗也會討厭，別說是人了。

42 **綿花嘴兒、左話右說**：說甜言蜜語的軟嘴，明明是黑，偏說白。

43 **合穿著一條褲子**：意為兩人一條心，聯合起來。

44 **要起什麼水頭兒**：意為要舉起波浪來了。

45 **拿豬毛繩子套他去不成，那個浪的慌了**：「繩子」，還要用「豬毛」形容，卑稱詞也。「浪的慌」即淫浪的不能忍受了。此語乃疑問詞氣。

46 **只顧趕人趕不上**：意為只顧想著他去強過別人卻又強不過。

47 **俺每在這屋裏放小鴨兒，就是孤老院裏也有個甲頭**：意為我是這家中的小不點呀？（他是家中的大婦）孤老院也有個領頭的。（說明自己是大老婆。）

48 **貓鼠同眠**：貓本是降伏老鼠的，夫人是降伏丫頭的。如今潘金蓮的丫頭，兒起來跟主子一樣，豈不是貓鼠同眠，慣的沒有禮數了。

49 **嘴頭子不服個燒埋**：意為嘴巴說話不讓人，指嘴硬。火燒不爛，土也漚不爛。

50 **我當初是女兒填房嫁他，不是趨來的老婆，那沒廉恥趨漢精便浪，俺每真材實料不浪**：吳月娘光了火，直話罵起來了。罵潘金蓮是趁漢子老婆，當然淫浪了。他是真材實料的老婆，用不著浪。所謂「趨來的老婆」，「趨漢精」，不知何地口語。意思則是「偷漢子的老婆」。

51 **廝打沒好手，廝罵沒好口**：此語今仍流行。相打起來就不顧輕重，相罵起來也沒分好話歹話。

52 **潑腳子貨**：動不動就發潑的貨色。意為惡婆娘。

53 **誰家竈內無烟**：意為那一個家庭沒有口角。「一點無名火，些兒觸著便生煙。」

54 **冷心不動一孤舟，淨掃靈臺正好修**：意為冷下心來，淨掃心情，才是修心養性的好辦法。勸大家都不要吵了。

55 **一口清茶還汪在心裏**：意為喝下的一口清茶，還在心口窩著呢！

56 **如今犯夜倒拿住巡更的**：意為本末倒置，歹人反而把捉歹人的拿住了。

57 **他燈臺不明自己**：意為他的燈也不照照自己，「還張著嘴說人
　　浪。」

58 **兩頭和番，曲心矯肚，人面獸心**：意為雙方面討好，壞心腸，人
　　面獸心（暗藏奸詐）。

59 **我洗著眼兒看著他**：意為我洗亮了眼睛看，看他有何好結果。

60 **輕學重告**：意為把許多是非加鹽加醬的向漢子報告。

61 **他單為行鬼路兒，腳上只穿氈底鞋**：明朝婦女的鞋子，有木根
　　的，也有氈根的。木根的走路有響聲，氈根的走路無響聲。潘金
　　蓮喜穿氈根的鞋子，走路無聲響。

62 **他活埋慣了人**：指潘金蓮慣於陷害人。有本領把人活活氣死，此
　　所謂「活埋慣了人。」

63 **他是那九條尾的狐狸精，把好的乞他弄死了，且稀罕我能有多少
　　骨頭肉兒**：指潘金蓮已把李瓶兒活埋死了，吳月娘認為他那兒是
　　潘金蓮的對手。「身上沒有多少骨頭肉兒」，還格得住潘金蓮這九
　　尾狐狸折騰嗎！

64 **不爭！你為眾好，與人為怨忌仇**：大妗子勸吳月娘不要爭競這些
　　了，隨他去罷。要不然！（不爭！）你為了大家好，又何必招惹
　　人怨忌呢！

65 **鬆髻踩遍了，皇帝上位的叫**：述說潘金蓮發潑，把頭上的髮髻撞
　　落下來，掉在地上都踩扁了。皇天皇爺的喊叫。

66 **我拿什麼骨禿兒拌的他一回，那潑皮賴肉的**：意為我這塊骨頭怎能與他那潑皮賴肉的人物拌攪。「潑皮賴肉」指勁得住捧打的賤皮肉。

67 **做帶累肚子鬼**：吳月娘懷著孩子，死了豈不是做個帶肚子鬼。

68 **牆上泥坯去了一層又一層**：意指少了我一個另外還有。所以下面說「我就死了，把他扶正就是了。」

69 **頭上剎兩針**：意為頭上扎兩針；灸兩針。

70 **我是那活佛出現，也不放在你那心左相（廂）**：意為我就是個活佛，也不會放在你心上。心左，指心坎間。心在人體左方。

71 **死了終值了個破沙鍋片子**：意為死了又值什麼？死了也等於破沙鍋片子，隨手當拉圾鑱出去就是了。

72 **納了儀官銀子**：指喬大戶出錢納一官職名義。

73 **官身樂人**：指擔任官差的伎樂人等。

74 **備員而已**：意指無才能，擔當個閒差之職，備員允數而已。謙卑之詞。

第七十六回

孟玉樓解愠吳月娘
西門慶斥逐溫葵軒

1 **甄妃**：三國魏文帝曹丕之后。原為袁紹第二子袁熙之媳婦，曹破
袁後，丕見之，愛為己婦，生明帝及東鄉公主，迨郭氏得寵，甄
氏妒怨，竟賜死。謚文昭皇后。此說「纖長春笋，露甄氏之玉。」
乃藉古美人以誇吳月娘之玉手。

2 **一雞死一雞鳴，新來雞兒打鳴不好聽**：此語的喻意是，死了一
個，還有一個，再來一個新的，打起鳴來更好聽。「打鳴」公雞在
早晨鳴叫，俗謂之「打鳴」；「新來雞兒打鳴不好聽」，應用起疑號
的語氣，不能用結句的語氣。用起疑號的語氣，就是「再討一個
新的進來，不是更好更可喜嗎？」吳月娘感嘆李瓶兒被潘金蓮整
死了，還想整死他呢！下面遂跟著說：「我死了把他立起來，也不
亂也不嚷，纔拔了蘿葡地皮寬」呢！

3 **娘，你是個當家人，惡水缸兒不恁大量些罷了**：孟玉樓勸吳月娘
應放大量，像惡水缸一樣，任何骯髒東西，都能收容。一如古語
之「江河不擇細流，故能成其大。」

4 **一個漢子的心如同沒籠頭的馬一般，他要喜歡那一個，只喜歡那
個，（誰）敢攔他攔**：意為漢子心像野馬一樣，誰能管得了！他愛
喜歡誰就喜歡誰？攔得住嗎？「他又說是浪了！」（潘金蓮反駁吳

月娘。）

5　**你我既在簷底下，怎敢不低頭**：俗諺，今仍流行。此語乃孟玉樓
的感慨規勸詞，認為他們都是小老婆，既是小老婆，就應在大老
婆面前低低頭。所以下面又引古諺「甜言美語三冬暖，惡語傷人
六月寒」來勸金蓮不要使性兒。

6　**人受一口氣，佛受一爐香**：此亦俗諺，似乎今日已不太流行。意
為人愛接受的是一句舒氣的美言，佛愛接受的是香火的奉承。勸
金蓮「你去與他陪過不是兒，天大事卻了。」

7　**兔死狐悲**：古今慣用的俗諺，亦可寫「狐死兔泣。」《宋史》〈李
全傳〉：「狐死兔泣，李氏滅，夏氏寧獨存。」田藝蘅《玉芙零音》：
「竈鳴而鼄應，兔死而狐悲。」

8　**有勢休要使盡，有話休要說盡，凡事看上顧下，留些兒防後纏
好，不管螺蟲螞蚱，一例都說著……人人有面，樹樹有皮，俺每
臉上就沒些血兒**：這些合乎人生處世的至理，雖在今日已換成了
另一種說法，但語言的意旨，還是易懂的。孟玉樓用這些話評斷
吳月娘，也兼及了潘金蓮的性情。像這次的吳月娘「合氣」潘金
蓮，確是有些兒使「勢」，更是不管「螺蟲螞蚱一例都說著……」
這豈不正是身為大老婆面對那多小老婆時的心情嗎！「人有面，
樹有皮，」氣來時，卻也顧不得了。從這些，使我們了解到西門家
的女人，孟玉樓應稱處世能手。最後，他的結局最好。殆亦小說
家之洞達人情耳！

9　**玉樓打值道**：意為孟玉樓在旁打趣著說。

10 **料毛兒**：指禽獸之類，一旦起意要抗拒時，都會抖掠起毛羽來。「料」借作「掠」（ㄌㄠˋ），動詞使用。

11 **俺每骨禿扠著心裏**：意為娘要是容不了俺，扠在俺心上的這根骨頭（禿）就永遠梗在心裏了。

12 **指揮**：按《明史》〈職官〉之指揮，指揮使司設有都指揮使司一人正二品，都指揮同知二人從二品，都指揮僉事四人，正三品。吳鎧見任本衙右所正千戶之職，可能升任指揮同知。此言升指揮，當概稱之也。

13 **類本**：自是指彙類考察結果，奏本皇上，以作升調之據。

14 **四節記、還帶記**：《四節記》乃明沈采作之劇曲，寫四季之景的故事。春景〈杜子美曲江記〉，夏景〈謝安石東山記〉，秋景〈蘇子瞻赤壁記〉，冬景〈陶秀實郵亭記〉。《還帶記》未詳何人所寫。乃斐度還帶故事。《芝田錄》：「斐晉侯質狀渺小，相者曰：『當餓死。』一日遊香山寺，有婦人以父被罪，假得玉帶三，犀帶二，以賄津要。置于欄楯，忘收而去，度得而還之。後相者曰：『必有陰德及物，前途萬里，非某所知也。』」

15 **納白米三十石以濟邊儲**：即納白銀三十兩作為濟助邊塞應變之儲，蓋喬大戶捐得義官代價之一。

16 **改了宣和元年，該閏正月**：在第七十一回寫「詔改明年為宣和元年」，實際上應為重和元年。在此處則又以正前誤。不過，重和元年雖有閏，但閏的是五月，並非正月。再上查政和六年閏正月，政和七年無閏。關于此一問題，如配合第七十回及第七十二

回之兩個「冬至」觀之，則第七十一回之「詔改明年為宣和元年」，在本回則又寫為「改了重和元年。」作者的這種誤謬寫法，或屬故意為之錯綜，如年月時日之交措重疊一樣，冀有所寓喻也。[1]

17 **賤里買來賤里賣，容易得來容易捨**：潘金蓮向西門慶發牢騷，認為他不被漢子看重，只怪自己當嫁來時，「自輕自賤。」兩人合氣，卻全心全意照顧另一個「生怕氣了他」，「苦惱俺們這陰山背後。死在這屋裏也沒個人兒來揪。」又說「俺們一根草兒，拿什麼比他。」意為像草一樣不值看重，自應該扔到「陰山」背後去了。

18 **老王免了罷**：在「西門慶簾下遇金蓮」時，潘金蓮曾認王婆子為乾媽，叫得親親熱熱，如今見了，則稱「老王」了。人性人情，得非若是乎！

19 **有到好了，小產過兩遍，白不存**：潘金蓮在這以前，何嘗懷過孩子小產過？如此應答，殆亦未育婦女通常心理也。

20 **窩主、分豁分豁**：藏匿歹人或贓物之家，謂之「窩主」。「分豁分豁」意為把事情化解了。

21 **三窩兩塊，大婦小妻，一個碗內兩張匙，不是湯著就是抹著**：意為大婦小妻住一個窩，等於一個碗內放了兩個羹匙，不是被湯（盪）著，就是被抹著。總難免要碰磨著的。

---

[1]　請參閱拙作：〈金瓶梅的問世與演變〉，《國立編譯館館刊》第9卷第2期（1980年12月）。

22 **少椒末兒**：此一形容詞，似是指的胡椒末兒，在菜蔬間是可有可無，不值得看重之意。若是別人家手裏，怎麼容得！不罵奴才，不說是少你這椒末兒嗎？但亦可作為苦辣吃的意思看。

23 **張公吃酒李公醉，桑樹上脫枝柳樹上報**：指喻吳月娘管閒事，春梅罵申二姐，他要管，而且管到了他頭上。所以潘金蓮用了這個比喻。

24 **緦麻之親**：三個月的孝服，謂之緦麻。上已註說。本宗之高祖父母，中表兄弟，妻父母，婿，外孫，以及五服內之小功以下者的親人，服緦麻之孝。

25 **母狗不掉尾，公狗不上身**：喻男女間的苟合，女方應負最大責任。所以說「大凡還是女婦人心邪，若是那正氣的，誰敢犯過。」

26 **你兵馬司倒了牆，賊走了**：意指兵馬司的牆倒了，跑走了賊。

27 **雲二叔新襲了職……山東清河右衛指揮同知**：指雲裏守己奉准襲職，「指揮同知」之官，上已註說。但「山東清河右衛」，則是小說家的虛構。

28 **祖職不動，還與了個本衛見任僉書**：「僉書」、「僉事」同。此或謂之給了一個擔任「僉事」的實職吧！

29 **這個罵他怪門神、白臉子撒根甚的貨；那個罵他是醜冤家、怪物勞、朱八戒、坐在冷舖裏賊**：寫兩個妓女罵應伯爵的話。「怪門神」，應是說「怪物門神」，指應伯爵只是西門慶的門神。「白臉子撒根」，意為成天的賣弄笑臉，逗艮（撒根）逗笑；「甚的貨」，

甚麼貨色嗎？下流貨！「怪物勞」，指醜得不像人，「朱八戒坐在冷舖裏」，意為像應伯爵這種醜怪物，還要「朱八戒坐在冷舖裏」嗎？光是他一個就已經醜得夠了。賊！「勞」，或為語詞。

30 **十撇、鴉胡石、影子布、朶朶雲兒、了口惡心**：「十撇」，是「才」字，「鴉胡石」乃「鴉污屎」的諧音，「影子布」，似是指的是影映影子戲的布，布上的影子是別人的。「朶朶雲兒」，有多久的好光影，轉眼就散。通指妓女的營生。「了口」，停嘴吧！「惡心」，別令人惡心啦！

31 **肉俊賊**：中原人稱脾氣強，說不聽，使不動，謂之「肉」，或「擰」（俊）。此語就是如此。

32 **怎的號咷痛剁牆拱**：怎為怎麼回事？痛哭得要把牆也哭倒似的！

33 **你怎常怎麼挨他的、娘問他就是個**：玳安的這兩句話，純粹是道道地地的吳語語態。

34 **是個不上蘆蔕的行子貨**：意為是紥不上蘆蔕掃把的下流貨。連紥掃把的材料都不夠。

35 **娘們合勝看的見他，他但往那裏去？每日只出鎖見住了**：意為娘們那裏有工夫專意去看到他（指溫秀才娘子），他有那裏好去？每天只把門兒關住。……「每常幾時出個門兒來？只好晚夕門首出來倒榪子走走罷了。」

36 **掌印**：指負責業務的執行。同官中的主管。

37 **弄乾坤兒**：指溫秀才洩露他家的秘密。還偷銀器。拿西門慶寫給

翟管家信稿給倪秀才看，倪秀才又拿與夏提刑看。夏提刑連忙上
京去打點，走安妃的門路，要以鹵簿的名義，再在清河掌刑三
年。差一點，西門慶的正千戶沒有了著落。「怪道前日翟親家說
我機事不密到害成。」原來是他「弄乾坤兒」，「這樣狗背石東
西」；「弄乾坤」，意指耍手腳，「狗背石」意狗吃主人還咬主人。
「石」諧食。

38 **靡不有初，鮮克有終**：此語出《詩》〈大雅〉〈蕩〉：「蕩之上帝，
下民之辟，民疾上帝，其命多辟。天命烝民，其命罪諶，靡不有
初，鮮克有終。」意為一個國家當其初創立時，無不隆盛，卻很
少能永久隆盛的。人也是如此，開始時不錯，到結果就改了樣
了。不能以善始而善終也。在此以喻溫秀才。實則，溫秀才的此
一惡行，又何嘗不是西門慶潘金蓮等人的行徑，人性正是如此，
越是己有此惡，越是妒人有此惡。像法利賽人當場捉到的那個行
淫婦人，耶穌要不曾犯罪的人，都可以用石頭打死他。結果，無
一人敢打，全偷偷兒散去了。如在今日，必定每一個人都會拿起
石頭來，狠狠的打死那婦人，這樣作才能表白自己不曾犯過罪
呀！《左傳》宣公二年及襄公三十一年，均引有此語。

第七十七回

西門慶踏雪訪愛月
賁四嫂倚牖盼佳期

1 **贐禮**：送行之禮金，謂之贐禮。亦稱贐錢，餽贐。《蓉塘詩話》：「其家實貧，郡人杜菊有詩送之曰：『人辭榮祿賦歸田，工部蘇民送贐錢。』《孟子》〈公孫丑〉下：「子將有遠行，行者必以贐。辭曰：『餽贐』。予何為不受。」又曰贐送。《梁書》〈梁公則傳〉：「贐送無一所取。」

2 **武庫**：儲藏武器之所，謂之「武庫」。博學多識者亦稱武庫。《晉書》〈杜預傳〉：「杜預為尚書，損益萬機，不可勝數，朝野稱美。號曰『杜武庫』言其無所不有。」《晉書》〈斐頠傳〉：「頠弘雅有遠識，周弼見而嘆曰：『頠若武庫，五兵縱橫，一時之傑也。』」王勃〈滕王閣序〉：「騰蛟起鳳，孟學士之詞宗，紫電青霜，王將軍之武庫。」但在此語中，所謂「見在武庫肄業」，乃是指的武學，明有武庫司，屬兵部，《明史》〈職官志〉所記兵部下有武選、職方、車駕、武庫四清吏司。各設郎中一人。

3 **大理寺正**：按明之大理寺，設卿一人，正三品，左右少卿各一人，正四品，左右寺丞各一人，正五品，其屬司務司廳司務二人，從九品，左右二寺各寺正一人，正六品。寺副二人從六品，評事四人正七品。

4 **花栲栳兒**：《瓶外卮言》說是發賣照絨綿線之招子。

5 **打的好響瓜兒**：意為用手指翻節向頭上敲打。一如用木棍敲麥芽糖。

6 **屎口兒**：意為臭嘴，說話不受聽。

7 **蔣胖子弔在陰溝裏，缺臭了你**：「弔」應為掉，失足跌落之意。此說一位姓蔣的胖子，掉在陰溝裏，因為胖，腳腿（ㄑㄩㄝˇ）起來了，即折疊起來了。陰溝都是臭水，所以說「缺臭了。」但何以是「蔣胖子」，則不知是否有出處。上已註說過蔣胖子，我以為「蔣」是糖之誤。非也。

8 **燒了一炷香**：此語在下面也說到。鄭愛月與西門慶談起王三官娘子時，鄭愛月拍手大笑道：「還虧我指與這條路兒，到明日連三官兒娘子不怕屬了爹。」西門慶道：「我到明日，我先燒與他一柱香。」……在這裏說：「只在董嬌兒家歇了一夜，燒了一柱香，不去了。」下第七十八回，寫「燒兩柱香」，西門慶且在林太太心口與陰戶燒了兩柱香，前已註說，蓋淫蕩之狂也。燒香之詳情，參見第七十八回第十五頁。

9 **一寸大的水角兒**：即今語之「水餃」，只有一寸大小。

10 **圍脖兒**：冬天用各種禦寒之皮毛、絨線等製成的圍在頸脖上的東西。今稱「圍巾」。

11 **三十二扇象牙牌**：即今日所稱之牌九，三十二張，高貴者以象牙製造，故俗稱「象牙牌」；或用獸骨作，亦稱「象牙牌」。

12 **若論這狗拘的**：下層社會人等口中的口頭語，無適切的意義，只是卑稱詞而已。

13 **打平和兒吃酒**：意為大家夥湊份子吃喝，謂之打平和。

14 **門外楊姑娘沒了**：這位楊姑娘，就是孟玉樓丈夫的姑母，沒有他，西門慶不易取到孟玉樓。[1]

15 **門外客人有五百包無錫米凍了河**：意為有客人船運來的無錫米，因為運河上了凍，不能開行，要賣。花子油問西門慶要不要。

16 **黃金入櫃**：意為有了錢就可以入棺了。

17 **趕至臨清碼頭**：臨清是運河口上的碼頭，地在山東，清河以北，明升為州。

18 **省恐殺人，不知爹往那裏去了？白尋不著，不白日裏把爹來不見了**：「省恐殺人」一詞，在此上下語中不知何意？似為一般人的口頭語，但喻意實難揣測。留此以待知者。

19 **俺每都到苗親家住了**：此一苗親家，就是苗青，何以稱苗青為「親家」？此一親家關係何時建立的？似乎前面無此情節。也與前面的「苗小湖」或「苗員外」，連不上關係。

20 **左布政**：《明史》〈職官志〉：「承宣布政使司左右布政使各一人，從二品。布政使掌一省之政。各省之設承宣布政使司，罷行省平章政事左右丞，乃洪武九年事。」

---

[1] 參閱第七回。

21 **參議**：洪武十四年在各布政使司置左右參議，正四品。

22 **提學副使**：按宋徽宗時置有提舉學事司。《宋史》〈職官志〉：「提舉學事司，掌一路州縣學政，歲巡兩部，以察師儒之優劣。生員之勤惰，而專舉刺之事。崇寧二年置，宣和三年罷。」〈大正記〉：「明正統二年（1437）始設提學，憲臣南京戶部尚書黃福建白，人才出學校，並設監司提情巡視。下部議，南北直隸御史各一員，各省按察副使，或僉事各一員，專敕責成，不許巡按御史侵越。」此說之「提學副史」，蓋均明制也。

23 **僉書、僉事**：按「僉書」乃宋官制中「僉院」中之官名，「僉書樞密院事。」《續文獻通考》〈職官考〉：「金樞密院，掌凡武備樞密之事，使副使簽書院事，同簽院事各一人。」按僉事則一如宋之「僉書」職。今之秘書，判斷官署公事者也。至清始廢。前已註說茲再詳之。

24 **副參統制**：宋代出征軍之司令官稱「都統制」，此曰「副參統制」，自為都統制之副。

第七十八回

西門慶兩戰林太太
吳月娘翫燈請黃氏

1 **宋御史隨即差人送了一百本曆日、四萬帋**：西門慶收到新曆日有
　三次之多，府裏，縣裏，這裏又是宋御史送。但此所謂之「四萬
　紙」，則不知是何紙？

2 **家家帖春勝，處處掛桃符**：「春勝」乃立春日家家戶戶張貼的迎春
　詞，唐宋時代頗流行，今仍有此風。李商隱〈哀師詩〉：「請爺書
　春勝，春勝宜春日。」
　「桃符」乃以桃木板繪神荼鬱壘二神像張於門旁。《風俗通》曰：「東
　海度朔山有大桃，蟠屈千里，其北有鬼門，二神守之，曰神荼鬱
　壘，主領眾鬼，黃帝因立桃板於門，畫二神以禦凶鬼。《典術》
　云：「桃乃西方之木，五木之精，山木也。味辛，氣惡，故能厭伐
　邪氣，制百鬼。今日門上用桃符辟邪，以此也。」《荊楚歲時記》：
　「貼畫鷄戶上，懸葦索於其上，插桃符其旁，百鬼畏之。」《燕京
　歲時記》：「春聯者，即桃符也。自入臘以後，即有文人墨客，在
　市肆簷下，書寫春聯，以圖潤筆。」蘇軾〈除夜野常州城外詩〉：
　「老去怕看新曆日，退肆擬學舊桃符。」後遂轉變為春聯。上已註
　說。

3 **兩個鶬鴰胎眼兒**：「鶬」，扶兩切，一如國音之「許」字音，乃鶬
　鷹之類。「鶬鴰胎」，似為方言俚語，何地最流行，則未查考。吾

鄉則未有。意為兩個小鷹子眼睛，機溜溜地。

4 **對人不用穿針線，那得工夫送巧來**：意為如無人穿針引線，那會有精巧的女紅出現。男女相合如無人從中接引，又怎能巧合得起來呢！

5 **只是五娘快出尖兒**：意為只有五娘（潘金蓮）的嘴頭子快，而且出尖兒刺人。

6 **我吳鎧多蒙姐夫抬舉看顧**：前回則寫作「吳鎧」，此又「吳鎧」，想是誤刻了。同是一人，吳月娘之兄也。但在宋御史的本章中，則還有個「清河縣千戶吳有德，」升了指揮僉書。自亦同一人矣。

7 **屯頭**：指屯田兵一屯之長。《後漢書》〈班固傳〉陳師按屯註：「大將軍營，五部校尉一人，部下有曲，曲下有屯長一人。」但此之所謂「屯頭兒」，乃指屯田所之屯長。

8 **屯田**：按「屯田」乃寓兵於農合一制。此制始於漢宣，依趙充國議，在邊塞要地屯兵開墾。《正字通》：「田，漢晉率兵屯，領以帥；唐率民屯，領以官；宋率營，田以民；……趙充國於金城留步士萬人，屯田繫先零，條上屯田十二事，宣帝從之。明初，行官屯、民屯、兵屯、商屯、腹屯、邊屯諸法，永樂時著令，每一都司另撥旗軍十一名耕種，號樣田，據所收子粒多寡，以辨別議之豐凶，軍之勤惰。雖養軍百萬，不費民間一粒。兵法所謂屯田一名。可當轉輸二十石也。」按晉有屯田大夫，唐有屯田郎中員外郎等。明以後，則兼掌墳墓之事。此說「太祖舊例練兵衛，因田養兵，省轉輸之勞，纔立下這屯田。後吃宰相王安石之青苗法，增上這夏稅，那時只是上納屯田秋糧，又不問民地，而今這濟州

管內。除了拋荒葦場港隘……」所謂云「太祖舊例……」等等，乃明太祖，非宋太祖也。按王安石的「青苗法」，據《宋史》〈王安石傳〉：「青苗法者，以常平糶本作青苗錢，散與人戶，會出息二分，春散秋斂。」宋兵無屯田之制。此說蓋借宋以喻之耳。

9 **恐聲口致起公論**：耽心這辦法一經傳出，引起公論民憤。

10 **那個是各人取覓，不在數內的**：由各人自行想辦法弄外塊，不在額數之內。（就看各人的本領了。）

11 **有長詞一篇，道這場交戰，但見**：這「但見」中的約五百言，全是描寫西門慶與林太太性行為的諷喻，典雅與俗俚之詞交並，亦妙文也。

12 **一時有個人客驀將來，他每沒處撾撓**：意為若一旦有客人拜年來了，家裏沒個主人，他們下人一時怎的應付呢！（留下孫雪娥在家。）

13 **他娘子兒扎也是一般**：這裏說賁四去了東京，家中無人紮煙火。潘金蓮則答說賁四的老婆紮也是一樣。點出他已知西門慶與賁四娘子有首尾了。所以下面西門慶就瞅了金蓮道：「這個小淫婦兒，三句話就說下道兒去了。」

14 **你揀著燒柱香兒**：此處寫「燒香」的程序甚詳。淫行踰格乎哉！

15 **沒的例兒撦兒的**：意為不要把燈掛歪了。「例」，比也，此指並排不齊整；「撦」，裂也。此指不要弄破了燈籠紙。（如不小心就要挨打了。）

16 **宮外有株松，宮內有口鐘。鐘的聲兒，樹的影兒**：意為既有杉樹就有樹影，既有鐘自有鐘聲，鐘聲樹影，怎能不讓人知。

17 **甚麼話，撞木靶**：意同今語之「什麼話？唐伯虎的古畫。」

18 **瞞那傻王八千來個**：語尾的「朱个」，顯然是吳越語態。

19 **勾引上了道兒，你每好圖躧狗尾兒**：意為替主子勾引上了，你們好從中得機會落好處。「躧（踩）狗尾」，阻止公狗爬母，豈不是可以要脅了嗎！

20 **韓回子**：「回子」，對回教人的稱呼。

21 **要好不能勾，要歹……**：應勸人和諧，不應勸人不和。

22 **房倒壓不殺人，舌頭倒壓殺人**：意為人的閒語閒言對於人的壓力，比倒了房子還要厲害。（倒了房子只壓死了人命，閒言語卻壓殺了人的令譽。）

23 **矮著個靶子兩個半頭磚兒也是一個兒**：諷喻西門慶與賁四娘子是兩半塊磚頭，湊成的一塊。一如今語云「半斤八兩」。

24 **那水濟濟眼擠著七八拏的兒劄**：形容那婦人的水靈眼擠著（迷縫著），只有一二分睜著，迷縫著七八分。此種眼神，通常謂之色眼；俗謂「色迷迷眼兒」。

25 **那長大摔瓜**：說韓道國老婆的臉像個大摔瓜（打瓜）。

26 **大眼看小眼**：意為彼此瞪著，等於說大家看著不知如何說。

27 **七個窟壟到八個眼兒等著在這里**：意指大家瞪著眼睛看著，（怎能私開銷呢！）

28 **打嘴的獻世包關王賣荳腐人硬**：意為只是嘴硬傲不起來，別在世上丟人啦！「關王賣豆腐」的歇後語，只在一個「硬」字。潘金蓮認為作人應該骨頭硬，別惹人說閑話。所以下面說「我又聽不上人家那等秕聲穨氣的。」

29 **驢糞球兒面前光，卻不知裡面受恓惶**：驢馬都是食草類的動物，糞球外面光光滑滑，內裏則是根根斷草。喻意是徒有其表而無其實。

30 **半個折針兒也迸不出來與我**：意為他連半根短了的針也不會給我。（指女兒潘金蓮不周濟他。）

31 **水米不打牙、滴了眼睛在地**：此二語均為賭咒罰誓的話，「水米不打牙」意為得病水米不能不嚥，「滴了眼睛在地」指把眼睛挖出來。

32 **字倣**：兒童入學照字樣寫出的字，謂之「字倣」，通常，在描紅的階段過後，就是「字倣」了。

33 **一條腿兒**：意同「穿一條褲子」，或「一鼻孔出氣。」指春梅與金蓮同聲氣。

34 **就扛的我失了色**：意為頂撞我使我失了面子。

35 **不恁瞞藏背掖的**：決不這樣瞞著藏著在背後偷掖在別處，使別人不知。（不做這種暗事。）

36 **千朵桃花一樹兒生**：意為看在根枝上，再不好總是自己生養的女兒。

37 **天下十三省**：明朝分天下地域為十三省，詳見前註。

38 **新蓋的艮嶽改為壽岳**：按《宋史》之艮嶽，原名萬歲山，山成改名「艮嶽」，前已註說。此言改為「壽岳」，非信史也。

39 **兵貴神速先下米的先吃飯**：喻意是先下手為強，要西門慶速去向宋御史討批文接辦「古器」的買賣勾當。（此處寫西門慶在官場上交通官吏的無往不利，達於高潮，良官場之現形記也。）

40 **晌午大錯**：指太陽已扭頭，日已過午了。

41 **彈唱燈詞**：此所謂「燈詞」似為燈節節令的讚頌歌詞，未能知其詳也。

第七十九回

西門慶貪慾得病
吳月娘墓生產子

1 **坐子好一回上罷元宵圓子**：這裏寫「坐子好一回」，不用「坐了」，又用「坐子」，我在前面註說，似為吳越語態。此一語態，頗應作一統計歸納，作為本書作者慣用語法的推斷。茲再註此，以供研究考參考。

陰曆元月十五日夜，謂之元宵，亦稱上元夜。是夜，張燈結綵，紮飾花燈，又謂之燈節。上已註說。該日食元宵圓子，則未知此俗起於何時？今仍流行。

2 **扯了一道大口子**：意為把衣服扯破了一個三角形裂口，通直線形裂口，中原人謂此等破處，謂之「口子」。

3 **卻是老婆剪下一柳黑臻臻光油油的青絲，用五色絨纏就的一個同心結托兒用兩根錦帶兒拴著**：此處寫王六兒剪下頭髮，配上五色絨線稔成的繩兒，做成一個同心結結在「托兒」上，再用兩根錦絲帶兒拴繫著，安放在……

4 **好不在這里哭，俺每到沒意思刺刺的**：指申二姐被春梅罵了，送回他（王六兒）家還在哭，哭得連他都不好意思。「刺刺」，語詞。

5 **這等藻爆性子……著緊把我也擦扛的眼直直的**：西門慶解說春梅是暴躁性子，著緊時，連我也會「擦扛」得只有向他直瞪眼。

6 **罵的他來在我這里好不醜的三行鼻涕兩行眼淚的哭**：王六兒述說申二姐被罵來他家那天，哭得三行鼻涕兩行眼淚的哭，哭得那個樣子，好醜噢！

7 **兩根錦帶兒札在腰間……比銀托子和白綾帶子又不同**：西門慶慣用的淫器，能增長寸碼的銀托子。以後，潘金蓮嫌銀子「格人」（硬物擠在身上，謂之格人），遂用白綾子縫製了一種，即此處說的「白綾帶子」。此一「白綾帶子」，在第七十三回，曾這樣寫：「潘金蓮想著要與西門慶做白綾帶兒，不知走到房裏，拿過針線匣，揀一條白綾兒，用扣針兒親手楸龍帶兒，用纖手向減粧磁盒兒內，傾了些顫聲嬌藥末兒，裝在裏面周圍。又進房來用倒口針兒撩縫兒，甚是細法。」在同回結尾，已說明這帶子就是銀托子的代替品，問道：「這帶子比那銀托子識好不識好？強如格的陰門疼的。這個顯的該多大？又長出許多來。你不信摸摸我小肚子，七八頂到奴心。」在這一回又寫王六兒改用他的頭髮，加上五包絨線纏成個同心結刑，以代銀托子，比潘金蓮的白綾所製，更加貼心。此物乃用以增長脹粗。第三十八回第七十三回，均已寫明矣。[1]

8 **想他恁在外邊做買賣，有錢不養老婆的**：意為像韓道國成天在外邊作生意，那有有錢不在私下裏養老婆的。

9 **鳴拆喝號提鈴打馬**：意為西門慶率領著役眾，在九衢澄淨之夜的威風光景。

---

[1] 前在國立歷史博物館遇張大千先生，曾說及白綾帶，疑為增長時間，非也！特在此說之，殆銀托子之同等物器，易其質料而製之者也。

10 **忽然見一個黑影子從橋底下鑽出來**：此乃因果之寫，有鬼作祟也。下說「失脫人家逢五道（前已註說之五道將軍），繽冷餓鬼撞鍾馗。（鍾馗，又稱鍾進士，降鬼者也。）」

11 **西門慶酪子里罵道**：所謂「在銘子裏」，乃指在醉昏昏中。「銘」，乃酪之誤或音借。

12 **猛然一股邈將出來**：中原人稱液體之突然迸流謂之「邈」（ㄇ一幺ˇ），如自來水管之突列，水從列口處迸揚飛射，即中原一帶人口語之「邈」。（此音，究以何字為是？未查。）

13 **頭目森森莫之所之矣**：意為頭昏目眩，不知身在何處了。（昏去之謂。）下說「一己精神有限，天下色欲無窮。」又曰「嗜欲深者，其天機淺。」東吳弄珠客說：「然作者亦自有意，蓋為世戒，非為世勸也。」展觀西門慶這兩日，淫賁四娘子，兩戰林太太，再淫來爵媳婦，又淫王六兒。回到潘金蓮處，不起，金蓮則以過量之胡僧藥興之。寫西門慶之步步走入死所，亦正如欣欣子所說：「既其樂矣，樂極必悲生。」引女色坑人格言云：「花面金剛，玉體魔王，綺羅裝做財狼。法場斗帳，獄牢牙床。柳眉刀，星眼劍，絳唇槍。口美舌香，蛇蠍心腸。共他者，無不遭殃。纖塵入水，片雪投湯。秦楚強，吳越壯，為他亡！早知色是殺人劍，殺盡世人不提防。」廿公謂：「中間處理，埋伏因果，作者亦大慈悲矣！」殆此之謂乎！

14 **我不去了，消一回**：意為今天不去衙門了，曠個一天吧！

15 **寬殺旁人笑殺賊**：潘金蓮一再推諉責任，一旦聽說西門慶曾去過王六兒家，遂得理似的埋怨吳月娘不該把罪名加到頭上。豈不是

冤了好人使真賊笑煞嗎！

16 **擦的那臉倒像膩抹兒抹的**：指林太太的臉上，粉擦得白，像泥水
匠用膩（泥）抹兒抹的一樣平勻。「膩（泥）抹兒」，指泥水匠泥
牆用的泥抹子。

17 **誰想他浪擺著來了**：意為沒有想到他會浪擺著會來。「浪擺」，
即穢言發浪的開敞著。

18 **常道去和他家伴姑兒耍去**：潘金蓮推說他不曾在王招宣府作過彈
唱歌女什麼的，小時候，只在王招宣府隔壁他姨家住，去過他家
拌姑兒耍。「拌姑兒」，一如今日孩子們的拌姑姑酒。

19 **連腎囊都腫的明滴滴如茄子大，但溺尿，尿管中猶如刀子犁的一**
般：形容西門慶的下部腫脹，腎囊腫得像紫色茄子似的，明滴
滴，腫得發亮。尿道在排尿時也痛，痛得像刀子劃割的一樣。

20 **我今日連衙門中拜牌也沒去送假牌去了**：似為官府中的一種上班
程序，不能親自去「拜牌」，只有送「假牌」（請假牌吧）去了。

21 **脫陽**：男子精力衰竭而死謂之脫陽。《福惠全書》：「脫陽，男色
欲太多，精忽盡洩，脫死於婦人身上者，其陽不衰。」

22 **廼是忍便行房**：通常指男子陽物謂之「小便」，此說西門慶的病
是「忍便行房」，意為強迫著「小便」去行房事，業已無興，使
藥物強其有興，致使崩潰。

23 **便毒**：此乃病名，亦稱「橫痃。」《瘡傷全書》，〈左右便毒〉：「夫
便毒者，生於小腹兩腿合縫之間，或行路遠，涉辛苦，或上或

下，低閃肭氣，或房事所傷。或男女大欲，不得直遂其志，故敗精滯血，留聚中途，或夢寐之間而不洩，或妄想不能忘情息念，故結成毒。」西門慶自是「房事所傷」形成的便毒。

24 **不便處**：指已不能小便之「小便」處。

25 **清減的恁樣的**：意為怎麼突然瘦減得如此樣了。

26 **人無根本水食為命**：人不是樹木，沒有根本，要靠飲食維持生命，不能飲食，再強壯的身子也會淘淥空了。

27 **不爭利物**：意為不爭競給錢多少。或給不給錢。

28 **天罡地煞皆無救就是王禪也徒勞**：「天罡」乃星名，即北斗星也，月將亦稱天罡，日月相會，斗柄指於寅向，舊曆十二月亥為天罡神。「地煞」乃是相家語，每說「天罡地煞」。或「天星地煞」，「地煞」，亦稱「星煞」。張華星宗：「煞者謂祿勳、歲駕、天乙、玉堂、斗杓、卦氣、唐符、國印、并陽刃、劍鋒、天雄、地雌、飛廉、的殺、劫殺、亡神、四耗、四符等煞。」註：「此地煞也，亦名地曜。」此所謂「天罡地煞」，意為就是請下天上的星宿地下的命神，也救不了嘍。「王禪」乃仙人與？未能詳知。但兒時每聽及「王禪老祖」乃神醫之說，不能詳記矣！

29 **養兒靠兒無兒靠婿**：西門慶的遺言，認為女婿有靠，怎知女婿勾引小丈母也。此處遺言，道出了西門家的財富約達十萬兩，房地產尚不在內。以當時物價來說，堪稱巨富矣。

30 **三十三歲而去**：按西門慶於政和三年癸巳（1113）在本書中首次登場，年二十八歲，應生於元祐二年丙寅（1086），卒於重和元

年戊戌（1118），應享年三十二歲，與宋史干支合。

31 **裝柳穿衣服**：「裝柳」不知何意？或為「裝殮」之俗音。為死人
穿著衣衫也。

32 **取鎖來捏**：把鎖拿來鎖上。「捏」，把鎖鎖上之意。

33 **墓生兒子**：即遺腹子之謂，父死後，子始生下。

34 **即差快子拿牌趕回東平府批文來**：馬上派快馬拿著火牌去趕回東
平府的批文來。

35 **狐狸打不成倒惹了一屁股腰（臊）**：沒有打到狐狸，反而弄得一
身狐臊，意為沒有落得好處，反而落得嫌疑。

第八十回

陳經濟竊玉偷香
李嬌兒盜財歸院

1 世態炎涼：

寺廢僧居少，橋塔（塌）客過稀。家貧奴婢懶，官滿吏民欺。
水淺魚難住，林疏鳥不棲。世情看冷暖，人面逐高低。

不知此詩是引自何人作品，但所寫人生世態的比況，良是至理名
言。本書由此回起，西門慶家業便一步步向下坡寫了。後面所
寫，也就是這八句話上所說的。實則，世態炎涼，也何止是西門
慶死後的情形方如此呢！

2 灑土也瞇了後人眼兒： 此語意為「撒土也瞇不了後人眼兒！」譬
如我們走在路上撒土，風把土向後吹，能瞇了後人的眼睛嗎？路
上的行人接踵而至，瞇得了一個，瞇不了兩個三個。所以應伯爵
提議，他們把兄弟們應湊分資去弔祭，免別人說他們閒話。「當時
也曾吃過他們，也曾用過他的，也曾使過他的，也曾借過他的，
也曾嚼過他的。今日他沒了，莫非推不知道？洒（撒）土也瞇了
後人眼兒？」（本書中有些語言，喜用正說疑問詞，以作反意。前
已註說過一些了。）

3 顧僱人抬了去，大官人靈前眾人祭奠了，咱還便宜： 應伯爵提議
每人出一錢銀子分資，祭奠了之後，咱還便宜。又討了他值七分

銀一條孝絹，拿到家做裙腰子。他莫不白放咱們出來，咱還要吃他一頓，到明日出殯山頭，饒飽餐一頓，每人還得他半張靠山桌面來家，與老婆孩子吃著兩三日買燒餅錢，……」此寫西門慶的兄弟情分，若是。真是「世情看冷暖，人面逐高低。」

4 **桌面**：在此意指祭桌上的祭品，弔祭人可以分帶回去。

5 **祝文**：應伯爵等人的祭文，所描寫的形像與性格，並不是西門慶這個人，而是西門慶這個人的所謂「那話兒」。這些「受恩小子」，自稱「常在胯下隨幫。」喻這般弟兄是陰囊，謔嘲之甚矣！

6 **千里長棚沒個不散的筵席**：筵席的鋪張豪奢，縱有千里之遠，也沒有不散不拆的。此諺今仍流行，意為花開花落，代謝乃自然之理也。

7 **楊州雖好不是久戀之家**：此諺乃隋唐以後行成的。揚州乃南朝金粉，繁華蓋世，又怎是久戀之地？此說，不是「久戀之家」，乃指示李嬌兒不要再在西門家守下去了。

8 **上紙**：中原人稱弔孝謂之「上紙」，或「燒紙」。上墳，也稱「燒紙」。

9 **稍出四馬兒來了**：「四馬」乃「罵」字也。林太太前來弔孝，吳月娘在後面罵了出來，不願出來還禮。

10 **人惡禮不惡**：意為人雖然惡壞，但既然來弔孝，乃是禮，以禮來行弔，並沒有錯，怎能舒口罵得起來。（孟玉樓的規勸詞。）

11 **好名兒難得**：意為人生在世，要想獲得個好名譽，並不容易，何

必出口傷人來作個惡人呢？

12 **婦人也有些省瞔，就坐不住**：林太太來弔孝，良久，孟玉樓才出
來還禮。雖然陪他在靈前坐了，吃了鐘茶，卻也感受到氣氛不
對，省察到了。「省」，讀ㄒㄧㄥˇ，「瞔」，讀ㄅㄞˇ，明也。「省
瞔」，就是明明白白的察覺了。

13 **殺狗勸夫**：此劇乃元人所作，不知作者姓名，演孫榮妻楊氏，以
夫行為不軌，乃殺狗以勸之事。根據羅錦堂作《現存元人雜劇本
事考》說，「按本劇所演的故事，來源參考，殆作者根據當時民
間傳聞而寫成者也。明徐時敏復據此劇演成殺狗記傳奇。……蓋
徐氏於其中劇目，悉加點染，凡罪徒面貌，賢婦苦心，俱極形 容
盡致，而欲以垂訓後昆也。」明人其他劇目中，亦有〈殺狗勸夫〉
一劇，想知此劇在明之盛行。今已無演矣！

14 **趨眼錯**：趁著眼神不留意這裏，轉到別處去的時候。

15 **念了幾句偈文說西門慶一生始末**：實則此一偈文，不止是說的西
門慶一生始末，乃所有一生的結局。「極品官高，緣絕猶如作夢；
黃金白玉，空為禍患之資，紅粉輕裘，總是塵勞之費。……田園
百頃，其中被兒女爭奪，綾錦千廂，死後無寸絲之分。」又說：
「生前不能尋活路，死後知他去那廂；一切萬般將不去，赤條條
的見閻王。」斯雖因果上的說教，殆亦「奉勸世人勿為西門慶之
後車也。」亦欣欣子之謂「逆天時者，身名罹喪，不旋踵人之處
世，雖不出乎世運代謝，然不經凶禍，不蒙恥辱者亦幸矣！」

16 **山頭祭桌，可怜不上幾家**：寫西門慶之喪禮，與李瓶兒時殯儀祭
奠，作尖銳對比，斯一人生之世態炎涼，千古無異焉！

17 **教你一場嚷亂登開了罷**：要李嬌兒藉詞吵鬧，把西門家蹬開去算了。「登」借作「蹬」。

18 **張二官府**：寫這行將接替西門慶的張二官，不僅要去把千戶之職接收過來，連妾婦也想接收過來。作者在七十回之後，便逐步安排這張二官了。雖然，張二官在本書中，始終未曾出場。

19 **棄舊迎新為本，趨炎附勢為強**：此一人生哲學，又何嘗僅止於妓女一行呢？

20 **因風吹火，用力不多**：意為順著風勢扇火，不須費多大力氣，火就會燃旺起來了。喻意是今語之「找碴」生事。所以李嬌兒一聽到閒言，便撒起潑來。拍著西門慶的靈床子，嚎啕起來了。

21 **未到家中摳打揪撏，燃香燒剪走死哭嫁**：指妓女們未娶家時，什麼打情罵俏的情意都會幹得出，甚至於「燃香」祈求，在肉上「燒」疤作記，「剪」下青絲作誓，尋死尋活的要嫁你。「聚（娶）到家，改志從良，饒君千般貼戀，萬種牢籠，還鑽不住他心懷意馬。不時活時偷食抹嘴，就是死後嚷鬧離門，不拘幾時，還吃舊鍋粥去了。」亦可見本書作者之對妓女絕少好感也。

22 **娶淫婦養海青，食水不到想海東**：「海青」，乃鷹之異名，亦稱「海東青」。《元史》〈文宗紀〉：「命興和建居，居海青，上都建屋居鷹鶻。」貢師泰〈上都詐馬大宴詩〉：「走馬何人偏醉甚，錦韝賜得海青歸。」此謂娶淫婦等於養鷹一樣，養不住的，有機會鷹就飛了。「食水不到想海東」，意為一時照顧不到就想回到東海去了。

23 **伸著腳子空有家私**：意為西門慶就這麼伸腳一走，留下偌大家私
何用？

24 **張二官見西門慶死了**：東平府的這批古器錢糧，張二官接去做
了。又打點了一千兩金銀，上東京尋了樞密院，鄭皇親人情，對
堂上朱大尉說：要討西門慶這個缺，家中收拾買花園、蓋房子，
接替西門訂。[編按1]

編按1　根據先生手稿增補之，《金瓶梅的問世與演變》手稿典藏於國家圖書館。

第八十一回

韓道國拐財倚勢
湯來保欺主背恩

1 **抓尋苗青家內宿歇**：這裏已寫明韓道國與來保到揚州辦貨，是第一次到苗青家宿歇。第一，他們要去「抓尋」，自是第一次；第二，下寫「苗青見了西門慶手扎，想他活命之恩，儘力趨奉。」但後面寫到韓道國與後生胡秀爭吵，要打胡秀，「被來保苗小湖做好做歹勸住了。」這裏的苗小湖，按說就是苗青，只是在交代上並不明顯。

2 **揚州鹽客王海峯**：在第二十五回，寫有揚州鹽商王四峯被按撫下獄，喬大戶央請西門慶向蔡太師討人情，許銀兩千兩的情節。此處說韓道國等，「日逐請揚州鹽客王海峯和苗青遊寶慶湖。」不知是否是原來的王四峯，出獄後改為王海峯了。

3 **寶應湖**：在江蘇省寶應縣之西南方，與高郵湖通。寶應屬揚州府。

4 **在家裡仰撅著掙，你在這裡合縫著丟**：此語前已註說。諷韓道國的老婆王六兒在仰著掙錢，韓道國則在外邊包女人，「合縫著丟。」

5 **得人不化，白出你來**：今日常言之「遇人不淑」，平白遇見了你這種男人。說得粗魯些，則是你媽怎麼養出你這個人來。「得人不化」，指還沒有成其為人，便生下來了。

6 **小的道不曉一字**：第二天，韓道國要打胡秀，胡秀則說韓道國要
打他的原因，他一字也不知；把昨夜的酒言酒語全忘了。

7 **打發趕腳人回去**：「趕腳人」指攆著驢馬，沿途供人乘騎的人，俗
謂之「趕腳的」。此說韓道國在路上僱了頭口，先行裝馱財物回
家，到了獅子街，便把趕腳人與頭口，打發回去。

8 **誰人保得無常**：意為誰又能夠保證無常鬼不來捉他。「無常」，在
此意指世上一切事物的生滅流轉無時。《涅槃經》：「是身無常，念
念不住，猶如電光暴水幻炎。」《智度論》二十三：「一切有為法
無常者，新新生滅故屬因緣故。」

9 **咱和他有甚瓜葛**：意為我們與他（西門慶）有什麼牽連？（床上
的親達達，已隨西門慶之死消逝了。）

10 **自古有天理到沒飯吃哩**：斯言得非為非作歹者的人生「至理」
乎？

11 **墳頭**：指看墳墓的張安，看墳人中的頭頭。

12 **他兩口子奪家連銀子都拐的上東京去了**：意為韓道國、王六兒兩
口子，已經在家中逃走，連賣下的貨物銀子都帶到東京去了；到
太師府投靠女兒去了。

13 **乾淨要起毛心**：意為簡直是為了一千兩貨物銀子，起下了貪心拐
走了。「毛心」，心不光明也。「毛」同眊。

14 **人面咫尺，心隔千里**：意為人與人面對面，不過咫尺之近，但人
與人之間的心意——彼此心意的想法，卻是相隔有千里之遙。此

語較之知人知面不知心，更有深意。

15 **一個太師老爺府中，誰人敢到，沒的招是惹非，得他不來尋趁**：
來保勸吳月娘不要派人去太師府霍管家尋韓道國了，弄不好還會
拾得是非來，惹得太師府反派人來尋趁你呢！「到沒的招惹虱子
上頭撓。」

16 **發賣布貨他甫會了主兒。主兒都不服，拏銀出去了**：意為店中發
賣布帛貨物，剛剛尋到了主顧，但一經兌銀講價，主顧們「不服」
售價，都又拏著銀子走了。（伺機殺價也。）

17 **寧可賣了悔，休要悔了賣**：賣了之後後悔，只不過是悔於賣便宜
了，價錢索少了。如果後悔了那個錢沒有肯賣，再去求售，便連
原已售妥的那個價錢，也賣不上去了。此蓋商場上的行情吧。這
就是來保說的「俺在江湖上走的多，曉得行情。」

18 **肐膊往外撇**：人的肐膊肘生的，都是向內彎的，人每以此情喻自
己人，自己人總是向自己人，不會肐膊肘向外彎。所以來保在這
裏說：「我莫不肐膊兒向外撇，不如賣吊（掉）了是一場事。」
實則，來保又何嘗是西門慶家的「自己人」。

19 **你老人家死水兒**：意指西門慶死了，吳月娘已沒有了治生的家
主，餘下的家業，等於一汪死水，用一瓢少一瓢了。

20 **來保進入房中也不叫娘**：寫家人來保的態度，已開始變了。只說
「你娘子人家不知事？」

21 **他裁派縣府差人坐名兒來要**：意指太師府的翟管家會假借太師府
的名義，指名來要人，「不怕你不雙十奉與他，還怕遲了！」

22 **坐五行三、要一奉十**：指韓愛姐在翟管家房中的享受，在家中有五個下人，出去也有三個，要一樣會給十樣。

23 **嘲話調戲**：寫來保有僕占主母的歪心眼，居然說嘲笑話了。

24 **裝胖學蠢**：意指裝憨賣傻。

25 **說炕頭子上嘴罷了**：意為只有本能在家中說嘴，到外面去混混看嗎！

26 **水皮子上**：意為在水上押船運送貨物來家的這一功勞。

27 **老牛筘嘴**：意為被貪嘴的老牛偷去了。誇說如不是他，船上的貨物，會被韓道國全部拐走去東京。

28 **只呀的一聲，乾丟在水裏也不響**：指韓道國拐走了銀兩貨物，吳月娘只能驚訝了一聲，有什麼辦法。丟在水裏還聽得個響聲，這連響聲也不曾聽到。

29 **如今還不得俺每一個是，說俺轉（賺）了主子的錢了，架俺一篇是非。正是割股也不知，撚香的也不知，自古信人調，丟了瓢**：來保發牢騷，丑表功，他認為他曾為主子作到了「割股」獻肉的忠心，一路上作了「撚香」祈禱的誠心。結果，全不知情獎賞，反而架是非說他落了主子的錢。「信人調」，任人庖調，丟下了手上的瓢，聽人去閒言閒語，竟把他功臣的功給抹煞了。

第八十二回

潘金蓮月夜偷期
陳經濟畫樓雙美

1 **鸞鳳**：吾人向以鳳為神鳥，祥瑞的象徵。食竹實，飲醴泉，棲梧桐。羽毛五色，鳴聲五音，飛時羣鳥護擁。雄者曰鳳，雌者曰凰，習稱鳳凰。《說文》：「鳳神鳥也。天老曰：鳳之象也，麐前鹿後，蛇頭魚尾，龍紋龜背，燕頷雞啄，五色備舉，出於東方君子之國，翱翔四海之外。過崑崙，飲砥柱，躍羽弱水，暮宿風穴，見則天下大安寧。」至於鸞，亦云乃鳳凰之一種，形似雞，羽毛赤色，一說青色。《說文》：「鸞，赤神靈之精也。赤色五采，雞形，鳴中五音，頌聲作則至。」《初學記》：「雄曰鳳，雌曰凰，其雛為鸞。」《詩》〈小雅〉〈蓼蕭〉：「和鸞雝雝。」傳：「在軾曰和，在鑣曰鸞。」《周禮》〈夏官〉〈大馭〉：「以鸞和為節。」註：「鸞在衡，和在軾，皆以金為鈴。」通常，人習以鸞鳳並稱，如「鸞鳳和鳴」、「鸞交鳳友」、「鸞翔鳳集」、「鸞翔鳳舞」，以及「鸞鳳不棲枳棘，」「鸞鳳沖霄必假羽翼。」蓋均以鸞鳳喻男女相諧也。

2 **搯打揪撏**：此四字全是形容動詞，指品行卑下之男女，在暗中動手動腳的下賤行為。搯搯打打揪揪撏也。

3 **安息排草**：指安息香末兒與香草等可以揮發香氛的香料。

4 **荼蘪**：蔓生的灌木，有濃郁的香氣，亦稱酴蘪。由於他是蔓生，且

香氣強烈，庭園每以之作為遮陽護蔭之用，作架任之蔓繞。司馬光〈修荼蘼架詩〉：「貧家不辨搆堅木，縛竹立架擎荼蘼。」《益都方物記》：「蜀荼蘼多白，而黃者時時有之，但香減於白花。」《剪燈餘話》〈瓊奴傳〉：「荼蘼香雪落。」

5　**青蒲**：葉細長，圓形柱，長四五尺。多肉互生，開矛形茶褐色花，俗稱「蒲棒」。花粉可以用來止血。葉可織席，亦可製扇，俗稱蒲扇。《說文》：「蒲，水草也。或以作席。」《詩》〈王風〉〈揚之水〉：「不流束蒲。」傳：「蒲，草名也。」亦稱蒷薄，小蒲，香蒲；小薄曰莞。

6　**竹葉穿心，桃花上臉**：此說之「竹葉穿心」，乃指竹葉青酒，喝了酒紅了臉，所謂「桃花上臉。」按竹葉青，亦名竹葉清，紹興酒陳藏三年亦曰竹葉清。張華〈輕薄篇〉：「蒼梧竹葉清，宣城九醞酬，浮醪隨觴轉，素蟻自跳波。」陸龜蒙〈中酒賦〉：「豈比夫榴花竹葉之味，鄰水之清，中山之碧。」劉禹錫〈憶江南詞〉：「猶有桃花流水上，無辭竹葉醉樽前。」《酒史》〈酒品〉：「楊庭秀竹葉酒詩云：『唯餘竹葉麴，留此千古情。』」《本草》〈酒竹葉〉：「治諸風熱病，清心暢意，淡竹葉煎汁，如常釀酒飲。」今臺灣省煙酒公賣局亦有竹葉青酒，余非飲徒，不辨其味矣！此八字，只是引以形容上語「風流茶說合，酒是色媒人。」

7　**有生藥名水仙子為證**：「生藥」即指的草藥，未經調製之草藥，「水仙子」乃詞曲牌名。下寫〈水仙子〉一詞，悉假草藥名目作比喻，所喻均為男女床上風流事象。有的以生藥之形狀喻，有的則以生藥之名喻，如當歸大麻花之喻男，半夏陳皮之喻女；白水銀則又赤裸裸之形容矣！

8 **人情裏包藏鬼胡油，明講做兒女禮暗結下燕鶯儔**：喻潘金蓮偷女婿，說他們兩人之間的人情，包藏的是「鬼胡油」，意為明是丈母女婿的親近，暗中卻在鬼混那事。表面是兒女禮法，暗中則是並肩的鶯燕。真個是「他兩個現今有」也。

9 **紅羅寶卷**：不知佛家有無此「紅羅寶卷」？未考。

10 **把腰累癱瘸了**：意為累成駝背了。駝背，俗稱羅鍋。

11 **怪賊牢拉的短命**：婦女嬌嗔罵人的口頭語，「牢拉」似是無義的語詞，吾未知此口語，出乎南人或北人。說出聽起來，似為南人語態。如下寫「賊牢拉負心短命」、「怪搗鬼牢拉的。」

12 **好箇怪牢成久慣的**：意為已養成了的改不了的毛病。前已註說。

13 **頭伏**：夏至後第三庚為初伏，前已註說。

14 **鳳仙花染指甲**：一年生草本。莖高二尺餘，圓柱形。葉狹披針形，有白、紅、淡黃、濃赤、紫等色。《花史》：「秋日採鳳仙花，染指甲。……」薩都拉〈題呂城葛觀詩〉：「過客不知天畔月，小風吹落鳳仙花。」此說教秋菊尋下杵臼搗下蒜，……婦人燈光下染了十指春蔥。」正是鳳仙花染指甲的程序。筆者兒時曾見女孩兒家杵搗鳳仙花瓣染指甲，加入蒜，可使染色久不褪也。將搗成泥之鳳仙花泥，團在指甲上，外以布包而纏裏，一宿後褪下，指甲即成紅色矣。「春蔥」，手指之代名也。

15 **待月西廂下**：斯乃《會真記》之原詩，後經多人譜為戲曲，此借全詩以喻陳經濟與潘金蓮之幽會。

16 **行李兒也顧不的**：寫陳經濟醉後入睡，連床上的被褥枕衾也顧不得打開，就歪倒在床上睡熟了。

17 **金勒馬嘶芳草地　玉樓人醉杏花天**：鑄刻在孟玉樓簪子上的詩句，嵌玉樓名，書中未說來自何處，但此處所寫卻是後面第九十二回的伏筆。

18 **神女、巫雲、襄王**：斯均藉宋玉〈高唐賦〉、〈神女賦〉所述故事以喻，故事前已註說。

19 **你搗的鬼如泥彈兒圓**：意為你玩弄的鬼花頭，像泥彈兒那麼圓；以「泥彈」喻，可大可小任之捏成也。

20 **你和他七箇八箇**：意為不清不白，有首有尾，有苟且。前已註說。

21 **綠豆皮兒請退了**：綠豆是青色，綠豆退了的皮，自是青皮退了。「青」與「請」諧音，故此語的寓意是「請退」了吧！讓開吧之意。

22 **若與他有一字絲麻皁線靈的是東岳城隍**：罰誓說他與孟玉樓無絲毫沾染，要不然可以到東岳廟或城隍廟去發誓。

23 **害三五年黃病要湯不見要水不見**：意為害黃膽肝病，病得沒有人願意伺候，亦罰誓之詞。

24 **有醉扶歸詞為證**：此詞文意，乃形容潘金蓮生嗔，不理陳經濟的情形，「他背靠著胸肚皮，……一夜何曾見面皮，只觀著牙梳背。」以文學論之，此詞形容事理情態之貼切，誠一等佳筆墨也。

第八十三回

秋菊含恨泄幽情
春梅寄柬諧佳會

1 **滿床錦被藏賊睡，三頓珍羞養大蟲**：本書之冒頭詩或其中之括入
  為證詩，大多都是引錄前人作品，前已註說一二。但亦有少數是
  專以為西門慶作者，如本回之此一首冒頭詩，即專為西門慶而
  寫，故謂「堪笑西門識未通」，討了那麼多小老婆，還把妓女接迎
  到家來，固然是「滿床錦被藏賊睡，三頓珍饈養大蟲。」若西門慶
  者，他的財富之來，半由女人，半由把兄弟，陳經濟不也帶來不
  少箱籠寄在他家嗎！只有韓道國與王六兒（王六兒還做過他得取
  財富的牽頭呢！），以及李嬌兒可應此語。潘金蓮之與西門慶，雖
  不是李瓶兒的甘願倒貼家私，至死無怨言，潘金蓮也無家私可
  貼，而潘金蓮卻至死未曾想到在貪圖西門家的財富，要他掌管出
  納，連他媽的六分銀子轎子錢都拒絕支付。他所貪圖的只是能有
  男人與他夜夜春宵而已。陳經濟在西門家除了偷情潘金蓮，亦未
  嘗有他惡德，是以此說之「藏賊睡，養大蟲」，未適於本回情節，
  只有規於若西門慶之幃薄不修，殆亦反諷也。

2 **尋了解當庫衣物**：此所謂「了當」，乃指的當舖中之收當衣物，已
  到了該贖當的日子了，要尋出送到當舖，以待典當人來贖。陳經
  濟掌管這些，不時拿鑰匙到樓上尋取。

3 **今早就跳博出來了**：「跳博」應寫作「跳潑」，如魚之剛出水時的

跳潑情態。實則，昨夜潘金蓮一夜不曾答理陳經濟，在這裏見到陳經濟，居然如此說陳經濟「跳博」去了。寫潘金蓮善用反話。

4 **把我臉上肉也摳的去了**：陳經濟訴說潘金蓮昨夜不管理他，害他一夜沒有合眼，「險些兒沒曾把我麻煩死了，」意為此事使他一夜心煩得不能入睡，心裏的麻煩，使他臉上的肉都瘦下去了。

5 **賊人膽兒虛**：一如今語之賊心膽虛。

6 **乞你麻犯了人**：意為都是你麻犯（煩）了我，（使我煩起心來），「一夜誰合眼兒來。等我白白裏睡一覺去。」

7 **得不去，和你算帳**：潘金蓮的話，往往用反話。此說「得不去」應加疑定號標點。意為「你今晚敢不去」，指赴他夜約，不去就「和你算帳。」

8 **披著一條茜紅毯子臥單在身上**：指陳經濟身上披了一條茜紅色毯子擋雨，也意在隱藏著他本人。「毯」子，乃用毛料織成的毛織物。《輟耕錄》〈寫像秘訣〉：「毯子用粉土黃檀子，入墨一點合。」此指毛料的薄毯子吧！

9 **若哄你便促死促滅**：如果哄騙你，就馬上滅亡，死掉。罰重誓也。

10 **關頭**：意為綰關頭髮。明以前人都留全髮，上梳納成頂髻，用簪子關綰起來，不會散亂。杜甫〈春望詩〉：「白首搔更短，渾欲不勝簪。」

11 **拿大板子儘力砍與他二三十板**：此說拿板子「儘力砍與他」，不說「打」而說「砍」，意為用板立起來打，不是平起來打，板子

立起來如刀樣，故說「砍」，亦狠心狠言也。

12 **湯他這幾下兒打水不渾**：意為打得太輕了，「湯」意為隨便而輕輕地在水湯中攪和了兩下，「打水不渾」，水桶不下到水底，如何打滿桶，輕輕地在水面上舀，水如何能渾。均以喻打輕了。所以下面說「與他攪痒痒兒哩。」此語前已註說。

13 **他好小膽兒，你想他怕也。怎的作奴才，裏言不出，外言不入。都似這般養出家生哨兒來了**：這一段話，如用今天的語言，應是這樣：「你當他（秋菊）膽子小啊！你想他會怕你那幾下子啊！怎麼的？做奴才的人，應該『裏言不出，外言不入。』（家裏的事，不可講出去，外面的事，也別傳進來。）這纔是做奴才的應該如此方是正理。都像秋菊這樣，豈不是家裏養出個哨兒來了。」「哨兒」，亦稱「叫子」，吹出來要人聽見。

14 **賊彼家誤五鬼的奴才**：所謂「五鬼」，指五種窮鬼，（一）智窮（二）學窮（三）文窮（四）命窮（五）交窮。韓愈〈有送窮文〉：「凡所以使吾面目可憎，語言無味者，皆子之志也。其名曰智窮；矯矯亢亢，惡圓喜方，羞為姦欺，不忍害傷，其次曰學窮，傲數與名，摘抉杳微，高邑羣言，執神之機，又其次曰文窮；不專一能，怪怪奇奇，不可時施，約以自喜，又其次曰命窮；影與形殊，面醜心研，利居眾後，責在人先，又其次曰交窮；磨肌戛骨，吐出心肝，企足以待，寡我讎冤，凡此五鬼，吾五患。」南唐之馮延巳、魏岑、馮延魯、陳覺，查文徽，時人亦謂之五鬼。《九國志》：「南唐李璟即位，馮延巳結魏岑侵損時政，與其弟延魯及陳覺、查文徽，更相推唱，時人謂之五鬼。」然「五鬼」一辭，用於俗諺者極廣，如「五鬼絕命」、「五鬼鬧判」、「五鬼分屍」

等等。在崑曲《鍾馗嫁妹》中亦有五鬼，總之，此說：「五鬼」，指五種妖魔鬼怪，指秋菊乃五鬼之類，乃禍家者也。實則，在西門家禍家者，何嘗是秋菊，殆金蓮、春梅、陳經濟也。本書時用反筆，斯亦一例。

15 **蚊蟲遭扇打，正為嘴傷人**：斯亦舊俗諺語，意為品出惡言者，必遭打擊也。

16 **驚棋兒**：不知何種棋式。得非今之暗扣名色，相互猜名而翻開定輸贏乎！待之知者說之。

17 **頗露圭角**：意為陳經濟與潘金蓮有私，日見大膽，漸為人知。所謂「圭角」，據《禮記》〈儒行篇〉「毀方而瓦合」文〈疏〉：「圭角，謂圭之鋒芒有楞角。」因而後文遂以喻人之言語舉動不合眾人觀瞻，謂之露圭角。韓愈〈游青龍寺詩〉：「南山逼冬轉清瘦，刻畫圭角出崖窾。」朱熹〈孟子序〉說：「才有英氣，便有圭角。」蘇軾〈夢雪詩〉：「雖時出圭角，固自絕霞窾。」

18 **快梳子頭後邊坐**：此語又一「子」字的語詞，不說「梳了頭」，偏說「梳子頭」；自是方言上的習慣筆墨。全書首尾皆有。我疑此「子」字語詞乃吳越語態。前已註之矣。

19 **左右是咱家這奴才戳的來**：「戳」字是動詞，一如今語「戳皮漏」，「戳是非。」知他們的私情苟且，全是秋菊去戳說的。「左右是」，意為說來說去都是⋯⋯。

20 **日久一時心邪著了道兒**：日子長久了，一時心意拿不定想偏了，就會走上那邪惡的道路。「傳出去被外人唇恥。」那便是「香噴噴在家裏，臭烘烘在外頭。」

21 **木邊之目，田下之心**：相、思二字之折字說法，亦隱語之一格。

22 **並頭蓮、比目魚**：形容相愛之情熱，形影不離，如並蒂之蓮，如比目之魚，魚相偕游，即比目也。再者，「比目魚」亦魚類之稱，乃鰈與王餘魚之總稱。其目皆比連於上面，故名。體扁平而濶，故俗稱板魚，頭小齒銳，鱗細作圓形，上面灰褐色或黑色，下面白色，常以白色之面附著於海底有泥沙處，而平臥其上。以小魚蟲為食，遊行時，以有色一面向上，而播動其體以為進行。其幼魚兩側各有一眼，游泳如常魚。漸長，伏於泥沙，眼之位置亦漸移易。故其生育中，必幾經變態。種類甚多，兩眼比連於左側者，如鰈及鞋底魚是。比連於右側者，如王餘魚是。

23 **散相思五瘟使**：「散相思」似是意為來替你揮發相思的人，「五瘟使」意為五大瘟神爺派來的，派來使你發瘟的。

24 **多有起動起動**：多勞累了你之意。

25 **春意二十四解本兒**：春畫圖之二十四種姿態。

26 **拔門了弔兒**：意為拔去門插棍。此稱「門了弔」，不知何處方言。

27 **一個大人，放在屋裏，端的走糖人兒木頭兒不拘那里安放了**：評說他無法藏下一個大男人。一個大人，又不是糖人兒，木頭人兒，不拘那裏一放就成了。

第八十四回

吳月娘大鬧碧霞宮
宋公明義釋清風寨

1 **泰安州頂上**：指泰山頂上，泰安在泰安州。

2 **封禪**：天子行封祭天之禮，亦稱封禮，封壇。昔天子巡狩四嶽，
至泰山作天地山川之祭。《禮記》〈禮器〉，因名山升中於天註：
「《孝經》說：『封乎太山，考績燔燎，禪乎梁甫，刻石記號也。』」
〈疏〉：「封乎泰山者，謂封土為壇，在於泰山之上。禪乎梁甫者，
禪讀為墠，謂除地為墠，在於梁甫。」《管子》〈封禪〉：「桓公既
霸，會諸侯於葵丘，而欲封禪。管仲曰：『古者封泰山，禪梁父
者，七十二家，而夷吾所記者十有二焉。……周成王封泰山，禪
社首，皆受命，然後得封禪。』」《史記》〈封禪書〉註：「《正義》
曰：『泰山上，築土為壇以祭天，報天之功，故曰封，泰山下小山
上，除地報地之功，故曰禪。言禪者，神之也。』」《白虎通》云：
「或曰封者金銀繩，或曰古泥金繩封之邱璽也。」《五經通義》：「易
姓而王，致太平，必封泰山禪梁父，荷天命以為王。使理羣生，
告太平於天，報羣神之功。」《文心雕龍》〈封禪〉：「昔黃帝神雲，
克膺鴻瑞，勒功喬岳，鑄鼎荊山，大舜巡岳，顯乎虞典。成康封
禪，聞之樂緯，及齊桓之霸，爰窺王跡，夷吾譎陳，距以怪物，
固知玉牒金鏤，專在帝皇也。然則西鶼東鰈，南茅北黍，空談非
徵動德而已。是史遷八書，明述封禪者，固禋祀之殊禮，名號之

秘祝，祀天之壯觀矣。泰始皇銘岱文，自李斯法家辭氣，體之弘
潤，然疏而能壯，亦彼時之絕樂也。鋪觀兩漢隆盛，孝武禪號於
肅然，光武進封於梁父，誄德勳乃鴻筆耳。觀相如封禪，蔚為唱
首爾。其表權輿，序皇王，炳元符，鏡鴻業，驅前古於當今之
下，騰休明於列聖之上，歌之以禎瑞，讚之以介丘。絕筆斯文，
固維新之作也。」隋文中子王通：「子曰，封禪之費，非古也。徒
以夸天下，其秦漢之侈心乎！」宋馬端臨：「太史公作《封禪書》，
以為古受命帝王，未嘗不封禪，且引管仲答齊桓公之語，以為古
封禪七十二家，自無懷氏至三代皆有之。蓋出於齊魯陋儒之說，
詩書所不載，非事實也。當以文中子說為正。梁天監中，有請封
禪者，著作佐郎許懋建議：舜柴岱宗，是為巡狩，而鄭玄引《孝
經》鉤命訣云：『封於泰山，考績燔燎，禪於梁父，刻石記號，此
緯書以曲說，七十二君燧人之前，世質民淳，安得泥金檢玉，結
繩而治，安得鑽文告成。妄亦甚矣！』若聖王，不須封禪，若凡
主，不應封禪，泰始皇封泰山，孫皓嘗封國山，皆由主始名於
上，而臣阿旨於下，非盛德之事。不可為法也。」胡寅曰：「封禪
之事，漢唐之君，往往行之，曾無一人建議明白如許懋者，賢
哉！懋乎！其學可謂正矣。……」此說泰山之嶽廟乃「累朝祀典，
歷代封禪為第一廟貌也」亦采俗說耳！

3 **弱水**：此水發源甘肅北，至寧夏省，入居延海。《尚書》〈禹貢〉：
「導弱水至於合黎，餘波入於流沙。」《禹書》〈蔡傳〉云：「地志
方在張掖郡刪丹縣。薛比曰：弱水出吐谷渾界，窮石山，自刪丹
西至合黎山，與張掖縣河合。」《水經注》〈禹貢山水澤地所在〉：
「弱水入流沙，流沙，沙與水流行也。」徐昌《西域水道記》：「弱
水，今謂之黑河，又曰張掖河。漢儒不知本為一河。分張掖河當

禹貢之弱水，黑河當禹貢之黑水，誤矣！」《山海經》〈大荒西經〉：
「西海之南，流沙之濱，赤水之後，黑水之前，有大山名曰崑崙之
丘。有神人面虎身有文有尾皆白處之，其下有弱水之淵環之。」
註：「其水不勝鴻毛。」關於弱水，註說頗多，蓋古水源也。此說
「直望弱水蓬萊」，蓋以壯泰山之高而望遠，可東望蓬萊，西望弱
水。

4 **蒿里山水**：蒿里山在泰山之南，人死，魂魄到此逗留，轉入墓
地。因而輓歌有蒿里之歌。《漢書》〈武帝紀〉：「壇蒿里。」註：「伏
儼曰：蒿里，山名，在泰山下。師古曰：此高宗自作高下之高，
而死人之黑，謂之蒿里。或呼為下里，字作蓬蒿之蒿。」《漢書》
〈廣陵王傳〉：「蒿里召兮廓門閭，死不得取代。庸身自逝。」註：
「師古曰：『蒿里，死人里。』」古樂府〈蒿里曲〉：「蒿里誰家地，
聚領魂魄無賢愚，鬼伯一何相催促，人命不得少踟躕。」每與〈薤
露〉同作喪事的輓歌。此說蒿里山下，判官分七十二司。不知陰
曹有無所謂七十二司，蓋因果宿命之傳說也。

5 **白驛廟中**：傳說有神獸曰白澤。《說文》云：「一名白澤，今敚瑞
應圖，白澤能言語，非獅也。」《雲笈七籤》〈軒轅本紀〉：「帝巡
狩東至海登恆山，於海濱得白澤神獸，能言遠萬物之情。因問天
下鬼神之事，自古精氣為物，遊魂為變者，凡萬一千五百二十
種，白澤言之，帝令以圖寫之，以示天下。」三才圖會有白澤圖，
類獅形。此說「白驛」不知是否白澤之誤。不知「白驛」乃何物
而有廟。下說「土神按二十四氣管太池。」蓋此段之「但見」所寫
全是岱嶽廟中的神鬼形貌。

6 **碧霞宮**：在泰山絕頂有碧霞宮，祀碧霞元君，乃泰山神，傳說神

乃東嶽大帝之女。明謝在杭《五雜俎》〈地部〉二：「泰山之稱雄
於江北，亦無佛處稱尊耳。齊魯之地，曠野千里，岡陵北阜，詫
以為奇，而岱宗巍然。障大海而控中原，其氣象雄偉，莫之與
京，固宜為羣岳之宗也。又岱為東方主，發生之地，故祈嗣者必
禱於是。而其後乃傅會為碧霞元君之神，以誑愚俗。故古之祠泰
山者，為嶽也。而今之祠泰山者，為元君也。嶽不能自有其尊，
而令他姓女主偃然據其上，而奔走四方之人，其倒置亦甚矣！」
《蒿庵閒話》：「元君者，漢時仁聖帝前，有名琢金童玉女，至五代
殿圮像仆上童泐盡，女淪於池。宋真宗東封泰安還，滌手池內，
一石人浮出水面，出而滌之，玉女也。命有司建祠奉之，號為聖
帝之女，封天仙玉女碧霞元君。」《通俗篇》：「山東考古錄，世人
多以碧霞元君為泰山之女，後之文人知其說不經。曲引黃帝遣玉
女事，以附會之。不知當日襃封真以為泰山女也。封號雖自宋
時，而泰山女說，西晉前已有之。」張帝《博物志》：「太公望為
灌壇令，朞年風不鳴條，文王夢見一婦人，當道而哭，問其故？
曰：『我東海泰山女，嫁為西海婦，明日東歸，灌壇當吾道令有
德，吾不敢以暴風過也。』明日文王召太公望歸，而果有驟雨疾風
至者。」泰山女，蓋即傳於此事。

7 **方丈**：一丈之四方地，謂之方丈。《孟子》〈盡心〉：「食前方丈，
侍妾數百人，我得志弗為也。」此言之方丈，指寺之主持，寺之正
寢曰「方丈」，主者居也。《傳燈錄》〈禪門規氏〉：「長老既為化主，
即處於方丈，同淨名之室，非私寢之室也。」《書言故事》：「長老
所歸室，曰方丈，丈室。」是以稱寺之長老亦曰「方丈」。

8 **洞賓戲白牡丹**：宋方士顏洞濱以邪術狎妓女白牡丹，冀以累呂純
陽。劇曲中有此劇目。民間極流行。

9 **總角**：男未冠女未笄時的髮型，謂之總角。《詩》〈衛風〉〈氓〉：「總角之宴，言笑宴宴。」〈傳〉：「總角，結髮也。」〈箋〉：「男為童，女未笄，結髮宴然之時。」〈疏〉：「此就女子自說，故傳以總角為結髮。結髮，但聚髮而無髦也。」《詩》〈齊風〉〈甫田〉：「婉兮變兮，總角丱兮。」〈傳〉：「總角，聚兩髦也。丱，幼稚也。」〈疏〉：「總結其兩角以為兩丱。」〈陳奐傳〉〈疏〉：「此總角乃男子未冠之服，故傳以聚兩髦為飾也。」後人每以總角代稱童年。潘岳《懷舊賦》：「余總角而獲見。」李商隱《安平公詩》：「文人博陵王名家，憐我總角稱才華。」

10 **掇箱子**：意為雞奸之事也。

11 **主持**：此謂主宰也。《福惠全書》：「稍涉輕浮，是主持風化者，適所以敗壞風化也。」又：「一詞興，非其主持，不敢告。」

12 **誠恐一時小人囉唣**：意為怕一時小人掠去店內存放的行李。但「囉唣」一詞，意為言詞上的事，非行動上的事。《通俗編》〈言笑〉寫有囉唣一詞，元曲選，楊顯之《瀟湘雨》一劇，有此二字，令人昭言，而字書未見唣字。《水滸傳》第二回：「必然早晚要來俺村中囉唣。」但在此語，「囉唣」則非言詞，而是指的行動。

13 **隨喜**：此謂遊賞之意。《西廂記》之〈張生鬧道場〉雜劇：「隨喜上了佛殿，早來到下方僧院。」但佛家語有隨喜功德之說。《法華經》：「世尊說此法，我等隨喜。」杜甫〈望兜率寺詩〉：「時應清盥罷，隨喜給孤園。」

14 **殺了娼婦閻婆惜逃躲至此**：宋江殺閻婆惜事，見第七十回及《水滸傳》第二十一回。（關於本回取自《水滸》的情節，美國哈佛

大學韓南教授，曾有考證：（一）月娘求見的女神描寫，取自《水
滸》第四十二回宋江的夢。（二）月娘逃出廟中的情節，取自《水
滸》五十二回。（三）廟中企圖誘陷月娘等情節，出自《水滸》
第七回。（四）逃山廟宇以後又遇另一危險，出自《水滸》第三
十三回。實則，這些情節，在本回中只餘下了類似的影子而
已。）

15 **有犯賢弟清蹕**：「蹕」乃天子行幸宮行的處所。《周禮》〈夏官隸
僕〉：「掌蹕宮中之事。」註：「蹕，謂止行者清道。」《周禮》〈秋
官〉〈大司寇〉：「便其屬蹕。」註：「蹕，止行也。」《禮記》曾
子問：「王出廟入廟必蹕。」疏：「主出入當蹕止行人也。」《左傳》
襄公二十五年：「不蹕。」註：「蹕，止行人也。」《史記》〈張釋
之馮唐傳〉：「聞蹕匿橋下。」註：「集解曰：蹕，止行人。」按
此一蹕字，本指止行人，所謂「清道之事。在此則為尊稱之駐地
而言。

16 **犯了潘骨腿三字**：意為貪好女色。妨碍武功，或失去武功。「腿」
應為「髓」。

17 **後宋江到梁山做了寨主。因為殷天錫奪了柴皇城花園，使黑旋李
逵殺了殷天錫大鬧了高唐州**：此說詞，乃《水滸》第五十二回
事。回目是「李逵打死殷天錫，柴進失陷高唐州。」

第八十五回

月娘識破金蓮奸情
薛嫂月夜賣春梅

1 **如鷄兒赶彈兒相似**：意為雌雄追逐，雌雄禽鳥在交配之前，每有雌前雄後的追逐行為。鷄亦禽類，交配行為之前，必有一前一後的追逐，俗謂之「趕蛋」，趕著要下小的了。鷄乃卵生，故謂此種行為謂之「趕蛋」。在本書中，總把「蛋」寫作「彈」。但此語之粗穢詞是「壓龍」。吾鄉下稱鷄鴨之交配行為，謂之「壓龍」。此說「赶彈」，蓋亦隱語之類。

2 **腹中挼挼跳**：意指腹中的胎兒已成形，且在腹中有了胎動了。通常，胎兒在母腹中跳動，已孕達五月左右了。

3 **當時我……**：意為平常總是指摘別人，說嘴別人，如今輪到我了。（報應也。）

4 **我就尋了無常罷了**：意為我除了尋上一條死路，別無他路可走。

5 **又沒方修合**：西門家是開生藥舖的，雖然「舖中諸樣藥都有，倒不知那幾庄墜胎」？如有藥方也好配合，又沒有藥方，墜胎藥自然修合不上了。

6 **我與你一服紅花一掃光吃下去**：紅花可以墜胎，似乎今仍有此說。下寫〈西江月〉一曲之證，全用藥名。「牛膝蟹爪甘遂，定磁

大戰莞花。斑毛赭石與綱砂，水銀與芒硝研化。又加桃仁通草，麝香文帶凌花；管取孩兒落下。」按此說之「紅花」，乃藥家所用之紅花。本草稱「紅藍花」。釋名，紅花黃藍，頌曰：「其花紅色，葉頗似藍，故有藍名。」《集解志》曰：「紅藍花，即紅花也。生梁漢及西域。」《博物志》云：「張騫得種於西域，今魏地亦種之。」但此一西江月之藥方，或是小說家之筆吧？醫家或能解說之。

7 **令秋菊攬草紙倒將東淨毛司裏，次日，掏坑的漢子挑出去**：此處所寫之情形，全是南方人的生活習尚。前面寫潘金蓮「煎紅花湯吃下去，登時滿肚裏生疼；睡在炕上，教春梅按在身上，只情揉揣，可要作怪，須臾作淨桶，把孩子打下來了。只說身上來。」我們知道北方人用糞便肥田，是乾肥，須把糞便坐陽光下曝乾，碎成粉末如土，向田中施散。是以北方無南方式的糞坑，有則是敞露放天的大形糞池。婦女便溺，更不用馬桶。可知此處所寫的潘金蓮小產等情，次日，還有掏坑的漢子來掏糞挑出去。堪證作者是南方人，故所寫都是南人之生活習尚。

8 **鸚哥兒**：即會學人言語的鸚鵡，今仍為人所飼養。

9 **盆兒罐兒都有耳朵**：意為言行要謹慎，不要以為人不知，就是盆盆罐罐，都長著眼睛耳朵，更進一步說，也都長著嘴。通常，二人說悄悄話，一人聲音大了些，另一人就會關照他說：「瞧！那盆兒睜多大的眼睛在瞧咱。」意同此也。

10 **男兒沒信，寸鐵無鋼；女人無性，爛如麻糖**：此乃古諺。指男子應有信，方能剛強立身為人。如無信，就等於無鋼的鐵，當不得大用了。女人要有德性（行），如無德行，便像麻糖一樣的爛漫，

那就被人在背後「涔」了。

11 **其身正，不令而行；其身不正，雖令不行**：語出《論語》〈子路〉
篇。意為只要自身行為正當，就是眾人的模範，用不著行施政
令，也能達到期求；否則，雖有嚴格的政令，也不能達到期求。
在此，吳月娘引以告誡潘金蓮不要使下人們笑話你，看不起你。

12 **那淫婦要了我漢子還在我根前拿話兒拴縛人。毛司裏磚頭又臭又
硬。恰似強伏著那個一般**：西門大姐說潘金蓮偷了他的漢子，還
嘴硬不承認，反而拿些話來栓縛別人。就好像他能伏（服）住誰
似的。等於毛司裏的磚頭，又臭又硬。

13 **雌飯吃**：意為靠老婆吃飯。「雌」作動詞用，亦為吃閒飯。實則，
陳經濟有財物在西門家，所以下面陳經濟罵道：「淫婦，你家收
著我銀子，我雌你家飯吃！使性往前邊去了。」

14 **薛嫂提著花箱兒**：薛嫂是花婆。提著盛花的箱子，串門子賣花。
當然，也替人家傳遞消息。

15 **點根香怕出煙兒，放把火倒也罷了。**：點燃一根香，也會出煙，
怎能不讓人知？要不，就不要做，要做就不要怕。點根香也會被
人知道，乾脆放把火算了。陳經濟要求潘金蓮不要畏首畏尾，「爽
利放倒身，大做一做，怕怎的！」

16 **祆廟**：波斯（今伊朗）有拜火之教，亦波斯人之古信仰。南北朝
時代傳入我國，隋唐時頗為興盛。洛陽、涼州、敦煌等地，立有
祆祠。《唐會要》：「波斯國俗事天地水火諸神，西滅諸胡事火祆
祆者，皆詣波斯受法焉。但亦設廟，故我國有祆廟。」《墨莊漫

談》:「東京城北有祆廟。祆神本出西城。蓋胡神也。與大秦穆護同入中國,俗以火神祀之。」《西廂記》〈崔鶯鶯夜聽琴〉:「不鄧鄧點著祆廟火。」此說「祆廟火燒皮肉,」蓋以祆廟祀火之義,以喻己之恩念火急也。

17 **藍橋**:在陝西省藍田縣東南藍水之上。《長安志》:「藍谷水,流經藍關,藍橋。」《清一統志》:「世傳其地有仙窟,即唐裴航遇藍英處。此一故實,明龍膺作〈藍橋記〉以譜之。」《讀史方輿紀要》:「藍橋在藍田關,南唐中和初,中武監軍楊復光克鄧州,逐黃巢將朱溫至藍橋而還即此。」認為「藍橋在縣東南五十里似誤。」此說「藍橋水掩過咽喉」,亦借喻之義,與上句之「祆廟火」均文學上修詞之誇大也。

18 **賭鱉氣**:意為與人賭氣,彆起嘴來不作聲。

19 **漏眼不藏私**:意為私事再隱秘,也瞞不住人的眼睛。實則,在人體各部,最不會隱藏心地私情的部位,就是眼睛,孟子說:「其心正,眸子瞭焉!其心不正,眸子眊焉。」也正是此說之「漏眼」,眼睛是最易漏洩隱私的地方。連一點點也藏不住。在生理上說,肉眼不粘纖塵。眼睛只要有一微微塵埃飛進,也睜不開了。故有「肉眼不隱私」之說,均此意也。

20 **教他罄身兒出去**:教春梅離開西門家時,光准一個單身子走,不准攜帶任何東西。「罄」,盡也。

21 **花巴痘疹未出赤道天怎麼算計,就心高遮了太陽**:潘金蓮咒吳月娘的兒養大不,如今還未滿周歲,水痘、麻疹以及天花都未出過,嬰兒的這幾大劫難都沒有過,怎知道上天怎樣算計?如今就

心高得連太陽都遮了。哼！等著吧！他希望孩子死掉也。

22 **好男不吃分時飯，好女不穿嫁時衣：**此乃俗諺，今仍流行。意為有志氣的男子漢不吃別人施捨來的膾餘，有志氣的女子，也不以娘家的嫁粧作為炫耀的體面。

第八十六回

雪娥唆打陳經濟
王婆售利嫁金蓮

1 **又是一場兒**：意為又是一場是非。通常，北方人說話，慣用省略
語。這裏說：「你（指陳經濟）還不趁早去哩，只怕他（指吳月娘）
一時使將小廝來看見，到家學了，又是一場兒！」把一場閒氣，
一場是非，都省略不說了。

2 **我醃韮已是入不的畦了**：陳經濟說他已經不能再回到西門家去
了，甚而是說已無法在清河縣混了。鹽醃過的韮菜，自然栽不回
菜園畦壟中去了。（他要去東京找他老子，問明當年存放在西門家
的財物有多少，他打算休了西門大姐，討回那些寄放的箱子。）

3 **就是往人家上主兒去，裝門面也不好看**：意為就是帶到買主家去
看，沒有裝外表的衣衫簪環，也不好看。「上主兒」，意為有買主
上門。

4 **還要舊時原價，就是清水，這碗裏傾倒那碗內也拋撒些兒，原來
這等夾腦風**：吳月娘把春梅打發給王婆，要他賣原價。原價是十
六兩銀子。因而王婆發牢騷，認為就是一碗清水，這碗倒到那碗
裏也有損耗。居然還要原價，真是「夾腦風」；意為吝嗇鬼也。在
吾鄉，對於吝嗇鬼的形容口語是「夾尾（一ˇ）巴頭手。」意為遇
到出錢的時候，就把頭手都縮起來，像狗夾起尾巴似的。

5 **倒虧了小玉丫頭做了分上，教他娘拏了兩件衣服與他，不是，往人家相去，拏甚麼做上蓋**：春梅離開西門家時，多虧小玉美言，給了幾樣衣飾，做了情分，要不然（不是）？帶去給人看，拿什麼體面衣服穿呢？

6 **膝褲**：不知是否同於男子穿的所謂「套褲」，半截，只護膝腿部分。

7 **我趕著增福神著棍打**：意為我貪財也不是這樣貪法，為了去追趕財神爺願意挨棍子呀！「增福神」，財神也。

8 **你老人家要六十兩原價**：按春梅買入是十六兩銀子，此處誤刻。

9 **搗謊駕舌**：意為在語言上說謊話，漫天扯謊。

10 **砧死了價錢**：意為講妥了買賣的價錢。把賣價肯定。

11 **吃傷了、不顧贍我**：陳經濟認為他在西門家做女婿，並沒有吃到西門家的，西門大姐說他在他家「雌飯吃」，他氣惱的說「我在你家做女婿，不道的雌飯吃，雌傷了。你家都收了我許多金銀箱籠，你是我老婆，不顧贍我，反說我雌你家飯吃，我白吃你家飯來！」此語中的「吃傷了」，意為吃撑著了。「不顧贍我」，意為不幫夫說話。「不道的」，疑起詞，意為「難道說」？

12 **墙有縫壁有耳**：意為說話要小心，甚至於勸人不要背後說閒話，牆壁都會聽得去。

13 **我酒在肚裏，事在心頭**：意為，我肚裏有了酒，心頭有的事，就不能不說出來。

14 **你家見收著我家許多金銀，都是楊戩應沒官贓物**：意為吳月娘還收藏著當年他帶來的財物，那些財物，都是楊提督家的，應該抄沒入官的財物，「好不好，把你家這業（孽）房子都抄沒了，老婆便當官辦賣。」這情況，如真的告發起來，後果也確會如此。

15 **我不圖打魚，只圖混水耍子**：意為我不想要回這部分財物，等於打魚的不是在於打魚，而是在希求把水弄渾。他也只是想把西門一家搞爛就是了。

16 **會事的，把俺女婿須收籠著，照舊看待，還是大鳥便宜**：意為，你要是懂事的話，把我這女婿必須加以籠絡，像經常一樣看待。能夠這樣，還是「大鳥」便宜。「大鳥」，似是粗話。喻大家戶也。

17 **嬌客**：新郎稱為「嬌客」，亦作女婿的代名詞。蘇軾〈和王子立詩〉：「婦翁未可撾，王郎非嬌客。」註：「女婿曰嬌客，子立乃子由婿也。」《老學庵筆記》：「秦會之有十客，曹冠以教其孫為門客，王會以婦弟為親客，郭知運以離婚為逐客，受益以愛婿為嬌客。」《書言故事》〈翁婿類〉：「稱女婿曰嬌客。」但芍藥花亦名為「嬌客」。《三柳軒雜識》：「芍藥為嬌客。」

18 **行財**：店夥計也。代別人家經營買賣的人。（指傅夥計。）

19 **好禁錢養家**：意為好有機會從中刻扣金錢拿回家去。

20 **交割帳目**：意為把經手的帳目交割清楚。

21 **潑才料**：意為不當用的廢料，如廢水一般，潑的份。

22 **黃毛團兒也一般**：意為雛鳥，還一身的黃毛呢！或云胎毛未脫。

喻為小鳥也。所以下語有「今日翅膀毛兒乾了。」

23 **一掃箒掃的光光的**：意為所有的好處，都一掃帚掃得光光。

24 **倒相我養的**：陳經濟說吳月娘的孝哥，倒像是他的種子養出來的。寫陳經濟之無人倫心性也。

25 **怪邋遢**：意為特出的骯髒貨色。（罵奶子如意兒。）

26 **踢個响屁股兒著**：要趕去在奶子如意兒的屁股上，狠狠踢上一腳。所謂「響屁股」，亦含有粗穢之意，使婦人兩片鈸響之也。

27 **撧救了半日**：意為把暈到的吳月娘扶起坐著，折騰了半日。

28 **大姐已是嫁出女，如同賣出田一般**：意為嫁出的女兒，就如同賣出去的田地，耕耘種植，都是人家的事了。

29 **是是非（非），人去時是非者**：此語的意思是：是也好，非也好，把抬惹是否的人趕走，就是處置了「是非」。（此語在崇禎本已被改為「今來是是非人，去是是非者。」）

30 **如同臭屎，掠將出去，一天事都沒了**：意為如同肚中的臭屎，把它屙出來掠了，一天事都舒坦了。

31 **王八羔子**：意同婊子養的。「羔子」，小羊羔也。

32 **開起磨房來**：磨麵賣售，謂之開磨坊。

33 **又早籠起頭去了**：意為已籠了頭髮，成大人了。古人留滿頭髮，成人時，把所有頭髮上梳成髻，以簪關之，以帽冠束之，或以布包紮之。

34 **抱腰**：收生婆的助手。前已註說。

35 **狗改不了吃屎**：此語今仍流行，意為惡性難改也。

36 **當初死鬼為他丟了許多錢底，那話了，就打他恁個銀人兒也有**：
意為當年西門慶在潘金蓮身上花下去的銀子錢，那些事如果說起
來，就打一個像潘金蓮那麼大的一個銀人兒，也有那麼多銀子。

37 **這金蓮一見王婆子在房裏就睜了**：意為潘金蓮進來一見到王婆
子，就楞住了。知道又要趕他出門了。

38 **你休稀里打哄做啞裝聾，自古蛇鑽窟礱蛇知道，各人幹的事兒各
人心裏明**：意為你不要在那裏稀里嘩啦的打瞞哄（指潘金蓮上面
辯說話），蛇洞在何處它自己知道。各人幹的事兒，也各自心裏
明白。要潘金蓮不要再支吾其詞了。

39 **你休呆裏撒奸，兩頭白面，說長并道短，我手裏使不的你巧語花
言，幫閑鑽懶**：意為你不要在呆人面前弄奸巧，兩頭作好人。又
說長又說短，在我手裏，容不的你花言巧語，又幫閑又鑽懶。「鑽
懶」，喻意乃從中討好也。

40 **出頭椽兒先朽爛**：「椽」，短椽也。露出屋來的椽椽，總先朽爛。
喻意是露縫芒的人總招人忌。

41 **誰打羅，誰吃飯，誰人常把鐵箍子哉！那個常將蓆篾支著眼**：「打
羅」指糧米上磨前的篩檢過程，誰做了這些工作，誰先有下鍋的
糧米；誰能常年把鐵箍子箍著誰？又那個能常年用蓆篾兒支著眼
不閉？（意為人那有不閉眼的日子，應眼睜眼合也。）「為人還
有相逢處，樹葉兒落還到根邊。」

42 **閒葉兒**：即玩紙牌遊戲。李易安〈打馬序〉云：「長於葉子，世
無傳者。」《宋史》〈壽昌公主傳〉：「韋氏諸宗，好為葉子戲。」《陔
餘叢考》：「品外錄，唐國昌公主會韋氏族于廣化里，韋氏諸家好
為葉子戲。葉子二字，拆其字上半，乃廿世字，餘木字湊下，子
字作李子，乃廿世李，正合有唐二十帝之數。馬令南唐書，李後
主妃冉氏又編金葉子格，即今之紙牌也。《遼史》稱為葉格，見
第三卷，則紙牌之戲，唐已有之。今之以《水滸》人分配者，蓋
沿其式而易其名耳！」明時葉子戲，繪《水滸》人物，畫家陳洪
綬（老蓮子）繪有葉子圖《水滸》人物。

43 **這札心的，半夜三更耗爆人**：「札心的」，意為煩人的；「耗暴
人」，吵人之謂。

44 **撞蠓子**：意為假造個理由誆出想知道的問題出來。如下水尋物，
不知物在水底何處，一頭撞水中，下了水後再摸尋。

45 **殺鷄扯腿跪在地上**：撒嬌求情之態也。前已註說，語略異。

46 **涎眉睜目**：意為嬉皮笑臉，吐饞涎，睜餓眼；蓋不准兩人有所不
軌行動也。

47 **前不著村，後不著店，有上稍沒下稍**：意為上不上，下不下，毫
無著落也。

48 **我為你剮皮割肉**：意為我願替你受剮皮割肉的苦刑。

49 **張二官如今是提刑院掌刑**：張二官已成了西門慶的繼承人了。在
本書中，張二官雖始終未曾出場，但卻點點星星的寫他是清河縣

西門慶的第二，交通官吏，結幫地痞，收攬幫閒，（如應伯爵等
人，西門慶一死，他們便投靠到張二官門下去了。）聯合商場上
的攬頭李三、黃四等，擴建房舍，準備迎接過路官員。所以，西
門慶雖死，西門慶的徒子徒孫，卻生生不息，世代因之。《金瓶
梅詞話》的作者，傳說的這位從未上場的張二官，殆《金瓶梅》
之社會寫實所依仗的一根人賴以尊鬼維以赫的基石也。

第八十七回

王婆子貪財受報
武都頭殺嫂祭兄

1 **使春鴻叫薛嫂兒來要賣秋菊**：在此一小小情節中，交代了西門家
衰落的情形，「各處買賣都收了，房子也賣了，琴童兒畫童兒多走
了。」家醜（潘金蓮偷女婿）也外揚了。

2 **張二官，頂補了西門慶做掌刑千戶**：張二官除了頂替上西門慶的
掌刑千戶缺，還娶去了李嬌兒，收留了西門家的小廝，（春鴻便去
了張府），應伯爵、李三、黃四等人，也湧去了張府，本打算娶去
潘金蓮，怕娶來影響家庭，因為家還有一個年已十五歲尚未成年
正在上學功書的兒子。又知潘金蓮嫁西門慶時毒死了親夫，在西
門家的幾年，又偷小廝，又偷女婿，又給妯重合氣。遂決定不娶
了。

3 **就安心有垂涎圖謀之意**：伏筆寫雲裏守與吳月娘的孝哥作割襟之
親，是有意圖謀西門家的家產。

4 **屬龍的今纔三十二歲**：這時的潘金蓮是西門慶死的同一年。西門
慶亡年三十三歲，潘金蓮則應為卅一歲。西門慶屬虎，潘金蓮屬
龍，小兩歲。這裏想必是春梅故意少說一歲吧！

5 **不肯轉口兒**：意為王婆要一百兩身價，無論怎樣還價，都不肯轉
變語氣。而且越是有人講價，便越發「張致」（擺架子）起來。

6 **三隻蟾沒處尋，兩腳老婆愁那裏尋不出來**：意為三隻腳的蟾沒處尋，因為蟾是三隻腳，名為蟾蜍。《爾雅》〈釋魚〉：「鼃鼀，蟾蜍。」註：「似蝦蟆，居陸地，淮南謂之去蚥。」《集韻》：「蟾，虫名。爾雅，鼃鼀，蟾諸，似蝦蟆居陸地。」照此說，則蟾乃常見之所謂「癩蝦蟆」。《爾雅》：「蟾蜍，今之蚵蚾，背上礧礧，好伏牆陰壁下。」蟾蜍可入藥，《本草》：「《釋名》：『鼃鼀，蟾諸，苦蠪，蚵蚾，癩蝦蟆。』」但古之傳說，蟾乃神物，《淮南子》〈精神訓〉：「日中有駿烏，月中有蟾蜍。」《後漢書》〈天文志〉註：「羿請無死之藥於西王母，姮娥竊之以奔月。是為蟾蜍。」《論衡》〈順鼓〉：「月中之獸，兔、蟾蜍也。」韓愈〈毛穎傳〉：「竊姮娥騎蟾蜍入月。」李白〈朗月行〉：「蟾蜍蝕圓鏡，大明夜既殘。」趙蕃〈月中桂樹賦〉：「同蟾蜍之片影，似躍瑤池。」《故事成語考》〈天文〉：「月裏蟾蜍，是月魄之精光。」《抱朴子》：「仙藥一曰蟾蜍。即肉芝也。頭上有角，頷下有丹書，帶之辟五兵。」正因為古人認為蟾蜍乃月魄之精光，月中之獸，遂把它形容成與吾人常見的癩蝦蟆不同。不同之處，便是蟾是三隻腳，不是四隻腳。當然，三隻腳的蟾是難得，兩隻腳的女人，隨處皆是。在此以喻女人不稀罕。

7 **越發鸚哥起來了**：鸚哥雖能人言，但終非人話。在此以喻王婆子的說話，愈來愈抬價，簡直不是人話了。

8 **且丟他兩日**：意為暫時（權且）把此事擺上幾天再說。「他若張致（再擺架子非一百兩不可），拿到府中且拶與他一頓拶子，他纔怕。」此事如能像西門慶似的，馬上拿進府中，拶他一拶子，潘金蓮便娶進了周守備府，下面的武松殺嫂為兄報仇的情節，就要另作安排了。

9 **太子立東宮，放郊天大赦，武松就遇赦回家**：此處交代武松充軍
孟州道以後的情形是：「武松自從塾發孟州牢城充軍之後，多虧小
管營施恩看顧。次後施恩與蔣門神爭奪快活林酒店，被蔣門神打
傷，央武松出力，反打了蔣門神一頓。不想蔣門神妹子玉蘭，嫁
與張都監為妾，賺武松去，假捏賊情，將武松拷打，轉又發安平
寨充軍。這武松走到飛雲浦，又殺了兩個公人，復回身殺了張督
監蔣門神全家老小，逃躲到施恩家。施恩寫了一封書，皮箱內封
了一百兩銀子，教武松到安平寨與知寨劉高，教看顧他。不想路
上聽見太子冊立東宮，郊天大赦，武松就遇赦回家。」這簡短的交
代，乃《水滸傳》第二十八回赦：武松威鎮安平寨，施恩義奪快
活林。第二十九回：施恩重霸孟州道，武松醉打蔣門神。第三十
回：施恩三入死囚牢，武松大鬧飛雲浦。第三十一回：張督監血
濺鴛鴦樓，武行者走蜈蚣嶺等四回的情節。大家可以參閱，這裏
不多解說了。不過，所寫「皮箱內封了一百兩銀子」，則是武松可
以從王婆家買走潘金蓮的一處重要伏筆，如無這一百兩銀子，武
松就無法血祭其兄之靈了。

10 **鬍子楂兒也有了**：意為武松的口唇上已有了短短鬍鬚，越發成熟
了。

11 **如今他家要發脫的緊**：意為西門家急於要打發出金蓮，武松如不
先決定，就會被人占先了。「先下米，先吃飯。」

12 **陳經濟許下一百兩上東京去取，仰著合著，我見鐘不打，卻打鑄
鐘**：雖然陳經濟先已許下了一百兩，卻須在東京取來纔算數，「仰
著合著」（取得來取不來，還不知道，隔牆掠簸箕，仰著合著還
沒準兒呢？），如今已經有了鐘了，武松的一百兩已應允，難道

還等到陳經濟把鐘鑄出後，再去等著敲打那正在鑄的鐘嗎！

13 **帽兒光光，晚夕做個新郎**：意為趕快去打扮起來吧，晚上好做新郎官。

14 **滿（瞞）纂的就是了，綁著鬼也落他多一半養家**：意為瞞著吳月娘胡編上一段說詞就是了。要作鬼也得落他一半。結果他只付出了二十兩，落了八十餘兩。

15 **兔兒滿山跑，還來歸舊窩。嫁了他小叔，還吃舊鍋裏粥去了**：比喻潘金蓮嫁了小叔子，是回頭吃舊鍋裏粥，仍舊吃武家鍋裏飯去了。兔子在外跑，晚上還是回到原窩中住。指潘金蓮重回武家也。

16 **仇人見仇人分外眼睛明**：此語今仍流行。意為仇人見了仇人，就會睜大了眼睛看，認認清楚的看。

17 **殺人不斬眼**：意為殘忍性格，殺起人來連眼皮也不眨。「斬」，眨之諧音也。喻武松之性情殘忍。

18 **搭著蓋頭進門來**：寫潘金蓮嫁過來時，頭上還搭著蓋頭，真的像作新娘似的呢？

19 **由不的髮似人揪肉如鉤**：形容潘金蓮回到武家，一眼就望見了武松設置的武大靈位，點得燈燭明亮，心裏就像有鉤子鉤著，頭髮就像有人揪著一般。「由不的」，心裏不願這樣怕，也禁不住也。

20 **吃得惡**：吃酒時，就露出凶惡像。

21 **睜圓怪眼倒豎剛鬚**：圓睜起怪異的大眼，剛強性格的鬍楂倒豎著。形容武松憤怒之情。

22 **叔叔如何冷鍋中豆兒炮，好沒道理**：意為叔叔為什麼突然冷鍋中爆豆子（此語前已註說），這樣行為好沒道理。

23 **扢楂的**：形容武松把刀插在桌子上的聲響。

24 **四手四腳捆住如猿猴獻果一般**：形容武松趕過去，把打算逃走的王婆子抓得來，用腰帶捆起手腳，「如猿猴獻菓一般」，正面把手腳捆起的形狀。

25 **提起刀來便向那婦人臉上撇兩撇**：形容武松拿起刀來，在潘金蓮臉上，虛畫了兩畫。意思的表示是：「快說實話，不然，看刀！」

26 **武松一提提起那婆娘旋剝淨了，跪在靈桌子前**：形容武松剝光了潘金蓮的衣服，要他跪在武大靈前，準備血祭了。下面還寫了八句律詩：「堪悼金蓮誠可憐，衣服脫去跪靈前。」

27 **只是暗地叫苦說：「傻才料，你實說了，卻教老身怎的支吾」**：意為潘金蓮已把實情說了。綁在地上的王婆子暗暗叫苦，認為自己連個支吾之詞也無法說了。

28 **被武松向爐內摳了一把香灰塞在他口，就叫不出來了**：形容潘金蓮纔待叫喊，便被武松摳把香灰把潘金蓮的嘴給塞住了。

29 **只一剜剜了個血窟龍**：形容武松用刀剜剖潘金蓮心的情形。

30 **去幹開胸脯**：形容武松用手去把潘金蓮胸脯上的血窟龍豁開來，

「撲扢的一聲，把心肝五臟生扯下來。血歷歷供在靈前。」

31　**亡年三十二歲**：潘金蓮與西門慶的年歲，在本書情節的演進上，有互措與重疊一年的情形。我在其他研究的文章中，已多次說過。此處之寫潘金蓮亡年三十二歲，西門慶之亡年三十三歲，自係作者的故意參差。再說，明朝已有萬年曆，如按萬年曆，潘金蓮之死，遲西門慶一年。自可寫作「亡年三十二歲。」

32　**森羅殿、枉死城**：俗言閻王掌事之所謂之「森羅殿」；地獄則稱為「枉死城」。《長生殿》〈冥追〉：「如今且隨我到枉死城中去。」

33　**誰知武二持刀殺，只道西門綁腿頑**：「綁腿頑」，指第二十七回之大鬧葡萄架也。

34　**一邊將婦人心肝五臟用刀插在樓後房簷下**：寫武松性格之殘忍。還把姪女迎兒倒扣在屋裏，迎兒道怕，他則答說：「孩兒，我管不得你了。」

35　**一般皆休都包裹了**：把全部釵環首飾銀兩全部都包起來帶走了。

36　**提了朴刀………投奔十字坡張青夫婦那裏**：按《水滸》之十字坡情節，在快活林之前，此寫於後。小說家之筆也。

第八十八回

潘金蓮托夢守禦府
吳月娘布福募緣僧

1 **天鑒、地祇**：「上臨之以天鑒，下察之以地祇」。意為上有天神看得見，下有地神察覺得到。「天鑒」，天上的明鏡映照著地上的一切，「地祇」，地上的土地神也察覺到地上的一切。何況人間還「明有王法相制，暗有鬼神相隨。」但是，「忠直」也只可「存於心」，不應發之於外，「喜怒」最應「戒」除的是鬥「氣」。不可生活豪奢，「為不節，而忘家」，既有官職在身，應知有官守，否則，便會「因不廉而失位」。真是「勸君自警平生，可笑可驚可畏。」這些話，冒頭於這第八十八回，西門家業已家破人亡過半，堪知蘭陵笑笑生作「《金瓶梅傳》之「蓋為世戒非為世勸」的主旨，則已淋漓盡說之矣！

2 **逃上梁山為盜去了**：梁山，又名良山。乃漢代梁孝王之遊獵處，其下有梁山濼，今山東省壽張縣東南。山周二十餘里，上有虎頭崖，下有黑風洞，山南即古大野澤。唐乾寧二年，朱全忠誅鄆師，朱瑄戰於梁山，鄆兵敗走。宋政和中盜宋江等，據於此，其下即梁山濼也。此寫武松殺人劫財逃上梁山，亦作者之醜化梁山賊人之盜相耳。

3 **當該吏典**：指武松的這種行為，應依法懲治。

4 **苦主**：凶案遭難的家人，謂之苦主。此說兩家苦主。蓋一指武大的迎兒，一指王婆的王潮。雖迎兒已非潘金蓮的生女，且金蓮已再嫁，但終經曾是武大的妻子，又終究被武松買回為妻，在名分上，他已是武家人了。

5 **眼同招出，當街如法檢驗**：意為把當時凶案發生的情形，由兩位目睹與耳瞟的現場人證，一一招述，並當街依法檢驗屍體。

6 **瘞埋**：意為當街把屍首用磚物砌遮起來，等候緝得兇手歸案，再行發交家屬安葬。

7 **掛出榜文**：張掛出懸賞通緝武松歸案的告示。

8 **調百戲的貨郎兒**：貨郎兒，乃挑担串遊街巷村里，售賣婦女用物的行商，手搖貨郎鼓。為了招徠買主，多習有一口歌唱技藝。《通俗編》記有「貨郎」一則，云：「文嘉嚴氏書畫記，有宋蘇漢臣嬰兒戲貨郎八軸，又本朝名筆貨郎担十四軸。」該蘇漢臣之貨郎兒戲嬰圖，今之故宮博物院有藏，吾人常見的有一幅，此說「八軸」，不知全在該院庋藏中否？從該圖一，略見貨郎戲之一體。曲牌中有〈貨郎兒〉，戲劇中有《貨郎擔》，得亦由貨郎兒之善戲曲而引繹的吧！

9 **喜者，如今且喜朝廷冊立東宮，郊天大赦。憂則不想你爹爹得病死在這裏，你姑夫又沒了**：這裏所寫，顯然是一般人民對於「朝廷冊立東宮」的喜悅。在上一回，已寫到了武松之受到此一大赦回家。陳經濟的母親張氏，喜悅於冊立東宮的郊天大赦，得到什麼可喜的好處呢？他的丈夫陳洪已死。所以，這份喜悅的心情，顯然是作者的內心渲洩。何以有此歡悅心情的渲洩呢？就不得不

說到明神宗寵愛鄭貴妃，遲遲不立長子常洛，臣民們自萬曆十四年（1586）正月開始吵起，一直吵到萬曆二十九年（1601）十月十五日，方行草草完成冊立太子之禮。為了此事受到責罰的臣僚，不下二十人，廷杖、謫官、罰眾、遣戍、告退者比比。一旦冊立東宮之禮舉行了，人民自然喜悅：「太子」，國本也。[1]

10 **未免起眼**：意為未免令人看到眼紅，會萌生覬覦之心。

11 **上插旗號扮做香車**：指裝載細軟箱籠的車輛上，插上運載馬牙香等藥物的旗號，以免路人「起眼」。改扮成是運送馬牙香的商人模樣。「馬牙香」前已註說。

12 **又挾制俺家充軍人數不成**：陳經濟說他如果一紙狀子告了上去，要求皇帝爺向吳月娘追抄楊戩當年藏在西門家應沒官的贓物，難道吳月娘還會挾制我去充軍不成？

13 **兩個屍首上面，兩桿槍交叉上面挑著燈籠**：寫凶案未結，尸體未下葬，還掩蓋在街道上的情形。蓋當時處理凶殺案的程序吧。

14 **他家還有個女孩兒在我姑夫姚二郎家養活了三四年。昨日他叔叔殺了人，走的不知下落，我姑夫將此女縣中領山，嫁與人為妻小去了**：迎兒自潘金蓮嫁去西門家之後，在此方始寫出了這幾年來的交代，而且交代了迎兒以後的事，「嫁與人為妻去了。」不過，在上回（八十七回）寫到武松回家時，已說武松回到家中，尋到

1　請參閱拙作：〈金瓶梅的問世與演變〉，《國立編譯館館刊》第 9 卷第 2 期（1980年 12 月），及〈一月皇帝的悲劇〉，《臺灣新聞報》西子灣副刊，1980 年 11 月 11-24 日。

上鄰姚二郎交付迎兒，迎兒已十九歲了。

15 **陰司不收**：意指陰曹地府的鬼判仍是不收他這孤魂。蓋指死後都無個安身之所。

16 **又被那門神戶尉攔攩不放**：此蓋一般常人的傳說，門神是為人家守門戶的，像潘金蓮這種冤魂，門神都擋住他不准進入。這就是習俗之謂門神的用處吧。門左神曰門丞，門右神曰戶尉。一白臉一黑臉，白臉者是秦瓊，黑臉者是尉遲恭。

17 **超度**：佛道二家的法事，其作用僅是超度死者的靈魂上升到天界去。作法事就是為死者洗滌生前的冤孽。蓋亦人事上的生者自慰而已。

18 **赤腳行來泥沒踝**：形容這和尚赤腳走來，腳踝以上都是泥污。

19 **都是龍華一會上人**：按《荊楚歲時記》：「四月八日諸寺各設齋以五香水浴佛，作龍華會。」此語乃意指吳月娘也是佛家信徒。

20 **貧僧只是挑腳漢**：意為他只是一位募化金錢建造五台山十王功德三寶佛殿一位和尚，募化來的金錢，一如挑担的腳力，是為佛祖挑的。

21 **那變驢的和尚**：俗罵和尚曰「禿驢」，遂又引申為和尚是驢變的，或和尚變驢。稱驢為禿，乃以尾論。驢尾僅有尾端一團毛略長，馬則尾毛長拖於蹄跟。且驢毛的那團略長之毛易脫，因有禿尾驢之稱。《北齊書》〈楊愔傳〉：「愔云：卿前在元子思房，騎禿尾草驢。」

22 **不當家化化的**：此語前已註說，意為造孽也。

23 **說白道黑**：意為任意胡說。

24 **他若度我我就去**：度者，渡人出此苦海到安樂彼岸也。此語之度，則為變人成仙，度人離開人世進入仙界之謂。但在此則度之出家為僧。

25 **昨日大街上掌刑張二老爹家與他兒子娶親，和北邊徐公公做親，娶了他姪兒**：寫西門慶的繼承人張二官，已逐步沿循著西門慶的人生道路走去了。兒子已娶了徐公公（太監）的姪女兒作了兒媳，得非人生間事，世代若是乎？

26 **生有地兒死有處**：意為人的死生早有定數。該生何地？該死何處？早就命中註定了的。

27 **他如今有了四五個月身孕了**：孽嫂兒誇說春梅已有了四、五個月身孕，實則，春梅賣到周守備家，首尾也不過三個多月，如有身孕，也是陳經濟的。所以這裏孫雪娥說：「老淫婦說（話）沒個行欵兒，他賣守備家多少時？就有了半肚孩子。……」

28 **媒人嘴一尺水十丈波的**：媒人的嘴，都是一尺水就能揚起十丈波來的。喻媒人的嘴之能說善道，既能誇也能貶。

29 **從天降下鈎和線，就地引起是非來**：此一諺語意為人間是非往往會平空引起。預引下回之吳月娘與春梅在永福寺相遇也。

第八十九回

清明節寡婦上新墳
吳月娘誤入永福寺

1 **正月十五日貼門神，遲了半月**：喻吳月娘前來為親家陳洪弔喪，
已經遲了，陳洪已下葬了。陳經濟遂以此歇後語諷之。

2 **我把花子腿砸折了，把淫婦鬢毛都薅淨了**：意為要把轎夫的腿打
斷，把西門大姐的頭髮拔光。中原人稱「拔」曰（ㄏㄠ）。前已註
說。

3 **到今日交我做臭老鼠，交他這等放屁辣臊**：吳月娘悔怪死鬼西門
慶當初不該收留這種人，弄到如今累他做壞人，惹得他聽陳經濟
滿口髒言惡語。（當初陳經濟與西門大姐由東京來時，帶來的箱籠
等物，一一都收歸上房存藏，卻又一字不提了。本書寫吳月娘之
善於治家，此亦一例也。）

4 **淫婦出去吃人殺了，沒的禁，拿我煞氣**：指說陳經濟的發邪火，
是由於潘金蓮被殺，他有氣沒地方出，竟拿我（吳月娘）來煞氣。

5 **杏花村**：杜牧有〈清明詩〉云：「清明時節雨紛紛，路上行人欲斷
魂；借問酒家何處有？牧童搖指杏花村。」因而後人每指杏花村為
售酒之所。謝宗可〈紅梅詩〉：「回首孤山斜照外，尋真誤入杏花
村。」

6 **梵宇、金剛**：「梵宇」即佛寺，亦稱梵王宮。〈江總攝山棲霞寺碑〉：
「我開梵宇，面壑臨丘。」宋之問〈登禪定寺閣詩〉：「梵宇出三天，
登臨望八川。」《剪燈新語》〈天台訪隱錄〉：「此豈有居人乎？否
則必琳宮梵宇也。」

「金剛」上已部份註說。本指五行剛毅之氣。《晉書》〈地理志〉：「梁
者言西方金剛之氣強梁，故因名焉。但此佛語之金剛，乃指力
士。《行宗記》二上：「金剛者，即侍從力士，手持金剛杵，因以
為名。」在此即此意。

7 **藏經閣、寶塔**：大寺院都建有藏經樓閣，用以儲存佛家經典文
物。寶塔乃建於寺院中，用以儲存人之遺骨者。或以作功德之
記。《法華經》〈寶塔品〉：「爾時多寶佛於寶塔中，分半座與釋迦
牟尼佛。」《佛祖統紀》四十一：「一念淨心是菩提，勝造恆沙七
寶塔，寶塔畢竟化為塵，一念誠心成正覺。」梁簡文帝〈大法頌
序〉：「形形寶塔，既等法華之座。」徐陵〈司徒寺碑〉：「朱樓寶塔，
輝煥爭華。」

8 **鬼母位通羅漢院**：據《述異記說》：「南海小虞山中有鬼母，一產
千鬼。朝產之，暮食之。今蒼梧有鬼母神是也。虎頭蛇足，蟒目
蛟眉。」李賀《劍詩》：「提出西方自帝驚，嗷嗷鬼母秋郊哭。」此
謂鬼母位通羅漢院，羅漢，十八羅漢也。

9 **仰觀神女思同寢，每見嫦娥要講歡**：神女之說，出於宋玉〈神女
賦〉，襄王神女故事也。此說乃諷喻這寺中長老之心性，未嘗六根
清淨，望見神女嫦娥都起邪念。說是「情動處草庵中去覓尼姑，
色膽發時，方丈內來尋行者。」悉諷嘲佛家人之語。亦徵本書作者
之未嘗看重佛家的出家人。其立佛家之說也者，何以云乎哉？

10 **山門**：山中之門，《宋書》〈袁顗傳〉：「奈何毀擲先生基，自蹈凶戾，山門蕭瑟，松庭誰掃。言念楚路，豈不思父母之邦。幸納惡石，以瓕美疹。」杜甫〈秦州雜憶詩〉：「苔蘇山門古，丹青野店空。」寺院之樓門，亦曰山門。李華〈雲母泉詩〉：「山門開古寺，石寶含純精。」白居易〈寄韜光禪師詩〉：「一山門作兩山門，兩寺原從一寺分。」《通俗編》〈居處〉：「高僧傳，支遁於石城山立栖光寺，宴坐山門，遊心禪苑。」寺院之整體亦稱山門。《宋史》〈真宗紀〉：「法駕臨山門，黃雲覆輦道。」此謂「出山門迎接」，即指出寺院迎接。

11 **馬道口上**：可以通行馬馳之路曰馬道，大道也。《來南錄》：「舟不通，無馬道。」意指地之荒僻。蓋有馬可通之道，當為交通大道。此說即為大道口上。

12 **花鈿巧貼眉尖**：婦人頭飾曰花鈿、釵環之類也。庾肩吾〈長安有狹斜行〉：「少婦多妖艷，花鈿繫石榴。」《舊唐書》〈輿服志〉：「花釵翟衣青質，第一品花鈿九樹。」白居易〈長恨歌〉：「花鈿委地無人收，翠鈿金雀玉搔頭。」《事物異名錄》：「按花鈿，首飾金花也。」〈木蘭詩〉：「當宵理雲鬢，對鏡貼花黃。」花黃亦花鈿類也。此語前已部分註說。

13 **追薦**：即追袁薦祀之禮，此佛家之法事。

14 **又意不過**：即過意不去。「收了他布施，又沒管待，」不好意思就這樣讓人家辭去，下次不好再求。

15 **今非昔日比**：如今的春梅，已是一方守備官的愛妻，非當年做丫頭時可比了。

16 **勻了臉換了衣裳**：此均大家婦女的排場，應酬一遍後，就要重新
　　去打扮一番。

17 **看雜耍調百戲**：所謂「雜耍」，今仍如此稱呼。今亦稱之曰「雜
　　技」。百戲，蓋亦各類地方小調之雜唱。

18 **跟隨小馬兒**：即隨行人騎的馬匹，撥派一匹給大妗子騎。

19 **樹葉還有相逢處，豈可人無得運時**：引詩以證人生，諷喻吳月娘
　　當年之打發春梅，失之過分也。均反諷之筆。

第九十回

來旺盜拐孫雪娥
雪娥官賣守備府

1 **都看教師走馬耍解的**：中原一帶人稱呼演雜技的人，以及演馬戲的人，謂之「跑馬賣解（ㄒㄧㄝˋ）的」。此所謂「看教師走馬賣解」乃指的看一些師傅們－高技的藝人，在作馬上技藝，以及各種雜技。這時正是春暖三月，正是跑江湖的人在各地賣藝的好季節，過了清明之後，就要農忙了。

2 **衙內**：官衙中稱為「衙內」乃「衙外」之對。《舊唐書》〈德宗紀〉：「飭左右衛上將軍，大將軍，並於衙內宿。」唐代禁兵的衛官，亦稱衙內。《唐書》〈儀衛志〉：「朝會五仗，號衙門五衛，一曰供養仗，二曰親仗，三曰勳仗，四曰翊仗，五曰散手仗。」但由唐末至宋初，凡藩鎮親衛之官，悉親近子弟任之。其子弟亦稱「衙內」。此說之衙內，即指此。如《水滸傳》稱高俅之子為高衙內，同是對官宦子弟的尊稱。今則稱「少爺」。（本回之所以安排此一李衙內進入情節，乃安排孟玉樓之出離西門家也。）

3 **見為國子上舍**：古公卿大夫之子弟，稱國子。《周禮》〈地官〉〈師氏〉：「以三德教國子。」註：「國子，公卿大夫之弟。」《禮記》〈燕義〉：「國有大事則率國子而致於太子。」《左傳》〈僖公二十五年〉：「二禮從國子巡城掫以赴外。」稱謂錄天員子女：「漢書，國子者，卿大夫之子弟也。」因為天子都城所設之教育貴族子弟之學校，亦

稱「國子學」。後衍為教育上的學制，稱「國子監」，一如今日之教育官府矣。在監學生稱「國子生」，或「國子學生」、「監生」。此稱「現為國子上舍」，或是說他捐錢獲得個國子學生。但此人卻懶習詩書，專好鷹犬走馬等玩樂事，人稱他李棍子者。官家敗子之行徑也。

4 **豎肩椿、隔肚帶**：均為賣解人的技藝人名目。雖今仍流行，似已名目有異，如「隔肚帶」，則難知何種形態矣。

5 **南北兩京打戲臺**：所謂「南北兩京」，自是明朝人的口吻，非兩宋之說詞了。^{編按1}

6 **少林棍、董家拳**：「少林」乃一寺廟之名。在河北薊縣西北盤山之紫蓋峯下，舊名法興寺，元至正中建。東山有多寶佛塔，西山上有華巖洞。河南登封縣西北，少室山北鼇，後魏建有少林寺。寺東廊有秦槐，秦時封為五品。又有面壁石面壁庵，傳說即達磨面壁九年得道之處。又隋代之天竺僧迦陀禪師渡來，隋帝為之建寺。之後，其徒曇宗以下十三人，佐唐太宗平王世充有功，於是少林寺的武藝始名於世。僧徒習武事者亦日眾，遂有少林派之名。所謂「董家拳」，則未能查到出處。待之知者，想是小說家捏造以對「少林棍」而已。

7 **一心要折章臺柳**：章臺柳故實，前已註說。此謂要作沙叱利之劫美英雄也。

8 **鏡子昏了**：意為鏡子已經暗了，須磨鏡子的人，加以磨光，以憑

編按1　原本為「非演宋之說詞了」，手民之誤，今正之「非兩宋之說詞了」。

照人顏面清晳。古人用銅為鏡，是以世間有磨鏡之業，今早已廢銅鏡為玻璃嵌抹水銀，此業早已淘汰。似乎連搖驚閨的貨郎兒也無了。（此處插入了來旺的重現於西門家，乃為孫雪娥的離開西門家之交代安排。）

9　**金銀生活**：意為作些金銀手飾的買賣，「不會磨鏡子」。

10　**學會了些銀行手藝，揀鈒大器頭面**：意為在顧銀舖學會了銀匠行業，會製造金銀大小器物裝飾及頭面。「鈒」讀如「ㄋㄞˇ」，指用今稱之化學方法，製造金銀器。

11　**貓眼**：一種大如蠶豆的瑪瑙玉石，俗稱「猫眼」。

12　**劉昭**：即來昭，在這以後，都已改寫作劉昭了。

13　**誤打誤撞遇見他**：意為在毫不知情的情況之下，竟然誤打誤撞的遇見了春梅，（好像有鬼似的）。

14　**銀匠**：即打製金銀飾物的工匠。此一工匠，今仍存行於世，仍稱銀匠。

15　**我拿小被兒裹的沒沒的**：如意兒說他坐轎把孝哥抱回家時，用小被子把他包裹得連頭和臉都遮蓋起了。「沒沒的」，今語所謂包得嚴嚴實實的。不會著了涼，吹到了風。

16　**再不是抱了往那死鬼坟上諕了他來了**：要不然就是抱到那死鬼（潘金蓮）坟上，諕著了他了。

17　**當初只因潘家那淫婦一頭放火一頭放水架的舌，把個好媳婦兒生**

逼臨的弔死了，將有作沒，把你墊發了去。今日天也不容他，往
那裏去了：這番話如果標點標得正確，方能吟味到孫雪娥的語
氣。「一頭放火一頭放水」意為兩面挑撥，「加的舌」，意為平空
撒謊；遂把一個那麼好的（來旺）媳婦，活活的給逼勒得弔死
了。又把你這好人當了歹人辦，「墊發去了」。瞧今天，不是上天
也容不了他這壞人嗎！「往那裏去了？」（被武松殺了，心臟六
腑都挖得出來了。）

18　**跺著梯橙越過牆**：意為在牆這邊踩登著梯子，從牆上爬過去。（孫
雪娥在牆那邊用凳子接應著來旺。）

19　**一丈青蓋了一錫鍋熱飯**：此又南人生活情態。「一錫鍋熱飯」，自
是指的悶了一錫鍋熱米飯，「蓋了」，當為煮米飯之「悶」熟也。

20　**窩藏**：暗中掩飾，藏躲著之意。

21　**順著遮陽撐子**：「遮陽撐子」，意為在屋簷搭出的遮張太陽棚窓之
類。

22　**收生的**：即接生婆也。

23　**也得抽分好些肥己**：從中抽出一些利惠肥油自己。指劉昭夫婦之
掩飾孫雪娥與來旺，為了貪圖小利。

24　**我看守大門，管放水鴨兒**：意為我是看守大門的人，怎能放你由
大門走出去？那豈不是放水鴨兒了？（放鴨人總是放鴨入水。）
於是教導他們從屋瓦上走出去。

25　**香燭紙馬**：燒香還願的人，應帶著香燭與紙馬；「紙馬」，即紙錢

（冥錢）與祭神用的紙紮代替品，如牛羊豕三牲之類的紙紮物，通稱之為「紙馬」。或「紙碼」。（來旺與孫雪娥未在此被巡捕盤查捉去，卻在到了屈姥姥家，因屈子偷盜耍錢被捉而引發，頗是一處好情節。）

26　**戒指**：即套束於手指的指環。《三餘贅筆》：「世俗以金銀為環，置婦人指間，謂之戒指。按詩註：古者后妃羣妾進之，女史書其月日，援之以環，以進退之，生子月辰，以金環退之。當御者，以銀環進之，著於左手，既御者，著於右手。」亦稱「戒指兒」，蓋於燕語之融入「兒」音也。《紅樓夢》三十一回：「果然就是上次送來的那絳紋石戒指，一包四個。」

27　**掏摸了**：暗中偷竊了去之謂。

28　**路上行人口似飛**：喻意是馬上就把事情傳開去了。

29　**不敢使人躧訪，只得按納含忍**：不敢派人去查問，只有按納了心氣憤，含恨隱忍。

30　**已是出醜，平白又領了來家做甚麼！沒的玷辱了家門，與死的裝幌子**：認為孫雪娥已替西門家出了醜名，又領回家作甚呢？領回家只有玷辱西門家門。（西門家還有好名聲嗎？）而且，還平空給死去的西門慶掛起個小老婆跟人拐逃的幌子。好名聲啊！

31　**打牆板兒翻上下，掃米卻做管倉人**：意為築牆，是一節節上移，原來在底下的，下一次就移到了上面。有一天，掃米的工人，也會作到管倉的頭兒。「十年河東轉河西」孫雪娥被春梅買去，作了廚下婦了。

第九十一回

孟玉樓愛嫁李衙內
李衙內怒打玉簪兒

1 **風裏言風裏語**：意為只是說過就算的一種話語，有如風一樣的，颳過就算了。「在外聲言發話」，在外頭揚言，要向巡撫巡按告發西門慶在日寄放著他家金銀箱籠等物。並未付諸行動，所以只是「風裏言風裏話」。但在此卻交代了「來安兒小廝走了，來興媳婦惠秀又死了，剛打發出去。」又交代了一些人離開西門家了。

2 **饒你奸似鬼，也吃我洗腳水**：吳月娘不得已把元宵也打發出來給了陳經濟，起先陳經濟要元宵，月娘不給，後來知道陳經濟已收用過了，遂給了他。所以陳經濟對吳月娘諷喻了這麼兩句話，意為無論你多奸多鬼，到最後也得陷入我的污水池。此說「吃我的洗腳水」，乃受我侮辱之意也。

3 **周旋委曲在伊父案前，將各犯用刑研審，追出贓物數目，稽其來領**：意為孫雪娥的案子，在府縣太爺衙中，費了不少周折研審，方把贓物的數目追齊，等著物主失家來領。吳月娘卻又不敢使人見官。衙門中見久久無人來領，只好「將贓物入官。」真是，比起西門慶在日，天壤之別了。

4 **免縣中打卯**：因為這位陶媽媽是官媒，要定時定期向官府去打卯。李衙內的廊吏為了要求陶媽媽能說妥這門親事，允許他免去

打卯。

5 **疾風暴雨不入寡婦之門**：意為雖疾風暴雨到來，如是真正守節的寡婦也會無所知的，寡婦守寡心靜如古井，盪不起波來。故有「疾風暴雨不入寡婦之門」的古語。

6 **官差吏差來人不差**：此語前已註說，一如古語之「兩軍交戰不斬來使」。此說官也差吏也差，來人是奉上官之命，受人之託，他是中間人，不能加以責怪他。

7 **臘月裏蘿蔔動（凍）個心**：北方天冷，蘿蔔通常都儲存在地窖的沙土中，以免冰凍了心子。一旦凍了心，那蘿蔔都不好吃了。此以「凍」與「動」諧音，意為動心也。此語今仍流行。

8 **要往前進**：意為不願再守了，想往前走一步了。在此即意為想尋人家嫁去。

9 **長大了各肉兒各疼**：孩子長大了，是誰親生的與誰親。（指吳月娘的孝哥與玉樓不會有親情的。）

10 **閃的我樹倒無蔭竹籃兒打水**：孟玉樓想到將來，一旦孝哥大了，跟他親娘親去了，與他何干。到那時，豈不是樹倒了失去了蔭護，竹藍打水，拎上來還是空籃子。遂想到要前進一步，「尋上個落葉歸根之處。」

11 **無事不登三寶殿**：此語今仍普遍流行世間，意為無事怎會到你寶處來，肯定的說一定有事相懇。

12 **正頭娘子**：即在家為大老婆之謂。如皇帝的后為正宮娘娘。

13 **從頭看到底風流實無比，從頭看到腳風流往下跑**：此語在吳月娘初見潘金蓮時也說過，說法略有不同，在比喻這女人令人一看就會感於他是風流性格的類刑。此謂之「風流」與文雅之「風流倜儻」不同。此言「風流」類為風騷吧。

14 **又不出才兒**：此喻這李衙內家的使女丫頭們。都無人才─長得不出色，作事也不能可人意。

15 **門面差徭、坟塋地土錢糧，一例盡行蠲免**：這些話若不是媒人的誇大，一位縣令的兒子，在娶了西門家的小老婆之後，就敢許西門家免納門面（商店稅）差徭（官役人伕）以及墳塋土地的錢糧，這社會也未免太無王法了。說來，這又何嘗不是西門慶的時代呢！

16 **原籍是咱北京真定府棗強縣人氏，過了黃河不上六七百里**：按棗強縣乃始置於漢，故城在今河北省冀縣東南。一作棗彊。《漢書》〈地理志〉上：「清河郡縣十四，棗彊（其中之一）。」《讀史方輿紀要》：「棗強縣漢時屬清河郡，以地多棗而名。後漢時，魏復置，仍屬清河郡。晉時，義熙中復置。屬廣川郡，蓋亦僑置濟南北境也。」屬於真定府，與清河極為臨近，在清河北，乃鄰縣。由北京說話，確是「過了黃河不上六七百里。」從此種寫作語氣觀之，亦足證本書之清河的實際背景，乃燕都也。特註此以供研究者參考。

17 **便是五花官誥，坐七香車，為命婦夫人**：所謂「七香車」，古謂以多種香木製作之美車。曹操〈與楊彪書〉：「謹贈足下四望通幰七香車一乘。」梁簡文帝〈烏棲曲〉：「青牛丹轂七香車，可憐今

夜宿倡家。」盧照鄰〈長安古意〉:「長安大道車狹斜,青牛白馬
七香車。」李商隱〈七夕詩〉:「已駕七香車,心心待曉霞。」此
說「坐七香車」,蓋指身為官夫人之謂。凡受到封號的婦人,古
謂之「命婦人」,且有「內命婦」與「外命婦」之分,宮內妃嬪
之封,謂之「內命婦」,其他如公主王妃以及文武官員之勳贈妻
母封號,謂之「外命婦」。所謂郡縣夫人、儒人、宜人之類。《周
禮》〈天官〉〈內宰〉:「凡喪事佐后,使治內外命婦。」註:「士
妻亦為命婦。」《儀禮》、《禮記》均記有命婦之說。《明史稿》〈職
官志〉:「凡封贈外內命婦,視夫若子之品。」《陔餘叢考》:「宋
人謂卿大夫妻,未命曰內子,已命曰命婦。此說最為得實。」命
婦能享受到如涉及訟案,可以不直接出庭,倩人代之。《周禮》
〈秋官〉〈小司寇〉:「凡命夫命婦,不躬坐獄訟,凡王之同族有
罪,不即市。」註:「凡命夫命婦不坐獄訟者,為治獄吏褻尊者
也。不躬坐者,必使其屬若子弟也。」但命婦也有限制,「命婦
夫死不許改嫁」,這是元朝的典章了。《元典章》:「今尚書省奉
准,封贈流官父母妻室,頒行天下,婦人因得夫人得封郡縣之
號,即與庶民妻室不同,既受朝命之後,若夫不幸亡歿,不許本
婦再醮為定式。」

「五花官誥」前已註說。在此,均媒婆口舌之誇耀婚後之未來也。

18 **清自清渾自渾好的帶累子歹[編按1]的**:此語前已註說,意為清的渾不
了,渾的清不了。但好人往往會被歹人帶壞。同樣,歹人也能被
好人帶好。這裏又出現了一個「子」字的語音。「好的帶累子歹
的。」顯然,「子」字之用,乃本書作者的慣用語態。

編按1　原本為「歹的帶累子好的」,依據先生手稿更正「好的帶累子歹的」。

19 **月裏嫦娥尋配偶巫山神女嫁襄王**：誇說媒人之口舌善於媾說，連不可能的事都能說動，能把月裏嫦娥說動心，願意下凡嫁人，把襄王夢中的神女，也能變成事實，使之與襄王婚配。均誇大之喻。

20 **不算發了眼**：意為把孟玉樓的年齡瞞上幾歲，也不致於被人看出破綻來。瞞得過也。

21 **響板的先生**：走江湖看相算命的術士，手上打著響板，作為招徠的響號。

22 **只見路南遠遠的一個卦肆，青布帳幔，掛著兩行大字：「子平推貴賤，鐵筆判榮枯，有人來算命，直言不容情。」**：此一描寫，與今日社會上的命卦卦肆，幾乎同一模式。足見此一形態之未變也。

23 **理取印綬之格**：按理應該得到官職榮祿，「綬」繫印紐之繩也。「印綬」意即官職之印璽。

24 **馬首·寅皮**：此或出乎命相術士之口的江湖話。吾不諳命相之術，亦從不信此術說。故絲毫未知。

25 **妻大兩黃金長，妻大三黃金山**：此語前已註說。媒婆口中的諛詞也。

26 **蘭香、小鸞**：此處又把兩個丫頭蘭香與小鸞交代了；隨著孟玉樓嫁到李家去了。西門慶六房妻小，如今只餘下了吳月娘一人。去西門慶之死，不過一年有奇而已。「樹倒猢猻散。」曹雪芹寫賈

家之衰，亦類是耳。

27 **也有說好也有說歹的**：孟玉樓之嫁，是寫及西門家之衰的高潮。
雖然後面的情節還有西門大姐之死。但那是嫁出去的女兒，終究
是外人了。「說好者：當初西門大官人，怎的為人做人？今日死
了，止是他大娘子守寡，正大有兒子。房中攬不過這許多人來，
都交各人前進來。甚有張主。有那說歹者，街談巷議，指戳說
道。此是西門慶家第三個小老婆，如今嫁人了，當初這廝在日，
專一違天害理，貪財好色，姦騙人家妻子，今日死了，老婆帶的
東西，嫁人的嫁人，拐帶的拐帶，養漢的養漢，做賊的做賊，都
野雞毛兒零撏了。常言三十年遠報，而今眼下就報了！」斯亦歷
來人生社會上的論好論歹說詞。「甚有張主」四字贈與吳月娘的
善持家，亦非過譽。像西門家的這等零散，真是「野雞毛兒零撏
了。」野雞不是家雞，要去化力氣捕捉，捉來之後，為了怕他飛
走，第一步工作就是先拔去他翅上的羽毛，使他不能飛，然後再
送到市上出售。「零撏」，此之謂也。

28 **一條板櫈姊妹們都坐不了如今並無一個兒了**：指西門家嫁出孟玉
樓後的冷清。此說「板凳」乃北方人慣用的長條凳，擠著坐可以
坐四個人，所以說「一條板凳姊妹們坐不了。」如今，全走了。

29 **正合著油瓶蓋上**：意為正情投而意合，瓶口正合瓶蓋。

30 **老花子你黑夜做夜作使乏了也**：通常本書中人動輒罵人為「花
子」，蓋不成材者之謂，亦當時社會上的口頭語。做了夜工的
人，白天乏精神。此說「使乏了也」，意即此。

31 **醜是家中寶可喜惹煩惱**：此乃喻人娶婦之慰安詞，媳婦醜放在家

中放心。今語有所謂「三心牌」之說：「看將起來令人惡心，提將起來令人傷心，可是放在家裏卻安心。」此殆亦對醜媳婦之說。故所謂「醜是家中寶」。如果媳婦令人人見到都感到「可喜」，那就惹煩惱了。

32 **仮的值我的那大精毦**：意為當初你不是成天在撥弄著我那「大精毦」嗎！如今又嫌起我醜來了。「仮」應作「扱」，撥弄之意也。

33 **登時把那付奴臉膀的有房梁高**：意為頓時的就把他那（奴）怒憤的臉，榜（膀）起來，榜得有屋梁那樣高。此語乃中原一帶人的慣用語，形容發怒者看人把臉攛昂起不理睬的樣子。

34 **大小五分**：意為大小各半，平等之意。

35 **使性謗氣率家打活**：意為使性子動氣，摔（率）家伙打東碎西。

36 **碓磨也有個先來後到**：「碓」，椿米也；「磨」，磨麪也。使用椿米之臼，磨麪之磨，也得先來的先使用，後來的後使用。怎可一人強占著。

37 **睡到齋時纔起**：意為睡到吃早飯時纔起來。

38 **如糖拌蜜如蜜攪酥油**：意為甜蜜和諧。如同糖拌蜜，蜜攪糖似的。

39 **把我蜜罐兒打碎了**：如今居然把我這蜜罐兒打破了。意為搶去了他的寵愛。

40 **一攛攛到我明間裡，冷清清支板櫈打官舖**：意為被攛到內房以外

的明間（一如今之客廳，起坐間），打臨時舖，日捲夜舖。

41 **往地下只一墩**：意為沒好氣的把浴盆向地上使力一頓（墩），使性子，弄樣子。

42 **只是一個浪精毬**：粗話，「浪」，即淫浪之謂。「精」，光也；精光光也。或謂「白虎精」吧！

43 **精脊梁靸著鞋**：不穿上衣謂之「精脊梁」。光著上身拖靸著鞋。

44 **風試著你倒值了多的**：意為被風吹了，生了病可划不來。「值了多的」，要花很多錢了。

45 **蚊蟲遭扇打，只為嘴傷人**：此語前已註說。在此以喻玉簪的出口傷人，終究要吃虧的了。

第九十二回

陳經濟被陷嚴州府
吳月娘大鬧授官廳

1 **將軍戰馬今何在，野草閑花滿地愁**：此喻人生榮華富貴，不過雲煙過眼。古以鐵甲裝護戰馬，俗稱「鐵馬」；勇猛精銳之騎兵，亦稱「鐵馬」。是以詩人每以鐵馬喻部伍。辛棄疾〈永遇樂京口北固亭懷古〉：「千古江山，英雄無覓孫仲謀處。舞榭歌臺，風流總被雨打風吹去。斜陽草樹，尋常巷陌，人道寄奴曾住。想當年，金戈鐵馬，氣吞萬里如虎。」蓋亦詩之異曲。他如「朱雀門前野草花」，亦此等喻也。

2 **吃他逆嘔不過**：竟為被兒子陳經濟的叛逆性格，嘔得沒有了辦法，「兌出二百兩銀子交他。」，應作嘔，嘔氣也。

3 **專一耀風賣雨架謊鑿空**：意為任何事情也不幹，專門幹買空賣空詐騙的勾當。

4 **他祖貫係沒州脫空縣拐帶村無底鄉人氏**：此語一看即知是小說家借村夫平常架謊，故意說明並無此人的空話。往往人問：「此人是那裏人？」答者會開玩笑的回說：「那裏人！沒州脫空縣人。」意指沒其州，也沒其縣也。後面說：「他父親叫楊不來，母親白氏，……渾家是沒驚著小姐。」都是傳統章回小說家善用的說詞。

5 **臨清閘上、大馬頭，車輛輻輳、花柳巷**：臨清，明置為州，屬山

東。《隋書》〈煬帝紀〉:「帝初即位，幸洛陽，發丁男數十萬，掘塹，自龍門東接長平汲郡，抵臨清關。」《讀史方輿紀要》〈河南〉〈衛輝府〉〈新鄉縣〉:「臨清關在縣東黃河北岸，隋仁壽四年，煬帝發民掘塹，自龍門抵臨清關。大業九年，楊元感作亂，自黎陽領兵向洛陽，修武民相率守臨清關，元感不得渡，乃于汲郡南渡河是也。」可見煬帝掘塹所達之臨清關，非此山東之臨清州，乃河南之臨清關。另有臨清郡在江蘇徐海道宿遷縣西北七十里。此乃屬於山東東平府之臨清州。地臨運河，故為宋明之商業繁榮所在。水邊埠頭，亦稱碼頭，或馬頭，此說「大馬頭」，指商業繁盛。所以「車輛輻輳」，「輻輳」，指車輛運送四方雲集也。正因為臨清商業繁華，花街柳巷有三十餘條。按「花柳」本為花紅柳綠之春光美景，後竟衍成狹邪之遊蕩處所。李白〈流夜郎贈辛判官詩〉:「昔在長安醉花柳，五侯七貴同杯酒。」

6 **燕子樓**:在江蘇銅山縣有燕子樓，唐尚書張建封為愛妾關盼盼所築。後人每以「燕子樓」作為愛妾的代名。白居易〈燕子樓詩序〉:「徐州故張尚書有愛妓曰盼盼，……尚書既歿，歸葬東洛，而彭城舊第，第中有小，梁巢居燕子，盼盼念舊愛不嫁，居是樓十餘年，幽獨魄然。于今尚在。」

7 **耳房**:四合院的房舍，大門兩房的兩間小房，謂之耳房。

8 **嚴州**:按嚴州有多處，宇文周時，今四州省建昌（西昌）縣為嚴州，唐武德中，今浙江省金華道桐廬縣西二十五里為嚴州。南宋中期今浙江建德縣為嚴州。唐初安徽省宿松縣為嚴州宋初廣西省柳江道來賓縣亦稱為嚴州。此則稱「……前往湖州販了半船絲紬絹來到清江浦江口馬頭上彎泊住了船隻，」以後，由此去嚴州，自

不是川廣之地的嚴州了。

9 **一個文官多大湯水**：意為文武的收入大多僅賴俸祿，不像武官，
可以吃空缺。

10 **月中擒玉兔，日中擒金烏**：均文學上的誇大詞。習謂月中有玉兔
搗藥，日中有金烏展翅。故有此誇大之說。

11 **失曉人家逢五道，溟冷餓鬼撞鍾馗**：意為原以為可以有本領月中
擒兔，日中捉烏，怎想到會遇上五道將軍與捉鬼的鍾馗。五道將
軍前已註說。鍾馗即俗謂之鬼判鍾進士，善捉鬼。《事物紀原》
〈歲時風俗部〉〈鍾馗〉：「開元中，明皇病痁居小殿，夢一小鬼，
赤一足，懸一履於腰間，竊太真紫香囊，及拈玉笛吹之，頗喧
擾。上叱之。曰：『臣虛耗也。』上怒呼武士，見一大鬼，頂破
帽，衣藍袍，束角帶，經捉小鬼，以指刳其目，擘而啖之。上問
為誰？對曰：『臣鍾南進士鍾馗也。因應舉不捷，觸殿階而死，
奉官賜綠袍而葬，誓除天下虛耗妖孽。』言竟覺，而疾愈。乃召
吳道子圖之，上賞其神妙，賜以百金，是以令人畫其像於門
也。」

12 **親不親故鄉人，美不美鄉中水**：此語意為故鄉人最有親情，故鄉
水也最感甜美。攀結故人之說詞。

13 **酒情深似海，色膽大如天**：此乃喻酒、色二事之害特大也。

14 **如渴思漿，如熱思涼**：喻思慕之甚，亦古之成語。

15 **同坐雙雙似背蓋一般**：意為兩者間的感情與行為，已聯成一體，

如龜背上的蓋殼一樣，雖有紋絡分裂，實則一體。

16 **一包雙人兒的香茶**：此或為當時流行的香茶餅片，製成雙人形，或亦為春情的情態，以作男女兩情歡洽的媒介。

17 **我教你不要謊到八字八鑔兒上和你答話**：意為「我告訴你，不要以為我說話不算話，否則，咱們到衙門口上去辯理。」此說之「八字八鑔」之「鑔」，字書無。揆之全文語意，此四字似是指八字衙門。「我教你不要謊」，似亦可解作是陳經濟指孟玉樓「我告訴你，你不要再編謊……」

18 **鬥你耍子**：即跟你鬧著玩的意思。

19 **如今治了半船貨，在清江浦等候**：按「清江浦」在今江蘇省（淮揚道）淮安縣城外，嚴州在浙江金華道，兩地相去甚遠。如照書中情節所寫情況，陳經濟把貨船泊在清江浦口，再去嚴州，則似為兩地極近，所以繞灣到清江浦。實則，他到湖州辦貨，由湖州去嚴州，比由清江浦去嚴州，可要近得多了。說來，也只能以小說家之筆論之而已。

20 **佳人有意那怕粉牆高萬丈　紅粉無情總然共坐隔千山**：比喻男女之情，在有無之間，兩者如有情，雖萬丈粉牆，也會越過了，如果無情，雖共坐一處，兩心之間也千山之隔。

21 **便下得這簡鍬鑔著**：意為就安心掘（撅）下這一鍬下去，准是可以挖得寶藏。

22 **花枝葉下猶藏刺，人心難保不懷毒**：喻意是人心難測，如花下之

有刺一樣。特別是女人，正如「花枝葉下猶藏刺」似的，應當小
心。

23　**原來是庫內拏的二百兩贓罰銀子**：意為由牆上繫過去給陳經濟的
　　二百兩銀子，是官庫中的罰款銀子，用以栽贓到陳經濟頭上。

24　**黃堂出身**：太守之居所曰「黃堂」，亦作太府的異名。《後漢書》
　　〈郭丹傳〉：「太守杜詩請為功曹，丹薦鄉人長者自代而去，詩歎
　　曰『昔明王興化鄉土讓位，今功曹推賢，可謂至德，敕以丹事，
　　編置黃堂，以為後法。』」註：「黃堂，太守之廳事。」《吳郡國
　　志》：「黃堂在雞坡側，春申君子假君之故宅，後蘇州太守居之，
　　數失火，以雌黃塗之乃止，故名。即郡守正廳。或謂用黃歇之姓
　　名堂，今天下郡治曰黃堂昉此。」《湘素雜記》：「天子曰黃闥，
　　三公曰黃閣，給事舍人曰黃扉，太守曰黃堂。」《故事成語考》：
　　「知府黃堂、太守。」此說徐知府是「黃堂出身」，既是知府，應
　　名「黃堂」，何竟又說是「出身」？未解。

25　**人心似鐵官法如爐**：此語乃指吃上官司的人，往往會被官府的峻
　　刑鍛鍊成獄，人心雖似鐵，亦終能鍛鍊成獄也。

26　**落在此刑憲打屈官司**：意為落到這樣一個不講法理的地方，打冤
　　屈官司。

27　**佐貳官**：凡輔任之官，通稱左貳官。《明律》：「罵佐貳官者，又
　　各遞減一等。」《福惠全書》：「委本州佐貳官，同吏房送至公鎮。」
　　《六部成語解》：「府州縣幫辦官之總名，即佐助貳副也。」

28　**做官養兒養女也要長大**：意為做官的要憑良心斷案，養兒養女總

希望他長大，要積德也。

29 **扭南面北**：意指兩人鬧意見，一意南一意北也。

30 **橫草不拈，豎草不動偷米換燒餅吃**：意為任何事情都不做，家也不理，飯也不燒。

31 **換兌**：領出了兌換了銀子使用。領去發賣之意。

32 **在房裏打鞦韆耍子兒哩，又說他提偶戲耍子兒**：形容西門大姐在房裏已上了吊，嘲喻說是打千秋，玩提線木偶戲。

33 **冰厚三尺不是一日之寒**：此一成語今仍流行。喻事故之生，非一朝所成，種因久了。

34 **渾身錐子眼兒也不計數**：形容西門大姐受陳經濟的虐待。

35 **死于本年八月廿三日**：陳經濟於八月中秋起身前往湖州辦貨，辦完了貨，又去嚴州孟玉樓處詐騙，吃了一場官司，再搭便船回家，且上頁已寫「那時正值秋暮天氣」，回家之後，再虐待西門大姐至死，怎能還是「八月二十三日」。又未交待是第二年。

36 **止問了箇逼令身死，係雜犯准徒五年運灰贖罪**：把西門氏吳月娘「將女上吊縊死」的死罪，改為流罪，而且「運灰贖罪」，開脫了陳經濟。但作者卻在此交代了陳經濟自此便典當精光，只「刮剌出個命兒」而已。

第九十三回

王杏菴仗義賙貧
任道士因財惹禍

1 **刁徒、潑皮、耍子、揭（搗）子**：「刁徒」即刁惡之徒，奸惡之輩
也。凡奸惡之民，稱「刁民」，惡婆娘稱「刁婦」。惡風俗稱「刁
風」。凡兇漢無賴謂之「潑皮」。《元典章》〈刑部〉：「亦有曾充軍
役雜職者，亦有潑皮兇頑，皆非良善。」遊手好閒之輩，謂之「耍
子」，至於「搗子」前已註說。這四種名詞，殆一類貨色，均刁惡
之徒也。

2 **肐膊上紫肉橫生，胷前上黃毛亂長，是一條直率之光棍**：形容楊
二風這人的長相，令人一看就知是個光棍，所謂是一條「率直的
光棍」。

3 **三尖瓦楔**：三尖形的瓦片，所謂「瓦楔」，指其如木楔樣之小。

4 **夢條繩蛇也害怕**：意為夢見草繩也認為是蛇樣的恐懼

5 **嫩草怕霜霜怕日，惡人自有惡人磨**：喻意等於說是一物降一物，
惡人也有惡人對付。下寫陳經濟賣了大房子，典了小房，又賣丫
頭重喜，不久，元霄也死了。只有落在「冷舖」（乞丐居所）中存
身。把元霄也交代了。

6 **總甲**：各大村鎮每村地分數甲，數十百家，每甲之中又分某甲某

排，一排之中又有排甲，稽察一鄉之中，設鄉約約束，又有里長司勸勸化之事，而統歸總甲，管轄乃由州縣委派官充之。[1]

7 **賣松槁**：「松槁」自是「松膏」，松香也。乃松脂的別名。元結〈說洄溪招退者詩〉：「洄溪正在此山裏，乳水松膏尚灌田。」陳經濟家本是賣松槁的，大概是此一行業。

8 **牧馬所掌印千戶**：宋有牧馬監，掌牧馬之事。《宋史》〈高宗紀〉：「置牧馬監於潮惠二州。」此說「牧馬所掌印千戶」，或為小說家的捏造職司。

9 **府學庠生**：科學時代第一次考試合格的人，可以入府學縣學繼續深造，以備下一次參加鄉試，此種學生，謂之庠生。

10 **外父外母**：即今稱之岳父岳母。《稱謂錄》：「妻之父，稱外父。」《潛居錄》：「馮布贅於孫氏，其外父有煩惱事，輒曰俾布代之。」《釋親考》：「妻之父為外舅，妻之母為外姑。丘氏曰：今稱外父外母。」

11 **那一兩銀子，搗了些白銅頓罐在街上行使**：意為製造假銀子行使。遂「被巡邏的拿到訪坊節級處，一頓拶打……。」

12 **拈不的輕，負不的重**：一如今語之「肩不能擔擔，手不能提籃。」任何輕重事務都不能作之意。

13 **挨挨搶搶**：意為慢慢吞吞，不好意思。應寫作挨挨蹭蹭。不好意思上前。

---

[1] 見〔清〕李鵬年等編：《六部成語》〈戶部〉〈總甲〉註解。

14 **咽喉深似海日月快如梭**：意為肚子每天要吃，咽喉海似的，日月又快得很，沒有個營生怎成呢？

15 **晏公廟，廣濟閘**：《瓶外巵言》說：「原書自清河至宴公廟七十里，廟在臨青廣濟閘。（原書言那時朝廷運河初開臨清，設二閘以節水利，）祀平浪侯宴公敦，水神也。《李笠翁十種曲》之《比目魚傳奇》，盛傳寓公神異，為明太祖所封。」

16 **所事兒伶範**：意為凡所交他辦的事，都能伶伶範範辦得完善。

17 **祭愿或討卦與笞**：意為祭祀還願卜卦問筮。笞，指巫女笞帚姑也。直隸永平府：「又有笞帚姑，箕姑，針姑、葦姑者，皆女巫。因走病而誑誕其俗。」

18 **且教他在我手內納些敗缺**：順勢教他在我手內，留下些失敗的缺陷，（留待他日好控制他也。）

19 **你休嗔我**：你不得惱怒我，不得生我的氣。

20 **那房內幾缸黃米酒**：山東臨清所製之酒，率為白酒，黃米酒乃南人所製。此說亦足證作者是南方人。

21 **黃銅鏇舀清酒煙籠皓月　白污雞蘸爛蒜風捲殘雲**：上句喻酒吃得眼目矇曨，下句喻斬雞蘸蒜，吃得一絲不賸。「黃銅鏇」，指酒舀子。

22 **度牒**：此蓋指道士行法的執照，有度牒就是正式道士了。

23 **又在大酒樓上趕趁**：「趕（趕）趁」，投機之謂。趕好時候也。《水

滸傳》第四回:「小人趕趁些生活,不及相陪。」凡在外賣藝討
生活者,亦稱趕趁人。《武林舊事》:「吹彈、舞拍、雜劇、雜扮、
泥丸、鼓板、鼓壺、花彈,不可指數,總謂之趕趁人。」此言「趕
趁」,蓋指投機。下說「在臨清馬頭上趕趁酒客。此語本書前各
回已有此語,且已註說。

24 邈:此字作動詞用,指液體迸射出來,中原人習慣之「邈」(ㄇ
　　ㄠˇ)。前已註說。

25 **哭損花容為鄧通**:意為哭髒了滿臉脂粉,都是為了錢。鄧通,前
　　已註說,此作金錢代名。

第九十四回

劉二醉毆陳經濟
酒家店雪娥為娼

1 **經濟只說在米舖和夥計暢飲三盃解辛苦來**：北方人出售糧米之店舖，謂之糧行，或糧食行，無稱「米舖」者。稱「米舖」，南人之說也。

2 **囊篋**：意指一切箱籠裹包等物，收藏金銀財物者。

3 **坐地虎**：俗稱在地方上為非作歹的地痞流氓。

4 **加三討利有一不給搗換文書將利作本利上加利**：一如今語之三分利錢。如有人不給利錢，就把借據改了，利錢加到本錢上去，利上加利的收取。

5 **楞楞睜睜，提著碗果大拳頭**：此指劉二醉眼橫睜得大大的，把手握成拳頭，像碗形果子那樣大的拳頭，到酒樓上尋陳經濟生事。

6 **我合你道士秫秫娘**：秫秫一詞，前已註說。殆亦時人之口頭穢語也。

7 **把經濟打了發昏章第十一**：此說不知自何書何辭引以作喻。查《孝經》第十一章〈五刑〉，乃說「罪莫大於不孝」，經謂：「子曰五刑之屬三千，而罪莫大於不孝。要君者無上，非聖人者無法，非孝者無親，此大亂之道也。」是以凡下犯上者，悉謂之不孝，均觸犯

五刑（墨、劓、刖、宮、辟）。阿Q挨了打，自說是兒子打了老子。作者寫入此語之喻，自是當時流行的口語，得非以《孝經》十一章作嘲喻乎？（宋人纂之十三經，正明人習讀之本。）

8 **還是鬧銀的**：此所謂「鬧銀」，自亦是當時流行的語言，當係指銀子的成色不足，混有錫鉛在內的銀器。

9 **經濟道二十四歲了**：在政和三年（1113）時，陳經濟十七歲，西門大姐十四歲，本回是宣和二年（1120），陳經濟正好是二十四歲。但在上一回寫西門大姐死時，「亡年二十四歲」則不合。[1]

10 **就是個佞錢的**：此謂「佞錢」，「佞」似是「佞」之誤刻，「佞」，巧也。「佞錢」或謂巧取之意。所以下句有「只許你白要四方施主錢糧。」指一眼看到陳經濟這個道士，就是個可以在他身上搾取得錢金的人。

11 **五百劫冤家聚會**：俗說兩人見面就生是非，謂之是五百年前就已結成的冤家。一說「不是冤家不聚首」。蓋亦宿命論的說法。

12 **冊正**：扶妾為妻謂之「冊封」。立妃嬪為后，或立太子謂之「冊封」。記事於冊文也。

13 **追了度牒還俗**：凡新入僧、道為僧尼為道士者，由官府發給許可證，此證即謂之「度牒」；還俗時應繳回官府。《事物紀原》〈道釋教部〉：「僧史略曰：『度牒自南北朝有之，見《高僧傳》』。《唐會要》曰：『天寶六年五月制，僧尼令祠部給牒，則僧尼之給牒，

1　參閱拙作：《金瓶梅編年紀事》。

自唐明皇始也。』」

14 **責令歸院當差**：意為指定鄭金寶到官妓院中去膺當官差。

15 **牢子**：在此指獄中的看守們，押送囚犯到公堂的人。

16 **剜去眼前瘡，安上心頭肉**：喻意是把礙眼的人拔除，把心愛的人安排進來。

17 **六慾七情**：此所謂「六慾」，當是指的眼、耳、鼻、舌、身、意之所慾，佛家謂之六賊之根。蓋此六賊，各有無厭之欲，每對成人成佛有損，故又謂之「六賊」。所謂「七情」，乃指人之七種感情。即喜、怒、哀、懼、愛、惡、欲也。《禮記》〈禮運〉：「何謂人情，喜、怒、哀、懼、愛、惡、欲，七者弗學而能，……故聖人之所以製人七情，修十義，講信修睦，尚慈讓，去爭奪，舍禮何以治之。」蘇軾〈睡鄉記〉：「昏然不生七情，茫然不交萬事。」佛家《淨住子淨行法門》〈滌除三業門〉：「書云：檢七情，務九思；思無邪，動必正。七情者，喜、怒、憂、懼、愛、惡、欲者也。九思者，視思明，聽思聰，色思溫，貌思恭，言思忠，事思敬，疑思問，忿思難，見利思義，此皆所以洗除胸懷，去邪務正。」通常以「喜怒哀樂」總稱之。《中庸》：「喜怒哀樂之未發，謂之中。」《左氏傳》昭公二十五年：「民有好惡喜怒哀樂。」《漢書》〈禮樂志〉：「人函天地陰陽之樂氣，有喜怒哀樂之情。」此七情六慾，悉人之嗜欲，故《淮南子》〈原通訓〉謂：「嗜欲者，性之累也。」

18 **粥晾冷了**：熱的食物，使之溫些，便放在陰處，略停些時，此種情形，謂之「晾」。此字應寫作「晾」或作「涼」。「晾」是放在

陽光下，「涼」，是放在陰涼處。熱者，使之溫也。

19 **你看賊奴才熬的好粥，我又不坐月子，熬這照面湯來與我吃**：此
謂「照面湯」，指粥熬得太稀薄了，薄得可以照人。意為稀湯拉
水。何以坐月子要唱「照面湯」？蓋坐月子（產婦）的女人，要
吃雞湯肉汁增加奶水，這種湯汁謂之「照面湯」。

20 **雞尖湯**：書上已寫明是用雞翅膀的尖兒切碎成絲再加椒料葱花莞
荾酸笋油醬之類作成的。

21 **精水寡淡**：指湯薄得如清水，寡淡無味。

22 **討分曉**：意為說個明白，何以一次次泡製得不如人意。當然，說
不出理由，就要責罸了。

23 **就是苦了子醎**：此語中又有一「子」字，看來，自是作者的慣用
語態也。

24 **擻搜索落**：意為你這是故意找碴，「擻搜」我，「索落」我，說我
「幾時恁般大起來了。」

25 **即時聲聲頭出去辦賣**：馬上就傳出話去，著人把孫雪娥領出發
賣，「聲聲頭」，把話傳出去也。

26 **拐米倒做了倉官，說不的了**：意為偷米的人，反而回來做了管倉
的官員，還有什麼可說的呢？比喻原是丫頭的春梅作了夫人，原
是主子地位的孫雪娥，反而作了春梅家的廚娘，反受折磨，還有
何說的呢？

27 **我那邊下著一箇山東賣綿花客人**：住在山東臨清的張媽媽，竟說他那邊「下著一個山東賣棉花的客人。」這顯然不是山東人在山東臨清應說的話。自顯然是南方人或異鄉人的語態。「下著」，意為住著。

28 **這位娘子大人出身**：指孫雪娥是大戶人家出身，西門家的小老婆也。

29 **也沒曾兢**：應寫作「也沒爭競」，意為沒有再加爭執。

30 **都下著各處遠方來的窠子衜衜娼的**：按「窠子」，「衜衜」，均指妓女。「衜衜」，樂人也。字彙補：「俗謂樂人曰衜衜。」

31 **頂老丫頭**：俳優之別名曰「頂老」，此指賣唱的女孩們。

32 **水客**：按「水客」本是指的吃水上飯的人，如船頭水夫。王昌齡〈江上聞笛詩〉：「水客皆擁棹，空霜遂盈襟。」梅堯臣〈雜詩〉：「買魚問水客，始得鯽與魴。」在水路上旅行業的船客，亦稱水客。李白〈送催氏昆季之金陵詩〉：「水客弄歸棹，雲帆卷輕霜。」各地旅行作買賣的客商，亦稱水客。在此則指人口販子，當是明時人的名詞。《瓶外巵言》說，《拍案驚奇》卷二有云：「若是這婦女無根蒂的，等有販水客人到，肯出價錢，就賣了去為娼。」堪知「水客」一詞，在明人口中意矣！

33 **酒麴**：用以釀酒的酵母，俗謂之「酒麴」。

34 **酒博士**：酒家賣酒招呼飲酒客人的酒保。

35 **撒瞞**：意為編造謊言，瞞過賣得的實價。

36 **供筵習唱接客迎人**：意為學習賣唱侑酒接客淫宿，任人挑選。

37 **與他姐夫扶頭，大盤大碗，饕食一頓**：意為擺場面，「扶頭」，作面子也。「饕食」，大吃一頓之意。

38 **各窠窩刮刷將來，替張勝出包錢**：意為由各家妓院湊分子替張勝付出包孫雪娥的錢。

第九十五回

平安偷盜假當物
薛嫂喬計說人情

1 劉^{編按1}**昭也死了**：在本回，交代了劉昭一家人，劉昭死了，一丈青帶著小鐵棍兒嫁人去了。繡春與了王姑子做徒弟出家去了。來興兒的媳婦惠秀死了，來興與奶子如意有了苟且，吳月娘發覺之後，索興與他們完了房。玳安與小玉的勾搭，也被吳月娘看見了，於是，把小玉給了玳安。一一交代了如此多人。

2 **溺愛者不明，貪得者無厭；羊酒不均，馬奔鎮；處家不正，奴婢抱怨**：正因為吳月娘處事未能一一周圓，遂使平安不平，偷盜了印子舖到期應當熟當的一付頭面，去南瓦子裏包娼嫖妓，犯了事了。這一節，是作者為本書交代平安的手法。

3 **使錢兒猛大，……撅著銀挺子打酒**：意為平安用錢手面大，買酒都用銀器去買。蓋寫平安偷盜出金銀器物在外使用。

4 **戳與土番就把他截在屋裏**：過到了廠下派出的便衣暗探（土番子），把平安攔截到屋裏。要追回金銀器物的來歷了。

5 **巡檢**：按《宋史》〈職官志〉：「巡檢司有沿邊溪洞都巡檢，或蕃漢

編按1 原本為「來招也死了」，依據先生手稿更正「劉昭也死了」。後續有「來招」
　　　均正為「劉昭」。

都巡檢。掌訓治甲兵，巡邏州邑，擒捕盜賊事。又有刀魚船掉巡
檢。江河淮海，置捉賊巡檢，及巡馬遞補，巡河、巡捉私茶鹽
等，各視其名以修舉職業。皆掌巡邏幾察之事。中興以後，分置
都巡檢使，都巡檢，巡檢州縣巡檢，掌土軍禁軍招填教習之政
令，以巡防扞。禦盜賊。凡沿江沿海招集水軍控扼要害，及地分
闊遠處，皆置巡檢一員，往來接連，合相應援處，則置都巡檢以
總之。皆以材武大小使臣充，各隨所生，聽州縣守令節制本砦
事，並申取州縣指揮，若海南瓊管，及歸峽荊門等處，跨連數
郡，控制溪峒，又置水陸都巡檢史，或三州都巡檢使，以增重
之。」《金史》〈百官志〉：「諸巡檢中都東北都巡檢使一員，正七
品，西南都巡檢一員，正七品，諸州都巡檢使各一員正七品，副
巡檢使各一員，正八品。散巡檢正九品。」像吳典恩由鄆正府校
尉，升到了巡檢，自是這類九品的散巡檢。就這樣，他已知行使
職權，勒索金銀，而且想覷覦老東主呢！此即作者為他命名為「無
點恩」（吳典恩）的吧。

6 **頭面鈎子值七八十兩銀子**：這裏說的是婦人的頭面－裝飾髮髻的
　金飾，以及鈎子，用以關鈎頭面在髮髻上的鈎子。還有鑲在頭面
　花枝上的寶石珠子，值七、八十兩。要求賠償七十兩。

7 **合口**：一如今語之對質，堂上（法庭上）對質。

8 **分開八塊頂梁骨，傾下半桶冰雪來**：形容吳月娘聽了平安被吳典
　恩拿去，有意要他攀供，企圖不良，頓時內心一寒的情景。如同
　從頭頂澆下冰雪似的。

9 **從來忘恩負義纏一個兒也怎的**：意為像吳典恩這種忘恩負義的
　人，在西門家遭遇到的，已不止吳典恩一個了。想到這吳主管當

年去東京為西門慶送生辰担，得了一個前程——鄆王府校尉，家
中無錢上任（擺酒謝客縫製衣服等），向西門慶借了一百兩銀子，
說明每月利息五分，西門慶連文書都沒有留下，別說是利息了[1]。
他如應伯爵等人，不也早就一個個投向張二官府了嗎！所以說「纏
一個兒也怎的。」

10 **你看媽子撒風**：意為你看這媽媽子說話，豈不是撒風（說假話）
嗎！不信春梅已是小奶奶，吳月娘知道周守備家還有個二房。卻
不知周守備的大奶奶死了，已把春梅扶正做起大奶奶來了。

11 **勒揹刁難**：意為故意不答應西門慶家領回贓物，用此來加以刁
難，又使平安捏詞攀供，冀望得到「勒揹」吳月娘拿出賄銀的行
為。

12 **不當家化化的磕甚麼頭**：意為「折煞（罪過）我了」，磕的什麼
頭呀？此語前已註說。

13 **春梅還嫌翠雲子做的不十分現撒**：翠雲子這一副頭面，做得並不
令他滿意，因為還不夠十分的時新。「現撒」，時新而別致也。

14 **正是養材兒，只好狗漱著學做生活**：意指這十二歲的鄉下丫頭
子，正是教養的好材料，當狗樣養著，教他學做生活就成了。「丫
頭子」，中原人稱小女孩的口語。

15 **溺的褲子提溜不動**：指小孩子溺床，或在工作時，不敢去小解，
急時溺在褲子裏，把褲子濕得沈重，「提溜不動」，是誇大詞。

---

[1]　見第三十回。

16 **吃番子拏在巡檢司**：「番子」一詞，前已在「女番子」詞中註說，
明朝東廠中的特務暗探也。「巡檢司」即巡檢衙門。

17 **我原据內了這大行貨子**：意為我那裏渴得了這樣大的一大杯酒。
但語意卻能雙關到另一種淫穢事上去。是以下面又加入了這類淫
穢的對話，蓋均為市諢語也。

18 **使氣白賴**：意同「勒揹著」，費盡了辦法也非得著對方做到不可。

19 **傅夥計到家傷寒病……死了……吳二舅同玳安在門首生藥舖子，
日逐轉得來家中盤纏**：本書寫到此處，西門家的衰落情景，可以
說已交待得差不多了。如今，只餘下了一家生藥舖支持家用。「世
情看冷暖，人面逐高低。」人生自古均如是，然而作者卻在下一
回偏偏寫了春梅遊玩舊家池館，這究竟是對吳月娘的嘲諷呢？還
是對世人的嘲諷？還是另有其安排心意呢？請讀者三思了。

第九十六回

春梅遊玩舊家池館
守備使張勝尋經濟

1 **腆儀、粧次**：所謂「腆儀」，指禮物十分微薄。本來，「腆」字之
意應作，「厚也」解，《方言》，小《爾雅》，均作「厚也」說，亦「善
美」解。《儀禮》〈士昏禮〉：「辭無不腆。」註：「腆，善也。」可
假借作「陳」字用，「陳」又與「塵」字通用，朱氏《說文通訓定
聲》：「腆，假借為陳，實為塵。」是以所稱之「腆儀」，乃「塵
儀」，禮物微屑也。
「粧次」亦作「妝次」，婦女之間用語之尊敬詞。習用於書簡之上。
《西廂記》〈張君瑞慶團圓〉：「奉啟芳卿可人妝次。」

2 **奴賤日是四月廿五日**：至此，春梅方有了生日，他在西門家數
年，吳月娘均未嘗一知春梅的出生年月日。

3 **上房**：主婦所居的正房。如今春梅已是周統制的夫人，三品官的
正頭娘子，非當年丫頭時可比，換衣裳也讓到上房去換了。

4 **他那裏得工夫在家，多在外少在裏**：寫春梅之所以豢養陳經濟，
正因為周統制沒有工夫在家，蓋亦寫春梅之淫，「潘金蓮以姦
死」。「春梅以淫死也。」

5 **你引我往俺娘那邊花園山子下走走**：作者之所以寫了這一回「春
梅遊玩舊家池館」，意在交代西門家之衰敗。是以下寫「山子花園

還是那咱的山子花園哩！自從你爹下世，沒人收拾他，如今丟搭的破零二落，石頭也倒了，樹木也死了，俺等閒也（不）去了。（月娘語。）」下面還寫了一篇歌詞，詠潘金蓮住處之破敗。「短牆欹損，臺榭歪斜，兩邊畫壁長青苔。滿地花磚生碧草，山前怪石，遭塌毀不顯嵯峨。亭內涼床，被滲漏已無框檔，石洞口珠絲結網。魚池內蝦蟆成羣，孤狸常睡臥雪亭，黃鼠往來藏春閣，料想經年人不到，也知盡日有雪來。」李瓶兒那邊呢，「見樓上丟著此折桌壞凳破椅子，下邊房都空鎖著，地下草長的荒荒的。……下邊他娘（潘金蓮）的房裏，止有兩座廚櫃，床也沒了。」當年李瓶兒、孟玉樓、潘金蓮房中的那三張床是最名貴的，潘金蓮的那一張床，陪嫁了孟玉樓了，因為孟玉樓帶來的那張八步床，陪了大姐作嫁妝，所以把潘金蓮的這張床陪還了孟玉樓。雖然西門大姐死後，又把那張床抬的來家了，卻因為沒錢使，八兩銀子就賣了。潘金蓮的那一張螺鈿床，也因為家中無錢盤纏，也賣了，賣了三十五兩銀子。這些名貴事物，也作了交代。

6 **家無營活計，不怕十量金**：這一句俗語，便交代了西門家之衰落的原因。家中無有收入坐吃山空，雖有斗量的金銀，也是格不住似海深的咽喉，天天要往內填的。

7 **我曉得你好小量兒**：這句話，應從語氣上去體會，意思是：「我知道，你的酒量那會這樣小啊！」換話說：「我知道你是有酒量的。」是以這句話應讀為：「我曉得，你好小量兒？」本書中，這樣的語氣句子頗多。這話如不以疑詞去讀，就變成「我知道，你量不大。」

8 **懶畫眉**：春梅點唱〈懶畫眉〉的曲子，下面唱出的四節〈懶畫眉〉

曲子，都是想郎的相思詞。下面作者點明說：「當時春梅為甚教妓
女唱此詞，一向心中牽掛陳經濟在外，不得相會，情種心苗，故
有所感。」亦鋪張春梅之步入以淫死的情節。

9　**見範、知範**：此語今仍在流行，每說「就範」。所謂「範」，乃一
　　種模式。古人製器，先作範型，依範式模造。是以人們希望某人
　　能照他的樣式去作，謂之「就範」，一如此語之「知範」。所謂「見
　　範」亦謂之能照形式就範。

10　**麵是溫淘，飯是白米飯**：此種食物，蓋亦南方人的飲食。

11　**就知是侯林兒兄弟**：此說之「兄弟」，乃指的是男子同性戀的契
　　兄弟。沈德符《萬曆野獲編》有〈契兄弟〉一則云：「閩人酷重
　　男色，無論貴賤妍媸，各以其類相結，長者為契兄，少者為契
　　弟。其兄入弟家，弟之父母，撫愛如婿。弟後日坐計，及娶妻諸
　　費，俱取辦於契兄。其相愛者，年過三十尚寢處如伉儷。至有他
　　淫而誶者，各曰㚻姦，『㚻』字不見韻書，蓋閩人所自撰。其昵
　　厚不得遂意者，或至相抱繫溺波中，亦時時有之，此不過年貌相
　　若者耳。……」

11　**可不由著你就擠了**：此語乃以陳經濟之「經濟」二字，諧音「就
　　擠」的嘲謔語，意為，「陳經濟」可由著你去遷就他的擠了。此
　　「擠」乃兩性相悅時的相擁相擠也。所以下面說：「你恁年小小
　　的，原幹的這營生，挨的這大扛頭子。」

12　**打礶**：此當是指的造牆時的畫經始線，礶同碼，畫號記擺水平，
　　掛平衡線也。

13 **二尾子**：中原人稱陰陽人謂之「二尾子」。尾，讀ㄧˇ。凡一人具備雌雄兩性者，謂之二尾子。無論偏於男或偏於女。在此嘲陳經濟既像「兄弟」又像「二尾子」。

14 **山根**：山足、山腳、山麓謂之山根。《易林》：「作室山根人以為安。」庚信〈明月山銘〉：「風生石洞，雲生山根。」杜甫〈法鏡寺詩〉：「回回山根水，冉冉松上雨。」相術家則把鼻之上部，印堂之下等部分，謂之山根。依此觀看流年運命，斯指乎此也。

第九十七回

經濟守禦府用事
薛嫂買賣說姻親

1 **守備認的他甚麼毛片兒**：禽獸以毛羽別類，毛羽即俗謂之毛片
　兒。吳月娘此言周守備怎會認屬陳經濟這種畜生。

2 **就燒的成灰骨兒我也認的**：此語今仍流行，每說就是化成了灰我
　也認識，指相認之深。

3 **勾搭連環到如今**：意為一事連一事，事事鉤搭相連，一直牽連到
　今天這種情況。

4 **門裏門外不相逢纏好**：意為無論在任何地方，有門的房中，或無
　門的房外，最好都不要撞見。怕一旦撞見彼此不方便。

5 **六月連陰想他好晴天兒**：喻意是你現在生活在六月間的連陰裏是
　怎麼著？還想他能給你一個好晴天哪！意為今日西門家的吳月
　娘，境況已不如你春梅姐了。

6 **亦發上頭上腦說**：意為越發的敢大模大樣的對陳經濟說話，因為
　陳經濟下流他了。陳經濟「做大不正」。

7 **解珮露相如之玉，朱唇點漢署之香**：此均文學上的誇大形容詞，
　所謂「相如之玉」，自是以藺相如完璧歸趙的故典，「漢署之香」，
　未知何香？可以點染朱唇。

8　**濟州府知府張叔夜**：張叔夜字稽仲，侍中耆孫也。少喜兵以蔭（父功）為蘭州錄事參軍，後因功累遷至右司員外郎使遼。因彈劾蔡京，京遷怒，貶監西安草場。久之召為秘書少監擢中書舍人給事中，進禮部侍郎。又為京所忌，以徽猷閣待制再知海州。宋江起河朔，轉略十郡，官軍莫敢嬰其鋒，聲言將至。叔夜使間者覘賊所向賊徑，趨海瀕劫巨舟十餘，載鹵獲，於是募死士得千人，設伏近城而出輕兵，距海誘之戰，先匿壯卒海旁，伺兵合舉火焚其舟，賊聞之，皆無鬥志。伏兵乘之，擒其副賊，江乃降。加直學士，徙濟南府。……此《宋史》〈三五三卷〉〈張叔夜傳〉所載。此語張叔夜在濟州知府任內，起兵戰梁山賊冠，蓋小說家筆耳。

9　**那個已是揭過去的帳了**：意為過去的事，等於是帳簿上了清了的帳，已揭過去了，不必再說它了。

10　**只該打我這片子狗嘴，只要叫錯了**：意為自己仍舊叫陳經濟姐夫，是他叫錯了，該打他這片子狗嘴。逢迎之詞也。

11　**你老人家有後眼**：意為眼力好，看得遠，能看到未來的事。亦夤緣攀結之詞。

12　**他肯下氣見他**：意為陳經濟怎麼肯低聲下氣的去見吳月娘

13　**也好陪嫁**：意為也有一份豐富的陪嫁。（在此為了替陳經濟說媒，又交代了應伯爵死了。）

14　**在大爺手內餿嫁沒甚陪送**：意為應伯爵已死了，這時娶他的女兒，等於在哥哥（大爺）手中嫁出妹子，不會什麼陪送的。「餿」，聰也。「餿嫁」則不知何意。或為「餿」字，無目也。若此，

則為閉著眼睛家了，不在乎沒陪嫁粧失面子。

15 **說是商人黃四家兒子房裏使的丫頭**：從這裏又交代了李三、黃四的情況。「黃四因用下官錢糧，和李三家還有咱家出去的保官兒，都為錢糧拿在監裏追贓，監了一年多，家產盡絕，房兒也賣。李三先死，拿兒子李活監著。咱家保官兒那兒子僧寶兒，如今流落在外，與人家跟馬哩！」來保已改名字叫湯保了。於是，黃四家丫頭，只三兩五錢銀子，便賣給了春梅；改名金錢兒。

16 **坐帳、撒帳**：此當為婚禮上的一種婚俗，還有陰陽生擔任引入畫堂，先拜家堂，然後歸到洞房。兩口兒坐帳，然後出來，陰陽生撒帳畢，打發喜錢入門。從此一婚俗之寫，亦略可蠡而知之此書作者是何處人士？此一婚俗，吾鄉則未有也。盼知者補述之。

第九十八回

陳經濟臨清開大店
韓愛姐翠館遇情郎

1　**宋江三十六人**：宋江等人在梁山濼聚義為盜，史言以三十六人橫
　　行河朔，而不著其誰某[1]。獨見於《宣和遺事癸辛雜識》，然姓名綽
　　號，互有不同。誠齋樂府，采遺事作雜劇（此亦孫君子書見示
　　者），而其次第名號頗異。《七修類稿》所引《雜識》，又與今本大
　　異。諸家考證，益治絲而棼。宋江徒黨本只三十六人，其謂別有
　　七十二地煞合為一百八人者，乃後起之說，決不可信。故如七十
　　二人中，彭玘李忠之徒，姓名雖見於史傳，概不採入。惟因襲聖
　　與作燕青贊，有「太行春色，有一丈青」之語，諸家遂疑梁山泊
　　中果有一丈青其人，此則淆亂事實，不可以辯。附於十四人之
　　末，以袪其惑。
　　上錄余嘉錫作〈水滸傳三十六人考實〉，但余氏在史上僅僅尋出十
　　四個人名，如呼保義宋江，青面獸楊志，混江龍李俊，九紋龍史
　　進，浪裏白跳張順，大刀關勝，黑旋風李逵，一直撞董平，賽關
　　索王雄（一稱病關索楊雄）病尉遲孫立，沒羽箭張青，浪子燕青，
　　鐵邊呼延綽，船火兒張橫，女將一丈青（附）。但這些綽號，在
　　《水滸傳》中則又多有不同。那《水滸傳》中的一〇八人，自是小
　　說家捏造出的了。這裏說宋江三十六人，依據的是《大宋宣和遺

1　事見《宋史》〈侯蒙傳〉三五一卷。

事》，未依《水滸傳》。

2 **參謀**：任幃幄中策畫之役的人，統謂之參謀。《唐書》〈百官志〉：「行軍參謀，關豫備中機密。」李氏刊誤：「參謀，秦漢之職，在賓幕中籌畫戎機。」民國以來，參謀的名義則例為軍伍幕僚之職。陳經濟在周守備帳下掛名為參謀而已。亦足徵當時運政之窳敗，參謀亦可由一位兵馬制置之官，隨便賜予，還「月給米二石，冠帶榮身。」

3 **領了敕書**：意為領到了上級的命令或指示之類的文件。

4 **搭個主管**：意為尋個掌管店務的人，吳典恩本就是西門家的主管。

5 **四方趁熟窠子娼門人使**：意為向四面八方趕趁相熟的私娼館，邀來倡家的妓優，在他大酒館中幫他賺錢。

6 **閒雞養狗**：鬧雞是一種玩樂，或以此作為押賭的工具。起源頗早，《莊子》〈達生〉：「紀渻子為王養鬥雞。」《戰國》〈齊策〉：「臨淄甚富而實，其民無不吹竽鼓瑟，擊筑彈琴，求鬥雞走犬，六博蹋鞠者。」《史記》〈蘇秦傳〉：「彈琴擊筑，鬥雞走狗。」又《淮南子》〈人間訓〉：「魯季氏與郈氏鬥雞。」《論衡》〈偶會〉：「鬥雞之變適生。」《東城父老傳》：「唐明皇喜民間清明鬥雞，立雞坊於兩宮間。」在明朝，鬥雞之風亦極盛行，且有畜養鬥雞為業者。今仍演出之平劇《法門寺》，其中一折〈拾玉鐲〉之孫玉姣母女，即是以養雄雞為業。至於養狗，即養獵犬也。古稱「走狗」，蓋亦用為役使者也。《戰國》〈齊策〉：「世無東郭俊盧氏之狗，王氏走狗已具矣。」《史記》〈越世家〉：「狡兔死，走狗烹。」《後漢書》〈袁術傳〉：「與諸公子飛鷹走狗。」蓋言狩獵也。」《史記》〈袁盎傳〉：

「盎居家,與閭里浮沈,相隨行,鬥鷄走狗。」此言「鬥鷄走狗」,
乃指此。

7 **不見棺材不下淚**：此語今仍流行,意喻某種人非到迫不得已,決
不會應允。

8 **管情見一月你穩拍拍的有百十兩銀子利息**：此語意為擔保只要一
個月,你就能穩穩當當的賺得百十兩的利息。「管情見一月」即敢
說見到一個月的日子,「穩拍拍」即穩穩定定可「有百兩銀子利
息。」前寫「穩拍拍」。

9 **五代的李存孝,漢書中彭越**：李存孝唐飛狐人,本姓安名敬思,
賜姓李。頗有戰功。[2]後受李存信之譖伏誅。彭越,漢昌邑人,字
仲。初事項羽,後歸漢劉邦。收魏、定梁、滅楚,屢建奇功。封
梁王,都定陶。韓信被誅,懼己亦將被禍,乃徵兵自護,因觸高
祖之怒,殺之[3]。作者引此二人以豫兆陳經濟之將遭禍劫,可以說
是引喻失義。

10 **何永壽、張懋得**：何永壽就是那位何太監的侄兒,抵西門慶副千
戶的缺。這位張懋得,就是那位張二官,前已註說。

11 **做量酒**：意為往往來來做酒保之職,「量酒」,應答客人添酒加餚
也。下說之「量酒」,即打酒上來,備酒上來。

12 **韓道國……因說起朝中……**：作者寫到這裏,利用了韓道國從東
京來到臨清的嘴,交代了「朝中蔡太師、童太尉、李右相、朱太

2　見〔宋〕歐陽修、宋祁等撰:《新唐書》,卷三一八。
3　見〔漢〕司馬遷:《史記》,卷九十,〔漢〕班固:《前漢書》,卷三十四。

尉、高太尉、李太監六人，都被太學國子生陳東上本參劾，後被
科道交章彈奏倒了。聖旨下來，拿送三法司問罪，發瘴地面，永
遠充軍。太師兒子禮部尚書蔡攸處斬，家產抄沒入官。……」作
者居然為他的小說，管了這麼多的閒事。無非是一一交代得全無
好結果而已。但這也非歷史上的實際史事，小說家交代他的「蓋
有謂也」已耳！

13 **看見關目，推個故事**：意為已看到了陳經濟與他家愛姐說得入了
港，下面要演什麼戲，已看到了節目單了。遂藉故推說個理由，
也下樓去了。止有他兩人對坐。

14 **做了個頭腦與他扶頭**：從上下語氣看，此所謂「做了個頭腦」，
自是指的飲食。不知是否指的是豬腦、鷄腦什麼禽獸類的腦髓。
「與他扶頭」，替他們壯陽呢！還是助興呢！意義難明。

15 **也不斷絕這樣行業，如今索性大做了**：意為既然又有了女兒接
代，乾脆就大模大樣的做起這賣淫事算了。但又不是「官身」（官
妓），只有在暗中做了「隱名娼妓」的「私窠子。」

16 **也禁過他許多錢使**：「禁」，意同「勒揩」，娼家女向客人藉詞榨
錢之謂。

17 **蓬蓽**：「蓬蓽」乃蓬戶與蓽門的簡稱，通指貧賤人家的住處。《晉
書》〈葛洪傳〉：「藜藿有八珍之甘，蓬蓽有藻梲之樂。」《晉書》〈皇
甫謐傳〉：「士安好逸，栖心蓬蓽。」王績〈採藥詩〉：「野情貪藥
餌，郊居倦蓬蓽。」向人對自己住所之謙稱，亦曰蓬蓽。吾人每
於客至時，說「蓬蓽生輝。」又《書言故事成語考》：「謝人過訪
曰：『蓬蓽生輝』。」傅咸〈贈何劭王濟詩〉：「歸身蓬蓽盡，樂道

以忘身。」此語前已註說，茲再補充之。

18 袵席：指寢處也。《莊子》:「人所最畏者，袵席之上，飲食之間。」
此語前已註說。

19 遠芹之敬：「遠芹」一詞，不知出自何處。

第九十九回

劉二醉罵王六兒
張勝忿殺陳經濟

1 **軍牢**：軍警之另稱。《桃花扇》〈役轅〉：「左右軍牢，小心防備。」
郝懿《行晉書故》：「伍伯，如今官府前導，箸紅黑帽人，謂之軍
牢者也。其行在諸鹵簿前。」

2 **南薰一味透襟涼**：南薰，指南風，夏風也。春風稱和風，夏風稱
薰風，秋風稱金風，北風稱朔風。

3 **幾遭歇錢不與**：意為就是那幾文宿娼的錢也不給。

4 **登時就青膯起來**：意為何官人被劉二颺的一拳打來面間上，頓然
之間就青腫了一塊，「膯」，讀從郎切，肥也。

5 **一腳跶了個仰八叉**：意為一腳踹了過去，把王六兒踹倒，倒得後
仰著，面朝上，四腳支叉著，謂之「仰八叉」。此語前已註說。

6 **無名少姓私窠子**：意為毫無名望的私娼寮子。

7 **在酒店內趁熟**：意為靠著酒店的生意好，混幾個錢的「趕趁貨」。

8 **我把淫婦腸子也踢斷了，你還不知老爺是誰哩**：意為我若是不把
淫婦的肚腸踢斷，你也不會知道我是誰哩！一如今語之：不給你
一點顏色看看，你們不知我是誰？（形容劉二的蠻狠。）

9 **虞候**：「虞」這個官名，原為掌管山澤之官。《左傳》昭公二十年：「藪之薪蒸，虞候守之。海之鹽蜃，祈望守之。」註：「衡鹿，舟鮫，虞候，祈望，皆官名也。」〈會箋〉：「周禮有山虞，鄭云：『虞，度也。度知大小及所坐者，澤水所鍾也。水希曰藪，則藪是水少之澤，立官使之守望，故以虞候為名也。』」晏子重而異者：「藪之薪蒸，虞候守之，海之鹽蜃，祈望守之。」漢時衛尉將帥有都候、軍候、門候等官。隋時太子之衛有左右虞候府。皆掌斥候與偵伺姦宄。唐代改清道率，方鎮皆置都虞候，乃禁衛之官。元以後均置虞候之職。《事物紀原》〈輿翼羽衛部〉：「春秋時，晉有候正，主斥候，又有原候，候奄，則虞候之名蓋因此。」但在此以及《水滸傳》之虞候，則為供差遣辦事之偵伺衙役。

10 **還有大是他的**：意為還有比他更大的人物。還有管得著他，令他怕的人。

11 **殺才搗子**：意為該殺的流氓，該挨刀子的搗子。

12 **知我根本出身，量視我禁不得他**：意為劉二這搗子，應該知道我的根本，知道我現在是誰？（他現在是周統制的小舅子，身為參謀之職，）要他「量視量視我」，難道我沒有本領禁得住他嗎？

13 **各處巢窩**：意為在各處酒家娼寮作窩巢，靠著娼家酒肆為營生的人物。

14 **改宣和七年為靖康元年**：在第七十回，寫過改元宣和，到了七十六回，又寫回改元重和，一直到這一回，才又寫了這麼一句「改宣和七年為靖康元年。」按徽宗在位的紀元，由政和七年改元重和，重和紀元僅一年，改元宣和，宣和七年後改元靖康。本書把

改元倒置為先宣和而後重和，至此，則情節由第七十六回到此，已進行到第九十九回，未嘗再一提重和改元宣和的情節。這種錯綜，我研究出的原因，除已寫在《金瓶梅編年紀事》，且已寫在《金瓶梅的問世與演變》一書[1]，顯然的，作者如此寫，自不是刻錯，亦不是無知，蓋有所謂也。

15 **山東都統制**：按各代職官有都統之職。《後漢書》〈齊武王縯傳〉註：「都部者，都統其眾也。」《資治通鑑》〈晉紀〉：「孝武帝太元八年，秦王堅拜秦州主簿，趙盛之為少年都統。」註：「都統官名起於此。」《文獻通考》〈職官考〉：「……宋朝諸軍都統制者，自渡江已前已有之。然未為官稱。蓋是時陝西河東三路皆以武臣職高有智略者為馬步兵軍副總管，遇此出師征討，則加以都統制軍馬之名，猶今節制軍馬之類，非有司分也。建炎元年，置御營司，遂擢王淵為都統制。都統制名官自此始。大概南渡置統制一，則兵興稱謂不一。諸路起兵，有自稱統制者。州縣管押勤王兵者，亦有稱統制者，諸道都總管及諸司便宜差統制者，建炎初，劉光世上言於是並罷。惟中都主兵，朝廷差光統制者仍舊。……」

16 **都御史張叔夜**：「都御史」乃明洪武十四年所設之職，宋無此官名。由御史臺改稱都察院，設左右都御史左右副都御史。前已註說。

17 **四凶、有苗**：大舜時代之共工、驩兜、三苗、鯀，稱為四佞。一

---

[1] 拙作：《金瓶梅編年紀事》與拙作：〈金瓶梅的問世與演變〉，《國立編譯館館刊》第 9 卷第 2 期（1980 年 12 月）。

說渾敦、窮奇、檮杌、饕餮謂之四兇。《尚書》〈舜典〉：「流共工於幽州，放驩兜於崇山，竄三苗於三危，殛鯀於羽山，四罪而天下咸服。」〈蔡傳〉：「《春秋傳》所記四凶之名，與此不同。說者以窮奇為共工，渾敦為驩兜，饕餮為三苗，檮杌為鯀。不知其果然否也。」《左氏傳》文公十八年：「舜臣堯賓於四門，流四凶族，渾敦、窮奇、檮杌、饕餮，投諸四裔，以禦魑魅。」《說苑》〈指武〉：「昔堯誅四凶。」此說：「古舜征四凶」，基乎此也。古南方之蠻族曰三苗，稱「有苗」，「有」字助詞。《尚書》〈大禹謨〉：「惟時有苗弗率，汝徂征。」傳：「三苗之民，數千王誅。」《文獻通考》〈封建考〉：「有苗氏縉雲氏之後，作五虐之刑，殺戮無事，堯遏絕其世，舜攝政，放之於三危，又命禹徂征，七旬而格。」

18 **在濟南做了一年官職也撰得巨萬金銀**：在濟南做了一年官職就撰了巨萬金銀，當然不是俸薪的收入節餘吧！

19 **隔牆須有耳，窗外豈無人**：此語今仍流行，意為說話當心，一如今語之「禍從口出」，「沈默是金」。註意隔壁有耳喲！

20 **黑頭蟲兒不可救，救之就要吃人肉**：黑頭蟲不知指何物？此語亦不知出自何處？待之知者。但喻義則能知。於是，陳經濟被張勝殺了。張勝被李安捉住了。

21 **孫雪娥縊死**：又交代了一個。孫雪娥死後，只剩下一個春梅了。這時，韓愛姐與葛翠屏留在春梅家為陳經濟守孝。情乎哉？

第一百回

韓愛姐湖州尋父
靜師薦拔羣冤

1 **格言**：「格」，正也，「格言」足以正人戒惡向善的話。亦可稱為金言、至言、良言、法言、或金玉良言。《論語》〈比考讖〉：「格言成法，亦可以次序也。」《魏志》〈崔琰傳〉：「蓋聞盤於遊田，書之所戒，魯隱觀魚，春秋譏之。此周公之格言，二經之明義。」潘岳〈閒居賦〉：「奉周任之格言。」周任，古之良士也。抱朴子審舉：「格言不吐庸人之口。」此回之冒頭詩，寫了八句格言：「人生切莫將英雄，術業精粗各不同。猛虎尚然遭惡獸，毒蛇猶自怕蜈蚣，七擒孟獲寺（待）諸葛，兩困雲長羨呂蒙，珍重李安真智士，高飛逃出是非門。（勸人不要逞強爭勝，人各有所長，三人行必有我師焉。猛虎雖兇還有比猛虎更兇惡的野獸呢！毒蛇是否怕蜈蚣，吾未能知，但卻曾在電視上見及不怕毒蛇而專吃毒蛇的獸類，孟獲雖傲尚有諸葛孔明可服之，關雲長過五關斬六將，英雄不可一世，夜走麥城終死呂蒙之手）」（李安不願作春梅的面首，遠離了清河，未步上這般因女人而喪身之路。）殆亦作者之企圖為世戒非為世勸之隱旨乎？

2 **道不得個坐吃山崩**：王六兒失去了女兒，風化生意也就做不下去了。遂不得不坐吃山崩（空）。此說「道不得個」，等於說「到不得不」去坐著吃了。

3 **驗看**：查證所說是否實在，此所謂驗看。

4 **麒麟閣**：漢武帝時築麒麟閣，圖功臣於其上。《漢書》〈蘇武傳〉：「甘露三年，單于始入朝，上思股肱之美，迺圖畫其人於麒麟閣。法其形貌，署其官爵姓名，唯霍光不名，曰：『大司馬大將軍博陸侯霍氏』。次曰：『衛將軍富平侯張安世。』次曰：『車騎將軍龍額侯韓增。』次曰：『後將軍營平侯趙充國。』次曰：『丞相高平侯魏相。』次曰：『丞相博陽侯丙吉。次曰：『御史大夫建平侯杜延平。』次曰：『宗正陽城侯劉德。』次曰：『少府梁丘賀。』次曰：『太子太傅蕭望之。』次曰：『典屬國蘇武。』皆有功德，知名當世，是以表而揚之。凡十一人。」註：「張晏曰：『武帝獲麒麟時作此閣。圖畫其象於閣，遂以為名。』」但三才黃圖所記漢宮殿疏稱：「麒麟閣蕭何造，以藏秘書處賢才也。」

5 **汗馬卒勤**：「汗馬」乃汗血馬之略稱。汗血馬乃大宛國所產之駿馬。《史記》〈樂書後伐大宛得千里馬〉註：「集解曰應劭曰：『大宛舊有天馬種，蹋石汗血，汗從前肩膊出如血，號一日千里。』」《史記》〈大宛傳〉：「多善馬，馬汗血，乃天馬種也。」註：「集解曰漢書音義曰：『大宛國有高山，其上有馬不可得。因取五色母置其下，與交生駒汗血，因號曰天馬子。』」《漢書》〈武帝紀〉：「將軍李廣利斬大宛王首，獲汗馬來，作西極天馬之歌。」蘇軾〈次孔文仲見贈詩〉：「君出汗血馬，作駒已權奇。」
後世以汗血馬驅策慣行，將軍愛之，每建殊功，故稱汗馬之材而著汗馬之勞。《史記》〈晉世家〉：「文公曰：『夫導我以仁義，防我以德惠，此受上賞；輔我以行，卒以成立，此受次賞；矢石之難，汗馬之勞，此復受次賞。……』」《北史》〈宇文貴傳〉：「貴

少從師受學，輟書曰：『男兒當提劍汗馬，以取公侯，何能為博士也。』《史記》〈蕭相世家〉：「高祖以蕭何功最盛，封為酇侯，所食邑多。功臣皆曰：『蕭何未嘗有汗馬之勞。』」《漢書》〈公孫弘傳〉：「今臣愚駑，無汗馬之勞。」

此說周統制「汗馬卒勤」二十年，即意指周統制為國倉卒勤競有汗馬之勞。

6　**子粒銀**：一如今語之地租，田庄租與人耕種，收受租用銀兩，謂之「子粒銀」。

7　**春梅私通周義**：李安雖已逃避，春梅色慾難挨，又勾搭了老家人周忠次子周義成姦。

8　**大金皇帝滅了遼國**：按史載金稱帝在宣和六年（1124）滅遼於翌年一一二五。

9　**周統制陣亡，亡年四十七歲**：本書所寫周守備，頗多情節有他登場，但均不重要，未嘗見其著有汗馬之勞。對於春梅之寵幸闇瞶，足可知其非能戰之將，「出師未捷身先喪」，亦必然之果耳。作者雖未在此人身上多點筆墨，然由春梅之入妾而扶正，所顯示之周將軍其人，亦足以完成其嘲謔之筆矣！

10　**襲替祖職**：功臣後嗣，依法可承襲上代職術，坐食俸祿。周秀有子金哥，故要求襲封。

11　**春梅淫慾無度，生出骨蒸癆病症**：此說之「骨蒸癆症」，則不知屬於今日醫家可稱之何種病名？且「淫欲無度」可以致生的疾病，自非一種。此說殆亦想當然之詞，或習俗之說耳。下說「逐日吃藥，減了飲食，消了精神，體瘦如柴，而貪淫不已。」均寫

之以副「春以淫死」之說。所以死在與周義房事正行中。

12 **一日過了他生辰到六月伏暑天氣**：前面寫周秀於「五月初七日，
在邊關上陣亡了。大奶奶（春梅）二奶奶家眷，載著靈車都來
了。」如以時間地理推想，春梅等由東昌府回到清河，也應該是
五月中旬以後。之後，「行文書申請朝廷討葬，襲替祖職」等事，
最少也得三數月時間。下寫「朝廷各降兵部覆題，引奏已故統制
周秀，奮身報國，沒於王事，忠勇可加，遣官諭祭一壇，墓頂追
封都督之職。伊子照例優養，出幼襲替祖職。」這樣看來，花去
的時間，最少也得半年。應該是這年的年底了。那麼，這裏說
「一日過了他生辰，到了六月伏暑天氣，」照說應是第二年，因
為春梅的生日是四月二十五日，由此推演，我的《金瓶梅編年紀
事》，在建炎元年的五月七日之後，應編為建炎二年五月某日，
是以本書之編年，應多增一年才對。但作者並無意明確交代，也
只有在此提及而已。

13 **打了四十大棍，即時打死**：春梅死後，把周義逮捕歸案，原擬送
官，怕影響了金哥襲職，遂將周義亂棍打死。
金哥交與孫二娘扶養，葬了春梅，把房中的養娘並丫頭海棠與月
桂都打發各尋投向嫁人去了。
靖康之難發生，葛翠屏被娘家領去。只餘下韓愛姐無處可依，收
拾行裝前往清河，尋他父母。父母卻早已去了湖州，投奔何官人
去了。於是韓愛姐懷抱月琴，一路尋上湖州。

14 **正在皂（灶）上杵米造飯**：徐州地方已是食麵的北方生活。此說
這位老太太「正在皂（灶）上杵米造飯」，下面又寫「登時做出
一大鍋稗稻插豆子乾飯。」顯然是南方人的生活，斯亦可證本書

作者乃南方人也。

15 **你不是我姪女韓愛姐嗎：** 在此又交代出韓道國的弟弟韓二搗鬼出
來。在徐州挑土濬河的伕子。於是叔姪同去湖州。

何官人死了，家中又沒妻小，只餘下王六兒帶著何家六歲女兒靠
著幾畝水田過日子。不止一年，韓道國也死了。於是，王六兒配
了韓二。韓愛姐誓不再嫁，削髮為尼去了，但也只活到三十二
歲。這些也交代完了。

16 **大金人馬搶過東昌府來：** 看看來到清河地界。只見官吏逃亡城門
晝閉。

17 **到此境地，遂交代吳月娘等人的逃亡：** 吳大舅已死，家中只有玳
安小玉與吳二舅及年已十五歲的孝哥。打點金銀寶玩，準備往濟
南府投奔雲裏守。「一來那裏避兵，二來與孝哥兒就其親事。」
因為孝哥與雲裏守的女兒，早已割襟定親。出城後便在路上遇見
了雪洞禪師，十年前要化孝哥出家的和尚。在永福寺住了一晚，
夢中領悟了禪機，知道雲裏守也是靠不住的。遂應允了孝哥出
家。寫到這裏，已說明了凡西門慶當年一切的關係，在人死之
後，無一可靠。一生之中鑽營來的家業，到頭來也是竹籃打水。
唯一的嫡子，也不是他西門家的人了。

18 **禮樂衣冠：** 我國素以禮樂衣冠喻文化之燦爛，政治有法，人民有
禮，上下無怨，民用和睦，綰髮頂冠，衣有文繡之別，帶有質識
之分。與被髮左衽的夷狄之族，何能相匹！斯所謂禮樂衣冠之族
也。

19 **小玉竊看都不認的：** 在此把凡是西門慶有所往還已經死去的人，

都讓小玉的眼睛竊看到，如周秀、西門慶、陳經濟、潘金蓮、李
瓶兒、孫雪娥，春梅、西門大姐、來旺媳婦、武大、張勝、周
義，一個個都轉往人間投胎去了。而且投生何地何人家也都寫得
清清楚楚。這些人，死後又都托生為人，連西門慶托生之家的沈
通，也是東京城的富戶，雖是「次丁」，來生還有他的生活享受。
這又怎能是佛家的因果觀呢？難道是上面的偈語：「勸爾莫結冤」
的意義嗎？還是佛家「薦拔諸惡業」的「薦拔」，良有功於人生
之死後世界呢？非我不通佛理者所能道矣！

20 **誰知你人皮包著狗骨**：誰雖是吳月娘的南柯一夢，但人生之現
實，亦何嘗如狗！狗有故家之義，俗謂「狗不嫌家貧」，人何嘗
有此一義。吾人每以狗罵人，無非喻某人之如狗之甘願受驅使，
實則，狗之有義，某些人未嘗如之也。

21 **善根**：佛家語人具有慈善之行，即種因於善根。《金剛經》：「種
諸善根。」徐陵〈上智者禪師書〉：「既善根微弱，冀願力壯嚴。」
《舊唐書》〈高祖紀〉：「弘宣聖業，修植善根。」柳宗元《送文暢
上人登五士堂》〈遂游河朔序〉：「道源生知，善根宿植。」此說
吳月娘平日種了一點善根。佛寺上香，聽講宣卷，斯即種善根也
乎？在牆下接應李瓶兒家的財物，藏於上房者，陳經濟家的財物
亦藏於上房者，不也是吳月娘嗎！

22 **老禪師將手中禪杖向他（孝哥）頭上只一點……翻過身來卻是西
門慶。頭帶沈枷，腰繫鐵索**：說「原來孝哥即是西門慶托生」，
西門慶死之時，即孝哥生之時，七十九回已如此暗示。但西門慶
既已托生為孝哥，何以又在這老禪師的「薦拔」下，「今往東京
城托生富戶沈通為次子沈鉞去也。」又清楚的說：「小玉認得是

他爹，諕得不敢言語。」難道人的死魂靈也有兩個嗎？西門慶怎
的又去托生一次呢？說得好聽些，我們應責作者的糊塗亂寫了，
說得不好聽，這又何嘗不是作者對佛家托生之說故作嘲諷呢！

23　**乾生受養了他一場到十五歲**：按本書情節，孝哥出生於重和元年
　　（1118）正月二十一日，到全書情節結束，是建炎元年或二年
　　（1128），只能算得十歲，或十一歲，不能寫作十五歲。

24　**領定孝哥起了他一個法名，喚做明悟**：難道本書的寫作主旨，就
　　是為了要人「明悟」嗎？如以寫實之觀來看本書，所寫人生誠可
　　令人讀來深感恐懼；「讀《金瓶梅》而生恐懼心者，君子也。」
　　古諺云：「教汝為惡，惡不可為；教汝為善，我不為惡！」東漢
　　之范滂曾引斯言。《金瓶梅》中的那些營營苟苟的人物，上至徽
　　宗皇帝下至僕婦倡優以及架兒搗子，所期者，無不是一己之樂。
　　何嘗有一人為社會大眾想！讀《金瓶梅》而細思人生，又怎能不
　　為之恐懼而毛髮悚悚然耶！

25　**當下化陣清風不見了**：全書悉以寫實之筆細鉤素描，結尾竟以夢
　　境與神話了結，視人生如夢乎？亦力不從心而耶？吳月娘壽年七
　　十歲，善終而亡，此皆平日好善看經之報也。我們能尋得出吳月
　　娘的「好善」，有多少事實？看經與聽經（宣卷）吳月娘則是經
　　常有之，凡有益於廣大群眾的福利，吳月娘則未曾有一事著乎本
　　書。是以我要發問，作者寫於此處的這句話，是作者的本意嗎？
　　果爾，則宗教之徒尊形式可也。願讀者掩卷思之。

後記

　　本來，這部註釋預定在寫完了人物篇、藝術論以及西門慶的身家興衰等文以後，再來著手此一工作的，卻由於增你智文化事業公司的謝成均先生之情商，竟提前了這一工作，把它先完成了。雖然在寫作的時間上，稍嫌匆促了些，終究是我從事此一研究十年於茲的成果。

　　《金瓶梅》是三百年前的作品；近四百年了。固然，在它以前尚有《三國》、《水滸》、《西遊》，但在語言的運用上，《三國》是文言，《水滸》與《西遊》雖是語體，仍是一般文士的口語，不是市諢人等的俚白，是以今人讀來，縱有不明的語彙，也能順應著上下文蠡知八九。但《金瓶梅》則不同，作者運用的語言，幾乎十九著眼於市諢人語。市諢語言，代有變化，不僅語言的成語，已非今日的生活所能印證，即語言的組成，且已非今日的語法。譬如第三十五回，寫應伯爵酒醉之態。「來安道：『爹和應二爹韓大叔還在捲棚內吃酒，書童裝了個唱的，在那裏唱哩。娘每瞧瞧去。』金蓮拉玉樓：『咱們瞧瞧去。』二人同走到捲棚格子外，往裏觀看。只見應伯爵在上坐著，把帽兒歪挺著，醉的只像提線兒提的。」所謂「醉的只像提線兒提的」，便不是今人所能了解到的形容詞。因為「提線戲」，早已不在今日社會上流行，現在的人，幾已不知提線戲是怎樣的一種形態，是以這句比喻人物形態的形容詞，自不是今日的讀者所能感到趣味的了。雖然，「醉的只像提線兒提的」一詞，我們如認真的去體會，並非不能理解，但終與當時的寫實生活，有了相當遠的距離了。

　　按「提線戲」，我在兒時還曾觀賞過，它與我們今天尚能見到的

布袋戲不同，與皮影戲倒略有近似。它是用線提的布製人物，我們偶然在西方的電影片（電視）上，還能見及西方人學去的這種演出。我見過的那種形式，是一個搭起的布棚，前部敞開如舞台，中間隔開一道布幔，掌握提線的人，隱在這道布幔後面。布幔的前面，有長條几似的平台，作為提線人物演出的場地。那些布人不大，不過數寸來高。由於人物的動態，悉由提線操縱，所以他們在臺上行動起來，總是腳不點地，搖搖幌幌的，腳步似點地又似乎不曾點地。試想，作者形容應伯爵醉得東倒西歪的醉態，用這句「醉得只像提線兒提的」作比喻，是多麼恰切的形容詞。只是提線戲早已不再流行於你我今日生活的社會之上，是以這句恰切的形容詞，已不易激發起我們的趣味感了。

　　下面還有一段描寫，亦頗值一提。說：「謝希大醉得把眼通睜不開，書童便粧扮在旁邊斟酒唱南曲。西門慶悄悄使琴童兒，抹了伯爵一臉粉，又拿草圈兒，悄悄兒從後邊作戲，弄在他頭上。把金蓮和玉樓在外邊忍不住，只是笑的不了。罵：『賊囚根子，到明日死了沒罪了。把醜卻教他出盡了。』西門慶聽見外邊笑，使小廝出來問是誰？二人才往後邊去了。」像其中金蓮罵應伯爵的話，雖不隔膜，卻也激發不起吾人今日的情趣，因為今日人們對於像應伯爵這樣的醉態，已算不得是什麼「醜」了，婦女們的上空與天體運動，以及其他更醜的行為，都已公行無忌，應伯爵的醉態，算得什麼醜呢！

　　本書中的歇後語，相當之多，但已泰半以上，不流行於今日，如第八回，「賣糞團的撞見了敲板兒蠻子，叫冤屈麻煩肬膌的帳；騎著木驢磕瓜子兒，瑣碎昏昏。」都不是今人可理解的。像「賣糞團」，乃中原一帶的行業之一，「敲板兒蠻子」是南方人賣飯團的行業，北方的糞團，南方的飯團，質大異而形相似，故說一旦兩者「撞見了」，就會形成「叫冤屈麻煩肬膌的帳；」為什麼呢？這兩樣東西放

到一起，難以形分，吃錯了，就會「冤」在「麻飯」製成了「肬膉」（團也）的原因上，所以要從「肬膉」上算帳。至於騎木驢磕瓜子，更不是今日的人所能了解。婦女犯淫行判騎木驢，早成歷史名詞，這種「瑣碎昏昏」的解（歇）後語，以及上述之「糞團」「麻煩」（飯）的「肬膉」帳，都是早已死去了的社會形態，（糞團的處理，可能仍存在於大陸北方，滾上黑芝蔴的飯團，今仍能在臺灣見到，但已不能使今人融會到一起，）是以此類的歇（解）後語，都不易使今人了解了。

　　在註釋工作進行之前，我便困惱著第三十二回中的一句話，「寒鴉兒過誕，就是青刀馬。」姚靈犀在《瓶外卮言》的〈金瓶小扎〉中，雖對此語說了不少解說，他也自以為所解頗有問題。最後說：「此書方言俗語，索解甚難。」關于此一語言，我從上下文看，作如此解說，認為是嫖妓者進行程序的打諢語。按全語上下文的語意，及現實人物的當時情況推繹，就不難理解語意了。

　　　應伯爵親自走下席來。罵道：
　　「怪小淫婦兒，什麼晚不晚，你娘那毯！教玳安過來，你替他把刑法多拏了。」
　　一手拉著一個，都拉到席上，教他遞酒。鄭愛香兒道：
　　「怪行貨子！拉的人手腳兒不著地。」
　　伯爵道：
　　「我實和你說，小淫婦兒！時光有限了，不久青刀馬過。遞了酒呢，我等不的了！」
　　謝希大便問怎麼是青刀馬？伯爵道：
　　「寒鴉兒過了，就是青刀馬。」
　　眾人都笑了。

　　從這一段情事來看，顯然指的是「作愛」，這裏已說得很清楚，

「我實和你說，小淫婦兒！時光有限了。」指大家鬧酒已鬧多時了，時間不久，酒興就要過了。酒興過了，就要「過青刀馬」了。所謂「青刀馬」，自然指的是「作戰」，所謂「過」，乃過回合也。故說「不久青刀馬過。遞了酒吧，我等不的了。」這類嫖客們與妓女打諢的話，應是平常的情事吧！下面謝希大問怎麼是「青刀馬」？應伯爵答說「寒鴉兒過了，就是青刀馬。」於是「眾人都笑了！」這顯然指的是乾摸完了，下一步就是上床作戰。「寒鴉兒」諧音「旱鴨兒」也；旱鴨兒不下水，故謂「旱鴨兒過了就是青刀馬。」

這樣解說，是否就是這句語言的本意呢？也只有待之知者也。

雖說，我是生長在中原地區的人，自小習用的是中原地區的語言，但仍感於有不少的口語，我不能了解他的意義。「知之為知之，不知為不知。」是以我還有不少處註明不知何意。譬如第六十一回潘金蓮罵西門慶：「論起來，塩也是這般鹹，醋也是這般酸，禿子包網巾，饒這一抿子兒也罷了。若是信著你意兒，把天下老婆都耍了罷。賊沒羞的貨，一個大眼裏火行貨子。你早是個漢子，若是個老婆，就養遍街合偏巷，屬皮匠的縫著就上。」其中的這句「一個大眼裏火行貨子」，便不知是何喻意。他如第九十四回說到劉二「把陳經打了發昏章第十一」。就未能查知是從何書製成的這一俗語，從語態上看，顯然是當時流行的口語，但此語的出處，可就說不清了。我雖然引述了《孝經》〈第十一章〉，卻也未必是對的。像這種地方，縱然就己之理解註釋了，也自以為不是確定的解說，尚有待知者教之。

在語言中，還有不少疑設詞的肯定詞，如第三七回，蔡太師的翟管家要西門慶尋個小妾，馮媽媽向西門慶誇張韓家的愛姐長得如何如何美好，遂說：「休說俺們愛，就是你老人家見了，也愛的不知道怎麼樣的了。」西門慶以為馮媽媽誤會他要再討一個，遂說：「你看這風媽媽子，我平白要他作什麼！家裏放著好少兒？」意思是我家裏

的女人還少麼？平白要他幹什麼！（實則，西門慶最不怕女人少，這裏寫西門慶之如此回答，亦人性之必然答詞也。）再者第九十五回說到吳典恩的忘恩負義：「從來忘恩纔一個兒也怎的？」同樣是疑設語氣的肯定詞。還有第九十九回寫劉二罵王六兒：「我把淫婦腸子也踢斷了，你還不知老爺是誰哩！」這是一句大話，意思是說：「我要是把你這淫婦一腳踢死了，你還不知道我是誰哩！」你死的豈不是冤枉！（被人踢死了都不知是誰踢死的，死後如何報仇啊？）或者也可作另一語氣看：「我要是不一腳把你的肚腸子踢斷，你還不知我是誰？竟有這大兇燄呢！」這時，王六兒正「一頭撞倒哭起來！」所以劉二這樣衝著王六兒吆喝著罵。只是一句大話而已。像這類語法的組成，大異於今日語法的地方，在本書中是太多了。自無法一一解說，只能就較顯著者，略予例說而已。

　　研究《金瓶梅》的人，實在太少了。雖然距今四十年前，有吳晗、鄭振鐸、姚靈犀、趙景深、阿英作了一些歷史、語言、劇曲以及零星問題的探討，終嫌太少。日本方面，在版本的考證上，曾著有超乎我國的成績，如長澤規矩也、豐田穰、鳥居久靖，特別是鳥居久靖的〈金瓶梅編年稿〉（惜僅見全稿之五之一），提出了不少情節上的問題。第七十回至第七十二回的冬至，就是鳥居先生首先提出萬曆三十七年（1609）之說，方始激發我進一步探尋出了泰昌與天啟兩冬至的隱寓。遂使我的十年研究，有了一部結論的論述：〈金瓶梅的問世與演變〉[1]。他的〈金瓶梅歇後語私釋〉，雖然例釋的太少了，卻也給了我一些幫助。但鳥居先生究竟是外國人，在語言上，總是有著隔膜的。說來，在語言上的解說之功，姚靈犀應是早於我的一位先進，可惜他註釋得較比簡略，但卻給我極大助益。凡所引用之處，我都一一

---

[1]　拙作：〈金瓶梅的問世與演變〉，《國立編譯館館刊》第 9 卷第 2 期（1980 年 12 月）。

　　註明了，姚先生說他還要寫「潘金蓮西門慶紀事年表」、「書中人名表」、「書中時代宋明事故對照表」及「《金瓶梅》寫春記」、「詞話本刪文補遺」等，但均未見，不知有否完成？迄未獲知。

　　當我的註釋即將脫稿之際，收到日本名古屋池本義男先生來信，告以他從事《金瓶梅》一書的研究，已踰三十年。擬有（一）廁考（二）婦女禮贊（三）煙粉小說之性考（四）衣裳裝飾考（五）裝飾與文房考（六）飲食概說（七）飲茶考（八）賭博考（九）奴隸考（十）艷詞考（十一）罵話考（十二）纏足考（十三）幫考（十四）經濟概說（十五）諸論與考證註釋。從論著之名目觀之，亦足見池本先生對《金瓶梅》一書專攻之深。憾我孤陋寡聞，未能早日讀到池本先生的研究論著。想來，亦未為遲也。

　　西人研究《金瓶梅》者，除美國哈佛韓南之兩篇論文，芝加哥大學之芮效衛有一篇，要數法國雷威安最為留心，探討《金瓶梅》問題，亦至為深入。胥我所敬重者。楊沂（水晶）兄的博士論文，關於《金瓶梅》者，著有百頁，告訴我說，將重寫中文送國內發表；至為期待。夏志清先生也論過《金瓶梅》，我讀過何欣兄的譯稿。侯健生兄近亦寫成〈論金瓶梅〉一文，可見大家對《金瓶梅》之研究，已逐漸展開矣！

　　這些年來，我對《金瓶梅》的研究，一直是一個人在自我陶醉的情況下摸索。除了不少次向譜於明史的莊練（蘇同炳）兄請教一些明史上的常識之外，幾無一相共與權的友人。最近兩年，幸有方從國外回國執教的翁同文先生，極有興趣於我的此一研究，曾經相對討論了不少次，更不時在電話上談論。可以說，翁先生是國內最能洞澈了我此一研究的友人。〈金瓶梅的問世與演變〉一書，翁先生除了隨時提供寫作的意見，兼且為我作序論薦。當然，這十年來的逐步進行，相知最多的是莊練兄。我的這分傻勁，除了莊練，便只有內子知之矣！

　　我非常感謝法國的雷威安（Andre Levy）先生，他一再在美國威斯康辛大學發行的「Clear」上介紹我的研究。有一篇〈金瓶梅初刻本年代商榷〉，由周昭明先生譯出，刊於六十九年四月號八卷十一期《中外文學》，另一篇〈最近論金瓶梅的中文著述〉一文，已由何欣先生譯出，將在近期的《中外文學》刊出。雷威安先生是深入了我的此一研究的異國友人，所以我要在此特別提上一筆。

　　這百回的註釋，雖已寫出，但餘下的問題尚多。這一生我想我是無精力再旁鶩其他。不過，我準備做的一些問題，日本的池本先生，早已擬訂出了！說來，我的研究並不算得寂寞呢！